नदी के द्वीप

सच्चिदानन्द हीरानन्द वात्स्यायन 'अज्ञेय'

राजकमल पेपरबैक्स

पहला पुस्तकालय संस्करण
राजकमल प्रकाशन प्राइवेट लिमिटेड द्वारा
2015 में प्रकाशित

राजकमल पेपरबैक्स में
पहला संस्करण : 2015
ग्यारहवाँ संस्करण : 2026

राजकमल पेपरबैक्स : उत्कृष्ट साहित्य के जनसुलभ संस्करण

राजकमल प्रकाशन प्रा.लि.
1-बी, नेताजी सुभाष मार्ग, दरियागंज
नई दिल्ली-110 002
द्वारा प्रकाशित

शाखाएँ : अशोक राजपथ, साइंस कॉलेज के सामने, पटना-800 006
पहली मंजिल, दरबारी बिल्डिंग, महात्मा गांधी मार्ग, प्रयागराज-211 001
1, अनमोल सोराबजी सन्तुक लेन, धोबी तलाव, मरीन लाइंस, मुम्बई-400 002
वेबसाइट : www.rajkamalprakashan.com
ई-मेल : info@rajkamalprakashan.com

विकास कम्प्यूटर एंड प्रिंटर्स
ट्रॉनिका सिटी-201 102
द्वारा मुद्रित

मूल्य : ₹399

NADI KE DWEEP
Novel by Sachchidananda Hirananda Vatsyayan 'Ajneya'

ISBN : 978-81-267-2739-1

भूमिका

[इस संस्करण के लिए विशेष]

नदी के द्वीप का पहला संस्करण 1951 में प्रकाशित हुआ था। इन तैंतीस वर्षों में उपन्यास के अनेक संस्करण और छपे; हिन्दी उपन्यास-साहित्य में उसने अपना एक विशिष्ट स्थान बना लिया है। हिन्दीतर भारतीय भाषाओं में भी कुछ अनुवाद छप चुके हैं और कुछ छपने की प्रक्रिया में हैं। इसे उपन्यास की लोकप्रियता का एक प्रमाण माना जा सकता है : उस लेखक के लिए तो इसका विशेष महत्त्व है जिसे आलोचक-समाज और कुछ भी मान ले, लोकप्रिय तो कदापि नहीं मानता। उपन्यासकार इस समूचे पाठक-समुदाय का ऋणी है। उसे यह भी आशा होती है–और पाठकों के पत्र इस आशा को विश्वास में बदलते रहे हैं–कि अभी इस उपन्यास की सम्भावनाएँ चुकी नहीं हैं और अगली कुछ पीढ़ियों तक यह न केवल रुचि के साथ पढ़ा जाता रहेगा वरन् इसके चरित्रों की प्रत्यक्ष समाज में खोज भी होती रहेगी–अर्थात् ये चरित्र जीवन्त प्रतीत होते रहेंगे।

स्वयं लेखक तो अनुभव करता है कि तैंतीस वर्ष की अवधि बड़ी लम्बी होती है; पर अगर उपन्यास के चरित्र अभी आसपास के समाज में हैं और पहचाने जा सकते हैं–या पाठक अपने में उन्हें पहचानता है–तो लेखक भी अभी समाज में बना है।

इस नए संस्करण से प्रसन्नता का एक कारण यह भी है।

–अज्ञेय

सच्चिदानन्द हीरानन्द वात्स्यायन 'अज्ञेय'

जन्म : 7 मार्च, 1911 को उत्तर प्रदेश के देवरिया जिले के कुशीनगर नामक ऐतिहासिक स्थान में हुआ। बचपन लखनऊ, कश्मीर, बिहार और मद्रास में बीता।

शिक्षा : प्रारम्भिक शिक्षा–दीक्षा पिता की देख–रेख में घर पर ही संस्कृत, फारसी, अंग्रेजी और बांग्ला भाषा व साहित्य के अध्ययन के साथ। 1929 में बी.एस–सी. करने के बाद एम.ए. में उन्होंने अंग्रेजी विषय रखा; पर क्रान्तिकारी गतिविधियों में हिस्सा लेने के कारण पढ़ाई पूरी न हो सकी।

1930 से 1936 तक विभिन्न जेलों में कटे। 1936–37 में **सैनिक** और **विशाल भारत** नामक पत्रिकाओं का सम्पादन किया। 1943 से 1946 तक ब्रिटिश सेना में रहे; इसके बाद इलाहाबाद से **प्रतीक** नामक पत्रिका निकाली और ऑल इंडिया रेडियो की नौकरी स्वीकार की। देश–विदेश की यात्राएँ कीं। दिल्ली लौटे और **दिनमान साप्ताहिक, नवभारत टाइम्स,** अंग्रेजी पत्र **वाक्** और **एवरीमैंस** जैसी प्रसिद्ध पत्र–पत्रिकाओं का सम्पादन किया। 1980 में **वत्सलनिधि** की स्थापना की।

प्रमुख कृतियाँ : ***कविता–संग्रह :*** *भग्नदूत, चिन्ता, इत्यलम्, हरी घास पर क्षण भर, बावरा अहेरी, इन्द्रधनु रौंदे हुये ये, अरी ओ करुणा प्रभामय, आँगन के पार द्वार, कितनी नावों में कितनी बार, क्योंकि मैं उसे जानता हूँ, सागर मुद्रा, पहले मैं सन्नाटा बुनता हूँ, महावृक्ष के नीचे, नदी की बाँक पर छाया, प्रिज़न डेज़ एंड अदर पोयम्स* (अंग्रेजी में)। ***कहानी–संग्रह :*** *विपथगा, परम्परा, कोठरी की बात, शरणार्थी, जयदोल।* ***उपन्यास :*** *शेखर एक जीवनी–प्रथम भाग और द्वितीय भाग, नदी के द्वीप, अपने–अपने अजनबी।* ***यात्रा वृतान्त :*** *अरे यायावर रहेगा याद, एक बूँद सहसा उछली।* ***निबंध–संग्रह :*** *सबरंग, त्रिशंकु, आत्मनेपद, आधुनिक साहित्य; एक आधुनिक परिदृश्य, आलवाल।* ***आलोचना :*** *त्रिशंकु, आत्मनेपद, भवन्ती, अद्यतन।* ***संस्मरण :*** *स्मृति लेखा।* ***डायरियाँ :*** *भवन्ती, अन्तरा और शाश्वती।* ***विचार गद्य :*** *संवत्सर।* ***नाटक :*** *उत्तरप्रियदर्शी।*

सम्पादित ग्रन्थ : *तार सप्तक, दूसरा सप्तक, तीसरा सप्तक* (कविता–संग्रह) के साथ कई अन्य पुस्तकों का सम्पादन।

सम्मान : 1964 में *आँगन के पार द्वार* पर उन्हें साहित्य अकादमी का पुरस्कार प्राप्त हुआ और 1979 में *कितनी नावों में कितनी बार* पर भारतीय ज्ञानपीठ पुरस्कार।

निधन : 4 अप्रैल, 1987

दूसरे संस्करण की भूमिका

'नदी के द्वीप' के दूसरे संस्करण में यत्किंचित् शाब्दिक हेर-फेर के अतिरिक्त स्थान-स्थान पर उद्धृत हिन्दीतर भाषाओं के पदों का भावानुवाद भी कर दिया गया है, जिससे केवल हिन्दी जाननेवाले पाठक को असुविधा न हो। ऐसे अनुभवों में मूल का पूरा भाव तो नहीं ही आ सकता; साथ उद्धरण का पूरा तात्पर्य ग्रहण करने के लिए सन्दर्भ की भी आवश्यकता होती है। फिर भी आशा है कि पाठक को कथा-प्रवाह के और उसकी अन्त:संवेदना के साथ चलने में अधिक बाधा न होगी।

रचना ऐसी होनी चाहिए कि उसके साथ चलने में पाठक को बिलकुल परिश्रम न करना पड़े, ऐसा 'नदी के द्वीप' का लेखक नहीं मानता; फिर भी वह यत्नशील है कि मार्ग बीहड़ होकर भी अनाकर्षक न हो जाए, क्योंकि वह चाहता है कि पाठक साथ चले। साथ लेखक के नहीं, कृति के। लेखक कृति से जितना अलग है, पाठक लेखक से भी उतना ही अलग रहे, यही तीनों के लिए श्रेय है।

और आलोचक! आज हिन्दी का आलोचक केवल अपने साथ चलता है, और किसी के नहीं। ऐसा साथ फलप्रद तो क्या ही हो सकता है, वन्ध्य होकर भी वह रुचिकर ही बना रहे, ऐसी प्रार्थना उसके लिए की जा सकती है।

—अज्ञेय

तीसरे संस्करण की भूमिका

आलोचक ने क्या कुछ नहीं कहा है, इसलिए उसे नया कुछ कहने का प्रयोजन लेखक का भी नहीं है। और पाठक से तो उसे नया कहने को हो भी क्या सकता है–कृति से अलग कुछ हो ही क्यों, सिवा आलोचक द्वारा सिरजे गए पूर्वग्रहों से मुक्त रहने के अनुरोध के।

कृति पाठकों को रुचे, और उनके अन्तःकरण की समृद्धि में भाग दे, यह लेखक की सबसे बड़ी सफलता होगी और इसी की वह कामना करता है।

–अज्ञेय

अनुक्रम

मेनी ए ग्रीन आइल नीड्ज़ मस्ट बी
इन द डीप वाइड सी ऑफ़ मिज़री
ऑर द मैरिनर, वोर्न एंड वान,
नेवर दस कुड वोयज़ ऑन।*

—शेली

दु:ख सबको माँजता है
और—
चाहे स्वयं सबको मुक्ति देना वह न जाने, किन्तु—
जिनको माँजता है
उन्हें यह सीख देता है कि सबको मुक्त रखें।

'अज्ञेय'

---

* कई हरे-भरे द्वीप अवश्य ही होंगे
व्यथा के गहरे और फैले सागर में
नहीं तो थका-हारा सागरिक
कभी ऐसे यात्रा करना न रह सकता।

भुवन

गाड़ी जब तक प्रतापगढ़ से नहीं चली, तब तक भुवन ने नहीं जाना कि उसे अपने बारे में सोचने की कुछ ज़रूरत है; और गाड़ी चलने पर भी ठीक इस रूप में ही उसने यह बात जानी हो, ऐसा भी नहीं; वह केवल हक्का-बक्का-सा चलती गाड़ी का हैंडल पकड़े खड़ा रह गया–विस्मय से अपने मुक्त दूसरे हाथ की ओर देखता हुआ, मानो वह उसका नहीं, कोई पराया हाथ हो जो किसी रहस्यमय क्रिया से उसके शरीर के साथ लग गया हो और अब अपने और पराए के सन्धिस्थल उसकी कुहनी पर चुनचुनाहट हो रही हो।

वह सवार ही चलती गाड़ी पर हुआ था; उसके प्लेटफ़ार्म पर खड़े रेखा से बातें करते-करते कब गाड़ी चल पड़ी थी यह उसे मालूम ही नहीं हुआ था, और अगर रेखा ही सहसा उसकी कुहनी पकड़ कर मुस्करा कर उसे ठेलती हुई न कहती, 'अच्छा, जल्दी से सवार हो जाइए, आपकी गाड़ी जा रही है,' तो वह ज़रूर गाड़ी से रह जाता।

और यहीं से उसके विस्मय का आरम्भ होता था। क्योंकि यद्यपि वास्तव में रेखा ने उसे ठेल कर गाड़ी पर सवार करा दिया था, तथापि उस बहुत हलके धक्के में यही लगा था कि रेखा वास्तव में उसे कुहनी पकड़ कर खींच रही है : कि उसके शब्द और उसकी क्रिया भी उसके वास्तविक अभिप्राय को झुठला रहे हैं और वह वास्तव में उसे रोक ही लेना चाहती है। और जहाँ उसने भुवन की कुहनी को छुआ था, वहीं यह अद्‌भुत, अपूर्वपरिचित चुनचुनाहट हो रही थी–उसकी कुहनी में, जो सदा अपने साथियों पर हँसता आया है कि उन्हें स्त्री का सान्निध्य सहन नहीं होता, वे उसे

सहज भाव से न ले पा कर उत्तेजित या अस्थिर हो उठते हैं–उसने यहाँ तक देखा है कि किसी स्त्री द्वारा चाय का प्याला दिये जाने पर लोगों के हाथ ऐसे काँपने लगे कि चाय छलक जाए!

और : आज एक स्त्री के सहज भाव से ठेल कर गाड़ी पर सवार करा दिए जाने पर उसकी कुहनी में स्पर्शित स्थल पर चुनचुनाहट होने लगी है और वह यह रूमानी कल्पना कर रहा है कि रेखा ने वास्तव में उसे ठेला नहीं बल्कि खींचा था...भुवन बाबू, यों हक्के-बक्के अपने हाथ की ओर ताकते और अपनी कुहनी को पहचानते न खड़े रहिए, आखिर आपको हुआ क्या है?...

पीछे किसी ने चिड़चिड़े स्वर में कहा, "अजी साहब, फ़ुटबोर्ड पर क्यों लटके खड़े हैं, भीतर चले आइए और दरवाज़ा बन्द कर दीजिए।"

चिड़चिड़ापन वाज़िब था; क्योंकि इंटर क्लास ही सही, रात को सोते सब हैं, और तड़के तीन बजे दरवाज़ा खोल कर खड़े हो जाना दूसरे मुसाफ़िरों को न सुहाये तो अचम्भा नहीं होना चाहिए।

भुवन ने भीतर प्रवेश कर के दरवाज़ा बन्द किया और एक सीट पर सिमट कर बैठ गया। उसके विस्मय की जड़ता बहुत कम हुई तो उसकी स्मृति धीरे-धीरे पिछले कुछ घंटों की दृश्यावली के पन्ने उलटने लगी।

रेखा से उसका परिचय लम्बा नहीं था। बल्कि परिचय कहलाने लायक भी नहीं था, क्योंकि एक सप्ताह पहले ही अपने मित्र चन्द्रमाधव के घर पर एक छोटी चाय-पार्टी में इन की पहली भेंट हुई थी। और उसके बाद दो-तीन बार हज़रतगंज के कोने पर या काफ़ी हाउस में, उनका कुछ वार्त्तालाप हुआ था। भुवन को लखनऊ से इलाहाबाद जाना था, रेखा किसी परिचित परिवार के पास कुछ दिन बिताने प्रतापगढ़ जाने वाली थी; बातचीत के सिलसिले में यह जान कर कि दोनों एक ही दिन एक ही गाड़ी से जा रहे हैं, चन्द्रमाधव की सलाह से यह निश्चय हुआ था कि तीनों साथ हजरतगंत में कहीं भोजन कर के स्टेशन पहुँच जाएँगे और दोनों को गाड़ी पर सवार करा कर चन्द्रमाधव लौट जाएगा–भुवन का सामान तो चन्द्रमाधव का नौकर ले जाएगा, और रेखा का सामान उनके आतिथेय का चपरासी पहुँचा आएगा।

यह तो बिलकुल साधारण बात थी। लेकिन गाड़ी में भीड़ बहुत थी; पहले यह सोचा गया कि दोनों अलग-अलग स्थान खोजें, क्योंकि शायद ज़नाने डिब्बे में कुछ अधिक जगह हो तो रेखा क्यों अधिक कष्ट उठाए? चन्द्रमाधव उसे बिठाने ज़नाने डिब्बे की ओर गया, और भुवन अपने लिए स्थान खोजने निकला। कोई पन्द्रह मिनट में, अनेक डिब्बों का मुआयना कर के, आँखों-आँखों से प्रत्येक में मिल सकने वाली जगह के घनइंच और वर्गइंच का हिसाब लगाने के बाद जब भुवन ने एक डिब्बे में खिड़की के रास्ते अपना छोटा-सा बक्स और संक्षिप्त बिस्तर अन्दर ठेल दिया और तय कर लिया कि किवाड़ के आगे लगे सामान के ढेर के कारण उधर से न जा सकने पर भी खिड़की के

रास्ते घुस सकेगा, वह यह देखने लौटा कि रेखा पर कैसी बीत रही है। मन ही मन उसने यह भी सोचा, इसी गाड़ी में जाना ऐसा क्या ज़रूरी है? एक दिन देर भी हो सकती है। इलाहाबाद पहुँचना कोई ऐसा ज़रूरी तो है नहीं, मुफ़्त में तकलीफ़ का सफ़र क्यों? क्यों न कल पर टाल दिया जाए? यही सोचते-सोचते वह वहाँ पहुँचा जहाँ चन्द्रमाधव एक खिड़की के पास खड़ा था। रेखा डिब्बे के भीतर तो पहुँच गई थी, पर डिब्बा अपना यह देसी नाम इतना सार्थक कर रहा था कि जहाँ वह खड़ी थी वहाँ उसे इधर-उधर मुड़ने लायक भी स्थान नहीं था; वह खड़ी थी तो बस, जैसे खड़ी थी वैसे खड़ी रह सकती थी।

भुवन ने मुसकराते हुए पुकार कर अंग्रेज़ी में पूछा, "रेखा जी, कैसा चल रहा है?"

रेखा ने ज़रा गर्दन उसकी ओर मोड़ कर, हँसते हुए कहा, "स्विमिंग्ली! मैं जैसे सागर की मछली हूँ; ज़मीन से पैर उठा लूँ तो भी गिरूँगी नहीं, तैरती रह जाऊँगी!"

भुवन ने चन्द्रमाधव से कहा, "चन्द्र, रेखा जी का इसी गाड़ी से जाना क्या ऐसा ज़रूरी है?"

चन्द्र ने फौरन शह लेते हुए आवाज़ दी, "रेखा जी, अब भी सोच लीजिए, आज जाना क्या ज़रूरी है? मेरा कल के शो का निमंत्रण अभी ज्यों-का-त्यों है-अब भी लौट चलिए, कल रात चली जाइएगा।"

रेखा ने भुवन की ओर उन्मुख होने की चेष्टा करते हुए पूछा, "आपको कैसी जगह मिली?"

"सामान तो भीतर पहुँच गया है। यों तो खिड़कियों से रास्ता है-अभी तो हवा भी मज़े में आ-जा सकती है।"

"तो आपका क्या मत है?"

"मैं तो चन्द्र से बिलकुल सहमत हूँ। आप और एक दिन रुक जाइए-कल चली जाइएगा-"

रेखा के चेहरे पर विकल्प की हलकी-सी रेखा पहचान कर चन्द्र ने ज़ोर दिया, "हाँ, हाँ, आइए, बस! बल्कि अभी तो आज रात का शो भी देखा जा सकता है-" और वह खिड़की में से भीतर झुक कर रेखा का सूटकेस पकड़ने लगा।

रेखा उतर आई। उतर कर भुवन से बोली, "और आप?" फिर चन्द्र की ओर उन्मुख हो कर, "मिस्टर चन्द्र, अपने मित्र को भी रोक लीजिए न?"

चन्द्र ने कहा, "इन्हें जाने कौन देता है! आप रुक जाएँगी तो यह नहीं जा सकेंगे, इतने अनगैलंट यह नहीं हो सकते-क्या हुआ प्रोफ़ेसर हैं तो! क्यों भुवन? कहाँ है तुम्हारा सामान?"

भुवन ने आनाकानी की। स्वयं उसने सफ़र एक दिन टाल जाने की बात सोची थी, पर रेखा को वैसा करते देख न जाने क्यों एक प्रतीप-भाव उसके मन में उमड़ आया-कि जो निश्चय किया सो किया, अब बदलना ढुलमुलपन है और ढुलमुलपन बुरी चीज़ है, आदमी की संकल्प-शक्ति दृढ़ होनी चाहिए, ऐसी दृढ़ कि बस फौलाद!

रेखा ने कहा, ''हाँ, डॉक्टर भुवन, आप भी रह जाइए न? छुट्टी तो आपकी अभी कई दिन और है–''

''लेकिन–''

''बस, अब लेकिन-वेकिन कुछ नहीं,'' चन्द्र ने डपट कर कहा–''चलो आगे, बताओ सामान कहाँ रखा है।'' और जिस कुली ने रेखा का सामान उठाया था, उसी को आगे करके वह भुवन के डिब्बे की ओर बढ़ चला।

स्मृति के पन्ने उलटते हुए भुवन ने सोचा, यहाँ तक भी ठीक था; रुक जाना कोई असाधारण बात नहीं हुई थी, और दोनों के रुक जाने में भी कोई बात नहीं थी; अगर उसे इलाहाबाद में ज़रूरी काम नहीं था तो रेखा को प्रतापगढ़ में और भी कम काम था, वह घूमती हुई और एक जगह कुछ दिन बिताने जा रही थी। और चन्द्र दोनों का मित्र था, और खासा दिलचस्प आदमी, उसके आग्रह का असर होना स्वाभाविक था।

और इस प्रकार दोनों रुक गए थे, और अगली शाम को उसी प्रकार उसी गाड़ी के लिए पहुँचे थे।

फिर भीड़ थी; पर उतनी नहीं; फिर अलग-अलग डिब्बों में सवार हुआ गया–रेखा को ज़नाने डिब्बे में बैठने लायक स्थान मिल गया, यद्यपि बिलकुल दरवाज़े के पास, और भुवन ने भी अपना बक्स जमा कर अपने बैठने लायक सीट बना ली। विदा-नमस्ते कर के सीटी के साथ वह अपने डिब्बे की ओर चला और सवार हो गया।

यहाँ तक भी ठीक था। और अगर बीच में थोड़ी-थोड़ी देर बाद गाड़ी के रुकने पर वह रेखा के डिब्बे तक जा कर उससे एक-आध बात कर आता रहा, तो यह भी कोई ऐसी असाधारण बात नहीं थी; यह साधारण शिष्टाचार ही है; और अगर रात दस बजे के बाद भी हुआ तो भी अधिक-से-अधिक कोई यह कह सकता है कि शिष्टाचार में कुछ अनावश्यक मुस्तैदी थी, या दिखावा था। वह स्वयं यहीं जानता था कि रेखा बड़ी मेधावी स्त्री है और उससे बातचीत विचारोत्तेजक है और मानसिक स्फूर्ति देती है, बस। बातें भी वे ऐसी ही करते आए थे; और प्रतापगढ़ में जब रेखा उतर गई और भुवन ने कहा, ''आपसे भेंट कर के बहुत प्रसन्नता हुई–मेरा लखनऊ प्रवास बड़ा सुखद रहा,'' तो उसने अपने स्वर में शिष्टाचार से–यद्यपि हार्दिक शिष्टाचार, निरी औपचारिक शिष्टता नहीं–अधिक कुछ नहीं पाया था। रेखा ने भी वैसे ही अवैयक्तिक पर सच्चे विनय से कहा था, ''मैं आपकी बड़ी कृतज्ञ हूँ–और आपने तो इस वापसी की यात्रा को भी प्रीतिकर बना दिया–''

तब?

और फिर भुवन ने अपने हाथ और कुहनी की ओर देखा, फिर उसे लगा कि वह चुनचुनाहट अभी गई नहीं है, वह अपनी कुहनी पर अब भी रेखा के स्पर्श का दबाव अनुभव कर सकता है, और वह दबाव ढकेलने का नहीं है, खींचने का है।

तब?

स्पष्ट ही केवल यात्रा का प्रत्यावलोकन काफ़ी नहीं है; थोड़ा और पीछे देखना होगा। और पीछे देखने में–या क्रम से विश्लेषणपूर्वक देखने में–उसे झिझक क्यों है, वह अनमना क्यों है? सप्ताह–भर से कम का सामान्य सामाजिक परिचय–कौन उसमें ऐसे छायावेष्टित रह:स्थल हैं जिन में जिज्ञासा की किरण के पहुँचने से वहाँ पलती कोई छुई–मुई अनुरागानुभूति मर जाएगी!

आग की लौ आलोक देती है : उससे हम आलोक विकीरित हुआ देखते हैं और व्यक्ति की तुलना लौ से करें तो यही ध्वनित होता है कि उससे कुछ उत्सृष्ट हो कर फैलता है। लेकिन रेखा मानो एक शीतल आलोक से घिरी हुई, उसके आवेष्टन में सँची हुई, अलग, दूर और अस्पृश्य खड़ी थी।

भुवन ने एक बार सिर से पैर तक उसे देखा। घूरना इस बीसवीं सदी में भी अशिष्ट है, लेकिन एक ऐसी पारखी दृष्टि भी होती है जिसे घूरना नहीं कहा जा सकता और जो न केवल अशिष्ट नहीं है बल्कि सौन्दर्य का नैवेद्य मानी जाती है। तब मन–ही–मन भुवन ने कहा, यों ही नहीं रेखा देवी की इतनी चर्चा होती। उन में कुछ है जिस का उन्मेष जीवन का उन्मेष है और जिसे जान सकना ही एक महान अनुभूति होगी–फिर वह जानना सुखद हो, दु:खद हो।

और उसने मुड़ कर रेखा की सुनाई में आ सकने वाले विनय के स्वर में अपने साथी से पूछा, ''क्यों मिस्टर चन्द्रमाधव, रेखा जी कॉफ़ी पीती हैं–हम लोग कॉफ़ी हाउस चलें?''

इस परोक्ष निमंत्रण का उतना ही परोक्ष उत्तर देते हुए रेखा ने कहा, ''हाँ, चन्द्र, तुम बहुत बार कॉफ़ी पिला चुके हो मुझे, आज मेरा निमंत्रण रहा; और–तुम्हारे मित्र भी आवें।''

चन्द्रमाधव ने कहा, ''वाह, यह नहीं हो सकता, मैं तो स्थायी मेज़बान हूँ।''

तब भुवन ने कुछ साहस बटोर कर कहा, ''रेखा देवी, अगर आज मुझे ही मेज़बान होने का गौरव प्रदान करें तो–''

रेखा ने कुछ मुसकरा कर छद्म विनय से कहा, ''आपकी प्रार्थना स्वीकार की जाती है।''

हज़रतगंज का कोना युक्तप्रान्त के नागरिक जीवन की धुरी है। यह दूसरी बात है कि जीवन वहाँ जिया नहीं जाता; वहाँ केवल जीवन से विश्रान्ति की व्यवस्था है। तथापि जो लोग उस जीवन का संचालन और नियमन करते रहे हैं उन का एक स्वाभाविक संगम वह कोना है। इसी लिए भुवन जब से लखनऊ आया है तब से रोज चन्द्र के साथ कॉफ़ी हाउस आता है : दिन में एक बार तो अवश्य, कभी–कभी दो–दो, तीन–तीन बार–और उस रूप–रस–गन्ध–सिक्त मानव–प्रवाह को किनारे से देख

कर मन–ही–मन यह समझता चला जाता है कि वह भी जीवन के प्रवाह के बीच में है, कि जीवन का तीव्र स्पन्दन जिस नाड़ी में हो रहा है, उसे वह पकड़े है, और चाहे तो दबा कर रुद्ध भी कर दे सकता है!

लखनऊ आए उसे कुल तीन दिन हुए हैं। चन्द्रमाधव उसका कॉलेज का सहपाठी और मित्र, स्थानीय पायनियर का विशेष संवाददाता है और लखनऊ से परिचित है, यों भी बहुधन्धी आदमी है। उसके साथ रहने–घूमने से जीवन के प्रवाह को अनुशासित कर सकने का यह भ्रम सहज ही हो जा सकता है। इससे क्या कि कॉलेज के बाद से चन्द्रमाधव निरन्तर सनसनी की खोज में दौड़ा किया है–अफ्रीका, अबीसीनिया, इटली, जर्मनी, चीन, कोरिया–और वह चार–छः वर्ष वैज्ञानिक खोज और देशाटन में लगा कर, पहले से भी कुछ अन्तर्मुखी और तटस्थ हो कर एक कस्बे के कॉलेज में लेक्चरर हो गया है जो कि यों ही दुनिया के प्रवाह से बहुत दूर रहता है। यह जीवन की धमनी को पकड़े रहने का भ्रम बड़ा ही लुभावना और अहं को पुष्ट करने वाला है...

और इससे क्या कि चन्द्र का कहना है, वह जीवन के निरन्तर दबाव से बचकर दो मिनट चैन से बिताने के लिए ही कॉफ़ी हाउस आता है? शायद उसको वही भ्रम लुभा सकता हो...

और रेखा?

भुवन को याद आया, तीन दिन पहले चन्द्र के यहाँ उसने पहली बार रेखा को देखा था। परिचय के समय उसने लक्ष्य किया था कि रेखा के पास रूप भी है और बुद्धि भी है, किन्तु बुद्धि मानो तीव्र संवेदना के साथ गुँथी हुई है और रूप एक अदृश्य, अस्पृश्य कवच–सा पहने हुए है; पर इस आरम्भिक धारणा को उसने तूल नहीं दिया था। प्रचलित धारणा है कि बुद्धिजीवी स्त्री के आवेग शिथिल होते हैं, और अगर किसी को चट से 'फ्रिजिड वूमन' का बिल्ला दे दिया जा सकता हो तो उसे ले कर माथा–पच्ची कौन करे? फलतः परिचय के साधारण शिष्टाचार के बाद भुवन अपने में खिंच गया था और रेखा चन्द्र के यहाँ जुटे हुए बुद्धिप्राण मानव–जीवों के गिरोह में खो गई थी–चन्द्र ने भुवन को मिलाने के लिए लखनऊ का साहित्यिक समाज इकट्ठा किया था...

किन्तु उपेक्षा की जिस पिटारी में भुवन ने उसे डाल दिया था, उसे हठात् झकझोर कर रेखा बाहर निकल आई थी। बैठक के दौरान भुवन ने दो–एक बार उड़ती नज़र से रेखा के चेहरे पर क्लांति और खेद के चिह्न देखे थे; जब साहित्य–चर्चा ने ज़ोर पकड़ा और वातावरण में गर्मी आई तो भुवन की दृष्टि कौतूहलवश फिर रेखा को खोजती हुई गई और सहसा ठिठक गई।

रेखा कमरे के एक ओर शून्य के एक छोटे से वृत्त के बीचोबीच कुरसी पर बैठी थी। उसका सिर कुरसी की पीठ पर टिका था, पलकें बन्द थीं। वह बिजली के प्रकाश से कुछ बच कर बैठी थी, अतः उसका माथा और आँखें अँधेरे में थीं, बाकी चेहरे पर आड़ा प्रकाश पड़ रहा था जिस से नाक, ओठ और ठोड़ी की आकार–रेखा

सुनहली हो कर उभर आई थी। और इसी स्वर्णाभ निश्चलता पर भुवन का कौतूहल आ कर टिक गया था।

कहते हैं कि आँखें आत्मा के झरोखे हैं। झरोखे बन्द भी हो सकते हैं, पर ओठों की कोर एक ऐसा सूचक है कि कभी चूकता नहीं; और इन्हीं की ओर भुवन अपलक देखता रहा। वह कुछ क्षणों की तन्द्रा मानो रेखा को उस कमरे से दूर अलग कहीं ले गई थी, जहाँ ओठों की कोरों का कसाव, बिना तनिक-सा काँपे भी, जैसे अनजाने कुछ नरम पड़ गया था; मुँह के आसपास की असंख्य शिराओं का अदृश्य तनाव कुछ ढीला हो गया था और जीवन का अदम्य लचकीलापन जैसे फिर उभर कर एक स्निग्ध लहर बन गया था। जहाँ तक भुवन जान पाया, किसी और ने यह परिवर्तन नहीं लक्ष्य किया था; पर उस क्षण के सहज शैथिल्य के द्वारा मानो रेखा ने अपनी सारी क्लांत शक्तियों को विश्राम देकर पुनरुद्दीपित कर लिया था। वैसे ही जैसे नास्तिकों की भीड़ में कोई भक्त अनदेखे क्षण-भर आँख बन्द कर के अपने आराध्य का ध्यान कर ले और उसके द्वारा नए विश्वास से भर कर कर्म-रत हो जाए। रेखा जैसी आधुनिका के लिए भक्त की उपमा शायद ठीक न हो पर उस तुलना के द्वारा रेखा का पार्थक्य और उभर आता था, और यह बात बार-बार भुवन के सामने आती थी कि रेखा में एक दूरी है, एक अलगाव है, कि वह जिस समाज से घिरी है और जिस का केन्द्र है उससे अछूती भी है-यद्यपि कहाँ, अस्तित्व के कौन से स्तर पर वह विभाजन-रेखा है जो दोनों को अलग रखती है, इस की कल्पना वह नहीं कर सकता था...

काफ़ी पीते-पीते ये सब बातें चलचित्र-सी उसके आगे घूम गईं। और जैसे रेखा की रहस्यमयता उसे चुनौती देने लगी। यों व्यक्तित्व की चुनौती की प्रतिक्रिया भुवन में प्राय: सर्वदा नकारात्मक ही होती है-वह अपने को समझा लेता है कि चुनौती के उत्तर में किसी व्यक्तित्व में पैठना चाहना अनधिकार चेष्टा है, टाँग अड़ाना है; क्योंकि व्यक्तित्वों का सम्मिलन या परिचय तो फूल के खिलने की तरह एक सहज क्रिया होना चाहिए। पर रेखा के व्यक्तित्व की चुनौती को उसने इस प्रकार नहीं टाला, टालने की बात ही उसके मन में नहीं आई; रहस्यमयता की चुनौती स्वीकार करना तो और भी अधिक 'टाँग अड़ाना' है-क्योंकि किसी का रहस्य उद्‌घाटित करना चाहने वाला कोई कौन होता है?-यह भी उसने नहीं सोचा। पर अनधिकार हस्तक्षेप की भावना भी उसके मन में नहीं थी। यह जो जन-समुदाय से घिरे रह कर भी उससे अलग जा कर, किसी अलक्षित शक्ति के स्पर्श से दीप्त हो उठने जैसी बात उसने देखी थी, रह-रह कर वही भुवन को झकझोर जाती थी; जैसे किसी बड़े-चौड़े पाट वाली नदी में एक छोटे-से द्वीप का तरु-पल्लवित मुकुट किसी को अपनी अनपेक्षितता से चौंका जाए। या कि अँधेरे में किसी शीतल चमकती चीज़ को देख कर बार-बार उसे छू कर देखने को मन चाहे-कहाँ से, किस रहस्यमय रासायनिक क्रिया से यह ठंडा आलोक उत्पन्न होता है?

रेखा को देखते और इस ढंग की बात सोचते हुए भुवन कदाचित् अनमना हो गया था, क्योंकि उसने सहसा जाना, चन्द्र और रेखा में यह बहस चल रही है कि सत्य क्या है; और कब कैसे यह आरम्भ हो गई उसने लक्ष्य नहीं किया था।

चन्द्र कह रहा था, ''सत्य सभी कुछ है–सभी कुछ जो है। होना ही सत्य की एकमात्र कसौटी है।''

रेखा ने टोका, ''लेकिन होने को तो झूठ भी है, छल भी है, भ्रम भी है–क्या वह सब भी सत्य है? या कि आप होने की कुछ दूसरी परिभाषा करेंगे–पर यह कहना तो यही हुआ कि सत्य वह है जो सत्य है।''

''नहीं, सभी कुछ जो है। यानी उसमें मिथ्या भी शामिल है, भ्रम भी। मुझे अगर भ्रम है, तो उसका होना भी होना है, और इसलिए वह भी सत्य है। और मुझे भूत दीखते हैं, तो भूत सत्य हैं; यों चाहे होते हों या न होते हों। यों कह लें कि भूत मेरा सत्य है, दूसरों का चाहे न हो।''

''तो सत्य बिलकुल मुझ पर आश्रित है–व्यक्ति–सापेक्ष है? निरपेक्ष सत्य कुछ है ही नहीं?'' रेखा ने आपत्ति के स्वर में कहा, ''क्यों डॉक्टर भुवन, आप भी ऐसा ही मानते हैं?''

भुवन कुछ कहे, इससे पहले ही चन्द्र ने कहा, ''हाँ। सत्य सापेक्ष ही है। निरपेक्ष वह हो ही कैसे सकता है? निरपेक्ष तो चीज़ें हैं–पदार्थ। पदार्थ सत्य नहीं है, निरा पदार्थ। सत्य तो पदार्थ का हमारा बोध है–और बोध व्यक्तिगत है।''

भुवन ने कहा, ''मुझे तो लगता है कि हम सत्य और वस्तु का भेद भूल रहे हैं। भूत हों या न हों, अगर मेरे लिए हैं तो हैं–यानी यथार्थ हैं। पर सत्य...सत्य तो दूसरी बात है। यों चन्द्र जो पदार्थ और सत्य में भेद कर रहे हैं वह मैं मानता हूँ, पर वह अधूरी बात लगती है।''

''क्यों? आगे और क्या है?''

''पदार्थ वास्तव का एक अंश है। वास्तव में और भी बहुत कुछ आता है। विचार, कल्पनाएँ, घटनाएँ, परिस्थितियाँ–ये सब भी वास्तव के अंग हैं जिन्हें पदार्थ नहीं कहा जा सकता–''

''मैं कब कहता हूँ। लेकिन सत्य तो कहा जा सकता है?'' चन्द्र ने विजय के स्वर में कहा, ''यही तो मैं कह रहा था।''

''नहीं। मैं वास्तव में और सत्य में भेद करना चाहता हूँ। या कहिए कि सापेक्ष और निरपेक्ष सत्य के प्रश्न को दूसरी तरह देखना चाहता हूँ।'' भुवन क्षण–भर रुका। ''एक उदाहरण लीजिए : दो और दो चार होते हैं, इस बात को आप क्या कहेंगे?''

''सत्य और क्या?''

''लेकिन मैं नहीं कहूँगा। मैं कहूँगा कि यह तथ्य है। और इस तरह के सब 'सत्य' केवल तथ्य हैं। सत्य की संज्ञा उन्हें तब मिल सकती है जब उनके साथ हमारा रागात्मक

सम्बन्ध हो। यानी जो तथ्य हमारे भाव-जगत् की यथार्थता है, वह सत्य है; जो निरे वस्तु-जगत् की है, वह तथ्य है, वास्तविकता है, यथार्थता है, जो कह लीजिए, पर सत्य से वह ऊनी पड़ती है।''

क्षण-भर सब चुप रहे। फिर रेखा ने, कुछ इस बात को स्वीकार करते हुए और कुछ विषयान्तर करते हुए-से, कहा, ''सत्य को कटु क्यों कहते हैं, कटु वह कैसे हो सकता है? अंग्रेज़ी में भी कहते हैं पेनफुल ट्रूथ-अगर हम उसे सत्य मानते हैं, जानते हैं, तो वह पेनफुल क्यों होता है?''

भुवन ने कहा, ''मैं तो कहूँगा कि सत्य मात्र पेनफुल है; रागात्मक सम्बन्ध का यह मोल हमें चुकाना पड़ता है। सत्य, तथ्य का रचनात्मक, सृजनात्मक रूप है, और सृजन सब पेनफुल होता है : 'अपने ताप की तपन में सब कुछ उसने रचा'-रचना के सत्य का कितना सुन्दर वर्णन है इस वाक्य में!''

रेखा ने कहा, ''यह सचमुच बड़ी सुन्दर बात है। पर पेनफुल ट्रूथ की बात इससे हल नहीं हुई-मुझे तो नहीं लगता कि हल हो गई।''

''शायद नहीं हुई। पेनफुल सत्य का एक उदाहरण लीजिए। मान लीजिए कि 'क' 'ख' से प्रेम करता है। उनका प्रेम एक तथ्य है : आप बड़ी आसानी से कह सकते हैं कि 'क' 'ख' से प्रेम करता है-आप का अपना कोई लगाव 'क' 'ख' से नहीं है इसी लिए। अब कल्पना कीजिए उस स्थिति की जिस में अपनी ओर से यह बात कहनी हो। 'क' 'ख' से प्रेम करता है, यह कह देना कितना आसान है, और 'मैं तुमसे प्रेम करता हूँ' यह कह पाना कितना कठिन-कितना पेनफुल। क्योंकि एक तथ्य है, दूसरा सत्य-और सत्य न कहना आसान है, न सहना आसान है।'' भुवन साँस लेने के लिए तनिक-सा रुका और फिर बोला, ''अंग्रेज़ी की कविता है, 'द पेन आफ़ लविंग यू इज़ ऑल्मोस्ट मोर दैन आइ कैन बेयर'-तुम्हारे प्रेम की व्यथा दुस्सह है। बड़ी सच बात है, ज़रूर दुस्सह होगी, और ज़रूर व्यथा होगी-अगर सचमुच प्रेम है।''

चन्द्र ने कुछ ठट्ठे के स्वर में कहा, ''तब तो सत्य भी ख़तरनाक चीज़ है, और प्रेम भी। लेकिन ऋषि लोग सत्य को साध्य बता गए, प्रेम को धोखा।''

रेखा ने कहा, ''वे लोग कदाचित् ऋषि न रहे होंगे मिस्टर चन्द्र; प्रेम को धोखा रोमांटिकों ने बताया है, और आप कितने भी ऋषि-भक्त क्यों न हों, रोमांटिक ऋषि को नहीं पसन्द करेंगे। मैं तो यही जानती थी कि ऋषियों ने प्रेम और सत्य को एक माना है क्योंकि दोनों को ईश्वर का रूप माना है।''

''क्योंकि दोनों स्रष्टा हैं,'' भुवन ने जोड़ दिया। और फिर सहसा न जाने क्यों, उसे अपने बोलने पर और सारी बातचीत पर एक अजब-सी झिझक की भावना हुई : वह कैसे इतना बोल गया, और सो भी प्रेम का विषय ले कर? उसे याद आया, अंग्रेज़ी का जो काव्य-पद उसने सुनाया था, वह वास्तव में यों आरम्भ होता था, 'डीयरेस्ट, द पेन आफ़ लविंग यू', पर वह उद्धरण देते समय पहला सम्बोधन-शब्द छोड़ गया

था–अवश्य ही जान–बूझ कर और संकोचवश, यद्यपि उस समय उसे यह भी ध्यान न हुआ था कि वह कोई शब्द छोड़ रहा है। सत्य की चर्चा में प्रेम की बात ले आना और ऐसे सन्दर्भ देना–रेखा क्या सोचेगी कि इन प्रोफ़ेसर साहब के दिमाग में प्रेम भरा हुआ है। और प्रेम और सृजन–क्या–क्या बक गया वह...

बातचीत का सिलसिला टूट गया। तीनों चुपचाप कॉफ़ी पीते रहे।

चन्द्र के साथ तो भुवन टिका ही था; रेखा से भी उसके बाद प्रतिदिन भेंट होती रही। यों तो चन्द्र के नित्यप्रति कॉफ़ी हाउस जाने के प्रोग्राम में शामिल हो जाना ही काफ़ी था–वहीं भेंट हो जाती थी और चन्द्र का विश्वास था कि अच्छे पत्रकार के लिए कॉफ़ी हाउस में घंटों बिताना आवश्यक है–'शहर में क्या हुआ है, क्या होने वाला है, क्या हो रहा है, सब कॉफ़ी हाउस का वातावरण सूँघ लेने भर से भाँप लिया जा सकता है।' भुवन अनुभव करता था कि दूसरे पत्रकार भी ऐसा मानते हैं, क्योंकि वहाँ प्राय: उन का जमाव रहता था और सब वहाँ ऐसे कर्म–रत भाव से निठल्ले बैठ कर, ऐसे अर्थ–भरे भाव से व्यर्थ की बातें किया करते थे कि वह चकित हो जाता था। लेकिन पत्रकार साहित्यकार नहीं है, यह वह समझता था; साहित्यकार जो क्षणिक है उसमें से सनातन की छाप को, या जो सनातन है उसकी तात्क्षणिक प्रासंगिकता को खोजता और उससे उलझता है, पर पत्रकार के लिए क्षणिक की क्षणिक प्रासंगिकता ही सनातन है; और जहाँ वह उस प्रासंगिकता को तत्काल नहीं पहचानता वहाँ उसका आरोप करता चलता है...लेकिन बीच में एक दिन वह अकेला भी गया था। चन्द्र को किसी मंत्री से आवश्यक भेंट के लिए कौंसिल हाउस जाना था; दिन में अपने को सूना पा कर भुवन हज़रतगंज की ओर चल दिया था और एक पटरी पर चलते–चलते सहसा उसने देखा था, दूसरी पटरी पर दूसरी ओर से आती हुई रेखा सड़क पार करने के लिए ठिठक कर इधर–उधर देख रही है कि मोटरें न आ रही हों। वह रुक कर उसे देखने लगा था। रेखा ने बिना किनारे की सफ़ेद रेशमी साड़ी पहन रखी थी और वैसा ही सादा ब्लाउज़। रेशम की सफ़ेदी में एक स्निग्धता होती है जैसे हाथी दाँत के रंग में, और उस पर रेखा का साँवला रंग बहुत भला लग रहा था। आभरण–अलंकार कोई नहीं था, केवल उसके एक ओर मुड़ने पर भुवन ने लक्ष्य किया था कि जूड़े में एक फूल है।

रेखा के इस पार पहुँचते ही भुवन ने बढ़ कर नमस्कार करते हुए पूछा, "क्या कॉफ़ी हाउस चल कर बैठना अच्छा न रहेगा? आप मालूम होता है कि काफ़ी देर से घूमती रही हैं–लाइए, एक–आध बंडल मुझे दे दीजिए," क्योंकि रेखा के हाथ में कई एक पुलिन्दे थे।

"धन्यवाद, मैं अपना बोझा स्वयं ढोने की आदी हूँ।" कहते–कहते भी मुसकराती रेखा ने दो–तीन पैकेट उसे दे दिए। "मैं उपहार देने के लिए कुछ चीज़ें खरीद रही थी; उपहार देना यों भी अच्छा लगता है और मैं तो इतना आतिथ्य पाती हूँ कि चाहिए भी। लेकिन आज कॉफ़ी हाउस का निमंत्रण मेरा है–"

"निमंत्रण तो–अगर आप न्याय करें तो–मेरा ही था।" भुवन ने हलके प्रतिवाद के स्वर में कहा।

रेखा केवल हँस दी।

"कॉफ़ी हाउस का भी एक चस्का है," रेखा ने कहा, "कॉफ़ी के चस्के से शायद ज़्यादा गहरा वही है।"

"हाँ, चन्द्र ही को देखिए; अपने जीवन का छठा अंश वह यहाँ बिताता है या बिताना चाहता है–हालाँकि अच्छी और बुरी कॉफ़ी की पहचान भी शायद उसे नहीं है।"

"आपको कैसा लगता है?"

भुवन ने सीधे उत्तर न दे कर कहा, "चन्द्र का विचार है कि जीवन से तटस्थ हो कर दो मिनट बैठने के लिए ऐसी अच्छी जगह दूसरी नहीं–तटस्थ भी हों और देखते भी चलें, यह यहाँ का लाभ है।"

"पर आप तो ऐसा न मानते होंगे–आप तो यों ही इतने तटस्थ जान पड़ते हैं–" रेखा थोड़ा हँस दी–"कि दो मिनट की तटस्थता का आपके लिए क्या आकर्षण होगा!"

भुवन उसकी तीखी दृष्टि पर कुछ चौंका, पर सहज भाव से ही बोला, "हाँ, मैं तो आता हूँ कि थोड़ी देर के लिए जीवन के भरपूर प्रवाह में अपने को डाल सकूँ–मुझे तो हमेशा यह डर रहता है कि कहीं तटस्थता के नाम पर मैं उससे बिलकुल दूर ही न जा पड़ूँ। यहाँ बैठ कर अपने को मानवता का अंग मान सकता हूँ–उसके समूचे जीवन का स्पन्दन अनुभव कर सकता हूँ–"

"लेकिन, डॉक्टर भुवन, कॉफ़ी हाउस में मानवता का जो अंश आता है उसका जीवन मानवता का जीवन नहीं है। वह तो–वह तो–" रेखा के स्वर में थोड़ा-सा आवेश आ गया, "वह तो केवल एक भँवर है, वह भी बहुत छोटा-सा, और जीवन का प्रवाह–" वह सहसा चुप हो गई, फिर बोली, "और मानवता क्या है? मुझे तो लगता है, जब आप मानव से हट कर मानवता की बात सोचने लगते हैं, तभी आप जीवन से दूर चले जाते हैं, क्योंकि जीवन मानव का है, मानव यथार्थ है, मानवता केवल एक उद्‌भावना–एक युक्ति सत्य–"

भुवन ने कुछ संकुचित होकर कहा, "आप शायद ठीक कहती हैं। लेकिन मानवता न सही, जीवन की बात जब मैं कहता हूँ, तब अपने जीवन से बड़े एक संयुक्त, व्यापक, समष्टिगत जीवन की बात सोचता हूँ–उसी से एक होना चाहता हूँ–अगर वह बहुत बड़ा प्रवाह है, तो उसकी धारा को बाँहों से घेर लेना चाहता हूँ–या यह छोटे मुँह बड़ी बात लगे तो कहूँ कि उस पर एक पुल बाँधना चाहता हूँ, चाहे क्षण-भर के लिए–" यहाँ वह रुक गया, क्योंकि उसे लगा कि वह बड़ी-बड़ी बातें कर रहा है, और रेखा के चेहरे पर भी उसने एक हलकी-सी आमोद की मुसकराहट

देखी। "आप हँसती हैं? बात भी शायद हँसी की है–कॉफ़ी हाउस में बैठकर जीवन की नदी पर पुल बाँधने की बात तो अफ़ीमची की पिनक की बात है।"

"नहीं, डॉक्टर भुवन, सच कहूँ तो मुझे आप पर थोड़ी ईर्ष्या ही हो रही थी। कॉफ़ी हाउस की तो बात ख़ैर छोड़िए वह तो एक प्रतीक बन गया, जिस के सहारे हम जीवन ही के प्रति अपने दृष्टिकोण व्यक्त कर रहे हैं। इसलिए यह तो मुझे नहीं लगता कि हम यों ही बड़ी बातें कर रहे हैं। पर–पर जीवन की नदी पर सेतु बाँधने की कल्पना कर सकना ही इतनी बड़ी बात है कि मुझे ईर्ष्या होती है।"

भुवन ने कहा, "हाँ, यों सेतु बनना चाहना है बड़ी मूर्खता–क्योंकि सेतु दोनों ओर से केवल रौंदा ही जाता है।"

"हाँ, मगर सचमुच सेतु बन सकें तो दोनों ओर से रौंदे जाने में भी सुख है, और रौंदे जा कर टूट कर प्रवाह में गिर पड़ने में भी सिद्धि। पर मैं तो कह रही हूँ कि मैं तो उतनी कल्पना भी नहीं कर पाती–मैं तो समझती हूँ, हम अधिक से अधिक इस प्रवाह में छोटे-छोटे द्वीप हैं, उस प्रवाह से घिरे हुए भी, उससे कटे हुए भी; भूमि से बँधे और स्थिर भी, पर प्रवाह में सर्वदा असहाय भी–न जाने कब प्रवाह की एक स्वैरिणी लहर आ कर मिटा दे, बहा ले जाए, फिर चाहे द्वीप का फूल-पत्ते का आच्छादन कितना ही सुन्दर क्यों न रहा हो।"

भुवन तनिक विस्मय से रेखा की ओर देखता रहा। उसके शब्दों में, उसकी वाणी में, चित्रों को उभार कर सामने रख देने की अद्‌भुत शक्ति थी। भुवन अपनी आँखों के सामने स्पष्ट देख सकता था–एक दिगन्तस्पर्शी प्रवाह, उसमें छोटे-छोटे द्वीप–मानो तैरते दीप–और एक बड़ी अँधेरी रक्तहीन तरंग–नहीं, नहीं, नहीं! उसने अपने को सँभाल कर कहा, "रेखा जी, आप क्यों कॉफ़ी हाउस आती हैं?"

"मैं? मैं!" एक ही शब्द की दो प्रकार के स्वरों में आवृत्ति–बिना कुछ कहे भी रेखा कितना कुछ कह सकती थी। थोड़ी देर बाद उसने कहा, "मैं तो–आप मानिए!–कॉफ़ी पीने ही आती हूँ। थक कर आती हूँ, पर विश्राम के लिए नहीं, कॉफ़ी पी कर फिर चल पड़ने के लिए। जैसे इंजन ईंधन झोंकने या पानी लेने रुकता है। या फिर साथ के लिए आती हूँ–कुछ लोगों से मिलने, बात करने–और यहाँ इसलिए कि यहाँ वे सहज भाव से मिलते हैं। और मानव और मानव का सहज भाव से साक्षात्–वही हमारा मानव जीवन से और मानवता के जीवन से एकमात्र सम्पर्क हो सकता है। नहीं तो मानवता–यानी हमारी कल्पना–एक विशाल मरुभूमि है!"

बात कुछ अतिरिक्त गम्भीर हो गई थी। दोनों सहसा चुप हो कर सोचते रहे। थोड़ी देर बाद भुवन ने कहा, "क्या हम लोग एक ही बात या दृष्टिकोण को समानान्तर ढंग से नहीं कह रहे हैं? आप जिसे व्यक्तियों का सहज साक्षात् कहती हैं, मैं उसे– "

"नहीं, डॉक्टर भुवन, आप एक और सम्पूर्ण की बात कहते हैं, मैं एक और दूसरे एक की। सम्पूर्ण मेरे लिए केवल युक्ति-सत्य है–अपने-आप में कुछ नहीं, केवल

एक और एक की अन्तहीन आवृत्ति से पाया हुआ एक काल्पनिक योगफल। आपकी मानवता एक विशाल मरुभूमि है। और मेरे ये सहज साक्षात् छोटे-छोटे हरे ओएसिस-न एक हरियाली से सम्पूर्ण मरु की कल्पना हो सकती है, न असंख्य हरियालियों को जोड़ देने से एक मरुभूमि बनती है। ये चीज़ें ही अलग हैं-''

भुवन ने जैसे मौका पा कर कहा, ''ठीक। असंख्य हरियालियों से एक मरु नहीं बनता। तो यह क्यों न मानिए कि यह मरु नहीं है, सम्पूर्ण जो है, वह जीवन का उद्यान है?''

रेखा थोड़ी देर स्थिर दृष्टि से उसे देखती रही। फिर सहसा खिल कर बोली, ''इसी लिए तो मैं कहती हूँ, डॉक्टर भुवन, मुझे आपसे ईर्ष्या है। मैं एक-एक ओएसिस से ही इतनी अभिभूत हूँ कि दो को जोड़ नहीं सकती, और जोड़ना चाहती भी नहीं। कहिए कि इतनी पंगु हूँ कि अगर ओएसिस है तो मरु है ही, ऐसा मानना ज़रूरी समझती हूँ-जब कि आप बिना मरु के भी बल्कि बिना मरु के ही, ओएसिस का अस्तित्व मानते हैं। आप भाग्यवान् हैं-''

भुवन समझ रहा था कि रेखा यों बात टाल रही है-या कि उसे फिर गम्भीर से उतार कर साधारण के तल पर ला रही है-कॉफ़ी हाउस के उपयुक्त तल पर। पर वह आग्रह कर के बात आगे चलाना चाहता था, यद्यपि यह उसे लग रहा था कि अगर रेखा बात आगे चलाने को राजी न होगी तो उसके किए कुछ न होगा। मगर इतने में ही कुछ दूर से चन्द्र का स्वर आया, ''भाग्यवान् मैं हूँ, रेखा देवी, कि आप दोनों को यहाँ पा लिया। लेकिन भुवन को किस बात पर आप बधाई दे रही हैं-क्यों भुवन, कुछ नोबेल पुरस्कार मिलने की बात है क्या?''

रेखा ने सहसा एक और ही स्तर पर आ कर कहा, ''हाँ, आप तो सब से अधिक भाग्यवान् हैं-आप तो बिना ओएसिस के मरुभूमि में ही खुश हैं!''

''अगर उसमें आप लोगों का साथ हो, और अच्छी कॉफ़ी मिल जाए।'' चन्द्र ने बैठते हुए कहा, और पुकारा, ''बेयरा!''

भुवन को विस्मय हुआ। रेखा की बात बिलकुल चिकनी और साफ़ थी, और हलकी हँसी उस वातावरण के बिलकुल अनुकूल, पर क्या उसमें ही गहरे में एक विद्रूप का भाव नहीं था-विद्रूप, और हाँ, एक अस्वीकार का, तिरस्कार का? रेखा और चन्द्रमाधव मित्र हैं, इतना ही वह जानता था, लेकिन-लेकिन...

''रेखा देवी, आप तो और कॉफ़ी लेंगी न-और भुवन तुम?''

भुवन ने सँभल कर कहा, ''हूँ-हाँ। बेयरा, तीन कॉफ़ी और ले आओ, एक क्रीम।'' बेयरा गया तो उसने पूछा, ''चन्द्र, तुम्हारा इंटरव्यू कैसा रहा? भेंट हुई तो?''

''बताता हूँ, ज़रा कॉफ़ी आने दो-उनकी बातचीत का जायका धो लूँ-''

उस विषय की ओर फिर लौटना नहीं हुआ।

जिस दिन पहली बार स्टेशन जाने का निश्चय हुआ था, उस दिन भोजन के लिए बाहर जाने से पहले रेखा चन्द्रमाधव के यहाँ भी आई थी, तय हुआ था कि वहीं से साथ बाहर चला जाएगा। घर पर अधिक बातचीत नहीं हुई, क्योंकि भुवन सामान ठीक-ठाक करने में कुछ व्यस्त था, और चन्द्र को डिनर के लिए तैयारी करनी थी। डिनर उसने कार्लटन में ठीक किया था, और वहाँ जाने के लिए उसका कहना था कि वेश की ओर विशेष ध्यान देना आवश्यक है। यों उसे कपड़ों की कोई परवाह नहीं है, पर प्रमुख दैनिक के विशेष संवाददाता के नाते उसे सब करना ही पड़ता है–यों लोग पत्रकार को कुछ नहीं बताते पर उसके रंग-ढंग से यह लगे कि उसकी अच्छे समाज में पहुँच है, तो बहुत से लोग इसी लिए कुछ बताने को राजी बल्कि आतुर हो जाते हैं कि किसी दूसरे ने तो बताया ही होगा! और अच्छे जर्नलिस्ट का काम यही है कि सबको यह इम्प्रेशन दे कि आप जो बता रहे हैं, वह वास्तव में दूसरों से उसे पता लग चुका है, फिर भी आपका बताना और चीज़ है। क्यों और चीज़ है, उसके अलग कारण हो सकते हैं–एक तो यह पत्रकार पर आपके विश्वास का सूचक है–और वह कृतज्ञ है कि आपने उसे विश्वास दिया, या वह प्रसन्न है कि आपने उसकी पात्रता को पहचाना। दूसरे, बात जानना एक चीज़ है और प्रामाणिक ढंग से जानना दूसरी चीज़–आपके बताने में वह प्रामाणिकता है। प्रश्न सारा यही है कि किस व्यक्ति को कितना 'फ़्लैटर' करना उचित है–आज उसका जो पद है उसे ध्यान में रखते हुए, या कल उससे जो काम निकालना है उसे देखते हुए। 'पम्प' कर के बात निकालने के लिए उसी अनुपात में पम्प (फूँक भरना) भी तो होगा–यह पंजाबी मुहावरा कितना मौजूँ है। और आपकी चाटुकारिता को कोई कितना सीरियसली ले, यह आपकी पोशाक पर निर्भर है–अगर आप अच्छे कपड़े पहने हैं तो आपकी की हुई प्रशंसा ठीक है और स्वीकार्य है, आप पारखी पत्र-प्रतिनिधि हैं; अगर रद्दी कपड़े पहने हैं तो वह काम निकालने के लिए की गई झूठी खुशामद है, आप टुटपुँजिए रिपोर्टर हैं और तिरस्कार के पात्र। भुवन ने पत्रकारिता का पूरा नुस्खा सुन लिया था। बल्कि इसी में पैकिंग में उसे देर हुई। फिर भी वह जैसे-तैसे आकर रेखा के पास बैठ गया था।

''आप मेरी चिन्ता न कीजिए; मैं प्रतीक्षा करने की आदी हूँ और यहाँ तो बहुत-सी दिलचस्प चीज़ें बिखरी हैं,'' रेखा ने एक पुस्तक उठाते हुए कहा, ''पीटर चेनी मैंने पढ़ा नहीं, सुना है बड़ी दिलचस्प कहानियाँ लिखता है।''

''जी हाँ। चन्द्र से सुना होगा आपने। या कि आप फ़ौजदारी अदालत की रिपोर्टरी की उम्मीदवार हैं?''

रेखा ने हँस कर किताब रख दी। भीतर से चन्द्रमाधव ने पुकारा, ''मेरी साहित्यिक रुचि की बुराई कर रहे हो, भुवन? लेकिन पीटर चेनी क्यों बुरा है? और पीटर चेनी पढ़ने वाले कम से कम दूसरों की नुक़्ताचीनी तो नहीं करते, अपने में खुश रहते हैं।

और तुम्हारे साहित्य पढ़ने वाले सुपीरियर लोग–सबको हिकारत की नज़र से देखते हैं। दोनों में कौन अच्छा है, रेखा देवी? कौन–सा दृष्टिकोण स्वस्थ है?

"ठीक है, मिस्टर चन्द्र, आपका दृष्टिकोण कलाकार का दृष्टिकोण है–सर्वस्वीकारी। आपके मित्र आलोचक हैं–आलोचना तो रचनाशक्ति की मृत्यु का दूसरा नाम है।"

भुवन ने फिर चौंककर रेखा की ओर देखा। क्या वह चन्द्रमाधव पर हँस रही है? क्यों? या कि दोनों पर ही हँस रही है? रेखा ने उसकी भौचक मुद्रा को लक्ष्य किया और सहसा हँस दी। "आप ठीक सोच रहे हैं डॉक्टर भुवन, मैं सिर्फ़ हँसी कर रही थी।"

भुवन ने पूछना चाहा, लेकिन किस की? या किस–किस की? पर कुछ बोला नहीं।

चन्द्रमाधव ने बाहर आ कर टाई सीधी करते हुए कहा, "अब मैं सब तरह तैयार हूँ–रेडी फॉर एनीथिंग।"

रेखा ने फिर चमकती आँखों से कहा, "हाँ, पीटर चेनी के एक दृश्य के लिए भी।"

चन्द्रमाधव ने बिना झेंपते हुए कहा, "हाँ।"

" 'सेटिंग, कार्लटन होटल का डाइनिंग–रूम। भोजन करते–करते रेखा देवी औंधे–मुँह सूप प्लेट पर गिर गई–हत्या के कारण का कोई अनुमान नहीं हो सका। लखनऊ के स्टार पत्रकार चन्द्रमाधव पड़ताल कर रहे हैं! प्रोफ़ेसर भुवन भी घटनास्थल पर मौजूद थे'–लेकिन क्या सचमुच? या कि तटस्थता से– "

"क्या कह रही हैं आप, रेखा देवी? ऐसी मनहूस कल्पना मत कीजिए।"

"मैं कहाँ? यह तो पीटर चेनी– "

"पीटर चेनी के लायक पात्र कार्लटन में ढेरों और हैं, आपको वह कष्ट नहीं देगा।"

रेखा ने कृत्रिम निराशा का भाव दर्शाते कहा, "तो मैं पीटर चेनी के लायक भी नहीं– "

भुवन अतिरिक्त सजगता से रेखा को देखने लगा था। मन ही मन उसने सहमत होते हुए कहा, "पीटर चेनी के लायक तो कदापि नहीं।" पर फिर किस के? हार्डी के? हाँ, ऐसी कठपुतली पा कर भाग्य भी अपना भाग्य सराहेगा। पर रेखा उतनी भोली नहीं है; उसमें एक बुनियादी दृढ़ता है जो–...दोस्तोएव्स्की? लेकिन क्या उसकी चेतना वैसी विभाजित है–क्या उसमें वह अतिमानवी तर्क–संगति है जो वास्तव में पागलपन का ही एक रूप है? प्राचीन ग्रीक ट्रेजेडीकार–एक बनाम समूचा देव–वर्ग...लेकिन रेखा में उतना अहं क्या है कि देवता उसे चुनें–कि वह चुनी जा कर कष्ट पावे? तब सार्त्र–क्षण की असीमता, यातना के क्षण की असीमता...निस्सन्देह असीम सहिष्णुता

उसमें है–व्यथा पाने की असीम अन्तःसामर्थ्य, लेकिन वह इसी लिए कि आनन्द की असीम क्षमता उसमें हैं...आनन्द की परा सीमा, यातना की परा सीमा–चुन सकते हैं उसे देवता, क्योंकि परा सीमाएँ उसमें सोती हैं; नभाकांक्षी मानव, मृत्कामी देवता–ट्रेजेडी के सहज यान–इकेरस के पंख, प्रमाथ्यु की आग...ग्रीक ट्रेजेडी केवल अहं की ट्रेजेडी तो नहीं है, वह मानव की सम्भावनाओं की ट्रेजेडी है...

कुछ–कुछ यह अनुभव करते हुए कि बात बहुत देर से कही जा रही है और कदाचित् नहीं कहनी चाहिए, उसने कहा ही : "रेखा जी, चेनी के या किसी भी लेखक के पात्र होना क्यों चाहा जाए? हर किसी का अपना जीवन अद्वितीय होता है–"

"सो तो है। हम कदम–कदम पर अपनी अनुभूतियों की तुलना साहित्य के पात्रों से करते चलते हैं, पर हैं वे अद्वितीय और अद्वितीयता में ही वे हमारे निकट मूल्यवान् हैं। नहीं तो आदमी ऐसा अभागा भी हो जा सकता है कि किताबी पात्रों का जीवन ही जिए, उन्हीं की अनुभूतियाँ भोगे–ऐसे छायाजीवी भी होते हैं।"

न जाने क्यों, भुवन ने एक बार फिर चन्द्र की ओर देखा; उसने सहसा जाना कि वह चन्द्र को ध्यान से देख रहा है, मानो उसकी रेखाओं से पूछ रहा है, "जिस अनुभूति की तुम रेखाएँ हों, वह क्या सच है, मौलिक है, या कि छाया?" कोई शीशा आसपास नहीं था, नहीं तो कदाचित् वह अपना चेहरा भी देखने लगता।

रेखा ने पूछा, "कार्लटन में आर्केस्ट्रा भी होगा?" भुवन ने लक्ष्य किया कि विषय बदल दिया गया है।

उस रात स्टेशन से गाड़ी जान–बूझ कर छोड़ आने के बाद, भुवन को अपने पर हलकी–सी खीझ आई थी। क्यों वह गाड़ी छोड़ कर लौट आया? कुछ काम की क्षति नहीं हुई, ठीक है, पर एक निश्चय होता है, अकारण बदलने से इच्छा–शक्ति क्षीण होती है। यों क्षण की प्रेरणाओं पर अपने को छोड़ देने से आदमी शीघ्र ही आँधी पर उड़ता तिनका बन जाता है–क्योंकि प्रत्येक बार संकल्प–शक्ति कुछ क्षीणतर हो जाती है और सहज प्रेरणा की मन्द हवा कुछ तेज़ हो कर आँधी–सी...क्यों नहीं वह चला गया? रेखा न जाती तो न जाती–रेखा से उसे क्या?

और अपने कमरे में टहलते–टहलते वह सहसा निकल कर चन्द्रमाधव के कमरे में चला गया था। चन्द्र लेट गया था और सोने की तैयारी कर रहा था, पर भुवन ने बिना भूमिका के पूछा था, "चन्द्र, यह रेखा देवी कौन है, क्या है–मुझे उसकी बात और बताओ, जो तुम्हें मालूम हो।"

चन्द्र ने एक लम्बे क्षण तक उसकी ओर देखा। फिर कुछ मुसकरा कर कहा था, "क्यों, ठेस खा गए, दोस्त? रेखा तुम्हारी केमिस्ट्री की इक्वेशन नहीं जो झट हल कर लोगे, बड़ा पेचीदा मामला है।"

"बकवास मत करो। मुझे उससे कोई मतलब नहीं है। सिर्फ़ एक दिलचस्प चरित्र है–मुझे बौद्धिक कौतूहल है, बस। बौद्धिकता से तुम्हारा छत्तीस का नाता है, यह जानता हूँ, पर तुम जैसा दिलफेंक स्वभाव मुझे नहीं मिला, मैं क्या करूँ?"

"तैश में मत आओ, दोस्त," चन्द्र ने उठ कर बैठते हुए कहा था, "वह कुरसी खींच लो और बैठ जाओ।" भुवन के बैठ जाने पर, "हाँ, अब पूछो, क्या जानना चाहते हो?"

"जो बता दो : वह कौन है, क्या है, कहाँ की है, क्या करती रही है, क्या करती है, अकेली क्यों घूमती है–"

"रुको। इतना पहले बता लूँ तो और पूछना; नहीं तो मेरा सिर चकरा जाएगा।"

लेकिन बता कर क्या बताया जा सकता है? स्वयं वही जब कहता है कि तथ्य और सत्य में अन्तर है, तब निरे तथ्य जान कर सत्य तक पहुँचने की व्यर्थ कोशिश वह क्यों कर रहा है? "सत्य अपने अन्तर की पीड़ा से जाना जाता है।" वही मानते हो, तो ठीक है; वही क्यों न परीक्षा कर के देखो?

तथ्य कुछ अधिक थे भी नहीं।

रेखा की आयु यही सत्ताईस के लगभग होगी; वह विवाहित है, विवाह आठ वर्ष पहले हुआ था, पर विवाह के दो–एक वर्ष बाद ही पति–पत्नी अलग हो गए थे। कारण कोई ठीक नहीं जानता, और रेखा से पूछने का साहस किसे है? कोई कहते हैं, विवाह से पहले रेखा का किसी से प्रेम था पर उससे विवाह हो नहीं सकता था; उसने बाद में दूसरा विवाह कर लिया तो मर्माहत रेखा ने उसके माता–पिता ने जो वर ठीक किया उसे चुपचाप स्वीकार कर लिया पर उसे वह दे न सकी जो पति को देना चाहिए; कोई यह कहते हैं कि पति की ही आदतें शुरू से खराब थीं और वह पत्नी के प्रति अत्यन्त उदासीन था, मित्रों को ला कर घर छोड़ जाया करता था और स्वयं न जाने कहाँ–कहाँ जा रहता था–सच क्या है भगवान् जाने, पर छः वर्ष से दोनों अलग हैं, और तीन–चार वर्ष हुए पति एक विदेशी रबर कम्पनी में अच्छी नौकरी स्वीकार कर के मलय चला गया हैं; वहाँ उसके साथ मलय या एंग्लो–मलय या यूरोपियन–मलय मिश्र रक्त की कोई स्त्री भी रहती है। रेखा नौकरी करती है; पढ़ाती रहती है, फिर किसी रियासत में राजकुमारियों की गवर्नेस थी, वहाँ से हाल में इस्तीफ़ा दे कर आई है। अभी कुछ नहीं कर रही है लेकिन नौकरी की तलाश में है।

"और घर कहाँ है? माता–पिता हैं?"

"नहीं। पिता बड़े नामी डॉक्टर थे; माँ भक्त थीं और मरीं तो बहुत–सी सम्पत्ति रामकृष्ण मिशन को छोड़ गई। वैसे शायद कश्मीरी है, पर दादा कलकत्ते में आ बसे थे और तब से तीसरी पीढ़ी बंगाली ही अधिक है–रेखा हिन्दी और बँगला दोनों बोलती है और बँगला संगीत में उसकी अच्छी पहुँच है।"

"अच्छा? और?"

चन्द्रमाधव ने कहा, ''और क्या? जो तुम पूछो सो बताऊँ?''

''तुमसे परिचय कब से, और कैसे हुआ?''

''मुझ से!'' चन्द्र ने तकिये के पास से टटोल कर सिगरेट का पैकेट निकाला, सिगरेट सुलगा कर, उठते हुए बोला, ''मुझ से? तुम तो जानते हो, पत्रकार का परिचय हर किसी से होता है। समझ लो वैसे ही।''

''बनो मत! और ये सब बातें तुम्हें कैसे मालूम हुईं?''

''मैं पहले से जानता था। बल्कि सुन रखी थीं, इसी लिए कौतूहल अधिक था, जब भेंट हुई तो सोचा इस अद्भुत स्त्री से अवश्य परिचय करना चाहिए।''

''क्यों? और वह अद्भुत क्यों है?''

''यह मुझ से पूछते हो? देख कर ही नहीं छाप पड़ती कि यह स्त्री कुछ भिन्न है–असाधारण है? और क्यों की भली पूछी। जिस स्त्री का इतिहास होता है, उसमें किसे नहीं दिलचस्पी होती?''

भुवन ने तनिक रुखाई से कहा, ''हाँ, जर्नलिस्ट को तो ज़रूर होनी चाहिए–''

''जर्नलिस्ट ही क्यों, हर किसी को होती है। तुम्हीं क्यों इतना जानने को उत्सुक हो?''

''मैं तो जानने से पहले ही उत्सुक था, इतिहास जान कर तो नहीं हुआ–''

''मानते हो न? तभी तो कहता हूँ वह असाधारण स्त्री है। तुम भी मानते हो, नहीं तो पूछते क्यों? तुम्हें किसी स्त्री में दिलचस्पी हो, यह तो कभी देखा–सुना नहीं, कॉलेज में भी तुम गब्बू प्रसिद्ध थे।'' चन्द्र ज़ोर से हँस दिया।

भुवन ने अन्तिम बात की अनसुनी करते हुए कहा, ''और क्यों दिलचस्पी है? और यह जो इतिहास वाली बात है, उसका आकर्षण क्या निरी लोलुपता नहीं होती–अगर पहले से इतिहास है तो एक अध्याय शायद हम भी जोड़ लें, ऐसा कुछ लोभ?''

''हो सकता है। आधुनिक समाज में कोई समझदार विवाहित से नहीं उलझता यह तो तुम जानते हो–उसमें खतरा बहुत होता है। हाँ, विवाहिता मगर वियुक्ता की बात और है–उसमें दोनों ओर के लाभ हैं। और यह जो लोभ की बात–''

''छिः, चन्द्र, क्या बात तुम करते हो! यह आधुनिक समाज की नहीं, अठारहवीं सदी के यूरोप के समाज की मनोवृत्ति है–बल्कि उस समय के भी दरबारी समाज की।''

''अच्छा, अच्छा, गरम मत होओ मेरे दोस्त। और मुझे छिः–छिः कहने से क्या लाभ है–मैं तो हर किसी की बात कह रहा था, अपनी थोड़े ही?''

''क्यों, तुमने अपनी दिलचस्पी की बात नहीं कही थी अभी?''

''कही थी। पर वह बात और है। मैं तो रेखा देवी का बहुत सम्मान करता हूँ। बल्कि वैसी स्त्री–'' सहसा चन्द्र बात अधूरी छोड़ कर चुप हो गया।

''कहो, कहो–वैसी स्त्री क्या?''

"कुछ नहीं!" कह कर चन्द्र ने चुप लगा ली, और फिर भुवन के बहुत पूछने पर भी कुछ नहीं बोला।

अन्तिम दिन वे तीनों सिनेमा गए थे। यों शाम के शो में भी जाया जा सकता था, पर एक बजे कॉफ़ी हाउस में मिलने की ठहरी थी और भुवन का प्रस्ताव था कि वहीं से तीन बजे के शो में चला जाए–ताकि शाम को थोड़ा घूमने का समय मिल सके।

अंग्रेज़ी चित्र था, जिस में एक दुर्घटना में नायक का स्मृतिलोप हो जाता है, और वह अपनी गृहस्थी की बात भूल कर पुन: प्रेम करने लगता है; नया संसार खड़ा कर लेता है; और फिर एक वैसी ही दुर्घटना देख कर उसकी पहली स्मृति लौट आती है और नया स्मृति-संचय मिट जाता है। कहानी भी मार्मिक थी और अभिनय भी भावोद्वेलक; पर उसे ध्यान से देखते हुए भी भुवन मन-ही-मन सोचता जाता था कि इस की रेखा पर क्या प्रतिक्रिया हो रही होगी। क्योंकि सम्पूर्ण तटस्थ भाव से तो कुछ देखा नहीं जाता; हम अनजाने कथावस्तु पर अपना आरोप करते चलते हैं, या फिर अपने पर ही कथा की घटनाएँ घटित करते चलते हैं–और मन की यह भी एक शक्ति है कि ज़रा से भी साम्य के सहारे वह सहज ही सम्पूर्ण लयकारी सम्बन्ध जोड़ लेता है। क्या रेखा अपने को अमुक स्थिति में देख रही है? क्या...बीच-बीच में वह खीझ कर अपने को झकझोर लेता कि नहीं, रेखा की बात वह नहीं सोचेगा, पर फिर थोड़ी देर में वैसा ही प्रश्न उसके मन में उठ आता–अगर रेखा का पति– ...

बाहर आ कर तीनों टहलते हुए गोमती की ओर निकल गए थे। पुल के पास घाट की सीढ़ियों पर तीनों बैठ गए थे। चलते-चलते चित्र के विषय में कुछ बात हुई थी, पर 'अच्छा है' से अधिक रेखा ने कोई मत व्यक्त नहीं किया था; वह स्पष्ट ही कुछ अनमनी थी।

सहसा भुवन ने पूछा, "रेखा जी, आप गाती नहीं?"

"गाती नहीं, यह तो नहीं कह सकती, पर गाना जानती नहीं हूँ।"

चन्द्र ने साभिप्राय भुवन की ओर देखा।

"आपकी मातृभाषा तो बँगला है न?"

रेखा ने एक बार दृष्टि उठा कर भुवन से मिलाई। उसमें बड़ा हलका-सा अचम्भा था, और कुछ यह भाव कि आपने पूछा है तो उत्तर दे देती हूँ, पर अपने बारे में प्रश्नों का उत्तर देने का मुझे अभ्यास नहीं। फिर उसने कहा, "उँ-हाँ, वही मेरी भाषा है।"

"तो बँगला में ही एक गाना गा दीजिए न–मेरा यह आग्रह गुस्ताख़ी तो न होगा?"

रेखा थोड़ी देर चुप रही। फिर धीरे-धीरे बोली, "नदी का किनारा है, गान यहाँ होना ही चाहिए–आपकी मान्यताएँ भी इतनी रोमांटिक होंगी ऐसा नहीं समझती थी।"

भुवन ने आहत भाव से प्रतिवाद करना चाहा, पर बोला नहीं। चन्द्र मानो आँखों से कह रहा था, 'तुम हो दुस्साहसी, पर देखें तुम्हारी बात सुनती है कि नहीं–मेरी तो कभी नहीं सुनी।'

सहसा दोनों निश्चल हो गए, क्योंकि रेखा कुछ गुनगुना रही थी। फिर उसने धीमे किन्तु स्पष्ट स्वर में गाना शुरू किया :

आमार रात पोहालो शारद प्राते–
आमार रात पोहालो।
बांशी तोमाय दिये जाबो काहार हाते–
आमार रात पोहालो।
तोमार बूके बाजलो धुनि, विदाय गोंथा आगमनि,
कत ये फाल्गुने श्रावणे कत प्रभाते राते–
आमार रात पोहालो।
ये कथा रय प्राणेर भीतर अगोचरे,
गाने–गाने निये छिले चूरि करे।
समय ये तार हल गत, निशि शेषे तारांर मत,
तारे शेष करे दाओ शिउलि फूलेर मरण साथे–
आमार रात पोहालो!

अन्तिम पंक्ति गाते–गाते ही वह उठी और धीरे–धीरे सीढ़ियाँ उतरने लगी, अन्तिम स्वर उस बढ़ती हुई दूरी में ही खो गए और ठीक पता न लगा कि गाना पहले बन्द हुआ कि सुनना। नीचे पहुँच कर रेखा पानी के निकट खड़ी हो गई, एक बार मानो हाथ से पानी हिलाने के लिए झुकी, पर फिर इरादा बदल कर सीधी हो गई। भुवन और चन्द्र दोनों ऊपर बैठे रहे। पुल के ऊपर दो–तीन बन्दर आ कर बैठ गए और कौतूहल से दोनों की ओर देखने लगे। घिरती साँझ के आकाश के पट पर बन्दरों के आकार अजब लग रहे थे। चन्द्र ने पुकारा, "रेखा जी, अब चला जाए?"

रेखा ने घूमते हुए आवाज़ दी, "आई।" और धीरे–धीरे सीढ़ियाँ चढ़ने लगी।

भुवन ने कहा, "रेखा जी, आपने हमें यह कहने का मौका ही नहीं दिया कि आप बहुत अच्छा गाती हैं–"

"तो आपको आभार मानना चाहिए कि अनावश्यक शिष्टाचार से मैंने आपको बचा लिया! जैसा गाती हूँ, वह मैं जानती हूँ। सीखना ज़रूर चाहती थी, पर–" हाथों की एक अस्पष्ट मुद्रा ने बाकी वाक्य का स्थान ले लिया।

उसके बाद स्टेशन पहुँचने तक एक अजब–सा दुराव सबके बीच में आ गया था। सभी चुप रहे थे; चलने से कुछ पहले भुवन सामान देखने का बहाना करके अलग हट गया था कि उसकी वजह से वह खिंचाव हो तो दूर हो जाए; पर जब वह बाहर घूम–घाम कर सीढ़ी पर पैर पटकता हुआ लौटा, तब भी दोनों चुपचाप ही बैठे थे, बल्कि

तनाव कुछ अधिक ही जान पड़ रहा था–चन्द्र के चेहरे पर कुंठित-सा भाव था, और रेखा के चेहरे पर एक अनमनापन, आँखों में एक असीम दूरी, मानो वह बहुत, बहुत दूर कहीं पर हो...

भुवन ने कुछ ऊँचे स्वर से कहा, "और आज भी भीड़ हुई तो? मैं तो जैसे-तैसे जाऊँगा ही–चाहे फ़ुटबोर्ड पर लटकते हुए ही–"

रेखा ने कहा, "नहीं, आज मैं आपको रोकने का आग्रह नहीं करूँगी–कल भी आप रुक गए इसके लिए बहुत कृतज्ञ हूँ।"

भुवन ने मन-ही-मन सोचा, 'कल भी आपने कौन-सा आग्रह किया था–' पर प्रत्यक्ष उसने नहीं कहा। बोला, "कृतज्ञ मुझे–हम दोनों को होना चाहिए कि आप रुक गईं–"

चन्द्र ने प्रकृतिस्थ हो कर कहा, "हाँ, और नहीं तो क्या। बल्कि मुझे आप दोनों का–"

"चलिए, हम सबके सब कृतज्ञ हैं।" रेखा मुसकरा दी। "अब चलें–राह में मेरा सामान लेते चलेंगे–"

भुवन अपने कमरे की ओर सामान उठाने चला। पीछे उसने सुना, रेखा पूछ रही है, "आपके मित्र को इलाहाबाद में बहुत ज़रूरी काम है? या घर पहुँचने की जल्दी है–बीवी–"

वह सहसा ठिठक गया। चन्द्र ठठा कर हँसा। "अरे, भुवन तो निघरा है, उसे कहीं पहुँचने की जल्दी नहीं है।" भुवन आगे बढ़ गया। रेखा ने फिर कहा, "अकेले हैं, तभी लीक पकड़ कर चलते हैं।"

इस वाक्य का कुछ भी अभिप्राय भुवन नहीं समझ सका–कोई भी अर्थ न उस पर लागू होता था, न रेखा या चन्द्र पर ही किसी तरह लगाया जा सकता था। चन्द्र ने फिर क्या कहा, यह उसने नहीं सुना।

दस बजे रात के गाड़ी लखनऊ से छूटी थी। रेखा के डिब्बे के सामने ही उसने चन्द्रमाधव से विदा ली थी, और उसे वहीं छोड़ कर अपने डिब्बे की ओर चला गया था। रेखा का डिब्बा आगे की ओर था; गाड़ी जब चली तब प्लेटफ़ार्म पर खड़ा चन्द्र फिर उसके सामने आ गया और उसने हाथ हिला कर फिर विदा माँग ली।

उसके बाद अगर वह ऊँघता रहता, और प्रतापगढ़ तक फिर रेखा को देखने न जाता, तो कोई असाधारण बात न होती–वैसा कुछ उससे अपेक्षित नहीं हो सकता था। बल्कि प्रतापगढ़ में भी अगर न उतरता, तो बहुत अधिक चूक न होती; चाहे रेखा ही उसे वहाँ देख कर नमस्कार करती हुई चली जाती। रेखा की यात्रा का या उस यात्रा में उसकी सुरक्षा या सुविधा का कोई दायित्व भुवन पर कैसे था?

पर गाड़ी पैसेंजर थी, हर स्टेशन पर रुकती थी। ऊँघने की चेष्टा बेकार थी–यों भुवन ने उधर ध्यान भी नहीं दिया। पहले ही स्टेशन पर गाड़ी रुकी तो वह रेखा के डिब्बे

पर पहुँच गया; दरवाज़े के पास ही रेखा बैठी थी और उसकी आँखें बिलकुल सजग थीं और शायद बाहर अन्धकार की ओर देखती रही थीं!

भुवन ने कहा, ''आप काफ़ी सफ़र करती हैं?''

''हाँ, अधिक सफ़र ही करती हूँ! इधर के बहुत कम वेटिंग-रूम हैं जो मेरे अपरिचित होंगे। जब मुसाफ़िर नहीं होती तब मेहमान होती हूँ–और दोनों में कौन अधिक उखड़ा है यह कभी तय नहीं कर पाई!''

''लेकिन उखड़ापन तो भावना की बात है, रेखा जी! मानने से होता है। व्यक्ति की जड़ें घरों में नहीं होतीं–समाज-जीवन में होती हैं–नहीं? और यायावरों का भी अपना समाज होता है–''

''तो समझ लीजिए कि मैं ज्ञान के तरु की तरह हूँ–ऊर्ध्व-मूल–मेरी जड़ें आकाश में खोई फिरती हैं! लेकिन यह न समझिए कि मैं शिकायत कर रही हूँ–''

गाड़ी चल दी थी। अगले स्टेशन पर भुवन ने फिर कहा था, ''आप जैसा व्यक्ति भटकता है तो यही मानना चाहिए कि स्वेच्छा से, पसन्द से भटकता है–लाचारी तो समझ में नहीं आती। और स्वेच्छा का भटकना तो भीतरी शक्ति का द्योतक है।''

रेखा हँस पड़ी। ''भटकने से ही शक्ति आती है, डॉक्टर भुवन! क्योंकि जब मिट्टी से बाँधने वाली जड़ें नहीं रहतीं, तब हवा पर उड़ते हुए जीने के लिए कहीं-न-कहीं से और साधन जुटाने पड़ते हैं। स्वेच्छा से भटकना? हाँ, इस अर्थ में ज़रूर स्वेच्छा है कि पड़ा-पड़ा पिस क्यों नहीं जाता, अँधेरे गर्त में धँस क्यों नहीं जाता, हाथ-पैर क्यों पटकता है?''

''मैं आपको क्लेश पहुँचाना नहीं चाहता था, रेखा जी–मेरा मतलब था–व्यक्तित्व जड़ें तो फेंकने लगता है बिलकुल बचपन से और–और'' वह कुछ झिझका, ''आपका भटकना–''

''कह डालिए न, आपका भटकना पाँच-छ: वर्ष का ही है; आप जानते तो होंगे कि मेरा विवाह हुए आठ वर्ष हो गए और विवाह के दो वर्ष बाद से–''

भुवन चुप रह गया।

''आपकी बात ठीक है। कुछ सम्बन्ध बने भी रह सकते थे, और उन्हें काट कर बह निकलना स्वेच्छा से ही हुआ। पर–जड़ों का ही रूपक लिये चलें तो–यह आप नहीं मानते कि कुछ जड़ें वास्तव में जीवन का आधार होती हैं और सतही जड़ों का बहुत बड़ा जाल भी एक गहरी जड़ की बराबरी नहीं करता?''

''हाँ–''

''तब एक जड़ के कट जाने से भी पेड़ मर सकता है–और मरे नहीं तो भी निराधार तो हो ही सकता है। मैं मरी नहीं–''

गाड़ी फिर चल दी। इस समय शायद भुवन को गाड़ी के चल देने से तसल्ली ही हुई, क्योंकि ऐसे में क्या कहे, वह सोच नहीं सकता था।

बात ज्यों-ज्यों आगे चलती थी, अगले स्टेशन पर फिर न जा पहुँचना उतना ही अनुचित जान पड़ता था; अनुचित ही नहीं, भुवन स्वयं भी बात आगे सुनने को उत्सुक था।

अगले स्टेशन पर रेखा ने कहा, "डॉक्टर भुवन, मैं अपनी बात के लिए क्षमा चाहती हूँ, इस तरह की बात करने की मैं बिलकुल आदी नहीं हूँ, आप मानें। पर रेल का सफ़र शायद इस तरह के आत्म-प्रकाशन को सहज बनाता है-चलती गाड़ी में हम अजनबी को भी बहुत-सी ऐसी निजी बातें कह देते हैं जो अपने ठिकाने पर घनिष्ट मित्रों से भी न कहें।" वह कुछ रुकी। फिर बोली, "यह भी शायद जड़ों वाली बात का एक पहलू है; चलती गाड़ी में मुझ-से व्यक्ति को एक स्वच्छन्दता का बोध होता है जबकि स्थिरता की सूचक किसी जगह में मुझे अपना बेमेलपन ही अखरता रहता और मैं गूँगी हो जाती। इसलिए मेरी बात पर ध्यान न दें-वह चलती बात है।" अपने श्लेष पर वह स्वयं हँस दी। भुवन ही नहीं हँस सका।

रेखा ने फिर कहा, "यों भी शायद मैं एग्जेजरेट कर रही हूँ-उतना गहरा आघात शायद वह नहीं था। वैसा कहना दोतरफ़ा अन्याय है। असल में जहाँ मैं आ पहुँची हूँ, उसका कोई एक कारण नहीं है-मेरा सारा जीवन ही कारण है। और यह कहने से कुछ बात नहीं बनती-क्योंकि 'जीवन का सारा जीवन ही कारण है' यह कहने के क्या मानी हैं?"

"मानी हैं," भुवन इतना ही कह पाया; गाड़ी फिर चल दी। और अगले स्टेशन पर उसने देखा कि रेखा का चेहरा इतना बदला हुआ है कि बात का सूत्र फिर उठाने का साहस ही उसे नहीं हुआ।

रेखा ने कहा, "एक बात पूछूँ, डॉक्टर भुवन? बुरा तो न मानोगे? आपने शादी क्यों नहीं की?"

भुवन अचकचा गया। पैंतरा कटता हुआ बोला, "पहले तो डॉक्टर कहना आवश्यक नहीं है रेखा जी; नहीं तो मुझे लगेगा कि श्रीमती रेखा देवी न कहने में मुझ से शुरू से चूक होती रही है। दूसरे-कोई काम न करने के लिए क्यों कारण ढूँढ़ा जाए? कारण तो कुछ करने के लिए होना चाहिए, न करना तो स्वयंसिद्ध है।"

"हाँ, यों तो ठीक है, पर शादी के बारे में नहीं। वह तो धर्म है न-शास्त्रोक्त भी, स्वाभाविक भी-"

"रात के दो बजे शास्त्रार्थ करने लायक ज्ञान तो मुझ में है नहीं। और कहीं अस्वाभाविकता अपने जीवन में अखरी हो, ऐसा भी नहीं है-"

"अरे हाँ, मैं भी कैसा अत्याचार कर रही हूँ यह-बस, अब अगले स्टेशन पर आप नहीं आवेंगे। मैं प्रतापगढ़ स्वयं उतर जाऊँगी। आप जा कर आराम कीजिए डॉक्टर-भुवन जी!"

भुवन ने कहा, "रेखा जी, आपने जिसे अनावश्यक शिष्टाचार कहा था, उसके अन्तर्गत क्या यह बात भी नहीं आती?"

अगला स्टेशन प्रतापगढ़ था। यहाँ तो दस-बारह मिनट गाड़ी ठहरेगी। भुवन लपक कर पहुँचा कि सामान उतरवा दे; पर यहाँ तक आते डिब्बे के सब मुसाफ़िरों पर ऐसी शिथिलता छा गई थी कि सब अपने-अपने स्थान पर पोटलियाँ-से पड़े थे, और ऊपर की बर्थ से सामान उतार लेने में कोई अड़चन या झिझक नहीं हो सकती थी। भुवन के पहुँचने तक रेखा ने सामान उतार लिया था, एक कुली भी आ गया था।

रेखा ने कहा, ''इस स्टेशन पर तो आपके न आने की बात थी?''

''न आता तो आप 'मिस' न करती, यह जानता हूँ; समझ लीजिए कि यह भी फालतू शिष्टाचार है-''

''जो आप अपने सौजन्य के साथ रूँगे में दे रहे हैं।'' रेखा हँसी।

कुली ने सामान उठा लिया था। रेखा ने कहा, ''वेटिंग-रूम में ले चलो, हम आते हैं।'' कुली चला गया।

भुवन ने कहा, ''रेखा जी, आपसे भेंट कर के मुझे बड़ी प्रसन्नता हुई। मेरा लखनऊ का प्रवास बड़ा सुखद रहा। इस बात को आप शिष्टाचार ही न मानें-'' फिर तनिक-सा रुक कर, ''सुखद शायद ठीक शब्द नहीं है-किन्तु ठीक शब्द तत्काल मिल नहीं रहा है, सोच कर शायद ढूँढ़ निकालूँ।''

रेखा ने गम्भीर हो कर कहा, ''भुवन जी, मैं भी आपकी कृतज्ञ हूँ। आपने इस वापसी की यात्रा को भी प्रीतिकर बना दिया। बल्कि मैं सोचती हूँ, यह यात्रा कुछ और लम्बी हो सकती थी।'' फिर कुछ मुसकरा कर, ''बातचीत का यह इंटरमिटेंट तरीका कुछ बुरा नहीं है-ये बीच-बीच के ब्रेक अपने-आप में एक तटस्थता दे देने वाले हैं, फिर चाहे बातचीत कोई कैसी ही करे। मैं सोचती हूँ मुझे कभी ईसाइयों की तरह कनफेशन करना हो तो गिरजे में जाकर नहीं, रेलगाड़ी में ही करूँ।''

भुवन ने भी हँस कर कहा, ''और कनफेसर मैं होऊँ, मुझे विश्वास है कि मेरा काम बहुत हलका रहेगा। आपने ऐसे बहुत अधिक कर्म किए होंगे जिनका आत्मा पर बोझ हो, ऐसा नहीं लगता।''

रेखा ज़ोर से हँस दी। अंग्रेज़ी में उसने एक पंक्ति कही, जिस का अर्थ था 'कितना छल-रूपी होता है पापी!' फिर सहसा स्वर बदल कर गम्भीर हो कर उसने पूछा, ''अच्छा सच बताइए, मैंने आपके इलाहाबाद जाने में जो एक दिन देर कर दी, उसके लिए आप नाराज़ तो नहीं हैं न?''

अब भुवन हँसा। ''वह बात अभी तक आपको याद ही है। मुझे कहीं पहुँचना नहीं था, और एक दिन जो अधिक रह गया वह और भी अच्छा बीता-नाराज़ी का प्रश्न ही कैसे उठता है? कृतज्ञ-''

''नहीं, मुझे बहुत डर लगा रहता है। जो रास्ते वाले हैं उन्हें रास्ते से एक इंच भी इधर-उधर नहीं ले जाना चाहिए-मेरी बात तो दूसरी है, मेरे आगे रास्ता ही नहीं है।''

भुवन ने कहा, "स्पष्ट क्यों नहीं कहतीं? आप समर्थ हैं, रास्ता बनाती चलती हैं, हम दूसरों की बनाई हुई लीकें पीटते हैं–"

रेखा ने ज़ोर दे कर कहा, "नहीं, यह मेरा आशय बिलकुल नहीं था।"

भुवन को रेखा की शाम को कही हुई बात याद आ गई–"अकेले हैं, तभी लीक पकड़ कर चलते हैं।" उसने चाहा, अभी पूछ ले कि रेखा का क्या अभिप्राय था। पर वह बात उसे नहीं, चन्द्रमाधव को कही गई थी, उसे सुननी भी नहीं चाहिए थी। उसने पूछा, "तब कुछ स्पष्ट कर के कहिए न?"

"कुछ नहीं। दूसरों की बनाई हुई लीकों की बात मैं नहीं सोच रही थी। व्यक्तित्व की अपनी लीकें होती हैं–एक रुझान होता है। और उसके आगे, व्यक्ति अपने वर्तमान और भविष्य के बारे में जो समझता है, जो कल्पना करता है, मनसूबे बाँधता है, उससे भी तो एक लीक बनती है–लीक कहिए, चौखटा कहिए, ढाँचा कहिए। या कह लीजिए दुनिया में अपना एक स्थान। मेरा यही मतलब था। आपके सामने–ऐसा मेरा अनुमान है–भविष्य का एक चित्र है, कहीं मंज़िल है, ठिकाना है। इसलिए रास्ता भी है–"

"रास्ते तो कई हो सकते हैं, और शॉर्टकट होते नहीं–"

"शॉर्टकट नहीं होते, पर कई रास्तों वाला तर्क बड़ा ख़तरनाक होता है, भुवन जी; आपके सामने एक रास्ता है, वह जिस पर आप हैं। दूसरे रास्ते हो सकते हैं पर चलता रास्ता एक ही है–जिस पर आप हैं। चलना तभी सम्भव है।"

गार्ड ने सीटी दे दी थी। गाड़ी भी सीटी दे चुकी थी। भुवन ने कहा, "रेखा जी, आपके व्यक्तित्व को देख कर कोई यह नहीं कह सकता कि आपके सामने रास्ता नहीं है–आपका ऐसा स्पष्ट सुनिश्चित, रूपाकारयुक्त व्यक्तित्व है कि–" वह शब्दों के लिए कुछ अटका, तो रेखा ने कहा, "आप चल कर गाड़ी पर सवार हो जाइए, फिर आगे बात होगी।"

भुवन ने कहा, "अभी चलने में बहुत देर है।" फिर कुछ शरारत से एलियट की पंक्तियाँ दुहरा दीं :

> *"बिट्वीन द आइडिया*
> *एंड द रिएलिटी*
> *बिट्वीन द मोशन*
> *एंड द एक्ट*
> *फ़ाल्स द शैडो*
> *फ़ॉर दाइन इज़ द किंग्डम–"*

रेखा हँसी, कुछ बोली नहीं। भुवन ने कहा, "लेकिन मेरा सवाल बीच ही में रह जाता है–आपके पास ऐसी स्पष्ट प्रखर दृष्टि है–"

"कि मुझे सब रास्ते एक साथ दीखते हैं।" रेखा बात काट कर हँस पड़ी। "और हर रास्ते के आगे एक मंज़िल भी दीखती है, जिसे मरीचिका मानना कठिन

है।'' वह तनिक रुकी, फिर गम्भीर हो कर उसने कहा, ''और इसी लिए सब मंज़िलें झूठ हो जाती हैं, और कोई रास्ता नहीं रहता। मैं सचमुच कहीं भी पहुँचना नहीं चाहती–चाहना ही नहीं चाहती। मेरे लिए काल का प्रवाह भी प्रवाह नहीं है, केवल क्षण और क्षण और क्षण का योगफल है–मानवता की तरह ही काल–प्रवाह भी मेरे निकट युक्ति–सत्य है, वास्तविकता क्षण ही की है। क्षण सनातन है।''

भुवन चुपचाप रेखा का मुँह ताकता रहा। रेखा जैसे दूर कहीं से कुछ गुनगुना उठी; भुवन ने कान दे कर सुना, वह लॉरेंस की कुछ पंक्तियाँ दुहरा रही थी :

''डार्क ग्रासेज़ अंडर माइ .फ़ीट
सीम टु डैब्ल् इन मी
लाइक ग्रासेज़ इन ए ब्रुक।
ओः, एंड इट इज़ स्वीट टु बी
आल दीज़ थिंग्स, नॉट टु बी
एनी मोर माइसेल्फ़,
.फ़ॉर लुक
आई एम वेयरी ऑफ़ माइसेल्फ़!''

रेखा का स्वर भुवन स्पष्ट नहीं सुन सकता था और शब्द छूट जाते थे, पर कविता उसकी पढ़ी हुई थी और वह बिना पूरा सुने भी साथ गुनगुना सका; लेकिन रेखा के पढ़ने में कितनी एकात्मकता थी उन पंक्तियों के आशय के साथ–मानो सचमुच ही भुवन देख सकता, वहाँ रेखा नहीं, घास की झूमती हुई पत्तियाँ हैं–पत्तियाँ भी नहीं, पानी में पड़ी हुई पत्तियों की परछाइयाँ...उसे और किसी कवि की कविता याद आई जिसने कहा है, 'सरोवर के पानी में झाँक कर जो घास और शैवाल देखता है, वह भगवान् का मुँह देखता है, और जो अपनी परछाईं देखता है वह एक मूर्ख का मुँह देखता है'–और उसने सोचा, इस समय निस्सन्देह रेखा मूर्ख का मुँह नहीं देख रही है, यद्यपि भगवान् का साक्षात् वह कर रही है या नहीं, यह–

ठीक इसी समय रेखा ने उसकी कुहनी पकड़ कर उसे ठेलते हुए कहा था, ''अरे, आपकी गाड़ी तो जा रही है–'' और उसने मुड़ कर देखा था कि सचमुच, पर उसका डिब्बा, जो पीछे था, अभी जहाँ वे खड़े थे वहाँ से गुज़रा नहीं था; उसने कहा था, ''आप चिन्ता न करें–'' और सवार हो गया था; कब रेखा ने उसकी कुहनी छोड़ी थी इसका उसे ठीक पता नहीं था–तत्काल ही, या जब उसने डिब्बे का हैंडल पकड़ कर पटरी पर पैर रखा था और गाड़ी की गति ने उसे खींच लिया था तब; उसने यही देखा था कि रेखा का हाथ अभी वैसा ही ऊपर उठा हुआ है, उँगलियों की स्थिति वैसी ही अनिश्चित है जैसे किसी एक क्रिया के पूरी होने के बाद दूसरी क्रिया के आरम्भ होने से पहले होती है–संकल्प–शक्ति की उस जड़ अन्तरावस्था में।

और ठीक उसके बाद उसने सहसा जाना था कि वह भीतर कहीं विचलित है, और उसकी कुहनी चुनचुना रही है, और उसका हाथ उसका अपना अवयव नहीं है, और सब पर्याय विपर्याय हैं और आसपास सब कुछ एक गोरखधन्धा है जिस का हल, कम-से-कम उस समय, उसे भूल गया है–और गोरखधन्धे का हल न जानने में उतनी छटपटाहट नहीं होती जितनी जानते हुए भी उस क्षण न पा सकने में...

पटरी के मोड़ पर रेखा गाड़ी की ओट हो गई थी; भुवन अपना हाथ देखता रह गया था। तभी एक चिड़चिड़े स्वर ने उसे वापस, ठोस धरती पर ला गिराया था।

क्षितिज में फीका-सा रंग भरने लगा था; सप्ताह-भर की घटनाओं का–यदि घटना उन्हें कहा जा सकता है–पर्यवलोकन कर के भुवन फिर वहीं का वहीं आ गया था। 'तथ्य और सत्य : सत्य वह तथ्य है जिस से रागात्मक लगाव–' उँह, सब बातें हैं, तथ्य कि सत्य यह कि फाफामऊ स्टेशन आ रहा है, आगे गंगा है जिस का पाट इस धुँधली रोशनी में मुकुर-सा चमकता होगा–गंगा, प्रयाग की गंगा–

भुवन ने एक लम्बी साँस ली, फिर अपनी चढ़ी हुई आस्तीनें नीचे उतार लीं–चाहे हलकी-सी ठंड से बचने के लिए, चाहे कुहनी पर की छाप को छिपा या मिटा देने के लिए। खड़े हो कर उसने एक अँगड़ाई ली। इलाहाबाद वह नहीं ठहरेगा; वापस चला जाएगा; छुट्टी के दो-चार दिन बाकी हैं तो क्या हुआ।

या कि और कहीं हो आए–बनारस, सारनाथ–मथुरा-आगरा-दिल्ली; दिल्ली में कई मित्र हैं, गौरा के माता-पिता हैं, उसके प्रोफ़ेसर भी आजकल हैं–

नहीं, क्या होगा कहीं जा कर, इलाहाबाद से सीधे वापस, अपनी छोटी-सी जगह अच्छी है, कुछ पढ़ना-लिखना होगा–

"अकेले हैं न, तभी लीक पकड़ कर चलते है।"

घड़घड़ाहट–यह गंगा का पुल आ गया। दूर कहीं पर अभी दीखते होंगे धुँधले-से भोर के दीप?

एक दिगन्तस्पर्शी प्रवाह, उसमें छोटे-छोटे द्वीप–मानो तैरते दीप–और एक बड़ी अँधेरी, रवहीन तरंग–नहीं, नहीं, नहीं!

चन्द्रमाधव

स्टेशन से चन्द्रमाधव की घर जाने की इच्छा नहीं हुई। हज़रतगंज की सड़क पर टहला जा सकता था, और रात के दस बजे वहाँ चहलकदमी करते नज़र आना बुरा नहीं है, उससे प्रतिष्ठा बढ़ती ही है–पर अकेले टहलना चन्द्र की समझ में कभी नहीं आया–कोई बात है भला! अकेले टहलते हैं वह जो किसी की ताक में रहते हैं–बल्कि वे भी अकेले नहीं टहलते, जैसे कि जिन की ताक में वे डोलते हैं वे भी अकेली कम ही नज़र आती हैं। अकेले टहलते हैं पागल–या कवि, जो असल में पागल ही होते हैं पर रेस्पेक्टेबल होने के लिए जीनियस का ढोंग रचते हैं। शब्दों पर अधिकार–रचना–हुँह; वह अधिकार तो पत्रकार का है, वही असल रचयिता है, स्रष्टा है। कुछ बात ले कर बात बनाना भी कोई बात है भला? कला वह जो न-कुछ को ले कर बतंगड़ खड़ा कर दे, सनसनी फैला दे, दंगे-बलवे-इनकलाब करवा दे! कभी किसी कवि ने, कलाकार ने इनकलाब नहीं कराया, जर्नलिस्ट ही अपनी मुट्ठी में इनकलाब लिये फिरता है। चन्द्र ने मन-ही-मन ज़रा सुर से कहा, 'मैं मुट्ठी में इनकलाब लिये फिरता हूँ'–और फिर अवज्ञा से अपने को ही मुँह बिचका दिया। फिर उसने सोचा, मैं बराबर ही अपने को ही मुँह बिचकाता आता हूँ–दुनिया मेरे बनाए या चाहे ढंग से नहीं चलती तो दुनिया मुझे मुँह बिचका कर चली जाती है, मैं भला क्यों अपने को मुँह बिचकाता हूँ? उसने जेब टटोली, हाँ सिगरेट थे अभी; एक सिगरेट सुलगा कर लम्बा कश खींचा, मुँह गोल कर धुएँ की पिचकारी छोड़ी–यह धुआँ अगर वैसा ही जमा-का-जमा तीर-सा जाता, हवा को छेद देता, तो उसे कुछ संतोष होता;

पर वह बिखर गया, कमबख्त उड़ कर उसी की आँखों में आ कर चुभने लगा। चन्द्र ने रिक्शावाले से कहा, ''सिनेमा ले चलो।''

''कौन से सिनेमा, हुजूर? मेफ़ेयर?''

''हाँ।'' चन्द्रमाधव बिना सोचे कह गया।

फिर सहसा उसे याद आया, मेफ़ेयर में तो वह आज ही मैटिनी देख कर गया है; बोला, ''नहीं, मेफ़ेयर तो हम दिन में गए थे। और कहीं ले चलो–''

रिक्शावाले ने कहा, ''एल्फ़िंस्टन में 'जवानी की रीत' लगा है–वहाँ जाइएगा?''

''अच्छा, वहीं चलो।''

रिक्शावाला बढ़ चला। धीरे-धीरे कुछ गुनगुनाता वह पैडल फेंकता चला जा रहा था, उसकी गति कुछ तेज़ हो गई थी। चन्द्र ने सोचा, सिनेमा मैं जा रहा हूँ, मस्त यह हो रहा है। इसी तरह लोग दूसरों के मज़े में मस्त दिन काटते चले जाते हैं–क्या ज़िन्दगी है! जैसे दूसरे के घर से सवेरे अस्त-व्यस्त निकली अलसाती सुन्दरी को देख कर कोई खुश हो ले। उसका मुँह कडुवा हो आया–हुँह, सीला हुआ सिगरेट है! उसने सिगरेट निकाल कर फेंक दिया, एक ओर झुक कर ज़ोर से थूका।

पुराने ज़माने में प्रतिनिधियों की मारफ़त शादी हो जाती थी–वह जहाँ खुद नहीं जा सकता था प्रतिनिधि भेज देता था। क्या बेहूदगी है! प्रातिनिधिक शादी हो सकती है तो प्रातिनिधिक सुहागरात– ! पर यहाँ भी तो राजा लोग अपनी रानियों को नियोग के लिए भेजा करते थे ऋषियों के पास–वह भी तो प्रातिनिधिक–...उसे असल में ऋषि होना चाहिए था– पुराने ज़माने का; पर कमबख़्त नए ज़माने का महंत भी तो न हुआ–हो गया स्पेशल रेप्रेजेंटेटिव एक अख़बार का! जाट के घोड़े की तरह 'माँगा था नीचे, दे दिया ऊपर।' दुनिया में इतना कुछ होता है, उसी के साथ कुछ नहीं होता; वह केवल खबरें पाता और देता है, टिप्पणी करता है–टिप्पणी भी नहीं, दूसरों की टिप्पणियों का संग्रह करता है–

रिक्शा रुक गया। सामने एल्फ़िंस्टन की रंगीन बत्तियाँ थीं, एक बड़े भारी पोस्टर पर वही परिचित तिरछी खड़ी कोई 'लड़की', वही परिचित कन्धे पर से झाँकता हुआ 'लड़का'–पोस्टर में नहीं आया, लेकिन दाहने को ज़रूर एक पेड़ की शाख होगी, जिस पर बड़ा-सा मैग्नोलिया का फूल होगा शायद काग़ज़ का, या दो शाखों पर दो फूल भी हो सकते हैं, और लड़की-लड़के के तुक-ताल बँधे फ्लर्टेशन में बीच-बीच में दोनों पास-पास लाए जाएँगे और फिर दूर हट जाएँगे, छुएँगे नहीं, क्योंकि सेंसर के नियम में चुम्बन अभारतीय है, चाहे मुँह से सटा और न्योतता मुँह पाँच मिनट तक स्क्रीन पर स्थिर खड़ा रहे, और चवन्नी वाले सिटकारियाँ मारते और फबतियाँ कसते रहें!

चन्द्रमाधव ने जेब में हाथ डाल कर पैसे निकालते हुए बड़े रूखे स्वर में रिक्शावाले से कहा, ''लो!''

उसकी रुखाई से रिक्शावाले ने समझा कि बाबू साहब थोड़े पैसे दे रहे होंगे, पर हथेली पर एक-एक रुपये के दो नोट देख कर वह चौंक गया; फिर तत्परता से हाथ उठा कर बोला, "सलाम हुजूर!" उदारता के लिए धन्यवाद देने का और तरीका ही उसे नहीं आता था।

पर चन्द्रमाधव में उदारता नहीं थी। उसने जवाब में गुर्रा कर कहा, "हूँ!" मानो कह रहा हो, 'जा, साले तू, भी प्रातिनिधिक फ्लर्टेशन कर ले–और क्या तेरे भाग्य में बदा है!'

फिर वह सिनेमा के पोर्च के अन्दर घुस गया।

तथ्य और सत्य के बारे में चन्द्रमाधव और भुवन की राय नहीं मिलती। कॉलेज ही से इस बात को लेकर उनमें बहस होती आई है। रागात्मक लगाव की बात तो दूर रही–तथ्य ही लोगों के अलग-अलग होते हैं। इतिहास की घटनाओं से तो हमारा रागात्मक सम्बन्ध नहीं होता–फिर क्यों दो इतिहासकार दो इतिहास लिखते हैं? इसलिए कि दोनों भिन्न-भिन्न तथ्य चुनते हैं। रागात्मक लगाव वाली बात मान लें, तो जो सत्य है, वही झूठ है, क्योंकि वह पूर्वग्रह-युक्त तथ्य है–और ऐतिहासिक तथ्यों पर पूर्वग्रह लादना ही सारे झूठ की जड़ है और ऐसे झूठे इतिहासों ने ही दुनिया में फूट और लड़ाई के विष-बीज बोए हैं...

चन्द्रमाधव के जीवन के ही तथ्य ले लें। भुवन को यही दीखता है कि अच्छी तरह पास कर के वह विदेश चला गया था, विदेशों में बहुत घूमा है और सदा सनसनी की खोज में–भुवन के मत से उसका सारा जीवन सनसनी की एक लम्बी खोज है, और वह यह भी ज़रूर सोचता होगा कि निरी सनसनी की खोज से व्यक्ति की सूक्ष्मतर संवेदनाएँ भोंड़ी हो जाती हैं और वह सिवाय तीखी उत्तेजना के कुछ समझता ही नहीं, लिहाजा चन्द्रमाधव भी एक तरह का नशेबाज है और जीवन की महत्त्वपूर्ण चीज़ों को नहीं पहचान सकता। भुवन का दुःख-पूजा का एक सिद्धान्त है–पीड़ा से दृष्टि मिलती है। इसलिए आत्म-पीड़न ही आत्म-दर्शन का माध्यम है? क्या दलील है!

भुवन अकेला है; घर-गिरस्ती की चिन्ताएँ उसने जानी नहीं, दुःख की दूर से रोमांटिक कल्पना की है, इसी लिए बातें बना सकता है। अगर सचमुच दुःख उसने जाना होता–दुःख कैसे तोड़ कर, चूर-चूर कर के रख देता है, दृष्टि देना तो क्या, आँखों को अन्धा कर के, पपोटे निकाल कर उन में कीचड़ भर देता है, यह देखा होता–तो उसकी जबान ऐंठ जाती...

चन्द्रमाधव ने सनसनी खोजी है? असल में उसने जीवन खोजा है, तीव्र बहता हुआ, प्लवनकारी जीवन, और वह उसे मिला कहाँ है? मिली हैं यह छोटी-छोटी टुच्ची अनुभूतियाँ, चुटकियाँ और चिकोटियाँ–और उसके किस दोष के कारण? प्यार नहीं, बीवी-बच्चे। स्वातन्त्र्य? नहीं, तनख़ाह। जीवनानन्द? नहीं, सहूलियत, घर, जेब-खर्च, सिनेमा, पान-सिगरेट, मित्रों की हिर्स-...

कॉलेज छोड़ने के अगले वर्ष उसकी शादी हो गई थी। लड़की साधारण पढ़ी थी–मेट्रिक और भूषण पास; साधारण सुन्दरी थी–साफ़ रंग, अच्छे नख–शिख; साधारण बुद्धिमती थी–घर सँभाल लेती थी, साथ घूम लेती थी, मित्रों–मेहमानों से निबाह लेती थी और पढ़े–लिखों की बातचीत में आत्म–विश्वास नहीं खोती थी। पत्नी ने उससे कुछ अधिक माँगा नहीं था, साधारण गिरस्ती की जो माँगें होती हैं बस; कुछ अधिक दिया भी नहीं था, साधारण गिरस्ती जो देती है, बस। दो बच्चे, साफ़–सुथरा घर, बिना झंझट के खाना–सोना, छोटा–सा बैंक बैलेंस, दिल–बहलाव की साधारण सहूलियतें।

मध्यवर्गीय मानदंडों से उसके सब कुछ था–और कोई क्या चाह सकता है? पर दूसरे बच्चे–पहली सन्तान लड़की थी, दूसरी लड़का–के बाद वह गिरस्ती से टूट गया था; कोई झगड़ा हुआ हो, शिकायत हो, ऐसी बात नहीं थी, बस यों ही तबीयत उचट गई थी, और वह पत्नी और बच्चों को छोड़ आया था। खर्चा भेज देता था, कभी-कबाह चिट्ठी लिख देता था, बस इससे अधिक उलझन नहीं थी, न वह चाहता था। बच्चे बड़े होंगे तब पढ़ाई–वढ़ाई का प्रश्न उठेगा, अभी तो कोई चिन्ता नहीं, और पहले दो–चार बरस तो माँ ही देखभाल लेगी–फिर बड़ी तो लड़की है, उसकी पढ़ाई की कौन इतनी चिन्ता है, लड़के की शुरू से फ़िक्र होती है...

अकेले रहना बुरा नहीं था। गिरस्ती का अनुभव हो जाने के बाद तो वह प्रीतिकर भी था–उसमें एक आज़ादी और आत्म–निर्भरता थी जिस का मूल्य शायद बिना गिरस्ती के अनुभव के समझा ही नहीं जा सकता था। और वह जो कॉफ़ी हाउस का उसके जीवन में एक स्थान बन गया है, यह भी एक चीज़ है। उसे समझने के लिए भी वैसा बैकग्राउंड चाहिए। बिना भोगे कोई इस स्थिति को नहीं समझ सकता है।

बिना भोगे। लेकिन बिना क्या भोगे? क्या उसी ने कोई कष्ट भोगा है, दु:ख जाना है? बराबर ही तो साधारण सहूलियत का जीवन उसने बिताया है–बड़े पैमाने पर ऐश नहीं की तो दरिद्र होकर टुकड़ों को भी तो नहीं तरसा, ऐसे में दु:ख भी अगर हो तो उसी स्केल पर तो होगा, साधारण छोटा दु:ख! पर यही तो असल बात है–यह साधारणपन ही तो असली खा जाने वाला घुन है, यह तो सब से बड़ा, सब से चुभने वाला, अकिंचनता की कसक से बराबर सालते रहने वाला दु:ख है! 'तुम्हें साधारण से बड़ा दु:ख नहीं होगा'–यही तो बड़े आनन्द की, बड़े सुख की, विराट् की, अनुभूति की मौत का परवाना है–'तुम्हें साधारण से बड़ा कुछ नहीं होगा!'

लेकिन–क्या वह द्राविड प्राणायाम से भुवन वाले नतीजे पर पहुँचा है? क्या वह भी बड़े दु:ख की पूजा कर रहा है? नहीं, दु:ख अपने आप में इष्ट है, यह वह कहाँ मानता है? लेकिन बड़ा दु:ख बड़ी सम्भावना का द्योतक तो है; सम्भावना हो, अनुभूति की सामर्थ्य हो, तभी तो बड़ी अनुभूति होगी...

पर क्या भुवन दु:ख को इष्ट मानता है? क्या रेखा भी वैसा मानती है? विराट् अनुभूति के प्रति खुले रहने का ही क्या वे अनुमोदन नहीं करते–विराट् के प्रति समर्पित होने का?

रेखा। रेखा क्षण ही के प्रति समर्पित होने की बात करती है। क्षण ही को विराट् मानती है।

लेकिन क्या सचमुच मानती है? क्या जब भी क्षण के प्रति आत्म-समर्पण का अवसर आया है, उसने इनकार नहीं किया है? वह अपने को सँजो-सँजो कर रखती है, कोई असूर्यम्पश्या भी तो इस तरह बचा-बचा कर कदम न रखती होगी-और बात करती है क्षण के प्रति समर्पण की। जैसे भुवन अनुभूति से बचता है, और विराट् अनुभूति के प्रति समर्पण की बात करता है। असल में सब सिद्धान्त क्षतिपूरक होते हैं : आप जो हैं, जैसे हैं, उससे ठीक उल्टा सिद्धान्त गढ़ कर उसका प्रचार करते फिरते हैं। इससे एक तो आप अपने लिए एक सन्तुलन स्थापित कर लेते हैं, दूसरे औरों को गलत लीक पर डाल देते हैं ताकि आपको ठीक-ठीक कोई पकड़ न पा सके। रेखा ही कहती है कि मैं कुछ नहीं हूँ, जीवन के प्रवाह में एक अणु हूँ-पर कितना अहं है उसमें, कि...

चन्द्रमाधव का रेखा से परिचय पुराना था। रेखा के पति को भी वह थोड़ा जानता था; विवाह के कुछ समय बाद ही दोनों से उसकी पहले-पहल भेंट हुई थी। यद्यपि कोई घनिष्ठता किसी से नहीं थी तथापि तब से वह उन में रेखा के पति का ही परिचित गिना जाता था, और उनके विच्छेद के बाद जब वह रेखा से मिला, तब पहले रेखा ने उससे पति के मित्र के अनुकूल ही व्यवहार किया था-शिष्ट, विनीत, पर बिलकुल असम्पृक्त और दूर। उनके विच्छेद की बात सहसा नहीं फैली थी, क्योंकि दोनों के दुराव को लोगों ने धीरे-धीरे ही जाना था : पति के मलय चले जाने के बाद भी लोग यही समझते रहे थे कि वह नौकरी के लिए ही गया है, और बहुधा रेखा से उसका हाल-चाल भी पूछ लेते थे। इतना ही अचम्भा उन्हें होता था कि वह पत्नी को साथ क्यों नहीं ले गया। पीछे जब रेखा ने अलग नौकरी कर ली, और यह भी खुल गया कि मलय में उसके पति के साथ कोई और स्त्री रहती है, तभी लोगों को उनके दुराव का पूरा पता लगा। और ऐसे में जैसा होता है, लोगों को पहले इसी बात का गुस्सा आया कि वे इतने दिनों तक भुलावे में ही क्यों रहे-या रखे गए। पति तो दूर चला गया था, रेखा पर यह गुस्सा भरपूर प्रकट हुआ। एक के बाद एक कई नौकरियाँ उसे छोड़नी पड़ीं; और उसके साथ-साथ यह भी बात बन चली कि वह कहीं टिकती नहीं, दो-चार महीने बाद काम छोड़ देती है, जिस से आगे नौकरी मिलने में क्रमशः कठिनाई बढ़ती गई।

इसी बीच चन्द्रमाधव फिर उससे मिला था। उसकी स्थिति पर सहानुभूति प्रकट कर के, कुछ शिकायत भी की थी कि रेखा ने उसे क्यों न याद किया, वह ज़रूर कुछ सहायता करता। रेखा ने सहज विस्मय से कुछ झिझकते हुए कहा था, "आप तो-उनके मित्र हैं; मैं समझती थी कि आप जानते होंगे-और आपसे सहानुभूति की आशा भी कैसे कर सकती थी?" चन्द्र इस बात से कट गया था, पर उसने प्रकट नहीं होने दिया था, और सहायता करने और काम दिलाने का वचन दिया था।

वह उसने किया भी था। कई जगह उसने बात की थी; फिर एक जगह नौकरी मिल भी गई थी। चन्द्र बीच-बीच में आ कर उससे मिल भी जाता था।

लेकिन यह नौकरी भी और नौकरियों की तरह छूट गई थी। बल्कि, रेखा चाहे न जानती हो, उसके छूट जाने में चन्द्र का भी हाथ था। उसके बार-बार मिलने आने पर स्कूल की कमेटी के एक सदस्य ने उससे पूछा था तो उसने कहा था कि रेखा के पति के मित्र के नाते वह अभिभावक है; पर रेखा, जिसे यों भी छिपाव पसन्द नहीं था और जो जानती थी कि छिपाना है भी व्यर्थ, लोग जान तो जाएँगे ही, कमेटी को पहले बता चुकी थी कि पति से उसका वर्षों से कोई सम्बन्ध नहीं है। बात समिति तक गई थी, और उन्होंने रेखा को-यद्यपि बड़े शिष्ट ढंग से-नोटिस दे दिया था।

इसके बाद रियासत में गवर्नेस का पद दिलाने में भी चन्द्रमाधव ने सहायता की थी। पत्र-प्रतिनिधि के नाते रियासतों में उसकी वाकफियत भी काफ़ी थी, आतंक भी कुछ था-राष्ट्रीय उत्तेजना के उस ज़माने में रियासतों का पत्रकारों से डरना स्वाभाविक ही था!

यहाँ भी चन्द्र बराबर मिलने आता था। एक बार दो-एक दिन ठहर भी गया। दुबारा जब आ कर ठहरने की बात उसने की तो रेखा के उत्तर से वह भाँप सका कि वह नहीं चाहती, और तड़ाक से पूछ बैठा, ''रेखा देवी, अब मेरे आने पर आपको आपत्ति है?''

रेखा ने धीरे-से कहा, ''मैं आपकी बहुत कृतज्ञ हूँ, मिस्टर चन्द्रमाधव! आप ज़रूर आइए, और अब की बार अपनी पत्नी को भी साथ लाइए-उन्हें कभी क्यों नहीं लाते आप?''

चन्द्रमाधव थोड़ी देर सन्न रह गया, मानो किसी ने उसे चपत मार दिया हो। फिर उसने कहा, ''तो आपको मुझ पर विश्वास नहीं है-आप मुझ से डरती हैं।''

''विश्वास की बात नहीं है, मिस्टर चन्द्र। पर वह शोभन है। और मैं उन से भेंट करना भी चाहती हूँ।''

चन्द्रमाधव उठ कर थोड़ी देर कमरे में टहलता रहा। टहलते-टहलते उसने एक बड़ा निश्चय किया। बोला, ''रेखा जी, आप शायद मेरे बारे में बहुत कम जानती हैं। मैं अपनी जीवन-कहानी आपको सुनाना चाहता हूँ। सुनेंगी?''

रेखा ने झिझकते स्वर में कहा, ''आप सुनाना चाहते हैं तो ज़रूर सुनूँगी। पर कहानी जितनी अपने-आप कह जाए, उतनी ही ठीक होती है। जो सुनाई जाती है, उस पर पीछे अनुताप भी हो सकता है और मैं नहीं चाहती कि आप ऐसा कुछ करें जिस से पीछे अनुताप हो-मेरे कारण ऐसा करेंगे तो मेरा बोझ-''

''नहीं, आपको सुनना होगा। क्योंकि आपने अभी जो बात मुझे कही, वह दुबारा कहें, ऐसा मौका मैं नहीं आने देना चाहता।''

जितनी देर चन्द्रमाधव बोलता रहा, रेखा एक शब्द नहीं बोली। न उसने चन्द्र की ओर देखा ही। बल्कि जब कहते-कहते चन्द्र का स्वर कुछ भर्रा आया, तब उसने नीरव

पैरों से उठ कर बड़े टेबल लैम्प का प्रकाश मन्दा कर दिया, और फिर अपनी जगह आ कर बैठ गई। खिड़की के बाहर एक शेफाली का छोटा पेड़ था, उसकी ओर देखती रही।

चन्द्र चुप हो गया। रेखा तब भी नहीं बोली। देर तक दोनों चुप रहे। फिर चन्द्र ने धीरे से कहा, "रेखा जी।" उसका स्वर अभी आविष्ट था।

रेखा ने धीमे, किन्तु साफ़ और ठंडे स्वर में पूछा, "यह सब आप मुझे क्यों बताते हैं?"

चन्द्र सहसा खड़ा हो गया। नए आवेश से बोला, "अब भी मुझ से यह पूछ सकती हो, रेखा! रेखा!"

रेखा सहसा खड़ी हो गई, यद्यपि अपने स्थान से हिली नहीं, न शेफाली की ओर से उसने मुँह फेरा। केवल उसका हाथ तनिक-सा मुड़ कर ऊँचा हो गया, उँगलियों में एक हलका-सा निषेध या वर्जना का भाव आ गया।

चन्द्र ने फिर कहा, "तुम कैसे यह पूछ सकती हो, रेखा!" एक अधूरा कदम उसने रेखा की ओर बढ़ाया, पर ठिठक गया; रेखा की विमुख निष्कम्प देह-वल्ली को उसने एक बार सिर से पैर तक देखा, फिर उसके उस मुड़े हुए हाथ को; फिर बोला, "रेखा! रेखा देवी! मुझे क्षमा कीजिए रेखा देवी-" और जल्दी से बाहर चला गया।

लौट कर उसने एक क्षमा-याचना का पत्र भी लिखा। दो-तीन दिन बाद ही रेखा का उत्तर आया, उसमें सारी घटना का कोई उल्लेख ही नहीं था, यही लिखा था कि चन्द्रमाधव को बार-बार वहाँ आने में कष्ट होता है, अब की बार वही मिलने आएगी। उसके ठहरने के लिए चन्द्र को कष्ट नहीं करना होगा, रियासत वालों का एक गेस्ट हाउस लखनऊ में है और वहीं उसे ठहरने की अनुमति मिल गई है। बच्चे रानी के साथ ननिहाल जा रहे हैं अत: उसे कुछ दिन की छुट्टी है।

भुवन से जब रेखा की भेंट हुई, उससे पहले भी एकाधिक बार रेखा लखनऊ आ कर रह गई थी। अकसर वह रियासत के गेस्ट हाउस में ही रहती थी, एक-आध बार लड़कियों के कॉलेज के होस्टल में भी किसी परिचिता के पास रह गई थी। चन्द्रमाधव से वह बराबर मिलती, पर अपने ठिकाने पर उसे कभी नहीं ले गई थी; चन्द्र पहुँचाने जाता तो फाटक पर ही उसे विदा करके भीतर चली जाती। एक बार चन्द्र ने कहा भी था, "आप अपने पास किसी को आने नहीं देतीं, जैसे-"

रेखा ने तुरन्त हँस कर कहा था, "मेरे आसपास दुर्भाग्य का एक मंडल जो रहता है, उसके भीतर किसी को नहीं आने देती कि छूत न लग जाए!"

पर अगर उसने यह कहा होता कि 'मेरे आसपास का एक प्रभा मंडल है जो किसी के छूने से मैला हो जाएगा', तो चन्द्र को लगता कि उसने अपने मन के अधिक निकट की बात कही है।

अपनी जीवन-कहानी कह देने के बाद से फिर कभी चन्द्र ने घनिष्ठता की कोई चेष्टा नहीं की थी। रेखा ने भी कभी उसकी याद नहीं दिलाई; उसके व्यवहार में कोई मैल या दुराव नहीं था न कोई अधिक समीपता ही थी, पर उसका स्वर पहले से कुछ अधिक नरम रहता था और चन्द्र को कभी-कभी लगता था कि उसकी आँखों में एक करुणा भी है। कभी-कभी वह चन्द्र को 'तुम' भी कहने लगी थी; उसने भी सोचा था कि उसे 'तुम' कहे, पर उस दिन के अपने विस्फोट की बात याद कर के रह जाता था-रेखा ही जब उसे कहेगी तभी कहेगा अब...

बड़े दिनों की छुट्टियों में जब रेखा आई, तब अपनी-अपनी संरक्षित कुमारियों के साथ ही आई थी-रानी भी आई थी, और सब गेस्ट हाउस में ही ठहरे थे। आने के तीसरे दिन तक वह चन्द्रमाधव से मिलने नहीं गई; जा ही नहीं सकी क्योंकि रानी के अनुरोध से बच्चों को ले कर घुमाती रही। तीसरे दिन शाम के लगभग वह चन्द्रमाधव के घर गई तो देखा, वह अँगीठी में आग जलाए उसके निकट झुका बैठा है, घुटनों पर कुहनियाँ, हथेलियों पर ठोड़ी टेके, निर्निमेष दृष्टि से आग को देख रहा है। उसकी झुकी हुई पीठ, शिथिल पैर, माथे पर लटके हुए बाल, उदासी की उस मर्ति को देख कर रेखा में सहसा करुणा उमड़ आई, उसने द्वार से ही पुकारा, "चन्द्र, क्या बात है चन्द्र?"

चन्द्र नहीं बोला।

रेखा ने फिर कहा, "अच्छे तो हो, चन्द्र? बोलते क्यों नहीं?"

चन्द्र फिर नहीं बोला। रेखा ने उसके कन्धे पर हलका हाथ रख कर कहा, "अगर मैं डिस्टर्ब कर रही हूँ तो चली जाऊँ? सवेरे फिर आ जाऊँगी-"

चन्द्र ने बिना हिले कहा, "आपको मिल गई फुरसत इधर आने की? अभी शाम को आने की क्या जल्दी थी-कल ही आ सकतीं थीं-"

रेखा को धक्का लगा। पर साथ ही तसल्ली भी हुई, क्योंकि बात उसकी समझ में आ गई।

"चन्द्र, मैं रानी साहिबा और बच्चों के साथ आई हूँ, उन्होंने छोड़ा नहीं। अभी थोड़ी फुरसत मिली है-वे सब किसी पार्टी में गए हैं-"

"आपको नहीं ले गए? आप भी जातीं-"

"चन्द्र, मैं सचमुच पहले आ सकती तो आती-परसों से आई हुई हूँ-"

"परसों से? मैंने तो कल-नहीं, मैं कौन होता हूँ, मेरी ओर से तो आप अभी आई हैं-"

रेखा ने मुसकराहट दबा कर पूछा, "तुमने कब जाना-देखा था?"

"और नहीं तो। बच्चों को लिये बनारसीबाग़ के फाटक पर मूँगफली खरीद रही थी-वहाँ से वह स्थान कुछ भी दूर नहीं है-"

"अच्छा, आज सुबह! तुमने देखा था तो तुम्हीं आ जाते-"

चन्द्र ने फिर तुनुक कर कहा, "जहाँ ज़रूरत न हो, वहाँ जा घुसने की आदत मेरी नहीं है।"

रेखा ने कहा, "बहुत अच्छी आदत है तुम्हारी। अच्छा उठो, घूमने चलना है, फिर कॉफ़ी पिएँगे। फिर मुझे ठिकाने तक छोड़ आना। और सर्दी है, कोट पहन लो।"

चन्द्र अनमना उठ खड़ा हुआ।

बाहर घूमते हुए उसे लगा, रेखा ने न केवल उसे क्षमा कर दिया है बल्कि उसके निकट भी आ गई है। उसे अचम्भा भी नहीं हुआ, क्योंकि स्त्रियों में यह होता ही है, जब बहुत अधिक दुत्कार देती हैं तब भीतर द्रवित भी हो जाती हैं। रेखा लाख असाधारण हो, पर स्त्री तो है? उसका बुझा हुआ मन धीरे-धीरे खिलने लगा। उसने कहा, "रेखा जी, मेरे इन मूड्स का बुरा तो नहीं मानतीं?"

रेखा ने मानो किसी दूसरी विचार-तरंग में उत्तर दिया-बल्कि प्रश्न पूछा, "चन्द्र, तुम्हें अपना बचपन याद है?"

"हाँ तो; क्यों?"

"यों ही। अच्छे दिन होते हैं बचपन के।"

चन्द्र उसकी बात ठीक-ठीक नहीं समझा। "मैं तो कभी-कभी सोचता हूँ, फिर आ सकते तो-आपको कभी लगता है कि फिर आ सकते तो कितना अच्छा होता!"

"स्त्रियाँ बड़ी व्यावहारिक होती हैं-यह किसी तरह नहीं भूल सकतीं कि बीते दिन फिर नहीं आते और असम्भव कभी माँगती नहीं। यों भी-मुझे निरन्तर बड़े होते चलना अच्छा लगता है-"

"बड़े होना-यानी बूढ़े होना! आप ऐसी बात कैसे कह सकती हैं?"

"जो क्षण में जीता है, क्षण को स्वीकार कर लेता है, वह बूढ़ा होता ही नहीं। यों अगर मैं कहूँ कि पुरुष की तुलना में स्त्री हमेशा बूढ़ी होती है तो आप समझ लेंगे मेरी बात?"

चन्द्र ने प्रतिवाद करते हुए कहा, "रेखा जी, आप पर यह बात बिलकुल लागू नहीं होती। आप-" पर फिर झिझक कर रुक गया-मुँह से कुछ ऐसी-वैसी बात निकल गई तो फिर नाराज़ हो जाएगी...सँभल कर बोला, "आपकी बात ठीक है, क्षण को मान लेने वाला कभी बूढ़ा नहीं होता, आप इस की ज्वलन्त प्रमाण हैं।" इस ढंग से कह देने में तो कोई आपत्ति हो नहीं सकती...

रेखा ने कहा, "उसका मैं प्रमाण हूँ या नहीं, नहीं जानती, पर इसका आप ज़रूर हैं कि पुरुष की तुलना में स्त्री हमेशा बूढ़ी होती है-" फिर सहसा विषय बदल कर बोली, "आप शामें कैसे बिताते हैं?"

चन्द्र ने कहा, "मैं कहाँ बिताता हूँ। अपने-आप न जाने कैसे बीतती हैं। पहले कॉफ़ी हाउस जाता था, पर अब-अब आपके साथ जाने की आदत पड़ गई है और अच्छा नहीं लगता। रेखा जी, आप-यू आर वेरी गुड कम्पनी-"

रेखा ने भी अंग्रेज़ी में, पर हलके स्वर में कहा, "एंड दैट्स ए वेरी नाइस काम्प्लिमेंट!" फिर कुछ गम्भीर हो कर, "मगर चन्द्र, तुम कभी अपने बारे में नहीं

सोचते–कभी खूब गम्भीर हो कर नहीं सोचते कि जीवन–जीवन नहीं, तुम्हारा जीवन, एक विशेष और अद्वितीय–क्या है, क्यों है, कहाँ जा रहा है? कि उसका क्या बनाना चाहिए, वह कहाँ जा रहा है या जा सकता है? मैं तो कभी तुम्हारी बात सोचती हूँ तो अचम्भे में ही रह जाती हूँ।''

''आप मेरी बात सोचती हैं?'' चन्द्र को परितोष हुआ। ''मैं तो समझता था कोई नहीं सोचता, इसी लिए मैं भी नहीं सोचता था। और सोचने को है भी क्या? पीछे देखता हूँ तो–लेकिन वह तो मैं आपको बता चुका हूँ। कभी सोचता हूँ कि अतीत के प्रति कोई बहुत बड़ी ग्रीवेंस होती तो वह भी कुछ बात होती–उसी की कडुवाहट एक सहारा हो जाती, एक उत्पीड़ित मसीहा की तरह मैं चल निकलता। बहुत से लोग इस उत्पीड़न के आक्रोश के सहारे ही जीते हैं–उसमें से बड़े-बड़े जीवन-सिद्धान्त भी निकलते हैं और दूसरों का उत्पीड़न करने का जस्टिफिकेशन भी। पर ग्रीवेंस मुझे क्या है–यही तो कि ग्रीवेंस के लायक भी कुछ नहीं मिला। वर्तमान जो है सो आप देख ही रही हैं–उसमें आप ही एक रोशनी हैं नहीं तो...और फिर भविष्य की बात मैं क्या सोचूँ? मैं ऐसा फेटलिस्ट हो गया हूँ कि सोचता हूँ, मेरा भविष्य और कोई बना दे तो बना दे–मेरे बस का नहीं।''

रेखा ने कहा, ''मेरा वश होता, और भविष्य बने-बनाए मिलते, तो मैं आपको एक ऐसा सुन्दर भविष्य ला देती कि बस। उसके चार पाये चार इन्द्रधनुष होते, और फूलों पर पड़ी हुई चाँदनी उसके ऊपर होती, तितलियों के पंखों से रंग लेकर उसे रँगा जाता और–''

चन्द्र ने कुछ हँस कर कहा, ''और उस चाँदनी की कुरसी पर जब मैं बैठता तो चारों इन्द्रधनुष के बीच में चित हो जाता–क्योंकि चाँदनी किस का बोझ सहार सकती है? पर, जोकिंग एपार्ट, रेखा जी, आप सचमुच मेरा भविष्य बना सकती हैं–''

''मैं?'' रेखा ने अतिरिक्त सन्देह से कहा। उसने अनुभव किया कि बातचीत फिर एक कँटीले स्तर पर चल रही है। ''अन्धे क्या रास्ता दिखाएँगे? मैंने भविष्य मानना ही छोड़ दिया है। भविष्य कुछ नहीं, एक निरन्तर विकासमान वर्तमान ही सब कुछ है। आपने कभी पानी के फव्वारे पर टिकी हुई गेंद देखी है? बस, जीवन वैसा ही है, क्षणों की धारा पर उछलता हुआ–जब तक धारा है तब बिलकुल सुरक्षित, सुस्थापित, नहीं तो पानी पर टिके होने से अधिक बेपाया क्या चीज़ होगी!''

''रेखा जी, आपकी कल्पना बड़ी सुन्दर है। लेकिन आप उस जीवन को अरक्षित समझें, है असल में पह एक्स्टेसी का जीवन, और एक्स्टेसी क्षणिक भी हो तो ग्राह्य–उस पर सौ सेक्योर जीवन निछावर हैं।''

रेखा चुप रही। वह बात का रुख बिलकुल बदल देना चाहती थी, पर चन्द्र को क्लेश भी नहीं पहुँचाना चाहती थी। चन्द्र ने ही फिर कहा, ''रेखा जी, आपकी कभी छुट्टियाँ नहीं होतीं?''

"क्यों?"

"अब की हों तो चलिए न, कहीं पहाड़ चला जाए? आप भी तो बहुत दिन से न गई होंगी?"

"गई तो नहीं। पर अब की बार शायद नौकरी पर ही जाना पड़ेगा–"

"कहाँ?"

"शायद मसूरी–"

"अरे नहीं। वह भी कोई जगह है, इतना भीड़-भड़क्का! यों तो खैर अच्छी भी है, रौनक रहती है, ऐसा भी क्या पहाड़ कि बिलकुल मनहूसियत छायी रहे–पर नहीं, दूर किसी पहाड़ पर चलिए–हिमालय की भीतरी किसी शृंखला में–कुलू चलिए या कालिम्पोंग या ऐसी किसी जगह–"

"मेरा जाना तो पराधीन है–"

"छुट्टी ले लीजिए न? नहीं तो फिर जाना ही क्या हुआ, अगर अर्दल में ही रहना पड़े तो–"

रेखा हँस दी, मानो टाल रही हो कि अभी तो जाने का कोई प्रश्न नहीं है, जब सम्भावना होगी तो देखा जाएगा।

चन्द्र ने आग्रह किया, "चलिए न। अच्छा, यही रहे कि अगर आपको छुट्टी हो तो चलेंगी।" फिर कुछ रुक कर, "चाहे और किसी को, जिसे आप चाहें ले चलिए–हाँ, मेरा एक मित्र है, कॉलेज में पढ़ाता है, उसे मैं निमंत्रित कर सकता हूँ–यों आपका टाइप तो नहीं है, किताबी जीव है, पर कम-से-कम न्यूसेंस नहीं होगा, और बातचीत में कभी जोश में आ जाए तो दिलचस्प भी हो सकता है।"

रेखा ने कहा, "मैं भविष्य ही नहीं मानती, और आप भविष्य बाँधना चाहते हैं। देखा जाएगा–"

"तब तो आपके लिए वायदा कर देना और भी आसान होना चाहिए। न होगा तो न जाइएगा–पर जाने की बात रहे इस में आपको एतराज है? मैं सोच-सोच कर ही खुश हो लूँगा–"

रेखा ने कहना चाहा, 'यही तो खतरा है,' पर सहसा कह न सकी। बोली, "अच्छा, रहा।"

चन्द्र ने कहा, "मैं भुवन को निमंत्रित भी कर देता हूँ–अब की छुट्टी में आ जाए। होली-ईस्टर जो हो। आप भी आएँगी न?"

"देखो–शायद–होली में छुट्टी तो होगी पर होली में कोई लखनऊ क्या आएगा।"

चन्द्र ने उत्साह से अंग्रेज़ी में कहा, "इट्स ए डेट।"

लेकिन चन्द्रमाधव ने भुवन को पत्र लिखने में लगभग एक महीने की देर कर दी थी। और जब लिखा था, तब रेखा का कोई उल्लेख नहीं किया था। वह जानता था कि किसी स्त्री से भेंट कराने की बात से ही भुवन बिदक जाएगा; फिर वह परिचय कराना ठीक चाहता ही था, यह कहना भी कठिन है। भुवन से उसकी पुरानी मैत्री थी, ठीक है, पर मैत्री-मैत्री में भी फर्क होता है, और रेखा के साथ भुवन की बात वह कभी सोच ही न सकता अगर उसे यह ध्यान न आता कि वैसे शान्त-गम्भीर 'सूफियाना' तबीयत के आदमी की उपस्थिति शायद रेखा की दृष्टि से उपयोगी हो, नहीं तो अकेले चन्द्र के साथ तो वह पहाड़ कभी नहीं जा सकती...दोनों का परिचय वह उतना ही चाहता था जिस से रेखा को तसल्ली हो जाए, पर भुवन की मनहूसियत उस पर हावी न हो जाए!

लेकिन ईस्टर की छुट्टियों में भुवन के लखनऊ में बिताए हुए एक सप्ताह का ठीक वही असर हुआ, यह उसे नहीं लगा। बल्कि उसे अचम्भा, निराशा, और कुछ खीझ भी हुई, कि न तो भुवन उतना गब्बू ही साबित हुआ जितना वह जानता (और चाहता) था; और न उनकी उपस्थिति से चन्द्र की ब्रिलियेंस का वह प्रभाव ही रेखा पर पड़ा जिस की उसने आशा की थी। जिस मुहावरे में सोचने का वह आदी था उसमें भुवन उससे 'बाजी ले गया' था; स्पष्ट ही रेखा उसकी बातों से प्रभावित हुई थी, और उसकी अप्रगल्भ गहराई के प्रति एक सम्मान का भाव उसमें आ गया था-मानो अप्रगल्भता ही गहराई हो। 'तावदेव शोभते- ', पर भुवन बोला तो काफ़ी था, प्रभाव उसकी चुप्पी का नहीं था...भुवन पढ़ता-वढ़ता रहता है, कोटेशन भी उसे बहुत याद हैं; और यह जो बारीक-बारीक भेद करने की बात है, इसका प्रभाव भी शायद स्त्रियों पर बहुत पड़ता है-वे खुद जो मोटी-मोटी व्यावहारिक बातें सोचती हैं। यों रेखा भी सोचने वाली है, पर एक बात यह भी है कि पुरुष की उदासीनता का अपना एक आकर्षण होता है-खास कर उस स्त्री के लिए, जो बराबर पुरुषों का अटेंशन पाती रही हो...रेखा सुन्दर है-अपने यू.पी.-पंजाब के स्टैंडर्ड से चाहे न हो जहाँ गोरा-चिट्टा होना ही रूप है, यों चाहे चीनी का खिलौना हो, या कि रंगीन रोएँदार इल्ली जैसी तितली निकलने से पहले होती है-पर वैसे अत्यन्त रूपवती है, और उसका रूप एक सप्राण, तेज़ोमय पर्सनेलिटी के प्रकाश से भीतर से दीप्त है, भले ही एक कड़ा रिजर्व उस प्रकाश को भी घेरे है-चन्द्र को एक बड़ी-सी चन्द्रकान्त मणि का ध्यान आता, जो बाहर से चिकनी सफ़ेद होती है, अन्दर बिखरे से इन्द्रधनु के रंग लिये, पर एकदम भीतर कहीं एक सुलगती आग का लाल आलोक-और पत्थरों का 'पानी' देखा जाता है, पर चन्द्रकान्त में 'आग' से ही उसका मोल आँका जाता है...और ऐसी मणि आज कई बरस से पारखी की खोज में भटकती फिर रही है!-तो क्या निरन्तर ही एडमायरर उसे न घेरे रहते होंगे? यहीं वह देखता है, उसी के यहाँ रेखा को जिस ने आते-जाते देखा है, उसके बारे में पूछे बिना नहीं रह सका, और जिस ने पूछा है, उसकी मानो दीठ से ही टपकती लार का

लिसलिसापन वह अनुभव कर सका है...जब से रेखा उसके यहाँ आती-जाती है, तब से उसके मित्र भी मानो बढ़ गए हैं। और कॉफ़ी हाउस में भी लोग 'हेलो' करने आ जाते हैं, और कॉफ़ी पिलाने का आग्रह करते हैं...और ऐसे में एक आदमी आए जिस के लिए स्त्री और एक रासायनिक फ़ार्मूला एक बराबर हैं कि देखा और हल कर के एक तरफ़ रख दिया-

पर भुवन के आकर्षण का अपने लिए सन्तोषजनक कारण पा लेना तो काफ़ी नहीं था; वह तो मानव-सम्बन्धों का अध्ययन करने नहीं बैठा है, वह ज़िन्दगी का तमाशाई नहीं है, वह खिलाड़ी है, नायक है, वह ज़िन्दगी को अंगूर के गुच्छे की तरह तोड़ कर उसका रस निचोड़ लेगा, लता को झँझोड़ डालेगा, कुंज में आग लगा देगा, वह आराम से नहीं बैठेगा! एक पैनी ईर्ष्या की नोक उसे सालने लगी : भुवन को रेखा ने देख लिया है, भुवन जाएगा तो वह पहाड़ चलने को राजी हो जाएगी, पर चन्द्र को भुवन और रेखा के साथ नहीं जाना है, भुवन को चन्द्र और रेखा के साथ जाना है; क्योंकि एक ओट के रूप में उसकी उपयोगिता है। भुवन को बुलाया तो जाएगा, पर उसे ठीक जगह रखने की भी व्यवस्था करनी होगी। और जल्दी ही कुछ करना होगा-रेखा को छुट्टी की अड़चन अब न हो, यह तो पक्का हुआ; पर और भी कई कुछ अभी बाकी हैं...

छुट्टी की अड़चन न हो, इस की व्यवस्था से वह अपने पर खुश था। रेखा के जाने के कुछ समय बाद लखनऊ में रियासती प्रतिनिधियों की एक बैठक हुई थी, बातचीत के सिलसिले में चन्द्र ने एक उच्च अधिकारी से अमुक रियासत की राजकुमारियों की गवर्नेस की कुछ चर्चा कर दी थी। फिर पूछे जाने पर उसकी नेकी, सच्चरित्रता और लगन की बड़ी प्रशंसा की थी। 'क्या वह उसे काफ़ी देर से जानता है?' 'हाँ, उसे ही नहीं, उसके पति को भी जानता है, उसके दो-एक प्रेमिकों को भी-रेखा देवी बड़ी समझदार और सावधान स्त्री हैं, कभी अपने पर आँच नहीं आने देतीं, न कभी किसी को संकट में डालती हैं; उस से कभी किसी की बुराई नहीं सुनी गई।'...यों आजकल ऋषि-मुनियों का ज़माना थोड़े ही है; अच्छा वह जिस के नाम पर कोई धब्बा न हो, इससे आगे किसी के निजी जीवन को कुरेदना भी नहीं चाहिए। 'मैं रेखा देवी को बहुत अच्छी तरह जानता हूँ-जी हाँ, इतना कि मैं चाहूँ तो-...अपनी बात कहनी नहीं चाहिए, पर वहाँ उन्हें नौकरी भी मैंने ही दिलाई थी-' और चन्द्र कुछ ऐसे ढंग से मुसकराया था, कि रेखा को जानने में, और उसे नौकरी दिलाने की लाचारी में, कोई सम्बन्ध हो-और चन्द्रमाधव जैसा उत्तरदायी आदमी जिसे अपने निकट लेता है, उसका ध्यान रखता है-उसकी उचित व्यवस्था करता है...

चन्द्र के सामने कोई स्पष्ट योजना रही हो, ऐसा नहीं था; कुछ तो शेखी में वह बात करता था, कुछ इस प्रकार रेखा को अहसान से बाँधने की नीयत से, और कुछ शायद यह भी था कि रेखा की चर्चा से रियासत में लोगों की आँखें उसकी ओर जाएँगी, कुछ तनाव पैदा होगा और रेखा फिर उससे साहाय्य चाहेगी...यही हुआ भी, क्योंकि

ये अफसर लौट कर रेखा से मिले, रेखा को पार्टी पर निमंत्रित किया; रेखा नहीं गई, पर उनके निमंत्रण के बाद और भी निमंत्रण उसे मिले, लोग उसके घर पर मिलने भी आए। वह जो सदा किसी की आँखों के आगे होने से बचती थी, सहसा अपने को इस हलचल का केन्द्र पा कर समझ न सकी कि मामला क्या है। रानी ने भी दो-एक बार हलकी-सी चुटकी ली, यद्यपि उसमें नापसन्दी या आलोचना की भावना बिलकुल न थी। तब एक दिन सहसा रेखा ने इस्तीफ़ा दे दिया—कारण उसने यही बताया कि उसका स्वास्थ्य कुछ ठीक नहीं है और वह विश्राम चाहती है। रानी ने वास्तविक अनिच्छा से उसे छोड़ दिया; यह भी कहा कि वह चाहे तो लम्बी छुट्टी ले ले और फिर लौट आए, और जब रेखा ने नहीं माना तो यह भी कहा कि भविष्य में जब भी वह पुनः आना चाहे आ सकती है, उन्हें हर्ष ही होगा। कभी उनकी सहायता की ज़रूरत हो तो वह निस्संकोच उन्हें लिखे।

इस प्रकार, सर्वथा सद्‌भाव के साथ, रेखा नौकरी छोड़ आई।

स्थिति-परिवर्तन का कारण उसे ज्ञात न था। चन्द्र को उसने पत्र लिख कर सूचना दे दी, कारण ठीक-ठीक लिख दिया कि रियासत के कर्मचारियों को उसमें आवश्यकता से अधिक दिलचस्पी है। चन्द्र मन-ही-मन मुसकराया; फिर उसने लिखा कि रेखा लखनऊ आ जाए; दो-एक और नौकरियाँ उसकी निगाह में हैं पर रेखा के आने से उसकी सलाह से प्रबन्ध करेगा।

रेखा तत्काल नहीं आई थी; आते-आते ईस्टर निकट आ गया था और लखनऊ से वह एक परिचित परिवार के यहाँ कुछ दिन बिताने प्रतापगढ़ जाने को वचनबद्ध हो आई थी।

चन्द्र ने संवेदना बता कर यह भी प्रस्ताव किया था कि अब गर्मी के बाद ही रेखा नया काम करे—कुछ घूम-घाम ले और पहाड़ भी हो आए। और इस सिलसिले में जाड़े की बात की याद भी दिला दी थी, पर आग्रह नहीं किया था। ईस्टर में भुवन आएगा, यह भी बता दिया था।

भीड़ के साथ सिनेमाघर से बाहर निकला, तब चन्द्रमाधव की मानसिक स्थिति में विशेष परिवर्तन नहीं हुआ था। एक खीझ अब भी उसके मन में भरी थी; पर खीझ जैसे केवल विमुख करती है, वैसा भाव उसमें नहीं था। खीझ में एक अन्तर्धारा किसी गोपन आशंका की थी; मानो एक चिन्ता उसे खा रही हो कि कुछ जल्दी करना है नहीं तो न जाने क्या एक शोचनीय बात हो जाएगी। न शंकनीय बात को, न उस काम को जो करना होगा, वह कोई नाम दे सकता था, या देना चाहता था; पर खीझ के भीतर से जैसे इस चाबुक की प्रेरणा उसे हाँक रही थी। उसने रिक्शा नहीं लिया, पैदल ही तेज़ चाल से घर की ओर चल पड़ा। सिनेमा से छूटी हुई भीड़ क्रमशः फैलती

और छँटती गई; नरही वाले मोड़ पर बचे-खुचे लोग भी मुड़ गए और वह रास्ते पर अकेला रह गया। हवा बहुत तेज़ चल रही थी, धूल उस इलाके में अधिक नहीं फिर भी कभी-कभी कोई नुकीला कण आ कर उसके गाल पर चिनगी-सा चुभ जाता-हवा इतनी तेज़ न होती तो शायद इस रास्ते पर नीबू के फूलों का सौरभ पाया जा सकता, पर अब तो कोई गन्ध नहीं है, उसी के कपड़ों में से सिगरेट के सीले हुए धुएँ की महक आ रही है जो सिनेमाघरों की विशेष देन है-दूसरों की धूमिल साँसों की बासी गन्ध...बहुत से लोग इसी से तंग आ कर सिगरेट पीना शुरू कर देते होंगे-दूसरों की गन्ध से हरदम दम घुटता रहे, इससे अच्छा है कि स्वयं अपना दम घोंट लो-अपने जहर से साँप नहीं मरता! चन्द्र और भी तेज़ चलने लगा-अपना जहर...नहीं, वह भुवन को निमंत्रित करेगा ही; और इतना ही नहीं, रेखा को लिखेगा कि वह भी भुवन को निमंत्रित करे, दोनों के निमंत्रण से भुवन अवश्य आ जाएगा, और फिर रेखा को आना ही होगा-उसी के निमंत्रण पर भुवन आए और फिर वह रह जाए यह कैसे हो सकता है? भीतर से रेखा इन औपचारिक बातों को जितना ही नगण्य मानती है, बाहर से उनके निर्वाह में उतनी ही सतर्क रहती है...

घर पहुँच कर उसने सब से पहले सब खिड़कियाँ बन्द कीं; सहसा स्तब्ध हो गए वातावरण में उसने कपड़े बदले, बालों को उँगलियों से थोड़ा मसल कर, हाथों में थोड़ा कोलोन-जल डाल कर माथे पर और कनपटी पर मल लिया, फिर कंघी से बाल सँवारे और टेबल-लैम्प जला कर पत्र लिखने बैठ गया।

भुवन को जो पत्र लिखा गया वह छोटा ही था। भुवन के जाने के तत्काल बाद क्यों पत्र लिखा जा रहा है, इस की सफ़ाई देते हुए उसने लिखा कि 'यह बात वह बहुत दिनों से कहना चाह रहा था पर कुछ झिझक ही रही क्योंकि भुवन एक तो अपने वैज्ञानिक कार्यों और पढ़ाई में व्यस्त रहता है, दूसरे चन्द्र को यह भी डर रहता है कि वह कहीं खाहमख़ाह भुवन के स्वायत्त, स्वत:सम्पूर्ण जीवन में टाँग न अड़ा रहा हो। उसकी बहुत दिनों से इच्छा है कि भुवन के साथ कहीं पहाड़ की यात्रा करे, पर कभी मौका नहीं बना है; क्या अब की छुट्टियों में वह सम्भव हो सकेगा? यदि भुवन चलने को राजी हो तो वह भी एक महीने की छुट्टी ले रखेगा-उसके काम में तो पहले से छुट्टी का प्रबन्ध कर रखना नितान्त आवश्यक है, और इसी लिए वह इतना पहले पूछ रहा है। और जाने के लिए वह तो कुलू की बात सोच रहा है, पर भुवन की जहाँ इच्छा हो वहीं जाया जा सकता है; उसे भरोसा है कि भुवन अच्छी ही जगह चुनेगा क्योंकि वह तो और भी अधिक शान्त-एकान्त जगह चाहता है।'

फिर 'पुनश्च' कर के उसने जोड़ दिया था : 'रेखा देवी ने भी पहाड़ जाने की इच्छा प्रकट की थी; और कुलू या वैसे ही किसी एकान्त स्थल की। पर तुम जानते हो, उसके साथ अकेले मेरा जाना कैसा लगेगा; वह तो सर्वथा मुक्त विहंगम है, पर मेरी तुम समझ सकते हो कि कैसी स्थिति होगी-मेरे काम में एक विशेष प्रकार की प्रतिष्ठा की बड़ी

आवश्यकता है, क्योंकि जर्नलिस्ट को यों ही लफंगा समझ लिया जाता है और इसलिए उसके लिए दामन बचा कर चलने की विशेष आवश्यकता है। अगर तुम भी साथ चलो, तो आपत्ति की कोई बात न होगी; तुम्हारा उत्तर आने पर मैं रेखा देवी को सूचना दे दूँगा। आशा है कि तुम्हें उसके साथ पर आपत्ति न होगी।'

रेखा को उसने लिखा : 'आपको यह बताना भूल गया कि इस बार भुवन ने स्वयं कहीं पहाड़ चलने की बात की थी। मेरा विचार है कि अब की गर्मियों में चलने का प्रोग्राम बनाया जाए तो वह सहर्ष चलेगा। यह नहीं कह सकता कि उसका साथ आपको कैसा लगेगा : है तो वह बिलकुल किताबी दुनिया का जीव, पर यों दिल का भला है; सामाजिक पालिश उसमें नहीं है पर पहाड़-जंगल में उसके अनगढ़पन को कौन देखेगा, उसका सामीप्य कोई कठिनाई नहीं पैदा कर सकता। आपका विचार हो, तो हो न हो आप भी उसे एक पत्र लिख दीजिए–मैंने अभी तक तो नहीं कहा कि आप भी चलेंगी पर आप स्वयं लिखें तो बहुत अच्छा होगा। आप काम के विषय में चिन्तित होंगी; मैं उसके लिए दत्तचित्त हूँ और शीघ्र ही कुछ कर सकने की आशा करता हूँ। पर मेरी राय यही है कि आप गर्मियों के बाद ही कार्यारम्भ करें; वही ठीक सीज़न है और उस समय अच्छा काम मिलने की सम्भावना होती है, गर्मियों में तो ऐसे लोग काम देते हैं जो वेतन दे कर खरीदने और खून चूसने के आदी होते हैं...'

फिर नए पैरे में उसने उसी रात देखी हुई फिल्म का वर्णन किया था। रेखा के चले जाने के बाद उसका जी नहीं लगा; मन बहलाने वह सिनेमा चला गया था। रेखा नहीं जानती है, पर उसके लखनऊ में बिताए हुए दिन चन्द्रमाधव के लिए एक सुनहली धूप के दिन होते हैं : उनकी मधुर गरमाई देर तक उसे अभिभूत किए रहती है पर साथ ही एक कसक भी छोड़ जाती है क्योंकि तुलना में और दिन फीके और एक अजीब कुहासे से निरालोक-से जान पड़ते हैं।

यहाँ पर समाप्त कर के चन्द्र कुछ देर रुक गया था। इतना भी उसने अटक-अटक कर लिखा था; इसके बाद उसने अपने सामने एक नया पन्ना रखा और थोड़ी देर लैम्प के छादन की ओर सूनी दृष्टि से ताकता हुआ बैठा रहा। आँत के बने हुए उस छादन पर एक काली छायावृति अँकी हुई थी–दोनों हाथ ऊँचे उठाए एक नंगी स्त्री-आकृति, हाथों में कमल के आकार के फूल...अनमने से भाव से उसने लैम्प को घुमा दिया; दूसरी ओर वैसी ही एक आकृति घुटने टेके आगे को झुकी हुई थी। आगे बढ़े हुए हाथों में फूल थे; कुहनी और घुटनों के बीच में कुचों को कुछ अतिरिक्त प्रशस्तता दे दी गई थी–उन का नुकीलापन बाकी आकार की प्रवहमान गोलाई को एक नया लचकीलापन दे देता था। सहसा आगे झुक कर चन्द्रमाधव ने जल्दी-जल्दी लिखना शुरू किया। बड़े डाकघर के घड़ियाल ने दो खड़काए तब वह अभी लिख रहा था, कई पन्ने रँग कर उसने एक ओर को गिरा दिए थे। रुक कर उसने उन्हें सँवारा और अनुक्रम से रखा, फिर संख्या दी–3, 4, 5, 6, 13, 14, 15। फिर पन्ना उलट कर उसने 16 लिख ने

को हाथ बढ़ाया और खींच लिया; सारे काग़ज़ एक साथ उठाए और दो–एक बार उलटे–पलटे, फिर सब फाड़ कर छोटी–छोटी चिन्दियाँ बना कर रद्दी की टोकरी में डाल दीं और उठ कर टहलने लगा। थोड़ी देर बाद आ कर उसने पहले के दो पन्ने उठाए और उन्हें शुरू से अन्त तक पढ़ डाला; बैठ कर फिर नया पन्ना लिया और दो–तीन पंक्तियाँ जोड़ कर पत्र समाप्त कर दिया। दोनों पत्र लिफ़ाफ़ों में डाल कर बन्द किए, पते लिख कर मेज़ के एक कोने में रख दिए, ऊपर दाब के लिए आलपीनदान रख दिया। फिर वह टहलने लगा।

अनन्तर रात में उसने फिर पैड सामने खींच कर कलम हाथ में साधा; थोड़ी देर काग़ज़ को देखते रह कर वह उठा; मेज़ पर जितने काग़ज़, किताबें, पुराने पत्र, कलमदान, फूलदान, अखबार के कटिंग वग़ैरह थे, सब समेट कर उठाए और ले जा कर मैंटल पर रख दिए, दुबारा आ कर ताजे लिखे हुए दोनों पत्र भी उठाए और अन्य सब चीज़ों के ऊपर उसी प्रकार दाब दे कर रख दिए। सूनी मेज़ पर रह गया केवल पैड, कलम और टेबल–लैम्प। उसे भी चन्द्र ने घुमा कर ऐसे रखा कि दोनों ओर की कोई आकृति उसे न दीखे, केवल बीच का अन्तराल : आँत के मैले पीले रंग में से पार कर आलोक मद्धिम हो कर आता था और उससे छादन में जहाँ आँत का जोड़ था वहाँ एक धुँधली-सी, कहीं आलोकित और कहीं घनी टेढ़ी–तिरछी लकीर झलक उठी थी, जैसे पहाड़ी प्रदेश के नक़्शों में कोई नाला आँका गया हो। एक सन्तुष्ट दृष्टि पूरे पैड पर डाल कर उसने फिर लिखा : 'प्रिय गौरा'।

यह पत्र समाप्त कर के वह जब उठा, तब भोर का आकारहीन फीकापन क्षितिज पर छा गया था। डाकघर का गजर खड़कता रहा कि नहीं, चन्द्रमाधव ने नहीं सुना।

मेंटल पर रखे हुए पत्रों में से भुवन वाला पत्र उसने फिर उठाया, और सावधानी से खोल लिया। 'पुनश्च' के नीचे लिखा : 'दूसरी बार पुनश्च : गौरा आजकल कहाँ है? उससे तुम्हारा पत्र–व्यवहार होता है? उसे पत्र लिखो, तो मेरा नमस्कार भी लिखना, और लिखना कि उसका कुशल समाचार पा कर मैं अपने को धन्य मानूँगा। शायद मैं भी उसे लिखूँ।'

पत्र फिर बन्द कर के उसने पूर्ववत् रखा, बत्ती बुझा दी, और बिछौने पर धम से लेट गया। बाहर क्षितिज कुछ स्पष्ट होने लगा था; एक बार त्यौरियाँ चढ़े चेहरे से चन्द्र ने ऊपर ताका, फिर औंधा हो कर तकिए में मुँह छिपा लिया, ज़रा हिल–डुल कर शरीर को ढीला किया, नाक के सामने से तकिए को दबा कर साँस की सुविधा की, फिर बाँह मोड़ कर चेहरे को उसकी ओट दे दी और अधखुली मुट्ठी सिर पर ऐसी लगने लगी मानो चोट से बचने को ओट की गई हो।

दो–तीन मिनट बाद ही उसकी साँस नियमित चलने लगी–उस नियम से जो हमारी संकल्पना का नहीं, उससे निरपेक्ष प्रकृति का अनुशासित है; और उसके औंधे शरीर की सब रेखाओं में एक बेबस शिथिलता आ गई।

गौरा

गौरा से भुवन का परिचय यों तो चौदह-पन्द्रह वर्ष का गिना जा सकता है, जब वह पाँच-छः वर्ष की थी और दो चोटियाँ गूँथ कर फ्राक पहने स्कूल जाया करती थी-वह चित्र भुवन को याद है, यह भी याद है कि कभी-कभी वह भुवन को खिझाने के लिए बड़ी तीखी किलकारी मारा करती थी-बच्चों को यों भी किलकारी मारने में आनन्द मिलता है। पर भुवन तीखी आवाज़ सह नहीं सकता, यह जान कर ही वह उसके पास आकर किलकारती थी और भाग जाती थी; भुवन का सारा शरीर झनझना जाता था और तब वह दौड़ कर हँसती हुई गौरा को पकड़ कर उठा लेता और डराने के लिए उछाल देता था। डर कर गौरा और भी किलकती थी और उसके गले से चिपट जाती थी; उसके रूखे बालों की सोंधी गन्ध भुवन के नासा-पुटों में भर जाती थी, तब वह यह कह कर कि "ठहरो, तुम्हारे बाल सुलझा दें," उसकी दोनों चोटियाँ पकड़ कर सिर के ऊपर गाँठ बाँध देता था और हँसता था। गौरा झल्लाती थी और फिर किलकारने की धमकी देती थी, पर भुवन 'सुलह' कर लेता था और गौरा उसे 'माफ' कर देती थी। चोटियाँ सिर पर बाँध उसका नई धूप-सा खिला बाल-मुखड़ा भुवन को इतना सुन्दर जान पड़ता था कि वह प्रायः कहता, "तुम्हारा नाम जुगनू है; गौरा भी कोई नाम होता है भला?" और गौरा कहती, "धत्! जुगनू तो सीली-सड़ी जगह में होते हैं।" या "गौरा तो देवी पार्वती का नाम है, हिमालय की चोटी पर रहती है वह।" भुवन कहता, "नहीं, गौरा सरस्वती का नाम है; वही उजली होती है और उजले कपड़े पहनती है। तुम तो-" फिर सहसा दुष्टता से भर कर, "हाँ, हिडिम्बा हो, हिडिम्बा!"

मगर वह तो बहुत पहले की बात है, उसके बाद कई वर्षों का अन्तराल था इसलिए उसे नहीं भी गिना जा सकता है। अत: कहना चाहिए कि परिचय आरम्भ हुआ 1932 में, जब उसने मैट्रिक के लिए जम कर तैयारी करनी शुरू की। भुवन तब नया-नया एम.एस-सी. कर के चुका था, रिसर्च के लिए छात्रवृत्ति मिलेगी या नहीं यह अनिश्चित था और वह कुछ छोटे-मोटे काम की ताक में था जिस से मन भी लगा रहे और कुछ आय भी हो। आय की दृष्टि से तो गौरा को पढ़ाने का महत्त्व नहीं था-भुवन ने ही गौरा के पिता का वह प्रस्ताव टाल दिया था-पर मन लगने के लिए यह अच्छा था; गौरा ने स्वयं उससे पढ़ने की बात उठाई थी और उसका कॉलेज का रेकार्ड तो उसकी पात्रता का प्रमाण था ही। भुवन ने उसे पढ़ाना आरम्भ कर दिया था, और आय के लिए एक आई. सी. एस. अधिकारी के बिगड़े हुए और पढ़ाई के प्रति उदासीन लड़के की ट्यूशन भी स्वीकार कर ली थी जिस से उसे सवा सौ रुपये मासिक मिल जाते थे।

गौरा पढ़ने में तेज़ थी। विज्ञान यद्यपि उसके लिये हुए विषयों में गौण ही स्थान रखता था-मैट्रिक का साइंस होता ही क्या है?-पर भुवन को साहित्य आदि में भी यथेष्ट रुचि रही थी और इसलिए उसकी पढ़ाई गौरा के लिए जितनी उपयोगी थी उसके लिए भी उतनी ही रुचिकर। पहले ही दिन तेरह वर्ष की इस लम्बी, कृशतनु, गम्भीर गौरा को देख कर वह थोड़ी देर देखता रहा था, फिर उसने पूछा था, ''सुना है, तुमने स्वयं मुझे मास्टर चुना है-क्यों?''

गौरा ने आँखें नीची किए ही सिर हिला दिया था, ''हाँ।''

''क्यों? मैं तो बड़ी कस कर पढ़ाई करूँगा-उतनी मेहनत करोगी?''

गौरा ने फिर वैसे ही सिर हिला दिया था।

गम्भीरता को तोड़ने के लिए भुवन ने पूछा था, ''और अगर मेरे कान में किलकारी मारी तो?''

एक अवश मुसकान सहसा उसके चेहरे पर बिखर गई थी; उसका चेहरा ईषत् लाल हो आया था। उस शब्दहीन खिलखिलाहट में भुवन ने सात-आठ वर्ष पहले की बालिका को पहचान लिया था। फिर तत्काल ही गौरा ने आँचल से मुँह चाँप कर हँसी दबा ली थी, थोड़ी देर बाद पहले-सी गम्भीर मुद्रा बना कर कहा था, ''आप हिडिम्बा कहेंगे?''

भुवन ने कुछ पसीज कर कहा था, ''नहीं, लेकिन समझौता कर लो कि गौरा पार्वती का नहीं, सरस्वती का नाम है। तभी विद्या आएगी।''

तब से वह परिचय बना ही हुआ था। दो वर्ष बाद गौरा ने मैट्रिक कर लिया था। प्रथम श्रेणी में उत्तीर्ण हो कर कॉलेज में भर्ती हो गई थी। उसके बाद पढ़ाई तो बन्द हो गई थी, पर परिचय बढ़ता रहा था, क्योंकि गौरा कॉलेज में भी जब-तब उससे न केवल विज्ञान बल्कि साहित्य के विषय में बहुत कुछ पूछती रहती थी, और भुवन जब यह कह कर अपनी अपात्रता जताता था कि ''भई, मेरा विषय तो विज्ञान है, वह भी

भौतिक विज्ञान, ये बातें तो तुम्हारे प्रोफ़ेसर ही बताएँगे,'' तब वह आग्रह कर के कहती थी, ''इसी लिए तो आप ठीक बताएँगे। उन का जो विषय है वे लोग किताबों में से बताते हैं, आप रुचि से बताते हैं, आपकी बात ज्यादा सच होती है और मेरी समझ में जल्दी आ जाती है।'' भुवन हँसी में कहता, ''इसका मतलब है कि विज्ञान पढ़ने तुम उनके पास जाओगी? अच्छी बात है, अब विज्ञान अपने अंग्रेज़ी के प्रोफ़ेसर से पूछना, खबरदार मुझ से कभी कोई प्रश्न पूछा जो!'' पर साथ ही मन लगा कर उसकी जिज्ञासाओं का उत्तर भी देता। कभी-कभी इस में स्वयं उसे काफ़ी परिश्रम करना पड़ता; पर वह मानता था कि अध्यापन का श्रेष्ठ सम्बन्ध वही होता है जिस में अध्यापक भी कुछ सीखता है, और इस परिश्रम में कोताही नहीं करता था। बल्कि इस तरह अपने साहित्य-ज्ञान के विकास में उसे अतिरिक्त आनन्द मिलता था।

गौरा ने विधिवत् संगीत सीखना भी आरम्भ कर दिया था, और कॉलेज की नाटक आदि अन्य कार्रवाइयों में हिस्सा लेना भी। इसके लिए भी वह बहुधा भुवन से परामर्श लेती; भुवन इन मामलों में बिलकुल कोरा होने की दुहाई देता तो वह कहती, ''और सब भी तो कोरे हैं-आप कुछ ढूँढ़ दीजिए न, या सोच कर बताइए न!'' और उसके आग्रह की प्रेरणा से भुवन तरह-तरह की पुस्तकें पढ़ता, खोज करता, अनुमान भिड़ाता और उनकी पुष्टि के लिए फिर और पढ़ता या कभी दूर-दूर के विशेषज्ञों से पत्र-व्यवहार करता। इस प्रकार विभिन्न क्षेत्रों की शोध में, उनके असमान सम्बन्ध में क्रमशः परिवर्तन होता गया था, 'मास्टर जी' से वह क्रमशः 'भुवन मास्टर जी' हो कर 'भुवन दा' हो गया था और नया, समान प्रीतिकर सख्य भाव उन में आ गया था।

जाड़ों में एक दिन गौरा ने आ कर सहसा कहा, ''भुवन दा, आप हमें मालविकाग्निमित्र का एक रूपान्तर कर देंगे! बड़े दिनों में हम नाटक खेलना चाहते हैं और किसी ने सुझाया है।''

भुवन ने अचकचा कर कहा, ''क्या?''

''जी। मालविकाग्निमित्र।'' शायद संस्कृत के प्रोफ़ेसर साहब की राय थी।

''तुम्हारा दिमाग खराब है क्या? मैंने तो पढ़ा भी नहीं-इतना जानता हूँ कि कालिदास का नाटक है; मालविका के नृत्य का एक चित्र भी कहीं देखा है, बस-''

''तो क्या हुआ, पढ़ लीजिए न? कितनी देर लगती है? कहानी तो मैं अभी बता देती हूँ-''

''यह खूब रही। अरे भई, एडेप्टेशन किसी जानकार का काम है, मैं कैसे कर सकता हूँ? और तुम क्या मालविका का पार्ट करोगी? नाचना आता है?''

गौरा कुछ सकपका गई। फिर बोली, ''सीखना तो शुरू किया है।''

''अच्छा! तब तो और मुसीबत हुई। कल को मुझ से त-त-थेई और त्राम्-त्राम् के मतलब पूछोगी-''

"नहीं भुवन दा, ये तो कथक के बोल हैं, मालविका तो भारत नाट्य करेगी।"

"हाँ तो। पर उसके बोल कैसे होते हैं यह तो मुझे नहीं मालूम न! मेरे लिए तो त्राम्-त्राम् ही है।"

"आप पढ़ तो लीजिए न। मैं साथ लाई हूँ। संस्कृत भी, एक अंग्रेज़ी अनुवाद भी।"

"बाप रे! तुम्हारी एफिशेंसी तो वैज्ञानिक की है। काश कि बुद्धि भी वैसी होती। हो तुम निरी-"

"देखिए भुवन दा! चिढ़ाइए मत! नहीं तो मैं भी वैसा ही जवाब दूँगी-"

सहसा वह सकपका कर चुप हो गई और उसका चेहरा तमतमा गया, क्योंकि साथ के दूसरे कमरे से एक व्यक्ति ने बाहर निकल कर कहा, "भुवन, मेरा इंटरप्शन माफ करना; मैं थोड़ी देर बाहर जा रहा हूँ।" और फिर गौरा की ओर तनिक कौतुक-भरी दृष्टि से देख कर फिर भुवन की ओर मुड़ कर पलकें उठाई, मानो कहता हो, "यह कौन हैं, परिचय-"

भुवन ने कहा, "ओह, गौरा जी, यह हैं मेरे मित्र और पुराने सहपाठी चन्द्रमाधव, विलायत जाने वाले हैं, आज ही यहाँ आए हैं। चन्द्र, यह हैं गौरा जी, कॉलेज में पढ़ती हैं-पहले कुछ दिन मैंने भी पढ़ाया था-"

"तुम्हारी पढ़ाई के लक्षण तो देख ही रहा हूँ!" चन्द्र ने दबी दुष्टता के साथ कहा, "मिस गौरा, आपसे मिलकर बड़ी प्रसन्नता हुई; इसलिए और भी अधिक, कि भुवन के परिचितों में कोई ऐसा भी है जिसे साहित्यिक रुचि है-भुवन तो विज्ञान में गर्क हो गया है।"

गौरा ने कुछ दूर से कहा, "मास्टर साहब से मैंने साहित्य भी पढ़ा है।"

"सो तो है, सो तो है। साहित्य ही क्यों, देखता हूँ कि मेरे साथ के बाद से उन्हें नाटक, संगीत, नृत्य बहुत से विषयों में रुचि हो गई है बल्कि पहुँच भी रखते हैं अब-"

भुवन ने कहा, "रहने दो चन्द्र, गौरा जी के सामने उनके मास्टर का मज़ाक बनाना क्या उचित है?"

"आइ एम सॉरी, आइ बेग योर पार्डन, गौरा जी। मुझे इज़ाज़त दीजिए-ज़रा बाहर जाना है। मुझे आशा है आपका नाटक सफल होगा। मैं तो समझता हूँ भुवन उसमें अभिनय भी करें तो-"

भुवन ने थोड़ा घुड़क कर कहा, "फिर?"

चन्द्र चला गया तो गौरा ने पूछा, "आपने बताया क्यों नहीं?"

भुवन ने हँस कर पूछा, "क्या?"

"आप बहुत बुरे हैं। मुझे क्या मालूम था कि दूसरे कमरे में वह हैं, नहीं तो मैं कभी ऐसी बात न करती! आप भी-"

''तो क्या हुआ? ऐसी कौन-सी बात थी?''

''नहीं, मेरे मास्टर जी का मज़ाक बनाने वाला कोई कौन होता है? और मैंने ही उसमें मदद दी-''

भुवन ज़ोर से हँस दिया। बोला, ''अच्छा, मालविकाग्निमित्र छोड़ जाओ, पढ़ डालूँगा। कल फिर सलाह करेंगे।''

दूसरे दिन गौरा ने आ कर बड़े अदब से नमस्कार किया। फिर चारों ओर एक नज़र दौड़ा कर कहा, ''भुवन मास्टर साहब, आपने पुस्तक पढ़ ली? अब बताइए-''

भुवन ने हँस कर कहा, ''इतने तक़ल्लुफ़ की ज़रूरत नहीं, गौरा, चन्द्रमाधव बाहर गया है।''

''हाँ, तो भुवन दा, आपकी क्या राय है?''

''मेरी राय तो यही है कि यह नाटक तुम न खेलो। क्यों नहीं कोई आधुनिक हिन्दी नाटक लेती?''

''जैसे?''

'' 'प्रसाद' का कोई छोटा नाटक, 'राज्यश्री' या 'ध्रुवस्वामिनी'-''

''ये मैंने नहीं पढ़े-''

भुवन ने हँस कर कहा, ''तो यह थी एफिशेंसी की पोल! खुल गई न?''

गौरा ने थोड़ा रूठ कर कहा, ''सर्वज्ञ तो सिर्फ़ वैज्ञानिक होता है। फिर मैं तो वैसे ही अनपढ़ हूँ। क्या करूँ, आपने कुछ पढ़ाया ही नहीं-''

''ठीक है। तो लो, अब प्रायश्चित करता हूँ। तुम कल तक दोनों नाटक पढ़ कर आओ-''

''और अगर उन में भी कुछ हेर-फेर करना पड़ा तो? आप करेंगे न?''

''देखा जाएगा,'' भुवन हँसा, ''तुम्हारी बात तो ऐसी है मानो नाटक से उसका एडेप्टेशन ही ज्यादा महत्त्व का हो।''

''हाँ, मेरे काम में आपका भाग ज़रूरी है, भुवन दा!'' कह कर गौरा कुछ रुक गई। ''आपके मित्र तो कहते थे, आप अभिनय भी कर सकते हैं; तो''-

''एक वह पागल है और एक तुम!'' भुवन कुछ और कहने जा रहा था पर रुक गया। ''पुस्तकें तुम्हें मिल जाएँगी न?''

''ज़रूर।''

बाहर शब्द सुनाई दिया। ''लो, चन्द्रमाधव भी आ गए। नाटकों के बारे में तो इन से पूछो-यह साहित्य और कला के विद्यार्थी हैं-''

''हलो, गौरा जी। क्या बात है-आपके अभिनय की क्या बात ठहरी? भुवन तो रात सोए नहीं, आपकी दी हुई पुस्तकें पढ़ते रहे।''

गौरा जल्दी चली गई। चन्द्र ने कहा, ''यार, अपनी इस विद्यार्थिन की कुछ बात तो बताओ। लड़की तो तेज़ मालूम होती है, तुम्हारे साथ कैसे उलझ गई?''

भुवन ने गम्भीर हो कर कहा, "हाँ, मैंने दो वर्ष उसे पढ़ाया था। अच्छी पास हुई है। और उसमें जीवन है, जीवन की लालसा है–ऐसी जो उसे कई दिशाओं में अन्वेषण को प्रेरणा देती है। पढ़ने में बहुत अच्छी है, लेकिन सोचता हूँ, आगे क्या? तो खेद होता है कि हमारे देश में लड़की के लिए सिवाय मास्टरी के या इधर कुछ-कुछ डॉक्टरी के और कोई केरीयर ही खुला नहीं है। और ये दोनों गौरा के लिए नहीं हैं। उसका व्यक्तित्व बहुत कोमल भी है, बहुत सम्पन्न भी, उसकी अभिव्यक्ति इन में नहीं है। वह कोई रचनात्मक एक्सप्रेशन चाहता है, न जाने क्या।"

"क्यों? भारतीय नारी का जो सबसे पहला केरीयर है–गृहस्थी, वह तुम ठीक नहीं समझते?"

"उसे बेठीक कैसे समझा जा सकता है। और एक प्रकार की रचनात्मक अभिव्यक्ति उसमें भी हो सकती है, मैं मानता हूँ, पर–"

"पर गौरा के लिए तुम वह ठीक नहीं समझते।"

"नहीं, यह नहीं, मैं समझता हूँ कि उस दृष्टि से तो वह आदमी बहुत भाग्यवान् होगा जिसे गौरा जैसी पत्नी मिलेगी। पर सोच यह भी तो सकता हूँ कि उसे पा कर गौरा भी भाग्यवती होगी या नहीं? और वैसा कौन होगा, यह सोच नहीं सकता।"

चन्द्र ने कुछ चिढ़ाते हुए कहा, "यह सोच गौरा पर छोड़ देना क्या उचित न होगा?"

"आफ़कोर्स, आफ़कोर्स।" भुवन थोड़ा-सा झेंप गया। "हर मामले में सलाह देते-देते कुछ आदत पड़ गई है कि सब सवालों के जवाब पहले से सोच रखूँ!" वह हँस दिया।

"तो क्या यह सवाल जल्दी उठने वाला है?"

"अभी तो कोई लक्षण नहीं हैं। लेकिन क्या मालूम। लड़की जब हुई पराई थाती, तब कभी भी सौंपने का सवाल उठ सकता है; सौंप देने का नहीं तो कम-से-कम बद देने का तो ज़रूर–"

"हूँ।"

भुवन ने विषय बदलने को कहा, "सुनो, चन्द्र तुम तो नाटक-वाटक खेलते रहे हो; तुम क्यों नहीं उसे कुछ सलाह देते? 'राज्यश्री' या 'ध्रुवस्वामिनी' का एडेप्टेशन कर दो न–"

"अरे, हिन्दी! राम-राम। हिन्दी नाटक मैं नहीं छूने का–"

"यही तो मुश्किल है। कोई छूता नहीं, हर साल सब कॉलेज-वालेज अंग्रेज़ी नाटक खेलते हैं; हिन्दी में भी अंग्रेज़ी नाटक अनुवाद कर के–"

"सो तो होगा। वे खेले जा सकते हैं, खेलने के लिए लिखे जाते हैं। हिन्दी नाटक तो पढ़ना भी टार्चर है। एक तो जबान ही ऐसी होती है–"

"लेकिन तुम अगर रूसी के अंग्रेज़ी अनुवाद के हिन्दी अनुवाद की भाषा अपने अनुकूल बना कर उसे खेल सकते हो, तो क्या सीधे हिन्दी की भाषा नहीं ठीक कर

सकते?'' कॉलेज में चन्द्रमाधव ने चेख़ोव के 'चेरी आर्चर्ड' के अभिनय में भाग लिया था, उसी की ओर भुवन का इशारा था।

''यही तो बात है। रूसी दूर हैं। उनके लिखे को उलट-पलट लो, कोई कुछ नहीं कहेगा। लेकिन अपने देश के लेखक का एक वाक्य इधर-उधर कर तो लो-जान को आ जाएँगे सब। हमारे यहाँ कोई नाटक थोड़े ही लिखता है? सब शास्तर लिखा जाता है; सब लेखक ऋषि होते हैं-'आर्षवाक्य प्रमाणम्', और तुम झख मारते रहो। शेक्सपियर भी स्टेज पर जा कर एक्टरों से सीख कर अपने डायलॉग बदलता था, लेकिन यहाँ सब सीखे-सिखाए कोख से निकलते हैं।''

''तुम्हारी बात में सार है, मैं मानता हूँ। लेकिन दूसरा पक्ष भी कुछ हो सकता है। एडेप्ट कर के अपने देश-काल में ले आना हमेशा ठीक नहीं होता; खुद भी दूसरे देश-काल में जा सकना चाहिए। अगर आज 'शाकुन्तल' ज्यों का त्यों स्वाभाविक नहीं, तो ज़रूरी नहीं है कि शकुन्तला को ड्राइंग-रूम हिरोइन बनाया जाए; हमीं क्यों न कण्व के आश्रम में जा सकें? ग्रीक नाटक तक तो हम चले जाते हैं-''

''वह दूसरी बात है। लेकिन हमारे देश में न स्टेज है, न एक्टर हैं, न नाटक हैं, फिर नाटक-लेखक ऐंठे किस बात पर रहते हैं? सब कुछ हमीं को सीखना है, उन्हें कुछ नहीं सीखना है?''

''ऐंठ का जवाब ऐंठ हो भी सकता है, पर उससे स्थिति नहीं बदलती। हिन्दी नाटक ले कर कुछ कर के दिखाओगे, तभी तो आगे कुछ होगा; नहीं तो आगे भी यही स्थिति रहेगी-न स्टेज, न एक्टर, न नाटक।''

''हाँ, तो मेरी ओर से रहे। खुदाई खिदमतगारी का शौक तुम्हें है, तुम करो। मैं तो दुनिया को जैसी है वैसी लेकर चलता हूँ।''

भुवन ने कहा, ''तो जाने दो।'' बात समाप्त हो गई।

लेकिन शाम को चन्द्रमाधव घूमने गया, तो दोनों नाटक लेता आया। रात में पढ़ डाले, फिर पेंसिल ले कर बहुत से निशान लगाए, हाशिये में नोट लिखे, क्या अंश छोड़ा जा सकता है, क्या हेर-फेर हो सकता है, वाचिक में क्या परिवर्तन अपेक्षित है, इत्यादि। बीच-बीच में शब्दों पर वह झल्लाता, फिर रेखांकित करके हाशिये में दूसरे शब्द या पद लिख देता जिनसे वार्तालाप अधिक सहज और स्वाभाविक बन सके।

दूसरे दिन गौरा आई तो चन्द्रमाधव मौजूद था। दोनों को नमस्कार कर के गौरा ने कहा, ''मास्टर साहब, मैंने नाटक पढ़ लिये, और भी दो-एक लड़कियों से सलाह कर ली। हम 'ध्रुवस्वामिनी' खेलेंगे, लेकिन-''

''लेकिन यह कि मुझे मेहनत करनी होगी; यही न?''

''हाँ।''

यहाँ पर चन्द्रमाधव ने कहा, ''मेरी बात टाँग अड़ाना न समझी जाए, तो निवेदन करूँ कि मैंने 'ध्रुवस्वामिनी' पर कुछ नोट लिये हैं; अगर वे कुछ काम आ सकें–''

भुवन ने कुछ विस्मय से भँवें ऊँची कीं, लेकिन तुरन्त सँभल कर बोला, ''गुड फ़ेलो! लाओ देखें–''

चन्द्रमाधव उठ कर भीतर गया तो गौरा ने घने उलाहने से भरी आँखें भुवन पर टिका दीं, और एकटक उसे देखती रही। वह चितवन भुवन तक पहुँची, पर उसने जान-बूझ कर उसे न देख कर सम स्वर से कहा, ''लो, तुम्हारा काम आसान हो गया।''

''मेरा क्या, आपका कहिए। आपने क्यों–''

वाक्य अधूरा रह गया। चन्द्रमाधव पुस्तक ले आया, भुवन ने पन्ने उलट-पलट कर देखे और कहा, ''ठीक तो है।'' फिर पुस्तक गौरा को दे दी। गौरा ने अनिच्छुक भाव से उसे लिया, इधर-उधर देखा; फिर मानो कर्तव्य का ध्यान कर के सधे शब्दों में कहा, ''आपके मित्र ने बहुत परिश्रम किया है, मैं उनकी बड़ी कृतज्ञ हूँ।'' फिर चन्द्रमाधव की ओर मुड़ कर कहा, ''आपका बहुत-बहुत धन्यवाद। बल्कि मास्टर साहब की ओर से भी, जिनका कष्ट बचाने के लिए आपको मेहनत करनी पड़ी।'' कहते-कहते उसने कनखियों से भुवन की ओर देखा, कि यह चोट ठीक बैठी है कि नहीं।

चन्द्रमाधव ने सफ़ेद झूठ बोलते हुए कहा, ''नहीं मिस गौरा, मुझे धन्यवाद देने की कोई बात नहीं है–मास्टर साहब की ओर से भी नहीं, क्योंकि ये नोट तो मेरे पहले के हैं। पिछले साल एक बार हम ने अभिनय करने की सोची थी, तब के। तब स्टेज की दृष्टि से भी विचार किया था–''

भुवन ने भँवें उठा कर स्थिर दृष्टि से चन्द्रमाधव को देखा, एक बहुत दबी मुसकान उसके ओठों की कोर में ही खो गई। फिर उसने गौरा की ओर मुड़ कर कहा, ''लीजिए, मेरा एलिबाई पक्का है न? मेरे लिए चन्द्र ने वह नहीं किया, अपने ही लिए किया है।''

गौरा ने आँखें सकोच कर उसकी ओर क्षण-भर देखा, मानो कहती हो, ''जाइए!'' फिर चन्द्रमाधव से पूछा, ''तो आपने पोशाकों की बात भी सोची होगी?''

''ज़रूर–''

''अच्छा, हमारी ड्रेस रिहर्सल तक अगर आप यहाँ ठहरें तो एक बार आइएगा।'' फिर भुवन की ओर मुड़ कर, ''मास्टर साहब, उस दिन आप इन्हें भी साथ लाइएगा, मैं कह दूँगी–''

''यानी?''

''यानी यह कि निर्देशन आप करेंगे–आपको रोज आना पड़ेगा।'' गौरा ने स्थिर दृष्टि से उसे देखा, फिर कहा, ''हाँ-आँ!''

भुवन हँस दिया। चन्द्र ने कहा, ''मैं अधिक तो ठहर नहीं रहा, अभी एक-आध दिन आ सकता हूँ, फिर पीछे मास्टर साहब निर्देशन करते ही रहेंगे।''

''अच्छा देखिए, तय हो जाए–''

गौरा चली गई तो चन्द्र ने कहा, ''अब बताओ, कास्ट्यूम का क्या होगा?''

भुवन ने कहा, ''वह तुम जानो; तुमने तो पहले से सोच रखा है न, पिछले साल से?''

''मैंने तुम्हारी इज्जत बचा ली है। अब–''

''ओह, तो इज्जत के बदले इज्जत चाहिए। लेकिन मैंने तो ऐसा सौदा नहीं किया?''

''मैं नहीं जानता; मैं तुम पर टाल दूँगा।''

दो-एक दिन चन्द्रमाधव कॉलेज जा कर गौरा और अन्य अभिनेताओं से मिल आया। इधर-उधर की कई बातें उसने कीं, पोशाक का प्रश्न उठने पर उसने कहा कि उसने अपने नोट सब भुवन को दे दिए हैं, उससे पूरा निर्देश मिल जाएगा।

चन्द्रमाधव को स्टेशन छोड़ने भुवन के साथ गौरा भी गई थी, उसकी दो-एक और सहपाठियाँ भी। चन्द्र ने कहा, ''गौरा जी, आपके नाटक के कोई फोटो लिये जाएँ तो एक-आध मुझे भी भेजिएगा, मुझे बहुत दिलचस्पी रहेगी।''

गौरा ने कहा, ''मास्टर साहब अगर खिंचवा देंगे तो होगी। तब आप उन्हीं से मँगा भी लीजिएगा।''

चन्द्र नहीं समझ सका कि इसमें केवल भुवन के प्रति सहज सम्मान है, या भुवन को ही कोई अस्पष्ट उलाहना; या कि चन्द्र के आत्मीयता-प्रकाशन की ही परोक्ष अवहेलना–'आपका परिचय मुझ से नहीं, भुवन से है, उन्हीं की मारफ़त मैं...'। उसने कहा, ''विलायत से मैं पत्र लिखूँ तो उत्तर देंगी न?'' फिर गौरा के चेहरे को देख कर उसके कुछ उत्तर देने से पहले ही उसने जोड़ दिया, ''मेरे मित्र बहुत थोड़े हैं; और भुवन मास्टर साहब तो शायद पत्र लिखना ही गवारा न करें; उनकी ओर से ही आप–''

गौरा ने कहा, ''अच्छा; मास्टर साहब को भी मैं कोंच दिया करूँगी–'' और हँस दी।

''थैंक यू।''

लेकिन भुवन को कोंचने के अवसर गौरा को अधिक न मिले; अगले सेशन में भुवन को रिसर्च के लिए एक वृत्ति मिल गई और वह बंगलोर चला गया। वहाँ दो वर्ष में अपना प्रायोगिक काम पूरा कर के उसने फिर नौकरी कर ली : थीसिस वह वहाँ से भी लिख कर भेज सकेगा इस की सुविधा उसे थी। छ: महीने का काम उसके लिए अपेक्षित था : उसके बाद थीसिस तो अगले वर्ष ही जाएगा, इसलिए काम कर लेना ही अच्छा है...गौरा से पत्र-व्यवहार भी उसका बहुत अनियमित था; गौरा के पत्रों में भी उस हठीले उत्साह का स्थान एक गाम्भीर्य ले रहा था और भुवन तो यों ही कम लिखता था। उसकी धारणा थी कि अच्छा पत्र-व्यवहार कभी नियमित हो ही नहीं सकता; जीवन में जब-तब ही पत्र लिखे जाएँ तभी अच्छे होते हैं।

चन्द्रमाधव से गौरा का पत्र-व्यवहार भी अनियमित चलता रहा। चन्द्र उसे जब-तब पुस्तकें या चित्र भेज देता; पत्र में ऐसे स्थलों के वर्णन भी जिन में गौरा को

दिलचस्पी हो सके–इंग्लैंड में शेक्सपियर के घर का, ताल–प्रदेश का जहाँ वड्र्सवर्थ और कोलरिज की काव्य–प्रतिभा मुखरित हुई, फ्रांस में ह्यूगो के स्मारक का, नोत्रदाम का, लूव्र संग्रहालय का; जर्मनी में गेयटे के घर का, ओबरामगाउ के ईसा के जीवन–नाटक का...दो–एक अपने फोटो भी उसने भेजे थे, पहले अव्यक्त आशा में कि गौरा भी उसे अपना फोटो भेजेगी, फिर इस स्पष्ट प्रार्थना के साथ। गौरा ने अपना कोई फोटो नहीं भेजा था, पर दो–तीन पत्रों के आग्रह के बाद 'ध्रुवस्वामिनी' का एक ग्रुप फोटो भेज दिया था जिस में अभिनेतृ–समुदाय के साथ भुवन भी था। पत्रों में वह प्राय: भुवन के समाचार ही अधिक देती; अपने विषय में कम लिखती या लिखती तो कॉलेज की 'एक्टिविटीज' का वर्णन कर देती। चन्द्र के पत्रों में व्यक्तिगत अधिक होता, विदेशों में मिले लोगों और विशेषकर स्त्रियों की बातें होतीं, और निरन्तर वहाँ की स्वाधीनता और यहाँ के बन्धनों की तुलना और उस पर एक आक्रोश का स्वर उसके पत्रों में पाया जाता।

गौरा ने एक बार लिखा, "स्वाधीनता केवल सामाजिक गुण नहीं है। वह दृष्टि कोण है, व्यक्ति के मानस की एक प्रवृत्ति है। हम कहते हैं कि समाज हमें स्वाधीनता नहीं देता; पर समाज दे कैसे? हमीं तो अपने दृष्टिकोण से समाज बनाते हैं। मैं अपने–आपको बद्ध नहीं मानती हूँ, और स्वाधीनता के लिए अपने मन को ट्रेन करती हूँ। सफलता की बात नहीं जानती, उतनी शक्ति मेरे भीतर होगी तो क्यों नहीं होऊँगी सफल? और मैं सोचती हूँ कि सब लोग यत्नपूर्वक अपने को स्वाधीनता के लिए ट्रेन करें तो शायद हमारा समाज भी स्वाधीन हो सके।"

चन्द्र ने उत्तर में उसे बधाई देते हुए लिखा था, "आप ऐसा मान सकती हैं, और ट्रेनिंग की सुविधा पा सकती हैं, क्योंकि आप का जीवन संरक्षित है, उसे छत्रच्छाया मिली है। उनकी सोचिए जो जीवन के अथाह सागर पर फेंक दिए जाते हैं एक खाली टीन के डिब्बे की तरह : क्या वे भी स्वाधीन हैं, अपने को ट्रेन कर सकते हैं? जीवन वैसा ही है–और हम सब बह रहे हैं, बह रहे हैं, खाली डिब्बा ऊब–डूब करता है तो समझता है कि मैं स्वाधीन हूँ, और सागर पर सवार हूँ, पर कहाँ छोर है, कब वह जा लगेगा, या कि राह में डूब जाएगा–क्या वह जानता है? या उसके बारे में कुछ कर सकता है? नहीं गौरा जी, हमें जिस को जहाँ जितना थोड़ा–सा सुख मिलता है, उतना ही हमें आतुर और कृतज्ञ हाथों से ले लेना चाहिए–उसी का नाम स्वाधीनता है, बाकी सब संघर्ष है, संघर्ष, अन्तहीन आशाहीन संघर्ष..."

और गौरा ने : "शायद हम अलग–अलग दुनिया में रहते हैं, अलग–अलग मुहावरे बोलते हैं। आपको यूरोप के समकालीन निराशावाद ने पकड़ लिया है–है न? इस यूरोप के लिए आशा नहीं है। यह तो मरेगा ही। पर क्या एक दूसरा यूरोप नहीं उठेगा? नहीं, ऊब–डूब करते डिब्बों का यूरोप नहीं, फिर एक स्वाधीन यूरोप, लेकिन जिस की स्वाधीनता नए और दृढ़तर पायों पर टिकी हो? मैं तो समझती हूँ, हम यहाँ हिन्दुस्तान

में भी न केवल अपनी वरन् यूरोप की भी स्वाधीनता का उद्योग कर सकते हैं : हर कोई हर जगह सारे विश्व की स्वाधीनता की लड़ाई लड़ सकता है क्योंकि अविभाजित और अविभाज्य स्वाधीनता ही स्वाधीनता है, जब तक वह नहीं तब तक स्वाधीनता हो कर भी अधूरी और अरक्षित है।''

दो-एक ऐसे पत्रों के बाद चन्द्रमाधव विषय को छोड़ देता था और फिर बिलकुल व्यक्तिगत बातों पर आ जाता था, उसमें से फिर कोई साधारण सूत्र उठा कर गौरा दूर हट जाती थी।

जो डूबने-उतराने को मानता है, वह डूबता-उतराता है, जो स्वाधीनता के लिए साधना करता है, वह-

यो यो यां यां तनुं भक्तः श्रद्धयार्चितुमिच्छति।
तस्य तस्याचलां श्रद्धां तामेव विदधाम्यहम्।।

मैत्री, सख्य, प्रेम-इन का विकास धीरे-धीरे होता है ऐसा हम मानते हैं; 'प्रथम दर्शन से ही प्रेम' की सम्भावना स्वीकार कर लेने से भी इस में कोई अन्तर नहीं आता। पर धीरे-धीरे होता हुआ भी वह सम गति से बढ़ने वाला विकास नहीं होता, सीढ़ियों की तरह बढ़ने वाली उसकी गति होती है, क्रमशः नए-नए उच्चतर स्तर पर पहुँचने वाली। कली का प्रस्फुटन उसकी ठीक उपमा नहीं है, जिस का क्रम-विकास हम अनुक्षण देख सकें : धीरे-धीरे रंग भरता है, पंखुड़ियाँ खिलती हैं, सौरभ संचित होता है, और डोलती हवाएँ रूप को निखार देती जाती हैं। ठीक उपमा शायद साँझ का आकाश है : एक क्षण सूना, कि सहसा हम देखते हैं, अरे, वह तारा! और जब तक हम चौंक कर सोचें कि यह हम ने क्षण-भर पहले क्यों न देखा-क्या तब नहीं था? तब तक इधर-उधर, आगे, ऊपर कितने ही तारे खिल आएँ, तारे ही नहीं, राशि-राशि नक्षत्र-मंडल, धूमिल उल्कांकुल, मुक्त-प्रवाहिनी नभ-पयस्विनी-अरे, आकाश सूना कहाँ है, यह तो भरा हुआ है रहस्यों से, जो हमारे आगे उद्घाटित हैं...प्यार भी ऐसा ही है; एक समोन्नत ढलान नहीं, परिचिति के, आध्यात्मिक संस्पर्श के, नये-नये स्तरों का उन्मेष...उसकी गति तीव्र हो या मन्द, प्रत्यक्ष हो या परोक्ष, वांछित हो या वांछातीत। आकाश चन्दोवा नहीं है कि चाहें तो तान दें, वह है तो है, और है तो तारों-भरा है, नहीं है तो शून्य, शून्य ही है जो सब-कुछ को धारण करता हुआ रिक्त बना रहता है...

गौरा से भुवन का चौदह वर्ष का-या कि सात-आठ वर्ष का-परिचय भी ऐसा ही था। इस लम्बे अन्तराल के बाद जो नया परिचय हुआ था, वह पहले परिचय से बिलकुल भिन्न स्तर पर था; दूसरे स्तर पर वह सम गति से चल रहा था कि सहसा एक झोंके से वह एक स्तर और उठा-या गहरे में चला गया।

भुवन को कॉलेज की नौकरी करते एक वर्ष हुआ था। थीसिस भी उसने भेज दिया था, वर्ष-भर के अन्दर उसे परिणाम की सूचना मिलेगी और, जैसा कि उसे पूरा विश्वास है, अगर उसे डॉक्टर की उपाधि मिल जाएगी तो कॉलेज में उन्नति तो होगी ही, आगे

काम की सुविधा भी मिलेगी, शायद विश्वविद्यालय में भी कुछ कर सके। एक स्थिरता उसके मानसिक जीवन में आ गई थी जो गतिहीनता नहीं थी, सधी हुई, निर्दिष्ट गति की सूचक थी।

गौरा ने बी.ए. की परीक्षा दे दी थी, साथ ही संगीत की एक परीक्षा भी दी थी। भुवन ने उसे एक उत्साह-वर्धक पत्र लिखा था, और लिखा कि वह आशा करता है कि गौरा अच्छी तरह पास होगी क्योंकि वह चाहता है कि गौरा जो कुछ करे अच्छी तरह करे; पर साथ ही उसकी यह भी धारणा है कि गौरा में जो कलात्मक संवेदना है उसकी अभिव्यक्ति और निष्पत्ति बी.ए.-एम.ए. की डिगरियों में नहीं, रचनात्मक कर्म में है, अपनी प्रतिभा का उपयोग न करना, प्रस्फुटित होने का मार्ग न देना, उसे जीवनानन्द की शोध में न लगाना निष्क्रिय आत्म-हनन है, अन्धकार को आत्म-समर्पण है जबकि वह गौरा को हमेशा एक उजली और दौड़ती हुई धूप के रूप में ही देखता है : वह पहाड़ पर बदली में से फूटी हुई किरण जैसे धान-खेतों पर लहरती दौड़ती चली जाती है, वैसी ही।

उसके पत्र के उत्तर में देर हुई थी। जब आया था, तब जो आया था, उसके लिए वह बिलकुल तैयार नहीं था। उसमें उसके पत्र की किसी बात का कोई उल्लेख नहीं था; बहुत छोटे पत्र में इतना ही लिखा था :

> भुवन दा,
>
> आप क्या दो-चार दिन के लिए भी नहीं आ सकते! मुझे आगे मार्ग नहीं दीखता है, और मैं अँधेरे में डूबना नहीं चाहती, नहीं चाहती! जल्दी आइए।
>
> आपकी
गौरा

भुवन की समझ में कुछ भी न आया। उसे ध्यान आया, गौरा का परीक्षा-फल निकल गया होगा : गौरा ने लिखा क्यों नहीं? कहीं फेल तो नहीं हो गई-पर असम्भव! उसने रजिस्ट्रार को जवाबी तार दे कर परीक्षा-फल माँगा; उसी रात उत्तर आ गया : ''प्रथम श्रेणी, दूसरा स्थान।'' हाँ, यही हो सकता था, फेल होने की कल्पना भी क्यों उसके मन में आई? पर बात क्या है? गौरा को वह क्या उत्तर दे? क्या चला जाए? लेकिन क्यों-पहले जाने तो कि बात क्या है?

और तब, सहसा आकाश में एक तारा फूट आया था। तो गौरा के विवाह का प्रश्न उठा है। आखिर उठा ही...और वह आगे मार्ग नहीं देख पा रही है, और भुवन...हाँ, भुवन उसे जानता है, बहुत निकट से जानता है-आज अगर गौरा जीवन के इतने बड़े निर्णय के सामने उसकी राय पूछ रही है और उसी पर चल पड़ेगी; इतना बड़ा दायित्व उस पर थोप रही है तो क्यों? क्योंकि उसने पहले देखा है जो भुवन को पहले देखना चाहिए था : कि भुवन उसे, उसकी सम्भावनाओं को, उससे भी अच्छी तरह पहचानता है।

और आकाश तारों से भर गया था। भुवन तटस्थ है, पर गौरा के भविष्य में उसे गहरी दिलचस्पी है; वह क्या करती है या नहीं करती है–उसका क्या होता है–यह भुवन के लिए अत्यन्त महत्त्व रखता है...क्यों? क्योंकि वह उसकी भूतपूर्व शिष्या है? नहीं, यद्यपि हाँ, वह भी–उस नाते वह किसी हद तक उसके भविष्य का उत्तरदायी है...पर मुख्यतया इसलिए कि वह कुछ है जो जीवन से भुवन ने पाया है और जिस के सहारे उसने स्वयं अपने को अधिक पाया है...सहसा उसका अन्तर गौरा के प्रति स्नेह ही नहीं, एक अद्‌भुत कृतज्ञता से द्रवित हो आया। 'अच्छा अध्यापन वही है जिस में अध्यापक भी सीखता जाए'–इतना ही नहीं, वह स्थायी सम्बन्ध है जिस का आलोक भविष्य में भी दोनों का मार्ग उज्ज्वल करता है...

भुवन ने गौरा को लिखा :

गौरा,

तुम्हारा पत्र मिला है। तुम्हारे स्नेह का दावा मुझ पर सदैव रहा है; पर इतनी दूर से तुम सहसा बिना कारण बताए बुला भेजोगी, यह नहीं सोचा था। मेरे पत्र की किसी बात का उत्तर तुमने नहीं दिया; और परीक्षा–फल तक नहीं सूचित किया–क्या मैंने कभी कल्पना की थी कि तुम्हारा परीक्षा–फल रजिस्ट्रार को तार देकर मँगाना पड़ेगा? पर तुम्हारे कारण न देने से ही शायद मैं कारण का ठीक–ठीक अनुमान लगा सका हूँ। और तुम्हारे मौन से मुझे आलोक मिला है, शक्ति मिली है–जिस के सहारे मैं दो–एक बातें लिखने बैठ गया हूँ जो कदाचित् तुम्हारे कुछ काम आवें।

गौरा, कोई किसी के जीवन का निर्देशन करे, यह मैं सदा से गलत मानता आया हूँ, तुम जानती हो। दिशा–निर्देशन भीतर का आलोक ही कर सकता है; वही स्वाधीन नैतिक जीवन है, बाकी सब गुलामी है। दूसरे यही कर सकते हैं कि उस आलोक को अधिक द्युतिमान बनाने में भरसक सहायता दें। वही मैंने जब–तब करना चाहा है, और उस प्रयत्न में स्वयं भी आलोक पा सका हूँ, यह मैं कह ही चुका। तुम्हारे भीतर स्वयं तीव्र संवेदना के साथ मानो एक बोध भी रहा है जो नीति का मूल है; तुम्हें मैं क्या निर्देश देता?

अभी किस प्रश्न को ले कर तुम चिन्तित हो, यह शायद मैं समझ सका हूँ। पर उस प्रश्न में सहसा इतनी चिन्त्य तात्कालिकता क्यों आ गई कि तुमने मुझे बुला भेजा, यह तुम्हारी ओर से किसी सूचना की अनुपस्थिति में कैसे जानूँ? यह प्रश्न आगे–पीछे उठता ही; मैं समझता हूँ कि परीक्षा–फल के साथ–साथ ही भविष्य–निर्णय का प्रश्न तुम्हारे माता–पिता के सामने उठा होगा। यह भी हो सकता है कि उन्होंने पहले से कुछ सोच रखा हो–चाहे कह भी रखा हो–और अब, जब उनकी समझ में तुम्हारी शिक्षा पूरी हो गई और वय भी हो गई, तब तुम्हें पूछा या बताया हो। उन पर मेरी श्रद्धा

है और मैं समझता हूँ कि तुम्हारा अहित उन से नहीं होगा; इतना ही नहीं, मैं यह भी समझता हूँ कि तुम्हारे हिताहित के विषय में तुम्हारी धारणा को वे अमान्य नहीं करेंगे–उससे क्लेश होगा तब भी नहीं। एक बार तुम्हारे पिता ने मुझ से कहा था : ''सन्तान को पढ़ा-लिखा कर फिर अपनी इच्छा पर चलाना चाहने का मतलब है स्वयं अपनी दी हुई शिक्षा-दीक्षा को अमान्य करना, अपने को अमान्य करना, क्योंकि बीस बरस में माँ-बाप सन्तान को स्वतंत्र विचार करना भी न सिखा सके तो उन्होंने क्या सिखाया?'' जो व्यक्ति ऐसी बात मान सकता है, उसके विचार-परिपाटी के बुनियादी मान ठीक हैं, और मुझे विश्वास है कि वह चाहे वचनबद्ध भी हो चुके हों–जो मेरी समझ में न हुए होंगे–उन से साफ़-साफ़ बात करना शुभ परिणाम देगा।

पर यह बाहर की बात है। तुम्हारे भीतर? यहाँ कुछ कहते दोहरा संकोच होता है, फिर भी कुछ कहूँगा ही : हाँ, इसे तुम मेरा मत ही समझो, वह भी पूर्वग्रह-दूषित मत, उससे अधिक कुछ नहीं। आगे-पीछे इस प्रश्न का सामना करना ही होता है; और जहाँ तक निरे सिद्धान्त का प्रश्न है, मैं मानता हूँ कि जब तक कोई स्पष्टतया मनोवैज्ञानिक 'केस' न हो विवाह सहज धर्म है और है व्यक्ति की प्रगति और उत्तम अभिव्यक्ति की एक स्वाभाविक सीढ़ी। लेकिन सिद्धान्त के प्रतिपादन से ही प्रश्न का उत्तर नहीं हो जाता; व्यक्तित्व के प्रश्न के आगे व्यक्ति का जो प्रश्न है, वह बना रहता है। उसके विषय में यह कह सकता हूँ कि व्यक्ति का स्वतंत्र विकास जब तक पूरा नहीं हो जाता, तब तक उसे इकाई से बाहर प्रसृत करने का प्रश्न नहीं उठता, वह प्रश्न तभी उठना चाहिए जब उसके बिना और विकास के मार्ग न हों। और प्रश्न उठने के बाद फिर व्यक्ति-विशेष की खोज होती है : उसमें जोखम अनिवार्य है; पर आन्तरिक आलोक कुछ भी काम नहीं देता, यह कैसे माना जाए? जोखम भी कौन-सा उठाने लायक है, कौन-सा नहीं, इसके निर्णय में अन्तःकरण का साक्ष्य अवश्य सहायक होता है। राह चलना हो, तो हर मोड़, हर चौराहे पर राही को जोखम उठाना होता है और वह उठाता है; उस समय आँखें बन्द कर के दूसरे के निर्देश पर अपने को नहीं छोड़ देता। और गार्हस्थ्य एक लम्बी यात्रा है–बल्कि पथ-यात्रा नहीं, सागर-यात्रा, जिस में मोड़-चौराहे पर नहीं, क्षण-क्षण पर संकल्प-पूर्वक जोखम का वरण करना होता है और कोई लीकें आँकी हुई नहीं मिलतीं, नक़्शे और क़म्पास और अन्ततोगत्वा अपनी बुद्धि और अपने साहस के सहारे चलना होता है।

तुम्हें जो राह दीखती है, उस पर चलो, गौरा। धैर्य के साथ, साहस के साथ। और हाँ, जो तुमसे सहमत नहीं हैं उनके प्रति उदारता के साथ, जो

बाधक हैं उनके प्रति करुणा के साथ। और राह पर जब ऐसा साथी मिलेगा जिस का साथ तुम्हें प्रीतिकर, वांछनीय, कल्याणप्रद लगे, तब किसी की बात न सुनना, जान लेना कि अब स्वतंत्र रूप से जोखम वरने का समय आ गया।

यही मैं मानता हूँ। स्वयं उस आदर्श को नहीं पाता, यह दूसरी बात है। पर यह ठीक है इसके बारे में मुझे ज़रा भी संशय नहीं है।

और अभी क्या लिखूँ? तुम क्या करती हो, क्या करोगी, लिखना। अब भी अगर बुलाओगी, तो आ जाऊँगा। यों छुट्टियों से तत्काल पहले छुट्टी मिलना कठिन होता है पर आना हो तो एकदम छुट्टियों में ही आने से काम न चलेगा?

तुम्हारा
भुवन दा

गौरा के दूसरे पत्र से भुवन ने जाना कि बात विवाह की ही थी। प्रस्तावित लड़का गौरा के कॉलेज में पढ़ता रहा था, उससे तीन-चार वर्ष आगे; उसके पिता की ओर से बात पहले उठाई गई थी जब गौरा ने इंटर पास किया था-लड़का तब विदेश में था। गौरा के माता-पिता ने तब इसी आधार पर टाल दिया था कि लड़का तो विदेश है, पर माँ यहीं मानती थी कि वह लगभग वचनबद्ध हैं। लड़का जाड़ों में लौट आया था इंजीनियर बन कर, तब से बात चल रही थी और गौरा की परीक्षा के बाद ही प्रबल होकर उठी। यों लड़के वाले राजी थे कि गौरा आगे भी पढ़ना चाहे तो पढ़े; पर पक्की बात वे तुरन्त चाहते थे, और विवाह भी इसी वर्ष, नहीं तो अगले वर्ष। लड़के को गौरा ने देखा अवश्य था, पर उसकी बहुत हलकी-सी स्मृति ही उसे थी, और यह मानने का कोई कारण नहीं था कि उन में कोई विशेष अनुकूलता है। विवाह की बात लड़के की इच्छा पर ही उठी थी, पर एक बी.ए. के विद्यार्थी का एक फर्स्ट ईयर की लड़की के प्रति आकर्षण अपने-आप में कोई महत्त्व नहीं रखता।

गौरा ने यह भी लिखा था कि भुवन के पत्र से उसे बहुत सहारा मिला और आगे का मार्ग कुछ-कुछ उसे दीखता भी है, माँ की अनशन की धमकी स्वयं एक महत्त्वपूर्ण तथ्य है; पिता तो दु:खी पर चुप हैं, किन्तु माँ का कहना है कि उन दोनों के जीवन का दारोमदार इसी पर है। गौरा इसे स्पष्ट अन्याय समझती है, पर क्या माता-पिता की इच्छा पर अपने को उत्सर्ग कर देना भी एक रास्ता नहीं है? सारी परम्परा तो इसी का समर्थन करती है कि यही रास्ता है : और ऐसे आत्म-बलिदान में सुख भी होता है यदि वह कल्पना की भावना से किया जाए; खीझ कर, आत्म-दहन की भावना से नहीं। यही सब वह सोचती है, और किसी निर्णय पर नहीं पहुँच पाती; पर भुवन दा की यह बात वह खूब समझती है कि अन्ततोगत्वा निर्णय उसके माता-पिता का

नहीं, उसी का है; वह जो कुछ भी करे, परिणामों के लिए उत्तरदायी वही होगी। शीघ्र ही वह कुछ तय कर लेगी : अगर बिलकुल नहीं ही कर सकी, तो फिर भुवन दा को बुला भेजेगी : छुट्टी वह न लें, अवकाश आरम्भ होते ही आ जावें और तब तक वह बात टाल लेगी...

भुवन ने फिर एक छोटा-सा पत्र उसे लिखा :

गौरा,

तुम्हारे पत्र से पूरी बात मालूम हुई। नया मुझे कुछ नहीं कहना है। ठीक है, तुम्हारे निर्णय की प्रतीक्षा करूँगा। पूरे विश्वास के साथ कि जो भी तुम करोगी, भूल नहीं करोगी।

आत्म-बलिदान की बात हमारी पीढ़ी की हर युवती सोचती है। युवती ही क्यों, युवक भी। बलिदान ही हो, तो कोई दूसरा क्या कह सकता है? अपनी ज़िन्दगी लुटाने का हक हर किसी को है; और ऐसे मौके भी हो सकते हैं जब अन्याय को चुनौती देने का दूसरा उपाय ही न रहे, यह मैं समझता हूँ। "जानते हो, मैं तुम्हारी जान ले सकता हूँ?" "हाँ, दस्यु: और तुम जानते हो, मैं जान गँवा कर तुम्हारी अवहेलना कर सकता हूँ?" यह उत्तर कायर का नहीं, साहसी का है। पर आत्म-बलिदान आत्म-प्रवंचना नहीं है, यह खूब अच्छी तरह पड़ताल कर के देख लेना चाहिए। और मैं नहीं मानता कि इस मामले में हमारे सब युवक-युवतियाँ सतर्क रहते हैं। इस तरह का झुकना बलिदान नहीं, पलायन है, कटु निर्णय से, स्वाधीनता के जोखम से पलायन। स्वाधीनता साहस माँगती है; दुस्साहस भी माँग सकती है। स्वाधीनता साहसी का धर्म है।

हमारा संस्कार है, हाँ; पर श्रवणकुमार का जो आदर्श है, वही-ज़रा-सी चूक पर!-हमारी सारी पीढ़ी की पराजय और क्लीवता का बड़ा अच्छा प्रतीक भी है। कन्धे पर लदी हुई बहँगी पितृभक्ति का, आदर्श-परायणता का, आत्म-बलिदान का प्रतीक नहीं; जड़-पूजा का, आत्म-प्रवंचना का, स्वाधीन जीवन की अपात्रता का प्रतीक है! श्रवण के लिए वह क्या था, इसका निर्णय करना मेरे लिए आवश्यक नहीं है; मेरी पीढ़ी के लिए वह क्या है यह मैं ठीक जानता हूँ।

तुम पर मुझे आस्था है। आत्म-बलिदान करती हो, तो मेरा श्रद्धापूर्ण प्रणाम लो। सच्चा बलिदान भी स्वाधीन व्यक्ति का कर्म है।

पत्र दोगी? मैं देखो कितने तपाक से पत्र लिख रहा हूँ!

तुम्हारा
भुवन

इसका उत्तर उसे बहुत दिनों तक नहीं मिला। पहले कुछ दिन उसने प्रतीक्षा की; फिर मान लिया कि गौरा ने विवाह की स्वीकृति दे दी है; और दे दी है तो भुवन को और लिखने को अभी क्या होगा? दो-चार मास बाद–या क्या जाने, विवाह के बाद!–ही वह लिखेगी। अवकाश आरम्भ हो गया, उसने सामान तैयार किया कि अगर गौरा बुलाएगी तो वहाँ, नहीं तो कुछ दिन के लिए पहाड़-वहाड़ कहीं चला जाएगा; पर चार-छः दिन ऐसे भी बीत गए। सहसा एक दिन मद्रास से गौरा का पत्र आया :

भुवन दा,

मैंने एक साथ कई निश्चय कर लिये। वह बात समाप्त हो गई है। माँ बहुत रोई-धोई, पर मान लेंगी ऐसा विश्वास है। पिता ने भी यही कहा; बोले, ''बेटी, हम दोनों तुम्हारा कल्याण चाहते हैं, यह विश्वास न खोना। तुम्हारी माता समझ जाएगी और हमारा पूरा विश्वास तुम पर बना है, यह मैं तुम्हें कहता हूँ।'' और कुछ उन से कहते नहीं बना। कहते तो शायद मैं न सह सकती।

दूसरा निश्चय : मैं आगे पढ़ाई नहीं कर रही। संगीत के लिए आई हूँ। एक वर्ष यहाँ और एक वर्ष मैसूर में रहूँगी, इतनी दूर स्पष्ट दीखता है, और इस में इतना काम है कि आगे देखना अभी ज़रूरी नहीं जान पड़ता। यों यह भी लगता है कि असल चुनाव मैंने कर लिया है; आगे इतनी कड़ी परीक्षा अब न होगी।

भुवन दा, पलायन इधर भी हो सकता है, उधर भी। बिना मन के भीतर घुसे, केवल कर्म के आधार पर कोई निर्णय नहीं दिया जा सकता। आपने एक बार कहा था, ''आत्मा के नक़्शे नहीं होते कि हम चट से फ़ैसला दे दें : इस सीमान्त के इधर स्वदेश, उधर विदेश, इधर पुण्य, उधर पाप। आत्मा के प्रदेश में सीमान्त हर क्षण, हर साँस के साथ बदल सकता है क्योंकि हर क्षण एक सीमान्त है।''

वह बात आज समझ रही हूँ। जीवन एक बार का वरण नहीं है, वह अनन्त वरण है; प्रत्येक क्षण हम स्वीकार और परिहार करते चलते हैं।

भुवन दा, मैं भाग कर नहीं आई, माँ के दुःख से भी नहीं। सामने काम है, और बड़ा अर्जेंट, बड़ा ज़रूरी काम। इसी झंझट में मैंने इतनी देर कर दी, पर आप ज़रूर-ज़रूर मेरी बात ठीक-ठीक समझेंगे और तब आपको यह देर भी अच्छी लगेगी।

आपकी कृतज्ञ
गौरा

पुनश्च :

अब मैं आपको नहीं बुलाऊँगी! अवकाश आप कहाँ बिताएँगे? कहीं पहाड़ चले जाइए। पिताजी मसूरी जाएँगे : वहीं आप जाएँ तो उन से मिलिएगा, आपसे मिलकर उन्हें तसल्ली होगी।

गौरा

उसी डाक में बंगलोर से पत्र आया है कि उसका थीसिस स्वीकृत हुआ है और डाक्टरेट प्रदान करने का अनुमोदन किया गया है : अगले कनवोकेशन में उसे डिगरी मिल जाएगी।

दक्षिण में ही गौरा ने पहले-पहल समझा कि कलाकार कैसे देश-काल के बन्धन से मुक्त हो जाता है : कोई भी लगन, कोई भी गहरी साधना व्यक्ति को इन बन्धनों से परे ले जाती है। देह का अपना धर्म है; उससे तो मुक्ति नहीं मिलती; पर आत्मा या आत्मा की बात न करें क्योंकि उसके साथ तो अजर-अमर होने की प्रतिज्ञा ही है-मन भी जरामुक्त, चिरयुवा रह जाता है : एक दिन साधक सहसा पाता है कि अरे, यह देह तो बूढ़ी हो गई जब कि भीतर का जीव ज्यों का त्यों है, बल्कि अधिक स्फूर्तियुक्त, अधिक समर्थ... तब अगर वह मन को देह पर छोड़ देता है तभी मन भी जरा का अनुगत हो जाता है, नहीं तो अन्त तक-देह के विघटन-विलयन तक-भी वह वैसा ही अछूता चला जाएगा, ऐसा गौरा को लगता है। पढ़ाई के साथ-साथ भी वह संगीत-साधना करती रही थी, पर वहाँ वह गौण थी, अपने को उसमें बहा नहीं दिया जा सकता था, समर्पण नहीं हो सकता था : और साधना शर्तबन्द नहीं होती, वह आंशिक नहीं होती। या होती है, या नहीं होती...और अब...

यों सम्पूर्ण साधक कम ही होते हैं : अधिकतर या तो सब समय अधूरा समर्पण, या कुछ समय पूरा समर्पण दे सकते हैं-सब समय पूरा समर्पण तो पागलपन है जो देवत्व का समकक्षी है, वह तो दुर्लभ है...गौरा जानती है कि वह वैसी सम्पूर्ण साधिका-बल्कि वैसी सम्पूर्णता हो तो साधिका क्यों, सिद्ध-नहीं है; और भीतर यह भी अनुभव करती है कि वैसी वह होना भी नहीं चाहती। पर जितनी साधना, या जितना शोध, जितनी तपश्चर्या उसे करनी है, वह सम्पूर्ण हो यह वह चाहती है, और इसके लिए कृत-संकल्प है। उसने पाया कि संगीत के अध्ययन के साथ संस्कृत का अध्ययन आवश्यक है, वह भी उसने आरम्भ कर दिया; फिर उसी से सम्बद्ध संस्कृत काव्यों का अध्ययन; इस में उसने पाया कि संगीत अकेला नहीं खड़ा होता, उसे वास्तव में स्वायत्त करने के लिए थोड़ा इधर-उधर भी बढ़ना आवश्यक है; नाट्यशास्त्र तक पहुँचते न पहुँचते उसने जान लिया कि दो वर्ष तो क्या होते हैं, उसे बीस वर्ष भी थोड़े हैं। पर व्यक्ति की कुछ सीमाएँ हैं जिन्हें वह मान ही लेना चाहती है : सम्पूर्ण साधक उन्हें अमान्य

भी कर सकता, वह जानती है, और वैसी लगन के लिए जो कठोरता और एक विशेष प्रकार की आत्मपरता चाहिए उसे वह निरी स्वार्थपरता नहीं कहेगी; पर उसे अभी वह इष्ट नहीं है, वह इन मर्यादाओं को स्वीकार ही कर लेगी...दो वर्ष पूरे कर के कहीं काम करना होगा–पिता–माता पर निर्भर करना अब उचित न होगा–और काम के साथ–साथ ही संगीत-साधना आगे चलानी होगी।

बीच–बीच में वह भुवन को पत्र लिखती : उसमें अपना उत्साह, अपनी चिन्ताएँ, अपने संकल्प, सभी व्यक्त करती। पर भुवन के पत्र फिर विरल हो गए थे; एक बार उसने लिखा कि "तुम्हरी लगन से मुझे अपनी चूक का ध्यान हो आता है–साधना से समझौता मैंने भी किया है क्योंकि नौकरी मैं भी करता हूँ, पर समझौते में जितना अपनी साधना को देना चाहिए वह तो कम–से–कम निरालस, निर्बन्ध भाव से देना चाहिए..." गौरा इस पत्र से मुदित भी हुई, पर उसके बाद से उसने अपने पत्र भी विरल कर दिए, महीने में एक पत्र से अधिक वह न लिखती, कभी दो महीने भी हो जाते। भुवन बंगलोर आएगा शायद; तब भेंट होगी, यह आशा उसके मन में थी, पर उसने व्यक्त न की; भुवन नहीं आया और निराशा भी व्यक्त करने का कोई प्रश्न न उठा।

परीक्षा–फल निकलने के तुरन्त बाद उसे चन्द्रमाधव का बधाई का पत्र मिला था। उसने उत्तर तत्काल नहीं दिया था–तब वह अशान्त थी; मद्रास आने पर उत्तर देने से पहले चन्द्र का एक और लम्बा पत्र उसे मिला। चन्द्र ने लखनऊ में अपने कार्य की बात लिखी थी, और उसके पिछले पत्र का, जो एक वर्ष से अधिक पूर्व उसके भारत लौटने से पहले गौरा ने उसे लिखा था, हवाला देते हुए कहा था कि "यूरोप का निराशावाद शीघ्र ही सारी दुनिया पर छा जाएगा; एक महान् विस्फोट आ रहा है, गौरा जी, और उसकी लपटें भारत को अछूता न छोड़ जाएँगी! स्वाधीनता का आन्दोलन है, ठीक है, लेकिन उस लपट का धुआँ व्यक्ति के स्वातन्त्र्य का दम घोंट जाएगा; ऊब–डूब की ही स्वाधीनता रह जाएगी, बस! देखें, आपका आशावाद क्या करता है तब..." अनन्तर और कई बातों के बाद लिखा था, "सुना था कि आपके विवाह का निश्चय हुआ था, फिर सुना कि बात टूट गई : यह भी सुना कि 'मास्टर साहब' के परामर्श से...आप इसे मेरी अनधिकार चर्चा न समझें, गौरा जी; स्वाधीनता का मैं खूब सम्मान करता हूँ और यूरोप से लौट कर तो मुक्त रहने का महत्त्व और भी समझने लगा हूँ– पर भुवन जैसे विज्ञान के नशेबाज की बात को ज़रूरत से ज्यादा अहमियत भी दे दी जा सकती है। वह तो ऊब–डूब भी नहीं है, डूब ही डूब है : और उस सागर से उबरना नहीं होता! यों आपके सामने निश्चय ही स्पष्ट कर्तव्य–पथ होगा ऐसा मेरा विश्वास है..." इत्यादि।

इस पत्र ने गौरा के पहले पत्र का उत्तर न देने का संकोच मिटा दिया था, और उसने दो महीने तक कोई पत्र नहीं लिखा था। फिर जब लिखा था, तब क्षमा–याचना करते हुए यह भी लिख दिया था कि दूसरे पत्र से वह विरक्त हो गई थी। "आप जो सुनते हैं, सुन सकते हैं; पर हर सुनी बात की पड़ताल आवश्यक नहीं होती। और मास्टर साहब

के बारे में आपने जो लिखा है, उससे मैं पूर्ण सहमत हूँ, पर आप उससे जो परिणाम निकालते हैं उससे नहीं। वह विज्ञान में डूबे हैं, ठीक है; उसे आप नशा भी कह लीजिए। पर इसलिए वह राय नहीं दे सकते, यह मैं नहीं मानती। यों वह राय कभी देते ही नहीं, पर जब देंगे तब वह अधिक सम्मान्य होगी क्योंकि वह अनासक्त होगी, ऐसा मैं जानती हूँ। जिसे आप नशेबाज कहते हैं और मैं–आप अनुमति दें–साधक कहूँगी वह अपने नशे से इतर बातों से बिलकुल असम्पृक्त होता है यही उसकी शक्ति है। आप कहते हैं कि वह इसलिए अविश्वास्य है, मैं कहती हूँ कि इसी लिए वह विश्वास्य है, क्योंकि विश्वास–अविश्वास दोनों ही उसे नहीं छूते...पर अपने भविष्य–निर्णय के बारे में मेरा कोई मत ही नहीं था, ऐसा आपने क्यों मान लिया? क्या यूरोप के निराशावाद में यह उदासीनता भी शामिल है?''

चन्द्रमाधव ने तुरन्त क्षमा–याचना कर ली थी। ''आपको क्लेश पहुँचाना, या आपकी या भुवन जी की अवहेलना करना मुझे बिलकुल अभीष्ट न था; आपकी शुभाशंसा से ही मैंने यह सब लिखा था...वापस लेता हूँ। आपके पत्र से स्पष्ट विदित होता है कि आप में प्रबल संकल्प–शक्ति है और आपको आपके मनोनीत पथ से कोई नहीं हटा सकता; मैं इस पत्र से आश्वस्त ही नहीं, बहुत प्रभावित भी हुआ हूँ...'' आगे चल कर उसने पूछा था कि गौरा दक्षिण में क्या कर रही है, और क्या विश्व की इस संकटापन्न अवस्थिति में उसे संगीत की साधना पर्याप्त जान पड़ती है?

गौरा ने उसकी क्षमा–याचना शिष्ट ढंग से स्वीकार कर ली। संगीत के बारे में उसने लिखा, ''मैंने पहले भी एक बार लिखा था कि हम लोग भिन्न–भिन्न भाषा बोलते हैं, हमारा मुहावरा अलग है। फिर भी कहूँ कि मेरी समझ में तो एक विश्व–संकट यह भी है कि साधना आज इतनी नगण्य हो गई है; कि हमारा साध्य जीवन का आनन्द न रह कर जीवन की सुविधाएँ रह गया है यानी जीवन की हमारी परिभाषा ही बदल गई है, वह जीवन का नहीं, जीवन की क्रियाओं का नाम हो गया है। इसलिए आज हम जीवन की शोध की नहीं, जीवन की दौड़ की बात कहने लगे हैं; जीवन का बाह्यीकरण करते–करते हम ने उसका बहिष्कार ही कर दिया है। आप यह बात नहीं समझेंगे, क्योंकि आप 'दूसरी तरफ़' हैं, आप दौड़ में हैं। गणित की भाषा में कहूँ–जो शायद हमारे आपके मुहावरे के अध–बीच आ सके–तो कहूँगी कि दौड़ का अर्थ है देश ÷ काल, जबकि शोध का अर्थ है देश × काल। आप विभाजन–फल माँगते हैं, मैं (या कह ही लेने दीजिए अपने समूचे वर्ग की ओर से, हम) गुणन–फल के अन्वेषी हैं। आपकी माँग का अन्तिम परिणाम है न–कुछ, यानी कुछ इतना स्वल्प कि नगण्य; हमारी साध का अन्त है सब–कुछ, कुछ इतना विशाल कि आप भी उसमें समा जाएँ! यह अहंकारोक्ति लगती है न? पर है नहीं; मैं न–कुछ हो कर ही सब–कुछ की शोध में हूँ; अहंकार इस तरफ़ नहीं हो सकता, अहंकार तो सबसे बड़ा विभाजक है...''

सितम्बर 1939 : यूरोप में युद्ध आरम्भ हो गया, तो चन्द्रमाधव और गौरा में और दो-एक पत्रों का विनिमय हुआ। और तब भुवन का भी एक पत्र गौरा को मिला। भुवन के पत्र में गहरी वेदना थी। विज्ञान की एफिशेंसी स्वयं साध्य बन कर मानव को कहाँ ले जाती है, युद्ध की घोषणा में इसका भीषण परिणाम उसे दीख रहा था। पुराने ज़माने में जब वैज्ञानिक और नीतिज्ञ एक ही था, तब विज्ञान नीति को पुष्ट करता था; और विज्ञान के विकास का इतिहास पहले एक पुष्ट नैतिकता का ही इतिहास रहा : नैतिकता ने किसी दैवी, अलौकिक प्रतिमान पर आधारित एक अन्ध-विश्वास या तर्कातीत श्रद्धा से हट कर एक बुद्धि-संगत, लौकिक, मानववादी नैतिक बोध का रूप लिया। यहाँ तक वैज्ञानिक सब नीतिज्ञ नहीं तो नैतिक अवश्य थे, और यहाँ तक विज्ञान का रेकार्ड वैज्ञानिकों के लिए गौरव का विषय है। मध्य-युग में बुद्धि की महानिशा में वैज्ञानिक सन्तों ने ही ज्ञान के टिमटिमाते आलोक को अपनी गूदड़ी के भीतर छिपा कर उसकी रक्षा की...पर किस लिए? कि औद्योगिक क्रान्ति के साथ वह सुविधा का गुलाम बन कर एक के बाद एक विभ्राट् उत्पन्न करता चले? क्या यही मानव का भविष्य है क्योंकि वह उसकी श्रेष्ठ उपलब्धि विज्ञान का भविष्य है? वह यह नहीं मान सकता...पर निस्सन्देह यह विज्ञान का सूक्ष्म-काल तो है ही; और उस के साथ नैतिकता का भी क्राइसिस है, संस्कृति का भी; क्योंकि विज्ञान का क्राइसिस वैज्ञानिक नैतिकता और वैज्ञानिक संस्कृति का भी क्राइसिस है। इससे यह सीखना होगा कि नीति से अलग विज्ञान बिना सवार का घोड़ा है, बिना चालक का इंजिन : वह विनाश ही कर सकता है। और संस्कृति से अलग विज्ञान केवल सुविधाओं और सहूलियतों का संचय है, और वह संचय भी एक को वंचित कर के दूसरे के हक में; और इस अम्बार के नीचे मानव की आत्मा कुचली जाती है, उसकी नैतिकता भी कुचली जाती है, वह एक सुविधावादी पशु हो जाता है...और यह केवल युद्ध की बात नहीं है, सुविधा पर आश्रित जो वाद आजकल चलते हैं वे भी वैज्ञानिक इसी अर्थ में हैं कि वे नीति-निरपेक्ष हैं : मानव का नहीं, मानव पशु का संगठन ही उन का इष्ट है। कोई भी नीति-निरपेक्ष व्यवस्था अनिवार्यतः सर्वसत्तावादी व्यवस्था होगी, क्योंकि नीति को छोड़ देने के बाद दूसरा प्रतिमान सत्ता का रह जाता है...''मेरे लिए यही इस युद्ध का सबक है। यह युद्ध किस लिए लड़ा जा रहा है, सहसा नहीं कह दिया जा सकता। ठीक स्वाधीनता के लिए ही-यह कह देना भोलापन होगा क्योंकि 'स्वाधीनता' के साथ कितने इतर स्वार्थ भी तो मिले हुए हैं; पर यह ज़रूर कहा जा सकता है कि इस युद्ध में नहीं तो इस युद्ध से आरम्भ कर के हमें संस्कृति के उन मानों के लिए संघर्ष करना है जिनको स्वयं हमारी इस संस्कृति ने ही नष्ट कर दिया या जोखम में डाल दिया। हमें केवल युद्ध नहीं जीतना है, हमें शान्ति भी नहीं जीतनी है, हमें संस्कृति जीतनी है, विज्ञान जीतना है, नीति जीतनी है, हमें मानव की स्वाधीनता और प्रतिष्ठा जीतनी है। क्या इस युद्ध का सबक हमें वैसे

वैज्ञानिक देंगे जो विज्ञान को नीति से नहीं, नीति के लिए मुक्त रखेंगे? हमें आशा नहीं खोनी होगी...''

चन्द्रमाधव के पत्र में निराशा भी थी, और कुछ गर्व का भाव भी कि उसकी दुर्वाणी सच निकली। ''यह संस्कृति का अन्तिम युद्ध है, क्योंकि जिसे हम संस्कृति कहते हैं वह एक सड़ा हुआ चौखटा है। और उसमें जो जीव बन्द है, वह जीव इसी लिए है, कि वह पशु है; अगर पशु न हो कर तथाकथित संस्कृत मानव होता तो वह भी मर गया होता–जैसे कि सर्वत्र संस्कृत मानव मर गया है। इस युद्ध में से एक नई बर्बरता निकलेगी और सारी दुनिया पर राज्य करेगी। मैं कहता हूँ आने दो उस बर्बरता को! जिस तल पर हम हैं उस तल से ऊँचे की व्यवस्था स्वयं एक अभिशाप है क्योंकि उससे हमारा सम्पर्क ही नहीं हो सकता। डिमोक्रेसी धोखा है, गिनतियों का राज बनिये का राज है...'' आगे चल कर फिर उसने प्रश्न उठाया था, ''क्या आप अब भी मानती हैं कि कलाओं का और संगीत का कोई आत्यन्तिक मूल्य है–इस जीवन में कोई स्थान है? है शायद–युद्ध के कार्यों को आगे बढ़ाने में वे सहायक हो सकती हैं...कला यानी पोस्टर, संगीत यानी फ़ौजी बैंड...और साहित्य यानी पैम्फ़लेट, परचे, अख़बारनवीसी, रिपोर्टाज का नया माध्यम जो न पूरा तथ्य है न पूरी कल्पना, क्योंकि तथ्य और कल्पना का अन्तर उस परम्परा का अवशिष्ट है, जिसमें सनातन सत्य कुछ होता था और उसकी शोध होती थी; अब तथ्य ही तथ्य है, सत्य केवल तथ्य का वह रूप है जिसे आज हम देखते या जानते या भाँपते हैं, यानी तथ्य–हमारी कल्पना या हमारा पूर्वग्रह...सत्य अगर पूर्वग्रह–युक्त तथ्य है, तो रिपोर्टाज श्रेष्ठ साहित्य है सीधी बात है...कैसी उथल–पुथल है : जो कुछ था, जैसे उसके नीचे से धरती खिसकी जा रही है : हमारे इस बेपेंदी के जगत् को देख कर एक बार अट्टहास करने को जी होता है–हा–हा–हा–हा!''

गौरा ने पहले उत्तेजित हो कर उत्तर लिखना चाहा, थोड़ा–सा लिखा था, फिर फाड़ दिया। क्या उत्तर हो सकता है इसका?

भुवन को उसने लिखा :

भुवन दा,

आपके पत्र कभी–कभी आते हैं, पर जब भी आते हैं, तो मैं अपने को आपके समान्तर पाती हूँ। इस पत्र में जो व्यथा है उसे मैं ठीक–ठीक पकड़ सकती हूँ यह कैसे कहूँ–मैं बहुत छोटी और क्षुद्र हूँ–पर मैं चाहती हूँ कि आपके साथ–साथ चल सकूँ। 'मानव की स्वाधीनता और प्रतिष्ठा' का मूल्य कुछ–कुछ मैंने भी समझा है आपकी सीख से, मेरा क्षेत्र (यद्यपि उसे 'मेरा' कहना कितनी बड़ी स्पर्धा है मेरी!) आपके क्षेत्र से दूर है, पर उसमें भी मेरी थोड़ी–सी शक्ति के लिए कुछ करने को है...इस संकट में हम हार जाएँगे, मैं नहीं मानती, और मुझे लगता है कि यह न मानना भी स्वयं एक मोर्चा है क्योंकि मानव–नियति में विश्वास खोना मानव की प्रतिष्ठा की लड़ाई

हार जाना है...भुवन दा, आप बड़े हैं, मैं जैसे रामजी की सेवा में गई गिलहरी से अधिक कुछ नहीं हूँ; पर आपके आदेश से कुछ भी कर सकूँ तो अपना गौरव मानूँगी– ''

फिर सहसा विषय बदल कर उसने मैसूर की अपनी संगीत–शिक्षा की कुछ बातें लिखी थीं, और अन्त में लिखा था कि आगामी गर्मियों में वह लौट जाएगी। यही उसने कुछ दिन बाद चन्द्रमाधव को भी लिख दिया।

26 जून, 1940 को सवेरे जब गौरा दिल्ली पहुँची, तब रेडियो से घोषणा हो रही थी कि फ्रांस की लड़ाई समाप्त हो गई; सारा फ्रांस जर्मनी का अधिकृत हो गया। गौरा ने सोचा था कि वह दिल्ली पहुँचते ही भुवन को सूचना देगी कि वह वहाँ है और भुवन आ कर मिल जावे; पर आने के बाद वह पत्र नहीं लिख सकी। उसके अनेक कारण हुए; यह दूसरी बात है कि भुवन ने न पत्र लिखने की उसकी इच्छा जानी, न पत्र न लिखने के कारण।

चन्द्रमाधव को उसने लिखा :

प्रिय श्री चन्द्रमाधव,

आपके दोनों पत्र मिल गए। भुवन दा के जो समाचार आपने दिए, उनके लिए आभारी हूँ। आपने मुझे उन्हें पत्र लिखने को कहा है, पर मेरे पास अपनी ओर से अभी कुछ लिखने को नहीं है और आपने जो बातें लिखी हैं, उनके बारे में मेरे कुछ कहने का अधिकार अगर भुवन दा समझेंगे तो स्वयं मुझे लिख ही देंगे। तब तक मैं इसके सिवा क्या समझ सकती हूँ कि उनके जीवन में हस्तक्षेप करने का मेरा कोई अधिकार नहीं है? वह बड़े हैं, और मेरे श्रद्धेय हैं, इतना मेरे लिए काफ़ी है।

आप शीघ्र यहाँ आने वाले हैं, आइए। मैं अभी यहीं हूँ, कुछ दिन तो रहूँगी ही। काम की तलाश करूँगी।

आपकी
गौरा

पत्र भेज कर वह फिर एकान्त में बैठ कर चन्द्र के दोनों पत्र उलट–पलट कर देखने लग गई; एक–आध स्थल पर उसने कोई वाक्य पढ़ा पर वैसे लगातार पढ़ नहीं सकी; अक्षर उसकी आँखों के आगे तैर गए। उसने पत्र हटा दिए और संगीत की एक कॉपी उठा कर जल्दी–जल्दी उलट कर एक जगह से खोली, उसके पन्ने पर अपने हाथ की लिखावट पर आँखें जमा दीं। लेकिन उसकी अपनी लिखाई भी तैर गई : सहसा दो बड़ी–बड़ी बूँदें उस पर पड़ीं और लिखाई फैल गई। गौरा ने आँचल से उसे पोंछा, पर उससे फैली हुई स्याही का एक लम्बा धब्बा काग़ज़ पर बन गया। सहसा गौरा बिलकुल अवश हो गई और कॉपी पर बाँहें और सिर टेक कर फफक कर रो उठी।

अन्तराल

रेखा द्वारा चन्द्रमाधव को :

प्रिय चन्द्र,

तुम्हारा पत्र मिला है। सोचती तो हूँ कि चलो, हो ही आऊँ कुछ दिन पहाड़ पर, मगर कुछ निश्चय नहीं कर पाती हूँ। यों अभी सोचने और निश्चय करने के लिए काफ़ी समय भी तो है।

पर तुम्हारे मित्र को मैं क्यों लिखूँ? और मेरी बात का उन पर क्या असर होगा? उनकी बातचीत और सम्पर्क से मैं बहुत प्रभावित हुई हूँ निस्सन्देह और लखनऊ से प्रतापगढ़ तक की यात्रा तो एक 'रेवेलेशन' ही था मानो–तुम जानते हो, रेलगाड़ी में बिलकुल अजनबी से कभी–कभी ऐसा निकट सम्पर्क हो जाता है जिसे साधारण सामाजिक जीवन में प्राप्त करते बरसों भी लग सकते हैं; समाज में आदमी अपने सब छद्म, कवच, अस्त्र–शस्त्र जो धारण किए रहता है और सब ओर से चौकस रहता है, रेल में वह इन्हें उतार कर सहज स्वाभाविक मानव प्राणी हो जाता है...लेकिन यह मैं अपनी बात कहती हूँ; डॉ. भुवन स्वयं असम्पृक्त और दूर हैं और वह जो तय करेंगे अपने मन से ठीक–बेठीक और सुविधा विचार कर ही करेंगे। फिर भी, तुमने कहा है, इसलिए यह पत्र साथ में है, तुम्हीं अपने पत्र के साथ उन्हें भेज देना!

इस बार लखनऊ का प्रवास बहुत सुखद रहा। इसके लिए तुम्हारी बहुत कृतज्ञ हूँ। सचमुच, चन्द्र, मेरे लिए तुम जो कुछ करते रहे हो, जब सोचती हूँ तो गड़ जाती हूँ–कितने अपात्र को तुमने

अपनी करुणा दी है! यों मैं तुमसे बड़ी हूँ, पर...लेकिन जो नहीं कह सकूँगी, उसे कहने का यत्न नहीं करूँगी। पर मैं सच तुम्हारी ऋणी हूँ।

आशा है तुम प्रसन्न हो, और यथावत् कॉफ़ी हाउस जाते हो। दो-एक प्याले कॉफ़ी के मेरी ओर से भी पी लेना-पर कॉफ़ी अधिक मत पिया करो!

तुम्हारी
रेखा

इसके साथ का पत्र, रेखा द्वारा भुवन के नाम :

प्रिय भुवन जी,

यह पत्र लिख तो रही हूँ चन्द्र के आग्रह से, पर इससे आपको एक बार फिर सच्चे मन से धन्यवाद देने का जो अवसर मिला है उसका अभिनन्दन करती हूँ। आपका परिचय मेरे इधर के धुँधले वर्षों में एक प्रखर ज्योति-किरण-सा है; मैं तो किसी हद तक कर्मवादी हूँ और सोचती हूँ कि मेरा इस बार का लखनऊ जाना और आपसे भेंट होना और आपके साथ प्रतापगढ़ तक लौटना 'लिखा हुआ' था। यों तो मानव-जीवन एक अकारण, अनिर्दिष्ट, आकारहीन गतिमयता-सा लगता है, पर मेरा ख़याल है, बीच-बीच में विधि मानवों के जीवन में थोड़ा-सा हस्तक्षेप ज़रूर करती है-एक-एक गोट को उठा कर एक-एक दिशा दे देती है...इस सबको वैज्ञानिक थ्योरी मान कर इसका खंडन-मंडन न करें-मैं अपनी भावना की बात कहती हूँ।

चन्द्र का पहाड़ चलने का आग्रह है। मैंने अभी कुछ निश्चय नहीं किया; मेरी कठिनाइयाँ तो आप देखेंगे ही। चन्द्र का विचार था कि आप भी चलें, क्या ऐसा हो सकेगा बल्कि आप भी चलें, और अपने परिचित और किसी को भी साथ लें-पुरुष, स्त्री, परिवार, जो आप चाहें और जिनका साथ आपको प्रीतिकर रहे। 'चलें' तो मैं कह गई, पर अपने जाने का निश्चय तभी करूँगी जब आपका पक्का पता आ जाए।

मेरा पता ऊपर दिया है। आप उत्तर चाहें मुझे दें, चाहे चन्द्रमाधव को ही सीधे दे दें।

विनीता
रेखा

(यह पत्र चन्द्रमाधव के पत्र के साथ भुवन को मिला तो उसके हाशिये पर जगह-जगह चन्द्र के नोट थे। 'ज्योति किरण' वाली बात के बराबर लिखा था, "मेरी बधाई स्वीकार करो, दोस्त!" 'विधि के हस्तक्षेप' वाली बात के बराबर लिखा था : "अब निस्तार नहीं है-विधि ने जो दिशा दे दी वह तो पकड़नी ही होगी!" अंत में लिखा था, "न, तुम उत्तर सीधे ही देना-तुम्हारी गति उसी दिशा में है।")

भुवन द्वारा रेखा को :

प्रिय रेखा जी,

आपके पत्र के लिए कृतज्ञ हूँ, यद्यपि उसके साथ ही अपनी अकिंचनता का बोध बड़े ज़ोर से हो आया। आप अगर कर्मवादी हैं तो धन्यवाद देने का प्रश्न यों भी नहीं उठना चाहिए; फिर मैं तो किसी तरह अधिकारी नहीं हूँ। बल्कि मुझ से कूप-मंडूक को जब कोई बाहर का प्रकाश दिखा दे, तो मुझे कृतज्ञ होना चाहिए-भले ही उस प्रकाश से चौंध भी लगे!

पहाड़ की बात चन्द्र ने भी लिखी है। निमंत्रण के लिए मैं आप दोनों का आभारी हूँ। और जा सकता तो मुझे बड़ी प्रसन्नता होती; पर अभी कुछ ठीक नहीं कह सकता। इस की बहुत काफ़ी सम्भावना है कि ग्रीष्मावकाश में मुझे एक वैज्ञानिक मंडल के साथ, या उसकी ओर से, कहीं जाना पड़े। बहुत सम्भव है कि पहाड़ ही जाना पड़े, क्योंकि कॉस्मिक रश्मियों के सम्बन्ध का काम है और उसके लिए मापक यंत्रों को पहाड़ी ऊँचाइयों पर या जल की गहराई में ले जाना होगा। यदि ऐसा हुआ, तो सम्भव है, कुछ दिन के लिए मैं कहीं पहाड़ पर आप लोगों को मिल जाऊँ। नहीं तो फिर किसी सुअवसर की प्रतीक्षा करनी होगी। पर कुलू कदाचित् न हो सके-उधर ज़ोजी-ला पर एक दूसरा दल जाएगा यह निश्चित है। मैं भूमध्य रेखा की ओर लंका में कहीं जाऊँगा या किसी निर्जन पहाड़ी झील पर-शायद कश्मीर में। कुछ निश्चय होते ही सूचित करूँगा।

आशा है, आप प्रसन्न हैं।

आपका
भुवन

भुवन द्वारा चन्द्रमाधव को :

प्रिय चन्द्र,

तुम्हारा पत्र और उसके साथ रेखा देवी का पत्र और उस पर तुम्हारी बदतमीज़ियाँ सब मिलीं। रेखा जी को मैंने उत्तर तभी दे दिया था। लिख दिया था कि मेरे जा सकने का कोई ठीक नहीं है, क्योंकि मैं शायद काम से कहीं जाऊँ। तुम्हें चिट्ठी लिखने में इसी लिए देर की कि कुछ पक्का पता लग जाए। अब यह तय है कि मैं कश्मीर जाऊँगा; पहलगाँव से ऊपर तुलियन झील है, वहाँ पर। मैं कॉस्मिक रेज पर कुछ काम करता रहा हूँ तुम जानते हो, उसी सिलसिले में कुछ नए मेज़रमेंट लेने होंगे अन्यत्र लिये गए मेज़रमेंट की चेकिंग के लिए। एक टोली रोहतंग के पार ज़ोज़ी-ला जा रही है ऊँचाइयों पर माप लेने के लिए; मैं तुलियन झील में पानी की गहराई में माप लूँगा।

इसलिए कुलू का तो कोई सवाल नहीं है। अधिक-से-अधिक एक बात हो सकती है। अगर तुम लोग कश्मीर जाओ, तो मैं चार-छः दिन शायद कहीं मिल सकता हूँ। यहाँ से कुछ यंत्र वग़ैरह साथ ले कर चलूँगा; दिल्ली से उन्हें बुक कर देना होगा और उनके पहुँचने में कुछ दिन लगेंगे ही। यह समय या तो दिल्ली में बिता सकता हूँ, या फिर आगे कहीं जा सकता हूँ। तुम लोग जैसा प्रोग्राम बनाओगे, मुझे सूचना देना।

रेखा जी को अलग पत्र नहीं लिख रहा हूँ। मैंने कहा था कि पक्का होते ही सूचना दूँगा, पर तुम्हीं लिख देना; फिर जैसा तय होगा मुझे बता देना।

और क्या हाल-चाल है? लखनऊ अभी कायम है या कि तुमने उलट दिया अपनी अख़बारनवीसी से?

तुम्हारा

भुवन

भुवन द्वारा गौरा को :

प्रिय गौरा,

यह बिना तुम्हारी ओर से प्रेरणा या 'कोंच' के लिखा गया पत्र पाकर तुम्हें अचम्भा होगा। होगा न? पर कोई कोयला इतना काला नहीं होता कि सुलग कर राख न हो सके। मुझे भी देवी अनुकम्पा कभी छू जाती है और नेक काम कर बैठता हूँ।

ग्रीष्मावकाश में, शायद तुमसे भेंट न हो सके। मैं काम से कश्मीर जा रहा हूँ। कॉस्मिक रश्मियों की तलाश में। कभी सोचता हूँ, इन रश्मियों को हम ठीक समझ सकें; विश्व में बिखरी हुई इस मुक्त शक्ति को काम में ला सकें, तो मानव का कितना बड़ा कल्याण उसके द्वारा हो सकेगा-सच ही 'शिव' सर्वत्र फैला हुआ, घट-घटव्यापी और अन्तर्यामी है, उसे पहचान सकने, उससे सम्पृक्त हो सकने की ही बात है...फिर ध्यान आता है, आज जो इतनी तत्परता कॉस्मिक रश्मियों की खोज में दिखाई जा रही है, वह क्या उनकी कल्याणकारी सम्भावनाओं के लिए? या कि ध्वंस के रथ-चक्र में एक और आरा लगा देने के लिए, जिससे उसकी गति और तीव्र हो सके? लेकिन उस डर से विज्ञान को रुकना नहीं होगा : वैज्ञानिक को तथ्य की शोध भी करनी होगी और विवेक को भी जगाना होगा...

कुछ दिन पहले लखनऊ गया था। चन्द्रमाधव अच्छी तरह है; कॉफ़ी और शहर का स्कैंडल-राजनीतिक-सामाजिक-उसका मुख्य खाद्य है। और वह इस पर पनप भी रहा है। उसके यहाँ एक और रिमार्केबल व्यक्ति से परिचय हुआ-एक श्रीमती रेखा देवी से। तुम उन्हें देखती तो अवश्य प्रभावित होती-एक स्वाधीन व्यक्ति जिस का व्यक्तित्व प्रतिभा के सहज

तेज़ से नहीं, दुख की आँच से निखरा है। दुःख तोड़ता भी है पर जब नहीं तोड़ता या तोड़ पाता, तब व्यक्ति को मुक्त करता है। ऐसा ही कुछ मुझे उन में लगा। हम लोगों की कई तरह की बहस हुई–सत्य पर, मानवता पर, कॉफ़ी पीने पर! एक गाना भी उन से सुना–बँगला का–गला बहुत अच्छा है पर गाने की बात पर न जाने किस रागात्मक गाँठ का बोझ है। जो अच्छा गा सकता है, वह क्यों नहीं गाते समय सब राग–विराग से मुक्त है? संगीत को तो गायक को ही नहीं, श्रोता को भी राग–मुक्त कर देना चाहिए। परिणाम यही निकलता है कि संगीत से उन का कलाकार का सम्बन्ध नहीं है, भावुक का है। पर तर्कवाद को वहाँ तक क्यों ले जाया जाए? उनकी आवाज़ बहुत अच्छी थी, और उसमें 'सोज़' था।

तुम क्या कर रही हो–कब इधर आती हो? कश्मीर से लौट कर तो शायद भेंट होगी ही। आगे क्या करने का विचार है? लिखना! और क्या जाने, देवकृपा फिर मुझे छू जाए और मैं फिर पत्र लिख दूँ!

तुम्हारा स्नेही
भुवन

चन्द्र द्वारा रेखा को :

प्रिय रेखा जी,

भुवन का पत्र आया है। कुलू तो वह नहीं जा सकेगा–कश्मीर जा रहा है कुछ रिसर्च के सिलसिले में–पर उसने लिखा है कि अगर हम लोग कश्मीर में कहीं मिल सके तो वह कुछ दिन हमारे साथ रहना चाहेगा। क्यों न वैसा ही प्रोग्राम बनाया जाए? कश्मीर चलें; वहीं भुवन साथ हो लेगा और वहाँ से फिर उसे आगे जहाँ जाना होगा चला जाएगा। आप चाहे वहीं रह जाइएगा चाहे लौट आइएगा। यह भी हो सकता है कि हम सब दिल्ली मिलें और वहीं से साथ चलें। मैंने छुट्टी ले ली है, अब आप अगर न चलेंगी तो मुझे बहुत–बहुत सख़्त सदमा पहुँचेगा!

मेरे ख़याल में सब से अच्छा होगा कि हम लोग मिल कर कुछ पक्का प्रोग्राम बना लें, और भुवन को सूचना दे दें। उसने भी यही लिखा है। आप एक–आध दिन फिर लखनऊ आ जाइए न–या मुझे लिखें, मैं प्रतापगढ़ आ जाऊँ? दो घंटे का तो रास्ता है।

प्रतीक्षा में,

आपका
चन्द्र

पुनः चन्द्र द्वारा रेखा को :

रेखा,

तुम (हाँ, मैं जानता हूँ तुम इस सम्बोधन से चौंकोगी; यद्यपि तुम मुझे तुम कह सकती हो, पचासों औरत-आदमी एक-दूसरे को तुम कहते हैं और कोई नहीं चौंकता; पर तुम्हारा चौंकना ठीक भी है क्योंकि मैं हज़ारों की तरह तुम्हें तुम नहीं कह रहा हूँ, वैसे कह रहा हूँ जैसे एक-एक को कहता है) तुम यहाँ आओगी, दिन-भर के लिए और रात को गाड़ी से वापस चली जाओगी। ठीक है, इतना ही सही। यह भी हो सकता है कि इतना भी तुम इसलिए कर रही हो कि भुवन के पास जाने की बात है, नहीं तो न आती। वह भी सही। यह होता ही है कि स्त्रियाँ जहाँ उदासीनता देखती हैं, वहाँ आकृष्ट होती हैं। पर रेखा तुम नहीं जानती कि मैंने कितनी बार तुम्हें बुलाना चाहा है, 'तुम' कह कर ही नहीं, 'तू' कह कर-कुछ न कह कर केवल आँखों से, मन से, हृदय की धड़कन से, अपने समूचे अस्तित्व से! तुम अगर डेस्टिनी को मानती हो तो कहूँ कि जब से तुम्हें देखा है; तब से यह जानता रहा हूँ कि डेस्टिनी ने मुझे तुम्हारे साथ बाँधा है, और मैं चाहूँ न चाहूँ, इसके सिवाय कोई उपाय नहीं है कि मैं तुम्हारी ओर बढ़ता जाऊँ, तुम दूर जाओ तो तुम्हारे पीछे जाऊँ पृथ्वी के परले छोर तक भी! और आज तीन वर्षों से यह बात मैं तुमसे कहना चाहता हूँ, एक-आध दफे मैंने ठान कर प्रयत्न भी किया है पर तुम टाल गई हो। पर आज मैंने निश्चय किया है कि मैं कहूँगा ही, किसी तरह नहीं रुकूँगा।

उस दिन जब मैंने अपने जीवन की, अपने विवाह की कहानी तुम्हें सुनाई थी, तब तुमने पूछा था कि यह सब क्यों मैं तुम्हें बता रहा हूँ। उस दिन भी मैंने चाहा था कि पूरी बात तुमसे कह दूँ। फिर बड़े दिनों में भी-पर तब भी तुम और-और बातें कर के टाल गई थी। पिछली बार भुवन के कारण कोई मौका ही नहीं मिला। पर एक तरह से मैं उससे खुश ही हूँ। क्योंकि उस बार मुझे और भी स्पष्ट दीख गया कि तुम्हारे बिना मेरी गति नहीं है। यह भी तब मैंने अनुभव किया-तुम चाहे इसे न मानो-कि तुम्हारे अधूरेपन को मैं ही पूरा कर सकता हूँ, मैं ही, और कोई नहीं, कोई नहीं! तुम अधूरेपन से भी इनकार करोगी, तुम भविष्य से भी इनकार करती हो-तुमने अपने को बचाए रखने के लिए बहुत-सी बोगस थ्योरियाँ गढ़ रखी हैं जिन्हें तुम भी नहीं मानती हो, मैं जानता हूँ! और भुवन से तुम्हारे व्यवहार में यह मुझे स्पष्ट दीखा कि तुम्हारी सब थ्योरियाँ केवल एक रक्षा-कवच हैं, ताबीज की तरह तुमने उन्हें बाँध रखा है क्योंकि तुम्हारी सारी प्रवृत्तियाँ उनके विरुद्ध हैं और तुम स्वयं अपनी प्रवृत्तियों से डरती हो। क्यों डरती

हो? जो सहज प्रवृत्तियाँ हैं; वे कल्याणकारी हैं। और तुम्हारी प्रवृत्तियाँ और मेरी प्रवृत्तियाँ समान्तर हैं, रेखा! भुवन दूसरी दुनिया का आदमी है। हो सकता है कि मुझ से ऊँचा, अच्छी दुनिया का ही हो, पर वह दूसरी दुनिया है, दूसरा स्तर है, और वह स्तर हमारे–तुम्हारे स्तर को कहीं नहीं काटता। क्यों तुम और अपनी प्रतारणा करती हो–क्या तुम्हारे जीवन में पहले ही यथेष्ट प्रतारणा नहीं रही?

रेखा, तुम बार–बार कह देती हो कि तुम मुझ से बड़ी हो, पर यह भी एक कवच है तुम्हारा। उम्र में भी तुम मुझसे दो–तीन बरस छोटी तो हो ही; वैसे भी किस बात में बड़ी हो? यों मैं तुम्हारा सम्मान करता हूँ, सदा करूँगा, तुम्हारे पैर चूमूँगा, वह बात दूसरी है; पर कौन–सा अनुभव तुम्हें इतनी दूर ऊपर उठा ले जाता है? मैं बच्चा नहीं हूँ, रेखा, दो बच्चों का पिता हूँ : क्लेश तुमने भोगा है अवश्य, पर मैं उससे अछूता होऊँ यह नहीं है। और विवाह के बाद मैं यूरोप घूमा हूँ–युद्ध के आसन्न संकट से निराश, नीति–हीन प्रतिमान–हीन यूरोप–और उसमें जो अनुभव मैंने पाए हैं वे–क्षमा करना–एक विवाह और एक विच्छेद से कहीं अधिक तीखे, कटु और पका देने वाले हैं...तभी तो, लौट कर फिर मैं गृहस्थी में खप न सका; घर गया, कुछ रहा; हाँ, पत्नी के साथ सोया भी और उससे एक बच्चा भी पैदा किया; पर इन सब अनुभवों ने उस गर्म कड़ाहे को और तपाया ही, उस तेल को और तपाया ही जिस में जल कर मैं आज वह बना हूँ जो मैं हूँ। तुमने एक बार कहा था कि तुम्हारे आसपास दुर्भाग्य का एक मंडल है, पर मैं देखता हूँ, जानता हूँ, अनुभव करता हूँ कि तुम मेरी आत्मा के घावों की मरहम हो, तुम्हारा साया मेरे लिए राहत है, और–यदि तुम वह मुझे दे सको तो–तुम्हारा प्यार मेरे लिए जन्नत है...मैं बड़ा लालची रहा हूँ, जीवन से मैंने बहुत माँगा है, छोटी चीज़ कभी नहीं माँगी, बड़ी से बड़ी माँगता आया हूँ, मैं सच कहता हूँ कि इससे आगे मेरी और कोई माँग नहीं है, न होगी–यह मेरी सारी चाहनाओं, कल्पनाओं, वासनाओं, आकांक्षाओं की अन्तिम सीमा है, मेरे अरमानों की इति, मेरी थकी प्यासी आत्मा की अन्तिम मंज़िल! रेखा, तुम में असीम करुणा है–तुम तत्काल प्यार नहीं दे सकती तो करुणा ही दो, मुक्त करुणा, फिर उसी में से प्यार उपजेगा।

मैं लालची हूँ, मैं स्वार्थी भी हूँ। पर इतना स्वार्थी नहीं, रेखा, कि इस बात को मैंने तुम्हारी ओर से न सोचा हो। तुम अकेली हो, मुक्त हो, नौकरियाँ करती हो। पर कहाँ तक? किस लिए? मुक्ति आज नारी चाहती है, चलो ठीक है यद्यपि आज मुक्त कोई नहीं है और है तो इस महायुद्ध के बाद शायद वह भी न रहेगा–पर नौकरी तो कोई नहीं चाहता? मुक्ति के लिए

नौकरी, नौकरी के लिए मुक्ति, दुहरा धोखा है। सेक्योरिटी हर कोई चाहता है, और उसी में मुक्ति है। पुरुष के लिए भी, और स्त्री के लिए और भी अधिक।

इन बातों की यहाँ क्या रेलेवेंस है? बताता हूँ। हेमेन्द्र (हम दोनों के बीच कभी उसका नाम नहीं लिया गया है, आज ले रहा हूँ, लाचारी है) मलय में जिस के साथ रहता है उसके या और किसी के साथ शीघ्र ही शादी करना चाहेगा–या न चाह कर भी करेगा क्योंकि इसके बगैर उसका वहाँ अधिक दिन रहना सम्भव नहीं होगा–जंग दोनों को अलग कर देगा और हेमेन्द्र को यहाँ ला फेंकेगा या जेल में डाल देगा। और इसके लिए वह तुम्हें डाइवोर्स करेगा ही। उसके लिए सब से आसान तरीका यह होगा कि धर्म–परिवर्तन कर के डाइवोर्स माँगे–तुम न धर्म–परिवर्तन करोगी न उसके पास जाओगी, बस। तुम डाइवोर्स माँगती तो वह न देता–और शादी के लिए माँगती तो और भी नहीं, तुम्हें वह गुलाम रख कर सताना ही चाहता–पर अपनी सुविधा के लिए वह सब करेगा।

और मैं? तुम्हारा सिविल विवाह था, तुम्हारी बात और है। मेरी स्थिति दूसरी है। पर मैं अपने विवाह को विवाह कभी नहीं मान सका हूँ–ऐसा विवाह सन्तान को जायज करने की रस्म से अधिक कुछ नहीं है, न हो सकता है। मैं अलग हूँ, अपने को अलग और मुक्त मानता हूँ, और मेरा परिवार भी मुझ से न कुछ चाहता है, न कुछ अपेक्षा रखता है सिवाय खर्चे के जो मैं भेजता हूँ और भेजता रहूँगा। सच रेखा, मुझे कभी उस बिचारी स्त्री पर बड़ी दया आती है। बल्कि उसका किसी से प्रेम हो, वह किसी से शादी करना चाहे, तो मैं कभी बाधा न दूँ बल्कि भरसक मदद करूँ–खुद जाकर कन्यादान कर आऊँ–जो कुमारी नहीं है उसे कन्या कहना असम्मत तो नहीं है न?

रेखा, भविष्य है, होता है, तुम मानो! पर तुम्हारे बिना मेरा भविष्य नहीं है, यह मैं क्षण–क्षण अनुभव करता हूँ। मैं चाहता हूँ, किसी तरह अपनी सुलगती भावना को तपी हुई सलाख से यह बात तुम्हारी चेतना पर दाग दूँ कि तुम्हारी और मेरी गति, हमारी नियति एक है, कि तुम मेरी हो, रेखा, मेरी, मेरी जान, मेरी आत्मा, मेरी डेस्टिनी मेरा सब कुछ–कि मुझ से मिले बिना तुम नहीं रह सकोगी, नहीं रह सकोगी; तुम्हें मेरे पास आना ही होगा, मुझ से मिलना ही होगा, एक होना ही होगा!

तुम्हारा अभिन्न और तुमसे दूर
च.

पुनश्च :

यह पत्र शायद प्रतापगढ़ भेजना ठीक न होगा। तुम आओगी, तो यहीं तुम्हें दूँगा। तुम दोपहर को पहुँचोगी, स्टेशन से ही सीधे कॉफ़ी हाउस चलेंगे, वहाँ से पुरानी रेजिडेंसी; उसके खँडहरों में एकांत में बैठ कर ही तुमसे बात करूँगा–वहीं यह पत्र तुम्हें दूँगा, वहीं पढ़वाऊँगा...मैं देखना चाहता हूँ इसे पढ़ते हुए तुम्हारे चेहरे की एक-एक सूक्ष्म-से-सूक्ष्म गति–क्योंकि उसमें मेरा भाग्य लिखा होगा...रेखा, अभी तक मैं भी खँडहर हूँ तुम भी खँडहर हो; पर वहाँ से हम खँडहर नहीं, एक नई, सुन्दर, सम्पूर्ण, जगमगाती इमारत निर्माण करके निकलेंगे, ऐसा मेरा मन कहता है...

चन्द्रमाधव द्वारा गौरा को :

प्रिय गौरा जी,

बहुत दिनों से आपने मुझे याद नहीं किया। मैंने पिछले महीने जो पत्र लिखा था, उसकी पहुँच भी आपने न दी। फिर भी, संगीत के तरन्नुम में हम बेसुरे लोगों को बिलकुल भूल न गई होंगी, ऐसी आशा करता हूँ।

पर आज कोई बेसुरा तर्क भी मैं छेड़ने नहीं जा रहा हूँ; मैंने निश्चय किया है कि अब अपनी बात नहीं किया करूँगा, हर किसी से उसके प्रिय विषय की चर्चा किया करूँगा। समझ लीजिए कि यही मेरी साधना होगी–देखिए, मैं भी साधना-कर्म को मान गया, और यह आपकी व्यक्तिगत विजय है।

भुवन जी यहाँ आए थे, यह मैंने आपको पिछले पत्र में लिखा था। रेखा देवी के विषय में भी लिखा था। वह वास्तव में बड़ी प्रभावशालिनी महिला हैं, नहीं तो भुवन सरीखा आदमी अपनी यात्रा का प्रोग्राम किसी के साथ के लिए बदल दे, यह क्या सम्भव है?

रेखा जी अभी हाल में फिर यहाँ आई थीं। इधर भुवन से उन का कुछ पत्र-व्यवहार भी हुआ था; उन्होंने भुवन को पहाड़ चलने के लिए निमंत्रित किया था। पहले मेरे भी साथ चलने की बात थी, पर अब प्रोग्राम कुछ बदल गया है। भुवन जी रिसर्च के लिए कश्मीर जा रहे हैं न, मैं तो वहाँ न जा सकूँगा, पर रेखा जी कदाचित् कश्मीर ही जाएँगी। इधर वह कोई नौकरी भी नहीं कर रही हैं, इसलिए पूरी छुट्टी है।

मैं सोचता हूँ, मैं भी जा सकता। डॉ. भुवन जैसे लगन वाले वैज्ञानिक के साथ पहाड़ में कहीं कुछ दिन रह सकता, तो कुछ सीख ही लेता। वह हैं भौतिक विज्ञान के माहिर, पर और कितना कुछ जानते हैं...एक मैं हूँ

कि स्वयं अपने विषय का ऊपरी ज्ञान रखता हूँ– पर जर्नलिज्म की ही तो मार है; कहीं गहरे नहीं जाने देता, सब कुछ का ज्ञान होना चाहिए, पर उथला ज्ञान, कहीं भी गहरे गए कि दूसरे जर्नलिस्ट सन्देह से देखने लगते हैं, यह कौन उजबक हमारे बीच में आ गया...

भुवन के गुणों से मैं क्रमशः अधिकाधिक प्रभावित होता जाता हूँ। पर सबसे बड़ा गुण उनका यह मानता हूँ कि उनके द्वारा मेरा आपसे परिचय हुआ। है स्वार्थ-दृष्टि, पर मेरे लिए तो यही गुण सब से अधिक सुखद सिद्ध हुआ है!

यह पत्र न मालूम आपको समय पर मिलेगा या नहीं, आप कदाचित् दक्षिण से चल देने वाली हों। पर वहाँ न भी मिला तो आशा है रिडायरेक्ट तो हो ही जाएगा। दिल्ली पहुँचें तो मुझे सूचित कीजिएगा। मैं कुछ दिन के लिए वहाँ जाने की सोच रहा हूँ। छुट्टी पहाड़ जाने के लिए ली थी, पर भुवन दा का साथ तो हुआ नहीं, अब यह सोचता हूँ कि दिल्ली होकर मसूरी ही कुछ दिन रह आऊँ। आप का क्या मसूरी जाने का विचार नहीं है? आपके पिता जी तो जाएँगे-बल्कि वहीं होंगे?

आपका स्नेही
चन्द्रमाधव

चन्द्र द्वारा भुवन को :

भाई भुवन,

रेखा जी दो-चार दिन पहले यहाँ आई थीं। मेरा पहाड़ जाना तो न हो सकेगा। मेरा साथ उन्हें अभीष्ट भी नहीं है। वह तुम्हारे साथ ही जाना चाहती हैं। खुशकिस्मत हो, दोस्त,! बुद्धू हो तो क्या हुआ।

कभी जब पहाड़ से उतरोगे, तो मुझे भी याद कर लेना। मैं वही का वही हूँ, चन्द्रमाधव, जर्नलिस्ट, तुम्हारा अनुगत और प्रशंसक, और अब तुम्हारे तेज़ से अभिभूत।

चन्द्र

रेखा द्वारा भुवन को :

प्रिय भुवन जी,

आपके पिछले पत्र के बाद आशा की थी कि कुछ निश्चय होने पर आप फिर लिखेंगे। आपका कोई पत्र नहीं आया। हाँ, चन्द्रमाधव जी की ओर से सूचना मिली थी कि उन को आपका पत्र आया है, जिस में आपने कश्मीर की बात लिखी थी। वहीं का प्रोग्राम बनाने के लिए उन्होंने मुझे

लखनऊ बुलाया भी था, और मैं एक दिन दुपहर को जा कर रात की उसी गाड़ी से लौट आई थी जिस से हम लोगों ने साथ यात्रा की थी।

भुवन जी, पहाड़ जाने के सारे प्रोग्राम को रद्द समझें। वह प्रोग्राम चन्द्रमाधव जी की प्रेरणा से बना था, उन्हीं के साथ हम लोगों के जाने की बात थी और इसी के लिए मैंने भी आपसे अनुरोध किया था; पर अब मैं उन के साथ न जा सकूँगी–न अकेले, न पार्टी में–इसलिए जाने की बात छोड़ देनी चाहिए। हाँ, आप अगर और लोगों को साथ लेकर जाने वाले हों तो मैं चल सकूँगी और आपका साथ पाकर प्रसन्न हूँगी–हाँ, आप मेरा साथ चाहें तब।

आपको व्यर्थ ही इतना कष्ट देने के लिए क्षमा चाहती हूँ।

आपकी
रेखा

(आगे नया पन्ना जोड़ कर :)

भुवन जी, चन्द्रमाधव जी आपके मित्र हैं और उन का आपका परिचय बहुत पुराना है। ऐसे में मैं कोई कटुता लाना नहीं चाहती, और जिस स्थिति में फँस गई हूँ, उसके कारण लज्जा और संकोच के मारे गड़ी जा रही हूँ। फिर भी मैंने जो लिखा कि चन्द्रमाधव जी के साथ कहीं न जा सकूँगी उसके स्पष्टीकरण में कुछ तो कहना ही होगा। चन्द्रमाधव जी ने मुझे लखनऊ बुलाया था, मैं दोपहर को पहुँची तो पहले हम लोग कॉफ़ी हाउस गए। वहाँ आपके विषय में बातें होती रहीं, मैंने लक्ष्य किया कि उनकी बातों में बार-बार एक छिपी ईर्ष्या व्यक्त हो उठती है जिस का कारण न समझ सकी। फिर उन्होंने कहा, ''यहाँ से रेज़िडेंसी चला जाए।'' बाहर आँधी के आसार थे–आज कल धूल के कैसे झक्कड़ आते हैं, आप तो जानते हैं–मैंने आपत्ति की तो बोले, ''रेखा जी ज़रा-सी आँधी से डरती हो?'' वह मुझे सदा आप कहते हैं, आप और तुम की खिड़की कुछ अद्‌भुत लगी पर शायद दिल्ली का मुहावरा है इसलिए मैंने ध्यान न दिया, यह भी न लक्ष्य किया कि उन का स्वर आविष्ट है–बाद में यह भी याद आया।

हम लोग रेज़िडेंसी पहुँचे तो बड़े ज़ोर की आँधी आई। वह ज़ोर से हँसे और बोले, ''ठीक है, बिलकुल मौजूँ है।'' तब मैंने सँभल कर वापस चलने को कहा, पर उन्होंने कहा, ''यहाँ तक आई हो तो मेरी बात सुन कर जाओ।''

भुवन जी, आप समझदार हैं और मैं स्त्री हूँ। पूरी बात कहने की आवश्यकता भी नहीं है और उसमें व्यर्थ सबको ग्लानि ही होगी; आपको इस कीचड़ में खींचना भी न चाहिए। संक्षेप में कहूँ कि चन्द्रमाधव ने अपना

प्रेम निवेदन किया–जबानी भी और एक लिखा हुआ पत्र देकर भी। पत्र मैंने वहाँ नहीं पढ़ा, उनकी बातों से ही स्तब्ध और अवाक् हो गई क्योंकि मैं उन्हें अपना हितैषी, मित्र और सहायक मानती थी–उस नाते उनकी बहुत कृतज्ञ भी हूँ–यह नहीं जानती थी कि उनके हृदय में कैसे भाव भरे हैं। मैं वहाँ से तत्काल एक शब्द भी कहे बिना लौट आई; वह वहीं रहे–पीछे मैंने सुना कि रो रहे हैं पर मैं रुकी नहीं–फिर ताँगा पा कर मैं सीधी स्टेशन पहुँची, कॉफ़ी पीने बैठी तो ध्यान आया कि उन का पत्र मेरे हाथ में है। वह मैंने नहीं पढ़ा। फिर वेटिंग-रूम में बैठी रही, रात की गाड़ी से लौट आई।

प्लेटफ़ार्म पर चन्द्रमाधव जी थे। उन्होंने मुझ से पूछा कि चिट्ठी का उत्तर क्या मैं उन्हें दूँगी? मैंने कहा कि अपनी समझ में उत्तर तो मैं दे आई जब चली आई। तब उन्होंने अपना पत्र वापस माँगा, मैंने दे दिया।

भुवन जी, मैं बहुत ही लज्जित हूँ सारी घटना से, पर समझ में नहीं आता कि क्यों मेरे साथ ऐसी बात होती है–सिवा इसके कि फिर नियति की बात कहूँ! मेरे साथ दुर्भाग्य का एक मंडल चलता है जो छूता नहीं, ग्रसता है...क्या आप मुझे क्षमा दे सकेंगे?

रेखा

रेखा द्वारा भुवन के नाम :

प्रिय भुवन जी,

परसों एक पत्र भेज चुकी हूँ। आज फिर कष्ट दे रही हूँ। साथ में चन्द्रमाधव जी का पत्र है जो मुझे अभी इसी डाक से मिला है। पत्र अपनी बात स्वयं कहता है।

आपसे अनुरोध करती हूँ कि मेरे कारण आप उनके प्रति अपने मन में मैल न आने दें। मैत्री दुर्लभ चीज़ है, और मेरी लिखी बातों की उनके जीवन में कोई अहमियत होगी ऐसा नहीं है, वह शीघ्र ही भूल जाएँगे। इसी लिए यह भी प्रार्थना करती हूँ कि आप उन्हें न जतावें कि मैंने यह सब आपको लिखा है : मैं नहीं चाहती हूँ कि यह जान कर उन्हें और ग्लानि हो और उनके आपके बीच में सदा के लिए ग्लानि की दरार पड़ जाए।

आपकी चिट्ठी की बाट देखती रहूँगी। अब बल्कि सोचती हूँ, कुछ दिन आपके निकट इसी लिए रह सकूँ कि जानूँ, आपने मुझे क्षमा कर दिया है, नहीं तो एक गहरा परिताप मुझे सालता रहेगा।

आपकी
रेखा

इसके साथ का पत्र, चन्द्रमाधव की ओर से रेखा को :

रेखा,

मैंने अपनी ही मूर्खता और अपटुता से तुम्हें खो ही दिया, तो अब तुमसे यही प्रार्थना करता हूँ कि अब मुझ से कोई सम्पर्क न रखना; मेरा मुँह न देखना, न अपना मुँह मुझे दिखाना। लखनऊ आना, बेशक; जहाँ तुम्हारी इच्छा हो आना-जाना, पर कभी मुझ से अचानक मुठभेड़ हो जाए तो मुझे पहचानना मत, बुलाना-बोलना मत। कहीं रहो, खुश रहो : पर मेरे जीवन से निकल जाओ, बस!

यह नहीं कि मैं तुम्हें चाहता नहीं, या कि उस पत्र में लिखी बातें सच नहीं हैं। पर-बस! और कुछ लिखने की सामर्थ्य मुझ में नहीं है।

तुम्हारा अभागा

च.

रेखा

रेखा स्टेशन पर गाड़ी रुकते न रुकते उतर पड़ी, पर प्लेटफ़ार्म की पटरी से पैर छूते ही मानो उसके भीतर की स्फूर्ति सुन्न हो गई; उसने एक बार नज़र उठा कर इधर-उधर देखा भी नहीं कि कोई उसे लेने आया है या नहीं। यंत्रवत् उसने सामान उतरवाया, कुली के सिर-कन्धे उठवाया, कुली के प्रश्न 'बाहर, बीबी जी?' के उत्तर में अस्पष्ट 'हाँ' कहा, और फिर कुली की गति से मंत्रबद्ध-सी खिंची चल पड़ने को थी कि पास ही भुवन के स्वर ने कहा, "नमस्कार, रेखा जी!"

तब वह चौंकी नहीं। एक धुन्ध-सी मानो कट गई; मानो वह जानती थी कि भुवन आएगा ही; वह मुड़ी तो एक खुला आलोक उसके चेहरे पर दमक रहा था : "नमस्कार भुवन जी; मैंने तो समझा कि आप नहीं आएँगे।"

"आप बड़ी जल्दी उतर पड़ीं-मैं तो डिब्बों की ओर ही देखता रहा। अच्छी तो हैं? देखने से तो पहले से अच्छी ही मालूम होती हैं-"

रेखा ने किंचित् विनोदी दृष्टि से उसे सिर से पैर तक देख कर कहा, "और आप-पहले से भी अधिक व्यस्त और अन्तर्मुखी-"

"नहीं तो-ये तो मेरी छुट्टियाँ हैं।"

"हाँ, काम से नहीं, काम के लिए! पर अच्छा है-काम में ही मुक्ति दीख सके, कितना बड़ा सौभाग्य होता है!"

कुली ने पूछा, "जी चलूँ?"

"हाँ चलो, बाहर ले चलो," भुवन ने कहा। "चलिए, रेखा जी-"

"हाँ। सुनिए, मैं वाई. डब्ल्यू. में ठहरूँगी-मैंने पहले सूचना दे रखी है। आत्म-निर्भर अर्थात् नौकरी करने वाली स्त्रियाँ वहाँ रह सकती हैं-"

"ठीक है, वहीं सही। मैं तो कॉलेज में ठहरा हूँ, एक प्रोफ़ेसर के साथ।"

"रहेंगे?"

"यही चार-छः दिन रहूँगा। यहाँ से सामान भेज कर फिर कश्मीर जाऊँगा।"

"हाँ-चन्द्रमाधव ने लिखा था-" कह कर रेखा सहसा चुप हो गई। एक बोझिल मौन उनके बीच में आ कर जम गया।

ताँगे पर सवार हो कर रेखा ने फिर पूछा, "भुवन जी, एक स्वार्थ की बात कहूँ?"

"क्या-"

"मैंने दो-चार दिन यहाँ रुक जाऊँ, तो आप अपना कुछ समय मुझे देंगे? दिल्ली में मेरे परिचित तो बहुत हैं, पर वह खुशी की बात अधिक है या डर की, नहीं जानती!"

"मुझे तो यहाँ कोई काम नहीं है; दो-एक व्यक्तियों से ही मिलता-जुलता हूँ; मेरे पास बहुत समय है।"

"उबाऊँगी नहीं, यह वचन देती हूँ!" रेखा हँस दी। "ऊब आने से पहले ही हट जाऊँगी-मुझे और कुछ तो नहीं आता पर ऊब के पूर्व-लक्षण खूब पहचानती हूँ। कहूँ कि मेरे जीवन का मुख्य पाठ यही रहा है-ऊब की सात सीढ़ियाँ!"

"वह खतरा मुझे नहीं है। मैं ही उबा सकता हूँ; क्योंकि मेरे पास कहने को बहुत कम है; अधिक बात जिस विषय की कर सकता हूँ वह स्वयं उबाने वाला है-विज्ञान!"

"भुवन जी, आप अपने बारे में बात करते हैं-करते रहे हैं?"

"नहीं तो-या बहुत कम। वह भी कोई विषय है?"

"तो ठीक है; कहना चाहिए कि वह नया विषय है-मेरे लिए तो है ही, आपके लिए भी है!" रेखा की आँखें हँसी से चमक उठीं। "और मैं वायदा करती हूँ, इस विषय से नहीं ऊबूँगी-आप ही जब छोड़ें तो छोड़ें। बल्कि मैं फिर-फिर लौट आऊँ तो आप बुरा तो न मानेंगे?"

भुवन ने थोड़ा-सा सकुचाते हुए, यद्यपि कुछ तोष भी पा कर, कहा, "न-नहीं तो; पर मैं फिर आपको वार्न करता हूँ, वह विषय बड़ा नीरस है, और कहीं पहुँचता नहीं।"

"मैं तो पहले ही बता चुकी हूँ कि कहीं पहुँचने का लोभ ही मुझे नहीं है-ऐसी यात्रा पर हूँ जो कहीं पहुँचती ही नहीं, अन्तहीन है, यही क्या कहीं पहुँच जाना नहीं है?"

"यह भी एक दृष्टिकोण हो तो सकता है-" कह कर भुवन निरुत्तर-सा कुछ सोचने लग गया।

कश्मीरी गेट में वाई. डब्ल्यू. में सामान उतार कर दुमंज़िले पर पहुँचाया गया; भुवन को 'लाउंज' में बिठा कर रेखा ने कहा, "आप ज़रा बैठिए, मैं अभी आती हूँ," और सामान के साथ अपने कमरे की ओर चली गई।

जब तक वह मुँह-हाथ धो कर लौट कर आवे, तब तक मन बहलाने के लिए भुवन कुछ ढूँढ़ने लगा–इसलिए भी कि जब तब कोई स्त्री आती और लाउंज में उसे देख कर लौट जाती; कोई कौतूहल से उसे घूर कर, कोई सकपका कर–और वह खाली बैठने के संकोच से मुक्त होना चाहता था। पर कुछ भी उसे नहीं मिला। एक ताक में कुछ पत्र रखे हुए थे, उसने निकाले। 'लेडीज़ होमजर्नल', 'वोग', 'वुमन एण्ड होम'–कहीं उसका मन रमा नहीं। वह सब पुन: कहीं रखने को था कि ताक के भीतर एक छोटे आकार का पत्र उसे दीखा, उसने खींच कर निकाला : 'मेन ओनली।' उसने मुस्करा कर उसे वहीं रख कर ऊपर सब दूसरे पत्र लाद दिए।

वह सोचने लगा, पुरुषों के लिए जो पत्र होते हैं, उन का क्षेत्र तो इतना संकुचित नहीं होता–स्त्रियों के पत्र क्यों ऐसे होते हैं? पर पुरुषों के पत्र वास्तव में केवल उनके नहीं होते, सबके होते हैं, और स्त्रियों के केवल 'स्त्रियोपयोगी'...लेकिन क्या स्त्री के लिए बस यही बातें उपयोगी हैं–'हाउ टु विन ए मैन'–'हाउ टु होल्ड ए मैन'–'फीड द बूट'–'द वे टु ए मैन्स हार्ट'–'थ्रू हिज बेली'–आदमी को फाँसो कैसे, वश में कैसे रखो, रिझाओ कैसे–मानो उच्चाटन-वशीकरण के तंत्र-मंत्र के युग से हम अभी कुछ भी आगे नहीं गए। और स्वयं स्त्री केवल यह नहीं चाहती, इसका प्रमाण वह नीचे छिपा हुआ 'मेन ओनली' है; हो सकता है कि उसमें केवल यह कौतूहल हो कि पुरुष क्या पढ़ते हैं, कैसे मज़ाक आपस में या स्त्रियों के बारे में हुआ करते हैं–वैसा ही कौतूहल, जैसा बहुत-से पुरुषों को स्त्रियों के बारे में हुआ करता है जिस के कारण वह स्त्रियों के जमाव की बातें किवाड़-दरारों में कान लगाकर सुना करते हैं!

एक काल्पनिक समस्या उसके सामने आई। अगर ये सब पत्र-पत्रिकाएँ बिछी हों, और कोई देखने वाला न हो तो अकेली स्त्री कौन-सा पत्र उठाएगी? क्या किसी का चेहरा देख कर तय किया जा सकता है? कौतुकवश उसने सोचा, अच्छा, अब जो स्त्री लाउंज में आएगी उसे देख कर अनुमान लगाऊँगा कि वह 'वोग' पढ़ेगी कि 'लेडीज होम' कि 'मेन ओनली'–

धत्! पहली स्त्री जो आई वह रेखा थी। भुवन ने तुरन्त अपना खेल बन्द कर दिया। रेखा ने पूछा, "मैंने बहुत देर कर दी न? आप इतनी देर क्या करते रहे? यहाँ आपके पढ़ने लायक भी तो कुछ नहीं है–"

भुवन ने पूछा, "रेखा जी, ये तो इतने जर्नल यहाँ हैं, इन में आपको कौन-सा पसन्द है?"

"कौन-से? अरे ये! ये तो मैंने कभी देखे नहीं। कभी बुनती वग़ैरह के डिजाइन के लिए कोई देखा हो, पर इन्हें पढ़ूँ, ऐसी हालत तो कभी नहीं हुई।"

"यही मैं सोच रहा था–कि इन्हें कौन पढ़ता होगा। और सबके नीचे मैंने देखा, 'मेन ओनली' दबा पड़ा है।"

रेखा हँस पड़ी। ''हाँ! वह तो स्वाभाविक है। स्त्रियों की दिलचस्पी किस चीज़ में है? इस 'मेन ओनली' में। यह यहाँ का स्थायी मज़ाक है।''

एक कुर्सी खींच कर वह बैठ गई। ''अच्छा, अब बताइए, यहाँ क्या-क्या किया जाएगा-आपका क्या प्रोग्राम है?''

''आप ही प्रोग्राम बनाइए-''

तय हुआ कि उस दिन रेखा आराम करेगी, तीसरे पहर अगर भुवन आ जाए तो वह घूमने चलेगी-अगर भुवन को अवकाश है। लेकिन अभी तत्काल चल कर कॉफ़ी तो पी ही जाए।

दोनों नीचे उतरे। भुवन ने देखा, रेखा ने कपड़े बदल लिये थे। गाड़ी में वह रंगीन साड़ी पहने थी, अब फिर सफ़ेद रेशम पहन लिया था-भुवन को ध्यान आया कि रेखा को उसने रंगीन साड़ी कम ही पहने देखा है, पर सफ़ेद पहने तो कभी देखा ही नहीं, सफ़ेद वह पहनती है तो रेशम, जो वास्तव में सफ़ेद नहीं होता, उसमें हाथी दाँत की-सी, या मोतिये के फूल-सी, या पिसे चन्दन-सी एक हलकी आभा होती है...यों तो शुभ्र श्वेत भी ऐसा होता है कि पहनने वाले को दूर अलग ले जाता है, पर यह रेशमी सफ़ेद तो और भी दूर ले जाता है, दूर ही नहीं, एक ऊँचाई पर भी; रेखा मानो उसके साथ चलती हुई भी एक अलग मर्यादा से घिरी हुई चल रही है।

रेखा ने कहा, ''क्या सोच रहे हैं, भुवन जी?''

''ऊँ-कुछ नहीं। आपकी बात सोच रहा था-नहीं, कुछ सोच नहीं रहा था, केवल आपको देख रहा था-''

''देखिए, आपको काम्प्लिमेंट देना भी नहीं आता न? कितने अच्छे हैं आप, जिस के साथ सतर्क नहीं रहना पड़ता!''

अब की बार भुवन हँस दिया। पर क्यों, यह वह स्वयं नहीं जान पाया।

कॉफ़ी पीते-पीते रेखा ने पूछा, ''भुवन जी, आपने पहाड़ जाने के लिए और किसी को आमंत्रित नहीं किया?''

''नहीं तो। फिर मेरा जाना ही तो नहीं हुआ-''

''अच्छा, आप जहाँ रिसर्च के लिए जाना चाहते हैं वहाँ मैं आ जाऊँ तो आपके काम का बहुत हर्ज़ होगा?''

भुवन ने चौंक कर कहा, ''वह तो एकदम बियाबान जंगल है रेखा जी। वहाँ-''

''फिर भी-फ़र्ज़ कीजिए-''

''नहीं-आप ही हर्ज़ करना न चाहें तो-खास नहीं होगा-इतना ही कि आपकी असुविधा का ध्यान हमेशा रहेगा-''

''और काम में बाधक होगा!'' रेखा हँस दी। ''ठीक है, मैं तो यों ही कह रही थी।''

वापस पहुँच कर रेखा ने नीचे ही कहा, "ज़ीना चढ़ने की कोई आवश्यकता नहीं है–मैं यहीं से विदा लेती हूँ। मैं यहीं रहूँगी–आप तीसरे पहर जब भी आवें। मैं तैयार मिलूँगी।"

कुदसिया बाग़ में उन दिनों फूल लगभग नहीं होते–कोई फूल ही उन दिनों में नहीं होता सिवा वैजयन्ती के, जो चटक रंगीन चूनर ओढ़े बीवी शटल्लो बनी धूप में खड़ी रहती है। लेकिन खँडहर पर चढ़ी हुई 'बेगमबैरिया' लता की छाँह सुहावनी थी–फूल इस में भी कई तेज़ रंगों के भी होते हैं, पर इस की लम्बी पतली बाँहों में, हवा के झूमते गुच्छा-गुच्छा फूलों में एक अल्हड़पन होता है जो वैजयन्ती के भूनिष्ठ आत्मसन्तोष से सर्वथा भिन्न होता है...और फिर इस विशेष लता के फूल भी तेज़ रंग के नहीं थे, एक धूमिल गुलाबी रंग ही उन में था जो पत्तियों के गहरे हरे रंग की उदासी कुछ कम कर देता था, बस।

भुवन नीचे घास पर कोहनी टेके बैठा, बेंच पर बैठी रेखा को देख रहा था। रेखा पहले बेंच पर बैठ गई थी; जब भुवन नीचे बैठा तो वह भी उतरने लगी पर भुवन ने कहा, "नहीं-नहीं, आप वहीं रहिए; इस बैकग्राउंड पर आपकी साड़ी बहुत सुन्दर दीखती है।" रेखा ने एक फीके कोकनी रंग की साड़ी पहन रखी थी, बेगमबैरिया के फूल उसका सन्तुलन कर रहे थे, मानो एक ही गीत दो स्वरों में गाया जा रहा हो, रेखा का मन्द्र, अन्तर्मुख और गहराई खोजता हुआ, लता का तार, बहिर्निवेदित और उड़ना चाहने वाला...

रेखा को एक आदत थी–सहसा, जाने-अनजाने, उसका हाथ उठता और कनपटी के पास मानो कुछ खोजने लगता, फिर बालों की किसी छूटी हुई लट–कभी-कभी काल्पनिक ही लट!–को कानों के पीछे डालता हुआ धीरे-धीरे लौट आता। सारी क्रिया एक बड़े कोमल और आयासहीन ढंग से दुहराई जाती थी। चलते हुए भी दो-चार बार भुवन ने लक्ष्य किया था, बाग़ में आने से पहले वे जमुना के किनारे-किनारे थोड़ा भटके थे और थोड़ी देर घाट की सीढ़ी पर पानी के निकट बैठे थे तब भी–तब बल्कि हाथ पानी में डुला कर रेखा ने कनपटियाँ भिगो ली थीं...वह मुद्रा बड़ी आकर्षक थी; रेखा की उँगलियाँ वैसी तो नहीं थीं जिन्हें सुन्दरता का आदर्श माना जाता है–उनके जोड़ उभरे हुए थे और रूप-तत्व की अपेक्षा मनस्तत्व की ओर ही इंगित करते थे–पर वे थीं पतली और व्यंजनापटु-संवेदनशील उँगलियाँ। अभी बैठे-बैठे उसका हाथ फिर उठा तो भुवन ने पूछा, "आप थक तो नहीं गईं? हम लोग काफ़ी भटके–"

"नहीं–मुझे तो पता ही नहीं लगा–"

"और रेत में भी चले–उससे बड़ी थकान होती है।"

"नहीं, मैं अभी और चल सकती हूँ। पर यहाँ बैठना भी बहुत मधुर है।"

भुवन हँस दिया। फिर एक लम्बा मौन रहा। दोनों आकाश को देखते रहे। मई का दिल्ली का आकाश–उसकी नीलिमा सभ्यता की भाप से मुरझा कर फीकी पड़ जाती है, और आकाश सभ्यता की तरह अपने ही रंग का ओप अपने पर नहीं चढ़ाता!– पर प्रकृति के विभिन्न भावों की झाँई उसे नाना रंग दे जाती है : इस समय उसके आगे ताँबे के रंग का एक झीना-सा जाल था, जो धीरे-धीरे धुँधला पड़ रहा था।

रेखा ने कहा, ''शहरों का आकाश भी क्या चरित्रहीन आकाश होता है–फिर गर्मियों में! यों मैं साँझ को घनी होते देखते घंटों बैठी रह सकती हूँ–पर गर्मियों में शहर में लगता है सब से अच्छी दोपहर है–साँय-साँय सन्नाटा, धूप ऐसी कि चौंधिया दे, पर उसकी चिलक ही जैसे दृश्य को माँज जाती है; सभ्यता के भीतर से मानव-हृदय की स्तब्ध धड़कन तब सुनी जा सकती है...''

भुवन कुछ नहीं बोला। रेखा का स्वर उसे अच्छा लग रहा था, उसकी गति मानो लययुक्त थी, एक भावाक्रान्त उतार-चढ़ाव मानो अलग से कहता था, 'बात के अर्थ से अलग और भी अर्थ है मुझ में, अकथित, अकथ्य अभिप्राय, ज़रा कान देकर सुनो...'

रेखा ने ही फिर कहा, ''यों तो पहाड़ पर या सागर के किनारे ही आकाश देखना चाहिए, पर देहातों में और ख़ास कर आख़िरी बरसात में–तब आकाश बोलता है, गाता है–कैसे-कैसे अर्थ-भरे गाने...शहर का आकाश–शहर का सूर्यास्त–जैसे ड्राइंग-रूम की बातचीत, सब कोई बोल रहे हैं लेकिन सब कोई जैसे छिपे हुए, जैसे अनुपस्थित, केवल स्वरों के रेकार्ड, केवल यंत्र-लिखित उत्साह और आवेश!''

भुवन ने धीरे से कहा, ''रेखा जी, आपका इस वक़्त का आविष्ट स्वर मुझे तो अनुपस्थित नहीं लग रहा है–''

''मैं।'' रेखा कुछ रुक गई। फिर मुसकरा कर बोली, ''भुवन जी, आप चाहें तो मैं भी ड्राइंग-रूम वाली बातों का कल खोल दे सकती हूँ–आप नहीं जानते कि मेरे पास कितनी बड़ी टंकी उस बँधे पानी की जमा है! लेकिन आपका समय मैंने माँगा था, तो उसके लिए नहीं।'' वह फिर गम्भीर हो गई। ''असल में मेरे भी दो पहलू हैं–एक चरित्रवान्, प्रकृत, मुक्त; एक सभ्य और चरित्रहीन–''

''रेखा जी, यों पहलू तो हर किसी के चरित्र में होते हैं, पर चरित्र को इस तरह डिब्बों में बाँटना तो बड़ा ख़तरनाक है–व्यक्ति को एक ओर सम्पूर्ण होना चाहिए–यह विभाजन तो ह्रास की भूमिका है।''

''है। मैं जानती हूँ। और सभ्यता जो ह्रासोन्मुख हो जाती है वह किस लिए? कि समर्थ प्रकृत चरित्र सभ्यता के पोसे हुए पालतू चरित्र के नीचे दब जाता है–व्यक्ति चरित्रहीन हो जाता है। तब वह सृजन नहीं करता, अलंकरण करता है। नए बीज की दुर्निवार शक्ति से ज़मीन फोड़ कर नए अंकुर नहीं फेंकता, पल्लवित नहीं होता; झरे फूल चुनता है, मालाएँ गूँथता है, मालाओं से मर्तियाँ सजाता है। जब मर्ति पर मालाएँ

सूख जाती हैं तब हमें ध्यान होता है कि सभ्यता तो मर चली–पर वास्तव में मरना तो वहाँ आरम्भ हुआ है जहाँ हम ने झरे फूल का सौन्दर्य देखना शुरू किया–डाल से टूटे फूल का!''

रूपक को अपने सामने मूर्त्त करते हुए भुवन ने कहा, ''उस समय भी हम वृक्ष की ओर वापस जा सकते हैं–अंकुर की ओर–''

''हाँ, अगर वह हमारी उपेक्षा से सूख न गया हो। पर आज के हम सभ्य लोग अभी उतने अभागे नहीं हैं : अभी हम में झरे फूल भी हैं, जो आदृत हैं, और गहरी जड़ें भी हैं जो नए अंकुर फेंकेंगी लेकिन जिन की क़द्र नहीं है। यही मैं कह रही थी–दो पहलुओं की बात–''

वह चुप हो गई। फिर एक मौन छा गया। अब तक थोड़ी–थोड़ी हवा चल रही थी, वह भी बन्द हो गई।

भुवन ने कहा, ''उमस हो रही है। थोड़ा टहला जाए?''

''चलिए।''

दोनों बाग़ में इधर–उधर टहलने लगे। खँडहर और लता के कुंज के दूसरी ओर लॉन में जहाँ–तहाँ बच्चों के दल खेल रहे थे; अब तक सब आयाओं द्वारा किलकते-फुदकते अज–शावकों की तरह घेरे जा कर अपने–अपने बाड़ों की ओर ले जाए जा चुके थे; एकदम तोड़ता हुआ–सा अँधेरा छा गया था।

रेखा ने सहसा कहा, ''भुवन जी, मैं आपको अपने प्रकृत, स्वस्थ, मुक्त पहलू से ही जानना चाहती हूँ–उसी के सम्पर्क में आपको रखना चाहती हूँ। पर उसके लिए ईमानदारी का तकाज़ा है कि दूसरा पहलू आपसे छिपाऊँ नहीं।''

बात भुवन की संवेदना को छू गई, पर उसे समझ नहीं आया कि क्या कहे। उसका हाथ तनिक–सा रेखा की ओर बढ़ा और रह गया। वह कहने को हुआ, 'थैंक यू, रेखा जी,' पर बात कुछ ओछी लगी। फिर उसने कहा, ''रेखा जी, मैंने अपने बारे में इतनी गहराई से कभी नहीं सोचा, पर अगर मुझ में भी ऐसा विघटन है–होगा ही–तो मैं भी यत्न करूँगा कि–''

''नहीं, आप में वैसा नहीं है। आपको–शायद विज्ञान ने बचा लिया। या–'' रेखा हँस पड़ी, ''कहूँ कि आप अभी उतने सभ्य नहीं हुए!''

भुवन भी हँस दिया।

''लेकिन–मैं आपको देर तो नहीं कर दे रही हूँ? आपके मेज़बान–''

''शाम के भोजन का बन्धन मैं नहीं पालता, वह प्रतीक्षा नहीं करेंगे। पर आपको भी तो लौटना होगा–आपकी तो शायद हाज़री लगेगी–''

''आज देर से आने की छूट है–सप्ताह में दो दिन होती है।''

''लेकिन कुछ खाएँगी तो?''

''मैं तो केवल कॉफ़ी पीती हूँ–मैंने कहा न, बहुत सभ्य हूँ! पर आप–''

“मैं भी कॉफ़ी ही पियूँगा–”

“नहीं, आपको कुछ खाना होगा। चलिए–”

तय हुआ कि टहलते हुए परले फाटक से निकल कर कश्मीरी दरवाज़े के अन्दर जा कर कुछ खाया-पिया जाए, और दोनों धीरे-धीरे उधर बढ़ने लगे।

कार्लटन में सन्नाटा था। शाम को उधर खाने कौन आता है? पीने आते हैं कुछ लोग, पर उन का समय निकल गया–नौ बजे तक कौन ठहरता है...पर खाने को मामूली कुछ मिल जाएगा–सैंडविच, कटलेट, वग़ैरह...

“सभ्य जीवन बड़ा भारी वेटिंग-रूम है मानो,” रेखा बोली, “और होटल वग़ैरह भी सब वक़्त काटने के–बीच का एक रिक्त भरने के साधन हैं। लेकिन वेटिंग किसके लिए? रिक्त किस के और किस के बीच? कोई नहीं जानता। इधर-उधर फिर रिक्त है।”

“दो रिक्तों के बीच का रिक्त भरने के लिए रिक्त–तो फिर रेखा जी, ये पार्टिशन क्यों करती हैं, सारा ही तो एक रिक्त हुआ। सभ्यता की आपकी परिभाषा बड़ी डरावनी है। और उसे भरने के लिए भी रिक्त–विज्ञान तो सिर पीट लेगा जो मानता है कि प्रकृति भरणधर्मा है–रिक्त नहीं सहती।”

“प्रकृति न? लेकिन सभ्यता नहीं। आप देखते नहीं कि सभ्यता किस दर्प से कहती है कि प्रकृति असभ्य है? क्योंकि सभ्यता अप्राकृतिक है।”

दोनों फिर कुदसिया बाग़ लौट गए। अब एक और भी गहरा मौन वहाँ पर था, उसने जैसे दोनों को बाँध दिया। कई फेरे दोनों ने चुपचाप लगा लिये; सहसा दूर कहीं दस का गजर हुआ।

“रेखा जी, ऐसी बात कहना है तो शील के विरुद्ध शायद; लेकिन मैं कई बार सोचता हूँ, आपको गृहस्थी में सुखी होना चाहिए था–या यह कहूँ कि आपके साथी को, ऐसा क्या हुआ कि–”

रेखा रुक गई। अँधेरे में एक-दूसरे का चेहरा साफ़ नहीं दीखता था, पर रेखा के साँवले चेहरे में उसकी आँखों के कोये स्पष्ट झलक गए; उसने स्थिर दृष्टि से भुवन को देखते हुए कहा, “पर वह सब तो आपको चन्द्रमाधव ने–आपको मालूम ही होगा–”

“यह तो नहीं कह सकता कि नहीं बताया–या कि स्वयं मैंने ही नहीं पूछा,” भुवन ने चन्द्रमाधव पर दोष न मढ़ने की नीयत से कहा, “पर यों तो कोई न कोई कारण होता ही है–लेकिन उसमें आन्तरिक कारणत्व न हो तो प्रश्न उठता ही है कि क्या कोई एडजस्टमेंट नहीं हो सकता था? क्योंकि बाहरी सब कारणों पर व्यक्ति विजय पा सकता है–क्योंकि वह मशीन से अधिक एडेप्टेबल है, लचकीला है।”

“आप ठीक कहते हैं। हर घटना की एक आन्तरिक संगति होती है–हर दुर्घटना की भी। लेकिन क्या आप सचमुच वह सब सुनना चाहते हैं?”

"अगर आपको कहने में क्लेश या संकोच न हो तो–हाँ।" भुवन ने हिचकते कोमल स्वर में कहा।

पास की बेंच पर रेखा बैठ गई।

"संकोच होता भी है, नहीं भी होता। कहते हैं न कि अच्छा स्वप्न कह देने से उसकी सम्भावना कम हो जाती है, उसी तरह बुरा सपना कहने से उसका भी बोझ हलका हो जाता है। मैं जब भी अपनी बात कहती हूँ या कहने का संकल्प करती हूँ तो उसकी छाया की एक परत कम हो जाती है, सोचती हूँ कि कह–कह कर ही उसे कह डाला जा सकता है–उससे मुक्त हुआ जा सकता है–पर कहने का निश्चय करना ही बड़ा कठिन होता है क्योंकि–" रेखा ने वाक्य अधूरा छोड़ दिया।

"मैं समझता हूँ," भुवन ने कहा, "आग्रह नहीं करूँगा। आप–"

"नहीं, आपसे शायद कह सकूँगी–कहना चाहूँगी।"

थोड़ी दूर पर पद–चाप सुनाई दी–धीमी, फिर सहसा स्पष्ट–घास पर से सड़क पर। ठेठ खड़ी बोली के स्वर ने कहा, "बाबू जी, यहाँ नहीं बैठ सकते।"

"क्यों?"

"बाबू जी, दस बजे के बाद इद्र बैट्ठणे का हुकुम नहीं है–अब तो साड्ढे दस हो लिये–"

"अच्छा, अच्छा, जाते हैं।"

चौकीदार बगल से लाठी टेक कर कुछ दूर पर खड़ा हो गया।

रेखा उठ खड़ी हुई। "चलिए।"

कुदसिया बाग़ के दो खंड हैं, बीच में अलीपुर रोड पड़ती है। दोनों निकल कर दूसरे खंड में चले गए। सागू के पेड़ों के चिकने सफ़ेद तने मानो किसी बड़े मंडप के स्तम्भ थे, जिस में रातरानी की दिग्विमूढ़ गन्ध भटक रही थी। मुख्य वीथी से हट कर दोनों घास की छहेल पटरी पर टहलने लगे। लेकिन मूड कुछ बदल गया था।

रेखा ने पूछा, "बैठेंगे?"

"बेंचें उधर हैं–बुत के पास।" भुवन ने कहा; इस में इनकार भी नहीं था, कोई अनुकूलता भी नहीं थी।

खड़ी बोली की व्यापकता प्रमाणित करता हुआ एक स्वर यहाँ भी नेपथ्य में से बोला, "कौन है?"

"हम हैं–टहलने आए हैं," भुवन ने चिकने स्वर में उत्तर दिया।

खड़ा स्वर कुछ कम खड़ा हुआ : "बाबू जी, अब बड़ी देर हो गई; दस बजे बाग़ बन्द हो जाता है।"

रेखा ने कहा, "द हाउंड्स आफ़ हेवन आर एवरीह्वेयर!"

स्त्री–स्वर सुनकर नेपथ्य की वाणी कुछ और भी नरम पड़ कर बोली, "बाबू जी, इतनी रात को इधर नहीं घूमते; ज़माना ठीक नहीं है। बड़े चोर–बदमास फिरे हैं–"

दूर पर चौकीदार की छायाकृति दीख गई। भुवन ने कहा, "अच्छा भइया, जाते हैं। आजकल तो यही वक़्त होता है घूमने का–इतनी गर्मी होती है–"

चौकीदार ने कहा, "सो तो ठीक है बाबू जी, मगर–" उसके स्वर में कुछ नरमाई भी थी, कुछ दूरी भी, मानो कह रहा हो, "हाँ, आप सदाशय हैं, माना; पर बच्चे हैं, घर जाइए–"

फाटक के बाहर लैम्प के खम्भे के नीचे आ कर दोनों ठिठक गए। सहसा एक-दूसरे की ओर देखा और मुसकरा दिए। रेखा ने कहा, "प्लोमर की एक कविता है जिस में पार्क में घूमने वाले दो जन खदेड़े जाते हैं–आपने पढ़ी है?"

"नहीं–मैंने प्लोमर का सिर्फ़ नाम पढ़ा है–"

"मुझे याद नहीं है, लेकिन उसमें सिपाही कहता है : 'आउटलॉज हू आउटरेज बाइलॉज आर द डेविल!' और कविता का अन्त है : 'एंड दस वी कीप अवर सिटीज़ क्लीन!"

"हूँ।"

दोनों कश्मीरी दरवाज़े की ओर बढ़ रहे थे। दरवाज़ा वास्तव में दो दरवाज़े हैं, एक आने का मार्ग है, एक जाने का, दोनों सड़कों के बीच में घास की एक लम्बी पटरी है, रास्ते के मोड़ के साथ मुड़ती चली गई है।

भुवन ने हँस कर कहा, "यहीं बैठना चाहिए। यहाँ से तो कोई नहीं उठाएगा।"

रेखा ने कहा, "अजब बात है कि शहर में अगर कोई प्राइवेट स्थान है तो पब्लिक सड़क के बीचोबीच।"

भुवन ने साभिप्राय कहा, " 'प्राइवेट फेसेज़ इन पब्लिक प्लेसेज'–"

रेखा बैठ गई। भुवन ने कहा, "सचमुच?"

"हाँ, और नहीं तो खदेड़े जाने की कड़ुवाहट मिटाने के लिए!"

भुवन ने बैठते हुए कहा, "इसे ठीक ही कहते हैं 'सड़क का द्वीप'–दोनों ओर बहते जन-प्रवाह में निश्चलता का एक द्वीप–"

"है न? मेरे साथ कुछ ही दिन में आप सर्वत्र द्वीप देखने लगेंगे–हमीं द्वीप हैं, मानवता के सागर में व्यक्तित्व के छोटे-छोटे द्वीप; और प्रत्येक क्षण एक द्वीप है–खास कर व्यक्ति और व्यक्ति के सम्पर्क का, कांटेक्ट का प्रत्येक क्षण–अपरिचय के महासागर में एक छोटा किन्तु कितना मूल्यवान द्वीप!" रेखा ने आँखें भुवन की ओर उठाईं; भुवन से उसकी आँखें मिलीं तो उन में कुछ प्रबल, कुछ तेजस्वी और संकल्प-भरा था जिस ने भुवन की दृष्टि को कई क्षण तक बाँध रखा। फिर उसने आँखें झुका लीं, और उसका हाथ उसी परिचित मुद्रा में उसकी कनपटी की ओर उठ गया।

न जाने क्यों भुवन के मन में विचार उठा, 'हा; मैं तुम्हें पहचानता हूँ, रेखा; लेकिन–तुम मुझ से क्या चाहती हो?' पर तत्क्षण ही विलीन हो गया, इतनी जल्दी कि वह उसे ठीक से पकड़ भी न पाया।

''चलें?'' रेखा ने कहा, और साथ ही उठ खड़ी हुई। उसके बाद कोई कुछ नहीं बोला; रेखा जब वाई. डब्ल्यू. के फाटक पर पहुँची और अन्दर प्रविष्ट हो गई तभी उसने कहा, ''नमस्कार, भुवन जी।'' और उसने भी जल्दी से कहा, ''नमस्कार!''

पब्लिक स्थलों पर प्राइवेट चेहरा रखा जा सकता है ज़रूर, और प्रीतिकर भी होता है, पर उसे देखने के लिए पब्लिक स्थलों से खदेड़ा जाना कोई पसन्द नहीं करता।

जन्तर-मन्तर में इधर-उधर भटकते, इमारतों के बीच में से कई प्रकार की आकृतियाँ बनाते और सीढ़ियाँ चढ़ते-उतरते रेखा और भुवन बीच में आकर रुक गए थे, सूर्य डूब गया था और मैले लाल आकाश का रंग नीचे पानी में और भी मैला होकर प्रतिबिम्बित हो रहा था।

''ऊपर चलेंगी?''

''हाँ।''

दोनों सीढ़ियाँ चढ़ गए। ऊपर हवा थी। पास-पास खड़े होकर दोनों पश्चिमी क्षितिज को देखते रहे।

सहसा रेखा ने कहा, ''चलिए अब।''

भुवन ने कुछ विस्मय से उनकी ओर देखा-''इतनी जल्दी क्यों?''

''यहाँ भी तो बन्द होने का समय होता होगा-यहाँ भी-''

भुवन समझ गया। उसने कहा, ''नहीं, यहाँ सूचना की घंटी बजती है-''

''लेकिन उससे क्या? जाने का निर्देश जाने का निर्देश है, घंटी का हो, खड़ी बोली का हो! उससे पहले ही...''

रेखा ने क्षीणतर आग्रह से कहा, ''चलिए।''

''अच्छा तनिक और रुक जाइए, सान्ध्य तारा देख कर चलेंगे-''

रेखा ने सहसा बड़े तीखे काँपते स्वर में कहा, ''चलिए-चलिए!'' भुवन ने चौंक कर देखा, उसका स्वर ही नहीं, वह स्वयं भी काँप रही है; लड़खड़ाती-सी उसने भुवन का हाथ पकड़ा और किसी तरह जल्दी-जल्दी, कुछ उस पर झुकती हुई, कुछ उसे खींचती हुई नीचे उतर गई।

नीचे पहुँच कर भी वह काँप रही थी। भुवन ने चिन्तित, आग्रहयुक्त स्वर में पूछा, ''क्या बात है रेखा जी, तबीयत तो ठीक है न-या कि सीढ़ियाँ चढ़ने से-''

सहसा अपने में सिमट कर रेखा ने कहा, ''नहीं, नहीं, कुछ नहीं; आप मुझे थोड़ी देर छोड़ जाइए-''

भुवन ने अनिच्छा से कहा, ''लेकिन-''

''मैं ठीक हूँ।''

भुवन खड़ा रहा।

''चले जाइए!'' कह कर रेखा नीचे चौंतरे पर बैठ गई। दोनों हाथ उठा कर उसने माथा पकड़ लिया, आँखें बन्द कर लीं।

भुवन कुछ परे हटकर अनिश्चित-सा खड़ा रहा।

थोड़ी देर में रेखा ने सिर उठाया, उसकी आँखें सूनी थीं। भुवन को वहाँ देख कर पहले बहुत ही छोटे निमिष के लिए सूनी ही रहीं, फिर सहसा उस पर केन्द्रित हो आईं। उसने जल्द-जल्द कहा, ''अच्छा लीजिए, सुनिए, सुन लीजिए-हेमेन्द्र-हेमेन्द्र का नाम आप जानते हैं न, मेरा पति-अपने एक युवा बन्धु को लेकर यहाँ आया था-यहाँ तारे को देख कर दोनों ने वफ़ा की कसमें खाई थीं-हेमेन्द्र ने मुझे बताया था-''

भुवन स्तब्ध रह गया। उसके कुछ समझ में न आया। फिर रोशनी की एक बड़ी पैनी कटार-सी उसे भेद गई : वह सब समझ गया; उसने चाहा कि रेखा को कन्धे से लगा कर धीरे-धीरे थपथपा दे...पर वह अपने स्थान से हिल भी नहीं सका, वहीं खड़े-खड़े उसने पूछा, ''तो-तो आपने विवाह क्यों किया था-'' पूछना वह यह चाहता था कि 'हेमेन्द्र ने आपसे विवाह क्यों किया था?' पर प्रश्न को इस रूप में वह न रख सका।

''क्योंकि-मेरा चेहरा उस मित्र से मिलता था?'' रेखा का स्वर एक अजीब पतली अवश चीख-सा हो गया था।

भुवन जहाँ था, वहीं बैठ गया। थोड़ी देर स्तब्ध बैठा रहा, निर्निमेष आँखों से, भरे हुए पानी में, बुझे हुए आकाश का प्रतिबिम्ब देखता। फिर वह धीरे-धीरे उठा, रेखा के पास जा कर उसने बिना कुछ कहे रेखा की बाँह पकड़ी, मृदु किन्तु दृढ़ हाथ से उसे उठा कर खड़ा किया, और बाँह पर सहारा देता हुआ फाटक की ओर ले चला। दो-तीन क़दम चलते-चलते रेखा का शरीर सहसा कड़ा पड़ गया-उसने बाँह छुड़ा ली और कहा, ''मैं ठीक हूँ, भुवन जी!'' उसका स्वर भी अपने सहज स्तर पर आ गया था, यद्यपि अब भी आविष्ट था।

फाटक के पास उसने रुक कर कहा, ''भुवन जी, मैं क्षमा चाहती हूँ।''

भुवन ने कहा, ''नहीं, रेखा जी, दोष मेरा है, मैं दुराग्रह-''

रेखा ने धीरे से उसके हाथ पर हाथ रख कर उसे चुप करा दिया, मानो कह रही हो, 'रहने दीजिए, मैं जानती हूँ कि दोष किस का था।'

फिर उसने कहा, ''मैं बिलकुल ठीक हूँ, आप अब कुछ पूछना चाहें तो पूछ लीजिए। मैं अभी बता सकती हूँ। फिर शायद न बता सकूँ। या सकूँ तो भी ये बातें बार-बार याद करने की नहीं हैं, आप मानेंगे-''

''नहीं रेखा जी, मुझे कुछ पूछना नहीं है।'' भुवन ने गम्भीर होकर कहा। ''एक बार भी मैं याद दिलाने का कारण बना, इसी की मुझे बहुत ग्लानि है। आप और कुछ न बताइए, न याद कीजिए।''

कोई बीस मिनट बाद, दोनों कनाट प्लेस में बैठे धीरे-धीरे कॉफ़ी पी रहे थे। रेखा की दृष्टि अब भी खोई हुई थी। भुवन पर एक अजीब जुगुप्सामिश्रित संकोच छाया हुआ था। रेखा को देखते हुए एक प्रश्न बार-बार उसके मन में उभर आता था जिस से वह लज्जित हो जाता था; जिसे दबा देने की चेष्टाओं की असफलता, गहरी आत्म-ग्लानि उसमें भर रही थी...हेमेन्द्र ने कब, कैसी स्थिति में उसे वह बात बताई होगी?...

वह साहस कर के पूछ ही डालता, तो रेखा उस समय शायद बता भी देती। क्योंकि उसकी खोई हुई दृष्टि उसी स्थिति को देख रही थी, उसी ग्लानि को मन-ही-मन दुहरा रही थी...

देर रात को हेमेन्द्र कहीं बाहर से आया था। रेखा का शरीर अलसा गया था, आँखें थकी थीं, पर वह पलंग के पास की छोटी लैम्प जलाए पढ़ रही थी। लैम्प पर हरे काँच की छतरी थी, उससे छन कर आए हुए प्रकाश में रेखा का साँवला चेहरा अतिरिक्त पीला दीख रहा था; बाक़ी कमरे में बहुत धुँधला प्रकाश था।

हेमेन्द्र के लौटने पर उससे किसी प्रकार का दुलार या स्नेह-सम्बोधन पाने की आशा उसने न जाने कब से छोड़ दी थी; वैसा कुछ उनके बीच में नहीं था-उनके निजी जीवन में नहीं, यों समाज में जो रूप था-पब्लिक चेहरा!-वह दूसरा था। इसलिए वह उसके लिए तैयार नहीं थी जो हुआ : हेमेन्द्र ने पीछे से आ कर बड़े उतावलेपन से और बड़ी कड़ी पकड़ से उसके दोनों कन्धे पकड़े, उसे उठाते और उसके कन्धे के ऊपर से अपना मुँह उसके मुँह की ओर बढ़ाते हुए कहा, ''मेरी जान-''

किताब रेखा के हाथ से छूट गई, सारा कमरा एक बार थोड़ा डोल गया। सहसा घूम कर, कुछ विमूढ़ किन्तु सायास कोमल रखे गए स्वर में उसने कहा, ''हेमेन्द्र-''

हेमेन्द्र को जैसे बिच्छू ने डंक मार दिया हो, वह सहसा रेखा के कन्धे छोड़ कर पीछे हट गया, फिर उसने कमरे की मुख्य बत्ती जला दी। थोड़ी देर अजनबी दृष्टि से रेखा को देखता रहा; रेखा की परिचित किंचित् विद्रूप-भरी मुसकराहट उसके चेहरे पर आ गई। बोला, ''हलो, रेखा, सॉरी आइ'म सो लेट-'' और पलंग के पास की खूँटी की ओर बढ़ गया।

ऐसा तो रोज़ होता था। पर आज रेखा यह स्वीकार न कर सकी थी। अभी क्षण-भर पहले की घटना मानो असंख्य तपे हुए सुओं से उसे छेद रही थी-उसे समझना होगा, समझना होगा...

रेखा ने हाथ का कॉफ़ी का प्याला रख दिया कि हाथों का काँपना न दीखे; फिर ज़ोर से सिर हिलाया कि यह विचार, यह दृश्य उसकी आँखों के आगे से हट जाए-पर नहीं...

उसने भी जा कर हेमेन्द्र के कन्धे पकड़ लिये थे और पूछा था, ''हेमेन्द्र, तुम्हें बताना होगा, इसका अर्थ क्या है?''

''और न बताऊँ तो?'' वह विद्रूप की रेखा और स्पष्ट हो आई थी। फिर सहसा उसने बहुत रूखे पड़ कर, रेखा को धक्का दे कर पलंग पर बिठाते हुए कहा था, ''लेकिन नहीं, बता ही दूँ–रोज़–रोज़ की झिकझिक से पिंड छूटे–पाप कटे! तो सुनो, मैं तुमसे प्रेम नहीं करता, न करता था। न करूँगा!''

''यह तो बताने की ज़रूरत शायद नहीं है। पर तब मुझ से विवाह क्यों किया था–''

''यह भी जानना चाहती हो! अच्छा, यह भी जानेंगी। अब सब जानोगी तुम!''

रेखा जैसे खड़ी होने को हो गई–फिर बैठ गई।

भुवन ने कहा, ''रेखा जी, स्वस्थ होइए। चलिए, मैं आपको टैक्सी में पहुँचा आऊँ–''

रेखा पत्थर हो गई। ''नहीं। मैं ठीक हूँ। पर इस समय आपको यहाँ बिठाना शायद अन्याय है। आप मुझे यहीं छोड़ जाइए, मैं पीछे चली जाऊँगी।''

''यह तो नहीं हो सकता रेखा जी, चाहे आपकी अवज्ञा ही करनी पड़े। पर आपको एकान्त की ज़रूरत है, यह तो समझ रहा हूँ। तो चलिए, मैं आपको टैक्सी में बिठा देता हूँ, साथ नहीं जाऊँगा।''

रेखा कुछ नहीं बोली।

भुवन ने बिल चुकाया और दोनों बाहर आए। रेखा टैक्सी में बैठ गई, तो भुवन ने मौन नमस्कार किया। तब रेखा ने बड़े आयास से एक फीकी मुसकान चेहरे पर ला कर कहा था, ''लेकिन भुवन जी, दिस इज़ नाट द एण्ड, आइ होप! कल मैं फिर तीसरे पहर तैयार मिलूँगी।''

भुवन ने फिर चिन्तित स्वर में पूछा था, ''आर यू शोर यू आर आलराइट? या मैं चलूँ–''

''नहीं, भुवन जी! ड्राइवर, चलो, कश्मीरी गेट।''

गाड़ी जब सरकी तो रेखा ने फिर भुवन की ओर उन्मुख होकर कहा, ''गॉड ब्लेस यू।''

भुवन तनिक विस्मित हुआ, पर तुरन्त सँभल कर बोला, ''एंड यू।''

टैक्सी चल दी। तब रेखा पीछे ऐसे गिरी मानो अब नहीं उठेगी, नहीं उठेगी; चारों ओर से अतल दूरी से असंख्य काले और उजले तारे उसकी ओर बढ़े चले आ रहे हैं, शून्य का अतल गर्त सिमट कर छोटा हुआ आ रहा है और उसे ऐसे जकड़ लेगा जैसे लोहे का सन्दूक–और उसी के अन्दर वह घुँट जाएगी, नहीं रहेगी, न–कुछ हो जाएगी...स्मरण के टापू...आह, विस्मृति का महामरुस्थल, आह...

''क्यों, आप ढूँढ़ रहे हैं न कि कल वाली रेखा कहाँ गई?'' भुवन अवाक् रेखा का मुँह ताक रहा था। उस पर कहीं कोई व्यथा की, चिन्ता की रेखा नहीं थी, जागर की छाया नहीं थी। रेखा ने फिर वही सादी रेशमी साड़ी पहन रखी थी, लेकिन आज बिना किनारे की नहीं, प्योंड़ी के से मटीले पीले रंग के चौड़े पाड़ वाली, जिस का पीलापन उसके साँवले रंग को एक सुनहली दमक दे रहा था। हाँ, कनपटियों पर आज उसने कोलोन-जल लगा रखा था, नीबू के फूलों की-सी हलकी महक उससे आ रही थी।

भुवन जैसे पकड़ा जा कर मुसकरा दिया।

''लेकिन अचम्भे की कोई बात नहीं है। मैं क्षण-से-क्षण तक जीती हूँ न, इसलिए कुछ भी अपनी छाप मुझ पर नहीं छोड़ जाता। मैं जैसे हर क्षण अपने को पुनः जिला लेती हूँ।''

''तुमने एक ही बार वेदना में मुझे जना था, माँ
पर मैं बार-बार अपने को जनता हूँ
और मरता हूँ
पुनः जनता हूँ और पुनः मरता हूँ
और फिर जनता हूँ,
क्योंकि वेदना में मैं अपनी ही माँ हूँ!''

भुवन ने कहा, ''आप अपने को ऐसे पुनः जिला लेती हैं, यही शायद मुझे आपकी सबसे पहली स्मृति है।''

रेखा ने सचेत हो कर पूछा, ''कैसे?''

भुवन ने लखनऊ की पार्टी वाली बात बता दी, जब उसने रेखा को सहसा विश्राम करते हुए देखा था। फिर कहा, ''लेकिन तब उसका पूरा अभिप्राय नहीं समझ सका था; अब समझता हूँ।''

रेखा ने विषय बदलते हुए कहा, ''आपके जाने का कुछ निश्चय हुआ?''

''नहीं अभी दो-चार दिन तो और हैं ही; फिर कश्मीर जाऊँगा। फिर वहाँ भी शायद दो-चार दिन रुकना पड़े।''

''मैं सोचती हूँ, मैं कल नैनीताल चली जाऊँ?''

''क्यों?''

''यहाँ अधिक रहूँगी, तो कदाचित् आपके काम में बाधक हूँगी-अब भी नहीं हूँ, यह मानना मुश्किल है। आप पता ही नहीं लगने देते-''

''यह बात बिलकुल नहीं है रेखा जी; मैं बिलकुल ख़ाली हूँ। मित्र भी विशेष नहीं हैं। प्रोफ़ेसर समाज में तो ठहरा ही हूँ; एक परिचित और हैं, उन से कभी मिल लेता हूँ-''

''कौन?''

''मेरी एक छात्रा थी-गौरा, उसके पिता।''

"छात्रा थी–आपको अभी पढ़ाते कितने वर्ष हुए हैं?"

"मैंने उसे सात-आठ बरस पढ़ाया था–मैट्रिक में, अब तो वह बी.ए. भी दो बरस हुए कर चुकी–अब मद्रास में है।"

"ओह!"

थोड़ी देर मौन रहा। फिर रेखा ने कहा, "कल रात वाली गाड़ी से चली जाऊँगी।" फिर कुछ नटखट भाव से : "लेकिन वहाँ मन न लगा तो कश्मीर आ जाऊँगी, कहे देती हूँ! आप भी खदेड़ देंगे यह कह कर कि हुकुम नहीं है?"

भुवन ने हँस कर कहा, "मैं क्या करूँगा, यह बताने का भी हुकुम नहीं है! लेकिन–" वह कुछ रुका, "आपकी गाड़ी कितने बजे जाती है?"

"नौ बजे शायद।"

"ओह।"

भुवन कुछ सोच रहा है, देख कर रेखा ने पूछा, "क्यों, क्या बात है?"

"कुछ नहीं, कल मैं उधर भोजन करने वाला था। पर कोई बात नहीं–मैं छुट्टी ले लूँगा–"

"नहीं, वैसा न कीजिए। मैं स्वयं स्टेशन पहुँच जाऊँगी–"

अन्त में यह निश्चय हुआ कि भुवन पहले आ कर सात ही बजे रेखा को ले कर स्टेशन के वेटिंग-रूम में बिठा देगा; फिर जा कर गाड़ी के समय आ जाएगा और रेखा को गाड़ी पर सवार करा देगा। रेखा ने मान लिया। बोली, "स्टेशन तो मैं ख़ुद भी आ सकती हूँ। पर विदा करने आप आवेंगे तो मुझे अच्छा लगेगा।"

थोड़ी देर बाद भुवन ने पूछा, "यह तो कल का तय हुआ। और अब?"

"अब आप जो कहें। कुछ स्पेशल। सिनेमा जाना चाहेंगे?"

"न-नहीं। हाँ, कुछ स्पेशल हो और आपकी इच्छा हो तो चलिए।"

"नहीं। तब नहीं। चलिए, नदी पर चलें–"

"पानी तो कुछ है नहीं–"

"पार बालू पर–टापू में या परले किनारे पर–काश कि दिल्ली में समुद्र होता।"

"सच, तब यहाँ इतनी क्षुद्रता का राज न होता शायद–कुछ तो सागर की महत्ता का प्रभाव पड़ता–"

"धन्य है आपका आशावाद! आपका ख़याल है बम्बई में कम क्षुद्रता है? कुछ कम होगी तो इसलिए कि शासन का केन्द्र दिल्ली है। शायद वहाँ ले जाइए तो–"

"आप ठीक कहती हैं शायद। पर इस समय मैंने वैज्ञानिक बुद्धि को छुट्टी दे रखी है। अच्छी कल्पना में क्या हर्ज़ है?"

"और तो चलिए, देखिए मैं इसी को सागर का किनारा माने लेती हूँ; और रेत का टापू कोई सागर-द्वीप हो जाएगा जिस पर हम तूफान में बह कर आ लगे हैं–दो अजनबी जिन्हें साथ रहना है–कम-से-कम कुछ देर!"

“एक मिस राबिन्सन क्रूसो, और उन का अनुगत मैन फ्राइडे!”

“हाँ। और वहाँ पर किसी राक्षस के पदचिह्न मिले तो?”

“परवाह नहीं, मैन फ्राइडे जादू जानता है।”

नाव में उन्होंने नदी की इधर की शाखा पार की। नाव वाले ने पूछा, “यहीं ठहरूँ?”

“चाहे ठहरो चाहे डेढ़-दो घंटे में आ जाना।” भुवन ने लापरवाही से कहा।

“अच्छा, नहीं तो आप रुक्का दे देना।”

“अच्छा!”

सूखी स्वच्छ रेत पर आ कर भुवन ने एक बार चारों ओर देखा, फिर ऊपर। फिर वह कहने को हुआ, ‘तारे कितने हैं–’ पर ‘ता–’ कह कर रुक गया; तारों की ओर रेखा का ध्यान न खींचना होगा!

रेखा ने कहा, “रुक गए?”

“कुछ नहीं, यों ही–”

“कहिए न?”

“नहीं।”

रेखा ने कहा, “आप तारों के बारे में कुछ कहने जा रहे थे–”

भुवन ने सकपका कर स्वीकार कर लिया।

“तो रुक क्यों गए?”

भुवन चुपचाप उसकी ओर देखने लगा।

“ओ–मैं समझ गई। तारों से मैं नहीं डरती, भुवन जी! कभी नहीं डरी। और मैंने कहा था न, जो दु:स्वप्न कह लूँगी, उससे मुक्त हो जाऊँगी? अभी तक कह नहीं पाई थी, यही उसकी ताकत थी। अब–अब नहीं! आप कहिए तो तारे गिन डालूँ आकाश के?”

“न! गिनने से कम हो जाते हैं! और तारा एक भी कम करना कोई क्यों चाहेगा? न जाने कौन तारा किस का है?”

“और जो टूटते हैं सो?”

“फिर विज्ञान? टूट कर एक के दो बनते हैं। या बीस। तारे कभी कम हुए हैं आकाश में?”

रेखा इस नए भुवन को देखने लगी। फिर उसने कहा, “अच्छा, मैन फ्राइडे, तुम्हारा तारा कौन-सा है?”

भुवन का वह मूड बहुत छोटे क्षण के लिए लड़खड़ा गया...न जाने क्यों उसे गौरा का वह पत्र याद आया जिस में गौरा ने उसे बुलाया था–‘मैं अँधेरे में डूबना नहीं चाहती, नहीं चाहती।’ इंटर के समय गौरा को उसने ब्राउनिंग की कुछ कविताएँ पढ़ाई थीं; पाठ्य कविताओं से आगे वे दोनों कुछ कविताएँ और भी पढ़ गए थे जिन में एक का शीर्षक था ‘मेरा तारा’...लेकिन एक बहुत छोटे क्षण के लिए ही, फिर उसने कहा, “लो, क्या

गलती हुई मुझ से–मैं तो उस पर लेबल लगाना ही भूल गया। अब क्या होगा, मिस राबिन्सन? इतने बड़े आकाश में कैसे उसे ढूँढूँगा?'' उसने ऐसा दयनीय चेहरा बनाया कि रेखा को हँसी आ गई।

उसने दिलासे के स्वर में कहा, ''कोई बात नहीं फ्राइडे, तारा खुद तुम्हें ढूँढ़ लेगा।''

भुवन बालू में बैठ गया। बोला, ''अच्छा, तारों की चिन्ता छोड़ें। इस टापू में ही रहना है, तो घर–वर बनाना चाहिए। रेखा जी, आपको बालू के घर बनाने आते हैं?''

रेखा ने सहसा कहा, ''भुवन जी, और मैंने ज़िन्दगी–भर किया क्या है?''

भुवन ने तर्जनी से उसे धमकाते हुए कहा, ''विग्यान को माना है। बांगाली हीन्दी आप समझता हाय?''

''खूब समझती हूँ। पर सूखी रेत के घर तो मैं भी नहीं बना सकती। पानी लाऊँ।''

''कैसे? चलनी कहाँ है?''

''आँचल भिगो कर–''

''कोई ज़रूरत नहीं है। मैन फ्राइडे कुआँ खोद कर पानी पीता है। देखिए, मैं यहीं से गीली रेत निकालता हूँ।''

भुवन ने दोनों हाथों से रेत हटाना शुरू किया। रेखा भी बालू में बैठ गई, ऐसी जगह जहाँ से वह भुवन को और उसकी हरकतों को भी देख सके, और पुल तथा किनारे की बत्तियों को भी। जब–तब आती–जाती मोटरों की मुड़ती हुई आलोक–शिरा एक उछटते हुए प्रकाश में दोनों को चमका जाती, फिर अँधेरा हो जाता।

भुवन ने कहा, ''यह देखो गीली रेत। और खोदूँ। कुआँ बन जाएगा; और ज़्यादा खोदूँगा तो अतलान्त सागर निकल आएगा–और ज़्यादा तो धरती के उस पार निकल आएँगे। उस पार के आकाश में क्या तारे हैं, देखोगी? पर पैरों के नीचे तारे निकालने अच्छा नहीं, रौंदे जाएँगे। ज़रूरत भी नहीं है–गीली रेत ही तो चाहिए।''

वह पैर पर बालू थोप कर घर बनाने लगा। पैर निकाल कर गुफा का मुँह काट कर सीधा किया, फिर ऊपर न जाने क्या बनाया, फिर सामने जगह समान की, चारों ओर मेंड बनाई, सीढ़ियाँ, फिर एक ओर को दूसरा घर, फिर सड़क...साथ–साथ धीरे–धीरे बोलता जाता : ''यह घर बन गया–यह आँगन–यहाँ बगीचा लगेगा–ढूँढ़ कर आर्किड ला कर लगाने होंगे–यह चारदीवारी है–यहाँ फ्राइडे रहेगा–यहाँ...''

रेखा मुग्ध दृष्टि से उसे देख रही थी। सचमुच इस भुवन को उसने देखा नहीं था, जाना नहीं था, अनुमान से भी नहीं। वैज्ञानिक डॉक्टर भुवन के अन्दर एक गम्भीर संवेदनशील और खरा मानव छिपा है, यह तो उसने जाना था, लेकिन उस निश्छल ऋजुता के नीचे इतना भोला, इतना कौतुक–प्रिय शिशु–हृदय भी है, यह उसकी सजग दृष्टि भी न देख पाई थी...उसे अपना बचपन याद आया–कलकत्ते के उस घिरे हुए हरे–भरे उद्यान में खेलते हुए उसने माता–पिता का स्नेह पाया था, अगाध स्नेह, और उस निधि के लिए वह चिर–कृतज्ञ है, लेकिन जिस तरह उस स्नेह का स्थान कुछ

और नहीं ले सकता; उसी तरह वह अपार स्नेह भी एक समवयस बालक के कौतुक-भरे सख्य का स्थान नहीं ले सकता...बड़ों के स्नेह से घिरी हुई वह अकेली ही रह गई थी–और उस अकेलेपन ने उसे पका कर स्वयं भी 'बड़ा' बना दिया था : एक ओर वह पाती थी कि उसके कौतुक-जगत् और बड़ों के स्नेह-जगत् के बीच में एक दीवार है; दूसरी ओर वह देखती थी कि स्वयं उसके स्नेह-सम्पृक्त परिपक्व रूप, और उसके कौतुक-वेष्टित शिशु-रूप के बीच में भी एक दीवार खड़ी थी...न सही अधिक कुछ, न सही प्यार; यह यंत्रणा और ग्लानि और अपमान ही सही जो उसने पाया; पर बचपन में अगर उसे दो-एक वर्ष ही ऐसा कोई बाल-साथी मिल गया होता–तो कम-से-कम आज उसके पीछे ऐसा कुछ होता जिस में वह सम्पूर्णता देख सकती, अपने जीवन की निष्पत्ति देख सकती–...एक भाई आया था, पर तब वह आठ वर्ष की हो चुकी थी, भाई छः वर्ष का हुआ तब तक तो वह यों भी कौतुक-युग पार कर चुकी थी और उसके बाद के स्वप्न दूसरे थे–कितने भिन्न! और फिर तीन वर्ष बाद भाई मर गया था–माता-पिता के दिल टूट गए थे, और उसके स्वप्नों की दूसरी खेप भी नष्ट हो गई थी...

और भुवन–वह डॉक्टरेट कर चुका है, वैज्ञानिक रिसर्च में नाम पा रहा है, वय में उससे बड़ा है, और यहाँ बैठ कर बालू के घर बना रहा है और मुग्ध हो सकता है...ईर्ष्या का कोई सवाल नहीं है–ईर्ष्या क्या होगी–पर क्यों उसे उस सुरक्षा और स्नेह में भी वह सम्पूर्णता, वह मुक्ति नहीं मिली–क्यों, क्यों, क्यों...

भुवन ने अपने काम में लगे-लगे ही पूछा, "मिस राबिन्सन–रेखा जी, कलकत्ते में आप बचपन में जहाँ रहीं, वहाँ बालू थी? लेकिन वहाँ तो नदी के किनारे कीचड़ होता है–"

क्यों उसके विचार रेखा के विचारों के समान्तर चल रहे हैं जब वह खेल में डूबा है, क्योंकि वह छूता है उस दुखते स्थल को जिसे रेखा छिपा लेना चाहती है–सब की दृष्टि से, सब से अधिक इस भुवन की दृष्टि से जो इतना भोला है, जो केवल खुली हँसी है, जाड़ों की धूप की तरह खिली हुई हँसी–नहीं, वह अपनी परछाई नहीं पड़ने देगी यहाँ पर, वह चली जाएगी–

उसने मुँह ऊपर कर लिया कि आँखों में उमड़ते आँसू बाहर न बह आएँ।

भुवन कहता गया, "नहीं, कलकत्ता अच्छा नहीं है। इस बालू के टापू के मुकाबले में कोई जगह अच्छी नहीं है। लीजिए आपका घर तैयार हो गया!"

अब की बार भी उत्तर न पाकर भुवन ने विस्मय से उधर देखा। रेखा आकाश की ओर मुँह उठाए निर्निमेष बैठी थी, खेल से बहुत दूर। अचकचा कर भुवन खड़ा हुआ; मोटर की मुड़ती रोशनी के पलातक आलोक में उसने सहसा चौंक कर और लजा कर देखा, रेखा की आँखों में आँसू हैं। उसके हाथ अनैच्छिक गति से रेखा के आँसू पोंछने को हुए पर फिर उसे ध्यान हुआ कि बालू से सने हैं और अनिश्चित से अध-बीच रुक

गए। सहसा किंकर्तव्यविमूढ़ करुणा से भरा हुआ वह झुका और रेखा की गीली पलकें उसने चूम लीं।

तभी वह कुछ बोल सका। "रोती हो? बालू के घरों वाले रोया नहीं करते–"

"नहीं भुवन, ये दुःख के आँसू नहीं हैं–" कहती-कहती भी रेखा आँसू झटक कर खड़ी हो गई। बोली, "आप ही से छिपाना चाहती हूँ, आप ही को–" फिर जल्दी से विषय बदलने के लिए उसने कहा, "नहीं, कलकत्ते में बालू नहीं थी। वहाँ मैं मिस राबिन्सन नहीं थी, राजकुमारी थी, जादू के उद्यान में रहती थी, बड़ा हरा-भरा–बालू तो क्या मिट्टी भी कहीं नहीं दीखती थी।"

भुवन ने भी हलका स्तर स्वीकार करते हुए कहा, "ओ, तब तो आप इस गरीब बालू के घर का सौन्दर्य क्या देखेंगी!"

"उलटे अधिक समझती हूँ, भुवन जी!" रेखा हँसी, पर हँसी के नीचे गम्भीरता थी।

"तो अब चला जाए?"

"चलिए।"

भुवन चलने को हुआ तो रेखा ने पूछा, "इस बालू के घर को गिराएँगे नहीं?"

"क्यों?"

"क्योंकि वास्तव में गिर नहीं सकता। उसकी छाप अतलान्त तक जो है। ऊपर से मिटा देना चाहिए, नहीं तो उसका जादू दूसरे जान जाएँगे।"

भुवन ने उसे परचाते हुए कहा, "हाँ, यह तो है।" और पैर की गति से घर-बगीचा सब मटियामेट कर दिया। फिर कुछ आगे बढ़ कर उसने नाव वाले को आवाज़ दी : "नाव वाले!"

किनारे पर लग कर उसने कहा, "और इस प्रकार क्रूसो सभ्यता को लौट आया।"

रेखा ने कहा, "अगर क्रूसो कभी लौटते हैं तो।"

लेकिन भुवन ने कुछ अधिक बारीक हिसाब लगाया था। रेखा को स्टेशन तो उसने सात से पहले पहुँचा दिया, पर नई दिल्ली जा कर लौटने में उसे अधिक देर लगी यद्यपि खाना भी उसने लगभग नहीं खाया, छू कर छोड़ दिया। स्टेशन पहुँचा तो नौ में दो मिनट थे। उसने सोचा कि रेखा शायद प्लेटफ़ार्म पर चली गई हो; पहले सीधा उधर गया, फिर हड़बड़ा कर वेटिंग-रूम आया–रेखा उद्विग्न-सी बाहर खड़ी राह देख रही थी। उसने कहा–"मैं पहले उधर गया था–देर हो गई–चलिए–आप प्लेटफ़ार्म पर क्यों न–"

"मैं बाकायदा विदा किए बिना नहीं जाऊँगी, क्या आप नहीं जानते थे? गाड़ी में बैठ जाती और आप न आते तो–"

उसकी बात में उलाहना नहीं था, केवल सच की सीधी उक्ति थी।

गाड़ी की सीटी सुनाई दी। भुवन ने कहा, ''गाड़ी तो अब–''

''जाने दीजिए, नहीं मिलेगी। मैं घबड़ाई हुई नहीं दौड़ूँगी।'' सहसा वह हँस दी, जिस से तनाव एकाएक शिथिल हो गया।

भुवन ने कहा, ''अब?''

''वापस वाई. डब्ल्यू. तो मैं नहीं जाऊँगी। अगली गाड़ी कब जाती है?''

''पता करें। मेरे ख़याल में तो रात में और नहीं जाती, तड़के शायद–''

''वही सही, रात वेटिंग-रूम में काट दूँगी। आप जाइए; पर सवेरे कैसे आएँगे–या मत आइएगा, अभी थोड़ी देर में चले जाइएगा, बस।''

भुवन ने कहा, ''इस परम्परा का निर्वाह तो तब होगा जब रात-भर यहीं बातें की जाएँ, और तड़के गाड़ी पकड़ी जाए। एक प्रमाद जब हो जाए, तब यही उसका उपाय होता है।''

''सच?'' रेखा का चेहरा खिल गया। ''मैं राजी हूँ। पर चलिए, पहले आपको कुछ खिला दूँ। मैं खिलाऊँगी–स्टेशनों पर मेरा राज है।''

''लेकिन मैं तो खा आया।''

''गलत बात है। खा कर आते, तो या तो पहुँचते नहीं, या पहले आते। ठीक वक़्त पर आए तो मतलब है कि खाना सामने छोड़ आए हैं।''

''यह तर्क मेरी समझ में नहीं आया–''

''न आए। यह स्त्री-तर्क है। इसके आगे विज्ञान नहीं चलता। चलिए। रास्ते में गाड़ी का पता भी करते चलेंगे। और टिकट वापस कर के नया लेना होगा।''

गाड़ी सुबह साढ़े चार बजे जाती थी। टिकट भुवन ने वापस कर दिया; नया टिकट रात बारह के बाद मिलेगा–नई तारीख़ हो जाने पर, क्योंकि रेखा इंटर का सफ़र करती थी, सेकेंड होता तो तभी मिल जाता।

कुछ खा कर और कॉफ़ी पी कर दोनों रिफ्रेशमेंट-रूम से निकले तो रेखा ने कहा, ''मुझे ज़नाने वेटिंग-रूम में जाने को मत कहिएगा। और जहाँ कहें–प्लेटफ़ार्म पर घूमने को, बेंच पर बैठने को, आगे बजरी पर बैठने को, पुल पर चढ़ कर रेलिंग से झाँकने को–जो कहेंगे सब करूँगी!''

भुवन ने कहा, ''टहलेंगे।''

पुल से पार कर एक अपेक्षाकृत सूने प्लेटफ़ार्म पर दोनों टहलने लगे। अभी डेढ़ घंटे बाद टिकट मिलेगा; गाड़ी तीन बजे प्लेटफ़ार्म पर आ लगेगी, तब उसमें बैठा जा सकता है।

प्लेटफ़ार्मों पर भटकते, कभी बेंच पर बैठते, कभी छती हुई पटरी से आगे बढ़ कर बजरी पर चल कर तारे और कभी पुल पर खड़े-खड़े सिगनलों की लाल बत्तियाँ देखते, इंजिनों का स्वर सुनते और उनके धुएँ की गुंजलकों को आँखों से सुलझाते हुए दोनों ने चार घंटे तक क्या बातें कीं, इसका सिलसिलेवार ब्यौरा देना कठिन है। सिलसिला उसमें

अधिक था भी नहीं, भले ही उस समय उन दोनों को यही दीखा हो कि प्रत्येक बात एक से एक अनिवार्यतः निकलती और सुसंगत गति से चलती गई है। साढ़े बारह के लगभग भुवन जा कर नया टिकट ले आया और अपने लिए नया प्लेटफ़ार्म। तीन बजे जब गाड़ी आ लगी, तब वह कुली ढूँढ़ कर लाया, रेखा से बोला, "अब तो वेटिंग-रूम में जाएँगी या अब भी मैं ही सामान उठवा कर लाऊँगा?" फिर दोनों गाड़ी पर चले गए।

ज़नाने डिब्बे में पहले ही से कई सवारियाँ थीं–बच्चे-कच्चे लिये औरतें। सामान उसमें एक तरफ़ रखवा कर रेखा बाहर निकल आई; बोली, "चलिए कहीं और बैठें–फिर यहाँ आ जाऊँगी।"

साधारण इंटरों में एक ख़ाली था। दोनों उसमें जा बैठे, बातें फिर होने लगीं। भुवन ने कश्मीर के अपने प्लान बताए–कब जाएगा, कहाँ रहेगा, क्या करेगा–तुलियन झील पर कैसे दिन काटेगा, वग़ैरह। रेखा ने पूछा, "वहाँ बालू होगी?"

"बालू? क्यों?"

रेखा हँस दी। "घरौंदे बनाने के लिए–"

भुवन भी हँस दिया। फिर उसने पूछा, "नैनीताल में क्या करेंगी आप दिन-भर?"

"झील की ओर ताका करूँगी। काग़ज़ की नावें चलाया करूँगी–नहीं, काग़ज़ की भी नहीं, सपनों की। काल्पनिक यात्राएँ करूँगी। आपको क्या मालूम है, मध्यवर्ग की बेकार औरत कितनी लम्बी लड़ी गूँथ सकती है सपनों की!"

चार बजे उस डिब्बे में भी दो-चार व्यक्ति आ गए। रेखा ने कहा, "फिर थोड़ा टहला जाए?"

"चलिए–"

दोनों फिर प्लेटफ़ार्म पर टहलने लगे। लेकिन भीड़ होने लगी थी। भुवन ने कहा, "आपको एक बार अपने सामान की भी फ़िक्र करनी चाहिए।"

ज़नाने डिब्बे में भीड़ भर गई थी। रेखा ने अपना सामान देख-रेख कर, अपना अधिकार स्थापित कर देने के लिए सीट पर थोड़ी जगह कराई और वहाँ बैठ गई। भुवन बाहर खिड़की पर खड़ा हो गया!

भीतर बड़ी किटकिट थी। बात करना असम्भव था। रेखा ने अपना पर्स खोल कर उसमें से छोटी-सी कॉपी निकाली और पैंसिल से उसमें कुछ लिखने लगी।

भुवन ने पूछा, "क्या लिख रही हैं?"

रेखा ने हँस कर सिर हिला दिया।

थोड़ी देर बाद उसने कॉपी भुवन की ओर बढ़ाई। उसमें लिखा था, "उस डिब्बे में बैठ कर थोड़ी देर के लिए मैं अपने को यह मना सकी थी कि हम साथ ही इस गाड़ी में यात्रा कर रहे हैं। पर अब–अब लगता है कि आप मुझे विदा कर चुके, और उपचार बाकी है।"

भुवन ने कुछ न कह कर कॉपी लौटा दी।

रेखा ने फिर लिखा : ''अगले स्टेशन पर आप प्रतापगढ़ से आगे बात चलाने आवेंगे?''

अब की बार भुवन ने कहा, ''ज़रा पैंसिल दीजिए।'' और लिखा : ''आप ही ने तो कहा था, अब अगले स्टेशन पर न आना?''

सहसा रेखा ने कहा, ''सुनिए, आप मुझे छोड़ने क्या दो-चार स्टेशन भी न चलेंगे? हापुड़ से लौट आइएगा-''

भुवन सिर्फ़ हँस दिया, कुछ बोला नहीं।

रेखा के चेहरे पर एक हलकी-सी उदासी खेल गई। कॉपी में उसने लिखा, ''नहीं, मेरी ज़्यादती है।''

भुवन ने फिर कॉपी ले ली। जेब से क़लम निकाल कर सुस्पष्ट अक्षरों में लिखा ''अकेले हैं न, तभी लीक पकड़ कर चलते हैं।'' फिर तनिक रुक कर उस पर दुहरे उद्धरण-चिह्न लगा दिए ''-''

रेखा ने कॉपी देखी तो अचकचा कर बोल उठी, ''यह-यह आपसे किस ने कहा?''

भुवन हँसने लगा। फिर उसने लिखा, ''मैंने कहा था न, मैन फ्राइडे जादू जानता है?''

रेखा ने कॉपी ले ली, और अपलक दृष्टि से भुवन को देखने लगी। फिर उसकी आँखें कुछ विकेन्द्रित हो गईं, जैसे उसके विचार कहीं दूर चले गए हों।

भुवन ने कहा, ''मैं अभी आया-'' और ओझल हो गया।

प्लेटफ़ार्म पर चहल-पहल सहसा बढ़ गई, जैसा गाड़ी चलने का समय हो जाने पर होता है। रेखा कॉपी में लिखने लगी, ''ठीक गाड़ी के जाने के समय आप कहाँ चले गए? मैं गाड़ी चलने से पहले ही मानो खो गई हूँ। इन स्त्रियों की बातें सुनती हूँ, और अनुभव करती हूँ कि मैं गृहस्थिन तो पहले ही नहीं थी, अब शायद स्त्री भी नहीं रही-कितनी दूर, कितनी दूर हैं मुझ से ये बातें! एक तीन बच्चों की माँ हैं, एक पाँच की। एक के 'वह' लाम पर गए हैं-इराक में हैं। वहाँ से चाँदी के लच्छे न जाने कैसे भिजवाये थे-चाँदी के मगर फिरोजे जड़े। दूसरी के 'वह'...''

गार्ड ने सीटी दी। रेखा ने हड़बड़ा कर इधर-उधर देखा, फिर घसीट कर कॉपी में लिखा, ''कहाँ चले गए तुम, भुवन-गाड़ी चलने वाली है-क्या अन्त में बिना विदा के ही मुझे जाना होगा?'' कॉपी उसने बन्द की और खड़ी होकर दरवाज़े की ओर बढ़ी बाहर झुकी-

सामने भुवन खड़ा मुसकरा रहा था।

''बड़े नालायक हैं आप!'' रेखा सहसा कह गई। ''मुझे यों डराना अच्छा लगता है?''

भुवन ने कहा, ''अभी तो बहुत टाइम है। डरा मैं नहीं गार्ड रहा है। आप बेशक बाहर चली आइए-''

रेखा उतर आई और गाड़ी से कुछ हट कर भुवन के बगल खड़ी हो गई। भुवन मुसकराता ही जा रहा था। रेखा उसकी ओर देखने लगी : हाँ, यहीं अच्छा है, इसी प्रकार मुसकराते हुए ही हट जाना चाहिए, वह भी मुसकराएगी–एक मिनट की तो बात होती है, ज़रा से धीरज की, ज़रा मजबूत नर्व्ज़ की–बाद में चाहे जो हो...

भुवन ने सहसा जेब में से कुछ निकाला, अँगूठे और उँगली से मसल कर उसकी गोली बनाई और ठोकर मार कर फ़ुटबाल की तरह उछाल दी। रेखा ने कहा, ''क्या था?''

गार्ड ने और गाड़ी ने एक-साथ सीटी दी।

भुवन ने कहा, ''मेरा प्लेटफ़ार्म टिकट।''

रेखा भौचक उसे देखने लगी। भुवन बोला, ''क्यों, यह गाड़ी भी छोड़नी है क्या? मैं चल रहा हूँ साथ–हापुड़ नहीं, मुरादाबाद।''

उसके साथ ही लपक कर रेखा अगले इंटर की ओर बढ़ी–कितना अच्छा था उसके साथ कदम मिला कर लपकना! उसे सवार करा कर भुवन भी उछल कर चलती गाड़ी में सवार हो गया।

रेखा बैठ गई। जगह कम थी, भुवन खड़ा रहा। रेखा ने एक बार बेबस उसकी ओर देखा, फिर कॉपी निकाल कर लिखा, ''भीड़ है, नहीं तो मैं इस वक़्त गाना गा कर सुना देती।''

भुवन उसकी ओर मुसकरा दिया। फिर कॉपी ले कर लिख दिया, ''भीड़ की सजा मुझे मिलेगी?''

रेखा फिर असहाय-सी उसकी ओर देखने लगी। फिर उसने घूम कर खिड़की से मुँह बाहर निकाला और धीरे-धीरे गाने लगी। भुवन दरवाज़े पर था ही, दरवाज़ा खोल कर खड़ा हो गया। सरसराती हवा के साथ गाने के स्वर उसके कानों को छूने लगे :

महाराज, ए कि साजे एले मम हृदय-पुर माझे।
चरण तलै कोटि शशि-सूर्य मरे लाजे।
महाराज, ए कि साजे–
गर्व सब टूटिया
मूर्छिपड़े लूटिया
सकल मम देह-मन वीणा सम बाजे।
महाराज, ए कि साजे–

जमुना के पुल की गड़गड़ाहट में आगे गान खो गया। पुल जब पार हुआ, तब रेखा चुप हो गई थी, क्षितिज में कुछ हलकापन दीखने लगा था।

तल्लीताल में मोटर से उतर कर भुवन ने एक नज़र नैनीताल की झील को देखा–तीसरे पहर की धूप एक तरफ़ की पहाड़ी पर ऊँचे पर थी, झील घनी छाँह में थी और आकाश ऐसा दूर था मानो किसी गहरी तलहटी में से ऊपर देख रहे हों–तो उसने जाना कि यहाँ तक आने का निश्चय तभी हो गया था जब उसने मुरादाबाद का टिकट लिया था। मुरादाबाद में जब रेखा ने पूछा था, ''सुनिए, आप सचमुच यहाँ से लौट जाएँगे?–अब मुझे पहुँचा ही आइए न?'' तब, जैसे यह प्रश्न उसके मन में पहले पूछा जा चुका हो, ऐसे ही बिना अचम्भे के उसने कहा था, ''हो तो सकता है–''

और रेखा ने चिढ़ाया था, ''तो मैन फ्राइडे अभी से सकने की बातें सोचने लगा जादू भूल कर?''

''भई अभी दिन–दुपहर है, जादू का वक़्त अभी कहाँ हुआ है?''

मुरादाबाद से वे बरेली हो कर नहीं गए थे : रामपुर गए और वहाँ से मोटर में काठगोदाम होते हुए नैनीताल–तीसरे पहर ही यहाँ पहुँच गए थे। रास्ते में रेखा धीरे-धीरे न जाने क्या गुनगुनाती आई थी, बोली बहुत कम थी; एक अलौकिक दीप्ति उसके अलस शान्त चेहरे पर थी : बीच–बीच में वह आँखें बन्द कर लेती और भुवन समझता कि सो गई है, पर सहसा उसकी पलक उस अनायास भाव से खुल जातीं जिस से स्वस्थ शिशु की आँखें खुलती हैं, और वह फिर कुछ गुनगुना उठती...भुवन ने कहा था, ''थोड़ा ऊँघ लीजिए, रात–भर जागी हैं–'' तो सहसा सजग हो कर बोली थी, ''अभी? ऊँघने के लिए तो सारा जीवन पड़ा है, थोड़ा–सा जाग ही ली तो क्या हुआ!'' और एक कोमल मुसकान से खिल कर उसे निहारने लगी थी। फिर भुवन ऊँघ गया था...

होटल साफ़–सुथरा था, पर लोग काफ़ी थे। मैनेजर से भुवन ने पूछा कि ठहरने की जगह मिल सकेगी? तो उसने तपाक से उत्तर दिया : ''जी हाँ, डबल रूम–कितने दिन के लिए?'' और रजिस्टर की और हाथ बढ़ाते हुए ''किस नाम से–''

क्षण–भर के लिए वह झिझक गया। मैनेजर के प्रश्न के साथ ही सभ्यता की जो समस्याएँ सहसा उसकी नज़र के आगे कौंध गईं, उन पर उसने आते हुए विचार नहीं किया था। सँभल कर बोला, ''अभी हम ने निश्चय नहीं किया है कि यहीं ठहरेंगे या और आगे जाएँगे : ज़रा चाय–वाय पी लें तब तक सोचते हैं–''

''जी हाँ, अभी लीजिए,'' कह मैनेजर ने आवाज़ दी, ''बाय!'' 'बाय' आया तो उससे कहा, ''साहब का आर्डर ले लो, चाय केक–पेस्ट्री वग़ैरह जो चाहें–''

रेखा कुछ पीछे थी। भुवन ने कहा; ''आप ज़रा यहीं बैठिए, मैं अभी आया–सामान–''

पर रेखा साथ बाहर की ओर चली। बोली, ''क्या बात है, भुवन?''

''कुछ नहीं।'' भुवन क्षण–भर रुक गया। फिर बोला, ''मैं यहाँ नहीं ठहरूँगा–नैनीताल में ही नहीं।''

रेखा उसे देखती रही। उसका चेहरा उतर गया। "अभी वापस जाओगे?"

"यहाँ तो नहीं रहूँगा। या तो आगे चलें–"

"चलो–"

"अच्छा, मैं आता हूँ–"

"लेकिन जा कहाँ रहे हो? बताओ तो–"

"भई कुछ सामान-वामान तो मुझे चाहिए, आ तो गया–"

"मेरे पास सभी कुछ फ़ालतू है, बिस्तरा, कम्बल–"

भुवन ने एक मुदित-सी खीझ के साथ कहा, "अच्छा, एक टूथब्रश तो ले आऊँ!"

रेखा हँस पड़ी। फिर बोली, "मैं भी साथ चलूँ?"

"नहीं, मैंने चाय का आर्डर दिया है, मैं अभी लौट कर आया।"

रेखा मान गई। भुवन चलने लगा तो बोली, "पर हम यहाँ ठहर नहीं रहे हैं, यह उदास जगह है। आगे कहीं भी चलो–मुझे छोड़ आना होगा।"

भुवन चला गया। रेखा भीतर बैठ कर कॉपी में कुछ लिखने लगी। उसे नहीं मालूम हुआ कि भुवन कब लौटा; सहसा उसका स्वर सुन कर चौंकी। भुवन मैनेजर से कह रहा था : "हम लोग आगे जा रहे हैं सातताल, अभी चले जाएँगे चाय के बाद–आपका शुक्रिया।"

"दैट्स आल राइट, सर! चाय आ गई है।"

दोनों ने एक साथ ही प्रश्न किए :

"ले आए टूथ ब्रश?"

"क्या लिख रही हैं–कविता?"

रेखा ने पहले उत्तर दिया : "हाँ, समझ लो।"

भुवन ने नकल लगाते हुए कहा, "और मैं भी, हाँ, समझ लो।" फिर कहा, "अच्छा, जल्दी से चाय पी लीजिए–आगे जाना है तुरन्त।"

"कहाँ?"

"आगे? इंटु द ब्लू क्रूसोलैंड। चाय का मज़ा क्यों बिगाड़ती हैं–पी लीजिए और चलिए।"

रेखा मुसकरा दी। चाय से उठ कर वे बाहर आए तो भुवन ने कहा, "आपके बक्स-वक्स में कहीं जगह हो तो यह पैकेट उसमें रख दीजिए–"

रेखा ने दुष्टता से कहा, "इतना बड़ा टूथब्रश। ज़रा मैं भी देखूँ–" और भुवन के रोकते न रोकते उसने पैकेट खोल कर झाँका ही तो।

दो कमीज़ें, एक फ्लैनल की ट्राउज़र्स, एक पाजामा, एक-आध और छोटी चीज़ें और, हाँ, एक टूथब्रश भी।

रेखा ने कहा, "हाँ, है तो सही टूथब्रश। पर यह सब रेडीमेड क्या ले आए आप–"

"तो आपका क्या ख़याल था, आपका फालतू कम्बल लपेटे घूमूँगा?" भुवन हँस पड़ा, और अपने पतले कुरते की ओर देखने लगा।

रेखा ने गम्भीर होकर माफ़ी माँगी। सहसा उसे ध्यान हुआ, भुवन को यों खींच लाने में भावुकता का कितना बड़ा प्रमाद उसने किया है।

भुवन ने उसकी बात काट कर कहा, "जल्दी कीजिए रेखा जी, सामान उठवाना है।"

रेखा सामान रख रही थी तो उसने पूछा, "दस-बारह-पन्द्रह मील चल सकती हैं? वैसे मोटर भी जाती है, पर आगे भी कुछ चलना पड़ेगा-"

"ज़रूर चल सकती हूँ। पैदल ही चलूँगी। लेकिन कहाँ जाएँगे? सातताल?"

"नहीं।" भुवन फिर मुसकरा दिया। "क्रूसोलैंड-मैंने कहा न? बताने से जादू चला जाता है।"

भुवन कुली साथ ले आया था। सामान उठवाया और बोला, "चलो हम लोग आते हैं। डाकबँगले पर जाकर बैठना।"

कुली चल पड़े।

"कहाँ के डाकबँगले-यह बता दिया है?"

"वह सब मैं ठीक कर आया हूँ-आप किसी उपाय से पहले नहीं जान पाएँगी।"

रास्ता उतार का था। दोनों बड़ी तेज़ी से उतरने लगे।

भुवन ने कहा, "अगर तेज़ चलने की बात न होती, तो मैं आपसे गाने का अनुरोध करता।"

रेखा ने रुकते-रुकते शब्दों में कहा, "नहीं-इस वक़्त-हवा को ही गाने दीजिए।"

लेकिन दो-तीन मील जा कर जब वे एक खुली जगह के सामने का दृश्य देखने के लिए रुके, तब रेखा सहसा खुले गले से किसी भटियाली पद के बीच में से ही गा उठी :

ओ ये केड़े आमान्य निये जाय रे,
जाय रे कोन चूलाय रे!
आमार मन भूलाय रे!
ग्राम छाड़ा ओई राङामाटीर पथ-

बस, यही अढ़ाई पंक्ति, और फिर मुक्त भाव से आगे को दौड़ पड़ी। पीछे-पीछे भुवन भी दौड़ने लगा।

भुवाली से एक-डेढ़ मील आगे रेखा ने सहसा भुवन का हाथ पकड़ कर कहा, "वह देखो सामने-क्या वहीं हम जा रहे हैं।"

दिन ढलने लगा था। आकाश के विस्तार में एक हलकी-सी धुन्ध छाने लगी थी; अभी थोड़ी देर में इसी धुन्ध में साँझ का ताम्र-लोहित रंग बस जाएगा...आस-पास

की पहाड़ियाँ नैनीताल की तरह तंग नहीं थीं, एक के बाद एक तीन-चार खुले स्तर थे मानो पुरानी सूखी झीलों के थाल हों, और आस-पास पहाड़ियाँ क्रमशः नीची होती गई थीं। और धुन्ध के बीच में, जैसे किसी जौहरी ने सँभाल कर रूई के गाले पर कोई मूल्यवान् रत्न रखा हो, एक झील चमक रही थी...

"मुझे क्या मालूम है? हो सकता है। पर वह शायद भीमताल है। तब सातताल दाहिने को होगा।"

"वहाँ क्या सचमुच सात ताल हैं?"

"ज़रूर हैं, लेकिन जादू के बग़ैर नहीं दीखते। यों शायद तीन हैं–बल्कि अढ़ाई–"

रेखा ने फिर पूछना चाहा, 'क्या हम वहाँ जा रहे हैं?' पर रुक गई।

दिन छिपते-छिपते दोनों भीमताल पहुँच गए। कुली भुवाली में ही पीछे रह गए थे। झील के पास ही डाकबँगला था; भुवन ने वहाँ जा कर चौकीदार से कहा कि कुली आएँ तो उन्हें कह दे कि वह आगे चला गया है और कुली जल्दी आवे; फिर कुछ और पूछताछ भी कर ली और रेखा के पास लौट आया।

"क्या यहीं रुक रहे हैं हम?"

"नहीं, बस तीन मील और जाना है। थक तो नहीं गईं?"

"इर्रेलेवेंट बातें मत कीजिए," रेखा ने उत्तर दिया और भुवन ने देखा, उसके चेहरे पर यद्यपि श्रम के लक्षण स्पष्ट हैं, पर उसकी एड़ी की गति में सहसा नई लचक आ गई है...

रात हो गई थी। सप्तमी-अष्टमी का चाँद था। पथ बराबर हलकी उतराई का ही था। एक छोटे से गाँव के पास से वे गुज़रे। भुवन ने कहा, "अब मील-भर और होना चाहिए–"

"अब भी नाम नहीं बताओगे जगह का?"

"नाम? नाम में क्या है? हमारा ही क्या नाम है? वहाँ एक तिलिस्मी झील है, और उसके नौ अलग-अलग कक्ष हैं, सब कभी एक साथ नहीं दीखते। रोज एक देखना होता है–"

"ओः, पूरा नाइन डेज़ वंडर।" रेखा ने चिढ़ाया।

"हाँ, वही सही। लेकिन चार दिन की चाँदनी कहते हैं, तो मेरे वंडर में दो पूरी चाँदनियाँ समा गईं और फिर भी कुछ बाक़ी रह गया–समझीं?"

"तुम और तुम्हारा अरिथमेटिक!"

पहाड़ी के मोड़ पर सहसा घने पेड़ों के झुरमुट के ओट में पानी की चमक। भुवन ने कहा, "थके राही, वह देखो मंज़िल! इस झील का नाम है। नौकुछियाताल।"

"थकें तुम–और तुम्हारे दुश्मन। लेकिन सचमुच यही नाम है?"

"हाँ।"

बड़ा साफ़-सुथरा कमरा। बड़ी टेबल लैम्प। बिजली के लैम्प में और रहस्य में वैर है, लेकिन तेल के लैम्प–आओ, रहस्य के सौन्दर्य, सौन्दर्य के रहस्य, इस छोटे से आलोक-वृत्त को घेर लो।

सामान न जाने कब आएगा। गर्म पानी से दोनों ने मुँह-हाथ-पैर धोये; एक लम्बी आराम-कुरसी भुवन ने खिड़की के पास खींच ली, जहाँ से झील और चाँद भी दीखता था, पैरों के लिए एक तिपाई रखी; फिर रेखा से कहा, ''यहाँ बैठ जाओ।''

रेखा ने एक बार उसके चेहरे की ओर देखा, फिर इस आज्ञापने के स्वर का प्रतिवाद करने की उसकी इच्छा दब गई। वह आराम से लेट गई। भुवन खिड़की के चौखटे पर आधा बैठ गया।

''और एक कुरसी खींच लो न?''

''खींच लूँगा पीछे।''

रेखा ने कुछ अलसाये स्वर से कहा, ''फ्राइडे, तुम नहीं गा सकते? वह एक जादू बाक़ी है अभी–फिर मैं मान लूँगी कि कामिल जादूगर हो।''

भुवन ने कहा, ''अच्छा गाता हूँ।'' उठ कर बरामदे में गया, धीरे-धीरे टहलने लगा।

उसकी गुनगुनाहट भीतर पहुँची तो रेखा का और भी अलसाया स्वर आया : ''बाहर क्या प्रैक्टिस करने गए हो?''

भुवन ने उत्तर नहीं दिया। थोड़ी देर बाद भीतर गया तो देखा, रेखा वहीं कुरसी पर सो गई है। वह दबे पाँव बाहर लौट आया। बरामदे के खम्भे के साथ पीठ टेक कर नीचे बैठ गया और चाँद देखने लगा। सहसा न जाने क्यों उदास विचार उसके मन में उमड़ने लगे–क्या थकान के कारण? वह फिर धीरे-धीरे गुनगुनाने लगा :

...मेरे मायालोक की विभूति बिखर जाएगी!
किरण मर जाएगी!
लाल हो के झलकेगा भोर का आलोक–
उर का रहस्य ओठ सकेंगे न रोक।
प्यार की नीहार बूँद मूक झर जाएगी!
इसी बीच किरण मर जाएगी!
ओप देगा व्योम श्लथ कुहासे का जाल,
कड़ी-कड़ी छिन्न होगी तारकों की माल।
मेरे मायालोक की विभूति बिखर जाएगी–
इसी बीच किरण मर जाएगी!

चारों ओर पैरों की चाप और लालटेन की रोशनी से वह चौंक कर जागा। हाथ की घड़ी देखी–ग्यारह बजे थे। कुली आ गए थे। उसने कहा, ''शोर मत मचाओ!'' सामान उतरवा कर पैसे दे कर उन्हें विदा किया। फिर भीतर जा कर देखा, रेखा

गहरी नींद में सो रही थी। भुवन ने सामान बाहर ही रहने दिया, बिस्तर खोला, एक कम्बल निकाल कर, अन्दर चादर जोड़ कर, दबे पाँव भीतर गया और धीरे से रेखा को उढ़ा दिया। वह नहीं जागी। तब वह बाहर आया, और ज़मीन पर बिछे बिस्तर पर ही स्वयं लेट गया, एक कम्बल खींच कर अपने पैरों पर उसने ढक लिया।

झील इस समय सुन्दर है–आसपास घने पेड़ों के झुरमुट हैं, यद्यपि झील नैनीताल की तरह दो पहाड़ों के बीच में भिंची हुई नहीं है, खुली है–दिन में भी क्या वह उतनी ही सुन्दर होगी–जितनी उसने सुना है, जितनी अब है? दिन...'मेरे मायालोक की विभूति...!' दिन अपनी चिन्ता स्वयं करेगा। एक बार उसने चाहा, उठ कर फिर रेखा को देख आए, पर शरीर ने कोई प्रोत्साहन न दिया। ठीक है, दिन की बात दिन में–अभी तारे हैं–कितने तारे–क्या सचमुच हर किसी का एक-एक अपना तारा होता है? केवल कल्पना। पर सुन्दर कल्पना। क्यों? क्या यह कल्पना और भी सुन्दर नहीं है कि सब तारे सबके होते हैं? हाँ, सदैव तो वही। पर एक क्षण होता है--एक द्वीप का क्षण–नहीं, क्षण का द्वीप-नहीं, उस क्षण में तारों का एक द्वीप-न...

सुन्दर रंग–बिना आलोक के रंग–लेकिन बिना आलोक के रंग हो कैसे सकते हैं?–नहीं, बिना रंग का आलोक, तीक्ष्ण आलोक :

भुवन उठ कर बैठ गया। सूर्य निकल आया था। लपक कर वह भीतर गया–कुरसी पर रेखा नहीं थी। तो वह पहले उठ गई–उसने भी भुवन को न उठाया होगा–उसे पहले जागना चाहिए था।

वह बाहर आया। देखा सूटकेस खुला है। उसकी कमीज, पैंट, तौलिया और अन्य आवश्यक सामान बाहर एक ओर को रखा है। और वह सोता ही रहा।

भीतर जा कर मुँह-हाथ धोने की उसकी इच्छा न हुई। उसने तौलिया में सब सामान डाला, और नीचे झील की ओर चला।

सामने जहाँ धूप पड़ रही थी, वहाँ पेड़ों पर जहाँ-तहाँ बड़े-बड़े लाल गुच्छे चमक रहे थे। भुवन ने पहचाना–बुरूस के फूल। मुँह-हाथ धो कर वह तोड़ कर लाएगा...

बिना शीशे के हजामत बनाना ऐसा कठिन नहीं था। आँख बन्द कर लेने से अपना चेहरा देखने में मदद मिलती है। प्रक्षालन कर के उसने कपड़े बदले, उतरे कपड़े तौलिया में लपेट कर वहीं रख दिए और लम्बे कदम फेंकता हुआ बुरूस के गुच्छों की ओर चला।

दो बड़े-बड़े गुच्छे उसने तोड़े। फिर दोनों को देख कर एक वापस पेड़ में अटका कर रख दिया, एक ले लिया।

जहाँ तौलिया छोड़ गया था, उधर वह लौट रहा था कि दूर, कुछ ऊपर से, उसे रेखा का स्वर सुनाई पड़ा। रेखा गा रही थी। भुवन ठिठक कर सुनने लगा; कभी स्वर उस तक पहुँचते, कभी हवा उन्हें उड़ा ले जाती :

ऊषा एशे...कल-कण्ठ स्वर!
...मिलन हबे बले आलोय आकाश भरा!'
चलछे भेसे मिलन-आशा-तरी अनादि स्रोत बए,
कत कालेर कुसुम उठे भरि छेए...
तोमाय आमाय-

हवा उठी, गान खो गया; फिर स्वर आए मगर अस्पष्ट : भुवन जल्दी से उधर को बढ़ने लगा जिधर से गान आ रहा था।

कुछ ऊँचे पर, सूर्य को सामने किए, मुँह कुछ ऊँचा उठाए रेखा एक पत्थर पर बैठी थी। भुवन एक ओर से आ रहा था, उसने देखा कि रेखा की आँखें बन्द हैं, मानो प्रभात के सूर्य को अपना चेहरा वह सौंप रही हो। पक्के पीले रंग की साड़ी उसने पहन रखी थी, जिसे सूर्य ने और सुनहला चमका दिया था...वह कुछ हट कर पीछे हो गया और दबे पाँव बढ़ने लगा। रेखा अब भी गा रही थी, लेकिन शब्दों के बिना, केवल स्वर; कभी गुनगुना देती और कभी ज़ोर से। बिलकुल पास जा कर उसने धीरे से हाथ बढ़ा कर रेखा की कबरी छुई; वह तनिक-सा चौंकी पर फिर पूर्ववत् हो गई, घूमी नहीं, गाना बन्द कर दिया। भुवन ने हाथ का बुरूस का गुच्छा उसकी कबरी में खोंस दिया-वह इतना बड़ा था कि आधी कबरी को और कान तक बालों को ढक रहा था : उसे ठीक से अटकाने के लिए भुवन कुछ आगे झुका कि एक-आध काँटा खींच कर कबरी कुछ ढीली करे : सहसा रेखा ने दोनों बाँहें उठा कर उसका सिर घेर लिया, कन्धे के ऊपर से उसे निकट खींच कर उसका मुँह चूम लिया-बड़े हलके स्पर्श से लेकिन ओठों पर भरपूर।

भुवन भी कुछ चौंक गया, वह भी चौंक कर छिटक कर खड़ी हो गई, दोनों ने स्थिर और जैसे असम्पृक्त दृष्टि से एक-दूसरे को देखा, फिर एक साथ ही दोनों ने हाथ बढ़ा कर एक-दूसरे को खींच लिया, प्रगाढ़ आलिंगन में ले लिया और चूम लिया-एक सुलगता हुआ, सम्मोहक, अस्तित्व-निरपेक्ष, तदाकार चुम्बन।

"तुम फिर कुछ लिखती रही हो?"

"हाँ-"

"क्या?"

"कुछ नहीं। मेरी डायरी है।"

भुवन ने आगे नहीं पूछा। बोला, "अच्छा, अब तो गाना गाओगी?"

"न। तुम्हारी बारी है गाने की।"

"मैं। मैं श्रेष्ठ गायक हूँ। मेरा गाना स्वरातीत है। दिन-भर तो गाता रहा, तुमने सुना नहीं?"

"थोड़ा और श्रेष्ठ हो जाओ, तो मेरा सुनना भी सुन सको।"

तीसरे पहर रेखा ने कपड़े बदल लिये थे। वह फिर सफ़ेद पहनने लगी थी, लेकिन भुवन के आग्रह से उसने एक नीली साड़ी और नीला ही ब्लाउज पहन लिया था। अब कमरे की व्यवस्था ठीक-ठाक हो गई थी, सामान लगा कर रख दिया गया था, खिड़की के पास रेखा का पलंग बिछा था और बाहर बरामदे में भुवन का-भुवन ने आग्रह करके वहाँ लगाया था।

दिन-भर वे प्राय: भटकते ही रहे थे-सुबह लौट कर नाश्ता किया था और फिर निकल गए थे, झील का एक चक्कर लगाया था; फिर लौट कर झील पर गए थे, नौ कक्षों में से जो एक सब से खुला और शैवाल-रहित जान पड़ता था उसमें नहाए थे और फिर भोजन के लिए लौट आए थे। झील पर भुवन ने पूछा था, "तैरना जानती हो?"

"बस डूबने भर को।"

"तब तो बहुत जानती हो। इतना तो मैंने भी नहीं सीखा। कलकत्ते में क्यों नहीं सीखा?"

तब रेखा हँस कर बोली, "जानती हूँ साहब, तैर लेती हूँ। पर इन कपड़ों में नहीं-"

"ओह।" भुवन झेंप गया। "तो लाई क्यों नहीं?"

"मुझे क्या मालूम था-"

"कास्ट्यूम तो नैनीताल में भी मिल जाता-"

"मुझे बताया था? नहीं तो मैं भी टूथब्रश खरीदने चल देती।"

किनारे पर ही वे नहाए थे। भुवन तैर कर भीतर गया था, रेखा ने भी साड़ी पहने-पहने दो-चार हाथ तैरने का यत्न किया था पर लौट आई थी।

अपराह्न में वे बुरूसों की छाया में काही-बिछी ठंडी जगह में बैठे-लेटे रहे थे। फिर लौट कर चाय पी थी; तब रेखा ने कपड़े बदल लिये थे।

"अच्छा, चलो घूमने चलें।"

"चलो। किधर?"

"फिर पहले प्रश्न? सामने-सर्वदा सामने।"

"नहीं, मेरा मतलब था, सातताल के जादुई ताल खोजने हैं कि-"

"न। जादुई ताल यह है। नौ तहों का जादू है इस पर!"

वह पहाड़ पर ऊँचे चढ़ने लगे, फिर पहाड़ की उपत्यका के साथ-साथ सममार्ग पर।

दिन ढल आया था। थोड़ी देर में सूर्य पहाड़ी की ओट हो कर छिप जाएगा। सहसा भुवन ने कहा, "चलो, सूर्यास्त को पकड़ें।"

दोनों हाथ पकड़े-पकड़े दौड़ने लगे। पहाड़ों के सिरे के पीछे सूर्य छिपा रहा होगा-बादल नहीं थे, एक तेजोदीप्त नंगा लाल रवि-बिम्ब ही क्षितिज की ओट हो रहा होगा, अगर वे पहाड़ी के सिरे तक पहले पहुँच जाएँ तो देख सकेंगे।

दौड़ते-दौड़ने भुवन ने कहा, ''दौड़ो रेखा, हमारी सूरज से होड़ है।''

रेखा और तेज़ दौड़ने लगी। भुवन के हाथ पर उसकी पकड़ कुछ कड़ी और खींचती-सी हो गई; भुवन ने लक्ष्य किया कि वह हाँफ रही है और सहसा धीरे हो गया, पर ऐसे नहीं कि रेखा को साफ़ मालूम हो।

पर पहाड़ी के मोड़ तक पहुँचते न पहुँचते सूर्य छिप गया। एक द्रुत हाथ मानो किसी धूसर लेप से सारा आकाश पोत गया; प्रकाश अब भी था, पर मानो किसी स्रोत से उद्‌भूत नहीं; दिग्भ्रान्त, आकाश में खोया-सा।

भुवन ने सहसा रुक कर कहा, ''हम हार गए।'' जहाँ सूर्य डूबा था, वहाँ एक छोटी-सी लाल लीक थी, जैसे किसी ने 'इतिशम्' लिख कर उस पर ज़ोर देने को पुष्पिका बना दी हो।

उसी की ओर देखते हुए रेखा ने कहा, ''डूबते सूर्य को कौन पकड़ सकता है।''

क्षण-भर बाद भुवन के हाथ पर उसकी पकड़ फिर दृढ़ हो आई। ''मगर यह हार नहीं है। रात का अपना सौन्दर्य है। वह समान सौन्दर्य पहचानो, भुवन।''

भुवन घूमा। रेखा का दूसरा हाथ भी उसने पकड़ लिया और संझा के प्रकाश में थोड़ी देर उसका मुँह निहारता रहा। ''पहचानता हूँ। तुम्हीं वह सौन्दर्य हो, नीलाम्बरा रात का सौन्दर्य; और तुम्हारे केशों में असंख्य तारे हैं।''

''और तुम-शुक्र तारा।'' रेखा ने बहुत धीमे कहा। कोमल आग्रह से उसके हाथों ने भुवन को निकट खींच लिया।

ज़रा परे हट कर भुवन ने मान से कहा, ''क्यों, चाँद नहीं?''

''वेन मैन! नहीं, चाँद घटता-बढ़ता है। उसका बहुरूपियापन मुझे नहीं चाहिए। शुक्र, केवल शुक्र!'' फिर हलकी-सी उसाँस लेकर, ''चाहे कितनी जल्दी अस्त हो जाए!''

भुवन ने आँखों से उसकी आँखों को पकड़ते हुए धीरे-धीरे सिर हिलाया-हक् उदास नहीं होना है! फिर रेखा के माथे की ओर देखते हुए, कविता की पंक्ति उद्धृत की, ''एंड द स्टार्स इन हर हेयर वेयर सेवन।''

वह लौटने के लिए मुड़ा। बोला, ''यहाँ जुगनू होते तो मैं थोड़े से पकड़ कर तुम्हारे बालों में फँसा देता।''

किस चीज़ ने उसकी नींद तोड़ दी-चाँद की रोशनी ने, या कि उस पर बादल की छाया ने-

भुवन ने आँखें खोलीं। नहीं, बादल की छाया नहीं, रेखा की छाया थी।

रेखा उसके सिरहाने बैठी थी, उस पर झुकी हुई उसका चेहरा देख रही थी।

उसने आँखें खोली हैं, यह देख कर रेखा ने अपने दोनों हाथ उसके माथे पर रख दिए।

हाथ बिलकुल ठंडे थे।

"तुम ठिठुर रही हो, रेखा!" कह कर भुवन ने कुहनी से अपना कम्बल उठा कर सरका कर रेखा के घुटनों पर उढ़ा दिया, फिर उसके दोनों हाथ अपने हाथों में पकड़ कर कम्बल के अन्दर खींच लिये। पूछा, "क्या बात है, रेखा?"

रेखा नहीं बोली।

भुवन ने फिर पूछा, "रेखा, क्या बात है?"

"तुम–हो, तुम सचमुच हो! यू आर रीयल!" रेखा का स्वर इतना धीमा था कि ठीक सुन भी नहीं पड़ता था।

भुवन ने कहा, "आइ'म वेरी रीयल, रेखा। पर ठहरो, पहले तुम्हें कम्बल उढ़ा लूँ–"

एक हाथ में रेखा के दोनों हाथ पकड़े वह उठा, दूसरे हाथ से उसने कम्बल खींच कर रेखा की पीठ भी ढक दी। स्वयं पैर समेट कर बैठा हो गया, कुछ रेखा की ओर को उन्मुख।

रेखा सहसा हाथ छुड़ा कर उससे लिपट गई। आँखें उसने बन्द कर लीं; भुवन के माथे पर अपना माथा टेक दिया। उसके ओठ न जाने क्या कह रहे थे; आवाज़ उन से नहीं निकल रही थी।

भुवन कहता गया, "क्या बात है, रेखा; रेखा, क्या बात है–" उसका स्वर क्रमश: धीमा और आविष्ट होता जा रहा था।

रेखा के ओठ उसके कान के कुछ और निकट सरक आए। पर स्वर उन में से अब भी नहीं निकला।

पर सहसा भुवन जान गया कि वे शब्दहीन–स्वरहीन ओठ क्या कह रहे हैं–

'मैं तुम्हारी हूँ, भुवन, मुझे लो।'

भुवन वैसा ही स्तब्ध बैठा रहा। न उठा, न हिला; न उसने रेखा को निकट खींचा, न हटाया। रेखा के ओठ भी निश्चल हो गए, मानो उन्होंने जान लिया कि वे जो कह नहीं सके हैं, वह सुन लिया गया है।

न जाने कितनी देर तक ऐसा रहा। फिर भुवन ने कहा, "रेखा, पैर उठा कर इधर पसार लो–ठिठुर जाएँगे।" लेकिन रेखा के अंग–प्रत्यंग जैसे थिथिल हो गए थे। भुवन ने हाथों में बलात् उसके पैर उठा कर कम्बल के अन्दर कर लिये। रेखा कुछ सीधी हो कर बैठ गई। भुवन ने दोनों बाँहों से उसे कमर से घेर लिया; सिर उठा कर धीरे से रेखा की जाँघ पर रख दिया।

फिर और न जाने कितनी देर तक ऐसा रहा।

सहसा रेखा चौंकी। भुवन का शरीर काँप रहा था। जल्दी से झुक कर रेखा ने उसका मुँह देखना चाहा, पर उसने और भी ज़ोर से उसे रेखा की जाँघ में गड़ा कर अपनी एक बाँह से ढक लिया।

रेखा बैठी रही, बिलकुल निश्चल। उसकी सब संवेदनाएँ जैसे अत्यन्त सजग हो आईं, पर साथ ही भीतर कहीं कुछ जड़ होने लगा।

भुवन सिसक रहा था; अब उसकी सिसकी स्पष्ट सुनी जा सकती थी।

रेखा ने फिर उसे सीधा करना चाहा, पर न कर सकी। फिर वह वैसी ही निश्चेष्ट बैठ गई।

थोड़ी देर बाद भुवन ही सिर उठा कर ज़रा ऊपर को सरका, सिर उसने फिर रेखा की देह पर टेक लिया लेकिन हाथ मुँह के आगे से हटा लिया। पर रेखा ने अब उसका चेहरा देखने की चेष्टा नहीं की।

भुवन कुछ असम्बद्ध-सा बड़बड़ाने लगा। पहले ओठों की बिलकुल ही स्वरहीन गति, फिर एक धीमी फुसफुसाहट, कभी कहीं टूटा हुआ स्वर। रेखा एकाग्र हो कर सुन भी रही थी और मानो अर्थ तक पहुँचने का यत्न भी नहीं कर रही थी...

लेकिन अर्थ स्वयं धीरे-धीरे अवगत होने लगा।

"यह इनकार नहीं है, रेखा; प्रत्याख्यान नहीं है...यह सब बहुत सुन्दर है, बहुत... वह-वह सौन्दर्य की चरम अनुभूति होती है-होनी चाहिए मैं मानता हूँ...इसी लिए डर लगता है, अगर वह-अगर वैसा न हुआ-जो सुन्दर है उसे मिटाना नहीं चाहिए...तुमने जो दिया है, उसके सौन्दर्य को मैं मिटाना नहीं चाहता, रेखा, जोखम में नहीं डालना चाहता! वह बहुत सुन्दर है, बहुत सुन्दर..."

और फिर बड़ी-बड़ी सिसकियों ने उसका स्वर तोड़ दिया; अब की बार उसने मुँह नहीं छिपाया, और रेखा वैसे ही बैठी रही, एक हाथ भुवन के कन्धे पर रखे, दूसरा अपनी जाँघ पर उसके चेहरे के नीचे; भुवन का पहला गर्म आँसू इस हाथ पर गिरा तो वह तनिक-सा सिहर गई, फिर हाथ को उसने अंजुली-सा बना लिया और आँसू उसमें गिरते गए।

जब भुवन का आवेश कुछ कम हुआ तो रेखा ने अपना आँसुओं से भीगा हुआ हाथ खींचा, और भुवन के आँसू अपने केशों में और फिर अपनी छाती पर पोंछ लिये। फिर आँचल खींच कर धीरे से भुवन की आँखें पोंछ दीं। जो हाथ कन्धे पर पड़ा था, वह अत्यन्त धीरे-धीरे उसे थपकने लगा।

भुवन धीरे-धीरे शान्त हो गया। एक ऐसी गहरी शिथिलता उसके सारे शरीर पर छा गई मानो हफ्तों का रोगी हो। रेखा ने उसे धीरे-धीरे और ऊपर की ओर खींचा, उसका सिर अपनी छाती पर टेका, अपने आँचल से ढक दिया।

एक स्निग्ध, करुण, वात्सल्य-भरी गरमी से घिरा हुआ भुवन सो गया। न जाने कब एक बार उसकी नींद की घनता कुछ कम हुई, तो उसके कन्धे पर उस

थपकी की वैसी ही सम, कोमल, अभयदा, त्राणमयी छाप पड़ रही थी। वह फिर खो गया।

लेकिन सुबह वह अकेला था। जब उसकी नींद खुली, तो पलकों पर एक भारीपन था, मन पर कुछ ऐसा भाव कि वह नींद में उठ कर चला है, और कहीं अपरिचित जगह पर जा कर जाग कर भटक गया है...फिर सहसा रात की घटना का चित्र स्पष्ट हो गया, उसने जाना कि रेखा जहाँ थी वहाँ नहीं है और वह बहुत गहरी नींद सोया होगा। पर उठ कर भीतर जा कर रेखा को देखने का भी साहस उसे न हुआ। वह वहीं से बाहर जा कर सीधे बुरूस के झुरमुट में चला गया।

अनमने-से भाव से उसने बुरूस का बड़ा-सा गुच्छा तोड़ा। फिर सहसा सचेत हो कर उसे देखा। नहीं, जीवन में कोई चीज़ दोबारा नहीं होती है। कम-से-कम कोई सुन्दर चीज़ नहीं। जो होती है वह सुन्दर नहीं होती। फूल का गुच्छा उसने फेंक दिया। झुरमुट में और गहरा घुसने लगा।

क्या वह लौट कर जाएगा-रेखा के पास जाएगा? उसके सामने होगा?

पुराणों में बहुत कहानियाँ हैं। स्त्री कभी नहीं माँगती; और जब माँगती है-प्रत्याख्याता स्त्री ने कभी पुरुष को क्षमा नहीं किया; सदैव शाप दिया है; और पुराणों में कहीं यह ध्वनि नहीं है कि वह शाप अनुचित है। कहीं बल्कि यह स्पष्ट कहा है कि स्त्री माँगे तो 'न' कहने का अधिकार पुरुष को नहीं है, शीलविरुद्ध है-माँग के औचित्य-अनौचित्य से परे...सब पुराणों का रोमांटिसिज्म है? लेकिन पुराण बिलकुल रोमांटिक नहीं थे-उनकी स्वच्छन्दता प्रकृति की स्वच्छ, स्वस्थ आत्म-निर्भरता की स्वच्छंदता थी, जिस में स्त्री भी उतनी ही स्वायत्त है जितना पुरुष; बल्कि अधिक, क्योंकि उस पर प्रकृति का दायित्व है। कहीं भी प्रकृति के शासन में अस्वीकार का अधिकार नर का नहीं है; सर्वत्र मादा निर्णायिका है-क्योंकि वह माँ है...

लेकिन प्रत्याख्यान की बात वह क्यों सोचता है? उसने तो कहा भी है, प्रत्याख्यान वह नहीं है। केवल सुन्दर, सुन्दर से सुन्दरतर वह चाहता है, और लोभ से सुन्दर को जोखम में नहीं डालना चाहता। इसलिए और भी नहीं, कि रेखा उस जोखम को समझती नहीं-या हेय मानती है। सहसा रेखा के प्रति एक गहरे कृतज्ञ भाव ने उसे द्रवित कर दिया : कैसे यह स्त्री सब-कुछ इस तरह उत्सर्ग कर दे सकती है, बिना कुछ प्रतिदान माँगे, बिना कोई सुरक्षा चाहे-बल्कि सुरक्षाओं की सब सम्भावनाओं को लात मार कर! क्यों? क्योंकि वह भुवन को प्यार करती है, उसे कुछ देना चाहती है? कुछ नहीं, सब कुछ, अपना आप। कैसी विडम्बना है यह स्त्री की शक्ति की, कि उसका श्रेष्ठ दान है स्वयं अपना लय-अपना विनाश! लेकिन लय के बिना और श्रेष्ठ दान कौन-सा हो सकता है? अहं की पुष्टि के लिए समर्पण नहीं, अहं का ही समर्पण समर्पण है...

झुरमुट में बुरूस का स्थान अब बाँज ने ले लिया था, अधिक घने, ठंडे और पुष्पविहीन। वह और अन्दर पैठता चला जा रहा था।

और वह?

क्यों वह रेखा की ओर से ही सोच रहा है, क्यों नहीं अपनी ओर से सोचता? वह-वह क्या चाहता है, क्या देना चाहता है, क्या वह रेखा को चाहता है? प्यार करता है? नकारात्मक उत्तर उसके भीतर से नहीं उठता, लेकिन क्यों नहीं सहज स्वीकारी उत्तर आता, क्यों यह स्तब्धता है...

सुन्दर से सुन्दरतर...चरम अनुभूति...

लेकिन तुम में अगर सौन्दर्य की चरम अनुभूति है, भुवन, तो डर कैसा? डर केवल सुन्दर में अविश्वास है!

पर उसकी तसल्ली नहीं हुई। स्वयं उसके भीतर, और गहरे किसी एक स्तर पर एक संघर्ष है, इसका जैसे उसे थोड़ा भान है; पर किस स्तर पर, यह वह नहीं जान पाता, और उसे कुरेद कर ऊपर भी नहीं ला पाता। मानो प्रयत्न छोड़ कर उसका मन रेखा के कहे हुए वाक्यों पर उछटता-सा घूमने लगा : काल का प्रवाह नहीं, क्षण और क्षण और क्षण...क्षण सनातन है...छोटे-छोटे ओएसिस... सम्पृक्त क्षण...नदी के द्वीप...जो काल-परम्परा नहीं मानता, वह वास्तव में कार्य-कारण-परम्परा नहीं मानता, तभी वह परिणामों के प्रति इतनी उपेक्षा रख सकता है-एक तरह से अनुत्तरदायी है...पर इससे क्या? उत्तर माँगने वाला कोई दूसरा है ही कौन? मैं ही तो मुझ से उत्तर माँग सकता हूँ? और अगर मैं अपने सामने अनुत्तरदायी हूँ, तो उसका फल मैं भोगूँगा-यानी अपने अनुत्तरदायित्व का उत्तरदायी मैं हूँ...

क्या यह-परसों और कल और आज-वैसा ही एक द्वीप है-सम्पृक्त क्षणों का द्वीप-काल-प्रवाहिनी में अटका हुआ एक अलग परम्परामुक्त खण्ड-जैसे रेखा कहती है? परसों, कल, आज, फिर महाशून्य-नहीं, आज, फिर दूसरा आज, फिर आज, तब महाशून्य!

सामने एक पेड़ पर आर्किड लग रहे थे। और पेड़ों पर भी पत्ते लटकते भुवन ने देखे थे, पर इस में फूल थे। रंग उन में अधिक नहीं था-चम्पई, भीतर कत्थई और फूल की बावड़ी के बिलकुल बीचोबीच में गहरा पीला-फिर भी, आर्किड...

उसे जमुना के टापू का बालू का घरौंदा याद आ गया, जहाँ आर्किड लगाने की बात उसने कही थी। वह जैसे-तैसे पेड़ पर चढ़ा, कुछ नीचे से ही पौधे समेत फूल उसने नोंच लिये और उतर आया। झाड़ कर फूल अलग करता हुआ लौट चला।

रेखा बरामदे की सीढ़ियों पर बैठी थी। कुछ लिख रही थी। दूर से भुवन को देख कर कॉपी उसने बैग में डाल ली, और एकटक उसकी प्रतीक्षा करने लगी।

भुवन गम्भीर चेहरा लिये हुए आया। रेखा से आँखें उसने नहीं मिलाईं, यह देख लिया कि उसका चेहरा भी गम्भीर नहीं तो एक बन्द चेहरा तो है ही; भीतर की कोई छाप उस पर नहीं दीख रही है।

भुवन ने चुपचाप आर्किड उसकी गोद में रख दिए। एक लच्छा ले कर उसके बालों में अटका दिया।

''ओः, आर्किड। तब यह विदा है।''

ऐसा कोई सम्बन्ध भुवन ने नहीं देखा था। पर बोला, ''रेखा, आज तो मुझे जाना होगा न।''

''सो–मैं जानती थी।''

भुवन उसके पास सीढ़ी पर बैठ गया।

''रेखा, तुमने मुझे क्षमा कर दिया?''

रेखा का हाथ टटोलता हुआ बढ़ा; भुवन के हाथ पर आ कर शिथिल रुक गया। ''किस बात के लिए, भुवन?''

''सब कुछ। तुम जानती तो हो?''

''तुम्हारे क्षमा माँगने की तो कोई बात मुझे नहीं दीखती, भुवन! मैं ही–''

भुवन ने असल बात से कुछ हटते हुए कहा, ''और मैं बहुत लज्जित हूँ, रेखा! पुरुष की आँखों में आँसू तो नामर्दी हैं–मैं–तुम क्या सोचती होगी न जाने–''

रेखा के हाथ के दबाव ने उसे चुप करा दिया, पर वह स्वयं कुछ देर तक कुछ नहीं बोली। फिर उसने कहा, ''भुवन, मर्द के आँसू मैंने पहले भी देखे हैं। बड़ी व्यथा के आँसू–इसलिए कि उस पुरुष ने मुझे खो दिया है। बड़ी ग्लानि के आँसू–इसलिए कि वह पुरुष मुझे पा लेना चाहता है और पा नहीं सकता। पर तुम्हारे आँसू–किसी पर छाँह करते हुए उसके लिए रोना नामर्दी नहीं है, भुवन...''

धीरे-धीरे उसने अपना हाथ खींच लिया। दोनों चुप, स्तब्ध बैठे रहे।

कुछ खाने की इच्छा नहीं थी, पर भुवन ने खोये-से, रेखा को उसे नाश्ता करा लेने दिया। थोड़ी देर खोये-से ही दोनों बरामदे में आ कर खड़े रहे, झील को देखते रहे। फिर वह क्षण आ ही गया।

रेखा ने अन्दर से एक पुलिन्दा ला कर देते हुए कहा, ''यह लो अपना टूथब्रश।''

भुवन ने कहा, ''अच्छा रेखा; अब चलता हूँ।'' वह कुछ रुका। ''कहना चाहता हूँ कि–मैं तुम्हारा बहुत कृतज्ञ हूँ, पर शब्द ओछे हैं, नहीं कहूँगा। इतना ही कि–गॉड ब्लेस यू!''

''रुको–'' कह कर रेखा भीतर गई। थोड़ी देर में एक छोटा-सा पैकेट और ले आई। ''यह भी लो–''

''क्या है?''

''जाते हुए रास्ते में देख लेना।''

भुवन ने एक लम्बे क्षण तक रेखा को देखा, आँखों ही आँखों में विदा माँगी और दी, और चलने को मुड़ा।

''भुवन, यह भी लेते जाओ।''

रेखा ने बालों में से आर्किड निकाल कर उसकी ओर बढ़ा दिया। बाकी फूल उसने रख लिये थे।

''यह–यह क्यों–''

''मेरी ओर से–इसलिए कि तुम–शायद–फिर न आओ।'' रेखा ने जल्दी से मुँह फेर लिया।

भुवन ने सहसा उसकी ओर बढ़ कर बाएँ हाथ के अँगूठे-उँगली के नाखूनों की चुटकी से उसका ब्लाउज पकड़ कर खींचा, और दाहिना हाथ बढ़ा कर आर्किड के फूलों का लच्छा उस के भीतर डाल दिया। बड़े स्निग्ध स्वर से कहा, ''पगली कहीं की!''

फिर बड़ी त्वरा से उसने अपनी पोटली उठाई और बिना लौट कर देखे चला गया।

दो मोड़ पार कर के, जैसे कुछ याद कर के वह रुका। छोटा पैकेट उसने खोला।

उसमें रेखा की वह छोटी कॉपी थी, और वह नीली साड़ी जिसे पहन कर उसने भुवन के साथ सूर्यास्त का पीछा किया था।

भुवन

दृश्यों का द्रुत परिवर्तन स्फूर्तिप्रद होता है शायद, लेकिन जहाँ उस परिवर्तन के साथ रागावस्थाओं का भी उतना ही द्रुत परिवर्तन हो वहाँ स्फूर्ति ही आवश्यक नहीं है, व्यक्ति चकित-विमूढ़ हो कर भी रह जाता है...काम के दबाव में उसका मन नौकुछिया अधिक नहीं भागा था-यों भी उसकी प्रकृति पीछे देखने की नहीं थी, हठात् कभी अतीत की किरण मानस को आलोकित कर जाए वह दूसरी बात है-पर श्रीनगर की झील और नौकुछिया का अन्तर स्वयं मन पर चोट करता था। निस्सन्देह श्रीनगर में सब-कुछ बड़े पैमाने पर था, बड़ी चौड़ी उपत्यका, बड़े पर्वत-शृंग, बड़ी झील-बड़े लोग!-पर नौकुछिया एक सुन्दर हरे निर्जन में जड़ा हुआ छोटा-सा नगीना था, और वह-जनाकीर्ण मग में आभूषणों से लदी बैठी पुंश्चली स्त्री...क्या हुआ अत्यन्त सुन्दरी है तो? पब्लिक फ़ेसेज़ इन पब्लिक प्लेसेज़! उसे खुशी ही थी कि श्रीनगर में अधिक समय नहीं बिताना पड़ेगा, दिल्ली में ही रुके रह जाना बहुत अच्छा हुआ, नहीं तो यहाँ वह घबड़ा जाता-और नौकुछिया के बाद तो-!

डेढ़ ही दिन उसे वहाँ लगा, इतने में उसकी तैयारी हो गई। यहाँ से घोड़ों पर सामान लद कर जाएगा, पहलगाँव और वहाँ से तुलियन-चौथे दिन पहुँच जाएगा। वह पहलगाँव में प्रतीक्षा करेगा, तम्बू पहलगाँव से ही तुलियन ले जाने होंगे-उसके लिए उसने नए खानसामा को आगे भेज दिया था।

लेकिन अपना आवश्यक सामान ले कर जब वह पहलगाँव की मोटर पर पहुँचा तब अचकचा कर रह गया। मोटर के बानेट के सहारे रेखा खड़ी थी।

मुसकरा कर बोली, ''नमस्कार!''

"नमस्कार। तुम–"

"मैं आपसे एक दिन पहले यहाँ पहुँच गई–आप दिल्ली ही रह गए, मैं सीधी इधर चली आई।"

"लेकिन–"

"आप भूलते हैं, मैं बँगला बोलने वाली कश्मीरिन हूँ–यहाँ किसी को पहचानती नहीं पर मेरे रिश्तेदार और बुज़ुर्ग चारों ओर बिखरे पड़े हैं।"

"पर मेरे जाने का कैसे पता लगा?"

"मैं कल पूछने गई थी। यों तो न भी जाती तो भी लग जाता–आप वैज्ञानिक यंत्रादि ले जाने का परमिट लेने गए थे–वह अधिकारी मेरे कुछ लगते हैं मामा-वामा।"

भुवन हँसने लगा, क्योंकि इन सज्जन से बड़ी मनोरंजक भेंट हुई थी उसकी। वह मानते ही नहीं थे कि युद्ध-काल में यंत्रादि ले कर कोई उत्तर के पहाड़ों में जा रहा है तो रूस से सम्बन्ध जोड़ने के सिवा उसका कोई उद्देश्य हो सकता है। फिर जब उसने कहा कि उसका काम कई विश्वविद्यालयों के काम से सम्बद्ध है जिन में केम्ब्रिज और अमरीका के कुछ विश्वविद्यालय भी हैं, तो उन्होंने मान लिया कि वह ब्रिटेन का चर है। परमिट तो दे दिया, लेकिन बड़ी भेद-भरी दृष्टि से उसे देखते रहे।

फिर उसने कहा, "मुझे तो किसी ने नहीं कहा–"

"मैंने कहा था कि मैं स्वयं मिल लूँगी–"

"तो तुम जा कहाँ रही हो–पहलगाँव?"

"जी–मैं काम्प्लिमैंट्स रिटर्न करने आई हूँ–पहलगाँव तक पहुँचाने आई हूँ–तुलियन तक जाने को तैयार हो कर अगर आप कहेंगे। यह मेरा प्रदेश है, आप मेहमान हैं।" फिर सहसा गम्भीर हो कर कहा, "आपका हर्ज़ तो नहीं होगा? मैं अभी लौट सकती हूँ–रास्ते में भी कहीं उतर सकती हूँ–"

"इसका जवाब तो मैं दे चुका।"

"क्या?"

"पिछली भेंट का मेरा आख़िरी वाक्य–"

विषाद की एक हलकी-सी छाया रेखा के चेहरे पर दौड़ गई। फिर वह मुसकरा दी। "हाँ, सो तो हूँ।"

अगली सीट भुवन की थी। उसने कहा कि रेखा वहाँ बैठ जाए, पर रेखा ने आग्रह किया कि वहाँ कोई बैठेगा तो भुवन, नहीं तो दोनों साथ बैठेंगे पहली सीट पर; वहीं वे बैठे।

पामपुर-अवन्तिपुर के खुले प्रदेश के पास से मोटर बढ़ती चली। भुवन ने कहा, "यही सब केशर का प्रदेश है न?"

"हाँ। इसी से इसे काश्मीर कहते हैं–भारत में तो और कहीं होता नहीं? और पामपुर असल में पद्मपुर है।"

भुवन ने कहा, "बंगालिन, अभी काश्मीर से तुम्हारा नाता छूटा नहीं?"

रेखा हँस दी। "जो असम्पृक्त हैं, उन का सब देशों से नाता है!"

"तो, तुम्हारे लिए सब जगहें बराबर हैं?"

"उस दृष्टि से–हाँ। मेरे लिए महत्त्व है व्यक्तियों का–विशेष व्यक्तियों का।" और एक अर्थ-भरी दृष्टि से उसने भुवन की ओर देख लिया। थोड़ी देर दोनों चुप रहे। फिर रेखा ने पूछा, "पहलगाँव रुकोगे?"

"सोचा तो था। पर अब नहीं–मुझे तुलियन पहुँचाने चलोगी न?"

"आप कहें तो! और पहलगाँव में टूथब्रश न मिलेगा, इसलिए मैं सब साथ लाई हूँ।"

"सामान आने में तो दो-तीन दिन लगेंगे ही। चल सकते हैं। पर पहलगाँव से तुलियन सामान के साथ मैं स्वयं जाना चाहता हूँ–"

"बाधा नहीं बनूँगी, भुवन। जिस दिन सामान आवेगा उसी दिन चली जाऊँगी। बल्कि–"

"यह मेरा मतलब नहीं था–"

"जानती हूँ–" कह कर रेखा ने उसे चुप करा दिया।

ज्यों-ज्यों बस आगे जाती थी, त्यों-त्यों भुवन का मन अधिकाधिक तीखे झटकों के साथ पीछे जाता था–एक लघु क्षण के लिए, बस, लेकिन प्रत्येक बार एक टीस के साथ, और प्रत्येक बार न जाने कहाँ से उखड़े-उखड़े वाक्यांश लाता हुआ...; 'स्वाधीनता का जोखम'...'आन्तरिक आलोक का जोखम'...; 'एंड द स्टार्स इन हर हेयर वेयर सेवन'...'जुगनू तो सीली-सड़ी जगह में होते हैं'...'आत्मा के नशे'...'क्षण सीमान्त है'...'वहाँ बालू होगी?' 'मैं शैरन का गुलाब हूँ, और उपत्यका की तितली...' 'डर, सुन्दर का डर, विराट का डर'...'दुःख जाना है, पर डर नहीं'...दो-एक बार अशान्त भाव से वह अपनी सीट में इधर-उधर मुड़ा। 'मेरी प्रिया बोली, उसने कहा, उठो प्रिय और मेरे साथ आओ, क्योंकि शीतल ऋतु बीत गई है, वर्षा चुक गई है, धरती में फूल जागते हैं, पक्षियों के गाने का समय आ गया है, और कुमरी का कूजन सुन पड़ने लगा है। अंजीर के वृक्ष में नया फल आता है, और अंगूरी के कचिया अंगूर मधुर गन्ध दे रहे हैं। उठो, प्रिय, और चले आओ।' सहसा स्पष्ट हो गया कि सालोमन के गीत के ये अंश उसे रेखा की कॉपी में से याद आ रहे हैं–क्यों? वह सीधा हो कर बैठ गया। कॉपी के वाक्य और स्पष्ट हो कर उसके आगे दौड़ने लगे–एक के बाद एक पंक्ति, जैसे सिनेमा की पंक्तियाँ मानो बेलन पर चढ़ी हुई घूमती जाती हैं और एक-एक पंक्ति आलोकित होती जाती है...

'तुम चले जाओगे–मैं जानती हूँ कि तुम चले जाओगे। मैं आदी हूँ कि जीवन में कुछ आए और चला जाए–मैंने हाथ बढ़ा कर उसे पकड़ना चाहना भी छोड़ दिया है–कौन पकड़ कर रख सकता है? बचपन में माँ एक कहानी सुनाया करती थी, कोकिल का स्वर सुन कर राजा उसे पकड़वा मँगाते थे पर वह चुप हो जाता था। माँ कहती थी कोकिल को पकड़ा लिया जा सकता है, पर गान बन्दी नहीं होता। तब मैं सोच लेती थी, बन्दी करना मैं क्यों चाहने लगी? मैं स्वयं गाऊँगी! पर अब माँ की बात याद आ जाती है...नहीं, गान को बन्दी करना नहीं चाहूँगी। और हाँ, गाऊँगी भी, चाहे टूटे स्वर से–मेरा गान तुम सुनोगे?'...

'हम हार गए। तुमने कहा था, हम हार गए, सूर्यास्त को नहीं पकड़ सके। फिर तुमने कहा था–कहा नहीं, उद्धृत किया था, "उसके केशों में सात तारे थे।" पर अब अपनी ओर देखती हूँ तो सोचती हूँ, मुझ में? नहीं, मुझमें केवल अन्धकार की एक बहुत बड़ी लहर–हट जाओ भुवन, मैं तुम्हें प्यार करती हूँ पर मेरा संस्पर्श विषाक्त है!'...

'तुमने डर की बात कही थी। वह एक चीज़ है जो मैंने पहले कभी नहीं जानी। दु:ख–हाँ, वह ख़ूब जाना है, अपमान, ग्लानि, ईर्ष्या–ये भी सहे हैं, पर डर...मगर डर की छूत होती है शायद, और तुम्हारा वह नामहीन डर मुझे भी छूता है, एक सिहरन-सा वह मेरी रीढ़ पर से उठता हुआ मेरे मन पर छा गया था–किस का डर? तुमसे डर? तुमसे!! तुम्हारे लिए डर?–? तुम्हें खो दूँगी, यह? लेकिन तुम्हें पाया है, यही तो कभी नहीं सोचा। जागने का डर? न जाने कब से मेरा मन, मेरी आत्मा, मेरी देह, सब सोई हैं, जड़ हैं, और जड़ से इतर कोई स्थिति मैं सोचती ही नहीं? आग सुलगती है, धधकती है, ईंधन चुका कर धीमी पड़ जाती है; वैसी आग फिर भड़क सकती है। लेकिन मुक्त आग को बुझा दो–तब राख, कोयले, अध-जली लकड़ी–वह मैं हूँ। उठी हुई लहर जो वहीं जम गई है। पीछे नहीं जा सकती, पीछे गर्त है–हर तरंग के पीछे गर्त होता है। आगे नहीं जा सकती–गति जड़ हो गई है। जम गई हूँ, पिघलूँगी तो पछाड़ खा कर गिरूँगी–क्या वही डर है जो मुझ में जाग गया है–पिघलने का डर? लेकिन मैं तुम्हें अपने से बचाऊँगी भुवन...'

'मैं स्वप्न देख कर उठी हूँ, तुम सो रहे हो, सोओ, मैं जगाऊँगी नहीं। पहले मन हुआ था, स्वप्न तुमसे कह दूँ, पर नहीं। तुम्हें देख कर न जाने क्यों एक पंक्ति मन में आई–तुमने पूछा था एक बार, "कविता लिखती हो?" हाँ, एक कविता मैंने भी लिखी है, पर मेरी कविता उसके शब्द में नहीं है, उसकी भावना में है–तुम पहुँचोगे?

शुभाशंसा चूमती है भाल तेरा–
स्नेह-शिशु, उठ जाग।

'तुम सोओ। अपने स्वप्न के लिए तुम्हें नहीं जगाऊँगी। स्वप्न में मैंने तुम्हारे प्रिय किसी को देखा था। न मालूम कौन होगी वह, लेकिन मैंने उसे देखा था, पहचाना था,

और वह तुम्हें बहुत प्रिय थी। उसे देख कर मेरे मन में स्नेह उमड़ आया–ईर्ष्या होनी चाहिए थी पर नहीं हुई। भुवन, मैं तुम्हारे जीवन में आऊँगी और चली जाऊँगी–मैं जानती हूँ अपने भाग्य की मर्यादाएँ!–पर तुम्हें जो प्रिय हैं उन्हें प्यार कर सकूँगी–सहज भाव से, बिना आयास के। और सोचती हूँ, तुम्हारी करुणा सदैव मुझे शान्ति दे सकेगी'।...

'तुमने मेरे जूड़े में लाल फूल खोंस कर मेरा सिर ढक दिया है; तुमने मेरी पलकें, मेरा मुँह–...एक धधकते हुए प्रभा–मंडल से मेरा शीश घिर गया है...क्या इस की दीप्ति दुर्भाग्य के उस मंडल को छार न कर डालेगी जो मेरे साथ रहा है?'

'मैंने तुम्हें गाना सुनाया था : शारद प्राते आमार रात पोहालो। मेरी वंशी, तुम्हें किस के हाथ सौंप जाऊँगी? अब सोचती हूँ, क्या उसमें भवितव्य की सूचना थी–क्या मैं तब जान गई थी, देख सकी थी–...मूक मेरी वंशी, अभी सहसा तुम्हारी बहकी हुई साँस से मुखर हो उठी है, और अभी मूक हो जाएगी। होने दो, चुकने दो रात–! मैंने गाया था, महाराज, यह किस साज में आप मेरे हृदय में पधारे हैं? उसमें कौतुक भी है, अचरज का चकित भाव भी है, और अपनापे की द्योतक ठिठोली भी है–कोटि शशि–सूर्य लजा कर पैरों में लोट रहे हैं; महाराज, यह किस ठाठ से आप मेरे हृदय में पधारे हैं–मेरा देह–मन वीणा–सा बज उठा है...'

'शीत में बहुत ठिठुर जाएँ, तो नाक के ठिठुरने के साथ घ्राण–शक्ति मर जाती है। फिर बाहर, भीतर, फूलों में, मन्दिर के धूमायित वातावरण में–कहीं कोई गन्ध नहीं मिलती...लेकिन फिर बिजली की कौंध की तरह सहसा और तीखी वह लौटती है, नासा–पुट गन्ध से भर जाते हैं, सौरभ की तरंग में मानो डूबने लगता है व्यक्ति, साँस बन्द हो जाता है...वैसी ही स्थिति में मैं थी–बरसों की घ्राण–शक्ति–हत, और अब सहसा तुम्हारे धाम में तुम्हारे सौरभ ने छा लिया है...मैं लड़खड़ा गई हूँ, मूक हूँ, क्या कहूँ नहीं जानती, कैसे कहूँ नहीं सोच सकती...और तुम अभी चले जाओगे–कभी भी...फिर मिले–अगर मिले!–तो शायद कुछ कह पाऊँ–मेरी स्तब्ध आत्मा कुछ...'

'मैं जागती हूँ कि सोती हूँ? तुम हो, कि स्वप्न हो? मुझे लगता है कि मैं जागती हूँ, जाग कर तुम्हें देखती हूँ, और आश्वस्त हो कर सो जाती हूँ। लेकिन शायद सोती हूँ सोते में देख कर जाग उठती हूँ...'

रेखा बीच–बीच में उसकी ओर देख लेती थी। जानती थी कि वह कुछ सोच रहा है। पर उसने पूछा नहीं। सहसा भुवन के विषय में एक नए संकोच ने, एक व्रीडा ने उसे जकड़ लिया था। क्षण–भर के लिए उसका मन नौकुछिया की उस घटना की ओर गया जब भुवन उसकी गोद में रोया था–कैसे वह कह सकी थी जो भी उसने कहा था? वह पछताती नहीं है, उसने जो कहा था उन्मुक्त उत्सृष्ट भाव से कहा था, पर...लाज से सिहर कर वह सिमट गई, पल्ला खींच कर उसने मानो अपने को और लपेट लिया।

भुवन ने पूछा, ''ठंड लगती है?''

"नहीं, नहीं।" उसकी वाणी के अतिरिक्त आवेश को लक्ष्य कर भुवन ने उसकी ओर देखा; दोनों की आँखें मिलीं; भुवन की आँखों में स्नेह-पूर्ण कौतुक था, रेखा की आँखों में एक अन्तर्मुख लज्जा; पर सहसा उसका मन हुआ, वहीं बाँह फैला कर भुवन को खींच ले, इस पुरुष को, इस शिशु को, इस-'शुभाशंसा चूमती है भाल तेरा...'

मानो पहाड़ की छत पर एक हवा-धुली, धूप-मँजी झील; ओट को अधिक कुछ नहीं था, एक ओर खुला घास का पहाड़, जिस के नीचे एक झुरमुट; कुछ दूर पर झील से निकल कर बहता हुआ मुखर पहाड़ी नाला। तेज़ सनसनाती ठंडी हवा; आकाश में अत्यन्त शुभ्र उड़ते छोटे मेघ-खंड, मानो पवन अप्सराओं के नए धुले कंचुक-उत्तरीय उड़ाए लिये जा रहा हो। तुलियन।

घास में से उभरी हुई एक चट्टान पर धूप में दोनों बैठ गए : सामान और तम्बू आने में थोड़ी देर लगेगी-कुलियों को पहले रवाना किया गया था पर राह में वे उन्हें पीछे छोड़ आए थे।

"रेखा, उनके आने से पहले एक गाना गा दो।"

"कैसा?"

"गाने को कैसा भी होता है? जो चाहो-तुलियन के सम्मान में-झील, धूप, हवा, बादल, सबके-"

रेखा खड़ी हो गई। सामने आ कर उसने उँगलियों से ठोड़ी पकड़ कर भुवन का मुँह उठाया कि उस पर पूरी धूप पड़े, क्षण-भर उसे निहार कर झुक कर चूम लिया। हँस कर कहा, "यानी भुवन के सम्मान में-सारे भुवन के।"

थोड़ी देर बाद फिर वह बैठ गई :

यदि दो घड़ियों का जीवन
कोमल वृन्तों में बीते
कुछ हानि तुम्हारी है क्या?
चुपचाप चू पड़ें जीते।
निश्वास मलय में मिल कर
ग्रह-पथ में टकराएगा,
अन्तिम किरणें बिखरा कर
हिमकर भी छिप जाएगा।

आरम्भ उत्साह से हुआ था, पर फिर मानो स्वर अनमने हो गए। फिर भी वह गाती रही, फिर गान रुक गया। रेखा ने कहा, "भुवन, क्षमा करो, वह उदासी मेरी अपनी है, गान की नहीं। पर और एक सुनाऊँगी थोड़ी देर बाद-"

भुवन उठा! "चलो, धूप में टहलें।"

रेखा भी खड़ी हो गई। "लेकिन सूर्यास्त के पीछे नहीं दौड़ूँगी। वैसे इस ऊँचाई पर दौड़ भी नहीं सकती–"

भुवन ने कहा, "तुम्हें तकलीफ़ तो न होगी रेखा? इतनी ऊँचाई पर काफ़ी कष्ट भी हो सकता है–"

"नहीं, नहीं–नहीं!" रेखा ने दृढ़ता से प्रतिवाद किया, मानो दृढ़ता से हृदगति का भी नियंत्रण हो जाता हो।

दोनों झील से कुछ ऊँचाई पर, सम–तल आगे–पीछे टहलने लगे।

दूर कुलियों का स्वर सुनाई दिया।

रेखा ने कहा, "अच्छा भुवन, फिर सही–रात को–आज तो पूर्णिमा होगी न?"

"सच? हाँ, आज–कल में ही होनी चाहिए। अच्छा आओ तम्बू की जगह ठीक करें पहले–"

तम्बू भी लग गए घास वाली पहाड़ी पर, झुरमुट से आगे बड़ा तम्बू रहने के लिए, झुरमुट से इधर जहाँ से नाला फूटता था उसके निकट एक छोलदारी सामान और खानसामा के लिए, दूसरी रसोई घर की। दिन छिपते खानसामा ने चाय भी तैयार कर दी। भुवन ने कहा, "इसी समय कुछ डिब्बे–विब्बे खोल कर खा लिया जाए, रात को और बनाने की ज़रूरत है क्या?"

रेखा ने सहमति प्रकट की। खानसामा को कह दिया गया। वह प्रबन्ध में लग गया। भोजन समाप्त होते न होते उसने कहा, "हुजूर हुकुम करें तो चाय फिर दे सकता हूँ–"

भुवन ने कहा, "अच्छा शुक्रिया–ठीक नौ बजे चाय दे देना।"

रेखा ने एक शाल कन्धे पर डाल ली और कहा, "मैं उस समय तक तम्बू के भीतर नहीं आऊँगी।"

"तो मैं ही कौन बैठ रहा हूँ।"

दोनों फिर बाहर टहलने लगे।

दिन छिप रहा था, लेकिन छिपा ठीक नहीं, क्योंकि द्वाभा में एक आलोक के क्षीण होते न होते दूसरा उज्ज्वल हो आया : बड़े से चाँद की चन्द्रिका सारे वातावरण में फैल गई।

दोनों किनारे–किनारे बढ़ते हुए काफ़ी आगे निकल गए। यहाँ पानी के बिलकुल पास एक चट्टान पर बैठ कर रेखा झुक कर हाथ से पानी उछालने लगी। भुवन भी बैठ गया, पानी में हाथ उसने भी डाल दिए। पानी बहुत ठंडा था। लेकिन उसकी छलछलाहट बड़ी मधुर थी; ठंड, ऊँचाई और चाँदनी से स्फटिक से निखरे हुए वातावरण में उसमें छोटे घुँघरुओं की–सी रुनझुनाहट थी।

"अंग्रेज़ी हो तो माइंड करोगे?"

भुवन ने प्रश्न समझते हुए कहा, "बिलकुल नहीं।"

रेखा गाने लगी :

लव मेड ए जिप्सी आउट आफ़ मी!

भुवन ने आगे झुक कर पानी में खेलता हुआ उसका ठिठुरा हुआ हाथ बाहर निकाल लिया, फिर छोड़ा नहीं।

लव मेड ए जिप्सी आउट आफ़ मी!

बाहर चाँदनी थी, सुन्दर शीतल; ठंड से जड़ित वातावरण ऐसा लगता था, मानो सारा दृश्य एक विशाल हिम-शिला के अन्दर बँधा हो, और बाहर का प्रकाश उस शिला को जगमगा दे...परन्तु फिर भी तम्बू के भीतर की पीली रोशनी सुन्दर और आकर्षक थी। साढ़े नौ बजे थे, तम्बू के निकट आते हुए दोनों ने देखा, भीतर सब सामान ठीक-ठाक सज गया है; मेज़ पर लैम्प के प्रभामंडल के छोर पर दो प्याले रखे हैं, और हरे रंग के तौलिये में लिपटी हुई चायदानी-'चा-पोची' तो थी नहीं, और चाय गर्म रखने के लिए यह व्यवस्था की गई होगी...

आगे एक ओर सफ़री पलंग पर रेखा का बिस्तर बिछा था, चारखाने नीले पलंगपोश से ढका हुआ; दूसरी ओर नीचे लकड़ी के बड़े पटरों पर भुवन का। ये पटरे उसने इसलिए मँगा लिये थे कि वर्षा में कदाचित् यंत्रादि को फर्श से ऊँचा रखना पड़े।

रेखा ने कहा, "यह क्या बात है-किफ़ायत, या कि मेरा अतिरिक्त सम्मान-"

"रेखा, खानसामा को तो एक ही खाट का पता था न? और ये पटरे कम नहीं हैं-फिर मेरी हवाई मैट्रेस है-" कह कर भुवन ने बिछौने का कोना उठा कर दिखा दिया। "बल्कि, मेरा किसी तरह कम सम्मान नहीं किया गया, इसका प्रमाण यह है कि चाहो तो मैं बदल लेता हूँ।"

दोनों चाय पीने लगे। कुछ बिस्कुट भी ढके रखे थे।

थोड़ी देर बाद भुवन बिना कुछ कहे उठ कर बाहर चला गया। जाते हुए तम्बू का पल्ला गिरा गया। रेखा ने इसका अभिप्राय समझ लिया, उसने कपड़े बदल लिये, भीतर जा कर मुँह-हाथ धोया, फिर शाल लपेट ली और पल्ला उठा कर बाहर चली आई। भुवन कुछ दूर पर टहल रहा था, वहीं चली गई।

थोड़ी देर साथ टहलता रह कर भुवन तम्बू की ओर लौट गया।

रेखा कुछ और आगे बढ़ गई। एक चट्टान पर बैठ गई। थोड़ी देर बाद उसने एक-एक काँटा निकाल कर जूड़ा खोला, बाल खोल डाले, फिर सिर को एक बार झटक कर उन्हें कन्धों पर फैला लिया। फिर उसने चाँद की ओर मुँह उठा कर आँखें बन्द कर लीं, उसका सारा शरीर शिथिल हो आया।

ऐसा ही भुवन ने उसे लगभग घंटे-भर बाद पाया। वह कपड़े बदल कर फिर लौटा नहीं था, यह सोच कर कि रेखा उसी के कारण बाहर रुकी है तो थोड़ी देर में स्वयं आ जाएगी, पर जब वह बहुत देर तक न आई तब वह देखने निकला। पहले एक बार यों

ही चारों ओर नज़र दौड़ाई, पर कहीं गति का कोई लक्षण नहीं देखा, सर्वत्र निश्चलता; तब वह आगे बढ़ा।

जब उसकी आँखों ने सहसा रेखा का आकार पहचाना, तो वह वहीं ठिठक गया। रेखा ठीक वैसे बैठी थी जैसे लखनऊ में उसने देखा था, शिथिल, शान्त, दूर।

और वह वैसा ही ठिठका रहता, अगर यह न देखता कि रेखा की शाल उसके कन्धों से गिर गई है, और उसे होश नहीं है। कन्धों पर का सफ़ेद रेशम चाँदनी में ऐसा चमक रहा है, जैसे छोटे-छोटे पंख।

उसने शाल उठाते हुए कहा, "पगली, चाँदनी बहुत है, सब पी न सकोगी। चलो, जमी जा रही हो ठंड से–ऐसे तो तुम्हीं चाँदनी हो जाओगी।"

"हाँ, बत्ती बुझा दो, पर पल्ला आधा खोल दो कि चाँदनी दीखती रहे।" भुवन ने एक ओर का पल्ला ऊँचा कर के ऐसे बाँध दिया कि ऊपर से खुला रहे, उससे चाँदनी का एक वृत्त रेखा के पास फर्श पर पड़ने लगा।

"अभी थोड़ी देर में यह बढ़ कर तुम्हारे ऊपर आ जाएगा, न?" रेखा ने कहा।

"अँ–हाँ।"

भुवन लेट गया और उस खुली हुई जगह में से बाहर आकाश देखने लगा। बहुत देर तक वह मुग्ध भाव से देखता रहा, कुछ बोला नहीं। न रेखा कुछ बोली।

सहसा उसे ध्यान आया कि चाँदनी का वह वृत्त उसके ऊपर आ गया है। तब यह देखने को कि रेखा जग रही है या नहीं, उसने उधर देखा।

रेखा ज्यों-की-त्यों बैठी थी, चाँदनी के प्रतिबिम्बित प्रकाश में उसे देखती हुई।

भुवन ने हड़बड़ा कर कहा, "रेखा, ठिठुर जाओगी–"

रेखा ने जैसे सुना नहीं।

भुवन ने उठ कर उसके कन्धे पकड़े–ठंडे, जैसे बर्फ। बलात् उसे लिटा दिया, कम्बल उढ़ा दिए। धीरे-धीरे उसके चेहरे पर हाथ फेरने लगा; चेहरा भी बिलकुल ठंडा था। उसने खाट के पास घुटने टेक कर नीचे बैठते हुए रेखा के माथे पर अपना गर्म गाल रखा, उसका हाथ धीरे-धीरे रेखा के कन्धे सहलाने लगा। भुवन ने कम्बल खींच कर कन्धे ढक दिए। कम्बल के भीतर उसका हाथ रेखा का वक्ष सहलाने लगा–

सहसा वह चौंका। झीने रेशम के भीतर रेखा के कुचाग्र ऐसे थे, जैसे छोटे-छोटे हिमपिंड...और अब तक जड़ रेखा के सहसा दाँत बजने लगे थे।

"पगली–पगली!"

भुवन ने एकदम खड़े हो कर एक हाथ रेखा के कन्धे के नीचे डाला, एक घुटनों के; उसे कम्बल समेत खाट से उठाया और अपने बिछौने पर जा लिटाया। अपने कम्बल भी उसे उढ़ाए, और उसके पास लेट कर उसे जकड़ लिया।

सहसा रेखा ने बाँहें बढ़ा कर उसे खींच कर छाती से लगा लिया; उसके दाँतों का बजना बन्द हो गया। क्योंकि दाँत उसने भींच लिये थे; भुवन को उसने इतनी ज़ोर से भींच लिया कि उन छोटे-छोटे हिमपिंडों की शीतलता भुवन की छाती में चुभने लगी...

फिर स्निग्ध गरमाई आई। भुवन ने धीरे-धीरे उसकी बाहु-लता की जकड़ ढीली कर के उसे ठीक से तकिये पर लिटा दिया; और हाथ से उसकी छाती सहलाने लगा। चाँदनी कुछ और ऊपर उठ आई थी, रेखा की बन्द पलकें नए ताँबे-सी चमक रही थीं।

> *''दिस दाई स्टेचर इज़ लाइक अंटु ए पाम ट्री, एंड दाइ ब्रेस्ट्स टु क्लस्टर्स ऑफ़ ग्रेप्स।*
>
> *''आइ सेड, आइ विल गो अप टु द पाम ट्री, आइ विल टेक होल्ड आफ़ द-बाउज देयराफ : नाउ आल्सो दाई ब्रेस्ट्स शैल बी एज क्लस्टर्स आफ़ द वाइन, एण्ड द स्मेल ऑफ़ दाइ नोज लाइक एप्ल्स।''*

सहसा भुवन ने कम्बल हटाया, मृदु किन्तु निष्कम्प हाथों से रेखा के गले के बटन खोले, और चाँदनी में उभर आए उसके कुचों के बीच की छाया-भरी जगह को चूम लिया। फिर अवश भाव से उसकी ग्रीवा को, कन्धों को, कर्णमूल को, पलकों को, ओठों को, कुचों को...और फिर उसे अपने निकट खींच कर ढक लिया :

सालोमन का गीत उस घिरे वातावरण में गूँजता रहा।

> *''आइ स्लीप, बट माइ हार्ट वेकेथ; इट इज़ द वॉयस आफ़ माइ बिलवेड दैट नाकेथ, सेइंग : ओपन टु मी, माइ सिस्टर, माइ लव, माइ डव, माइ अनडिफाइंड, फॉर माइ हेड इज़ फ़िल्ड विथ ड्यू, एंड लाक्स विथ द ड्रॉप्स आफ़ द नाइट...''*

भुवन ने अपना माथा रेखा के उरोजों के बीच में छिपा लिया : उनकी गरमाई उसके कानों में चुनचुनाने लगी : फिर उसके ओठ बढ़ कर रेखा के ओठों तक पहुँचे, उन्हें चूमा और प्रतिचुम्बित हुए।

> *''माइ बिलवेड इज़ माइन, एंड आइ एम हिज, ही फीडेथ एमंग द लिलीज़...''*

क्यों भुवन के ओठ शब्दहीन हो गए हैं, स्वरहीन हो गए हैं, क्या वह गीत के ही बोल स्वरहीन हिलते ओठों से कह रहा है या कुछ और कह रहा है?

''रेखा, आओ...''

> *''आइ रोज़ अप टु ओपन टु ओपन टु माइ बिलवेड, एंड माइ हैंड्स ड्राप्ड विथ मर्ह एंड फिंगर्स-...''*

''चाँदनी बहुत है, सब पी न सकोगी...ऐसे में तुम्हीं चाँदनी हो जाओगी।''

''और तुम, भुवन, तुम? तुम भी, लेकिन जम कर, नहीं द्रवित होकर!''

कभी रेखा जागी। तब चाँदनी शायद दोनों के सटे हुए चेहरों को लाँघ कर ऊपर उठती हुई फिर खो गई थी; रात का एक ठंडा स्पर्श उस खुली जगह से अन्दर आता हुआ दोनों के तपे माथे और गालों को सहला रहा था; रेखा ने एक लम्बी साँस खींच कर उसे पी लिया; उसके जिस हाथ पर भुवन सोया था उसकी उँगलियाँ उसके माथे के उलझे बालों से बड़े कोमल स्पर्श से खेलने लगीं, कि वह जागे नहीं; फिर वह दुबारा सो गई।

कभी भुवन जागा। उसकी चेतना पहले केन्द्रित हुई उस हाथ में जो रेखा के वक्ष पर पड़ा उसकी साँस के साथ उठता-गिरता-उफ, कितने कोमल आलोडन से, जिस से भुवन को लगता था कि उसकी समूची देह ही मानो धीरे-धीरे आलोडित हो रही है, मानो बहती नाव में वह सोया है...अवश हाथ, जिन्हें वह हिला भी नहीं सकता, अवश देह, लेकिन एक स्निग्ध गरमाई की गोद में अवश-चाँदनी वह अधिक पी गया है-'चाँदनी, मदमाती, उन्मादिनी'!...और उस समय मीठी अवशता को समर्पित वह भी फिर सो गया...

फिर भुवन जागा, इस बार सहसा सजग; कुहनी पर ज़रा उठ कर उसने देखा, रेखा सीधी सोई है। उसने झुक कर धीरे से उसके ओठ चूम लिये; रेखा जगी नहीं पर उसके ओठ ऐसे हिले मानो स्वप्न में कुछ कह रही है। फिर सालोमन का गीत गूँज गया :

> *''एंड द रूफ आफ़ दाइ माउथ लाइक द बेस्ट वाइन फार द बिलवेड, डैट गोएथ डाउन स्वीटली, काजिंग द लिप्स आफ़ दोज दैट आर एस्लीप टु स्पीक...''*

और उसने बड़े ज़ोर से रेखा के ओठ चूम लिये, वह जागी और उसकी ओर उमड़ आई :

> *''लेट अस गेट अप अर्ली टु द विनयार्ड्स, लेट अस सी इ़फ़ द वाइन फ़्लरिश, ह्वेदर द टेंडर ग्रेप्स एपीयर, एंड द प्रोमेग्रेनेट्स बड फ़ोर्थ : देयर विल आइ गिव दी आफ़ माइ लव्ज।''*

और वह उमड़ना फिर एक आप्लवनकारी लहर हो गया।

> *''आइ एम ए वाल, एंड माइ ब्रेस्ट्स लाइक टावर्स देन वाज आइ इन हिज वन दैट फाउंड फेवर...''*

ऐसा ही भोर के चोर-पैर आलोक ने उन्हें पाया। पर जगाया नहीं, चुपके से एक ओर हो गया। फिर धूप की एक किरण तम्बू के पल्ले से झाँकती हुई आई-पर आगे नहीं बढ़ी।

रेखा उठी। पल्ले को खोल कर उसने गिरा दिया, एक क्षण-भर भुवन की ओर निहारा, फिर बाहर चली गई।

अनन्तर भुवन उठा। अचंचल हाथों से उसने रेखा के कम्बल उठा कर उसके बिस्तर पर डाले, अपने बिस्तर की सलवटों को ठीक-ठाक किया, पल्ले की ओर बढ़ा पर लौट गया, भीतर जा कर मुँह धोया और पोंछता हुआ बाहर निकला; एक बार चारों ओर नज़र दौड़ाई; रेखा के तकिए में जो गड्ढा था जहाँ उसका सिर रहा होगा सहसा झुक कर उसे चूमा, फिर तम्बू के दोनों पल्ले उलट दिए और बाहर निकल दोनों बाँहें फैला कर, सूर्य की धूप को गले से लगाते हुए मानो नए दिन का अभिनन्दन किया।

धूप चढ़ आई। नाश्ते के बाद भुवन ने पूछा, "तैरने चलोगी?"

"हाँ। मैं कास्ट्यूम लाई हूँ!"

"पानी बहुत ठंडा है–जम जाओगी।"

वह वाक्य प्रतिध्वनि-सा लगा। सहसा स्मृति की बाढ़ आई। "तुम तो-चाँदनी में ही जम गई थीं!" भुवन की आँखें उससे मिलीं, उन में कौतुक था। रेखा ने आँखें नीचे करते और मुँह दूसरी ओर फेरते हुए कहा, "और तुम-तुम पिघल गए थे-?"

फिर सहसा लज्जित हो कर सिमटती-सी दूसरी ओर चल दी।

भुवन ने पास जा कर कहा, "लजाती हो-मुझ से-अब?"

"हटो-तुमसे नहीं तो और किस से लजाऊँगी? और कौन-" और रेखा तम्बू के अन्दर भाग गई।

भुवन ने नीचे जा कर खानसामा से कहा कि दोपहर का कुछ हलका भोजन तैयार कर के रख दे, और फिर पहलगाँव जा कर और जो-कुछ ताजा सामान लाना हो ले आए-दो दिन के लायक, क्योंकि परसों फिर नीचे जाना होगा बाकी सामान के लिए। अभी वे लोग तैरने जाएँगे, लौट कर स्वयं कुछ खा लेंगे। खानसामा ने केवल कहा, "हूजूर, पानी बहुत ठंडा है," और अपने काम में लग गया।

भुवन तम्बू में गया। रेखा मेज़ के पास खाट के सिरे पर बैठी कुछ सोच रही थी।

"फिर कुछ लिखना चाहती हो? तुम पहले जीती हो और लिखती हो, कि पहले लिखती हो फिर जीती?"

"यही भेद नहीं पहचान पा रही हूँ–यह मेरा सौभाग्य है। और तुम्हारा वरदान।" कुछ रुक कर वह बोली, "मैं कहानी लिखने जा रही थी–तुम्हारे पढ़ने के लिए। पर तुम्हें सुना ही देती हूँ।"

भुवन ने घुटने टेककर कुहनियाँ मेज़ पर रखीं, ठोड़ी हथेली पर जमाई, बिलकुल बच्चों की-सी मुद्रा बनाता हुआ बोला, "सुनाओ।"

"हँसना मत! तुमने पंडितराज कोक का नाम सुना है?"

"हाँ, पर यह भी सुना है कि सभ्य लड़कियाँ उसका नाम नहीं लेतीं।"

''नहीं लेती होंगी। उन को हक ही नहीं होगा। पर बीच में मत बोलो, नहीं तो नहीं कह पाऊँगी। कोक कश्मीर-राज के मंत्री थे, पर कैसे हुए इसी की कहानी है। राजा की एक कन्या थी। राज्य भर में नंगी फिरा करती थी। टोकने पर कहती थी, 'मुझे काहे की शरम? राज्य में मैं किसी को पुरुष मान कर देखूँ तब तो लजाऊँ? मैं किसी को देखती ही नहीं।''

''एक दिन कोक वहाँ आए, उन्होंने राजकुमारी को देखा। उन से आँखें चार होते ही सहसा वह लजा गई; उसे लगा वह नंगी है; भाग गई और जा कर कपड़े पहन लिये।''

वह बहुत देर तक रुकी रही। फिर भुवन ने कहा, ''पूछने की इज़ाज़त है।''

''बस। इतनी ही कहानी मैं सुनाना चाहती थी। वैसे बाद में कोक से उसका विवाह हुआ, और उसी को अपने सब रहस्य सिखाने के लिए कोक ने अपना ग्रन्थ लिखा। पर वह अलग कहानी है।''

''आह!'' कह कर भुवन चुप हो गया।

रेखा ने सहसा फिर कहा, ''यह कहानी मुझे जानते हो किस ने सुनाई थी? मेरा शाप छूट गया है, मैं नाम ले सकती हूँ-हेमेन्द्र ने। क्यों, कब, यह नहीं बताना होगा। पर-उसे भी पुरुष कर के मैंने जाना नहीं था।''

भुवन चुपचाप उसे देखता रहा। फिर एक लम्बी साँस उसने ली। उठ कर आया, धीरे-धीरे रेखा के केश सहलाता रहा।

थोड़ी देर बाद बोला, ''अच्छा, चलो तैरने-''

''चलो, मैं आती हूँ।''

तीसरे पहर दोनों पहाड़ की चोटी पर थे, खुली धूप में। हाथ पकड़े-पकड़े एक बार उन्होंने चारों ओर देखा। निर्जन-कहीं कोई नहीं दीख रहा था। एक ओर झील का विशाल मुकुर, और सब ओर आकाश, नीला, मुक्त, अतल...

रेखा ने कहा, ''देखो, हम दुनिया की छत पर हैं।''

तैरने के बाद बदन सुखा कर वह धूप में लेटे रहे थे। फिर लौट कर खाना खाया था, और थोड़ी देर के लिए फिर धूप में आए थे, उससे शरीर अलसा गया तो जा कर थोड़ी देर सो गए थे। फिर रेखा ने उठ कर उसे उठाया था, दोनों बिस्तर ठीक कर दिए थे, और कहा था, ''घूमने नहीं चलोगे-फिर धूप चली जाएगी?'' और उसी तरह भटकते हुए नंगे पैर ही, दोनों यहाँ तक चढ़ आए थे...

भुवन एक चपटी चट्टान पर पाँव फैला कर बैठ गया।

रेखा ने खड़े-खड़े पूछा, ''भुवन, मेरी मोहलत कब तक की है?''

भुवन अचकचा गया। कुछ उत्तर न दे सका।

''बोलो?''

भुवन ने धीरे-धीरे कहा, "परसों पहलगाँव जाना होगा, सामान लिवाने-"

रेखा ने शान्त स्वर से कहा, "अच्छा।" उसमें कोई आक्रोश, प्रतिवाद, आवेश, कुछ नहीं था, केवल एक स्थिर स्वीकार। उसने दोनों हाथ उठा कर एक बड़ा-सा वृत्त बनाते हुए फैलाए और फिर नीचे गिरा लिये-न मालूम अँगड़ाई लेते हुए, या उस विस्तीर्ण आकाश को बाँहों में समेटते हुए।

सहसा भुवन ने भर्राए कंठ से कहा, "आओ!" रेखा ने मुड़ कर देखा, उसका हाथ रेखा की ओर बढ़ा है एक आह्वान में; उस पुकार को उसने समझा, भुवन के पास घुटने टेकते और झुकते हुए उसने फुसफुसाते स्वर में उत्तर दिया, "आई लो-"

साक्षी हो सूर्य, और आकाश, और पवन, और तले बिछी घास और चट्टानें, साक्षी हो अन्तरिक्ष के अगणित देवता और अकिंचन वनस्पतियाँ-

लेकिन यह एक सत्य है जो कोई साक्षी नहीं माँगता, सिवाय अपने ही भीतर की निविड़ समर्पण की पीड़ा के, अपने ही में निहित, स्पन्दित और क्रियाशील असंख्य पीड़ाओं की असंख्य सम्भावनाओं के...

साँझ, रात, दूर टुनटुनाती गोधूली की घंटियाँ, शुक्र तारा, तारे, चाँद, लहरियों पर चाँदनी की बिछलन, छोटे-छोटे अभ्र-खंड, ठंडी हवा, सिहरन, ऊँचाई, ऊँचाई के ऊपर आकाश में चुभता-सा पहाड़ का सींग, आकाश...सबका अर्थ है, सब-कुछ का अर्थ है, अभिप्राय; ठिठुरे हाथ, अवश गरमाई, रोमांच, सिकुड़ते कुचाग्र, कनपटियों का स्पन्दन, उलझी हुई देहों का घाम, कानों में चुनचुनाते रक्त-प्रवाह का संगीत-इन सबका भी अर्थ है, अभिप्राय है, प्रेष्य सन्देश है; नहीं है तो इन सबके योगफल और समन्वय प्रकृति का ही अर्थ नहीं है, अभिप्राय नहीं है, केवल उद्‌देश्य...

क्यों न सब-कुछ का अर्थ है-दूसरा, गहरा अर्थ? ऐसा ही रहा, तो और एक-आध दिन में हर स्थान का, हर दृश्य का, हर बात का एक गहनतर, गोपनतम अर्थ हो जाएगा, एक रागात्मक ऐश्वर्य-तब रेखा किसी ओर मुड़ नहीं सकेगी बिना उस अर्थ से अभिसिंचित हुए...भुवन पूछता है, "पहाड़ पर चलोगी?" तो वह सिहर उठती है, "ठंड तो नहीं लगती?" तो लजा जाती है, "आओ, बैठें," तो मानो उसके घुटने मोम हो जाते हैं...लेकिन ऐसा रहेगा नहीं, और एक दिन भी नहीं, यह दोपहर ढलेगी तो जो रात होगी, उसके बाद जो सवेरा होगा...

तीसरे पहर फिर घूमने पहाड़ पर जाने की बात थी, शायद उस पार तक, पर दोपहर की संक्षिप्त नींद से उठ कर उन्होंने देखा, बादल का एक बड़ा-सा सफ़ेद साँप झील के एक किनारे से उमड़ कर आ रहा है, और उसकी बेडौल गुंजलक धीरे-धीरे सारी

झील पर फैली जा रही है, थोड़ी देर में वह सारी झील पर छा कर बैठ जाएगा, और फिर शायद उसका फन ऊपर पहाड़ की ओर बढ़ेगा–

भुवन ने कहा, "शायद बारिश हो, नहीं जाएँगे।"

तम्बू के सामने के चँदोवे में, नीचे पटरे डाल कर उन पर कुछ बिछा कर दोनों बैठ रहे, देखते रहे बादल को धीरे-धीरे झील पर छाते हुए। जब वह घाटी से उमड़ कर आया, तब उसका बड़ा स्पष्ट आकार था, पर झील पर आ कर वह बिखरने लगा था, बादल की अपेक्षा एक धुन्ध की तरह ही, झील की सतह को दुलराता हुआ...

"देखते हो, बादल कैसे झील को दुलराता है–"

ओफ, ये गहनतर अर्थ...रेखा की छाती में गुदगुदी होने लगती है, वह चाहती है कि भुवन का सिर खींच कर वहाँ छिपा ले, भुवन के ओठों को भींच ले कुचों के बीच जहाँ उसने दो दिन पहले पहली बार चूमा था...लेकिन वह निश्चल बैठी है, बिलकुल निश्चल, भुवन का ही हाथ उसका हाथ खोजता आता है और उस पर टिक जाता है, बहुत धीरे-धीरे उसे दुलराता हुआ...

उसमें भी अर्थ है, गहनतर अर्थ, उस धीरे-धीरे दुलराते हाथ में...

झील बिलकुल छिप गई। केवल एक सफ़ेद धुन्ध की दीवार : कहीं कोई दिशा नहीं, क्षितिज नहीं; दोनों धुन्ध में खो गए; केवल वे दोनों, तम्बू का चँदोवा, और धुन्ध, धुन्ध, व्यापक धुन्ध...

भुवन ने सहसा उदास हो कर कहा, "कल–"

रेखा ने सहसा उसे रोक दिया। कल कल, आज क्यों? वह नहीं कहने देगी भुवन को कुछ भी–पर भुवन ने जब फिर कहना चाहा, "कल इस समय–" तो रेखा ने बढ़ कर अपने ओठ उसके ओठों पर रख दिए और उसे चुप करा दिया।

बस इतना ही, चन्दोवा भी नहीं, धुन्ध में केवल चेहरे, केवल मिली हुई आँखें, ओठ–

लेकिन रात को जब भुवन ने बड़े आदर से उसे अपने पास लिटा कर अच्छी तरह उढ़ा दिया, और एक कुहनी पर टिके-टिके धीरे-धीरे उसे थपकने लगा, तब एक बड़ी गहरी उदासी ने उसे पकड़ लिया। भुवन की किसी बात का कोई उत्तर उसने न दिया, उसके पास लेटी, एक शिथिल हाथ उसकी कमर पर डाले, अपलक, शून्य, न देखती हुई दृष्टि से उसकी छाती की ओर देखती रही। भुवन जब बहुत आग्रहपूर्वक पूछता, तो कभी अंग्रेज़ी में, कभी बँगला में, कभी हिन्दी में कुछ गुनगुना देती–कभी पद्य, कभी गद्य–अपनी ओर से कुछ न कहती। एक बार भुवन ने कुछ शिकायत के से स्वर में कहा, "तुम सिर्फ़ कोटेशन बोल रही हो–अपना कुछ नहीं कहोगी?"

तो उसने खोये से स्वर में कहा, "अपना? अपना क्या? मैं सिर्फ़ कोटेशन बोलती हूँ, भुवन, क्योंकि मैं स्मृति में जी रही हूँ।"

भुवन चुप हो गया। धीरे-धीरे रेखा की आविष्ट उदासी उस पर छा गई, उसने धीरे-धीरे अपना सिर रेखा के माथे पर टेक दिया और निश्चल हो गया। बीच-बीच में वह अनमने हाथ से उसे दो-एक बार थपक देता, या अनमने ओठों से उसकी पलकें छू लेता, बस।

बहुत हलकी-सी बारिश होने लगी। तम्बू पर बूँदों की थाप पहले तीखी पड़ी, पर वह जैसे-जैसे भीगता गया वह थाप भारी होती गई; थोड़ी देर में एक मन्द स्वर उनके उदास राग में तानपूरे की संगत करने लगा...

न जाने कब धीरे-धीरे दोनों सो गए। प्रकृति का कोई अर्थ नहीं है, अभिप्राय नहीं है, केवल उद्देश्य; प्राणिमात्र उसके अनुगत हैं।

वापसी का रास्ता सदैव बहुत छोटा होता है; विशेषकर जब दुनिया की छत पर से नीचे उतरें : वह उतराई वैसी नहीं होती कि पैर पसार कर, पृथ्वी के गुरुत्वाकर्षण से मानो मुक्त, हवा पर तिर जाएँ और जा कर उतरें न जाने कहाँ दूर, दूर वायुमण्डल के पार एक श्वासरुद्ध, निरे आलोक की दूसरी दुनिया में; यह उतराई होती है नीचे-मिट्टी की, लोगों के पैरों से रौंदी हुई धरती पर...

पहलगाँव दीखने लगा, तो रेखा ने धीरे-धीरे-बिना आग्रह के मानो उसकी बात न भी मानी जाए तो कोई बात नहीं, कहा, ''अभी तो नहीं पहुँचे होंगे-उधर से ऊपर से चलें-''

भुवन तुरन्त मुड़ गया।

चलने से पहले भुवन ने कहा था, ''रेखा, अभी क्या जल्दी है; और दो दिन रह जाओ-मैं कल जा कर सामान लिवा लाऊँ-''

रेखा ने उसकी आँखों में देखा था। नहीं, औपचारिक बात नहीं थी; भुवन सचमुच उसे ठहरने को कह रहा था।

यही ठीक है, यही ठीक है। यहाँ वह विदा लेने नहीं आई, विदा देने आई है। भुवन उसे रहने को कहता रहे, सुनते-सुनते ही वह चली जाए। यही ठीक है...उसने सहसा कड़े पड़ कर कहा था, ''नहीं भुवन, जाऊँगी। मैंने वचन दिया था।''

चलते हुए वे सीधे रास्ते से नीचे नहीं उतरे थे, पहले ऊपर चढ़े थे-पहाड़ की छत पर-रेखा, आगे-आगे। ऊपर पहुँच कर रेखा ने एक बार चारों ओर देखा था, रुक-रुक कर, मानो एक-एक स्थल को दृष्टि में बसाते हुए, स्मृति की गाँठ बाँधते हुए; फिर कहा था, ''भुवन, जाने से पहले मैं एक बात कहना चाहती हूँ। आइ एम फुलफ़िल्ड। अब अगर मैं मर जाऊँ तो परमात्मा के-प्रकृति के-प्रति यह आक्रोश ले कर नहीं जाऊँगी कि मैंने कोई भी फुलफ़िल्मेंट नहीं जाना-कृतज्ञ भाव ही ले कर जाऊँगी-परमात्मा के प्रति और-भुवन, तुम्हारे प्रति।'' और हठात् वह भुवन के पैरों की ओर झुक गई थी और भुवन के चौंकते-न-चौंकते उसके पैरों की धूल ले ली थी।

चुपचाप वे उतरते गए थे। रुद्धकंठ, स्तब्धप्राण, आविष्ट।

फिर सहसा पहलगाँव दीख गया था। रेखा रुक गई थी। पहलगाँव की ओर ताकते-ताकते ही उसने भुवन का हाथ पकड़ा था और दबा कर छोड़ दिया था।

जिस रास्ते से वे चले, उससे नदी या कि बड़ा पहाड़ी नाला पड़ता था। पुल था, वे पार हो गए। पर पहलगाँव इसी पार था, इस नदी और शेषनाग नदी के संगम पर। फिर भी दोनों उसी पार से धीरे-धीरे नाले के साथ उतरने लगे।

आधा मील आगे जा कर भुवन ने देखा, एक पेड़ का तना नदी के आर-पार पड़ा है। स्पष्ट ही वह पुल का काम देने के लिए डाला गया है, पैदल इस पर आ-जा सकते हैं। भुवन ने पूछा, "इससे पार चलें-सकोगी?"

"अब सब-कुछ सकूँगी, भुवन!" रेखा बोली। भुवन ठीक समझ नहीं सका कि इसका अभिप्राय क्या है : रेखा आगे बढ़ कर तेज़ पैरों से तने पर चल चली। मँझधार जा कर रुकी, नीचे पानी की ओर देखा, और फिर वहीं बैठ गई। भुवन भी कुछ दूर आगे बढ़ कर बैठ गया।

रेखा गाने लगी। उसका गला भर्रा रहा था, स्वर मानो अब टूटा, अब टूटा, वह चेहरे पर एक मुसकान लिये गाए जा रही थी, किसी बात का उसे होश नहीं था, यहाँ तक कि भुवन को लगा, उसकी उपस्थिति की खबर भी रेखा को नहीं है :

"तोमार सुरेर धारा झरे जेथाय तारि पारे
देबे कि गो वासा आमाय देबे कि एकटि धारे।
तोमार सुरेर धारा झरे जेथाय तारि पारे।
आमि शुनबो ध्वनि काने आमि भरबो ध्वनि प्राणे
आमि शुनबो ध्वनि
सेई ध्वनि ते चित बीणाय तार बाँधिबो बारे-बारे।
देबे कि गो बासा आमाय देबे कि...
तोमार सुरेर धारा झरे जेथाय तारि पारे।
देबे कि गो बासा आमाय देबे कि-..."

मानो दूर, अलग हटाया हुआ, भुवन सोचने लगा। एक अद्‌भुत भाव उसके मन में उठा। अभी पीछे देखने, सोचने, परखने की सामर्थ्य उसमें नहीं थी, इतना ही उसके मन में उठा कि यह उसके जीवन का एक अत्यन्त महत्त्वपूर्ण सन्धि-स्थल है...क्या वह भी रेखा की तरह कह सकता है कि अब वह फुलफ़िल्ड है, कि अब वह मर सकता है? पर फुलफ़िल होना क्या है? एक तन्मयता उसने जानी है, एक अभूतपूर्व तन्मयता; लेकिन स्वयं वह जो जाना है उससे कुछ अधिक और कुछ अधिक गहरा रेखा उसके निमित्त से जान सकी है-अधिक गहरा क्योंकि वह स्त्री है, और स्त्री होते हुए भी उसने वह साहस किया है जो शायद भुवन में नहीं है; अधिक गहरा इसलिए, कि उसे जानने के लिए पहले जाने कितना-कुछ भुलाना भी पड़ा है...तो क्या यही फुलफ़िल्मेंट नहीं है कि कोई किसी को वह चरम अनुभूति दे सके-देने का निमित्त बन सके-जो जीवन

की निरर्थकता को सहसा सार्थक बना देती है? सचमुच, ऐसे सन्धि-स्थल पर ही मरना चाहिए, यह कहते हुए कि मैं कुछ दे सका जो मुझसे से बड़ा है, मुझ से अच्छा है...अगर वह यहीं से नीचे कूद पड़े-रेखा गाना समाप्त कर के मुड़ कर देखे कि वह नहीं है, गुम हो गया है, तो-

लेकिन रेखा ने सहसा गाना बन्द कर दिया। पुकारा, "भुवन! भुवन!"

"हाँ"

"यहाँ आओ।"

भुवन पास सरक आया।

"मेरा हाथ पकड़ो।"

भुवन ने पकड़ लिया।

"भुवन तुम वैज्ञानिक हो। लेकिन तुम्हारी आकांक्षा क्या थी-वैज्ञानिक होने की ही, या और कुछ?"

"क्यों?" कह कर भुवन तनिक रुका, फिर जैसे सच बता देने को बाध्य हो, ऐसे बोला, "मेरा स्वप्न था डॉक्टर होने का-बहुत बड़ा सर्जन--"

"और मेरा था वायलिनिस्ट होने का-बहुत बड़ी वायलिनिस्ट।"

दोनों थोड़ी देर चुप रहे। फिर रेखा ने धीरे-धीरे कहा : "उसे मैं वायलिन भी सिखाऊँगी-और वह बड़ा सर्जन भी होगा।"

एक सन्नाटा-नदी के स्वर में स्पन्दित।

थोड़ी देर बाद वह खड़ी हो गई। भुवन का हाथ पकड़े-पकड़े उसे उठाया, और हाथ पकड़े ही पार हो गई।

बस्ती के पास भुवन ने पूछा, "पहलगाँव ठहरोगी? मैं चौथे-पाँचवें दिन आऊँगा डाक-वाक देखने-"

"शायद, अभी कुछ सोचा नहीं-"

लेकिन भुवन के कुली जब आ गए, और वह उन्हें आगे चला कर थोड़ी देर होटल के बरामदे में रेखा के पास खड़ा रहा, और फिर सहसा कुछ भी कहना असम्भव पा कर रेखा के हाथ को ज़ोर से भींच कर, एक कन्धे से उसका आधा आलिंगन कर के जल्दी से उससे टूट कर, अलग हो कर बिना लौट कर देखे चला गया-रेखा भी बोली नहीं, केवल बेबस हाथ बढ़ाए खड़ी रह गई-उसके घंटा-भर बाद जब कुली ऊपर से रेखा का सामान ले कर आ पहुँचा, तो वह रुकी नहीं, तत्काल बस में जा बैठी और श्रीनगर के लिए रवाना हो गई।

चौथे-पाँचवें दिन भुवन पहलगाँव आया। सीधा होटल गया। मालूम हुआ कि रेखा वहाँ ठहरी नहीं, उसी दिन चली गई। फिर वह डाकघर डाक पूछने गया। हाँ,

तीन-चार चिट्ठियाँ थीं। उसने ले लीं। हाँ, एक बड़े लिफ़ाफ़े पर रेखा के अक्षर थे। उसने लिफ़ाफ़ा खोला। ठीक पत्र नहीं था, अलग-अलग काग़ज़ के कई टुकड़े थे। भुवन ने जहाँ-तहाँ पढ़ा-एक-आध जगह कविता की पंक्तियाँ थीं-

आई सेड टु माई सोल : बी स्टिल, एंड वेट विदाउट होप
फ़ॉर होप वुड बी होप आफ़ द रांग थिंग; वेट विदाउट लव
फ़ॉर लव वुड बी लव आफ़ द रांग थिंग; देयर इज़ येट फ़ेथ;
बट द फ़ेथ एंड द लव एंड द होप आर आल इन द वेटिंग।...

फिर भुवन ने सब काग़ज़ जेब में डाल लिये कि तुलियन जा कर एकान्त में पढ़ेगा...

"मैं सोचना चाहती हूँ, पर सोच नहीं सकती। ठीक सोचना ही चाहती हूँ, इस में भी संदेह हो आता है।"

"कुछ महान्, कुछ विराट् घटित हुआ है, ऐसा थोड़ा-सा आभास होता है। लेकिन कहाँ? मुझ में? मैं उस विराट् का वाहन हूँ, माध्यम हूँ-मैं अकिंचन, नगण्य, मैं जो अगर कभी थी भी तो अब नहीं हूँ! मुझ को? मेरे साथ?"

"कुछ स्तब्ध, कहीं निश्चलता, कहीं न जाने, कैसी एक शान्ति"...

"मैं एक खड़ा हुआ पानी था : एक झील, एक पोखर, एक छोटा ताल, शैवालों से ढका हुआ। तुमने आँधी की तरह आ कर मुझ को आलोडित कर दिया, मुझ में अनन्त आकाश को प्रतिबिम्बित कर दिया। मुझे कहने दो, भुवन, मेरी यह देह जैसे तुम्हारी ओर उमड़ी थी, वैसे कभी नहीं उमड़ी, शिरा-शिरा ने तुम्हारा स्पर्श माँगा; तुम्हारे हाथों का स्पर्श, तुम्हारी बाँहों की जकड़, तुम्हारी देह की उत्तेजित गरमाई...लेकिन-तुम में डर था-डर नहीं, एक दूर का कोई अनुशासन, कोई एक मर्यादा, जिस के स्रोत तक मेरी पहुँच नहीं थी। और जिस से छुआ जा कर मेरा तूफान सहसा शान्त हो गया, मैं फिर उसी तल पर पहुँच गई जिस तल पर ताल सदा से था-ढका हुआ, निश्चल, खड़े पानी का एक उद्देश्यहीन जमाव-"

"लेकिन नहीं। यह ढका नहीं, आकाश का प्रतिबिम्ब उसमें रहा; फिर तुमने फिर मुझे जगा दिया-क्षण-भर के लिए, लेकिन पहचान के क्षण के लिए, अनन्य-सम्पृक्त एक क्षण के लिए-भुवन, मैं तुम्हारी हूँ, तुम्हारी हूँ, तुम्हारी हूँ..."

"न, मैं कुछ माँगूँगी नहीं। तुम्हारे जीवन की बाधा नहीं बनूँगी, भुवन, उलझन भी नहीं बनूँगी। सुन्दर से डरो मत-कभी मत डरना-न डर कर ही सुन्दर से सुन्दरतर की ओर बढ़ते हैं।"

"लेकिन भुवन, मुझे अगर तुमने प्यार किया है, तो प्यार करते रहना-मेरी यह कुंठित, बुझी हुई आत्मा स्नेह की गरमाई चाहती है कि फिर अपना आकार पा सके, सुन्दर, मुक्त, ऊर्ध्वाकांक्षी..."

"सोचती हूँ, जीवन के हर मोड़ पर मुझे स्नेह मिला है, करुणा मिली है, साहाय्य मिला है। इतनी करुणा, इतनी अनुकम्पा, इतनी भलाई-कभी मैं अपने ऊपर खीझ उठती

हूँ कि मुझ में क्यों नहीं एक प्रतिस्फूर्ति जागती–क्यों मैं ऐसी अचल अचेतन हूँ? कृतज्ञता–हाँ, कृतज्ञता बहुत है, पर कृतज्ञता जीवन को सच नहीं बनाती, प्यार सच बनाता है; क्योंकि कृतज्ञता में व्यथा नहीं है, और बिना व्यथा के सत्य नहीं है। कितनी सच बात कही थीं तुमने हमारे पहले विवादों में–आज व्यथा में मैं उस सच को जानती हूँ, भुवन! पर क्यों सब–कुछ अयथार्थ है, क्यों कुछ भी मुझे नहीं छूता? तुम भी, भुवन,–तुमसे मैंने पूछा था कि तुम यथार्थ हो? क्योंकि मैं जागी थी और एक बड़ी विमूढ़ता मुझ पर थी–एक समर्पण मेरे भीतर रो रहा था पर अयथार्थ को मैं समर्पण करना नहीं चाहती थी...वह डर...अयथार्थ को समर्पण करने का डर क्या होता है भुवन, तुम जानते हो? न, तुम कभी न जानो वह डर...''

''लेकिन उस शाप से मैं मुक्ति पा सकी, भुवन! चाहे थोड़ी देर के लिए ही, चाहे बीच–बीच में कुछ क्षणों के लिए ही, मैंने पहचाना कि तुम हो, सचमुच हो, कि तुम्हीं को मैंने समर्पण किया है।''

''मेरी यह सोई अवस्था फिर लौट आई है, पर वैसी जड़ नहीं–मैं मानो स्वप्नाविष्ट हूँ। स्वप्न में चलती हूँ, खाती–पीती हूँ, काम करती हूँ और करूँगी।''

''भविष्य मैं अब भी नहीं मानती। तुम्हारे मन, हृदय, आत्मा की बात मैं नहीं जानती; नहीं जानती कि मेरे तुम्हारे जीवन में आने का क्या अर्थ या महत्त्व है। यह भी नहीं जानती कि तुम्हारे जीवन में आई भी हूँ कि नहीं। लेकिन पूछूँगी भी नहीं। साल–भर पहले–अभी कुछ महीने पहले तक भी–हम राह पर इस तरह मिलते–मिलने की सम्भावना भी होती–तो मैं उस मिलने का भविष्य जानना चाहती। जानना चाहना ही स्वाभाविक होता। पर अब मैं अपने को अंकुश देती हूँ कि पूछूँ, पर प्रश्न मेरी जीभ पर नहीं आता–मेरे मन में ही ठीक आकार नहीं लेता, कि स्वयं अपने से भी पूछ सकूँ। फुलफ़िल्ड : शान्त, स्तब्ध, निर्वाक, मैं बस हूँ; कोई प्रश्न मेरे भीतर नहीं उठते और भविष्य से मैं कुछ पूछना नहीं चाहती।

''मैंने बार–बार कहा है कि भविष्य नहीं है, केवल वर्तमान का प्रस्फुटन है; उसी की अनिवार्य अन्त:सम्भावनाओं का स्फुरण : अब मैं यह अनुभव करती हूँ। पहले मानती थी, अब उसकी तीखी अनुभूति टीस–सी मेरे अन्तर में स्पन्दित हो रही है। वह सच है, और मैं उसके आगे झुकती हूँ...''

''जब तक जो है, उसे सुन्दर होने दो भुवन; जब वह न हो, तो उसका न होना भी सुन्दर हो...''

एक कविता तुम्हारे लिए लिख कर रख रही हूँ, नाम है 'छतरी'–

वर्स दैन दोज ड्रीम्स इन ह्विच द अर्थ गिव्ज़ वे
आइ एम अवेक एंड वाक आन सालिड स्टोन,
विदाउट यू डिसेम्बाडीड, एवरी डे
अगेंस्ट द ईस्ट विंड गोइंग होम एलोन।

इन ड्रीम्स आफ़ फ़ालिंग देयर इज़ ओनली ड्रेड;
फ़ाल्स एंड, ड्रीम्स फ़ेल, नाइट फ़ाल्स, नाइटमेयर रिमेन्स;
ए गोस्ट आफ़ फ़्लेश एंड ब्लड, आइ मस्ट बी फ़ेड
मस्ट ओपेन एन अम्ब्रेला ह्वेर इट रेन्स।
ह्वेयर विल इट आल एंड? विल इट एंड एट आल?
हाइ द विंड राइज़ेज़, कोल्ड द रेन विल फ़ाल,
बट इफ़ द सन शोन इट वुड ओनली शाइन
आन अनरीएल सीन्स एंड ग्रीफ़ एज़ रीअल एज़ माइन :
अगेंस्ट द नाइट विंड गोज़ ए लिविंग गोस्ट,
रीअल, फ़ार इट लव्ज, एंड लैक्स ह्वाट इट लव्ज़ मोस्ट।

''तुमने मुझे एक बार भी नहीं बताया कि मेरे लिए तुम्हारे हृदय में क्या भाव है। प्रेम, स्नेह, दया, संवेदना, करुणा, क्या? या कि केवल मेरे दुःख ने एक प्रतिध्वनि तुम में जगा दी, बस? क्यों तुमने मुझे अपने इतने निकट लिया?''

''या कि मैं केवल एक धृष्णु साहसिका हूँ, जो अनधिकार तुम्हारे जीवन में घुस आई? या...''

''यही एक ही प्रश्न मैं तुमसे पूछना चाहती थी, भुवन, आगे-पीछे कुछ नहीं, केवल यही एक बात : और इसके लिए साहस नहीं बटोर पाई। तुम्हारे सामने न जाने क्यों एक संकोच जकड़ लेता है...''

''मैं उदास हो गई थी, तुम भी उदास हो गए थे। तुम्हें उदास करना मैं नहीं चाहती थी। तुम्हें उदास देखना कभी नहीं चाहती...भुवन, स्वभाव से मैं वैसी नहीं हूँ; तुमने मुझे उदास, दुःखी, प्रतिमुखी, अवरुद्ध ही जाना है-सहा है, मेरे भुवन, बड़ी करुणा और स्नेह के साथ सहा है-पर मैं वैसी नहीं हूँ। मैं हँसती थी। पथ-तट के एक उपेक्षित फूल को देख मैं विभोर हो सकती थी, लहरों के साथ दौड़ सकती थी, और नदी की हवा के साथ मेरा मन उड़ जाता था, हँसते सुनहले पंख फैला कर, अन्तरिक्ष को मेरी हँसी से गुँजाता हुआ...''

''लेकिन भुवन, धीरे-धीरे वह हँसी मरती गई। मैं कहते लज्जित हूँ; पर वर्षों से वह मरती रही है, धीरे-धीरे, 'ड्राप बाइ ड्राप स्लोली, ड्राप बाइ ड्राप आफ़ फ़ायर : एलास माई रोज़ आफ़ लाइफ़ गान आल टु प्रिक्ल्स...''

''तुम ने मुझे फिर वह हँसी दी। थोड़ी देर के लिए। लेकिन वही, सच्ची, मुक्त।''

''अब लगता है, क्या हुआ उस का? अकारण, निराधार हँसी, निष्परिणाम हँसी...''

''लेकिन सच्ची हँसी तो स्वतःप्रमाण है, स्वयंभू, निष्परिणाम...''

चन्द्रमाधव

चन्द्रमाधव के पहचानते ही रेखा के चेहरे पर विस्मय की दौड़ती लहर के साथ-साथ घने दुराव की एक छाया भी स्पष्ट हो गई है, इसे देख कर यदि चन्द्रमाधव को क्लेश हुआ तो उसने उसे दीखने नहीं दिया। कुछ तो वह प्रत्याशित ही था क्योंकि उसी ने तो रेखा को कहा था कि उससे कोई सम्पर्क न रखे, राह में मिल जाने पर उसे पहचाने नहीं, बुलाए-बोले नहीं–उसके जीवन से निकल जाए। पर उससे भी अधिक कारण यह था कि दो दिन पहले गौरा से भेंट होने पर गौरा के चेहरे पर भी कुछ वैसा ही भाव उसे दीखा था, और उससे वह तिलमिला गया था क्योंकि गौरा से उसने कभी कुछ नहीं कहा था, बल्कि गौरा का शुभेच्छु बन कर उसने भुवन से अपनी मैत्री को भी जोखम में डाला था...कल की यह छोकरी, उससे–चन्द्रमाधव से–मिले और ऐसी चिकनी साफ़ दीवार बन कर कि कहीं उसे छुआ न जा सके, भेदने की बात अलग; और तिस पर ऊपर से इतनी चिकनी, विनीत, मानो अपनी संकल्प-शक्ति क्या होती है यह उसने कभी जाना ही नहीं! और उसकी तिलमिलाहट उसके चेहरे पर झलक गई थी, गौरा ने उसे देख लिया था–यह जलालत भी उसे सहनी पड़ी थी! बातों के सिलसिले में गौरा ने कहा था, "आप भुवन दा के मित्र हैं, अब तक यही जानती थी, अब जानूँगी कि आप उनके शुभचिन्तक हैं। और मेरे शुभचिन्तक तो आप हैं ही, यह तो सदा से जानती हूँ।" वह ताकता रह गया था, गौरा कह क्या रही है–क्या यह सीधी-सीधी बात है, या कि मखमल में लिपटी हुई जूती, या...फिर वह सँभल गया था, मगर एक बार तो गौरा ने देख ही ली थी उसकी झेंप और तिलमिलाहट...

रेखा को वह नहीं देखने देगा। इतना ही नहीं, रेखा से वैसी बात ही वह नहीं होने देगा। रेखा बच्ची नहीं है। औरत है, अनुभवी औरत है। और अब–कश्मीर से भुवन के पास से लौट कर अब–क्या अब भी उसकी वही हेकड़ रहेगी जो पहले थी? वह तो नामुमकिन बात है; और शायद उसकी मदद से गौरा की भी अक्ल ठिकाने लाई जा सके।

रेखा ने कहा, "यह अप्रत्याशित कृपा है, चन्द्रमाधव जी–"

चन्द्र ने भी बड़े विनीत स्वर में कहा, "कृपा आपकी है रेखा जी, मैं तो सर्वदा उसका प्रत्याशी हूँ।" फिर कुछ रुक कर, "पिछली बातें आशा है, आपने भुला दी हैं–"

रेखा ने सम स्वर से कहा, "भुलाने की बात तो तब हो जब याद करने को कुछ रहा हो : हाँ, आपका न बोलने का जो आदेश था उसी की बात अगर कह रहे हैं तो वह तो आप ही का–"

यह औरत जात! लेकिन यह भी पी जाना होगा–झगड़े का न अवसर है, न यह स्थान है, न झगड़ा कर के फायदा है। रेखा को झुकना पड़े, वह समय आएगा, अपने-आप आएगा, ज़रूर आएगा!

"नहीं रेखा जी, मैं केवल अपने दोषों की बात कह रहा था–उन्हें भूल कर फिर आप मुझे फ्रेंड का गौरव दे सकें तो–"

"फ्रेंडशिप बाहर की स्थिति नहीं है, चन्द्र जी, वह अपनी प्रवृत्ति का नाम है। मैं तो फ्रेंड के सिवाय कुछ हो ही नहीं सकती अब–"

चन्द्र ने आँखें सकोच कर उसकी ओर देखा। मन-ही-मन कहा, 'तो ऐसी बात है–फ्रेंड के सिवा कुछ हो नहीं सकतीं आप हम सबके लिए–सारी दुनिया के लिए–केवल एक ही व्यक्ति है जो–' और वह उसके चेहरे में खोजने लगा उस एकमात्र व्यक्ति के प्रभाव की कोई छाप–क्या यह जो दीवार की-सी दूरी है, यह आवरण, यह केवल गहरी अनुभूति का परदा नहीं है जो भोक्ता को बाकी जगत् से अलग कर देता है? जो भी किसी ऐसी अनुभूति से गुजरता है, उसकी छाप को एक कवच की तरह पहन लेता है, और वह उसे औरों से अलग कर देती है, वैसे लोगों की एक अलग बिरादरी हो जाती है–रेखा कहेगी 'जीवन की नदी में अनुभूति के द्वीप'...अगर वह थोड़ा-सा कोंच कर, कुरेद कर, नीचे उस सतह तक पहुँच सके जहाँ जीव को दर्द होता है, वह तिलमिलाता है...

प्रत्यक्ष उसने कहा, "थैंक यू, रेखा जी; मैं भी शायद अब फ्रेंड के सिवा कुछ नहीं हो सकता।" वाक्य का दोहरा अर्थ है, यह उसने लक्ष्य किया पर उसमें दोष क्या है, कलाकार तो हमेशा दोहरे अर्थों से खेलता ही रहता है! "पर क्या हम लोग बाहर कहीं नहीं चल सकते–वाई. डब्ल्यू. लाउंज तो बात करने के लिए नहीं है।"

"चलिए।"

जीने से नीचे उतर कर चन्द्र ने कहा, "कश्मीरी गेट में हज़रतगंज वाली बात नहीं है–यहाँ टहला नहीं जा सकता। टहलना चाहें तो आगे कुदसिया बाग़ की तरफ़–"

रेखा ने निश्चयात्मक स्वर से कहा, "नहीं।" फिर कहा, "चलिए, नई दिल्ली की तरफ़ चलें–"

चन्द्र ने ताँगा ठहराया, दोनों सवार हो गए। काफ़ी देर तक चुपचाप चलते रहे। फिर चन्द्र ने पूछा, "भुवन जी की कोई ख़बर है? मुझे तो बहुत दिनों से पत्र नहीं आया–"

"पत्र तो मुझे भी नहीं आया। पर कश्मीर में ही हैं, रिसर्च कर रहे हैं।"

चन्द्र ने प्रतीक्षा की कि रेखा कुछ और कहे। फिर बोला, "आपसे तो भेंट हुई होगी?"

"हाँ।" इस बार और भी संक्षिप्त उत्तर था।

चन्द्र थोड़ी देर सोचता रहा, दाँव तोलता रहा। फिर उसने कहा "गौरा जी–गौरा को आप जानती हैं न? भुवन की शिष्या और अन्तरंग मित्र–कह रही थीं कि आप भी भुवन जी के साथ गई हैं; मुझ से आपके बारे में पूछ रही थीं।" तनिक रुक कर, "अपने मास्टर साहब के लिए बहुत चिन्तित थीं।"

चन्द्र के प्रश्न पर रेखा का मन कुछ भटक गया था। पर अन्तिम बात से फिर एकाग्र हो आया। "क्यों?"

चन्द्रमाधव एक उड़ती-सी हँसी हँसा। मानो कहता हो, उसका चिन्तित होना स्वाभाविक ही है; और ऐसी मामूली बात में मेरी कोई दिलचस्पी भी नहीं है। फिर साभिप्राय बोला, "गौरा भुवन की सब से प्रिय शिष्या हैं–और अब शिष्या नहीं, मित्र हैं।"

"मैं जानती हूँ।" भुवन के प्रति भक्ति की अभिव्यक्ति आवश्यक है, कुछ ऐसी भावना से रेखा ने कहा, "भुवन जी ने स्वयं मुझे बताया था।"

"अच्छा!" चन्द्र ने किंचित् आश्चर्य दिखाते हुए कहा, "तब तो आपको उन से ज़रूर मिलना भी चाहिए।"

"पर वह तो मद्रास में हैं न?"

"थीं। आजकल यहीं हैं। उनकी शादी की बात चली थी दो बरस पहले, तब भुवन की सलाह से मद्रास चली गई थीं संगीत सीखने। वहाँ से लौट आई हैं।"

"ओ।"

फिर थोड़ी देर मौन रहा। नई दिल्ली में डेविको के नीचे ताँगा रुका; चन्द्र ने कहा, "यहाँ चाय पिएँगे, कॉफ़ी तो दिल्ली की अच्छी नहीं होती–"

"जो आप चाहें।"

बैठ कर चन्द्र को सहसा याद आया, गौरा की बात से असली बातचीत बीच ही में रह गई थी। यों गौरा की बात रेखा को बताना भी कम ज़रूरी नहीं था, पर सब से ज़रूरी था यह जानना कि रेखा और भुवन के बीच स्थिति क्या है–दोनों कितने गहरे में हैं...

“मैंने तो सुना था आप नैनीताल गई हैं और भुवन कश्मीर, पर गौरा कह रही थीं कि आप भी कश्मीर गई थीं–मुझे तो अचम्भा हुआ–”

“हाँ, मैं कश्मीर भी गई थी। नैनीताल पहले गई थी, लौट कर फिर कश्मीर।” रेखा ने स्थिर भाव से कहा। फिर सहसा एक ऊब की लहर-सी उसके भीतर उमड़ी : जानना चाहता है तो जान ले न, यह भी अधूरी बात है, एक बार कह ही दी जाए पूरी बात तो यह पैंतरेबाजी ख़त्म हो। उसने अनमने से ढंग से जोड़ दिया, “डॉक्टर भुवन भी नैनीताल गए थे; वह पहले लौट कर कश्मीर गए; मैं सीधी चली गई थी।”

उसके अनमनेपन की ओर लक्ष्य कर के चन्द्र सोचने लगा, यह बात क्या है? क्या सारी बात ऐसी है कि इस अनमने ढंग से कह डाली जाए–या कि बात इतनी बड़ी है कि अब छिपाव को भी छोड़ दिया गया है? ऐसा है तो–अगर भुवन न होता, वह होता, तो वह भी छिपौवल छोड़ देता–बल्कि इतना भी नहीं, वह ऐलानिया कहता; वह काम छोड़ कर रेखा को लेकर कहीं चला जाता बर्मा-वर्मा; वह प्रेम क्या जिस के लिए सब-कुछ वारा-न्यारा न कर दिया जाए? आशिक वह जो सर पै कफ़न बाँधे फिरे, यह क्या कि आशिक़ी भी हो रही है, रिसर्च भी, और नौकरी भी चल रही है...

“कैसा है पहाड़ों का मौसम? सुना है बड़ी भीड़ है इस साल, ठहरने को भी कहीं जगह नहीं मिलती–”

“हाँ, तो यह भी आप पूछना चाहते हैं...” थके भाव से रेखा ने कहा, “नैनीताल में तो जगह थी होटलों में, पर हम लोग नीचे चले गए थे; होटल में नहीं ठहरे। और कश्मीर तो मेरा घर ही है।”

“हाँ, ऑफ़ कोर्स।” कह कर चन्द्र ने कुछ ऐसे भाव से रेखा की ओर देखा, मानो कह रहा हो, देखिए, इससे आगे मैं कुछ नहीं पूछ रहा हूँ, टैक्ट का तकाज़ा है; यों जानना चाहना स्वाभाविक होना आप मानेंगी...

रेखा की विरक्ति सहसा एक शारीरिक थकान बन कर उसकी देह पर छा गई। एक धूमिल उछटती नज़र से उसने डेविको के चायघर के फैलाव को, विशाल गलीचे और भारी परदों को देखा; उफ़ कैसी है यह घुटन–कहाँ है इस में कोई रन्ध्र जिस में से धुन्ध का अजगर आ कर सारी झील को छा ले और क्षितिजों को मिला दे! उसने क्षण-भर आँखें बन्द कर लीं, उसका हाथ कनपटी तक उठा और उस काल्पनिक लट को सँवारता हुआ कान के पीछे से ग्रीवा के मोड़ के साथ लौट आया। सहसा उसने पूछा, “चन्द्र जी, आपका परिवार कहाँ है?”

चन्द्र के ओठ पतले हो आए, लेकिन निमिष-भर के लिए ही; फिर उसने तपाक से कहा, “ओ, हाँ, रेखा जी, आपको ख़बर देना तो भूल ही गया। वे लोग लखनऊ आ रहे हैं। मेरे पास ही रहेंगे।”

“सच?” रेखा ने सहसा गम्भीर होकर कहा, “यह बहुत अच्छी बात है चन्द्र जी। आइ होप यू आर हैपी।”

"ह्वट इज़ हैपिनेस, रेखा जी; कुछ और बात करिए, हैपिनेस तो एक कल्पना है–या उस अवस्था का नाम है जिस में हम अपनी ज़रूरत को अभी जानते नहीं हैं। इनसान के लिए हैपिनेस नहीं है–क्योंकि वह लाइलाज जिज्ञासु है। वह जान के रहेगा–और जानेगा तो भोगेगा!"

खंडन में रेखा की रुचि नहीं थी। फिर भी इतना कहे बिना वह न रह सकी : "जिज्ञासु ही हैपिनेस जान सकता है; नहीं तो जिस ने उसे जाना नहीं वह भोगेगा क्या? कोई चीज़ स्थायी नहीं है, इसी से वह कल्पना-मात्र तो नहीं हो जाती?"

"पर स्थायी नहीं है तो हैपिनेस कैसे है? जिस के साथ छिन जाने का डर बराबर लगा है, वह प्राप्ति कैसी है?"

रेखा के भीतर कुछ पुकार उठा, 'वही प्राप्ति है, वह प्राप्ति है।' उसने धीरे-से कहा, "जो छिन जा सकता है पर जब है तब सर्वोपरि है, वही आनन्द है।" फिर विषय बदलने के लिए, बिना उत्तर का मौक़ा दिए कहा, "लेकिन गृहस्थ-जीवन में दूसरे स्तर की बात सोचनी चाहिए न–उसका आधार है स्थायित्व, उड़ान नहीं; गृहस्थी की आधार-भूमि पर पैर टेक कर आप घूम भी सकते हैं–"

"रेखा जी, इस बात को गुस्ताख़ी न समझा जाए तो कहूँ कि गृहस्थी के मामले में आपको ऑथारिटी मानने में संकोच भी हो सकता है।"

"सो तो है।" रेखा ने कहा; फिर मानो उसे तभी ध्यान आया हो कि बात हँसी की है, वह हँस दी।

चन्द्र ने चाय के प्याले की तलछट राखदान में उड़ेल कर चायदानी की ओर हाथ बढ़ाते हुए कहा, "आप गौरा जी से मिलने चलेंगी?"

रेखा ने चायदानी सम्भालते हुए कहा, "लाइए, मैं बना दूँ।" फिर प्रश्न का उत्तर देते हुए, "हाँ, अगर उन्हें बुरा न लगे "

"वाह, उन्हें क्यों बुरा लगने लगा? भुवन जिस पर–जिस की इतनी प्रशंसा करते रहे हैं उसे उनकी प्रिय शिष्या न देखना चाहे, यह हो ही नहीं सकता। वैसे बड़ी अच्छी लड़की है–और बड़ी सुन्दर। संगीत में भी रुचि रखती है यह तो आपको मालूम ही है। इंटेलिजेंट भी है, पर ज़रा मुँहज़ोर–"

रेखा ने अनमने से कहा, "हाँ?"

गौरा ने कहा "आइए, बैठिए, पिता जी अभी आते हैं–"

यह स्वागत इतना असाधारण था कि चन्द्र सहसा यह भी पूछना भूल गया कि वह मसूरी से कब लौटे। वह बैठा ही था कि गौरा ने भीतर के किवाड़ तक जा कर पुकारा, "पिता जी,, चन्द्रमाधव जी आए हैं।"

फिर वह आकर कर्तव्यनिष्ठ लड़की की तरह बैठ गई और अतिथि का मनोरंजन करने लगी।

"आप पहाड़ नहीं गए? दिल्ली में तो ऐसी गर्मी पड़ रही है कि बस–"

चन्द्र ने सहसा कहा, "गौरा, मैं तुमसे मौसम की बात करने नहीं आया।"

गौरा ने अज्ञानी बन कर कहा, "जी?"

चन्द्र एक बार साहस कर के 'तुम' कह गया था, पर इस 'जी?' के आगे उसका साहस जवाब दे गया। फिर भी, जैसे कोई ठंडे पानी में गोता लगा ही तो डाले, उसने कहा, "रेखा जी यहाँ हैं, आपसे मिलने की इच्छुक हैं।"

गौरा को थोड़ी देर अचकचाते देख कर उसे बड़ा सन्तोष हुआ।

गौरा ने खड़ी होते हुए कहा, "आपके लिए चाय लाऊँ–चाय तो पिएँगे न?" फिर तनिक रुक कर, "वह जब चाहें आवें–मैं तो यहीं रहती हूँ–"

अब जा कर चन्द्र ने पूछा, "पिता जी कब आए? बड़ी जल्दी लौट आए–"

"नहीं, फिर जाएँगे, मेरी वजह से आ गए।"

"आप भी जाएँगी?"

"शायद–"

"कब?"

"इसी हफ़्ते जाने की सोच रहे हैं–" भीतर से उत्तर आया, और साथ-साथ गौरा के पिता ने दरवाज़े पर प्रकट होते हुए कहा, "कहो भई, कब आना हुआ?"

गौरा ने फुर्ती से कहा, "मैं चाय लाती हूँ," और भीतर चली गई।

तीन दिन बाद जब रेखा को ले कर चन्द्रमाधव फिर वहाँ गया, तब भी गौरा का बर्ताव कुछ ऐसा ही था–चिकना, विनीत, शिकायत से परे, मगर दूर...परस्पर नमस्कार और परिचय के बाद जब तीनों बैठ गए तो एक क्षण का मौन उन पर छा गया। चन्द्र चाहता था कि इन दोनों को मिला देने की अपनी सफलता पर प्रसन्न हो, पर एक अजब संकोच का भाव उसके भीतर भर रहा था–एक अनिश्चय, एक आशंका-सी...वह चुपचाप चोर आँखों से कभी रेखा को, कभी गौरा को देख रहा था; ये दोनों बात करने लगें तो कुछ ठीक हो...

पर वे दोनों भी चुप थीं। रेखा को गौरा ने चन्द्र के पास ही सोफ़े पर बिठाया था, स्वयं दूसरी ओर तख़्त के कोने पर सीधी बैठी थी–एक हाथ हलका-सा तख़्त पर टिका हुआ, आँखें नीचे झुकी हुईं। उसने बिलकुल सफ़ेद धोती पहन रखी थी–बहुत छोटी-छोटी सफ़ेद बूटी वाली चिकन की–गहने वह यों भी नहीं पहनती थी और आज चन्द्र ने लक्ष्य किया कि उसके हाथों पर साधारण एक-एक चूड़ी और एक अँगूठी भी नहीं; स्फटिक से घिरी हुई निष्कम्प लौ की तरह वह अपने में सिमटी बैठी थी। रेखा ने भी

सफ़ेद रेशमी साड़ी पहन रखी थी, जिस अनुपात में रेशम की सफ़ेदी चिकन की सफ़ेदी की अपेक्षा कोमल थी, उसी अनुपात में उसका साँवला वर्ण भी मानो गौरा का धूमिल प्रतिबिम्ब था। गौरा सिमटी हुई और दूर थी, रेखा की आँखों में वह अस्पृश्य खुली दूरी नहीं थी पर मानो एक मेघ-घिरे आकाश का-सा भाव था...

रेखा ने कहा, "गौरा जी, चन्द्र जी बता रहे थे कि आप दक्षिण से संगीत की विशेष शिक्षा पूरी करके आई हैं।"

गौरा ने सायास कहा, "जी, दक्षिण से तो अभी आई हूँ। गई थी संगीत सीखने ही, पर दो वर्ष में क्या आता है!"

रेखा ने पूछा, "दक्षिण का संगीत तो बिलकुल अलग है न-मैं कुछ जानती तो नहीं पर सुना है-"

"हाँ-पर मैंने तो सुना है आप बहुत अच्छा गाती हैं-"

"नहीं गौरा जी, वह तो-"

चन्द्र ने बात काटते हुए कहा, "हाँ गौरा जी, हम ने भी बहुत दिन से सुन रखा था, पर उस दिन भुवन के आग्रह से सुनने को न मिल गया होता तो रेखा जी कबूलती थोड़े ही कि-"

रेखा सहसा उठ कर गौरा के पास चली आई। "यहाँ बैठ जाऊँ-यह बीच में शून्य का एक चौखटा रख के आर-पार बात करने का अंग्रेज़ी तरीक़ा मुझे पसन्द नहीं है।"

"बैठिए।"

चन्द्र बोला, "इस समय भुवन को भी यहाँ होना चाहिए था-कितना अच्छा होता।" फिर दोनों की ओर देख कर, "गौरा जी, भुवन का कोई पत्र-वत्र आया है इधर? मुझे तो बहुत दिनों से कोई ख़बर नहीं है।"

"नहीं तो।" गौरा ने बिना किसी की ओर देखे उत्तर दिया। फिर सहसा बोली, "वह लगन वाले आदमी हैं-खोज में लगे हैं तो और किसी बात की ख़बर उन्हें थोड़े होगी! उन्हें खाने-पीने का भी होश नहीं रहता जब काम कर रहे हों-"

रेखा ने कहा, "आप तो उन्हें बचपन से जानती हैं न?"

"जी, उन्होंने मुझे पढ़ाया भी है-"

चन्द्र ने हँसते हुए कहा, "गुरु वैज्ञानिक, शिष्या संगीतज्ञ-यह अच्छा विरोधाभास है न, रेखा जी?"

रेखा ने सीधा उत्तर न दे कर कहा, "अच्छा गुरु उदार होता है, चन्द्र जी, और उदार बनाता है।"

गौरा खड़ी हुई, "आप लोगों के लिए चाय लाऊँ-"

रेखा ने कहा, 'नहीं गौरा जी, आप बैठिए-"

"सब तैयार है-"

"तो चलिए, मैं आपकी मदद करूँ।" कह कर देखा भी उठ खड़ी हुई, "मैं आपकी रसाई में आऊँ तो कोई–"

"आप कैसी बात करती हैं, रेखा देवी?" कह कर गौरा आगे चल पड़ी, रेखा पीछे-पीछे।

गौरा ने चलते-चलते कहा, "काम वास्तव में कुछ नहीं है, रेखा देवी; सिर्फ़ पानी डाल कर ले आना है, मेज़ लगी है।"

दोनों उस समय चाय का कमरा पार कर रही थीं। रेखा ने कहा, "सो तो देख रही हूँ।"

"या–आप पसन्द करें तो बैठक में ही ले चलूँ–"

"नहीं, यहीं ठीक है, गौरा जी–"

"आप चाय पसन्द करेंगी या कॉफ़ी?"

रेखा ने हँस कर कहा, "आपने ज़रूर यह भी सुना होगा कि मैं कॉफ़ी की पियक्कड़ हूँ; पर चाय ही पियूँगी।"

गौरा ने तनिक-सा खिंच कर कहा, "भुवन दा ने ही लिखा था कि वह लखनऊ में बराबर कॉफ़ी हाउस जाते रहे"–मानो कहना चाहती हो, मैंने आपके बारे में कुछ पूछताछ की हो, ऐसा न समझें।

रेखा ने वह खिंचाव भाँप लिया। सहसा गौरा के कन्धे पर हाथ रख कर बोली, "बुरा नहीं मानिएगा, गौरा जी; चन्द्र जी तो जर्नलिस्ट हैं न, हर बात का प्रचार करना उनका काम है–मेरे कॉफ़ी पीने का भी–"

गौरा ने कोई उत्तर नहीं दिया।

चाय रख कर गौरा ने कहा, "आप बैठिए, मैं चन्द्रमाधव जी को बुला लाऊँ–"

रेखा ने कहा, "ऐसी क्या जल्दी है, दो मिनट अकेले बैठे रहेंगे तो कोई हर्ज़ नहीं होगा–बल्कि अकेले रहना तनिक भी सीख सकें तो फायदा ही हो।"

गौरा ने कुछ विस्मय से उसकी ओर देखा, फिर बैठ गई। रेखा कुछ कहना चाहती है शायद, और चन्द्रमाधव की उपस्थिति में बात कर सकना किसी को कठिन मालूम हो, यह ज़रा भी अस्वाभाविक नहीं है।

पर रेखा चुप रही। बल्कि उसने आँखें बन्द करके क्षण-भर हथेलियों से चेहरा ढक लिया। गौरा स्थिर दृष्टि से उसे देखती रही, और इस समय सुविधा पा कर सिर से पैर तक देख गई। फिर उसकी आँखें रेखा के हाथों पर टिक गईं।

रेखा के हाथ सुन्दर नहीं कहे जा सकते, पर उनकी उँगलियों में एक संवेदना-क्षमता थी; और उँगलियों के जोड़ स्पष्ट ही एक चिन्तनशील स्वभाव के सूचक थे। छिगुनियों की सिरे वाली पोर थोड़ी-सी भीतर की ओर को मुड़ी हुई थी। एक हाथ की अनामिका पर अँगूठी थी–सफ़ेद धातु, चाँदी या प्लेटिनम?–जिस में एक बड़ा-सा कटहला जड़ा हुआ था, रेखा के साँवले रंग पर वह फबता था। अँगूठी उँगली में ढीली

थी, नगीना एक ओर को खिसक गया था। चिन्तनशील उँगलियों की यहीं मुश्किल होती है–जोड़ बड़े होते हैं, अँगूठी चढ़ाने में दिक्कत होती है और इसलिए ढीली अँगूठी पहननी पड़ती है...

सहसा रेखा ने हाथ हटा लिये, आँखें खोलीं, और पूछा, "गौरा जी, हमारे जर्नलिस्ट साहब हम दोनों को मिलाने को बहुत उत्सुक थे। और अब निसन्देह आप सोच रही होंगी कि हम लोग जो मिलीं, सो आखिर क्यों?"

गौरा ने अपने को सँभालते हुए कहा, "नहीं, मिलना तो मैं भी चाहती थी–"

"और मैं भी चाहती थी। और मिलना हुआ, यह बड़ी ख़ुशी की बात है। पर स्त्रियाँ जो चाहती हैं उसके होने के लिए प्रतीक्षा करती हैं। और–" रेखा रुक गई, मानो अपने शब्द तौल रही हो और तय कर रही हो कि बात कही जाए या नहीं, "और यह भी है कि आप मुझ से–आपका मेरे बारे में कौतूहल भुवन जी की मारफ़त ही रहा होगा–हम दोनों के बीच भी कड़ी वही हैं, चन्द्र तो नहीं।"

गौरा चुप रह गई।

रेखा ने फिर कहा, "डॉ. भुवन–ही'ज ए वेरी फाइन मैन।"

गौरा ने कहा, "चाय ठंडी हो जाएगी; चन्द्र जी को बुला लूँ–"

रेखा ने मुसकरा कर कहा, "आइ'ल टेक द हिंट। लेकिन एक बात कह ही डालूँ–क्योंकि फिर शायद न कह सकूँ–या मौक़ा न मिले। चन्द्र ने आपसे क्या मेरे बारे में कुछ कहा है, यह नहीं पूछूँगी–कहा हो होगा। क्या, वह भी नहीं पूछूँगी। अपनी ही ओर से कहूँ–मेरे कारण डॉ. भुवन का अहित, जहाँ तक हो सकेगा, मैं नहीं होने दूँगी। चाहती हूँ कि विश्वास के साथ कह सकूँ कि बिलकुल नहीं होने दूँगी, पर भीतर वह निश्चय नहीं पाती, और झूठा आश्वासन नहीं देना चाहती–खास कर आपको–"

गौरा ने तनिक उदासीनता चेहरे पर लाते हुए कहा, "यह सब आप मुझे क्यों कहती हैं, रेखा जी?"

"क्यों, यह तो नहीं जानती। पर कह देना चाहती हूँ–भविष्य में शायद–कभी आपको यह याद करने की ज़रूरत पड़े। किसी के निजी जीवन में–भावना-जगत् में–हस्तक्षेप करना मैं कभी नहीं चाहती, गौरा; मैंने जो कुछ कहा है, कुछ जानने के लिए नहीं, केवल अपनी बात कहने के लिए। फिर भी अगर कोई ऐसा स्थल छू गई हूँ जिस से मुझे दूर रहना चाहिए था, तो क्षमा चाहती हूँ।"

सहसा खड़ी हो कर रेखा गौरा के पास चली आई; दोनों हाथ उसके कन्धे पर रख कर उसने धीरे से पुकारा, "गौरा!" गौरा ने आँख उठाई; दोनों की आँखें मिलीं और देर तक मिली रहीं। फिर रेखा ने धीमे स्वर में कहा, "कभी हम किसी से मिलते हैं और तय कर लेते हैं कि हम अजनबी नहीं हैं; पर उससे ज़रूरी नहीं है कि बात करना सफल ही हो जाए–" वह कुछ रुकी, कुछ अनिश्चित स्वर में उसने कहा, "है न?" फिर उसके हाथ धीरे-धीरे खिसकते हुए हट चले; गौरा ने दाहिना हाथ उठा कर उसका

हाथ पकड़ लिया और उसे थामे उठ खड़ी हुई। आमने-सामने खड़े दोनों की आँखें एक बार फिर मिलीं। फिर रेखा सहसा मुड़ कर बाहर के कमरे की ओर चली गई। क्षण-भर बाद एक नज़र मेज़ पर लगी हुई चीज़ों पर दौड़ाते हुए और उसके द्वारा मानो साधारण के स्तर पर उतरते हुए गौरा ने दो-तीन कदम आगे बढ़ कर आवाज़ दी, "आइए, चाय तैयार है।"

चाय पीते-पीते चन्द्र को लगा कि वातावरण में कहीं कुछ परिवर्तन है। लेकिन क्या, यह वह नहीं जान सका। उसे केवल यह अनुभव हुआ कि कहीं किसी तरह वह असफल हुआ है, लेकिन इस असफलता की कुढ़न ऐसी थी कि वह यह भी नहीं सोच पा रहा था कि किस बात में वह असफल हुआ है...

गौरा ने कहा, "रेखा जी, चाय के बाद एक गाना सुनाएँगी?"

चन्द्र ने कहा, "गौरा जी, पहली ही भेंट में फर्माइश! मुझे तो हिम्मत न होती; और फिर रेखा जी-रेखा जी इज़ ए डिफिकल्ट वुमन टु नो! लेकिन-" और वह रुक कर स्थिर दृष्टि से रेखा की ओर देखता रहा, "लेकिन डिफिकल्ट हैं इसीलिए शायद पहली बार ही कह देना चाहिए, क्योंकि दूसरी बार ही कौन अधिक परिचित हो जाएँगी!"

गौरा ने कहा, "रेखा जी, मेरे कहने का बुरा तो नहीं मानेंगी?"

"गौरा, तुम चन्द्र को अभी नहीं जानतीं-वह जब नाराज़ होता है तभी कुछ क्लेवर बात कह कर दुनिया से बदला ले लेता है!"

"यानी? यानी आप यह कहना चाहती हैं कि असल में मुझे जानना ही डिफिकल्ट है? गौरा जी से मेरा-गौरा जी, आप इन की बात न मानिएगा-मैं तो जो-कुछ हूँ, एकदम सतह पर हूँ-"

रेखा ने साभिप्राय कहा, "ओ हो, आज तो आप बहुत बड़ा कनफेशन किए दे रहे हैं, चन्द्र जी-"

चन्द्र ज़रा-सा अप्रतिभ हुआ, पर तुरन्त पैंतरा बदल कर बोला, "हाँ, जो सतह पर है, वही सच है; सतह के नीचे कुछ नहीं है, सिर्फ़ धोखा। जो कहते हैं कि यथार्थ कुछ नहीं है, जो गोचर है सब माया है, वे ही तो साबित करते हैं कि माया ही यथार्थ है, सतह ही वास्तविकता है-क्योंकि वह कम-से-कम गोचर तो है, उसके पीछे तो कुछ है ही नहीं!"

"ओफ, चन्द्र जी, जिनके तर्क को आप इस रूप में पेश कर रहे हैं वे सुन लें तो-"

"तो आत्म-हत्या कर लें, यही न? लेकिन उसमें क्या बुराई है? आख़िर एक भ्रम ही तो नष्ट होगा-माया का एक पुंज? और आत्मा तो अनश्वर है-तब आत्म-हत्या के माने क्या? लेकिन रेखा जी, आप गाना सुनाएँ ही, तो वही सुनाएँ जो लखनऊ में-"

"कौन-सा?"

"वही शरद् की रात के बारे में कुछ; उस समय पूरा सुन नहीं पाए थे-"

रेखा ने गौरा की ओर उन्मुख हो कर पूछा, ''तुम बँगला समझ लेती हो।''

गौरा ने कहा, ''थोड़ी बहुत। पढ़ कर तो समझ लेती हूँ, सुन कर थोड़ी अड़चन होती है।''

''तुम नहीं गाती?''

''मैं! मेरी आवाज़ तो–''

''बहुत मीठी है। अच्छा, संगत करोगी तो गा दूँगी–''

''वाह वा!'' चन्द्र ने समर्थन किया, ''बहुत अच्छा आइडिया है। आपका संगीत भी कभी नहीं सुना गौरा जी!'' कह चुकने के बाद सहसा उसे ध्यान आया, गौरा को रेखा तुम कह कर सम्बोधन कर रही है, और गौरा इस पर चौंकी नहीं, मानो यह स्वाभाविक है; उसने सहसा चौकन्ने होकर दोनों की ओर देखा–यह कब, कैसे हो गया? क्या दोनों ने सहज मान लिया कि रेखा बड़ी और गौरा छोटी है और इसलिए–या कि दोनों ने वैसा परिचय बना लिया–लेकिन कब? कब? मिस्ट्री, दाइ नेम इज़ वुमन...मध्य युग के सन्त ठीक मानते थे–हर औरत चुड़ैल होती है, झाड़ू पर सवार जादूगरनी, जो आदमी के किए-कराए पर झाड़ू फेर देती है...उसने फिर कहा, ''हाँ, आप दोनों गाइए-बजाइए, मैं अकेला सुनूँगा, एक दोहरे मिरेकल का एकमात्र साक्षी–''

गौरा ने कहा, ''नहीं रेखा जी, संगत नहीं करूँगी, आपका गान एकाग्र हो कर सुनना चाहूँगी; संगत करने बैठूँगी तो ध्यान बँट जाएगा। आपका आग्रह हो तो पीछे सुना दूँगी। पर मुझे कुछ आता नहीं।''

रेखा ने कहा, ''ऐसे ही सही।'' फिर चन्द्र से, ''लेकिन तुम साक्षी क्यों होंगे–तुम्हें भी तो मिरेकल में भाग लेना चाहिए?''

''मैं? लेकिन मुझे न गाना आता है, न बजाना–''

''तो तुम नाचना–''

''क्यों, वह आना ज़रूरी नहीं है शायद?'' कुछ रुक फिर चन्द्र स्वयं ही बोला, ''ठीक है, पुरुष हमेशा से नाचता आया है, स्त्रियाँ नचाती आई हैं।''

''और बिना सीखे नाचता आया है, है न?'' रेखा ने और चिढ़ाया।

गौरा ने भी उसी स्पिरिट में कहा, ''हमेशा से नाचता आया है, तब यह हाल है, रेखा जी; बन्दर भी शायद तीन महीने में सीख जाता है–''

चन्द्र ने तीखी दृष्टि से गौरा की ओर देखा, मानो कह रहा हो 'अच्छा, तुम्हें भी पंख लगे?' फिर बोला, ''जी हाँ, पर फ़र्क जानवर-जानवर का नहीं, मदारी का है। बन्दर का मदारी और उसका बन्दर जो खेल खेलते हैं, उसके नियम सीधे होते हैं; दोनों पक्षों का एक ही नियम होता है और दोनों उसे जानते हैं। पर हम...भला सोचिए, हम ब्रिज के डमी बन कर अपने सब पत्ते बिछा दें, और आप तिपत्ती खेलने लगें तो–''
रेखा ने टोका, ''लेकिन है आपकी कल्पना में पुरुष भी जुआरी, स्त्री भी; क्यों, नहीं?''

‘‘और नहीं तो क्या। जीवन जुआ तो है ही, बड़ा भारी जुआ, एंडलैस गैम्बलिंग मैच!’’

गौरा के मुँह पर कोई तीखा जवाब मचल रहा है, यह दीख रहा था। रेखा ने कहा, ‘‘तुम्हारी बात में कुछ तत्त्व हो सकता है, चन्द्र : लेकिन क्या, इससे शायद तुम्हीं को अचम्भा हो।’’

‘‘क्या?’’

‘‘यह कि दाँव दोनों खेलते हैं; लेकिन हम अपना जीवन लगाती हैं और आप–हमारा।’’

गौरा कुछ शान्त दीखी, मानो इस उत्तर में वह जो कहना चाहती थी, वह भी कह दिया गया।

चाय से उठ कर तीनों फिर बैठक में आ गए। कमरे में कुछ–कुछ अँधेरा था, क्योंकि बाहर बदली घिरने लगी थी; बढ़ी हुई उमस से आशा हो रही थी कि शायद वर्षा हो–उस मौसम की पहली वर्षा...कभी–कभी बादल गरज जाते थे।

चन्द्र ने कहा, ‘‘अच्छा रेखा जी, अब गाना हो जाए।’’

गौरा ने उठ कर छोटी मेज़ पर से एक चाँदी का डिब्बा रेखा की ओर बढ़ाते हुए कहा, ‘‘लीजिए–’’

गौरा के बढ़े हुए हाथों में एक में डिब्बा, दूसरे में उसका ढक्कन था; लौंग–इलायची उठाते हुए रेखा की दृष्टि उन हाथों पर जा टिकी थी। सहसा उसने कहा, ‘‘बहुत सुन्दर हैं तुम्हारे हाथ–तुम चूड़ी–ऊड़ी नहीं पहनतीं?’’

गौरा ने कुछ झिझकते हुए हाथ थोड़े-से पीछे खींच लिये, कुछ बोली नहीं।

‘‘अच्छा मैं चूड़ियाँ लाऊँगी–गौरा, मे आइ?’’

गौरा और भी संकुचित हो गई, थोड़ा रुक कर बोली, ‘‘थैंक यू, मगर काँच की हों और नहीं–’’

रेखा ने तनिक मुसकरा कर कहा, ‘‘तुम वृकग वुमन की सीमाओं की बात सोच रही हो! खैर, तुम्हारी शर्त मान लेती हूँ, पर इन हाथों पर–सचमुच बहुत सुन्दर हाथ हैं, गौरा, ये दूसरे आभूषण माँगते हैं।’’

गौरा ने सकुचाते हुए डिब्बा चन्द्रमाधव के आगे रख दिया, हाथ पीछे खींच लिये मानो छिपा लेगी।

बादल की गड़गड़ाहट ज़ोर से हुई। चन्द्रमाधव ने कहा, ‘‘सुनाइए, बादल का ही कोई गीत सुनाइए। आपकी बँगला में तो सुना है वर्षा के गीत लाखों हैं।’’

पहले रेखा ने यही सोचा था। पर गौरा के हाथों की बात से उसका मन मानो किसी दूसरी तरफ़ चला गया था। वह अनमनी–सी उन्हीं की ओर देखती जा रही थी।

गौरा ने कहा, "रेखा जी, जो आपकी इच्छा हो गाइए–"

रेखा ने जैसे कुछ चौंक कर कहा, "उँ-हाँ" और गुनगुनाने लगी। गुनगुनाना अनिश्चित-सा था, पर सहसा मानो निश्चय कर के उसने स्पष्ट स्वर में गाया :

तोमाय
साजाबो यतने कुसुमे रतने
केयूरे कंकणे कुकुमे चन्दने
साजाबो
किंशुके रंगणें
तोमाय...

गान दोनों श्रोताओं के लिए कुछ अप्रत्याशित था; चन्द्र ने भवें हलकी-सी उठाईं, गौरा सीधी हो कर बैठ गई। रेखा गाती रही :

कुन्तले बेष्टिबो स्वर्ण-जालिका
कण्ठे दुलाइबो मुक्ता-मालिका
सीमान्ते सिन्दूर अरुण बिन्दुर
चरण रंजिबो अलक्त-अंकणे
किंशुके रंगणे तोमाय
साजाबो

गान समाप्त होने पर थोड़ी देर मौन रहा। फिर गौरा ने पूछा, "बहुत अच्छा गाती हैं आप। यह रवीन्द्र संगीत है न?"

"हाँ"

फिर एक विकल्प के बाद चन्द्र ने कहा, "गौरा जी, आप?"

गौरा ने रेखा की ओर उन्मुख हो कर पूछा, "मैं सिर्फ़ तबला सुनाऊँ आपको–अच्छा लगेगा?" फिर चन्द्र की ओर मुड़ कर, "और कोशिश करूँगी बादल से सुर मिलाने की–"

"हाँ, हाँ, ज़रूर।" चन्द्र ने उत्साह से कहा।

गौरा भीतर जा कर जोड़ी उठा लाई, फर्श पर बैठ गई। तबलों को ठोकने-खींचने लगी तो चन्द्र ने रेखा से पूछा, "आपने वर्षा का गीत क्यों न सुनाया?"

रेखा ने उत्तर न दिया। कमरे में प्रकाश और भी धुँधला हो गया था; चन्द्र उसके चेहरे के भाव को ठीक-ठीक देख भी न सकता था।

गौरा ने कहा, "मैं धम्मार में एक परण सुनाती हूँ।"

परकशन (Percussion) वाद्य सबसे प्राचीन वाद्य है; नृतत्वविद् इसका कारण यह बताएँगे कि मानव बुद्धि ने पहले धमाके की ही संगीतात्मक सम्भावनाओं को पहचाना–या कि ताली से आगे बढ़ने पर किसी न किसी चीज़ को पीटना ही ताल देने का सरल माध्यम है। ऐतिहासिक दृष्टि से वह ठीक ही होगा। पर संगीतात्मक दृष्टि से, ऐसे वाद्यों

का महत्त्व यह है कि मौलिक प्राकृतिक शक्तियों से, प्रकृति के क्रीड़ा-कल्लोल से, सम-स्वरता वे ही सब से अच्छी तरह कर सकते हैं-हवा, बादल, आँधी, पानी, बिजली, लहर, दावानल, जलप्रपात...ढोल-मार्दल-मृदंग-तबले की थाप मानव को जिस सहज भाव से इनके निकट ले जा सकती है, इन के साथ एकतानता स्थापित कर सकती है, और वाद्य नहीं कर सकते...

बादल की गड़गड़ाहट में वर्षा का सरसराता स्वर भी मिल गया था। पर किसी को उसका ध्यान नहीं था। तबले का स्वर कभी धीमा और तरल, कभी चौड़ा और परुष, कभी हलका और दौड़ता हुआ, धुँधलके में भर गया था। रेखा एकटक गौरा के हाथों को देख रही थी; पर हाथों की आकृति अब स्पष्ट नहीं दीखती थी, तबले के पड्डे और स्याही के वृत्तों पर उसकी छाया-सी ही पहचानी जाती थी। रेखा दबे-पाँव उठी, मैंटल पर से लैम्प उठा कर उसने गौरा के पास ज़मीन पर रखा, फिर उसका छादन तिछा कर के बटन दबा कर उसे जला दिया-ऐसे कि प्रकाश तबलों पर और कलाई तक गौरा के हाथों पर पड़े और वहीं नीचे आलोक के लम्बोतरे घेरे में गलीचे का नीला-भूरा पैटर्न दीखने लगा।

रेखा फिर मुग्ध-सी गौरा की थिरकती उँगलियों को देखती रही; चन्द्र छत के पंखे की ओर टकटकी लगाए सुन रहा था।

सहसा एक थाप के साथ सन्नाटा हो गया जिस में तबले का स्वर ही थोड़ी देर गूँजता रहा, फिर वह बारिश के स्वर में लय हो गया। गौरा ने एक लम्बी साँस ली।

रेखा बढ़ कर नीचे गौरा के पास बैठ गई, अपने दोनों हाथ उसने तबलों पर टिके हुए गौरा के हाथों पर रख दिए। कुछ बोली नहीं। फिर सहसा उसने हाथ उठा कर अपनी अनामिका से अँगूठी उतारी और नरम हाथ से गौरा का हाथ अपनी ओर खींचते हुए उसकी उँगली में पहना दी।

गौरा ने अचकचा कर कहा, "रेखा जी-यह क्या-नहीं रेखा जी, यह नहीं-" और घबड़ाए से हाथों से अँगूठी उतारने लगी।

"रहने दो, गौरा; कटहला शायद तुम्हारे हाथ के लायक नहीं है, पर यह मेरी माँ की अँगूठी है-"

"तब तो और भी नहीं रेखा जी; मैं आपकी दी हुई चीज़ वापस नहीं कर रही-अवज्ञा न समझें-पर आपकी माँ की अँगूठी मैं कैसे ले सकती हूँ?" अँगूठी उतार कर वह रेखा का हाथ खोजने लगी।

रेखा ने कहा, "गौरा, मैं-"

"नहीं, नहीं, नहीं,!" गौरा अँगूठी फिर रेखा को पहनाने का यत्न करती हुई बोली, "आप मुझे चूड़ियाँ दे दीजिएगा, मैं पहनूँगी; पर यह-"

"चूड़ियों की बात तो अलग है। वह तो मेरी बंगालिन आँखों को खटका था कि तुम्हारी कलाइयाँ सूनी हैं; पर यह तो मेरा ट्रिब्यूट-"

"मुझे शर्मिन्दा मत कीजिए, रेखा जी! अच्छा, आप मेरी ओर से ही रख छोड़िए–फिर कभी दे दीजिएगा–या मैं माँग लूँगी–"

"फिर कब? यह टालने की बात है–"

"नहीं सच; कभी जब–आपकी माँ ने आपको यह कब दी थी?"

रेखा का हाथ सहसा शिथिल पड़ गया। अँगूठी उसकी माँ ने उसे सगाई पर दी थी। वह कुछ बोल न सकी; गौरा ने अँगूठी उसे पहना दी, और क्षण-भर उसका हाथ अपने हाथ में लिये रही। फिर सहसा उसकी शिथिलता और उसके चेहरे का अनुपस्थित भाव देख कर बोली, "आप नाराज़ तो नहीं हो गईं रेखा जी? यू आर वेरी काइंड–लेकिन यह तो–"

रेखा ने सँभल कर कहा, "ठीक कहती हो, गौरा।" धीरे-धीरे हाथ खींच कर वह फिर अपनी जगह जा बैठी। गौरा भी उठी, पहले दीवार की ओर बढ़ी कि स्विच दबा कर कमरे की बत्तियाँ जला दे, पर अधबीच में रुक उसने हाथ खींच लिया; झुक कर तबले उठाए और अन्दर चली गई।

रेखा ने उसकी प्रत्येक भंगिमा को लक्ष्य किया था। उसी का लिहाज़ कर के गौरा बत्तियाँ नहीं जला गई। उसने ज़ोर से अपने को हिलाया; चन्द्र की ओर देखा, सायास मुसकराई और बोली, "अब मेघ-संगीत सुनाऊँ?"

चन्द्र उसकी ओर ताकता रहा। सारी घटना उसकी कुछ समझ में नहीं आई थी, वह बैठा-बैठा सोच रहा था कि औरत नाम का जन्तु भी न जाने किस ढब का है; सहसा उत्तर भी न दे सका। रेखा ने आगे बढ़ कर स्वयं बत्तियाँ जला दीं, फ़र्श पर रखा लैम्प बुझा दिया, और गा उठी :

मन मोर मेघेर संगीते,
उड़े चल दिग्दिगन्तेर पाने श्रावण वर्षण संगीते
उड़े चल, उड़े चल, उड़े चल!

गौरा लौट कर आई, तो रेखा को कमरे के मध्य में खड़ी गाती देख कर किवाड़ के सहारे ही ठिठकी खड़ी रही।

रेखा को उसके ठिकाने पर पहुँचा कर चन्द्रमाधव जब वापस मुड़ा, तब उसके चेहरे पर जो परिवर्तन हुआ वह इतना द्रुत था कि उसकी रेखाओं को मानो चलते देखा जा सकता था–सलवटों का चल कर नई जगह बैठना, नई झुर्रियों का उमड़ना, आँखों पर एक झिल्ली-सी का छा जाना...रेखा ने कहा कि पहुँचाने की ज़रूरत नहीं है, वह चली जाएगी, पर उसने कहा था कि उसे भी कश्मीरी गेट ही जाना है–और बिलकुल झूठ भी नहीं कहा था, क्योंकि जिस काम से उसे जाना था वह कश्मीरी गेट में भी हो सकता था...सीढ़ियों के नीचे ही रेखा ने कहा, "चन्द्र, तुम्हारा बहुत-बहुत धन्यवाद–

गौरा से मिल कर मुझे बड़ी खुशी हुई–'' फिर वह तनिक रुकी, मानो और कुछ भी कहने वाली हो, पर फिर सहसा, ''अच्छा, नमस्कार!'' कह कर मुड़ी और सीढ़ियाँ चढ़ गई। चन्द्र बाहर की ओर को मुड़ गया। हलकी-सी बारिश अब भी हो रही थी, पर चन्द्र ने उसकी परवाह न की।

सड़क के पार, कॉलेज के बगल में एक होटल का बोर्ड था 'होटल एंड बार'। क्या वहीं? चन्द्र थकी चाल से उधर बढ़ा, पर अधबीच में तिकोने पार्क के सिरे पर रुक गया, फिर दाहिने मुड़ कर कुछ आगे बढ़ा और फिर निकसन रोड की ओर मुड़ गया। कोई दो फर्लांग जा कर एक और जगह थी। यहाँ वह बहुत दिनों से नहीं आया था, पर पहले अकसर आया करता था...

पहले...अन्दर कुरसी पर बैठते हुए उसे याद आया, पीते लोग उन दिनों भी थे ही, पर उसका पीने आना मानो उसके लिए बड़ी असाधारण घटना थी, उसके लिए ही नहीं, यों भी...और जब एक बार वह हेमेन्द्र के साथ आया था–हेमेन्द्र और उसके मित्र के साथ, और मित्र अनभ्यस्त मात्रा में पी जाने के कारण धुत्त हो गया था और दोनों उसे उठा कर ले गए थे...हेमेन्द्र था सो था, पर था ज़िन्दादिल आदमी, वैसे हमप्याला कहाँ मिलते हैं...उसने पुकारा, ''बेयरा?''

बेयरा ने आ कर सलाम किया। फिर ज़रा ध्यान से देख कर सहसा दुबारा सलाम किया किंचित् मुसकराहट के साथ। तो यह उसे पहचानता है...चन्द्र को अच्छा लगा। उसने पूछा, ''बियर है? कौन-सी?'' पर बेयरा उत्तर दे इससे पहले ही फिर कहा, ''अच्छा नहीं, ह्विस्की ले आओ।''

''कौन-सी, सा'ब–''

''अच्छा, सोलन ले आओ। बड़ा पैग-डबल।''

बेयरा चला गया। चन्द्रमाधव ने सिगरेट जलाई और कुरसी में आराम से पीठ टेक कर धुआँ उड़ाने लगा।

हेमेन्द्र...कहाँ होगा हेमेन्द्र अब? चन्द्र ने कोशिश की, रेखा और हेमेन्द्र की साथ कल्पना करे, पर उसमें किसी तरह सफलता नहीं मिली। हेमेन्द्र की शबीह वह किसी तरह सामने लाता तो रेखा की बजाय गौरा आ जाती; फिर वह संकल्प-पूर्वक उसे हटा कर रेखा को सामने लाता तो हेमेन्द्र की बजाय भुवन सामने आ जाता...हार कर उसने सिगरेट मुँह से निकाल कर उठ कर एक ओर थूका; फिर बैठ गया। बेयरा ह्विस्की ले आया; ट्रे में सोडा भी था पर चन्द्र ने ग्लास उठा कर इशारे से सोडा-पानी सब मना किया और उठा कर दो-तीन घूँट ही ह्विस्की के पी डाले। फिर उसने ज़ोर लगाना छोड़ दिया : न सही हेमेन्द्र, वह जो आवेगा उसी को देखेगा–गौरा सही, रेखा सही; उसकी अपनी पत्नी सही...

और यह मानव मन की प्रतिकूलता ही है कि उसके मानस-पटल पर रह-रह कर दो आकृतियाँ खिंचने लगीं–कभी उसकी पत्नी की, कभी हेमेन्द्र की...

उसने एकदम से उठा कर गिलास ख़ाली कर दिया। आकृतियाँ कुछ फीकी हो गईं, मिट गईं। हाँ, यह ठीक है। आकृतियों की कोई ज़रूरत नहीं है। वह सोच रहा है, उतना ही काफ़ी है। देखना तो वह नहीं चाहता किसी को...पर क्या सोच रहा है? हाँ, वह कुछ ज़रूरी बात सोच रहा था, कुछ काम उसे करना है...

उसने फिर पुकारा, "बेयरा।"

दूसरे डबल के साथ उसने सोडा भी लिया। फिर बेयरा से लिखने का काग़ज़ मँगाया। काग़ज़ सामने रख कर वह उसकी चिकनी सफ़ेद सतह को देखता हुआ घूँट-घूँट ह्विस्की पीता रहा, थोड़ी देर बाद उसने जेब से क़लम निकाल कर पत्र लिखना शुरू किया-हेमेन्द्र को।

लेकिन सम्बोधन लिख कर ही वह रुक गया। क्या लिखे, कैसे लिखे? इतने वर्षों में कभी तो उसने हेमेन्द्र को कुछ लिखा नहीं...उसने सिगरेट सुलगा कर लम्बा कश लिया, धुएँ के कुछ छल्ले बनाने के लिए ठोड़ी ऊँची उठा कर मुँह गोल करना चाहा पर ओठ जैसे अवश हो रहे थे, मुँह के आसपास की पेशियाँ उसका आदेश नहीं मान रही थीं और ऊपर के ओठ के सिरे पर एक अजीब फड़कन होने लगी थी जिसे वह किसी तरह नहीं रोक पा रहा था।

हेमेन्द्र को क्या उसकी याद होगी? उस मलय स्त्री के आलिंगनों में वह सब भूल गया होगा...पर स्त्रियाँ तो हेमेन्द्र को अच्छी नहीं लगती थीं-वह स्त्री क्या उसे छोड़ न गई होगी? वह तो एंग्लो-मलय थी न-उसके और भी प्रेमी ज़रूर रहे होंगे...

न, हेमेन्द्र को उसकी याद बिलकुल न होगी। क्या चन्द्रमाधव और क्या-कोई भी...

पर चन्द्रमाधव ही क्यों? नाम से लिखना क्या ज़रूरी है? बल्कि बग़ैर नाम के पत्र लिखने से शायद उसका महत्त्व बढ़ जाए-क्योंकि किसी के नाम के साथ हेमेन्द्र के जो पूर्वग्रह होंगे उन से बचाव हो जाएगा...

वह जल्दी-जल्दी लिखने लगा। समाप्त कर के उसने मानो अपने ही को सम्बोधन कर के कहा, "वाह, मेरे दोस्त, जर्नलिस्ट चन्द्र, यू'र ए ग्रेट मैन।..."

सहसा उसने जाना, बारिश बड़े ज़ोर से होने लगी है। उसने पैड में से चिट्ठी के पन्ने अलग कर के सफ़ाई से तह किए और भीतर की जेब में रख लिये; फिर बेयरे को बुला कर खाने का आर्डर दे दिया।

डैम ऑल वोमेन...नहीं, सब नहीं, केवल उन्हें जिन्हें तबीयत माँगती है; तबीयत, यानी वांछा की एक गरम लपलपाती जीभ...रॉटन मिडल क्लास वोमेन...दबी वासनाओं की पुतली, मक्कार, बीमार, मर्दख़ोर औरतें-मर्द के ख़िलाफ़ सब एक जैसे फन्दे फैलाए ठगों का गिरोह...ठीक कहते हैं कम्यूनिस्ट, इस भद्रवर्ग को मटियामेट किए बिना स्वस्थ सामाजिक सम्बन्ध हो नहीं सकते...

अपने जीवन में पहली बार गौरा ने एक पत्र लिख कर फाड़ा; लगभग वही दुबारा लिखा और दुबारा फाड़ दिया। तीसरी बार उसने केवल तीन पंक्तियों का पत्र लिखा; उसे सामने रख कर बहुत देर तक देखती रही। फिर उसने धीरे-धीरे उसे भी चार टुकड़े कर के नीचे गिरा दिया। मेज़ पर से लिखाई का सामान इधर-उधर ठेल कर उस पर बाँहें रख उन पर सिर टेक कर बैठ गई।

काफ़ी देर बाद उसने सिर उठा कर नीचे पड़े काग़ज़ के टुकड़ों की ओर देखा; पंखे की हवा में दो-एक टुकड़े फड़फड़ा रहे थे, एक पर लिखे हुए दो शब्द कभी दीख जाते, कभी छिप जाते : ''मेरे भुवन दा''...गौरा शिथिल भाव से उठी, टुकड़ों को समेट कर छोटी-छोटी चिन्दियाँ कर के उसने टोकरी में डाल दीं, फिर कमरे में टहलने लगी।

कुछ देर बाद किसी ने दरवाज़े पर हलके हाथ से दस्तक दी। गौरा ने किवाड़ खोले; एक चपरासी ने एक पैकेट उसे दिया और कहा, ''मेमसा'ब ने भेजा है वाई. डब्ल्यू. से-''

गौरा ने ले लिया; कहा, ''अच्छा। हमारा सलाम कह देना।'' दरवाज़ा फिर बन्द कर के उसने पैकेट खोला : हलके रंगों की काँच की दो दर्जन चूड़ियाँ थीं।

गौरा स्थिर दृष्टि से उन्हें देखती रही। सुन्दर चूड़ियाँ थीं। थोड़ी देर बाद गौरा ने उन्हें मेज़ पर रख दिया और फिर टहलने लगी। टहलते-टहलते वह रुकी, दो चूड़ियाँ उठा कर उसने बाएँ हाथ में पहन लीं, बाक़ी फिर पैकेट में लपेट दीं।

थोड़ी देर में पिता बाहर से आए तो गौरा ने कहा, ''पापा, मसूरी वापस कब चलेंगे?''

''अब तो एक बारिश हो गई-अब-''

''नहीं, चलिए-आज ही चलिए-''

''अच्छा, तुम्हारी माँ तो खुश ही होंगी-सामान ठीक कर लो-मेरा तो ठीक ही है, तुम्हारे ही सामान की बात है।''

रेखा ने भी भुवन को एक पत्र लिखा, पर उसे फाड़ फेंकने की बजाय अधूरा छोड़ दिया, और निश्चय किया कि वह उसे भेजेगी नहीं। उसे सहसा लगा कि पत्र में लिखने को कुछ नहीं क्योंकि बहुत अधिक कुछ है; अगर वह सब वह कहने बैठ ही जाएगी, तो फिर रुक नहीं सकेगी, और उधर भुवन का काम असम्भव हो जाएगा...पत्र में जान-बूझ कर उसने अपनी बातें न कह कर इधर-उधर की कहना आरम्भ किया था, गौरा से भेंट की बात लिखने लगी थी पर उसी के अधबीच में रुक गई थी। नहीं, गौरा की बात वह भुवन को नहीं लिखेगी। भुवन का मन वह नहीं जानती, लेकिन गौरा का...भुवन गौरा का मन जानता है कि नहीं, यह भी वह नहीं जानती पर जहाँ भी गहरा कुछ, मूल्यवान् कुछ, आलोकमय कुछ हो, वहाँ दबे-पाँव ही जाना चाहिए, वह कहीं हस्तक्षेप नहीं करना चाहती, कुछ बिगाड़ना नहीं चाहती...नदी में द्वीप तिरते हैं टिमटिमाते

हुए, उन्हें बहने दो अपनी नियति की ओर, अपनी निष्पत्ति की ओर, नदी के पानी को वह आलोडित नहीं करेगी। वह केवल अपना मन जानती है, अपना समर्पित, विह्वल, एकोन्मुख, आहत मन : उसे वह भुवन तक प्रेषित भी कर सकती है, पर नहीं–भुवन से उसने कहा, था, वह अपने स्वस्थ और स्वाधीन पहलू से ही उसे प्यार करेगी, और गौरा ने उससे कहा है...पर यह कैसे सम्भव है कि एक साथ ही समूचे व्यक्तित्व से भी प्यार किया जाए, और उसके केवल एक अंग से भी? वह सब की सब समर्पित है, स्वस्थ भी और आहत भी–बल्कि समर्पण में ही तो वह स्वस्थ है, अविकल है, बन्धनमुक्त है...भुवन, मेरे भुवन, मेरे मालिक...

वह घूमने जाएगी। जमुना की रेती में–जहाँ बैठकर भुवन ने उसका बालू का घर बनाया था, बारिश से रेत जम गई होगी, वहाँ बैठ कर वह साँझ घिरती देखेगी : दिल्ली की साँझ तुलियन की साँझ नहीं है, पर तारे वही होंगे, उन्हें देखते वह अपने को मिटा दे सकेगी, उनकी टिमटिमाहट में वह सिहरन पा सकेगी जो भुवन का आत्म-विस्मृत स्पर्श–रेखा सहसा सिहर गई, कुरसी पर उसने सिर पीछे टेक दिया, आँखें बन्द कर लीं, शरीर को छोड़ दिया। ऐसे ही भुवन ने उसे पहले देखा था लखनऊ में; क्यों नहीं वह आगे बढ़ कर उसकी पलकों और उठे हुए ओठों को छू सकता–क्यों वह दिल्ली में है, छिप कर 'मैन ओनली' पढ़ने वाली स्त्रियों के इस बोर्डिंग में, भीड़-भड़क्के की इस दिल्ली में, चन्द्रमाधव की दिल्ली में, और हेमेन्द्र की दिल्ली में...

रेखा उठ गई–उठ कर लाउंज में जा बैठी, दैनिक अखबार उठाये और 'वांटेड' के कालम देखने लगी।

चन्द्रमाधव अगर देख सकता कि मलय में उस समय क्या स्थिति है, और हेमेन्द्र क्या सोच रहा है या कर रहा है, तो कदाचित् पत्र लिखने की बात उसके मन में न उठती। या क्या जाने फिर भी उठती, बल्कि उसमें लिखने के लिए और भी बातें उसे सूझतीं, क्योंकि रेखा के प्रति एक सर्वथा अबौद्धिक आक्रोश उसके भीतर उमड़ता आ रहा था। यों इसे वह स्वयं देख रहा हो या स्वीकार कर रहा हो, ऐसा नहीं था, उसके सामने वह स्त्री जाति के प्रति एक घृणा या प्रतिहिंसा के रूप में ही आया था, पर भीतर-ही-भीतर था वह केन्द्रित और एकोन्मुख : या अधिक-से-अधिक यह कहा जा सकता है कि उसके बिखरे हुए झाग भुवन पर भी आ पड़ते थे–पर भुवन पर उसके द्वेष का उसे बोध था, इसलिए उसे इसी का प्रक्षेपण नहीं माना जा सकता...

मलय में तनाव क्रमश: बढ़ रहा था; और हेमेन्द्र की अंग्रेज़ कम्पनी ने उधर अपना काम समेटना आरम्भ कर दिया था, हेमेन्द्र बदली पर उत्तर-पश्चिमी अफ्रीका में कहीं जा रहा था जहाँ कम्पनी का कारोबार फैला था; मलय की बात और थी, पर वहाँ के सर्वथा गोरे समाज में रह सकने के लिए स्थिति में परिवर्तन आवश्यक था–जिस समय

चन्द्र ने हेमेन्द्र को पत्र लिखा उस समय हेमेन्द्र दिल्ली में किसी वकील को लिखे हुए अपने पत्र के उत्तर की प्रतीक्षा कर रहा था जिस में तलाक की व्यवस्था के सम्बन्ध में पूछा गया था, ताकि वह अफ्रीका जाए तो अपनी विवाहित पत्नी को साथ ले जा सके। हेमेन्द्र ने यह भी लिखा था कि आवश्यक होने पर वह भारत भी आ सकता है–यदि उससे जल्दी निपटारे की कोई सूरत न निकल आए।

जिस दिन उसने रेखा और गौरा की भेंट कराई थी, उसके दूसरे दिन सवेरे फीका मुँह और झल्लाई हुई तबीयत ले कर उठा; बड़ी अनिच्छापूर्वक मुँह-हाथ धोकर चाय पीने बैठा तो उबकाई आने लगी; थोड़ा लिबर साल्ट खाकर वह फिर सो गया। तीसरे पहर उठ कर उसने हजामत बनाई, नहाया; उससे तबीयत कुछ सुधरी पर 'मूड' वैसा ही चिड़चिड़ा और हिंस्र बना रहा। शाम को सिनेमा देखने से भी कोई फर्क नहीं हुआ; दूसरे दिन भी वही हालत रही। तीसरे दिन शाम को उसने तय किया कि गौरा से मिलने जाएगा, शायद उसे घूमने ले जाएगा या उससे संगीत सुनेगा–तबला नहीं, सितार या बेला या कुछ और। पर वहाँ पहुँच कर देखा ताला बन्द है; नौकर ने बताया कि गौरा पिता के साथ मसूरी चली गई है। चन्द्र का वह जिघांसु मूड फिर लौट आया; कुछ बियर पीने का संकल्प कर के वह कनाट प्लेस की ओर चल पड़ा...फिर साँझ को वह आधे मन से रेखा को देखने पहुँचा; वहाँ भी जब मालूम हुआ कि रेखा नहीं है तब उसे तसल्ली ही हुई। रात को फिर वह कनाट प्लेस पहुँच गया; भटकते हुए उसे दो-तीन पत्रकार बन्धु मिल गए और उनके साथ वह फिर पीने बैठ गया। तीन दिन बाद रेखा से मिले बिना ही वह लखनऊ लौट गया। स्टेशन पर उसे छोड़ने पत्रकार बिरादरी के चार-छह आदमी गए थे, एक ने फोटो भी ले लिया, उसे यह सब अच्छा लगा; गाड़ी में बैठा तो दिल्ली के अनुभवों का कसैला स्वाद उसके मुँह में नहीं था, और यह भी वह भूल गया था कि लखनऊ में, जहाँ वह जा रहा है, वहाँ उसकी पत्नी और बच्चे या तो आ गए होंगे या आने वाले होंगे।

अवध की शामें मशहूर हैं, लेकिन हज़रतगंज में शाम मानो होती नहीं, दिन ढलता है तो रात होती है। या शाम अगर होती है तो अवध की नहीं होती–कहीं की भी नहीं होती, क्योंकि उसमें देश का, प्रकृति का, कोई स्थान नहीं होता, वह इनसान की बनाई हुई होती हैं; रंगीन बत्तियाँ, चमकीले झीने कपड़े, प्लास्टिक के थैले-बटुए, किरमिची ओठ, कमान-सी मूछों पर तिरछे टिके हुए और ऊपर से रिकाबी की तरह चपटे फेल्ट हैट...और राह चलते आदमी जिनके सामने बौने लगने लगें, ऐसे बड़े-बड़े सिनेमाई पोस्टरों वाले चेहरे–कितना छोटा यथार्थ मानव, कितने बड़े-बड़े सिनेमाई हीरो–

अगर लोग सिनेमा के छाया-रूपों के सुख-दुःख के सामने अपना सुख-दुःख भूल जाते हैं तो क्या अचम्भा, उन छाया-रूपों के स्रष्टा एक्टर-एक्ट्रेसों के सच्चे या कल्पित रूमानी प्रेम-वृत्तान्तों में अपनी यथार्थ परिधि के स्नेह-वात्सल्य की अनदेखी कर जाते हैं तो क्या दोष...यथार्थ है ही छोटा और फीका, और छाया कितनी बड़ी है, कितनी रंगीन, कितनी रसीली...

कॉफ़ी हाउस की कॉफ़ी न मालूम गोमती के कीचड़ से बनने लगी है–उसमें कोई ज़ायका नहीं है। है तो कुछ मिट्टी का, पर नहीं, जली हुई मिट्टी का है। अधिक तपे हुए आवे में जो ईंटें जल कर काली हो जाती हैं, उन्हें पीस कर कहवा बनाएँ तो शायद...चन्द्र का जी होता, कॉफ़ी फ़र्श पर थूक दे, पर जैसे-तैसे वह उसे गील लेता; फिर उस घूँट का उत्तर-स्वाद धोने के लिए दूसरा घूँट भरता और उसे भी गील लेता...

अब वह कॉफ़ी हाउस दो बार नहीं आता था, एक ही बार शाम को आता था, पर अब बैठता था बहुत देर तक; खाने के वक़्त ही घर पहुँचता था–कभी और भी देर से–और सीधा सोने चला जाता था। स्त्री साहस कर के खाने को पूछती थी तो वह अनमना-सा इनकार कर देता था; उसके स्वर में जो प्राणहीन विनय होता था उसे लक्ष्य कर के पत्नी मानो बुझ जाती थी और आग्रह नहीं करती थी। हाँ, जब वह खाट पर लेट जाता, तब कभी-कभी वह जा कर उसके जूते-मोज़े खोल देती, कभी हिम्मत कर के गले से टाई भी उतार लेती, पाजामा उसके पास ला कर रख देती और धीरे से कहती, "कपड़े तो बदल लेते-"

पहले दो-एक बार उसने बेटी को भेजा था कि बाबूजी के जूते खोल दे। पर फिर उसकी समझ में आ गया था कि बच्चों को देख कर उसे और भी झल्लाहट होती है; तब से वह शाम को जहाँ तक हो सके बच्चों को उसकी नज़र से दूर ही रखती थी, स्वयं ही आती थी। चन्द्र उसकी इन सेवाओं को बिलकुल उदासीन भाव से स्वीकार कर लेता था। कभी जब वह टाई खोल कर उसे कालर से निकालने के लिए उसके ऊपर झुकती तो उसकी कमीज़ के गले के भीतर से उसके उरोजों का जो थोड़ा-सा हिस्सा उसे दीख जाता उसे वह स्थिर दृष्टि से देखता रहता, कभी-कभी उस दृष्टि को लक्ष्य कर के वह लजा जाती; कौतूहल से चन्द्र सोचता कि अगर वह नौकरानी होती, या कोई और स्त्री होती, तो चन्द्र उससे छेड़-छाड़ करना चाहता और शायद कमीज़ का गला पकड़ कर अपनी ओर खींच लेता, पर वह तो उसकी स्त्री थी जो उसके खींचने पर झुक जाएगी, हाथ बढ़ाने पर सह लेगी, चौंकेगी नहीं, विरोध नहीं करेगी, निषिद्ध के रोमांचकारी रस से उमड़े-सिमटेगी नहीं...वह वैसा ही स्थिर देखता रह जाता, पर उसकी आँखों का केन्द्रित भाव बिखर जाता, फिर वह एक करवट हो जाता, पत्नी चली जाती तो उठ कर कपड़े बदल लेता...

बरसात जम कर शुरू हो गई थी। पार्कों की स्वैरिणी हरियाली बढ़ कर सड़क की पटरियों पर भी अधिकार जमाने लगी थी; संकर स्थापत्य की नवाबी इमारतों की छोटी-

छोटी अलंकृतियाँ उसमें ऐसे खो गई थीं जैसे किसी बगिया में छोटी-छोटी फुलवाड़ियाँ। चन्द्र कॉफ़ी हाउस में बैठ कर बारिश का शब्द सुना करता; पक्की सड़क पर बड़ी-बड़ी बूँदों की कोड़े जैसी मार का स्वर न जाने क्यों उसकी पहले से तनी हुई शिराओं में एक नई उत्तेजना भर देता : वह लगातार एक के बाद एक कई सिगरेट फूँक डालता, फिर कभी-कभी अपनी मेज़ पर से उठ कर दूसरी मेज़ पर चला जाता जहाँ दो-चार लेखक-पत्रकार मिश्र जाति के लोग प्राय: सिगार पीते और बहस करते बैठे रहते थे : एक अंग्रेज़ी के लेक्चरर जिन्होंने कभी कुछ लिखा नहीं था पर अपनी सर्वसंहारी मौलिक आलोचनाओं के कारण प्रगतिशील लेखक समुदाय के अगुआ माने जाते थे; एक उर्दू के शायर, जो प्राय: नौ-साढ़े नौ बजे तक वहाँ जमे रहते थे क्योंकि उस समय कुछ गोरी लड़कियाँ डिनर के या सिनेमा के बाद कॉफ़ी पीने वहाँ आया करती थीं, उनके जाते ही शायर साहब भी माँगा हुआ सिगार चुक जाने के कारण जेब से बीड़ी निकाल कर सुलगाते और उठ कर चल देते; स्थानीय हिन्दी दैनिक के एक सहायक सम्पादक, जो बराबर इस मत का प्रचार करते थे कि युद्ध में इंग्लैंड हार जाएगा और उसके बाद लड़ाई में कमज़ोर हुए जर्मनी को भी हरा कर रूस भारत को आज़ाद करेगा; दो-एक और ऐसे व्यक्ति, जिनके बारे में चन्द्र यही जानता था कि वे 'प्रमुख लिटरेरी आदमी' हैं, पर किस लिटरेरी क्षेत्र में यह नहीं, न किसी की किसी प्रकाशित रचना का ज़िक्र कभी हुआ था...यों शीघ्र ही एक विराट् विश्व-लेखक-सम्मेलन करने की बात प्राय: हुआ करती थी जिस में भारत के लेखक तो ख़ैर होंगे ही, रूस से भी डेलीगेशन बुलाया जाएगा...इस दल में बैठ कर चन्द्र कई एक नए शब्द और पद सीख गया था, और कई परिचित शब्दों का अर्थ-विपर्यय भी उसने अपनी बोलचाल में लक्ष्य किया था। और यह भी वह देख रहा था कि वह अब व्यक्तियों की बात सोचता है तो विशिष्ट इकाइयों के रूप में कदाचित् ही; सदैव कोई जातिवाचक विशेषण उसके साथ आता ही है-यहाँ तक कि उसे लगता, स्वयं अपने को वह 'मैं, चन्द्र' न कह कर कहीं 'वह बुर्जुआ पत्रकार चन्द्रमाधव' न कहने लग जाए! कभी वह उसे अच्छा भी लगता-इस प्रकार वह वैयक्तिकता से परे जा सकता है जो सिद्धि है; निर्वैयक्तिक हो सकना, निर्वैयक्तिक रूप से घृणा कर सकना, बिना दर्द के सब कुछ का तिरस्कार कर सकना-कितना अच्छा होगा वह! तटस्थता-संन्यास-केवल अलग, उदासीन हो जाना-उँहुँक, वह ग़लत है, संन्यास और निवृत्ति-मार्ग केवल सामन्तवादी परम्परा की एक विकृति है, कर्मच्युति का एक बहाना, एक प्रकार का नशा; इनसान एक्टिविस्ट है, पर निर्व्यक्तिक; घृणा करे, तिरस्कार करे, एक निर्व्यक्तिक रेवोल्यूशनरी घृणा के साथ-वर्ग-मुक्त हो, पीड़ा-मुक्त हो, इस डिकेडेंट, रुग्ण, ह्रासशील समाज से और स्वयं अपने आपसे बाहर हो कर इसके सब मानों-प्रमाणों को तोड़ गिराए, इस की मान्यताओं को अमान्य कर दे...हो, किन्तु व्यक्ति न हो, मनुष्य न हो, एक शक्ति हो, एक नीतिमुक्त, स्वैर-तंत्र, सहस्र-शीश, कोटि-बाहु, अजस्र-वीर्य जैविक प्रक्रिया का एक ᐧ फ़रण...

कभी वह उठ कर बाहर निकल आता, क्षण-भर बारिश को देखता जिस की बूँदें आलोक के वृत्तों में आ कर थोड़ी देर के लिए चमक जातीं और फिर अँधेरे में खो जातीं, मानो वह बारिश उसी वृत के एक सिरे पर न-कुछ से पैदा होती हो और दूसरे सिरे पर न-कुछ में विलीन हो जाती हो-न ऊपर बादल से उसका कोई सम्बन्ध हो, न नीचे पृथ्वी से...फिर वह फ़ेल्ट उतार कर कोट में छिपा लेता, मुँह को बूँदों की सूक्ष्म बरछियों के प्रति समर्पित कर देता, और बारिश में ही घर की ओर चल पड़ता।

रात के दस बजे थे। दिन-भर वह घर नहीं गया था। भीगता हुआ वह घर पहुँचा, तो बच्चे सो चुके थे, सोने के कमरे में प्रकाश था और वहाँ उसकी पत्नी सिलाई लिये बैठी थी। उसे आता देख कर वह उठी; धीरे से बोली, "हाय, सारे कपड़े भीग गए," और लपक कर तौलिया, एक धोती, कमीज़, पाजामा ले आई। दबे स्वर में, यथासम्भव उलाहने का भाव उसमें न आने देने का यत्न करते हुए, उसने कहा, "रोज़ भीग आते हैं। कहीं सर्दी-वर्दी लग गई तो?"

चन्द्र कपड़ों-वपड़ों से परे हट कर तिपाई पर हाथ और कमर टेकता हुआ बोला, "तो क्या, घर रहूँगा तो तुम्हें सेवा का मौक़ा मिलेगा।"

पत्नी ने अनिश्चय से उसके चेहरे की ओर देखा, क्या, यह व्यंग्य है या हँसी? पर चन्द्र का चेहरा सूना था, दोनों में से कोई भाव उस पर नहीं था। वह साहस करके थोड़ा मुसकरायी और बोली, "न, सेवा ऐसे भी जितनी चाहिए कराइए।" फिर रुक कर बोली, "अच्छा, कपड़े तो बदल लीजिए, फिर मैं खाना लाऊँ।"

"नहीं कौशल्या, भूख नहीं है। और मैं थक भी गया हूँ।" कहते-कहते उसने हलकी-सी जँभाई ली।

कौशल्या बढ़ कर उसके जूते खोलने लगी। मोजे गीले थे, आसानी से न उतरे, उसने कहा, "ठीक से बैठ जाइए तो उतार लूँ।" चन्द्र ने बैठ कर पैर उठाए तो उसने उकड़ूँ बैठ कर पैर गोदी में लिया और मोजा उतार कर पंजे हाथों से मल दिए। जूते-मोजे एक ओर रख कर वह तौलिया ले कर आई; चन्द्र को निश्चल देख कर उसने तौलिया अपने कन्धे पर डाला और चन्द्र की टाई खोल डाली। क्षण-भर अनिश्चित खड़ी रह कर मानो साहस बटोर कर उसने पैंट का पटा का बकसुआ खोल दिया, फिर कमीज़ खींच कर बाहर निकाल दी। फिर बोली, "अच्छा लीजिए, अब जल्दी बदल डालिए।" और जाने को मुड़ी।

चन्द्र उसे स्थिर दृष्टि से देख रहा था। कौशल्या थोड़ी-सी सिमट गई। चन्द्र ने कहा, "तुम जा कहाँ रही हो?" वह कहने को हुई, "आप कपड़े-" पर बीच में ही रुक गई, बोली, "आपकी डाक ले आऊँ।"

चन्द्र तनिक-सा मुसकराया, फिर कपड़े बदलने लगा। धोती की तहमद लपेट ली, बदन रगड़ कर सूखी कमीज़ पहन ली; फिर खाट पर बैठ गया। कौशल्या ने आ कर कहा, "यह लीजिए।"

दो चिट्ठियाँ थीं। एक पर टाइप किया पता था–उसे सवेरे भी देखा जा सकता है। दूसरी–पर यह क्या? उस पर चन्द्र की ही लिखावट थी। सात–आठ दिन पहले उसने दिल्ली रेखा को पत्र लिखा था, वही लौट कर आया था। 'एड्रसी लैफ्ट'...तो रेखा वहाँ नहीं है, और डाक आगे भेजने के लिए पता भी नहीं छोड़ गई है, न उसे सूचना दे गई है...क्षण-भर वह सूना-सा ताकता रहा।

कौशल्या ने पूछा, ''किस की चिट्ठी है?''

चन्द्र अनजाने ही कहने को था, 'मेरी' पर रुक गया; स्वर में लापरवाही लाता हुआ बोला, ''ऊँह, यों ही।'' दोनों पत्रों को उसने तकिये के नीचे ठेल दिया; आँखें कौशल्या पर जमाईं और पूछा, ''तुम नहीं खाओगी?''

कौशल्या क्षण-भर अनिश्चित रही; उत्तर देने को थी कि चन्द्र ने हाथ बढ़ा, उसकी कमीज़ का गला पकड़ कर अपनी ओर खींच लिया। खींचने से दो-तीन टीप-बटन खुल गए, पर चन्द्र की पकड़ नहीं छूटी; कौशल्या खिंच आई; चन्द्र ने सहसा खड़े होते-होते दूसरी बाँह उसके सिर के पीछे ले जाते हुए उसे और निकट खींच लिया; पास आते चेहरे पर उसने देखा, कुछ विस्मय, कुछ अचकचाहट, कुछ प्रतीक्षा; ओठों के अधखुलेपन में इन सबके मिश्रण से ऊपर भी एक अकथ्य भाव; इससे आगे वह नहीं देख सका क्योंकि ओठों के छूते-न-छूते कौशल्या ने हाथ बढ़ा कर बत्ती बुझा दी थी, चन्द्र ने उसकी काँपती-सी देह को खींच कर चारपाई पर गिरा लिया और एक क्रूर चुम्बन से उसके ओठ कुचल दिए–अँधेरे में कौशल्या की देह का कम्पन सहसा स्थिर हो आया–उन ओठों में वासना थी, सूखे गर्म ओठ, पुरुष के ओठ पर प्रेमी के नहीं; प्यार नहीं, बीते हुए स्मरणाश्रित चुम्बनों की गरम-गरम राख...

उसकी शिथिल देह पर भार दिए-दिए ही चन्द्र जब सो गया, तब भी वह निश्चल पड़ी रही। थोड़ी देर बाद जब वह करवट ले कर उससे अलग हो गया तब वह धीरे से उठी, अपने कपड़े उसने ठीक किए, फिर दबे पाँव निकल कर दूसरे कमरे में चली गई। साधारणतया वह उसी कमरे में दूसरी चारपाई पर सोती थी; पर सुबह जब चन्द्र उठेगा तब उसके द्वारा देखा जाना वह नहीं चाहती; वह जानती है कि उस समय उसे वहाँ देख कर चन्द्र सहसा अजनबी आँखों से देखेगा और फिर उन में घृणा घनी हो आएगी...यह-यह अपने-आप में कुछ भी है या नहीं वह नहीं जानती; प्यार होता तो अवश्य होता, पर जब नहीं है तो यही बहुत है; उस घृणा के साथ तो यह भी जहर हो जाएगा...ऐसे ही सही, सवेरे चन्द्र उठे तो उसे न देखे, न घृणा करे। राख ही सही, पर घृणा की साँस उसे भी उड़ा न दे...

रेखा

पत्र को बन्द कर देने से पहले बहुत देर तक रेखा देखती रही, यद्यपि था वह मुश्किल से आधे पृष्ठ का। लेकिन उसकी आँखें पत्र के शब्दों पर नहीं टिकी थीं, वरन् उसके आशय पर; और पत्र का आशय उसके शब्दों के आशय से भिन्न कुछ, गहरा कुछ था, जिस के कारण उसकी दृष्टि दूर कहीं खो गई थी। जहाँ वह बैठी थी, वहाँ उसके आगे कुछ बादाम के पेड़ थे, उससे आगे मौसमी विलायती फूलों की क्यारी, उसके बाद फिर पेड़, दूर पर पहाड़ों की कतार जो घनी बदली के कारण डरावनी हो आई थी; पत्र पर टिकी हुई आँखें मानो इस सारे दृश्य को भी अपने में समा ले रही थीं और कुछ नहीं देख रही थी। यह कश्मीर था–उसके पूर्वजों का कश्मीर, इसलिए उसका कश्मीर, जिस का सब–कुछ उसका ग़ैर था। जलवायु, वनस्पति, आकाश, लोग, यहाँ तक कि सर्वत्र बिखरे हुए उसके नाते–रिश्तेदार भी, जिनके नाम भी वह नहीं जानती थी, चेहरे तो दूर, और जिन में से अधिकांश को उसके अस्तित्व का भी पता नहीं था...कितना अजनबी, अकेला और ग़ैर हो सकता है व्यक्ति, जब वह अपने घर में अजनबी होता है...लेकिन यही अच्छा है : क्योंकि इस अजनबीपन में कोई भी वास्तव में ग़ैर नहीं है; वह एक द्वीप है जिस के चारों ओर नदी का प्रवाह है, उसमें और द्वीप हैं; कहीं कोई साझा सीमान्त नहीं है, किसी से कोई सीधा सम्पर्क नहीं, केवल नदी के माध्यम से, नदी जो माँ है, धारयित्री है, तारयित्री है जो अन्त में एक दिन अपने आप्लावन में सबको समा लेगी...

नीचे कहीं वह रास्ता है, जिस से दो–ढाई महीने पहले वह पहलगाँव गई थी, तुलियन

गई थी। क्या सचमुच गई थी? लेकिन नहीं, यह संदेह फिर कभी उसके मन में नहीं उठा है। अयथार्थ को आत्म-समर्पण करने का जो डर कभी उसने जाना था जो कभी उसने जीत लिया था, वह फिर कभी नहीं जागा है; वह समर्पित है और जिस के प्रति समर्पित है वह उसकी धमनियों में स्पन्दित है...'मैं फुलफ़िल्ड हूँ' इस अनुभूति की दीप्ति अब भी उसके अन्तःकरण को आलोकित किए है, और कभी बात करते-करते या बैठे-बैठे इस की कान्ति सहसा उसके चेहरे पर फैल जाती है तो बूढ़ी मिसेज़ ग्रीव्ज़ चकित हो कर देखने लगती है, और खुश होती है कि उसकी संगिनी, सहायिका और प्रबन्धकर्त्री में ऐसी आध्यात्मिक कान्ति है...।

एंजेला ग्रीव्ज़ एक पादरी की विधवा है; पर पादरी कहने से जैसे स्वल्प-साधन, ब़हुधन्धी, सेवारत व्यक्ति का चित्र सामने आता है, वैसे मिस्टर ग्रीव्ज़ भी नहीं थे, और उनकी विधवा तो नहीं ही है। ग्रीव्ज़ ने सेवा बहुत की, पर साधन भी काफ़ी जुटाए, और जायदाद तो बहुत जुटा ली। फल उपजाने वाले कुल से आ कर यहाँ बाग़वानी के लिए उत्तम ज़मीन देख कर जितना ध्यान उसने आत्माओं की खेती में लगाया उतना ही फलों की खेती में भी, और अब श्रीनगर में बँगले के अलावा आसपास कई बगीचों और बँगलों की देख-भाल निस्संतान विधवा एंजेला के जिम्मे है। उसी के विज्ञापन के जवाब में रेखा यहाँ आई है और यद्यपि उसका पद है 'कम्पैनियन' अर्थात् संगिनी का, तथापि काम उसके नाना प्रकार के हैं और संग उसका कम ही होता है, क्योंकि एंजेला जब बाहर के बगीचों में जा रहती है तब उसे श्रीनगर छोड़ जाती है, और जब श्रीनगर जाती है तब उसे यहाँ पहुँचा कर एक-आध दिन काम समझा कर फिर छोड़ जाती है। एंजेला की उम्र साठ से ऊपर है, पर उसका शरीर सीधा और फुर्तीला है, और बुद्धि बड़ी सजग; काम उसके लिए बहुत है पर वह हारती नहीं और कभी मानती नहीं कि वह थक गई है-यद्यपि संगिनी की खोज मूलतः थकान का ही एक पर्याय है...।

सेब कच्चे ही तोड़ कर पेटियों में भर लिये गए हैं। पेड़ों पर बहुत थोड़ा फल है। कुछ जो पकने पर तोड़ा जाएगा और श्रीनगर में ही बिकेगा क्योंकि बाहर भेजने लायक वह नहीं होता, कुछ जो अनन्तर उतारा जाएगा और जाड़ों तक बिकता रहेगा। रेखा को काम विशेष नहीं है, एंजेला श्रीनगर में काम देखती है और वह यहाँ सवेरे बगीचे का एक चक्कर लगा लेती है, पैकिंग वग़ैरह के काम पर नज़र दौड़ा लेती है, और बाक़ी घर की ही देख-भाल करती है। काम विशेष नहीं है, उपस्थिति ही प्रयोजनीय है...।

वर्षा लगभग हो ली, पर बादल कभी-कभी घिर आते हैं और ठंड हो जाती है और यहाँ की वर्षा का कोई भरोसा भी नहीं, अगस्त के उत्तरार्ध में प्रायः बड़े ज़ोरों का एक दौर आता है और कभी सितम्बर तक चला जाता है...काले बादलों के नीचे सारा दृश्य घुँट कर बन्द हो जाता है, पेड़ छोटे हो आते हैं, बँगला खिलौना-सा बन जाता है। मानो पूरा दृश्य अजायबघर के काँच के शो-केस में रखा हुआ एक माडेल

हो...केवल पहाड़ उभर कर बड़े भारी और तीखे हो जाते हैं, जैसे आकाश के तेवर चढ़ गए हों, घनी काली भौंहें उभर-सिकुड़ कर और भी काली हो गई हों...फिर धूप कभी निकल आती है और सारा दृश्य खिल आता है, मधु-मक्खियाँ गुंजार करने लगती हैं, धूप के उजलेपन में अन्तर्हित एक ललाई उस तेज़ को मीठा कर देती है; उसकी चुनचुनाहट त्वचा को सुहानी लगती है और नाड़ियों में अलस तन्द्रा भर जाती है...यह अलसाना भाव ही पहाड़ के शरदारम्भ का पहला और सब से प्रीतिकर चिह्न होता है–सब से प्रीतिकर भी, लेकिन साथ ही एक विशेष प्रकार की व्याकुलता लिये हुए...उस व्याकुलता को रेखा नाम देना नहीं चाहती; नाम देना आवश्यक भी नहीं है, क्योंकि धमनियों में उसकी अकुलाहट के साथ ही मन में जो विचार या वांछा-चित्र उठते हैं वे अपने आप में सम्पूर्ण होते हैं। इस अर्थ में सम्पूर्ण कि समूचे अस्तित्व की माँगें उन में अभिव्यक्ति पा लेती हैं...पहाड़ की पहली शरद् का यह मदालस भाव अकेले अनुभव करने का नहीं है, क्योंकि वह मूलत: एक प्रतिकर्षित भाव नहीं है जैसी जाड़ों की ठिठुरन-सिकुड़न, न वैसा मुक्त विस्फूजित भाव है जैसा बरसात का उल्लास; वह मूलत: एक उन्मुख भाव है, अन्यापेक्षी भाव, जो दूसरे की उपस्थिति से ही रसावस्था तक पहुँचता है...

रेखा ने एक लम्बी साँस ली। दूसरे की उपस्थिति...तुलियन की चाँदनी झील के वक्ष को दुलराती हुई धुंध की बाँह, उसकी छाती को बहुत हलके गुदगुदाते आर्किड के फूल, और वह स्निग्ध गरमाई जिसे वह नाम नहीं देगी, जिस का चित्र वह अपने आगे मूर्त्त नहीं करेगी...एक सिहरन-सी उसकी देह में दौड़ गई, वह उठ कर खड़ी हो गई और पत्र को पढ़ती हुई चलने लगी; आँखों के आगे अँधेरा-सा छा गया, चिट्ठी का सफ़ेद काग़ज़ नीला हो गया और स्याह अक्षर हरे-सुनहले हो कर मानो एक-दूसरे से उलझते-लड़खड़ाते कभी पास कभी दूर होने लगे...वह उलटे पाँव चल कर हाथ से कुरसी टटोल कर फिर बैठ गई; कड़े संकल्प से अपने को सँभाल कर उसने एक बार पत्र पूरा पढ़ डाला और फिर सफ़ाई से तीन तह कर के लिफ़ाफ़े में डाल कर बन्द कर दिया जिस पर पता पहले से लिखा था। फिर उसने पीठ और सिर पीछे टेक कर आँखें बन्द कर लीं, लिफ़ाफ़ा उसके हाथ से गोदी में झूल गया।

मेरे भुवन,

तुम्हें जब-तब पत्र लिखती रही हूँ–जान-बूझ कर देर-देर से; पर एक महत्त्व की बात फिर भी नहीं लिखी, क्योंकि ठीक जानती नहीं थी...अब लिखती हूँ–अब जानती हूँ, पर लिखने से पहले बहुत सोचा है कि लिखूँ या नहीं।

वह वायलिनिस्ट सर्जन वाली बात सच है, भुवन। मैं भगवान् का आशीर्वाद तुम्हारे लिए माँगती हूँ, और तुम्हारे चरण गोद में लेकर माथे से लगाती हूँ–उन्हीं के स्पर्श से वह आशीर्वाद मुझे भी घेर ले।

मुछे कुछ चाहिए नहीं भुवन, तुम्हें बताया इसलिए कि–वह भविष्य में मेरी आस्था है भुवन, और उसे तुमने मुझे दिया है! अगर अब हम न मिले, तो भी वह भूलना मत।

रे.

थोड़ी देर बाद वह फिर उठी; धीरे-धीरे खड़ी हुई, दो-चार क़दम चली, और फिर बगीचे के पार चल पड़ी। चिट्ठी किसी और को भी दी जा सकती थी, पर वह स्वयं ही जाएगी, स्वयं ही उसे बक्स में छोड़ेगी और इस निमित्त से थोड़ा टहलना भी हो जाएगा–बगीचे से निकल कर टेढ़ी-मेढ़ी सड़क से नीचे बड़ी सड़क तक, कुछ आगे गाँव के सिरे तक जहाँ लेटर-बक्स लगा है, फिर दूसरी ओर सड़क के मोड़ तक जहाँ से उपत्यका की चितकबरी ओढ़नी पर लगा हुआ नदी का बल खाता हुआ गोटा चमक जाता है–यद्यपि इस बदली में वह चमकेगा नहीं, सीसे-सा झलकेगा–जैसे बहुत-बहुत पुरानी सफ़ेद ज़री हो...पुरानी तो है ही–न मालूम कितना पुराना गोटा है, और न मालूम उससे भी कितनी पुरानी यह धूसर ओढ़नी...रेखा को एक पंजाबी टप्पा याद आ गया, जो उसने घूमते हुए एक दिन किसी राह चलते बूढ़े सिख को गाते सुना था :

मेरा चोला लीराँ दा :
इक वारी पा फेरा तक्क हाल फकीराँ दा!

चलते-चलते वह स्वयं भी धीरे-धीरे गुनगुनाने लगी; कुछ तो उसके सुर की, और कुछ अर्थ की करुणा ने सहसा उसे छा लिया कि वह मानो उसकी अपनी करुणा हो गई, मानो अभी लम्बी तान के साथ उसके आँसू उमड़ आएँगे...लेकिन उमड़े नहीं, रेखा बीच-बीच में रुक-रुक कर गुनगुनाती रही, ''तक्क हाल फकीराँ दा...तक्क हाल फकीराँ दा...'' और बढ़ती रही गन्तव्य की ओर!

वकील से भेंट में ज्यादा समय नहीं लगा था; पर हेमेन्द्र के चेहरे पर जो कुटिल सन्तोष का भाव था, उसमें से एक झल्लाहट भी प्रकट हो रही थी। उसे क्या कहना था, वह अच्छी तरह जानता था, आने से पहले मलय में भी उसने कानूनी सलाह ले ली थी और दिल्ली के इस वकील से भी पत्र-व्यवहार कर लिया था; दूसरी ओर वकील भी तलाक के कानून का पारंगत था और उसे जो कहना था वह न केवल अच्छी तरह जानता था बल्कि साफ़, सुलझे, सान पर चढ़े हुए चाकू की तरह बेलाग फ़िकरों में कह भी सकता था। ऐसी भेंट का अपना एक रस होना चाहिए था, पर हेमेन्द्र की झल्लाहट की वजह दूसरी थी। वकील ने कहा था कि जहाँ तक तलाक की दरख़्वास्त के कारणों की बात है, उचित कारण सब दूसरी तरफ़ हैं : न्यायत: रेखा ही दरख़्वास्त दे सकती है क्योंकि उत्पीड़ित पक्ष वही है, और अगर वह नहीं देती तो उसकी मर्जी है। पर हेमेन्द्र किसी तरह छुटकारा चाहता है, तो यही तरकीब

हो सकती है कि वह धर्म-परिवर्तन कर ले और फिर रेखा से भी कहे, उसके इनकार करने पर तलाक की दरख़्वास्त दे...यह बता कर उसने कहा था, ''मैं मान कर चल रहा हूँ कि आप दोनों छुटकारा चाहते हैं, नहीं तो अगर वह न चाहती हों और धर्म-परिवर्तन करने को तैयार हों तो आप कुछ नहीं कर सकते-यानी ऐसे स्मूथली नहीं हो सकता-फिर तो आपको ऐसे आरोप उन पर लगाने पड़ेंगे जो सच होने पर भी कोई स्त्री आसानी से न मानेगी-और झूठ हों तब तो...और यह तो सवाल ही दूसरा है कि वह कितनी क्रूरता होगी-''

हाँ, वकील ने कोई मुरव्वत नहीं की थी-एकदम बेलाग बात की थी...वह ठीक ही था, पर यह पराधीनता उसे अखर रही थी। वह मनमानी का आदी है; इतनी छोटी-सी बात के लिए उसे रेखा का मुँह जोहना पड़ेगा-वह चाहेगी तो तलाक होगा, न चाहेगी तो नहीं-यह स्थिति उससे सही नहीं जा रही थी-रेखा बाधा नहीं देगी, वह जानता है; फिर उस सूरत में जब मुक्ति देने में उसे स्वयं भी तो मुक्ति मिलेगी-यद्यपि यह भी वह जानता है, रेखा को कानूनी मुक्ति की परवाह नहीं है, वह किसी भीतरी बन्धन से बद्ध या मुक्ति से मुक्त होगी; और वह अब भी अपने को इतना मुक्त समझती होगी कि कानून की बन्दिशों का बोझ उस पर न हो। वह सब ठीक है, पर क्यों वह रेखा पर निर्भर करने को लाचार है? इससे तो अच्छा होता कि वह यही कह कर तलाक माँगता कि रेखा दुराचारिणी है-वह उस हालत में भी सफ़ाई देने न आती अहंकारिणी, पर उस में उसकी मुँहजोही तो न होती!

वह तो सचमुच वही करता। कुछ जब तोड़ना ही है, तो सीधे स्मैश करना चाहिए। यह क्या कि तोड़ना भी चाहो, और ढेला मारते भी डरो, गिराओ भी तो धीरे-धीरे कि चोट न आए? तोड़ना है दो हथोड़ा-स्मैश! वकील ने कहा है कि रेखा को पत्र वही लिखेगा, और हेमेन्द्र से वायदा लिया है कि वह स्वयं कोई पत्र-व्यवहार नहीं करेगा, पर क्यों न वह रेखा को एक पत्र लिखे, साफ़-साफ़ पता लगाते क्या देर लगेगी-लिख दे कि वकील ने ऐसा कहा है पर वह सोचता है कि सीधी साफ़ बात-पूछ ले कि क्या तुम सफ़ाई देने आओगी? वकील ने कहा था, क्रूरता होगी। सभी पुरुष-स्त्री क्रूर होते हैं-और सब से क्रूर, वे जो एक-दूसरे से शादी कर लेते हैं।

क्या जाने, रेखा भी शादी करना चाहे; पर यह विचार आते ही हेमेन्द्र ठिठक-सा गया-रेखा, और शादी! एक विकृत मुसकान उसके चेहरे पर फैल गई। एक शादी का ही अनुभव उसके लिए काफ़ी होगा...प्यार? लेकिन रेखा के लिए पुरुष-मात्र ऐसा जहरीला जीव हो गया होगा-औरतों की बनावट ही ऐसी होती है, कि पुरुष से चोट खा कर वे सारी पुरुष जाति को बुरा समझ लेती हैं-उदार दृष्टि से तो सोच ही नहीं सकतीं, कि मर्द-मर्द में भेद भी हो सकता है, कि-

यहाँ आ कर उसकी विचार-परम्परा टूट गई। क्यों नहीं वह रेखा पर तरस खा सकता, करुणा कर सकता, क्यों नहीं उसे अपनी दया दे सकता? रेखा-उसके प्रेम-

शरीर का एक मरा हुआ अवयव जिसे उसने काट दिया है–काट देने के बाद अवयव पर आक्रोश कैसा?

खैर, वह रेखा को एक चिट्ठी तो लिखेगा ही, देखा जाएगा–करुणा करने के लिए सारा भविष्य पड़ा है!

तुलियन से लौट कर भुवन फिर प्रयोगशाला में डूब गया था। यद्यपि वह डूबना पहले से कुछ भिन्न था; क्योंकि तुलियन के प्रयोगों को लेकर वह जब भी गणना करने बैठता, तो उन प्रयोगों से मिलने वाली बौद्धिक प्रेरणा ही नहीं, उनकी ओट में तुलियन का वह भावोन्माद भी झलक आता जिसे ओट से खींच कर सामने लाने का प्रयत्न उसने नहीं किया था; वह अनुभूतियों का एक संघट्ट, संवेदनाओं का एक घना सम्पुंजन था जिसे विश्लिष्ट कर के देखना चाहना ही मानो बर्बरता थी–जिस तरह किसी हलकी गैस से भरे हुए गुब्बारे से लटक जाने पर गुरुत्वाकर्षण को काट कर मानव मानो भार-मुक्त हो जाता है–पृथ्वी पर पैर रख कर चलता भी है तो भार दे कर नहीं चलता, वैसी ही उसकी अवस्था थी : वह अपनी सब चर्चा पूरी करता था, पर मानो धरती पर पैरों की छाप डाले बिना : जैसे मानवी काया-पिंजर में बँधा कोई आकाशचारी देव-गंधर्व...रेखा के दो-एक पत्र उसे आए थे, छोटे-छोटे सूचनात्मक, जिस में कभी एक-आध वाक्य अन्तरंग सम्बोधन का आ जाता तो आ जाता : उन से वह भावोन्माद फिर भीतर ही भीतर पुष्ट हो जाता था, उभर कर सतह पर नहीं आता था। भुवन ने अधिक पत्र नहीं माँगे, बल्कि अपनी ओर से भी विशेष कुछ नहीं लिखा, वैसे ही सूचनात्मक पत्र...हाँ, रेखा की तरह उसने भी जब-तब काग़ज़ पर अपने विचार लिख कर रख छोड़ना आरम्भ कर दिया था–वह भी वैसा इरादा कर के नहीं, रेखा के उदाहरण का ध्यान कर के भी नहीं, लगभग अनजाने ही; उसकी वैज्ञानिक दीक्षा के कारण अन्तर इतना था कि अलग-अलग परचों की बजाय उसने एक कॉपी रख ली थी। यह जिज्ञासा भी उसके मन में कभी नहीं हुई कि क्या रेखा भी अभी वैसे कुछ लिख कर रखती होगी, या कि क्या वे विचार और भावनाएँ कभी वह देख-पढ़ सकेगा...लेकिन ऐसा वह क्यों, कैसे हो गया, वह स्वयं नहीं समझ पाता था–जीवन के प्रति ऐसा स्वीकार भाव उसमें कहाँ से आया? चन्द्रमाधव की भाँति वह जीवन को नोचने-झँझोड़ने का आदी तो नहीं था; बछड़े की देखा-देखी नृशंस ग्वाले जैसे गाय के थनों में हुचका मार कर दूध की अन्तिम बूँद निकाल लेना चाहते हैं, जीवन की कामधेनु को वैसे दुह लेने की प्रवृत्ति उसकी नहीं थी; पर ऐसा प्रश्न-विहीन भाव भी तो उसका नहीं रहा था : यह क्या रेखा की छाप थी कि वह भी मानो धीर-प्रवाहिनी जीवन की नदी का एक द्वीप-सा हो गया है? रेखा...उसकी आकृति का, विशेष घटनाओं या स्थितियों का चित्र भुवन के सामने कदाचित् ही आता; स्मृत संस्पर्शों या दुलारों का राग कदाचित् ही उसे द्रवित करता;

पर रेखा के अस्तित्व का एक बोध मानो हर समय उसकी चेतना के किसी गहरे स्तर को आलोकित किए रहता और उसके प्रतिबिम्बित प्रकाश से अन्त:करण को रंजित कर जाता–जैसे किसी पहाड़ी झील पर पड़ा हुआ प्रकाश प्रतिबिम्बित हो कर आस-पास की घाटियों को उभार देता है...केवल कभी-कभी वह साँझ को बाइबल उठा कर उसमें सालोमन का गीत पढ़ने बैठ जाता, पढ़ते-पढ़ते ऐसा विभोर हो जाता कि ज़ोर-ज़ोर से पढ़ने लगता; फिर अपना स्वर उसे चौंका देता–मानो जाग कर वह जानता कि वह रेखा के कारण उसे पढ़ रहा है–प्रकारान्तर से रेखा के साथ है...

केवल एक बार पिछले कुछ महीनों की घटनाएँ–और विशेषकर दो-तीन मास पहले के नौकुछियाताल और तुलियन के थोड़े से दिन–एक तीखे मर्मान्तक दर्द की तरह उसे साल गई थीं। थोड़ी देर वह तिलमिला गया था, फिर लज्जा से भर गया था–इसलिए और भी अधिक कि वह तिलमिलाना भी और सिमटना भी एक और व्यक्ति ने भी देख लिया था। फिर उससे प्रकृतिस्थ हो कर बात सँभाल ली थी–या सँभालनी चाही थी, क्योंकि कहाँ तक वह सँभल सकी है वह नहीं जानता था...

गौरा कुछ घंटों के लिए आई थी। दिल्ली से वह बनारस जा रही थी जहाँ उसने कॉलेज में संगीत-शिक्षिका की नौकरी स्वीकार कर ली थी; सीधी न जा कर उसने भुवन से मिलते हुए जाने का निश्चय किया था। अपनी ओर से तो वह चाहती ही, पर भुवन ने भी बुलाया था : उसने केवल यह सूचना दी थी कि वह बनारस जाएगी और उत्तर में भुवन ने पूछा था कि क्या वह उधर से हो कर न जा सकेगी–उसने निस्सन्देह बहुत प्रमाद किया है और गौरा का रोष स्वाभाविक ही होगा, पर रोष न कर के उसे देखते जाना भी कम स्वाभाविक न होगा और वह कृतज्ञ भी होगा–गौरा का वह सदैव कृतज्ञ है...

वह स्टेशन लिवाने गया था, स्टेशन से वे दोनों पहले उसकी प्रयोगशाला में गए थे, वहाँ से होते हुए घर आने की बात तय हुई थी। प्रयोगशाला से लगे हुए भुवन के कमरे में वैज्ञानिक यंत्रों से घिरे हुए बैठ कर गौरा ने बताया था कि वह बनारस नौकरी करने जा रही है; फिर भुवन से यंत्रों के बारे में पूछने लगी थी। यंत्रों से कॉस्मिक रश्मियों, और उन से तुलियन की बात उठना स्वाभाविक था; गौरा ने सहसा पूछा था, "तुलियन झील सुन्दर है?" और साथ ही जोड़ दिया था, "वहाँ भी आप यंत्रों से ऐसे ही घिरे बैठे रहते होंगे–प्रकृति के लिए आपको फुरसत ही कहाँ होगी?"

तब, पहली बार वह दर्द उसे साल गया था। "प्रकृति के लिए फुरसत"–एक प्रकृति बाहर की जड़ प्रकृति है, एक उसकी धमनियों में गरम-गरम प्रवाहित होने वाली उसकी प्रकृति–और क्या सचमुच उसे फुरसत नहीं हुई थी। झूठ वह नहीं बोलेगा, गौरा से बिलकुल नहीं, पर कहे क्या वह? जो-कुछ भी वह कहेगा, क्या वह झूठ नहीं होगा?

उसने कहा था, ''कितने भी यंत्र हों, पहाड़ को और प्रकृति को नहीं छिपाते'', फिर कुछ रुक कर अपने को बाध्य करते हुए, ''तीन-चार दिन के लिए रेखा देवी भी वहाँ आई थीं-बल्कि यंत्रों के आने से पहले-''

एक भारी-सा मौन उनके बीच में पड़ गया था। वह दर्द भुवन को फिर सालने लगा था, पर इस मौन को ठेल कर हटा देने की प्रेरणा उसमें नहीं थी। गौरा भी कुछ कहने को हुई थी-फिर सहसा चुप लगा गई थी; भुवन देख सका था कि वह कुछ कहती रुक गई है, पर क्या, वह नहीं सोच सका था। अन्त में गौरा ने ही कहा था, ''अब कहाँ हैं रेखा देवी?''

''कश्मीर में-वहाँ उन्होंने नौकरी कर ली है। पीछे दिल्ली में थीं-दिल्ली से वहाँ चली गईं।''

गौरा ने फिर कुछ रुक कर, सकुचाते हुए कहा था, ''हाँ।'' फिर वह कुछ कहने को हुई थी, और फिर रुक गई थी।

मौन और भी भारी हो गया था। अब की बार उसे कोई नहीं तोड़ सका था। अन्त में जब भुवन ने कहा था, ''चलो, घर चलेंगे-यहाँ कुछ और नहीं करना है'', तब भी उसे यह नहीं लगा कि उस भारी मौन को वह तोड़ सका है; बात उसने की है ज़रूर, पर यह दूसरे स्तर पर है, जिस स्तर पर मौन है उस पर यह पहुँची ही नहीं...

और न गौरा ही उसे तोड़ पाई थी, जब उसने घर पहुँच कर कहा था, ''लाइए, मैं आई हूँ तो थोड़ी सँभाल मैं कर जाऊँ-पर पहले चाय बना लाऊँ।'' स्वयं यह अनुभव करती हुई वह बिना भुवन के रास्ता दिखाने की प्रतीक्षा किए भीतर चली गई थी-वह इस घर का भूगोल नहीं जानती, पर एक अकेले बैचलर सांयटिस्ट के घर का भौगोलिक रहस्य हो ही कितना सकता है...

भुवन तिलमिलाया हुआ टहलता रहा था। दर्द उसे सालता हुआ सारी देह में छा गया था, एक भीतरी दबाव-सा उसकी आँखों के पपोटों में स्पन्दित होने लगा था; भवों के ऊपर उसका माथा सीसे-सा भारी हो आया था...

गौरा चाय बना कर ले आई थी। एक बार भुवन के चेहरे को देख कर चुपचाप ढालने लगी थी। बढ़ा हुआ प्याला लेकर भुवन बैठ गया था।

उसी प्रकार, मौन की दीवार को तोड़ने में असमर्थ, भुवन ने पूछा था, ''गौरा, तुमने नौकरी जो कर ली-तो क्या जीवन का मार्ग अन्तिम रूप से चुन लिया? माता-पिता की क्या राय है?''

''हाँ, भुवन दा। नौकरी मैंने नहीं चुनी, संगीत ही चुना है; पर आगे सीखने के लिए यह सहारा ज़रूरी है-माता-पिता पर बोझ बने रहना कहाँ तक ठीक होता?''

भुवन उसे देखता रहा था। माथे का नाड़ी-स्पन्दन वैसा ही था, उसे मानो वह सुन सकता था। फिर उसने पूछा था, ''गौरा, विवाह क्या कभी नहीं करोगी?''

तब यह मौन थरथरा कर टूट गया था। गौरा खड़ी हो गई थी। उसका मुँह तमतमा आया था। मुद्रा तनिक भी नहीं बदली थी, इससे यह स्पष्ट नहीं था कि वह तमतमाहट कैसी है; उत्तर देने से पहले भी वह क्षण-भर रुकी रही थी और जब बोली थी तो बिलकुल सम स्वर से : "भुवन दा, मुझ से तो आप पूछते हैं, पर नौकरी तो आप भी करते हैं, आपने क्या सोचा है यह सब-सोच चुके हैं?"

भुवन ने कहना चाहा था, "मेरी बात दूसरी है-पुरुष के लिए विवाह और नौकरी विरोधी कैरियर नहीं हैं और स्त्री के लिए साधारणतया तो होते ही हैं-साथ नहीं चलते-" पर कह नहीं पाया था; गौरा के मुँह की ओर देखते-देखते अचानक कह गया था, "गौरा, आज देखता हूँ तुम मुझ से छोटी अब नहीं हो-और अब से बराबर-बराबर बात करूँगा; यों पहले भी बिलकुल छोटी ही तो नहीं मानता था-"

गौरा एकदम बैठ गई। उसका चेहरा शान्त हो आया। बोली, "माफ़ी चाहती हूँ भुवन दा-आप सदैव बड़े हैं।"

भुवन ने निश्चयात्मक स्वर से कहा, "नहीं।" फिर मानो असली विषय पर लौटते हुए, "पर मेरे लिए एक चुन लेना आवश्यक नहीं है। इस मामले में पुरुष कन्फ़्यूज़्ड भी रहे तो चल सकता है-स्त्री को बिलकुल क्लीयर-हेडेड हो कर सोचना पड़ता है-निर्मम हो कर।"

गौरा ने ज़िद की, "अच्छा ज़रूरी न सही, आपने सोचा तो होगा?" फिर सहसा अपनी ज़िद पर थोड़ा-सा शरमा कर वह मुसकरा दी।

उस मुसकराहट से भुवन सँभल गया। स्वयं भी मुसकरा कर बोला, "ठीक सोचा तो नहीं-सोचना तो एक वैज्ञानिक क्रमागत क्रिया है-पर हाँ, यों ही कुछ धारणाएँ तो हैं-"

"क्या?"

"यही कि उसके विरुद्ध मैंने कोई प्रतिज्ञा तो नहीं की। राह चलते यदि कोई उपयुक्त साथी मिला तो-"

"लेकिन इस देश में राह चलते कुछ नहीं होता, भुवन दा, बड़ी खोज करनी पड़ती है।" गौरा स्पष्ट ही उसे चिढ़ा रही थी।

भुवन ने उसी ढंग से कहना चाहा, "न, मिरेकल इस देश में भी होते हैं-" पर यह मानो उसे अनुगूँज लगी दूर कहीं की घण्टियों की-जबान पर आई बात रुक गई और वह फिर चुप हो गया। थोड़ी देर बाद उसने फिर हँसने का यत्न करते हुए कहा, "खोज तो दूसरे करते हैं-विज्ञान के विद्यार्थी का तो सारा जीवन ही खोज है।"

"ओ हो! तब जब कुछ मिल जाएगा तो भौचक-से देखते रह जाएँगे। सब-कुछ कॉस्मिक रेज की तरह थोड़े ही यंत्र से नाप लिया जाता है।"

"खास कर स्त्री-यही न? पर यह क्यों मान लेती हो कि मैं ही खोजूँगा-वह भी तो खोजेगी-बल्कि वही खोज लेगी-स्त्रियों की बुद्धि तो अचूक होती है न ऐसे मामलों में? मैं-यंत्र-केवल इतना जान लूँगा कि खोज पूरी हो गई।"

भुवन को थोड़ा-थोड़ा लग रहा था कि वह उसके लिए अस्वाभाविक ढंग से बात कर रहा है, कुछ-कुछ बेवकूफी की भी बात कर रहा है। पर इस तरह की ग़ैर-जिम्मेदार बातें मानो एक छद्म थीं जिस की ओट में उसकी भीतरी आकुलता और असमंजस छिप जाता था। वह कहता गया, "राह चलते जिस दिन बैठे-बैठे जानूँगा, मेरे पीछे कोई है और मुड़ कर नहीं देखूँगा और वह झुक कर अपने खुले बाल मेरी आँखों के आगे डाल देगी-उस दिन मैं जान लूँगा कि मेरी खोज-कि मेरे लिए खोज समाप्त हो गई, और पड़ाव आ गया।"

गौरा अनिश्चित-सी हँसी, "क्या बच्चों की-सी बात करते हैं आप! या रोमांटिकों जैसी।"

"क्यों?"

"और नहीं तो क्या। कौन वह सुन्दरी होगी जो ऐसे अपने केशों में आपको बाँध लेगी-ऐसी तो रोमांटिकों की वह सनातन चुड़ैल थी-लिलिथ-जो अपने सुनहले बालों से लोगों के दिल बाँध लिया करती थी और वे सूख जाते थे। क्यों नहीं आप उन नाइटों की बात सोचते जिनके माथे पर तारा चमका करता था?"

"तारों की खोज क्या कम पागलपन है, गौरा? इतने बड़े आकाश में कोई एक तारा चुन लीजिए, अच्छा चुन ही लीजिए, अंग्रेज़ी में कहते तो हैं कि 'अपना छकड़ा तारे के पीछे जोत लो' पर तारे तक पहुँचें तब तो-"

"या तारा ही आप तक पहुँचे-"

नहीं, यह भी प्रतिध्वनि है-कहाँ, किस की प्रतिध्वनि? 'कोई बात नहीं, मैन फ्राइडे, तारा खुद तुम्हें ढूँढ़ लेगा।'-'मैं अँधेरे में डूबना नहीं चाहती, नहीं चाहती!'-'अच्छा मैन फ्राइडे, तुम्हारा तारा कौन-सा है?'-'और तुम-शुक्रतारा।' 'क्यों, चाँद नहीं?' 'वेन मैन! नहीं, शुक्र, केवल शुक्र!' 'मेरा तारा।'

भुवन खड़ा हो गया। प्याला उसने रख दिया, टहलने लगा।

"क्या बात है भुवन दा?"

भुवन ने पैंतरा करते हुए कहा, "हमारे प्रोफ़ेसर कहते थे; विज्ञान से जिसकी शादी हो जाती है, उसे फिर और कुछ नहीं सोचना चाहिए। वह बड़ी कठोर स्वामिनी है।"

गौरा ने कहा, "हूँ,। यों तो संगीत-कोई भी कला-और भी कठोर स्वामिनी है; और विज्ञान का मनचलापन तो संदिग्ध भी हो सकता है, कला के बारे में तो सन्देह की गुंजाइश नहीं।" फिर वह रुक कर क्षण-भर स्थिर दृष्टि से भुवन को देखती रही। "मगर भुवन दा, हम लोग क्या बे-बात की बात कर रहे हैं; आप, आप हैं कहाँ?"

"गौरा-" भुवन ने पास आकर एक हाथ गौरा के कन्धे पर रखा और चुप हो गया। धीरे-धीरे उसका हाथ हटने लगा था पर गौरा ने उस पर अपना हाथ रख कर उसे रोक लिया और बड़े अनुरोध से कहा, "बताइए न, भुवन दा-"

भुवन ने धीरे-धीरे हाथ खींच लिया। ''कुछ नहीं गौरा; अपने भविष्य के बारे में नहीं सोचा करता, तुम्हारे ही भविष्य की बात सोचा करता हूँ।'' कुछ रुक कर, पर गौरा को बोलने का मौक़ा दिए बिना, ''यों तो भविष्य की बात ही नहीं सोचनी चाहिए-वर्तमान ही सब-कुछ है, भविष्य केवल उसका एक प्रस्फुटन-''

यह क्या हो गया है उसको? यह भी प्रतिध्वनि है...

गौरा ने उलाहने के स्वर में कहा, ''यह आप कहते हैं, भुवन दा, आप?''

ठीक है गौरा का उलाहना, भुवन के भीतर कुछ उमड़ कर बोला था, तुम कैसे ऐसी बात कह सकते हो, और गौरा को...

ठीक इस समय, बड़े मौक़े से, भुवन का नौकर आ गया था। साधारणतया उसी को आ कर चाय देनी चाहिए थी, पर रसोई में आकर उसने उथल-पुथल के लक्षण देखे तो भीतर देखने चला आया, भीतर गौरा को चाय लिये बैठे देख कर वह मुड़ गया एक हलकी-सी मुसकराहट को छिपाने के लिए-तो डॉक्टर साहब के लिए अभी कहीं कुछ उम्मीद है...

भुवन अपनी ही बात को लेकर हँस दिया। ''और नहीं तो क्या? सोचने को तो हम बहुत कुछ सोचते हैं, पर जब जाँच कर के देखते हैं तो यही मानना पड़ता है कि हाँ, वर्तमान ही सब-कुछ है।''

गौरा थोड़ी देर वैसे उलाहने से देखती रही। फिर उसने कहा, ''हो सकता है। यों मेरे लिए भी यही बात है-अभी जहाँ तक मुझे दीखता है, उसी के अनुसार मैंने भी सोच लिया है; आगे जब-नया वर्तमान खुलेगा तब उसके अनुसार और सोच लूँगी। नहीं तो आप ही बताइए-''

भुवन ने कुछ सोचते हुए कहा, ''हाँ, यों तो ठीक है।''

अगली गाड़ी से गौरा चली गई थी। जाने के समय वातावरण कुछ स्वच्छ हो गया था; भुवन ने यह भी कहा था कि अगले दशहरे की छुट्टियों में वह शायद बनारस आएगा-दो-एक दिन, फिर गौरा के साथ दिल्ली लौटेगा अगर उसके पिता वहाँ होंगे, या अगर मसूरी होंगे तो वहीं जाएगा। गौरा ने कहा था, ''ज़रूर चलिएगा-आप पिता जी को बहुत नेग्लेक्ट करते रहे हैं-रहे हैं न?'' फिर चारों ओर नज़र डाल कर कहा था, ''घर को भी आपने नेग्लेक्ट कर रखा है। मैं एक-दो दिन रह जाती तो सब सँभाल देती-पर आप रहने ही कहाँ देते हैं?'' भुवन ने हँस कर उत्तर दिया था, ''घर की सँभाल एक-दो दिन का काम थोड़े ही है, गौरा? एक बार सँभालोगी, फिर वैसा ही हो जाएगा-पर वैसे नुक्स क्या है, मुझे ज़बानी ही बता दो, मैं सँभालूँगा-''

''ऐसे काम ज़बानी ही हो सकते तो...''

''तो क्या?''

लेकिन गौरा ने अपना वाक्य पूरा नहीं किया था।

गौरा के जाने के बाद वापस लौट कर बहुत देर तक भुवन कमरे में और छत पर चक्कर काटता रहा। गौरा के आने ने उसके भीतर जो उद्वेलन उत्पन्न कर दिया था, उसका कारण वह नहीं जानता था, न कोई स्पष्ट विचार ही उसके मन में उठ रहे थे, केवल एक आकारहीन, केन्द्रविहीन आकुलता...फिर वह अपनी कॉपी ले कर बैठा रहा, साँझ घिर आई, बादल छा गए और गरजने लगे...उसने कॉपी रख दी और टहलने निकल गया।

दूसरे दिन फिर वह पूर्ववत् अपने काम में जुट गया; उद्वेलन भीतर-ही-भीतर कहीं दब गया और पहले की स्थिति फिर हो गई–काम, काम, काम, केवल चेतना के भीतरी किसी स्तर पर एक आलोकमय छाप, और उसके साथ गुँथा हुआ रेखा का ध्यान जो सतह पर नहीं आता...

इस अवस्था से रेखा के पत्र ने उसे झकझोर कर जगा दिया–और ऐसा जगाया कि फिर वह कभी उस अवस्था को नहीं लौटा; फिर जब आई तो एक प्रकार की जड़ता आई, और उसके भीतर एक आलोक नहीं, एक गुथीला अन्धकार...

पत्र पा कर उसने पढ़ा, तो पहले शान्त भाव से ही पढ़ गया; कोई आश्चर्य की बात उसमें नहीं थी। रेखा से जब वह विदा हुआ था, तब जो बात हुई थी उससे यह परिणाम निकलता ही था–रेखा ने सूचित कर दिया था और यह भी कह दिया था कि वैसा ही वह चाहती है...पर क्या तब सचमुच वह समझ सका था? उसने मन-ही-मन उस स्थिति को मूर्त किया–नदी के आर-पार बड़े शहतीर पर वे दोनों, दोनों स्तब्ध, नीचे दौड़ता उफनता पहाड़ी नदी का जल; और दोनों की अपूर्ण आकांक्षाओं का आरोप उस भविष्यत् जीव पर जिसे–शायद !–उन्होंने अनजाने और एक आविष्ट मोहावस्था में रचा है...क्या तब वह उस बात का पूरा अभिप्राय समझा था जो रेखा ने कही थी–क्या वह अब भी समझ रहा है? धीरे-धीरे एक-एक स्मृति उसके मन में उभरने लगी, और मानो तेज़ाब से एक-एक गहरी रेखा उसके चेतन-पट पर कोरने लगी...“आर यू रीएल–तुम हो, सचमुच हो, भुवन?...मैं तुम्हारी हूँ, भुवन, मुझे लो...रेखा, आओ...‘लेट अस गेट अप अर्ली टु द विनयार्ड्स : देयर विल आइ गिव दी आफ़ माइ लव्ज़’...‘महाराज ए कि साजे एले मम हृदयपुर माझे?’...भुवन, मेरी मोहलत कब तक की है। शुभाशंसा चूमती है भाल तेरा...पगली, पगली, तुम तो चाँदनी में ही जम गई थीं ! और तुम? तुम पिघल गए थे?...‘लव मेड ए जिप्सी आउट आफ़ मी’...लजाती हो–मुझ से–अब? तुमसे नहीं तो और किस से लजाऊँगी?...‘वेट विदाउट होप, फ़ार होप वुड बी होप आफ़ द रांग थिंग’...देबे कि वो वासा आमाय देबे कि एकटि धारे?...” एक अद्भुत भाव उसके मन में भर गया, जिस में वात्सल्य भी था, करुणा भी, एक आतुर उत्कंठा भी और एक बहुत हलकी-सी जुगुप्सा भी। “न, मैं कुछ माँगूँगी नहीं, तुम्हारे जीवन की बाधा नहीं बनूँगी, उलझन भी नहीं बनूँगी। सुन्दर से डरो मत...लेकिन भुवन, मुझे अगर तुमने प्यार किया है, तो प्यार करते रहना–मेरी यह कुंठित बुझी हुई

आत्मा स्नेह की गरमाई चाहती है कि फिर अपना आकार पा सके, सुन्दर, मुक्त, ऊर्ध्वाकांक्षी...'' क्यों नहीं माँगेगी रेखा कुछ भी? यों सब कुछ दे देगी, और फिर चुपचाप चली जाएगी–अपनी सब से अधिक आवश्यकता के समय मूक? नहीं, इतना बड़ा दान वह नहीं ले सकेगा? उदार हो कर देना कठिन है, होगा, पर उदार हो कर ले लेना और भी कठिन है...''तुमने मुझे एक बार भी नहीं बताया कि मेरे लिए तुम्हारे हृदय में क्या भाव हैं–'' ठीक कहा था रेखा ने, उसने सचमुच कभी कुछ नहीं बताया, शायद स्वयं ही नहीं सोचा–और बिना एक प्रश्न तक भी पूछे रेखा ने–नहीं, वह एकपक्षीय व्यापार–वह नहीं सह सकेगा–घुट जाएगा इसके बोझ से...ऐसा दान वह नहीं लेगा जो पाने वाले का दम घोट दे, और देने वाले को–देने वाले को भी संकट में डाल दे...

लेकिन दान वह नहीं लेगा, यह कहने के अब क्या मानी हैं जब वह दान ले चुका है? अब वह क्या करेगा, अब, यही उसे सोचना है, और स्पष्ट सोचना है, परिणाम तक ले जा कर सोचना है...

पत्र उसे कॉलेज में मिला था। कॉलेज से लौटने से पहले उसने रेखा को तार दे दिया कि वह आ रहा है, और छुट्टी का आवेदन भी दे दिया, बल्कि थोड़ी देर बाद स्वयं प्रिंसिपल के पास जा कर स्वीकृति भी ले ली। शाम को वह रवाना हो गया।

मोटर के अड्डे पर रेखा हो भी नहीं सकती थी, पर भुवन ने उतर कर चारों ओर नज़र दौड़ा कर देख लिया मानो उसे खोज रहा हो : फिर जब वह कहीं न दीखी तो उसे सन्तोष हुआ। बाहर निकल कर ताँगा लिया, पर पते के लिए दो-एक जगह पूछना पड़ा। अन्त में जब ठीक पता पा कर ताँगा मिसेज़ ग्रीव्ज़ के बगीचे की ओर बढ़ चला, फाटक पर पहुँच कर रुका और भुवन ने उतर कर उस पर लगा हुआ ग्रीव्ज़ नाम का बोर्ट भी देख लिया, तब ताँगे को जल्दी बढ़ने के लिए न कह कर उसने वहीं रोक दिया। ''हम अभी पूछ कर आते हैं, ठीक होने से भीतर बुला लेंगे–'' कह कर वह गेट खोल कर भीतर बढ़ा, ताँगे वाले की पुकार उसने अनसुनी कर दी कि ''सा'ब, ताँगा भीतर ले चलूँ, सा'ब।''

एक डर-सा उसके मन पर छा गया, पर उसने उसे साफ़ सामने ला कर नहीं देखा। प्रार्थना-सी यही बात बार-बार उसके ओठों पर आने लगी कि जब वे मिलें तो रेखा अकेली हो–चाहे कितनी थोड़ी देर के लिए–औरों के बीच में न उसे रेखा से साक्षात् करना पड़े...मन में यह भी प्रश्न उठता कि क्या रेखा ठीक वैसी ही होगी, या उसका रूप कुछ बदल गया होगा–पर इस प्रश्न को भी वह दबा देता–कुछ नहीं सोचेगा वह रेखा को देखने तक–और देखे तो वह अकेले में ही देखे...

दूर से ही उसने उसे देख लिया। बरामदे में आरामकुरसी पर वह बैठी थी, सारा शरीर ढलती धूप में, केवल चेहरा छाँह में था और स्पष्ट दीखता नहीं था। रेखा ने वही

परिचित मक्खनी सफ़ेद रेशमी साड़ी पहन रखी थी, पहनने का ढंग कुछ अनोखा था और मानो उसे और भी दूर अलग ले जाता था। उसने भुवन को अभी नहीं देखा था, भुवन कुछ और भी ओट हो कर दबे-पाँव चलने लगा; बिलकुल बरामदे के पास आ कर जब उसने बरामदे की काठ की सीढ़ी पर पैर रखा, तभी आहट से वह चौंकी, मुड़ कर उसने देख कर पहचाना और कहा, "भुवन! अरे, भुवन, तुम–" और उठ बैठी पर उठी नहीं, वहीं से उसने बाँहें बढ़ाईं कि भुवन लपक कर पहुँच गया, एक बाँह से उसने रेखा को घेर लिया और कुरसी की बाँह पर अध-बैठा होते-होते उसे खींच कर अपने से लगा लिया, उसके माथे पर गाल टेक कर स्तब्ध रह गया, रेखा के दिल की धड़कन उसकी जाँघ पर बहुत हलका ताल देने लगी...थोड़ी देर बाद उसने बहुत धीमे भर्राये स्वर में कहा, "रेखा तुम–रेखा..." रेखा ने चेहरा थोड़ा ऊँचा उठाया, उसकी नाक भुवन के गाल में धँस गई, अध-खुले ओठों से साँस का हलका स्पर्श भुवन के नासा-मूल को गुदगुदाने लगा, तब सहसा भुवन के ओठों ने उसके ओठ ढूँढ़ लिये...फिर उसने खड़े होते हुए कहा, "रेखा, मैं अभी आया–बाहर ताँगा है–"

रेखा ने कहा, "तुम नहीं जाओ, यहीं से पुकारो 'सलामा'–वह बुला लाएगा।"

भुवन क्षण-भर उसे ताकता रहा। "कितना अच्छा हुआ कि तुम अकेली थी जब मैं पहुँचा, रेखा–"

रेखा ने समझ कर धीरे से हाथ उसकी ओर उठा दिया, कुछ कहा नहीं, उसकी आँखों की गहरी मुसकराहट ही उसे दुलरा गई।

भुवन ने बरामदे की ओर बढ़ कर पुकारा, "सलामा!" फिर मुड़ कर रेखा से पूछा, "मिसेज़ ग्रीव्ज़ कहाँ रहती हैं–तुम अकेली हो?"

"हाँ। वह श्रीनगर में हैं–मैं निगरानी के लिए यहाँ बैठी हूँ। जब वह आएँगी तो मैं उधर चली जाऊँगी। पर अभी दो महीने शायद यही व्यवस्था रहे। फिर जब बर्फ़ पड़ने लगेगी तो यहाँ ख़ाली हो जाएगा–मैं भी श्रीनगर उनके साथ रहूँगी।"

"कैसा लगता है, रेखा?"

रेखा ने गहरी दृष्टि से स्थिर भाव से उसे देखा, कुछ बोली नहीं।

सलामा ताँगेवाले को बुला लाया। भुवन ने कुछ झिझकते हुए पूछा, "एम आइ-स्टेइंग विथ यू?–वैसे मैं–"

रेखा ने आँखों से ही उसे घुड़क दिया। सलामा से कहा, "साहब का सामान मेहमान कमरे में लगा दो–"

भुवन ताँगेवाले को विदा करने लगा, सलामा ने सेवा-पटु कश्मीरी लहजे में पूछा, "चाय लाऊँ मेम साब?"

"हाँ, सलामा, शुक्रिया।"

भुवन को रेखा का बोलने का ढंग अतिरिक्त मधुर लगा। यों वह सदा विनय से बात करती थी, पर भुवन ने सोचा, उसके स्वर में न बंगालियों की आदर्श-प्रियता है,

न कश्मीरियों की बनावट; एक सहज शालीनता उसमें है जिसे न अकड़ना पड़ता है, न झुकना पड़ता है, जिस से प्रकृतिस्थ रह कर ही वह बड़े-छोटे सबके बराबर हो जाती है...व्यक्ति का आभिजात्य क्या है, उसकी सर्वोपरि सत्ता, उसका अखंड चक्रवर्तित्व, यह रेखा के निकट रह कर और उसका लोक-व्यवहार देख कर समझ में आ जाता है...

चाय के बाद दोनों बरामदे से उतर कर टहलने लगे। रेखा ने कहा, "बगीचा देखोगे? घूम आएँ-"

भुवन ने उसकी ओर देखते हुए कहा, "तुम्हें-कष्ट तो नहीं होगा?"

"ना। मुझे तो अच्छा लगता है-"

"तो चलो?" फिर कुछ रुक कर, "लेकिन-तुम्हारी शाल ले आऊँ-पर तुम्हारा कमरा भी तो नहीं जानता?"

"तो पहले वही देखोगे?" रेखा मधुर मुसकराई, "नहीं, वह फिर दिखाऊँगी। पर शाल तो अन्दर जाते ही दाहिने को टँगी है-मैंने दिन में रखी थी।"

भुवन उठा लाया।

रेखा ने कहा, "फल तो लगभग सब उतार लिये गए हैं, जिधर हैं उधर ही चलें-उधर तो कुछ धूप भी होगी-"

भुवन को याद आया। डूबते सूर्य का उन्होंने पीछा किया था, और हार गए थे। नहीं, आज वह डूबते सूर्य का पीछा नहीं करेगा; सूर्य को डूब जाने दो, पकते सेब पर उसकी धूप की चमक ही इष्ट है-उसी को वह देखेगा, उसकी लालिम कान्ति में सूर्य की धूप पकेगी, सुफला होगी...शारदीया साँझ की धूप में फलों-लदा सेब का पेड़-जीवन के आशीर्वाद का, जीवन-रूप आशीर्वाद का। इससे बढ़ कर और कौन-सा प्रतीक है? शरदारम्भ अभी नहीं हुआ, अभी बरसात का अन्त ही है, फलों पर भी अभी वह सूर्यास्त की लाल-सुनहली कान्ति नहीं आई, पर उस फले हुए जीवन-तरु को वह देख सकता है-

...देयर इज़ येट फ़ेथ
एण्ड द फ़ेथ एण्ड द लव एण्ड द होप आर आल इन द
वेटिंग...

उसने बढ़ कर रेखा का हाथ थाम लिया, और मानो राह दिखाता हुआ साथ ले चला। सामने पेड़ के ऊर्ध्व भाग पर धूप पड़ रही थी, उसमें जगमग एक फलों-लदी डाली को दिखा कर भुवन ने कहा, "इस जाति का नाम बता सकती हो?"

रेखा कहने को थी, "क्विंस-" पर भुवन ने इशारे से टोकते हुए कहा, "ये हैं 'सनसेट ग्लोरी'।"

"सो तो जानती हूँ।" रेखा ने मुग्ध भाव से उसके कोट की आस्तीन से सिर छुआते हुए कहा, "मेरा सारा बगीचा 'सनसेट ग्लोरी' है।"

"देखो, हम हारे नहीं रेखा; ढलते सूर्य को हमने पकड़ा ही नहीं, उसके बीच में खड़े हैं।"

रेखा ने फिर वह गहरा अपांग उसे दिया : "क्या जाने भुवन; पर तुम कहते हो तो–ऐसा ही हो, ओ मेरे मालिक, ऐसा ही हो..."

दोनों खड़े देखते रहे। सूर्य की कान्ति फीकी पड़ी, फिर डाली के फल स्याह हो गए, आलोक का धान्य मानो बादल के एक बहुत बड़े तामलोट में बन्द हो गया, तामलोट भी काला पड़ गया, हवा चलने लगी, रेखा सिहर गई। भुवन ने अपनी बाँह पर पड़ी शाल रेखा को ठीक से ओढ़ा दी। रेखा ने कहा, "चलो, अब चलें–"

"हाँ, चलो–बैठ कर बात करेंगे–मुझे बहुत–कुछ कहना है–"

"कहना है, भुवन–क्या कहना है?" रेखा उसकी ओर घूम गई। दोनों की आँखें मिलीं। देर तक मिली रहीं। फिर दोनों चुपचाप चलने लगे। भुवन ने धीरे से कहा, "नहीं, ठीक कहना नहीं है–कहना कुछ नहीं है। लेकिन–" वह सहसा चुप हो गया। पर मन–ही–मन वह कहता रहा, "रेखा, रेखा, रेखा..."

पहले दृग्मिलन के क्षण से कभी भी दोनों में किसी को यह नहीं लगा था कि उन का सम्पर्क कहीं टूट गया है और उसे फिर से स्थापित करना होगा; बराबर ही वे सम्पृक्त थे। पर फिर भी, यद्यपि उनकी बातों में घनिष्ट सौहार्द था, प्रणय था–मानो बात करने में दोनों को एक विचित्र झिझक थी; अपनी बात करते हुए भी दोनों यह भी अनुभव करते जा रहे थे कि वे बात नहीं कर रहे हैं, केवल पैंतरे कर रहे हैं...

रात को भोजन के बाद–जिस में रेखा ने लगभग कुछ नहीं खाया–रेखा उठ कर अपने कमरे में चली गई तो भुवन भी अपने कमरे में गया, कपड़े बदल कर उसने दो–एक चीज़ों को इधर–उधर कर के अपनी सुविधा के अनुकूल रख लिया; फिर टेबल लैम्प को बहुत नीची मेज़ पर रख कर कि प्रकाश कमरे में बहुत मन्दा हो जाए, एक कुरसी उसने खींच कर लैम्प के पास कर दी। पलंग के सिरहाने की ओर की खिड़की पर जा कर खड़ा हो गया और एकटक बाहर देखने लगा। बादल घिर आए थे, दूर की बिजली की प्रतिबिम्बित चमक से बादल की चादर रह–रह कर सफ़ेद हो आती थी।

रेखा का स्वर आया–"मैं आ सकती हूँ? तुम्हारे कमरे में बैठ सकती हूँ?"

भुवन ने घूम कर कहा, "यह मैं पूछने वाला था। आओ–पर तुम तो मुझे अपना कमरा दिखाने वाली थीं–"

साफ़–सुथरा और करीने से सजा तो था ही रेखा का कमरा, पर भुवन को लगा कि उसमें कुछ और भी विशेषता है। क्या, यह सहसा वह नहीं जान सका, पर थोड़ी देर में वह स्पष्ट हो गई–कमरे में कोई चीज़ फ़ालतू नहीं थी : सब–कुछ मित, मानो आवश्यक होने के कारण अनिच्छा रहते भी रखा गया था। अपने कमरे से उसने तुलना

की–वहाँ सब–कुछ अधिक था–अधिकतम आराम के लिए वह सजाया गया था; और यहाँ–अल्पतम आवश्यक सुविधा की ही कसौटी रखी गई थी...उसने कहा, "रेखा, तुम तपश्चारिणी होने जा रही हो?"

"क्यों? ओ–यह! नहीं भुवन, अधिक कुछ भी हो तो मुझे चुभता है–मैं अपने साथ ही जीना चाहती हूँ–बाहर का अनावश्यक लटा–पटा मुझ से सहा नहीं जाता।"

"और मैं मुगल बादशाह हूँ–क्यों।"

"वह तो मेहमान कमरा है, डॉक्टर साहब–आप हमारे मेहमान हैं।"

भुवन ने हाथ बढ़ा कर बिस्तर टटोला–तख्तों का पलंग, उस पर गद्दा नहीं था–दरी, नमदा, चादर; अचानक उसने तकिया एक ओर को खींचा, उसके नीचे एक कॉपी थी। उसने चुपचाप तकिया वैसे ही रख दिया, मानो कॉपी न देखी हो।

"यहाँ बैठोगे, भुवन, या उधर चलें?"

"कहना तो यह चाहता हूँ कि मैं इधर रहूँगा, तुम उधर जाओ; पर–चलो, उधर बैठेंगे; क्योंकि मैं मेहमान हूँ!"

"हाँ।"

रेखा को उसने टेबल लैम्प के पास वाली कुरसी पर बिठाया, स्वयं पलंग पर बैठ गया। थोड़ी देर दोनों एक–दूसरे को देखते रहे।

"तुम–फिर–आ गए, भुवन; मैंने नहीं सोचा था–"

"यह सोच लिया था कि अब नहीं आऊँगा?"

"नहीं भुवन, यह नहीं; पर आओगे, यह कभी नहीं सोचती थी।"

दोनों फिर थोड़ी देर चुप रहे।

सहसा भुवन ने कहा, "अच्छा, रेखा, अब क्या?"

"अब क्या, भुवन?" रेखा ने सहज भाव से कहा, "जीवन अपनी गति से चलता है। उससे बहुत अधिक तो मैं पहले भी नहीं माँगती थी–"

अगर रेखा बात को ऐसे टाल दे तो वह कैसे पूछे? उसने फिर यत्न किया, "रेखा, तुम अब भी–अब भी क्या–"

"हाँ, भुवन, मैं अब भी वैसी फुलफ़िल्ड हूँ–और तुम्हारी कृतज्ञ–"

"वह नहीं रेखा–तुम–तुम क्या नौकरी ही–तुम यहाँ से मेरे साथ चलो–"

बिजली चमकी–पहले दूर से प्रतिबिम्बित, फिर कड़कती हुई, कड़क के धीमी पड़ते–न–पड़ते वर्षा होने लगी। उसकी पटपटाहट के ऊपर स्वर उठाते हुए भुवन ने कहा, "रेखा, यह क्या सम्भव होगा कि–तुम मुझ से विवाह कर लो?"

रेखा सिहर गई, उठने को हुई और बैठी रही। बोली नहीं।

वर्षा की पटपटाहट बढ़ती गई, हवा के साथ ज़ोर की बौछार आई और खिड़कियाँ खटखटाने लगी, भुवन ने उठ कर खिड़की बन्द कर दी, बाहर का शब्द सहसा कम हो गया, मानो सन्नाटा छा गया हो।

उस भ्रमात्मक सन्नाटे को तोड़ते हुए रेखा ने स्पष्ट स्वर में कहा, ''नहीं भुवन; नहीं।''

फिर एक लम्बा मौन रहा। फिर भुवन बोला, ''मुझे यही डर था, रेखा। बात भी बहुत जटिल हो गई है। पर–इतना तुम्हें विश्वास दिलाना चाहता हूँ कि–यह करुणा नहीं है, रेखा; न निरी एक नोबल जेस्चर–मैं सचमुच कहता हूँ।'' उसके स्वर में व्यथा थी।

रेखा ने उठते हुए पास आकर कहा, ''हाँ, भुवन। तुम्हें क्लेश पहुँचाना नहीं चाहती थी–अविश्वास मैंने नहीं किया। पर–वह असम्भव है। मैंने–तुमसे प्यार माँगा था; तुम्हारा भविष्य नहीं माँगा था, न मैं वह लूँगी।''

भुवन भी खड़ा हो गया। ''तुमने नहीं माँगा, नहीं माँगोगी। तुम्हारे माँगने न माँगने का सवाल भी नहीं है। मैं माँग रहा हूँ रेखा।''

''न भुवन। बात वही है। तुम कुछ कहो, मैं नहीं भूल सकती कि–जो हुआ है वह न हुआ होता तो–तुम न माँगते–न कहते; इसलिए तुम्हारा कहना–परिणाम है। और यह कहना परिणाम नहीं, कारण होना चाहिए, तभी मान्य–तभी उस पर विचार हो सकता है।''

''रेखा!'' भुवन ने अपने दोनों हाथ उसके कन्धों पर रख दिए। धीरे-धीरे उसे फिर कुरसी पर बिठा दिया, फिर दो क़दम पीछे हट कर मैंटल के सहारे खड़ा हो गया।

''रेखा, और भी बातें सोचने की हैं–''

रेखा ने एक फीकी मुसकान के साथ कहा, ''हैं न? इसी लिए यह बात सोचने की नहीं रही–यह तभी सोची जा सकती है कि जब एक और अद्वितीय हो, दूसरी किसी बात से असम्बद्ध हो।''

भुवन ने चाहा कि झल्ला उठे। क्यों रेखा उसकी बात ठीक नहीं समझती–क्यों उलटे अर्थ लेती है? पर वह जो कहती है, उसमें भी तो तथ्य है...तथ्य है, यही तो झल्लाहट का कारण है–यह ऐसी गुत्थी है कि बँधी उनके चाहने से, पर खुलेगी नहीं, जितना वे चाहेंगे और उलझती जाएगी...

''रेखा, उस–उस वायलिनिस्ट की बात भी तो सोचो–''

रेखा ने दर्द से आँखें बन्द कर लीं, जैसे कोड़ा पड़ा हो। फिर उसने पीठ पीछे टेक दी, बड़ी थकी हुई आँखें भुवन की ओर उठाईं, और कहा, ''उसकी बात सोचने के लिए तुम्हें मुझे नहीं कहना होगा भुवन! नहीं, बुरा मत मानो, मैं ताना नहीं दे रही।'' वह थोड़ी देर रुक गई। ''पर भुवन, तुम समाज की दृष्टि से देखते हो : वह दृष्टि ग़लत नहीं है, अप्रासंगिक भी नहीं है; पर निर्णायक भी वह नहीं है। व्यक्ति को दबा कर इस मामले का जो भी निर्णय होगा–ग़लत होगा–घृण्य होगा, असह्य होगा!''

फिर थोड़ी देर वह चुप रही। फिर आँखें गिराते हुए कहा, ''हो सकता है कि मेरा सोचना शुरू से ही ग़लत रहा हो–पर शुरू से वह यही रहा है। मेरे कर्म का–सामाजिक

व्यवहार का नियमन समाज करे, ठीक है; मेरे अन्तरंग जीवन का–नहीं। वह मेरा है। मेरा यानी हर व्यक्ति का निजी।''

''हाँ, मगर दोनों में क्योंकि विरोध है, और अपरिहार्य विरोध है–''

''तो यह भी जीवन की एक न सुलझने वाली गुत्थी रह जाएगा। यह तो नहीं है कि ऐसी गुत्थी कभी हुई न हो–बीसियों पड़ी रहती हैं चारों ओर–एक और सही–''

''लेकिन–लेकिन ऐसा मान लेने से तो कोई रास्ता नहीं निकलता–'' कह कर वह झल्लाया-सा मुसकरा दिया क्योंकि वास्तव में यही तो रेखा कह रही थी! फिर वह चुपचाप टहलने लगा। रेखा बैठी रही। वर्षा की टपाटप ही एकमात्र शब्द रह गया।

''तुम थके हो, भुवन?–सोओगे?''

''ऊँ, नहीं।'' भुवन ने रुक कर रेखा की ओर देखा। ''पर तुम–तुम्हें शायद आराम करना चाहिए–''

''मैं ठीक हूँ। अपने आप चली जाऊँगी।''

थोड़ी देर फिर वर्षा की टपाटप। भुवन ने कहा, ''यह वर्षा असमय नहीं है?''

''पता नहीं। हर साल ही असमय हो तो असमय कैसे कहा जाए? प्रायः ही शुरू सितम्बर में ज़ोर का दौर आता है–और बाढ़ भी जब आती है इन्हीं दिनों–''

फिर केवल वर्षा का स्वर रह गया।

''कॉफ़ी पियोगे?''

भुवन ने अचकचा कर कहा, ''अब?''

''हाँ, मेरे कमरे में स्टोव है–मैं कभी-कभी रात को बनाती हूँ–''

''अब नहीं, रेखा। पर–तुम पियो तो मैं बना लाऊँ–''

रेखा ने सिर हिला दिया।

थोड़ी देर बाद बोली, ''कैसे हम लोग मानो सात बरस से ब्याहे पति-पत्नी की तरह हो गए हैं–बातचीत के लिए कोई विषय नहीं मिलता, तक़ल्लुफ़ की बातें कर रहे हैं–''

भुवन ने हँस कर कहा, ''तक़ल्लुफ़ बाक़ी है, यही क्या कम है? सात बरस बाद तो रुखाई का वक़्त आ जाता है–या बिलकुल मौन उपेक्षा का!''

रेखा ने कहा, ''इसी लिए क्या मुझे कह रहे हो–''

भुवन ने एकाएक पास आ कर उसके दोनों कान पकड़ लिये, धीरे-धीरे उसका मुँह ऊपर को उठाते हुए कहा, ''पगली, एक तो बात नहीं सुनती, फिर चिढ़ाती है?'' और ओठों के कोमल स्पर्श से उसका सीमन्त छू लिया।

रेखा ने अस्पष्ट स्वर में कहा, ''गॉड ब्लेस यू...''

भुवन फिर मैंटल के पास चला गया। थोड़ी देर बाद बोला, ''रेखा, तुम्हें गाना सुनाने को आज नहीं कहूँगा–मैं कुछ पढ़ कर सुनाऊँ?''

''सुनाओ–पर बत्ती वहाँ रख दूँ?''

"नहीं, मैं वहीं आता हूँ," कह कर भुवन ने दूसरी दीवार से लगी मेज़ पर से दो-एक पुस्तकों में से एक उठाई, अभ्यस्त हाथों से पन्ने उलट कर मनचाहा स्थल निकाला और रेखा के पैरों के पास फ़र्श पर बैठ गया, जहाँ रोशनी पुस्तक पर पड़ रही थी। रेखा ने झुक कर देखा-ब्राउनिंग।

"साथ लाए हो?"

उत्तर दिए बिना ही भुवन पढ़ने लगा :

हाउ वेल आइ नो ह्वाट आइ मीन टु डू
ह्वेन द लांग डार्क आटम ईवनिंग्स कम,
एंड ह्वेयर, माई सोल, इज़ दाइ प्लेज़ेंट ह्यू?
विद द म्यूज़िक आफ़ ऑल दाइ वायसेज़, डम्ब
इन लाइफ्स नवैम्बर, टू!
आई शैल बी फाउंड बाइ द फायर, सपोज़,
ओवर ए ग्रेट वाइज़ बुक एज़ बेसीमेथ एज़,
ह्वाइल द शट्र्स फ्लैप एज़ द क्रासविंड ब्लोज़,
एंड आइ टर्न द पेज, एंड आइ टर्न द पेज,
नॉट वर्स नाउ, ओनली प्रोज!...

रेखा ने कहा, "सारी बात फिर दुहराओगे, भुवन? मैं कहती हूँ, यह व्यर्थ की बहस है, निष्परिणाम!" थोड़ी देर चुप हो कर उसने एक लम्बी साँस ली, फिर बोली- "मैं कहना नहीं चाहती थी, तुम कहला कर छोड़ोगे : तुम्हारे साथ-जीवन का जो-कुछ सुन्दर मैंने जाना है तुम्हारे साथ; जो-कुछ असुन्दर जाना है विवाह में; और तुम कहते हो-"

उसके स्वर में जो थरथराती तीव्रता थी, उसके धक्के से भुवन क्षण-भर स्तब्ध रह गया : फिर समझाता हुआ बोला, "लेकिन रेखा, विवाह में जो हुआ वह विवाह के कारण ही हुआ, ऐसा तो नहीं है-एक व्यक्ति का दोष-"

"वह सब मैं जानती हूँ भुवन-सारी दलीलें मैं अपने को दे चुकी हूँ। अब जो कहती हूँ, वह उस सबके बाद है।" भुवन के चेहरे का विमूढ़ भाव देख कर वह कहती गई, "समझ लो कि यह निचोड़ है मेरी संचित की हुई तर्कातीत हठधर्मी का।"

भुवन फिर चुपचाप टहलने लगा। दिन में रेखा से बहुत कम बात हुई थी-जो हुई थी वह वैसी ही, जैसी आतिथेय-अतिथि में परिजनों के सामने होती है; फिर दिन में शहर चला गया था। रेखा ने पूछा था कि क्या कुछ काम है जो बारिश में जाओगे? तो कहा था कि नहीं सैर करेगा; तब रेखा ने भी कहा था कि अच्छा, मैं भी लेटी रहूँगी। लेकिन भुवन छाता-बरसाती लेकर निकला था और शहर की बहुत-सी बातें जान आया था; बाजार, तार, डाकघर, अस्पताल, अच्छे डॉक्टरों-सर्जनों के जगह-ठिकाने... निरुद्देश्य भाव से ही उसने यह पड़ताल शुरू की थी, पर निरुद्देश्यता में भी

व्यवस्थितता थी और जब वह लौटा तो श्रीनगर के बारे में ख़ासा जानकार होकर–यद्यपि सैलानियों के जानने की एक भी बात उसने नहीं जानी थी। उधर रेखा भी निगरानी का आवश्यक काम कर के, सबको आवश्यक आदेश दे कर भुवन के कमरे में गई थी, चीज़ों की झाड़-पोंछ स्वयं कर के उसने फूलदानों में नए फूल सजाए थे, उसकी इनी-गिनी किताबें देख उनके साथ अपने कमरे से तीन-चार और किताबें ला रखी थीं; बिस्तर ठीक से लगाया था। फिर अपने कमरे में जा कर थोड़ी देर सुस्ता कर वह अपनी कॉपी ले कर भुवन के कमरे में लौट आई थी और बैठ कर रुक-रुक कर थोड़ा-थोड़ा लिखती रही थी। लगभग दो घंटे बाद वह अचकचा कर उठी थी, अपने कमरे में जा कर घड़ी देख आई थी और फिर वहीं आ बैठी थी। थोड़ी देर बाद उसने भीतर से लकड़ियाँ ला कर अँगीठी में ऐसे सँवार कर चुन दी थीं कि झट से आग जलाई जा सके–बारिश अभी हो ही रही थी और काफ़ी सर्दी हो गई थी। फिर अबेर होती जान वह उठी थी, थोड़ी देर अनिश्चित पलंग के पास खड़ी रही थी; तब उसने अपनी कॉपी भुवन के सिरहाने तकिए के नीचे दबा कर रख दी थी, ऊपर से सलवटें ठीक कर के दरवाज़ा उढ़का कर बाहर चली गई थी। बाहर आरामकुरसी पर दो-तीन गद्दियाँ डाल कर, पैरों के लिए चौकी और कम्बल रख कर, वह आराम से बैठ गई थी; आँखें उसने बन्द कर ली थीं। ऐसा ही भुवन ने थोड़ी देर बाद उसे पाया था। आते ही बरामदे में बरसाती-छाता टाँगते हुए उसने पूछा था, ''आराम किया?'' और रेखा ने कहा, ''देख लो।'' और फिर, ''एक कुरसी और ले लो–बैठो–या कि पहले कपड़े बदलोगे–भीग आए हो।'' भुवन कपड़े बदलने चला गया था।

चाय पी गई थी। शाम फिर वैसी ही मेहमान-मेज़बान के ढंग से बीती थी, खाना भी वैसे ही खाया गया था। भुवन ने बताया था कि वह सारा शहर घूम गया; बन्ध, लालमंडी, अमीरा कदल, वजीर बाग़–दो-चार नाम भी उसने अपनी जानकारी बताने के लिए ले दिए थे। रेखा ने बताया था कि वह थोड़ा पढ़ती-लिखती रही, बाकी उसने ख़ूब आराम किया...उसके बाद पूर्ववत् भुवन के कमरे में बात होती रही थी।

''एक बात और है भुवन–और यह बुनियादी बात है : विवाह हो ही कैसे सकता है–मैं तो बँधी हूँ–'' सहसा कटु मुसकान के साथ, ''केवल दुराचार–।''

''चुप।'' भुवन ने डपट कर कहा–रेखा ने वाक्य अधूरा छोड़ दिया, ''रेखा, और जो है, अपने को यों सताने की कोई ज़रूरत नहीं है।''

''आईम सॉरी, भुवन!'' रेखा ने सच्चाई से कहा, ''पर-बँधी तो हूँ–''

''तो मैं प्रतीक्षा करूँगा–''

रेखा हँस पड़ी। ''क्या बच्चों की तरह प्यारा मुँह बना कर कहते हो, प्रतीक्षा करूँगा।'' रेखा ने पास जा कर उँगलियों से उसके ओठ पकड़ कर भींच दिए, जैसे बच्चे ओठ भींच देते हैं। ''कब तक आख़िर–और किस लिए?'' वह थोड़ा रुक गई। ''जिस लिए–जिस के लिए सोचते हो वह तो...'' सकपका कर वह फिर बैठ गई।

भुवन फिर निरुत्तर हो कर टहलने लगा। रेखा चुपचाप उसका मुँह निहारने लगी। उसकी चाल में निश्चय और विमूढ़ता का अजब मिश्रण था; हाथ पीछे गुँथे हुए, सिर कुछ झुका लेकिन ठोड़ी सामने बढ़ी हुई, और भौंहों के बीच में दो खड़ी रेखाएँ, जिन के बीच का हिस्सा कुछ लाल-लाल जान पड़ता था...।

रेखा ने पूछा, ''आज तो कॉफ़ी पियोगे : ठंड है। मैं लाती हूँ।'' भुवन कुछ कहे, इससे पहले ही उसने जोड़ दिया, ''मैं भी पियूँगी।''

''अच्छा। पर मैं बना कर लाता हूँ। मेरी जिद।''

''अच्छा, यही सही। स्टोव ड्रैसिंग-रूम में लगा है; और सब सामान उसके पास के ताक में रखा है। हमेशा तैयार लगा ही रहता है।''

भुवन चला गया। तब रेखा भी उठी, अँगीठी में आग सुलगाई-अनुभवी हाथों की लगाई हुई लकड़ियों ने तुरन्त आग पकड़ ली; आठ-दस मिनट बाद जब भुवन ट्रे में लगी हुई कॉफ़ी लेकर आया, तब चटचटाती लाल शिखाओं का असम प्रकाश कमरे में नाचने लगा था। उसने कहा, ''अरे-जादूगरनी।''

रेखा ने कहा, ''हाँ, तुम्हारा जादू मेरे हाथ में भी चला आया है।''

आग के पास तिपाई उसने पहले ही रख दी थी। भुवन ने दो कुरसियाँ खींच कर ठीक जगह रखी, रेखा को आदर से हाथ पकड़ कर उठाया और तिपाई के पास वाली कुरसी पर बिठा दिया; फिर एक प्रश्नसूचक दृष्टि से उसकी ओर देख कर टेबल-लैम्प बुझा दिया। आग के प्रकाश में उनकी और कॉफ़ी के बर्तनों की छायाएँ दीवार पर नाचने लगीं।

कॉफ़ी पीकर भुवन ने तिपाई हटा दी, अपनी कुरसी खींच कर रेखा की कुरसी के निकट कर ली। फिर टेबुल पर जा कर किताब उठाने लगा तो बोला, ''मेरी किताबें बढ़ कैसे गईं?''

चार-पाँच किताबें लिये वह लौट आया, किताबें ज़मीन पर रख कर कुछ आगे झुक कर उनके नाम देखने लगा। चार्ल्स मार्गन का 'द फाउंटेन', आन्द्रे जीद का 'स्ट्रेट इज़ द गेट', ठाकुर की 'गीतांजलि', लुई ऐमो का 'मारिया शादलेन', सानुवाद 'कुमार-सम्भव', दो-एक कविता-संकलन, एकाध और पुस्तक।

''ओह, यह मेरे मेज़बान की कृपा है।''

एक किताब निकाल कर उसने खोली, नीचे झुका कर ऐसे रखी कि रेखा भी देख सके, और स्वर-हीन ढंग से पढ़ने लगा। रेखा भी साथ-साथ पढ़ती रही। कभी बीच में एक-आध पंक्ति वह गुनगुना देती। भुवन जानता था कि दोनों लगभग साथ-ही-साथ पढ़ रहे हैं। पन्ना पलटने से पूर्व क्षण-भर रुकता और फिर धीरे-धीरे उलट देता।

सो लेट मी बी दाइ क्वायर, एंड मेक ए मोन
अपान द मिडनाइट आवर्स;
दाइ वाएस, दाइ ल्यूट, दाइ पाइप, दाइ इन्सेन्स स्वीट

फ्राम स्विंगेड सेंसर टीमिंग
दाइ थ्राइन, दाइ ग्रोव, दाइ आरेकल, दाइ हीट
आफ़ पेल-माउथ्ड प्राफ़ेट ड्रीमिंग।

जलती हुई एक लकड़ी एक ओर गिरी; प्रकाश कुछ मन्दा पड़ गया। आग ठीक करने के लिए रेखा खड़ी हुई तो भुवन ने कहा, "रेखा, तुम्हारे कमरे में तो आग नहीं है।"

"बनी हुई रखी है। जाऊँगी तो जला लूँगी।"

"पर कमरा गर्म होते तो देर लगेगी, मैं अभी जला आऊँ।"

उसकी कलाई पर हाथ रख कर उसे रोकते हुए रेखा ने आग्रहपूर्वक कहा, "नहीं, तुम बैठो।"

दोनों फिर बैठ गए। किताबें हटा दी गईं, दोनों चुप-से हो गए।

थोड़ी देर बाद भुवन ने कहा, "रेखा, तुम्हें क्या ज़रूर अभी कमरे में चले जाना है?"

रेखा कुछ बोली नहीं, उसकी ओर देख कर रह गई।

भुवन ने धीरे-धीरे हाथ कपड़ कर उसे उठाया, और पलंग पर जा लिटाया। स्वयं एक बाही पर बैठ गया, धीरे-धीरे रेखा का कन्धा थपकने लगा।

आग मन्दी पड़ गई, अंगारे ही लाल-लाल चमकते रह गए। छायाओं का नाच समाप्त हो गया, एक धुँधली लाल झलक छत पर रह गई। रेखा का चेहरा मँजे ताँबे-सा दीखने लगा।

वह बोली, "तुम्हें-नौकुछिया याद है?"

भुवन ने सिर हिलाया।

"मैंने-माँगा था-और तुम रोए थे।"

भुवन ने हाथ झुका कर उसके ओठ ढक दिए। रेखा ने उसका हाथ हटा कर कहा, "तब तुमने क्या कहा था-याद है?"

भुवन ने फिर सिर हिला दिया।

"तुमने कहा था, 'यह इनकार नहीं है'...तुमने कहा था, 'जो सुन्दर है उसे मिटाना नहीं चाहिए-जोखम में नहीं डालना चाहिए'...कहा था न?"

भुवन ने फिर सिर हिला दिया।

रेखा थोड़ी देर चुप रही। फिर उसने कहा, "तो वह सब मैं तुमसे कहती हूँ। यह भी प्रत्याख्यान नहीं है भुवन-मैं सचमुच तुम्हारे पैर चूम सकती हूँ-"

वह जैसे उठने को हुई; भुवन ने उसे रोक दिया। वैसे ही थपकता रहा।

थोड़ी देर बाद रेखा ने फिर कहा, "भुवन, इस विषय को समाप्त मान लिया जाए-क्या इसे फिर उठाना होगा?"

भुवन ने कहना चाहा, "पर मैंने तो फिर जोखम उठाया था-और उससे सुन्दर पुष्ट ही हुआ, नष्ट तो नहीं हुआ-" पर कह नहीं सका, स्वयं उसे ही लगा कि

दोनों बातों में कुछ अन्तर है। फिर उसने कहना चाहा, ''जोखम तो हर सुन्दर चीज़ में है–बल्कि आनुपातिक होता है,'' पर यह बात भी उससे कहते नहीं बनी। वह केवल रेखा का कन्धा थपकता रहा।

थोड़ी देर बाद बोला, ''अच्छा रेखा, तुम्हारी यही इच्छा है तो–यही सही। पर उससे पहले कुछ और कह लेने दो–और उसे याद रखना–भूलना मत कभी।''

रेखा ने उसका थपकता हाथ पकड़ कर निश्चल कर दिया, और प्रतीक्षा में चुप पड़ी रही।

''रेखा, जो–कुछ हुआ है, मुझे उसका दुःख नहीं है, परिताप नहीं है। और जो हुआ है उससे मेरा मतलब केवल अतीत नहीं है, भविष्य भी है–कारण भी, परिणाम भी। और यह नकारात्मक बात लगती है–मैं कहूँ कि मैं प्रसन्न हूँ : एक आनन्द है मेरे भीतर–एक शान्ति–भविष्य के प्रति एक स्वागत–भाव...यही मैं तुमसे कहना चाहता हूँ–वह जो आएगा–आएगा या आएगी, वह तो मुहावरा है–वह मेरा है, मेरा वांछित है–उससे मैं लजाऊँगा नहीं, वह तुम मुझे दोगी। भूलना मत–तुम्हें और तुम्हारी देन को मैं वरदान कर के लेता हूँ...'' भुवन का स्वर भर आया, वह चुप हो गया।

रेखा ने बड़ी गहरी साँस ली। भुवन का हाथ खींच कर अपनी पलकों पर कर लिया, वहीं पकड़े रही। उँगलियों की अतिरिक्त स्पर्श–संवेदना ने जाना, पलकों के भीतर आँखें हिल रही हैं। थोड़ी देर बाद अपनी मध्यमा भुवन को कुछ ठंडी लगी–आँख की कोर पर होने से वह भीग गई थी। उसने दूसरा हाथ बढ़ा कर कर्णमूल छुआ, गीला था। हथेली से उसने उसे पोंछ दिया, कुछ समीप सरक कर बैठ गया।

छत की वह लाल झलक भी बुझ गई। वर्षा फिर होने लगी थी। भुवन ने रेखा को और अच्छी तरह ओढ़ा दिया, कुछ झुक कर कोहनी टेक कर बहुत हलकी थपकी से रेखा को थपकने लगा।

रेखा सो गई। थोड़ी देर बाद जागी और कम्बल का आधा हिस्सा खींच कर भुवन पर कर दिया, उसका हाथ पकड़ लिया और फिर सो गई।...

भोर के फीकेपन के साथ बारिश का ज़ोर का एक झोंका आया, तो भुवन जाग गया; उसने देखा, वह पलंग के एक सिरे पर तीन–चौथाई ओढ़े सोया है, रेखा न मालूम कब उठ कर चली गई है। उसने बदन ठीक से ढक लिया, पर अजब सूनापन उसमें भरने लगा...उसने औंधे हो कर तकिया खींच कर आधा छाती के नीचे कर लिया कि उसके सिरे में मुँह छिपा लेगा–कि सहसा हड़बड़ा कर कोहनी के सहारे उठ बैठा। तकिया के नीचे कुछ था। टटोल कर देखा–किताब–सी, आँखों के पास ला कर देखा, पहचान गया–रेखा की कॉपी।

आशंका की एक लहर उसके मन में दौड़ गई। रेखा क्यों यह वहाँ छोड़ गई है–कब? कहीं...

वह हड़बड़ा कर उठा, दबे पाँव कमरे से बाहर निकला, बरामदे से गैलरी में होता हुआ रेखा के कमरे के दरवाज़े पर पहुँच गया। झाँक कर देखा, परदे के पार कुछ दिखता नहीं था पर भीतर के असम प्रकाश की झलक मिलती थी–तो लकड़ियाँ जल रही हैं, यानी अभी जलाई गई हैं; रेखा थोड़ी देर पहले ही आई होगी। पहले उसने चाहा, किवाड़ खोल कर भीतर जाए या कम–से–कम झाँक कर तसल्ली कर ले, फिर न जाने क्यों उसे विश्वास हो गया कि रेखा कमरे में है और सोई है या कम–से–कम बिस्तर में तो है, और वह वैसे ही दबे–पाँव लौट गया। पलंग पर लेट कर कॉपी को एक हाथ में पकड़े हुए वह प्रकाश की प्रतीक्षा करने लगा–बत्ती जलाई जा सकती थी पर उसने नहीं जलाई, उतावली उसमें नहीं, कोई उत्कंठा नहीं, केवल एक स्थिर विश्वास–भरी प्रतीक्षा–हर बात का समय है, समय आने दो, वह होगी; कॉपी में जो–कुछ है वह भी वह जानेगा समय पर–ठीक समय पर...

जो जानने का कारण है, उसे लोग कितना कम, और जो जानने का कोई कारण नहीं है उसे कितना अधिक जानते हैं, इस की पड़ताल की जाए तो कदाचित् यही मान लेना पड़ेगा कि जानने का कारण न होना ही जानने के लिए पर्याप्त और वास्तविक कारण है! वकील से विदा लेकर हेमेन्द्र ने रेखा के बारे में इधर–उधर जो पूछ–ताछ करनी शुरू की, तो उसे बहुत–सी आश्चर्यजनक बातें मालूम हुईं। 'रेखा?' मुसकराहट। रहस्य। 'जाने दीजिए–किसी स्त्री की बुराई नहीं करनी चाहिए।' चेहरे पर दर्द का भाव। 'लेकिन आजकल की औरतें भी–कुछ पूछिए मत–हिन्दुस्तान को यूरोप बना दिया है–बल्कि यूरोप में भी ऐसा न होता होगा।' 'कहें कैसे, कहने की बात भी हो? पर आप उसके हितैषी मालूम होते हैं'...'वह तो–अपने यारों को ले कर पहाड़ों की सैरें करती–फिरती हैं–कभी इसको, कभी उसको–नौकरी का तो सिर्फ़ बहाना है, कभी किसी के साथ रहती है, कभी किसी के'...इसके बाद एक कटु कर्तव्य को साहसपूर्वक कर चुकने का क्लान्त पर आत्म–तुष्ट भाव।

हेमेन्द्र ने सहसा नहीं माना। उसे इस बात का गर्व था कि वह लोगों को पहचानता है। और रेखा? रेखा तो बरसों तक उसकी ब्याहता रही–साथ सोया नहीं तो क्या, उसे पहचानता तो है...पर कई जगह से एक–सी बात सुन कर उसका निश्चय कच्चा पड़ गया, और जब यह मालूम हुआ कि रेखा अपने शिकार प्राय: लखनऊ से चुनती रही है, और उन में से एक का नाम भी लिया गया–चन्द्रमाधव–तब से उसने लखनऊ जा कर पता लगाने की ठानी। यों रेखा क्या करती है, उसे क्या–उसे रेखा से कुछ लेना–देना नहीं है, केवल तलाक!–पर जिस के साथ बरसों का सम्बन्ध रहा है (क्या ख़ूब शब्द है सम्बन्ध–साथ बँधना!) उस के बारे में कौतूहल स्वाभाविक ही है न...

चन्द्रमाधव उसे देख कर आश्चर्यचकित रह गया। ''मिस्टर हेमेन्द्र–आप यहाँ–ह्वाट ए सरप्राइज़! मैंने तो आपको पत्र लिखा था–मिला?''

हेमेन्द्र ने भी आश्चर्य से कहा, ''मुझे–पत्र? मुझे तो नहीं मिला–कब लिखा था?''

''अभी कुछ दिन पहले–डेढ़-दो महीने–''

''तब हो सकता है पीछे आए–मैं भटकता रहा, सिंगापुर था, फिर बर्मा होता आया हूँ। कोई ख़ास बात थी?''

''नहीं, यों ही। पर चलिए–शैल वी गो एंड हैव ए ड्रिंक?''

साथ बैठ कर शराब पीने की एक कला है। हेमेन्द्र बहुत अच्छा साथी था। अवश नहीं होता, लेकिन बातों में ग़ैर-ज़िम्मेदारी की वह ठीक मात्रा होती है जिस से रस आता है–ग़ैर-जिम्मेदारी की भी, और–अश्लीलता की भी, यद्यपि जो रस देती है, जीवन को उभारती है उसे अश्लीलता नहीं कहना चाहिए...

हेमेन्द्र को चन्द्रमाधव ने पत्र तो लिखा था, पर रेखा के बारे में बातचीत शायद इस रासायनिक सहायता के बिना न कर पाता। पर प्यालों में वह सहज भाव से बात कर सका; हेमेन्द्र की सुनी बातें उससे खंडित भी हुईं; पुष्ट भी; निस्सन्देह अगर हेमेन्द्र उसे मुक्त कर दे तो वह शादी करना चाहेगी; क्योंकि अब शादी के सिवा और चारा क्या हो सकता है, और शादी भी जल्दी। इस पर उसने एक भद्दी कहानी भी सुना दी थी जो किसी मध्यकालीन फ्रांसीसी क़िस्से में उसने पढ़ी थी–एक औरत शादी के लिए जल्दी मचा रही थी क्योंकि सवाल यह था कि शादी पहले होती है कि बच्चा; किसी तरह शादी हो गई थी, दूसरे दिन सवेरे बच्चा हुआ था, और लोग नए बाप को बधाई देने आए थे उसके पुरुषार्थ पर–सुहागरात-भर में वह जादू!...

दोनों ज़ोर से हँसे थे, फिर बात रेखा के विषय से कुछ दूर हट गई थी, चन्द्र अपनी घरवाली की बात करने लगा था, हेमेन्द्र ने उस मलय मेम की कुछ बात बताई थी, इस पर दोनों सहमत हुए थे कि औरत दुनिया की सब मुसीबतों की जड़ है, लेकिन उसके बग़ैर रहा भी नहीं जाता–इसी लिए तो वह मुसीबतों की जड़ है! चन्द्र ने आँख मार कर कहा था, ''दोस्त, सुना है तुम्हारा काम तो उसके बग़ैर चल जाता है–'' और हेमेन्द्र ने उसी सुर में जवाब दिया था, ''चल जाता था, पर अब यह लत लग गई!'' और दोनों ठहाका मार कर हँसे थे। ''तो दोस्त रेखा को वापस ही क्यों नहीं बुलाते–मज़ा आ जाए, एक बार बुला लो तो!'' हेमेन्द्र क्षण-भर सोचता रहा था, फिर उसे बात बड़ी मनोरंजक जान पड़ी थी और वह हँसने लगा था। ''पति के अधिकार...हाँ, इतने बरसों बाद पति के अधिकारों का दावा करूँ तो–'' नहीं, यह बहुत ज़्यादा मज़े की बात थी, इतनी कि हँसा भी न जाए, इस पर तो एक दौर और होना चाहिए...''लेकिन वैसे मैं मज़े में हूँ–उसके जो जी में आवे करे–कुतिया! फिरने दो आवारा...''

चन्द्रमाधव ने तय किया कि 'हेमेन्द्र इज़ आल राइट।' हेमेन्द्र ने भी उस समय तय किया कि 'चन्द्र इज़ ए नाइस फेलो।' दूसरे दिन सवेरे अवश्य इस पर उसका निश्चय कुछ दुर्बल हो आया, पर हेमेन्द्र उन लोगों में से नहीं था जो रात के निश्चयों पर सवेरे कोई गहरी अनुशोचना करते हैं। रात रात है, दिन दिन; मलय में रह कर तो वह और भी अच्छी तरह जान पाया है कि दोनों के विचार, दोनों के दर्शन, दोनों का जीवन ही अलग-अलग है...

लेकिन, वाकई, रेखा को चिट्ठी तो लिखी जाए, और कुछ नहीं तो शुगल रहेगा! वह उसके साथ रह कर उससे बात कर सकता, तो और अच्छा होता; पर अब तो वह नहीं हो सकता-न वह उसके पास जा सकता है-न रेखा उसके पास आएगी-अब तो चिट्ठी ही है। सहसा जीवन के खोए हुए अवसरों का तीखा बोध उसे हो आया : रेखा भी एक खोया हुआ अवसर था-कितना बड़ा अवसर-कैसे विदग्ध विलास का अवसर...

किसी बेहया ने ठीक कहा है-अन्तिम समय में मानव को अनुताप होता है, तो अपने किए हुए पाप पर नहीं; पुण्य करने के अवसरों की चूक पर नहीं; अनुताप होता है किए हुए नीरस पुण्यों पर, रसीले पाप कर सकने के खोये हुए अवसरों पर...

कमरे से रेखा बहुत देर तक नहीं निकली, नाश्ता भुवन ने अकेले ही किया। उसके बाद ही रेखा ने उसे बुला भेजा।

वह पलंग पर तकिए के सहारे लेटी हुई थी, कन्धों पर शाल ओढ़े और पैरों पर कम्बल, बीच में उसने बारीक़ काली धारियों वाली उन्नावी रंग की साड़ी पहन रखी थी जिस से उसके चेहरे का पीलापन कुछ कम खटकने वाला हो गया था।

"मेरी तबीयत ठीक नहीं है भुवन-यहीं बैठो-"

"क्या बात है, रेखा?"

"कुछ नहीं, चक्कर आते हैं-और मतली होती है-वही सब-" कहती हुई वह थोड़ा लजा कर मुसकरा दी।

भुवन ने कहा, "डॉक्टर को नहीं बुलाना चाहिए, रेखा?"

"बुलाऊँगी, बुलाऊँगी : अभी मुझे सोच तो लेने दो-"

"इस में सोचना क्या है, रेखा? कामन सेंस की बात है-"

"सो तो है। पर-सोचना भी तो है। आजकल में ही बुला लूँगी डॉक्टर को भी एक बार-"

"मुझे आज श्रीनगर जाना है-मैं बुला लाऊँ?"

"आज फिर?"

भुवन ने बताया कि उसे लौटना है; शीघ्र ही वह फिर छुट्टी लेकर आ जाएगा। थोड़े दिन बाद ही दशहरे की छुट्टियाँ भी पड़ती हैं, उन से लगी हुई छुट्टियाँ लेगा ताकि लगातार काफ़ी दिन तक रह सके। आठ–दस दिन में ही वापस पहुँच जाएगा–हो सका तो और भी जल्दी।

रेखा चुपचाप उसे देखती रही।

''क्या सोच रही हो, रेखा?''

''कुछ नहीं। ठीक कहते हो तुम...''

भुवन को डॉक्टर की बात फिर याद आ गई। उसके बहुत आग्रह करने पर रेखा ने वचन दिया कि दो–तीन दिन के अन्दर ही वह स्वयं डॉक्टर के पास जाएगी और उसके आदेशों का पालन भी कड़ाई के साथ करेगी। फिर उसने कहा, ''श्रीनगर जाओगे तो वक़्त हो तो मिसेज़ ग्रीव्ज़ से भी मिल आना–तुम्हें अच्छी लगेगी बुढ़िया। और उसे यह भी कह आना कि तुम फिर आओगे।''

भुवन ने स्वीकार कर लिया।

दोपहर तक वह रेखा के पास ही बैठा रहा, कभी बातें करता और कभी किसी पुस्तक से कुछ पढ़ कर सुनाता; बारिश थमी थी पर बादल वैसे ही थे और निश्चय था कि फिर बरसेंगे; भुवन ने फिर आग जलवा दी थी और ढेर–सी लकड़ियाँ भी चुनवा कर रख दी थीं कि आग बराबर जलती रखी जा सके। दोपहर के भोजन के बाद, रेखा को भी स्वल्प कुछ खिला कर वह चला गया। शाम को अपना सब प्रबन्ध कर के लौटा, दूसरे दिन तड़के ही ताँगा उसे लेने आएगा ताकि वह सवेरे की पहली बस पकड़ सके जो शाम को उसे जम्मू पहुँचा दे; मिसेज़ ग्रीव्ज़ से भी वह मिल आया, चाय भी उसी के साथ पी।

जब वह वापस आया, तब रेखा सो रही थी। भुवन चुपचाप उसके कमरे में जा कर बैठ गया; उसमें एक सुखद गरमाई थी, और दयार की लकड़ी की प्रीतिकर गन्ध कमरे की हवा को एक ताज़गी दे रही थी। लकड़ी का कभी–कभी चटकना, गाँठों के गन्ध–रसों का फुरफुरा कर जलना, रन्ध्रों से रुद्ध गैस का सीत्कार के साथ मुक्त होना और शिखाओं की हलकी सुरसुराहट–ये सब एक बड़े मधुर और धीमे संलाप की तरह थे, जो रेखा के साथ उसके मौन संलाप की मानो पीठिका था...एक तन्द्रा–सी उस पर भी छा गई।

रेखा ने जाग कर कहा, ''तुम आ गए, भुवन?'' और उसके कुछ पूछने से पहले ही कहा, ''मैं बहुत अच्छी हूँ। सो ली, अब चाय पी जाए–पियोगे?''

भुवन ने उठ कर सलामा को आवाज़ दे दी।

रात में फिर हलकी बारिश होने लगी। भुवन के कमरे में भी आग जलाई गई, पर वह रेखा के पास ही आरामकुरसी लिये बैठा रहा, रेखा लेटी रही। एक मौन–सा उन पर छा गया; रेखा ने कहा, ''जाओ, सोओ भुवन, तुम्हें सवेरे जाना है।''

भुवन बोला, ''बहुत सवेरे जाना हो तो रात को जागने में ही सुविधा होती है। यह तो आज़माया नुस्खा है।''

रेखा मुसकरा दी। ''मैं तो तैयार हूँ–रात को तो ठीक रहती हूँ। कॉफ़ी भी पिलाऊँगी।'' फिर सहसा गम्भीर हो कर, ''नहीं, भुवन, सोओ तुम। अच्छा, ठीक बारह बजे तुम चले जाओगे–हाँ?''

भुवन ने आ कर उसके माथे पर अपने ओठ रख दिए, बहुत देर तक उसके बाल सूँघता रहा। फिर पहले–सा बैठ गया, केवल दोनों के हाथ बराबर उलझते–सुलझते–एक–दूसरे को सहलाते खेलते रहे, मानो उनकी बातचीत से अलग, अपने ही किसी रह:संलाप में व्यस्त, तल्लीन...।

ठीक बारह बजे भुवन ने उठ कर फिर रेखा का माथा चूमा–फिर क्षण–भर उसकी आँखों में देख कर उसकी पलकें, गाल, कर्णमूल फिर नासापुट, ओठ; फिर उसके कंठमूल को चूम कर धीरे से कहा, ''गॉड ब्लेस यू'' और धीरे–धीरे उसके कन्धे से उँगलियों तक उसकी बाँह सहलाता हुआ चला गया।

सवेरे फिर मिलने की बात नहीं थी; पर जब वह तैयार हुआ तो एक ड्रेसिंग गाउन पहने और सिर पर शाल लपेटे, मधुर उनींदी आँखों वाली रेखा दरवाज़े पर आ कर खड़ी हो गई। भुवन ने उसे अन्दर खींच कर किवाड़ उढ़का दिए और कहा, ''तुम क्यों उठीं रेखा? तुम्हारे उठने की तो बात नहीं थी–''

''तुम चुपके से चोर की तरह चले जाते?''

''नहीं, वह तो नहीं सोचा था–मैं आता और मिल जाता। अब तुम खड़ी रहोगी और मैं जाऊँगा तो–अधिक चुभेगा...।''

''नहीं भुवन, ठीक है; टेक ए गुड लक एट मी ह्वेन यू गो–मैं भी देखूँगी–''

भुवन ने कुछ सहम कर कहा, ''मैं हफ्ते–भर में वापस आ रहा हूँ, रेखा।''

''जानती हूँ। विदा को थियेटर नहीं बना रही, भुवन! लेकिन सब विदाएँ अन्तिम होती हैं–चरम कोटि जोखम...''

''मैं छोटा था, तब एक डरावना स्वप्न देखा करता था। दोनों हाथों को अलग करता हूँ, फिर ताली बजाने लगता हूँ तो न जाने क्यों, हाथ टकराते ही नहीं, एक–दूसरे से छूते नहीं, न मालूम कैसे एक–दूसरे के पार निकाल जाते हैं। और स्वप्न देख कर न जाने क्यों डर लगा करता था, हालाँकि है हँसी की बात, डर की नहीं।''

''हाँ। जब भी सम्पर्क टूटता है, तो फिर कभी होगा कि नहीं, नहीं कहा जा सकता। आशा ही होती है।''

''पर सम्पर्क तो नहीं छूटता, अलग होना और बात है, सम्पर्क–''

''वह तो दूसरे स्तर की बात है भुवन; उस पर मैंने तुम्हें विदा कब किया है? उस पर 'तू ही है, मैं नहीं हूँ'–हमारा प्रत्येक क्षण, हमारे सारे अनुभव का पुंज है उस स्तर पर...''

ताँगा आ गया था। भुवन ने रेखा के दोनों हाथ अपने हाथों में लिये, फिर सहसा मुड़ कर बाहर चला गया। रेखा बरामदे में आ कर खड़ी रही; ताँगा चला तो दोनों एक-दूसरे की ओर देख कर मुसकराते रहे जब तक कि चेहरे ओझल न हो गए...

सातवें दिन ही भुवन लौट आया। उसने सोचा था कि शाम तक वह पहुँचेगा, पर पहुँचा देर रात को। बारिश हो रही थी और नदी बहुत चढ़ आई थी। दोपहर को उसने तार दिया था : 'शाम को पहुँच रहा हूँ' पर रात को बँगले पर पहुँच कर उसे बाहर से ही न जाने क्यों लगा मानो अब उसके पहुँचने की बात न थी–क्या तार नहीं पहुँचा?

वह ताँगे से उतरा तो सलामा आ गया। सलाम कर के बोला, "मेम सा'ब की तबीयत ठीक नहीं है–"

"कहाँ हैं–कमरे में जा सकते हैं?" कह कर भुवन उत्तर की प्रतीक्षा न कर के रेखा के कमरे की ओर बढ़ गया, धीरे-से दस्तक दे कर क्षण-भर बाद किवाड़ खोल कर भीतर चला गया।

नीचे टेबल लैम्प का प्रकाश कम था, क्षण-भर वह ठिठका रहा। फिर सहसा उसके मुँह से निकला, "रेखा!"

रेखा पलंग पर सीधी लेटी थी, चेहरा बिलकुल पीला, निश्चल, माथे पर बल लेकिन वे भी निश्चल, मानो देर से दर्द सहते-सहते जड़ हो गए हों...भुवन ने छादन उठा कर प्रकाश कुछ बढ़ा दिया, रेखा ने ज़रा भी हिले बिना क्षीण स्वर में पूछा, "कौन है?" और भुवन का स्वर सुन कर वैसे ही निश्चेष्ट भाव से कहा, "तुम आ गए भुवन...क्यों आ गए तुम!"

भुवन सन्न रह गया। जल्दी से रेखा के पास घुटने टेक कर उसके माथे पर हाथ रख कर बोला, "क्या हुआ है रेखा?"

रेखा कुछ नहीं बोली। उसका शरीर काँपने लगा, पहले थोड़ा-थोड़ा फिर ज़ोर से; ओठों की रेखा खिंच कर पतली हो आई; बन्द आँखों की कोरों से आँसू झरने लगे, टप-टप, टप-टप...

भुवन भी जड़ बैठा रहा, न हिल-डुल सका, न बोल सका।

कई मिनट बाद उसे ध्यान आया कि वह भीगा हुआ है, वह उठ कर अपने कमरे में कपड़े बदलने चला गया। जल्दी से सामान ठीक-ठाक कर, कपड़े बदल वह फिर रेखा के पास कुरसी खींच कर बैठ गया। उसकी दर्द से सिकुड़ी भौंहों को देखता; फिर मानो साहस जुटा कर धीरे-धीरे उन सलवटों को सहलाने लगा।

उससे भौंह कुछ सीधी हो गई, जैसे दर्द की खींच कुछ कम हुई। भुवन ने फिर पूछा, "रेखा, क्या हुआ है, क्या तकलीफ़ है?"

रेखा के आँसू फिर टप-टप ढरने लगे–अब की बार शरीर को कँपाते हुए नहीं, यों ही, मानो अवश शरीर से स्वयं झर रहे हों। भुवन बार-बार उन्हें पोंछने लगा।

थोड़ी देर बाद रेखा के ओठ हिले। वह कुछ कह रही थी। भुवन आगे झुक गया। रेखा ने आँखें खोल कर उसे देखा, फिर आँखें बन्द करते हुए कहा, "भुवन, मेरे भुवन, मुझे माफ़ कर दो–"

भुवन ने और भी व्याकुल होकर पूछा, "बात क्या है, रेखा?"

सहसा उसकी ओर करवट फेर कर रेखा बिलख-बिलख कर रो उठी।

भुवन सुन्न बैठा रहा।

दरवाज़े पर दस्तक हुई।

भुवन उठ कर गया, सलामा था। बोला, "खाना तैयार है हुजूर।" भुवन कहने को था कि नहीं खाऊँगा, पर रुक गया और बोला, "अच्छा, हम अभी आते हैं।"

द्वार बन्द कर के फिर वह रेखा के पास लौट आया। धीरे-धीरे रेखा शान्त होने लगी। थोड़ी देर बाद वह कोहनी के सहारे उठ बैठी, फिर पलंग से पैर नीचे लटका कर उसने स्लीपर टटोले और खड़ी हो गई; ड्रेसिंग-रूम की ओर जाने लगी। उसकी अटपटी चाल देख कर भुवन सहारा देने लगा, पर उसने सिर हिला दिया।

दो-तीन मिनट बाद वह मुँह-हाथ धोकर लौटी। चेहरा बिलकुल पीला, लेकिन स्निग्ध; सलवटें हट गई थीं। चाल वैसी ही निर्बल, मगर संकल्प-शक्ति के सहारे सीधी। पलंग पर बैठ कर उसने पैर ऊपर समेट लिये, क्षण-भर आँखें बन्द कीं मानो इस आने-जाने के श्रम से टूट गई हो, फिर सहसा उसके चेहरे पर ऐसी दिव्य मुसकान खिल आई कि भुवन विमूढ़ देखता ही रह गया–इतना दुर्बल पीला चेहरा, इतनी दुर्बल, वेदना-जर्जर देह, अभी पहले की वह अवश रुलाई, और–यह मुसकान!

उसकी विमूढ़ता देख कर रेखा ने कहा, "पगले, ऐसे स्टेयर नहीं करते। इस मुसकान का सम्मान मुसकान से होता है–समझे?"

भुवन जैसे-तैसे मुसकरा दिया।

"मैं ठीक हूँ अब। तुम जाओ, खाना खा कर जल्दी से आ जाना मेरे पास–"

"पर रेखा, तुम्हें–"

"जाओ न, खाना खा आओ, अच्छे भुवन, राजा भुवन-त्रिभुवन के महाराज–'महाराज ए कि साजे एले मम हृदयपुर माँझे'–जाओ, खाना खा आओ।"

भुवन वैसा ही विमुग्ध खड़ा हो गया। "अच्छा, अभी आया।"

उसने बाहर निकल कर किवाड़ बन्द किए कि रेखा एक हलकी-सी कराह के साथ मानो टूट कर पीछे गिरी, क्षण-भर के लिए अँधेरा हो गया; फिर उसने ओठ काट लिये और निश्चल पड़ी रही, दर्द के स्पन्दनों के साथ क्षण गिनती हुई...

बाधा की सब सम्भावनाओं को काट कर भुवन फिर दबे-पाँव कमरे में आया–कपड़े बदल कर, गर्म चादर ओढ़ कर, पैरों में मोजे पहन कर।

रेखा सो रही थी।

परली दीवार से सटी तिपाई पर दवा की दो-एक शीशियाँ रखी थीं। भुवन दबे-पाँव जा कर देखने लगा। दवाएँ पेटेंट थीं, डॉक्टर की दी हुई भी हो सकती थीं और स्वयं लाई हुई भी। ऐसी कोई दवा न थी जिस से कुछ पता लगे कि रेखा को तकलीफ़ क्या है। फिर उसने देखा, एक ख़ाली डिब्बा पड़ा है जिस के अन्दर शीशी नहीं है : यह दर्द को दबाने और नींद लाने की दवा थी। शीशी क्या हुई? भुवन ने लौट कर रेखा के पलंग के पास की छोटी मेज़ देखी; ऊपर तो नहीं, पर एक तरफ़ के खाने में शीशी खुली रखी थी, गोलियों को ढकने वाली रुई का गाला भी बाहर रखा था, उसके पास छोटे गिलास में ज़रा-सा पानी। तो रेखा ने दवा खाई होगी...भुवन फिर उसे देखता रहा; उसकी साँस नियमित चल रही थी–बल्कि कुछ भारी, थोड़ी खरखराहट के साथ जैसी दवा की नींद से उन लोगों में भी होती है जिन की नींद का निःश्वास-प्रश्वास साधारणतया बिलकुल अश्रव्य होता है...भुवन ने लैम्प का छादन झुकाया और धीरे-धीरे कमरे से बाहर हो गया।

अपने कमरे में जा कर वह टहलने लगा। रेखा सो रही है, इस ज्ञान से उसे कुछ तसल्ली थी; पर उसे हुआ क्या है? कमरे के चक्कर काटते-काटते उसे सहसा लगा, वह बन्दी है–इस कमरे का, इस बेपनाह बारिश का, और अपनी अज्ञता का...ऐसे ही जेल के क़ैदी अपनी बेबसी में चक्कर काटते होंगे कदम नाप-नाप कर–उसकी बेबसी बदतर है क्योंकि उस पर कोई बन्धन नहीं है, कोई उसे रोकता नहीं है...

थोड़ी देर बाद वह लेट गया और बारिश की टपाटप सुनने लगा। सोचना-अनुक्रमिक चिन्तन–उसने छोड़ दिया; जो विचार उठता-उठता, फिर स्वयं लीन हो जाता; फिर कोई सर्वथा असंगत दूसरा उठता और विलीन हो जाता–मानो बुलबुले, प्रत्येक गोलायित, सम्पूर्ण, अनन्य-सम्बद्ध, नश्वर...

न मालूम कितनी देर ऐसे बीत गई। फिर बारिश की टपाटप की सम्मोहिनी ने उसे भी तन्द्रालस कर दिया। वह भी न मालूम कितनी देर।

सहसा वह हड़बड़ा कर उठ बैठा। क्या हुआ? क्या उसने कोई पुकार सुनी थी–कोई कराह? वह कान लगा कर सुनने लगा कि बारिश के शब्द के ऊपर कुछ सुन सके। पर नहीं...

उठ कर उसने किवाड़ खोला और बरामदे से हो कर रेखा के कमरे की खिड़की के पास गया। हाँ, थोड़ी देर बाद भीतर से स्पष्ट शब्द आया–निस्सन्देह कराह का स्वर। वह लपक कर भीतर गया।

रेखा कराह रही थी। पर वह कुछ अस्पष्ट कह भी रही थी। भुवन ने सुना : "जीवन...जान...प्राण..."

भुवन ने उसे सँभाला। उसने आँखों से ड्रेसिंगरूम की ओर इशारा किया; भुवन उसकी बाँह कन्धे पर डाल कर सहारा देने से अधिक उसे उठाए हुए बाथरूम के दरवाज़े तक ले गया, एक हाथ से दरवाज़ा उसने खोला और पूछा, "जा सकोगी?"

रेखा ने सिर हिला दिया, बाँह छुड़ा कर किवाड़ के सहारे खड़ी हुई और भीतर जाने लगी। जाते-जाते ड्रेसिंग की अलमारी की ओर उसने इशारा किया : ''रुई-''

भुवन ने वहाँ से डॉक्टरी रुई का बंडल निकाल कर दे दिया। रेखा ने किवाड़ बन्द कर दिया, भुवन खड़ा रहा।

रेखा लौटी तो किवाड़ के सहारे भी नहीं खड़ी हो पा रही थी। भुवन ने सँभाल लिया और ले जाकर पलंग पर लिटा दिया।

थोड़ी देर रेखा मूर्च्छित-सी रही फिर उसने आँखें खोलीं और कहा, ''मेरे जीवन...'' और फिर ओठ काट लिये, दर्द से उठ बैठी। फिर उसने पहले की भाँति इशारा किया; भुवन अब की बार उसे सीधे उठा कर ही ले गया; एक हाथ से कुरसी खींच कर बाथरूम के दरवाज़े के आगे रख दी, और रेखा को बिठा दिया। रेखा अन्दर गई, लड़खड़ाती लौट कर कुरसी पर बैठी, वहाँ से भुवन फिर उठा कर पलंग पर ले गया। लेट कर फिर वह अस्पष्ट पुकारने लगी-''जान-जान, प्राण-'' लेकिन भुवन उसके ऊपर झुका है इसका उसे होश नहीं था, और उसके शब्द भी मानो शब्द नहीं थे, केवल कराह को छिपाने का एक तरीक़ा।

भुवन एकाएक उठ कर ड्रेसिंग-रूम में आया, कुरसी उठा कर बाथरूम में रखने चला, पर एक क़दम अन्दर रख कर ठिठक गया।

कटार की कौंध-से तीखे क्षण में वह सब समझ गया। और एक उन्मत्त फ़ुर्ती से वह काम करने लगा।

रेखा के पलंग के पास एक कुरसी उसने रखी, उस पर एक चिलमिची, तिपाई पर से सामान उठा कर उस पर पानी का भरा जग, रूई और साबुन-तौलिया, दूसरे जग में पानी भर कर आग के पास गर्म होने के लिए रख दिया, स्टोव पर केतली में भी; फिर बाथरूम में जाकर उसने चिलमिची ख़ाली की, उसे धोकर पलंग के पास फ़र्श पर रख दिया। रेखा इतनी देर अर्ध-मूर्च्छित थी, अब फिर सचेत हुई और उठने का यत्न करने लगी; भुवन ने कहा, ''रेखा, मैंने सब सामान यहीं रख दिया है-मैं बाहर जाता हूँ-''

रेखा ने किसी तरह अपने सारे बल को समेट कर कहा, ''मुझे माफ़ कर दो, प्राण मेरे-'' और एक दुर्बल हाथ उसकी ओर को बढ़ाया। भुवन ने उसे पकड़ते हुए कहा, ''रेखा, यह हुआ क्या-तुम डॉक्टर के पास नहीं गई थीं-''

''गई थी-गई थी मैं-'' रेखा का उत्तर मानो एक चीख़ थी, ''तभी तो-भुवन मुझे माफ़-''

''क्या?'' आश्चर्य के थप्पड़ से भुवन का स्वर खुरदरा हो आया था; उसे फिर संयत कर के किसी तरह उस ने कहा, ''क्या, रेखा-तुमने-''

रेखा ने सिर हिलाया। साथ ही कहा, ''तुम-ज़रा बाहर जाओ भुवन-''

वह जल्दी से जाने लगा तो रेखा ने कहा, ''मेज़ पर दो चिट्ठियाँ हैं, ले जाओ-''

बाहर निकल कर उसने देखा, एक चिट्‌ठी अपरिचित अक्षरों में, दूसरी परिचित–चन्द्रमाधव की; अपरिचित हाथ की चिट्‌ठी उलट कर उसने हस्ताक्षर देखे–हेमेन्द्र। चिट्ठियाँ उसने पूरी नहीं पढ़ीं, यद्यपि छोटी थीं, जल्दी से नज़र उन पर दौड़ा गया; फिर भी जो–जो पद या पद्यांश उसने पढ़ा वह नोक–सा धँसता चला गया। वह जल्दी से कमरे की ओर लौटा, रेखा फिर कराह रही थी–चिट्ठियाँ जैसे–तैसे जेब में ठूँस कर वह अन्दर चला गया। चिलमिची ले जा कर धो कर उसने फिर स्थान पर रख दी।

रेखा ने कहा, "तुम्हें कितना सता रही हूँ–मैं बहुत लज्जित हूँ भुवन–"

"किस डॉक्टर के पास गई थीं तुम?"

भुवन के स्वर में अविश्वास था; रेखा ने कहा, "झूठ नहीं बोलती, भुवन, अच्छे डॉक्टर के पास गई थी–सर्जन के–"

"अच्छा डॉक्टर! यह अच्छे डॉक्टर का काम है?" भुवन की वाणी में अवश रोष उभर आया।

रेखा ने कहा, "भुवन, तुम अभी मुझे छोड़ कर चले जाओगे तो मुझे शिकायत नहीं होगी। जाओ, मैं कहती हूँ–गॉड ब्लेस यू, भुवन–प्राण!"

भुवन चुपका हो गया। रेखा थक कर लेट गई, थोड़ी देर बाद फिर उठी और भुवन कमरे से बाहर चला गया।

फिर लौटा तो रेखा का चेहरा सफ़ेद हो रहा था। थोड़ी देर बाद रेखा ने आँखें खोलीं तो भुवन बोला, "मैं डॉक्टर बुला कर लाता हूँ–ऐसे नहीं–"

रेखा ने सहसा चीख़ कर कहा, "नहीं, भुवन, तुम मेरे पास से नहीं जाओगे!" फिर कुछ संयत होकर, "या–जाते हो तो–अच्छा।"

वह फिर मूर्च्छित–सी हो गई।

थोड़ी देर बाद फिर जागी, उसकी मुद्रा देख कर भुवन बाहर जाने लगा, पर किवाड़ पर न जाने क्यों रुक गया। मुड़ कर देखा तो रेखा फिर पीछे गिर गई थी। वह लौट आया।

"नहीं सकती, भुवन–और नहीं सकती–"

भुवन थोड़ी देर सकुचाया खड़ा रहा। फिर उसने लैम्प और परे की ओर मोड़ दी, रुई का बड़ा–सा टुकड़ा लेकर तह जमाई और रेखा की ओर झुक गया। रेखा ने हाथ रूई की ओर बढ़ाया। पर वह निर्जीव–सा रह गया, रूई को ठीक से पकड़ भी नहीं सका–

हाथ धोकर भुवन फिर लौटा तो उसे लगा, रेखा अभी फिर उठना चाहेगी। उसने घड़ी देखी; रात के साढ़े ग्यारह बजे थे। ऐसे तो रात नहीं कट सकती। वह...वह सहसा निश्चित क़दमों से बाहर निकल गया। क्वार्टर तक जाकर उसने सलामा को बुलाया, अपने कमरे में ला कर उसे एक चिट्‌ठी लिख कर दी, और उसे कहा, "मेम साहब की हालत नाजुक है–दौड़े हुए मिशन अस्पताल जाओ और उन को बोलना कि एम्बुलेंस गाड़ी लेकर आएँ–डॉक्टर भी साथ में, फ़ौरन! जाओ, शाबाश–"

सलामा गया। भुवन फिर रेखा के कमरे में लौटा।

रेखा ने वह इशारा करना भी छोड़ दिया–वह अर्ध–चेतन अवस्था ही स्थायी हो गई। भुवन ही थोड़ी देर बाद उठता, एक पट्‌टी उठा कर दूसरी लगा देता, हाथ धोकर फिर आ जाता...

रेखा का कराहना भी बन्द हो गया था। कभी वह हलका–सा 'हूँ–हूँ' करती, नहीं तो मौन : एक अजब डरावना, सन्नाटा छा गया था। भुवन वर्षा का स्वर सुन रहा था। बीच–बीच में कभी अचानक कुछ गिरने का 'धप्' स्वर सुनाई देता था–पहले वह समझ न सका कि यह क्या है, फिर सहसा जान गया : पके फल...रात के सन्नाटे में फल का यह चू पड़ना हैबतनाक था–मानो एक द्रुत कारणहीन मृत्यु आ कर किसी को ग्रस–ले...

अगर सलामा असफल रहा, अगर रात को डॉक्टरों ने उसकी न सुनी–वह स्वयं जाता तो और बात थी–अगर अस्पताल में एम्बुलेंस न हुई–उसने लिख तो दिया था, डॉक्टर तो आएगा। पर अगर पैदल आता हुआ तो–ओह रेखा, यह तुमने क्या किया–

वह फिर उठा। बाथरूम की ओर जाते हुए उसने अपने हाथों की ओर देखा–सहसा ऐसा सिकुड़ गया मानो आसन्न वार के आगे कोई सिकुड़ जाए। सर्जन–हुँह, हत्यारा! सर्जन–सर्जन–वायलिन बजाने वाला सर्जन...हत्यारा कौन? हत्यारा वह है, वह स्वयं–पर रेखा, यह तुमने किया क्या–क्यों...

हाथ धो कर वह फिर लौट आया।

रेखा ने आँखें खोल दीं स्थिर भाव से, मानो दर्द उसे नहीं है। भुवन अचम्भे से देखने लगा, तो वह बोली, "अब दर्द नहीं है, भुवन। मैं सुन्न हो गई हूँ। तुम चले नहीं गए, भुवन थैंक यू।"

उसका स्वर बहुत धीमा और दुर्बल था, पर टूटा नहीं, स्पष्ट। भुवन के मन के निचले किसी स्तर में प्रश्न उठा–क्या यह अन्त तो नहीं है? दीये की आख़िरी दीप्ति? पर इससे वह मानो और केन्द्रित हो आया रेखा की बातों पर, अस्पष्ट वही बात भी मानो किसी अपर इन्द्रिय से स्पष्ट सुनने लगा।

"तुम मेरे लिए यह भी करोगे, नहीं सोचा था। मैं तुम्हें केवल एक्स्टेसी देना चाहती थी। यह नहीं...यह ग़लीज काम–मेरे भुवन...।"

भुवन ने घने उलाहने के स्वर में कहा, "मुझ से पूछ ही लिया होता, रेखा? मैं तुम्हें कह गया था कि–"

"भूली नहीं, भुवन! पर–तुम्हें–उसे–लज्जा नहीं देना चाहती थी; तुम्हारा सिर झुके, यह नहीं चाहती थी–किसी के आगे नहीं, और उस–उस राक्षस के आगे..."

हेमेन्द्र की चिट्‌ठी के फिकरे उसकी स्मृति के आगे दौड़ गए। क्या इसी से–? पर हेमेन्द्र तो स्वयं मुक्ति चाहता है–हाँ, ऐसे भी मिल सकती शायद–और बदला भी–काहे का बदला, वह नहीं जानता...

भुवन ने तौलिया उठा कर पट्‌टी फिर बदली।

"भुवन–एक बात पूछूँ–न चाहो तो उत्तर न देना, क्या तुम–मुझे–घृणा–मुझे अब भी प्यार कर सकते हो?"

"अब–ज़्यादा, रेखा; जितना कभी नहीं किया उतना–"

रेखा ने आँखें बन्द कर लीं। मुसकराना चाहा। ओठ खुले और ज़रा–सा खिंच कर रह गए। भुवन ने देखा, ओठ भी सफ़ेद हैं–बल्कि धूमिल; ज़रा–सा गीलापन लिये; और रेखा ने फिर आँखें खोलीं तो उसने लक्ष्य किया, कोये भी पीले हैं–पीले और मैले, और पुतलियाँ कान्तिहीन यद्यपि बढ़ी हुईं...वह प्रार्थना करता हुआ झुका, "ईश्वर, रेखा इस स्पर्श को अनुभव कर सके–शरीर से भी, मन से भी–ईश्वर, यह एक सन्देश उसकी चेतना तक पहुँच जाए–" और रेखा का नम माथा उसने चूमा, फिर ओठों से ही उसकी पलकें बन्द करते हुए पलकें।

रेखा निश्चल हो गई। भुवन ने घड़ी फिर देखी। एक। अब तक तो एम्बुलेंस आ जानी चाहिए थी अगर अस्पताल में होती–क्या होगा?

भुवन ने रेखा पर झुक कर कहा, "अब तुम मुझे माफ़ कर दो, रेखा; अब जो मेरी बुद्धि में समाता है करूँगा।"

उसने बहुत–सी रुई लेकर पट्टी लगाई, नया तौलिया ले कर कमर पर लपेट दिया, फिर कम्बल अच्छी तरह उढ़ा कर रेखा को करवट घुमा कर नीचे भी दबा दिया। बाहर से एक बरसाती ला कर रेखा के बगल में बिछाई, उसे उठा कर बरसाती पर लिटाया और बरसाती को लपेट दिया। कमरे और बरामदे के किवाड़ खोल दिए; अपने कमरे में जा कर उन्हीं कपड़ों पर ओवरकोट पहना। दूसरी बरसाती सिर पर ओढ़ी और भीतर आ कर रेखा के नीचे दोनों बाँहें ऐसे डालीं कि उसकी ओढ़ी हुई बरसाती रेखा के सिर और पैरों पर आ जाए। फिर उसने रेखा को उठा लिया और बाहर चल पड़ा। ऐसे उठाए कितनी दूर जा सकेगा, उसने नहीं सोचा। कन्धे पर उठा कर ज़रूर अस्पताल तक के तीन मील जा सकता; पर उससे शायद रक्त–स्राव अधिक हो इसलिए गोदी में ही उठाना ठीक था।

अगर एम्बुलेंस आई? तो हर्ज़ नहीं, रास्ते में मिलेगी ही। और अगर नहीं आई? तो ऐसे भी वह तीन बजे तक अस्पताल पहुँच ही जाएगा...

वह तो पहुँच जाएगा, पर रेखा भी पहुँचेगी कि नहीं...

पौने दो...वह बड़ी सड़क पर आ गया था, कुछ आगे भी चल सका था। एक बार एक पेड़ के नीचे उसने तीन–चार मिनट रेखा को लिटा कर बाँहें सीधी की थीं। बाकी चलता रहा था। हाँ, तीन नहीं तो सवा तीन तक वह अवश्य अस्पताल पहुँच सकेगा...

तभी दूर पर रोशनी दीखी–मोटर की ही है–फिर मोटर की घर्र–घर्र सुनाई पड़ी–क्या एम्बुलेंस है? न भी हो तो क्या? भुवन ने रुक कर, सड़क के किनारे की ढाल पर एक पैर टेक कर रेखा का भार एक घुटने और बाँह पर लिया, दूसरी बाँह ख़ाली कर ली कि हिला कर गाड़ी रोकेगा।

एम्बुलेंस ही थी। उसके पास आ कर रुक गई, सेवक कूद कर उतरा; भुवन ने चाहा कि रेखा को उठा कर स्ट्रेचर पर लिटा दे, पर बाँहें उठी नहीं। सेवक ने खींच कर स्ट्रेचर निकाला और हाथ दे कर रेखा को लिटा दिया, ऊपर से डॉक्टर ने स्ट्रेचर को अन्दर खींचा, सेवक सवार हो कर भुवन को भी खींचने लगा तो डॉक्टर ने कहा, ''आप आगे–मरीज को देखना होगा।'' आगे से सलामा उतर रहा था, भुवन ने उसे सवेरे ही अस्पताल पहुँचने को कहा और सवार हो गया। गाड़ी मुड़ने लगी तो डॉक्टर ने भीतर से आवाज़ दी, ''ठहरो अभी–इंजेक्शन लगा लें!'' इंजिन बंद हो गया।

फिर वही टपाटप–अब और भी ज़ोर से क्योंकि बूँदें एम्बुलेंस की लकड़ी और कैनवस की छत पर पड़ रही थीं। भुवन के कान गाड़ी के भीतर से आने वाले शब्दों पर लगे थे, पर शब्द बहुत कम थे, और जो थे उन से कुछ नहीं जाना जा सकता था कि क्या हो रहा है।

एकाएक भुवन को लगा कि रेखा कराही है। भीतर से डॉक्टर का स्वर आया, ''विल यू कम ओवर, प्लीज़?''

भुवन उतर कर पीछे गया। पहले कपड़े हटा कर रेखा को अस्पताल के चार कम्बल ओढ़ा लिये गए थे, वह सचेत थी और धीरे-धीरे कुछ कह रही थी। ''भुवन...जान...भुवन...'' भुवन ने पास झुक कर कहा, ''मैं हूँ, रेखा अब कोई चिन्ता नहीं–''

रेखा ने कहा, ''कहाँ–''

''एम्बुलेंस में–अभी अस्पताल पहुँच जाएँगे–''

उसने आँखें बन्द कर लीं, पर कुछ गुनगुनाती रही। भुवन ने और पास झुक कर सुना : ''क्लान्ति–आमार–क्लान्ति–''

वह समझ गया। रेखा ने उसके जाने से पहले जो कॉपी उसे दी थी, उसमें कहीं यह गीत लिखा था :

क्लान्ति आमार क्षमा करो हे प्रभू
पथे यदि पिछ्यि–पिछ्यि पड़ि कभू।

भुवन ने एक बार डॉक्टर की ओर देखा, फिर उतर गया। डॉक्टर ने कहा, ''मैं भी सामने आता हूँ।'' पीछे नर्स और सेवक रह गए। इंजिन स्टार्ट हुआ, गाड़ी घूमी और चल पड़ी। डॉक्टर ने कहा, ''रक्त रोकने के लिए इंजेक्शन दिया है–''

भुवन ने पूछा, ''खतरा है?''

''हाँ। बहुत टाइम लूज हुआ। लेकिन–आई थिंक शी विल पुल थ्रू। अभी आपरेट करना होगा। शायद ब्लड ट्रांसफ्यूज़न भी–''

भुवन ने कहना चाहा, ''मेरा रक्त अगर ठीक हो तो दे सकता हूँ,'' पर न जाने कैसी झिझक ने उसे रोक दिया–ऐसी बातें उपन्यासों में होती हैं–पर डॉक्टर ने कहा, ''ब्लड प्लाज्मा है अस्पताल में–फॉर्चुनेटली!''

फिर अस्पताल में रुकने तक कोई नहीं बोला। उतरते ही डॉक्टर ने कहा, ''नर्स टॉमस, आपरेशन रूम तैयार कराओ। डॉक्टर रेबर्न को ख़बर करो। इमीजिएट आपरेशन।''

स्ट्रेचर उतार कर अन्दर ले जाया गया। भुवन को खोया-सा खड़ा देख कर डॉक्टर ने कहा, ''आप घर जाएँगे या-'' फिर सहसा याद करके कि वह आ रहा था, ''आप आ कर वेटिंग-रूम में बैठिए-आइ विल ट्राइ एण्ड सेंड यू सम टी। आइ एम सारी देयर्स नथिंग एल्स आइ कैन।''

भुवन ने कहा, ''नौ थैंक यू, डॉक्टर, बट आइ'म मोस्ट ग्रेटफुज-फर्स्ट थिंग्स फर्स्ट।''

डॉक्टर ने स्वीकृति-सूचक सिर हिलाया और फुर्ती से भीतर चला गया।

भुवन ने घड़ी देखी। उसने कुरसी पर बैठते हुए एक लम्बी साँस ली। अगर उसका बचाया हुआ यह आधा-पौन घंटा...विचार उसने वहीं छोड़ दिया। सहसा कहा, ''अब भी, रेखा, अब और ज़्यादा-जितना कभी नहीं किया।''

मानो जवाब में रेखा के अन्तिम शब्द उसके मन में गूँज गए, और उसे जान कर अचम्भा हुआ कि कॉपी का गीत उसे याद है; वह गुनगुनाने लगा :

क्लान्ति आमार क्षमा करो, क्षमा करो प्रभू...

वह थक गया था। लेकिन थकान उसकी पेशियों में नहीं थी, एक जड़ता उसके मन पर छा गई थी। कारण बँगले से रेखा को उठा कर आने का श्रम नहीं था, कारण यह था कि बहुत-कुछ समझ चुकने पर भी इस विलायती गोरख-धन्धे के अलग-अलग टुकड़े जुड़ नहीं रहे थे, पूरा चित्राकार नहीं बन रहा था।

वेटिंग-रूम ठंडा था। निश्चल बैठे रहने से ठंड उसके पैर के पंजों से चढ़ती हुई सारे शरीर में छा गई थी, वह धीरे-धीरे ठिठुर रहा था।

रेखा की कॉपी से उड़ते हुए वाक्य सामने आते और विलीन हो जाते, फिर दूसरे आते और वे भी विलीन हो जाते, वेदना और अभिप्राय का एक अवदान उसे दे कर : लेकिन ये ही वाक्य कभी दुबारा आ जाते तो नई वेदना ले कर, और शायद कुछ नया अर्थ भी ले कर...

एक तन्द्रा उस पर छा गई। अगर उसके पैर गीले और ठिठुरे हुए न होते तो वह ऊँघ जाता; यों वह एक तन्द्रित अवस्था में बैठा था।

हठात् एक निश्चलता के बोध ने उसे जगाया। बारिश थम गई थी। उसने खड़े हो कर अँगड़ाई ली। स्निग्ध अलसाए शरीर की अँगड़ाई सुखद और स्फूर्तिदायक होती है, पर ठिठुरे शरीर की अँगड़ाई मानो और भी जड़ बना देती है। वह बाहर के मंडप में गया : बादलों की चादर अब भी समान रूप से सारे आकाश में फैली थी, पर अब उन में एक फीकापन था-भोर होने वाला है...भुवन ने फिर घड़ी देखी-छः बजने को थे। वह फिर वेटिंग-रूम की ओर मुड़ा।

प्रवेश कर के वह बैठने ही लगा था कि भीतर की ओर से एक नर्स निकली। उसने कुछ अचम्भे से पूछा, ''आप कैसे?'' फिर सहसा समझ कर कहा, ''वह एमर्जेंसी केस–''

भुवन ने कहा, ''हाँ, हाउ इज़ शी?''

''आपरेशन तो ठीक हो गया। सो गई हैं। मैं और पूछ आऊँ?''

भुवन ने निहोरे से कहा, ''प्लीज़–''

नर्स चली गई। थोड़ी देर बाद डॉक्टर भी साथ आ गया। डॉक्टर बोला, ''शी इज़ ए वेरी ब्रेव वुमन...'' सहसा रुक कर उसने पूछा, ''लेकिन–हाउ डिड इट हैपन–कोई चोट-ओट–''

भुवन क्या कहे? संक्षिप्त हाँ कह देने से तो नहीं चलेगा; और चोट के बारे में इतनी जल्दी कहानी भी वह नहीं गढ़ सकेगा! बोला, ''आई डोंट नो–इट हैपंड सडनली–''

डॉक्टर ने सिर हिलाया, ऐसा भी होता है...फिर पूछा, ''आप उनके–''

भुवन ने कहा, ''नहीं–ओनली ए–रिलेशन।'' फिर परिचय देना उचित समझ कर बोला, ''भुवन इज़ माई नेम–डॉक्टर भुवन।''

डॉक्टर ने हाथ बढ़ाते हुए कहा, ''माइन'ज पिनकॉट।'' हाथ मिलाते हुए पूछा, ''मेडिकल?''

भुवन ने कहा, ''नो, फ़िजिक्स। कास्मिक रेज एंड थिंग्स।''

डॉक्टर ने कहा, ''मिल कर ख़ुशी हुई–पर अब मुझे जाना चाहिए। मस्ट गेट सम स्लीप–''

''थैंक यू, डॉक्टर–''

सहसा कुछ याद कर के डॉक्टर ने पूछा, ''आपरेशन के बाद होश आते ही–शी आस्क्ड फ़ार यू। लेकिन–'' कन्धे सिकोड़ कर उसने यह आशय व्यक्त किया कि भेंट तो, आप समझ सकते हैं, असम्भव थी। फिर कहा, ''आप शाम को आइए–आई थिंक शी विल बी एब्‌ल टु सी यू।''

डॉक्टर चला गया। भुवन चलने लगा, तो नर्स उसकी ओर देख कर मुसकरा दी। मुसकराहट औपचारिक थी, पर उसने मुसकरा कर उसे स्वीकार किया, कहा, ''गुड मॉर्‌निंग–'' और बाहर निकल आया। सड़क पर जगह-जगह पानी खड़ा था, लेकिन वह तेज़ चलने लगा। नदी की ओर–नदी बहुत चढ़ आई थी और यद्यपि लोग उठे नहीं थे, वह मानो वहीं से उनके सहमे हुए भाव देख सकता था...उदास, मलिन, गन्दा, बदबूदार श्रीनगर, गँदली मैला ढोने वाली नदी, उदास मैला आकाश, जैसे म्रियमाण आबादी पर पहले से छाया हुआ कफ़न–भुवन ने ऊपर बाएँ को देखा, शंकराचार्य की पहाड़ी भी उतनी ही उदास, केवल उस धुँधले तोते के पिंजरे जैसे मन्दिर के ऊपर की बत्ती टिमटिमा रही थी भोर के तारे की तरह धैर्यपूर्वक...

उसकी चाल और तेज़ हो गई। डॉक्टर का कहा हुआ वाक्य उसकी स्मृति में गूँज गया–"शी इज़ ए वेरी ब्रेव वुमन।" एक स्निग्धता उसके भीतर फैल गई, उसने निःशब्द भाव से भीतर ही भीतर कहा, "रेखा..."

ताँगा ले कर वह वापस पहुँचा तो सलामा दौड़ा हुआ आया। "मेम साहेब–" भुवन ने कहा, "ठीक है, सलामा, अब कोई फ़िक्र नहीं है।"

"बहुत तकलीफ़ हो गया–"

"हाँ, सलामा। ख़ुदा ने रहमत की–"

भीतर जाकर वह कपड़े बदलने लगा। सलामा ने आ कर आग जलाने का उपक्रम किया। सहसा जेब में काग़ज़ की खड़खड़ाहट से भुवन को याद आया–वे चिट्ठियाँ। उन्हें निकाल कर वह रेखा के कमरे में रखने चला। जहाँ से उठाई थीं, वहीं रखने लगा तो देखा, वहाँ रेखा के हाथ के लिखे और भी दो-एक काग़ज़ हैं। थोड़ी देर वह झिझका, फिर उसने मान लिया कि वे भी उसी के लिए हैं, और खड़ा-खड़ा पढ़ने लगा।

"नहीं जानती कि क्या कहूँ–मेरी सब इन्द्रियाँ जड़ हो गई हैं। कहना चाहती हूँ बहुत, लिखना नहीं; पर कह सकूँगी नहीं, वह मुझी में रह जाएगा–जैसे कितना कुछ अभिव्यक्त रह जाएगा!"

"तुम जब आओगे, तब क्या मेरी आँखों में नहीं पढ़ सकोगे कि मेरा यह आहत, चिथड़े-चिथड़े हो गया जीवन क्या कहना चाहता है..."

"मैं मानती हूँ कि अगर प्यार यह भी परीक्षा नहीं सह सकता तो वह प्यार नाम का पात्र नहीं है। मैं–मैंने तुम्हारे साथ आकाश छुआ है, उसका व्यास नापा है : उस सेटिंग में यह छोटी-सी बात लगती है–फिर लगता है कि हमें जोड़ने वाले सूक्ष्म सजीव तन्तु ही काट दिए जा रहे हैं...क्या हम टूट कर अलग हो जाएँगे? टूट कर नहीं, बह कर सही, अनजाने बहते रह कर इतनी दूर भी तो हट सकते हैं कि एक-दूसरे को छोड़ दें–मुक्त कर दें...मैं नहीं जानती क्या होगा–जो हो, अब हो...वही है तो वही हो–जिस सौन्दर्य को लिये हम पास आए थे, उसी को लिये दूर हट जाएँ–अगर हम और निकट आएँ तो विधि को धन्यवाद दें, और अपनी आत्मा की सामर्थ्य भर ऊँचे उठें–सुन्दर के आकाश में। इतना छोटा-सा है मानव-जीवन..."

"काश कि मैं कह सकती–एक ही बात जो कहना चाहती हूँ वही कह सकती, पर सिर्फ़ आँसू ही कह सकते हैं। मैं टूट गई हूँ, भुवन, मेरे जीवन, जैसी पहले कभी नहीं टूटी थी। लेकिन इतना कह दूँ–मुझे किसी बात का पछतावा नहीं है, और इससे भी दस-गुनी बुरी तरह टूट जाऊँ तब भी तुम्हारे साथ के एक क्षण को, हमारी साझी अनुभूति के एक स्पन्दन को भी छोड़ देने को मैं राज़ी नहीं हूँ...मेरे महाराज, यह याद रखना, और मुझे क्षमा कर देना..."

"लेकिन प्यार क्या है? तुम सचमुच प्यार करते हो, करते थे? यह दर्द क्यों है–किस लिए है। जो कुछ हुआ है, हो रहा है, क्यों–किस उद्‌देश्य की पर्ति के लिए?"

"जो जब तक है, सुन्दर हो और हमारे व्यक्तित्वों का प्रस्फुटन हो : एक तुम्हारे और एक मेरे व्यक्तित्व का नहीं, तुम्हारे अनेक व्यक्तित्वों का, मेरे भी अनेक व्यक्तित्वों का सम्मिलन और विकसन–केवल मेरे उस एक पहलू का नहीं, जिसे मैं तुम्हें नहीं छूने दूँगी–जिससे मैं तुम्हें असम्पृक्त रखूँगी भुवन, तुम्हीं को नहीं, उस अपने को भी जिसे तुमने प्यार किया है–अगर तुमने किया है; जिस ने तुम्हें प्यार किया है जैसा और किसी को नहीं–प्राणी, वस्तु, विचार, भावना किसी को नहीं..."

"शिथिल मत होना, महाराज; आत्मा का शैथिल्य ही प्यार की पराजय है, हम दोनों को बराबर सतर्क, सजग रहना है–क्योंकि हम दोनों ऐसे आत्म–निर्भर, स्वत: सम्पूर्ण हैं कि सहज ही बह कर, सिमट कर अलग हो जा सकते हैं–अपनी–अपनी सीपियों में बन्द, अन्तरंग अनुभूति के छोटे–छोटे द्वीप–और इस प्रकार बरसों जीते रह सकते हैं, मौन, शान्त लेकिन, एकाकी..."

"मैं सोचती हूँ और अवाक् रह जाती हूँ : मेरे साथ यह कैसे घटित हुआ–मेरे, जिस में सब वासना, सब आकांक्षा मर गई थी–जो स्त्री होना भी नहीं चाहती थी, माँ होना तो दूर..."

"ह्वेन आइ एम डेड, माई डीयरेस्ट
सिंग नो सैड सांग्स फ़ॉर मी– "

"यह तुमने पढ़ी है? मुझे पूरी याद नहीं, पर तुम्हें होगी– "

"मैं नहीं जानती कि यह भूल है या ठीक, भुवन, कर्म को जज करना मैंने छोड़ दिया है, क्योंकि जब जज करने बैठती हूँ तो मानना पड़ता है कि न्याय करने वाला विधाता ही ग़लतियाँ करता है! अब–इतना ही मानती हूँ कि भीतर से जो प्रेरणा है–अगर उसके साथ ही पाप का, अपराध का बोध ही जुड़ा हुआ है तो–वही ठीक है, वही नैतिक है। यहाँ नैतिकता अधूरी हो सकती है–पर इसलिए कि उसे देने वाला व्यक्तित्व अधूरा है–उस व्यक्तित्व की तो वह सर्वोच्च रचना है–उसी की कल्याण-कामी, कल्याण–प्रद सम्भावनाओं की सर्वश्रेष्ठ अभिव्यक्ति..."

"भुवन, बड़ा कष्ट है भुवन...यहाँ सब कुछ बदल गया है–कमरे में अँधेरा है–कैसा गाढ़ा द्रव अँधेरा जिस में मैं हाथ–पैर जमाती हूँ...फिर कभी हवा इतनी हलकी हो जाती है कि मैं हाँफने लगती हूँ, साँस लेती हूँ पर हवा नहीं मिलती–ऊपर लगता है मृत्यु मँडराती है, उसके पंखों की फड़फड़ाहट सुन पड़ती है–मुझे माफ़ कर दो, भुवन मुझे..."

"जो सुन्दर है, निरन्तर विकास करता है, रुक नहीं सकता : दूसरों को आनन्द देता है। तो क्या–मैं भूल करती आई हूँ, क्या मैं बहते पानी को बाँधना चाहती आई

हूँ, क्या मैंने दूसरों के लिए दुःख की सृष्टि की है? अगर ऐसा है तो उसका भरपूर दण्ड मुझे मिले–विधि से, और तुमसे भी, भुवन! लेकिन मुझ में कुछ कहता है कि नहीं, अपने लिए मैंने जो किया हो–और हाँ, तुम्हारे लिए भी, मेरे दुःख के साथी और सहभोक्ता, सहस्रष्टा–दूसरों के लिए मैंने दुःख नहीं बोया, भुवन–कह दो कि नहीं बोया और ये सब झूठ बोलते हैं–ये खुद असुन्दर को लेकर मुझे भी उसकी सड़ाँध में पचा देना चाहते हैं। पर नहीं, मैं नहीं छूने दूँगी उन्हें कुछ जो मूल्यवान् है–इसी में मैं मर जाऊँ तो वह मेरा 'ऐक्ट आफ़ फ़ेथ' हो–अभी जो हो भुवन, मैं धीरे बैठी हूँ कि यह दर्द भी आगे आनन्द देगा क्योंकि वह विश्वास के साथ अपनाया गया है, मैं अपने को समर्पित कर के उसे ले रही हूँ..."

"तुम अब जब मुझे देखोगे, पहचानोगे? अपनाओगे?"

"नहीं, तुम चले जाना भुवन, मुझे अकेली छोड़ कर चले जाना। जीवन के सारे महत्त्वपूर्ण निर्णय व्यक्ति अकेले करता है, सारे दर्द अकेले भोगता है–और तो, और, प्यार के चरम आत्म–समर्पण का सबसे बड़ा दर्द भी...मिलने में जो विरह का परम रस होता है–तुम जानते हो उसे? समर्पण के धधकते क्षण में जब यह ज्ञान चीत्कार कर उठता है कि हम अलग ही हैं, देना सम्पूर्ण नहीं हुआ, कि मिटने में भी मैं–मैं हूँ, तू–तू है, मैं तू नहीं हूँ–और हमारी माँग बाक़ी है...इतना अभिन्न मिलन क्या हो सकता है कि माँग बाक़ी न रहे? सारी सृष्टि में रमा हुआ ईश्वर भी तो अकेला है, अपनी सर्व–व्याप्ति में अकेला, अपनी अद्वितीयता में अयुत, विरही..."

"इसलिए, भुवन, तुम चले जाना। मैं शिकायत नहीं करूँगी, मन में भी नहीं। मान लूँगी कि मेरा व्रत पूरा हुआ–कि मैंने तुम्हें वही दिया जो देय था, स्वच्छ था, और उससे बचा लिया जिस से तुम्हें दूर रखना चाहती थी..."

"ठीकरे ने स्वप्न देखा, वह सोने का अमृत–पात्र है। स्वप्न था, अन्ततः चुक गया। जाग कर उसने जाना कि वह केवल ठीकरा है। कहने लगा, 'मैं देवता के अमृत–पात्र का ठीकरा हूँ।' पर इसलिए क्या वह कम ठीकरा है? या कि अधिक–क्योंकि वह बृहत्तर सम्भावनाओं का ठीकरा है?"

"अनाथ, लावारिस धूल..."

"तुम्हीं में मेरी आशा है, तुम्हीं में मेरे सकल द्वन्द्वों का शमन।..."

"वेदी की विवाह की ऋचाएँ हैं–सुन्दर जानो तो सुन्दर, अश्लील मानो तो अश्लील। मुझे याद आता है–'अस्थि से अस्थियाँ, मज्जा से मज्जा, त्वचा से त्वचा को युक्त करता हूँ...' ठीक कहती हैं वह, हम ने आँखों से आँखों को वरा था, ओठ से ओठ को, वक्ष से वक्ष को, प्राण से प्राण को; प्यार से प्यार को, और हाँ, वासना से वासना को..."

"और यह एक मैला नाखून, एक पार से दूसरे पार तक उस संयुक्ति को फाड़ता हुआ चला जा रहा है..."

"और मैं नहीं जानती कि उत्तरदायी मैं नहीं हूँ...मुझे कभी भी माफ़ करोगे, भुवन?"

"नहीं सहा जाता, भुवन! इसलिए नहीं कि कष्ट बहुत है, इसलिए कि मैं ऐसी लड़ाई लड़ते थक गई हूँ जो व्यर्थ है, और जो अनिवार्यत: व्यर्थता ही में समाप्त हो सकती है...मान ही लो कि हम रह सकते–घर होता, संयुक्त जीवन होता, वह सर्जन-वायलिनिस्ट भी आता–फिर क्या? मान लो कि मैं दस वर्ष बाद मरती हूँ–क्या उससे अच्छा नहीं है कि अभी मर जाऊँ? या कि दस वर्ष बाद हम उदासीन, अलग हो जाएँ–उससे हज़ार गुना अच्छा है आज मर जाना!"

"मैं विमूढ़ हो गई हूँ! भुवन, मेरी कुछ समझ में नहीं आता कि क्या हुआ है और क्या हो रहा है। ऐसी ही विमूढ़ सुन्न अवस्था में मेरे बरसों बीते हैं, इतना ही जानती हूँ कि तुम–इसी लिए और भी मर जाना चाहती हूँ–क्योंकि समझती हूँ, मेरी आकस्मिक अचिन्तित हरकतों से तुम्हें अपार क्लेश होगा। मुझ में डंक नहीं है, फिर भी चोट पहुँचाती हूँ–और तुम चुपचाप सह लेते हो–क्यों इतने चुपचाप सहते हो, भुवन तुम्हारी चुप्पी तो मुझे और सालती है, मैं चाहती हूँ कि इसी क्षण धरती में समा जाऊँ..."

"हज़ारों हैं, जिन में प्यार मर जाता है लेकिन जो फिर भी जीते हैं, हँसते हैं... लेकिन यह मैं क्या लिख रही हूँ–क्या कह रही हूँ? यही कि मैं जीती हूँ भुवन, और प्यार करती हूँ : और सब भाव्य और सम्भाव्य अभी पड़े रहें जब तक मेरी शक्ति फिर लौट आए–"

उस शाम को तो नहीं, अगली शाम को भुवन की रेखा से भेंट हुई। दोनों ही कुछ बोल नहीं सके, रेखा ने एक दुर्बल मुसकान से उसका स्वागत कर दिया और पड़ी रही। भुवन पास बैठ गया और स्थिर दृष्टि से उसे देखता रहा। दोनों को लग रहा था कि जिस अनुभूति में से वे गुज़रे हैं, उसके बाद शब्दों में कुछ कहा नहीं जा सकता–शब्द मानो एक ख़तरनाक औजार हो गए हैं जिस की चोट से जो कुछ बचा है वह सबका सब हरहरा कर गिर पड़ेगा–पहले ही उच्चारित शब्द पर सारा भविष्य टँगा हुआ है...

फिर रेखा ने एक साथ ही भौंहें सिकोड़ते और मुसकराते हुए पूछा, "भुवन–अब भी?"

और भुवन ने कहा, "हाँ, रेखा ज़्यादा–"

मानो हवा में तनाव कम हो गया। रेखा ने तकिया गले की ओर खींच कर सिर ज़रा-सा ऊँचा कर लिया, भुवन खिड़की से बाहर का दृश्य देखता रहा।

"कैसी हो, रेखा?"

"ठीक हूँ। और तुम? क्या करते हो वहाँ?"

भुवन ने उत्तर नहीं दिया। "तुम्हारे लिए कुछ लाऊँ–किसी चीज़ की ज़रूरत–"

"नहीं। अच्छा, दो-एक किताबें ले आना, और-एक छोटी कॉपी और पेंसिल-"

भुवन मुसकरा दिया। "क्या कहना चाहती हो, रेखा?"

"जो कह नहीं पाती-"

"अब भी?"

रेखा ने भी मुसकरा कर कहा, "अब और भी ज़्यादा, भुवन!"

थोड़ी देर फिर दोनों चुप रहे। फिर रेखा ने कहा, "वहाँ मेरी कोई चिट्ठियाँ आवें तो तुम पढ़ लेना। जो ठीक समझो कर देना-चाहे उत्तर दे देना। और-चाहो तो-चिट्ठियाँ फाड़ कर फेंक देना।"

"तुम्हारी चिट्ठयाँ!"

"हाँ भुवन-मैं स्वयं तो कह रही हूँ! और ज़्यादा दिन तो यह बोझ तुम पर नहीं डालूँगी-यही पाँच-सात दिन। यहाँ कोई डाक मत लाना-अगर तुम ही ज़रूरी न समझो।"

भुवन ने विरोध करना चाहा कि यह बड़ा दायित्व है : फिर चुप रह गया-शायद ऐसी कोई चिट्ठी आए ही नहीं कि उसे सोचना पड़े...

दूसरे दिन वह रेखा की माँगी हुई चीज़ें और कुछ फूल लेकर पहुँचा। फूल सजाने लगा तो रेखा मुसकराती देखती रही। फूलदान सजा कर वह उसे घुमा-फिरा कर रेखा की दृष्टि से ठीक कोण पर रखने लगा तो वह हँस पड़ी। "हाँ, तुम भी इसी एंगल पर खड़े रहो-तुम्हें भी देखती रहूँगी।"

लेकिन भुवन के आशावाद ने काम नहीं दिया। दो-तीन दिन बाद ही एक बड़े लिफ़ाफ़े में वकील की चिट्ठी आई। हेमेन्द्र धर्म-परिवर्तन की दलील दे कर तलाक की माँग कर रहा था। वकील ने राय दी थी कि रेखा भी दोस्ताना तौर पर मामला तय हो जाने दे, और अच्छा हो कि अपनी ओर से मामला किसी वकील को सौंप दे, दोनों वकील आपस में बात सुलझा कर ऐसा यत्न करेंगे कि सब काम स्मूथली हो जाएँ। "मेरे मुवक्किल का कहना है कि आप भी तलाक चाहती हैं, और किसी तरह के साहाय्य से आपको कोई दिलचस्पी नहीं है-ऐसी सूरत में यही सब से अच्छा होगा; यों आपको विशेष कुछ कहना हो तो मैं भरसक आपकी सुविधा प्राप्त करने की कोशिश करूँगा...अपने मुवक्किल के प्रति अपनी जिम्मेदारी तो निबाहूँगा ही, पर तलाक के मामले बहुत डेलिकेट होते हैं और उसमें सिर्फ़ पक्ष ले लेना उचित नहीं होता। कानून है, लेकिन जीते-जागते मानव प्राणी से बड़ा नहीं है...एक वकील के मुँह से ऐसी बात सुन कर आपको अचरज होगा; पर मेरे इस गैररस्मी एप्रोच को आप गुस्ताख़ी न समझेंगी..."

शाम को भुवन ने और फूल, कुछ फल, बिस्कुट और रेखा के माँगे हुए दो-चार कपड़े आदि सब यथा-स्थान रखते हुए कहा, "रेखा, एक चिट्ठी है-"

रेखा बोली, "मैंने तो कहा था-किस की है, हेमेन्द्र की?"

"नहीं। पर–"

"अच्छा, लाओ, दे दो!"

भुवन से ले कर रेखा ने चिट्ठी आद्यन्त पढ़ ली। थोड़ी देर चुप रही, आँखें बन्द कर लीं। एक आँसू कोर से ढरक गया। व्यथित स्वर से उसने कहा, "यह चिट्ठी–तो...वह चिट्ठी..." और वाक्य अधूरा छोड़ कर चुप हो गई। थोड़ी देर बाद सँभल कर उसने कहा, "मेरी ओर से पहुँच और धन्यवाद लिख दोगे–यह भी कि मैं वकील–" और सहसा रुक गई। एक काली छाया चेहरे पर आ गई। "नहीं भुवन–मुझसे ग़लती हुई–जिम्मेदारी तुम पर नहीं डालनी चाहिए थी। लाओ मुझे काग़ज़ दो–अच्छा रहने दो–मैं कल लिख रखूँगी, तुम शाम को पोस्ट कर देना।"

अगले दिन उसने भुवन को तीन चिट्ठियाँ दीं। एक वकील के नाम, एक दूसरे वकील के नाम, एक कलकत्ते के किसी पते पर। देते हुए बोली : "यह कलकत्ते में मेरी एक मौसी हैं– यहाँ से उनके पास जाऊँगी।"

भुवन ने चौंक कर कहा, "हूँ? क्यों? कब–"

"हाँ, भुवन। लगता है अब जीवन फिर सिफ़र से शुरू करना होगा। माता–पिता तो लौट नहीं सकते–पर घर की भावना ही सही–"

थोड़ी देर मौन रहा।

"और तुम भी तो लौटोगे अब–"

"अभी तो मेरी छुट्टियाँ हैं..."

"तो पाँच–सात दिन तो अभी मैं भी यहाँ हूँ–"

"तब तक तो मौसम बहुत अच्छा हो जाएगा–और कलकत्ता तो इन दिनों–"

"बेगर्स कांट बी चूज़र्स, भुवन! और कलकत्ते नहीं, शहर से तो बाहर नदी पर रहूँगी–"

"फिर भी–"

सहसा रेखा ने पूछा, "यहाँ बाढ़ का क्या हाल है?"

"उतर रही है। कीचड़ सूख रहा है–"

"यहाँ ऐसी धूप है कि सोच भी नहीं सकते बाढ़ की बात; जिस दिन आई थी–जिस दिन तुम लाए थे उठा कर–" सहसा उसका गला भारी हो आया, "भुवन!" और उसने भुवन की ओर दोनों हाथ बढ़ा दिए। भुवन, फुर्ती से आगे बढ़ा, दोनों हाथों की उँगलियाँ उसने अपने हाथों में लीं और बारी–बारी से उठा कर ओठों से लगा लीं। फिर वह उँगलियों को देखने लगा–ठंडी, पीली, नाखून लगभग सफ़ेद और नीचे किंचित् नीलाभ–फिर उसने धीरे–धीरे हाथ रेखा की बगल में रख कर ढक दिए।

रेखा के कहने से भुवन फिर मिसेज़ ग्रीव्ज़ से मिल आया था, और वह आ कर रेखा को देख गई थी। तब से रोज़ ही आती, प्रात: ही खाने का कुछ सामान लाती–केक, मधु, जैम, चाकलेट...रेखा अस्पताल छोड़ कर घर जाएगी, इस सूचना से वह

बहुत खिन्न थी–"मैंने तो सोचा था, और मुझे कभी ढूँढ़ना नहीं पड़ेगा।" वह प्राय: जल्दी ही आती, भुवन देर से आता; कभी उनकी भेंट हो जाती, कभी उसके जाने पर ही भुवन पहुँचता।

भुवन ने कुछ डरते-डरते पूछा, "रेखा, अब–यह तो बता दो कि तुमने किया क्या था–कैसे हुआ?"

रेखा थोड़ी देर चुप पड़ी रही। फिर उसने कहा, "मैं डॉक्टर के पास गई थी। फिर वापस आई तो–वह चिट्ठी–" उसने फिर आँखें बन्द कर लीं, थोड़ी देर बाद फिर कहने लगी, "उससे सब बदल गया। फिर एक दूसरे डॉक्टर के पास गई जो सर्जन भी था–उसने जो कहा सो तो अब छोड़ो, पर बहुत अनुनय पर वह मान गया। आपरेशन के लिए उसी के क्लिनिक में गई थी।"

"तो–यह–कैसे–"

उसका प्रश्न समझ कर रेखा ने कहा, "उसने कहा था कि दो-एक दिन बाद हेमरेज होगा। पर ऐसा, यह अनुमान तो नहीं था–"

"वह है कौन सर्जन, रेखा?"

"वह अब जाने दो, भुवन! मैंने उसे बहुत पर्सुएड किया था–बल्कि धर्म-संकट में डाला था। और लापरवाही उसने नहीं की। यह मत कहना कि वह प्रोफ़ेशन का कलंक है–मैं नहीं मानूँगी।"

भुवन चुप रह गया, केवल एक लम्बी साँस उसने ली। थोड़ी देर बाद उसने कहा, "लेकिन रेखा, वह चिट्ठी तो–"

रेखा ने एक हाथ उठा कर उसे चुप कर दिया। पीड़ित स्वर में बोली, "अब वह जो हो, भुवन; इट इज़ टू लेट–"

जिस दिन रेखा अस्पताल से छूटने को थी, उस दिन भुवन दोपहर को टैक्सी ले कर आया। डॉक्टर-मैट्रन-नर्स को धन्यवाद दे कर वह रेखा को लेने पहुँचा तो वह धूप में आरामकुरसी पर बैठी थी। भुवन ने हाथ बढ़ाते हुए पूछा, "चल सकोगी?"

"हाँ, सकूँगी–पर फिर भी सहारा लूँगी–मे आइ?" भुवन की बाँह में उसने बाँह डाल ली और उस पर झुकती हुई चलने लगी।

भुवन ने उसे कार में बिठाया, फिर लौट कर सामान वग़ैरह ले कर रखा। बख़शीशें दीं, और आ गया। गाड़ी चल पड़ी। रेखा ने कहा, "कितनी सुन्दर है धूप–और रोशनी–मैं मानो फिर से दुनिया को विज़िट करने आ रही हूँ–"

अपनी ही बात पर वह उदास हो गई। "वापस लेकिन कोई कहीं नहीं आता।"

"न सही वापस–वापस आना कोई चाहे क्यों? दुनिया अनवरत अपने को नया करती जाती है–वह नयापन–"

टैक्सी नीची सड़क पर नदी के पास से गुज़र रही थी। बेंत के वृक्षों के नीचे कीचड़ की पपड़ियाँ जमी थीं और सूखने से चटक गई थीं, दरारों के कई पैटर्न उन में बने हुए थे।

"यही है वह नयापन–देखो न, दुनिया को नया होते हुए! ठीक है...पर उसका तो सोचो, जो नदी की इस धुलाई में बह गया–नदी के वे द्वीप जो मिट्टी के ही सही, कितने सुन्दर थे, पर अब हो गए ये सूखती पपड़ियाँ!"

भुवन रेखा की ओर देखने लगा।

"हाँ, मैं जानती हूँ, तुम सोच रहे हो, व्यक्ति की भावनाओं–अनुभूतियों का आरोप प्रकृति पर करना बचपना है। मैं भी जानती हूँ। फिर भी भुवन–आख़िर मैं फिर से मिट्टी से ही तो शुरू कर रही हूँ। बाढ़ के बाद की सूखती पपड़ी से!"

भुवन धीरे–धीरे उसका हाथ थपथपाने लगा। बोला नहीं। गाड़ी बड़ी सड़क छोड़ कर बँगले की ओर बढ़ने लगी।

"लेकिन वह सेल्फ़–पिटी नहीं है भुवन; मैं दीन नहीं हो रही। जो हमें मिला है, वह बहुमूल्य है–अब भी, बल्कि अब और ज़्यादा–" और एक मधुर चितवन से उसने भुवन को देखा और मुसकरा दी।

गाड़ी फाटक के अन्दर मुड़ी। दूर से सेबों से लदी हुई शाखें दीखने लगीं।

रेखा ने कहा, "अब तो सेब पक गए होंगे।"

भुवन ने कहा, "हाँ।" फलों पर और पेड़ों के नीचे की हरियाली पर खेलती धूप अत्यन्त सुन्दर थी; उसे किसी कविता की एक पंक्ति याद आई–'द एपल ट्री, द सिंगिंग, एंड द गोल्ड'...सुन्दर, व्यंजना–भरी पंक्ति है–गाल्र्सवर्दी ने इसी पंक्ति को लेकर एक कहानी लिखी है जो उसे कभी बहुत अच्छी लगी थी...'शरद्, धुन्ध और स्निग्ध सुफलता की ऋतु'–लेकिन सहसा उसे याद आई, रात में चुपचाप टपक पड़ने वाले पके फल की वह लोमहर्षक आवाज़, और एक अनिर्वचनीय गहरी उदासी उस पर छा गई। पका फल–चुपचाप टपक पड़ना–उसके बाद फिर? हाँ, है शरद् की धूप का सोना, पकती दूब का सोना, है वह गिरा हुआ फल भी, पर–क्या है, अन्त है?

भुवन दिल्ली तक रेखा के साथ गया।

कलकत्ते की गाड़ी में बैठ कर रेखा प्लेटफ़ार्म पर खड़े भुवन को देखने लगी। क्षण–भर के लिए जैसे सिनेमा में होता है, एक चित्र घुल कर दूसरे में पलट गया : भुवन हाथ से कुछ मसल कर उसकी गोली ठोकर से उछाल रहा है–उसका प्लेटफ़ार्म टिकट; फिर पहला दृश्य लौट आया। न, अब वह भुवन से नहीं कहेगी, किसी अनुभव को दुबारा चाहना भूल है...और अभी वह वैसी यात्रा पर जा भी नहीं रही : वह चुपचाप पड़ी रहना चाहती है और–भुवन को भी अकेला छोड़ देना चाहती है। उस अकेले चिन्तन में जो निकले, निकले। वह बुद्धिमती होती, तो भुवन को पास रखना चाहती, उसके पास रहना चाहती, उससे बराबर सम्पर्क रखती कि जानती रहे, उसके मन से

क्या गुज़र रहा है; पर वह बुद्धिमती नहीं है, न होना चाहती है। उसे कुछ चाहिए नहीं, उसे कुछ सँभालना नहीं है–'हाउ टु होल्ड ए मैन'...

भुवन ने थोड़े फल ले कर उसके पास रख दिए। फिर भीतर आ कर एक नज़र इधर-उधर डाली, फिर बिस्तर खोल कर कुछ बिछा दिया, कुछ लपेट कर ऊपर रख दिया। रेखा ने कहा, ''यहीं बैठो न?''

भुवन कुछ झिझका। ज़नाना डिब्बा था, और भी दो-एक स्त्रियाँ बैठी थीं। उसने कहा, ''नहीं, मैं खिड़की पर खड़ा होता हूँ–''

''टहलें–''

''नहीं रेखा, तुम बैठो। थक जाओगी–और अभी कितना सफ़र बाक़ी है।''

रेखा ने हाथ खिड़की पर रखा था। भुवन ने बाहर से उस पर अपना हाथ रख दिया। धीरे-से पूछा, ''ठीक हो न, रेखा?''

''हाँ, बिलकुल। तुम?''

''हाँ–''

थोड़ी देर बाद भुवन ने पूछा, ''रास्ते भर क्या करोगी–कुछ पढ़ने को ले दूँ?''

''क्या? ये स्टेशन वाली किताबें–मैगज़ीन? न इससे तो सोऊँगी।''

''तो मैं कुछ दूँ? कविता है–ब्राउनिंग–'' फिर सहसा रुक कर, ''नहीं और एक चीज़ देता हूँ–मेरी एक कॉपी–''

रेखा ने खिल कर कहा, ''तुम्हारी कॉपी, भुवन?''

भुवन जल्दी से बोला, ''नहीं, वैसी नहीं; यह दूसरे ढंग की कॉपी है–एकदम भानमती का पिटारा। जो पढ़ता हूँ उसमें जो अच्छा लगता है लिख लेता हूँ–बरसों की पढ़ाई का मुरब्बा है।''

भुवन का सामान प्लेटफ़ार्म पर रखा था। खोल कर उसने कॉपी निकाली और रेखा को दे दी। रेखा ने सब पन्ने चुटकी में लेकर फड़फड़ा कर देखे, फिर सहसा कॉपी उलटती हुई बोली, ''दोनों तरफ़ से लिखी हुई है?''

भुवन कुछ सकपकाता-सा बोला, ''उधर कुछ नहीं है।''

स्त्री-स्वभाव से रेखा ने पहले 'कुछ नहीं' वाला पक्ष देखना शुरू किया।

''वह रहने दो, रेखा, अच्छा रेल में पढ़ती रहना–वह जो मेरे अपने दिमाग़ में आया लिखता रहा हूँ–''

''ओ–उधर मुरब्बा है, इधर रसायन है,'' रेखा ने चिढ़ाया। ''तो ठीक तो है–पहले रसायन का सेवन, फिर मुरब्बे का–''

''नॉटी वुमन!'' कह कर भुवन हँसने लगा।

दूसरी तरफ़ भुवन की गाड़ी भी लग गई। कुली ने कहा, ''साहब, सामान रख लीजिए, नहीं तो भीड़ हो जाएगी।''

''होने दो।'' कह कर भुवन कुछ रुका, फिर उसने कहा, ''अच्छा, ले चलो।'' फिर रेखा की ओर मुड़ कर, ''मैं अभी आया।'' रेखा के हाथ को उसने थपथपा दिया।

चार-पाँच मिनट में वह लौट आया। रेखा अपनी कॉपी में कुछ लिख रही थी, थोड़ा मुसकरा रही थी। भुवन खिड़की पर खड़ा हुआ, तो लिखा हुआ परचा फाड़ कर रेखा ने उसे दिया।

उसने पढ़ा, ''यह जो पड़ोसिन बैठी है, मुझ से पूछ रही थी, ये आपके हज़बैंड हैं? मैंने कहा, हाँ। शादी को कितने बरस हुए हैं? मैंने कहा, सात। बोली, बड़ी भाग्यवती हैं आप! क्यों कि सात साल बाद भी आपके हज़बैंड आपको इतना प्यार करते हैं! भुवन, आकारों में हम क्यों इतना बँध जाते हैं कि आत्मा मर जाए?''

रेखा की ओर देख कर वह मुसकरा दिया।

थोड़ी देर बाद गाड़ी ने सीटी दी। भुवन ने कहा, ''पहुँचते ही लिखना, रेखा! और नियम से लिखती रहना कि कैसी हो-जल्दी से ठीक हो जाओ!''

''लिखूँगी, भुवन! रेल ही में से नहीं लिखूँगी, यह कैसे जानते हो?'' वह मुसकरा दी।

गाड़ी चल दी। भुवन ने उसके दूर हटती खिड़की पर रखे हाथ को दबा कहा, ''गाड ब्लैस यू।''

रेखा के ओठों की गति से उसने समझ लिया, वह कह रही है, ''एंड यू।''

गाड़ी दूर हट गई। जब उसकी गति तेज़ हुई, तो रेखा के ओझल होते हुए आकार को एकटक देखते भुवन को एक अजीब अनुभूति हुई; उसे लगा कि गाड़ी उसके सामने से दूर नहीं, उसे भेदती हुई चली जा रही है आर-पार, जहाँ से गुज़र रही है वहाँ एक बहुत बड़ा रिक्त छोड़ती हुई, उस रिक्त को एक असह्य गड़गड़ाहट और गर्म फुफकारती भाप से भरती हुई...

एकाएक उसने अपने हाथ की ओर देखा-उसमें एक काग़ज़ था। ओ-हाँ...''भुवन, हम क्यों आकारों से इतना बँध जाते हैं कि आत्मा मर जाए?''

दूसरे प्लेटफ़ार्म पर दूसरी गाड़ी है। उसमें भुवन का सामान है। वह उसमें सवार होगा, फिर वह भी चल देगी; उसे आरपार भेदती हुई, एक बड़ा रिक्त बना कर उसमें असह्य गड़गड़ाहट और गर्म भाप भरती हुई। और रेखा...

अन्तराल

रेखा द्वारा भुवन को :

वहाँ फूल थे, सुहानी शारदीया धूप थी, और तुम थे! और मेरा दर्द था! यहाँ गरम, उद्गन्ध बौखलाई हुई हरियाली है, धूप से देह चुनचुना उठती है : और तुम नहीं हो। और दर्द की बजाय एक सूनापन है जिसे मैं शान्ति मान लेती हूँ...

नदी यहाँ भी है, किनारे बनी हुई पक्की रौंस पर दो-तीन सरुओं की ओट में-जो ऐसे बने-ठने रहते हैं कि नकली मालूम हों (और क्या यह समूचा बगीचा ही नकली नहीं है-नकली इटालियन बगीचे की नकल!)-मैं बैठ कर दिन बिता देती हूँ। सामने दक्षिणेश्वर का मन्दिर दीखता है, और घास; उस पार और मेरी रौंस के बीच में गहरी लाल या कभी काली धारीदार सफ़ेद धोतियाँ पहने बंगालिनें आती हैं, नहाने, पानी भरने, कभी झगड़ने; उनके दुबले कमज़ोर शरीर ऐसे लचकते हुए चलते हैं कि जान पड़ता है, उन्हें आधार के बिना चलने का अभ्यास नहीं है, मालंच पर पली हुई लता जैसे उससे गिर कर डोल भी नहीं सकती, वैसे ही-और सोचती हूँ कि सारा कलकत्ता ऐसी मालंच-विहीन लताओं से भरा पड़ा है-क्यों ऐसा है कि जो केवल एक सामाजिक स्तर पर हमें स्वाभाविक लगता या लग सकता है, वह वहाँ पर ऊपर से नीचे तक सर्वत्र लक्ष्य होता है?

मैं क्या लिख रही हूँ, इससे तुम समझ लो कि ठीक हूँ, ठीक बल्कि बहुत अधिक शुश्रूषा पा रही हूँ, और सोच करने का अवसर मुझे बिलकुल नहीं

मिलता है। यों बैठी रहती हूँ, और बादलों की तरह विचार तिरते हुए आते और चले जाते हैं; पर जिसे सोचना कहते हैं, वह नहीं हो पाता; कभी विचार की छाया भी चेहरे पर पड़ जाए तो मौसी 'बच्ची' को ले कर इतना 'फस' करती है कि बच्ची घबरा जाती है, और कान छू लेती है कि फिर कभी नहीं सोचेगी...

यों, बच्चों की तरह जीती हूँ! कितना आसान होता है वयस्क परिपक्व मनोवृत्तियों से फिसल कर बच्चों के दृष्टिकोण अपना लेना! लोग जब बूढ़े होते हैं, तो ऐसे ही अनजाने फिसल कर बच्चों की मानसिक प्रवृत्तियाँ अख़्तियार कर लेते हैं, उन्हें पता भी नहीं लगता कि कब दूसरे बचपन में प्रवेश कर गए। क्या मैं भी बूढ़ी हो रही हूँ?

लेकिन मैं ठीक हो जाऊँगी–जागूँगी–भुवन, तुम कैसे हो? पत्र जल्दी लिखना...

रे.

रेखा द्वारा भुवन को :

भुवन मेरे,

क्यों नहीं तुम पत्र लिखते? इतने दिन बाट देखते हो गए, और अब नदी को देखना और अच्छा नहीं लगता, न अब मन बच्चों की तरह मुकुर बना बैठा रहता है। मेरे विचार उमड़ते हैं, तुम तक जाते हैं, तुम्हारी ओर से कोई संकेत नहीं मिलता तो एक भयानक उदासी मन पर छा जाती है, जिस से लगता है कि कभी उबर नहीं सकूँगी। कोई इशारा, कोई संकेत तो दो, भुवन– यों क्यों मुझे छोड़ दिया है तुमने?

तुम्हारी ही
रेखा

रेखा द्वारा भुवन को :

भुवन, मैं क्या समझूँ? तुम क्यों नहीं लिखते? क्या तुमने मुझे छोड़ दिया, भुवन? उस दिन तुमने कहा था, "अब भी–अब और ज़्यादा"–क्या वह उसी दिन तक था? ऐसा है, भुवन, तो ऐसा ही लिख दो–जो भी है स्पष्ट लिख दो! मैं सब सह लूँगी। और सह ही नहीं, समझ भी लूँगी : वैसा ही है, तो शिकायत नहीं करूँगी; फिर भी कृतज्ञ रहूँगी...कुछ तो लिखो, मेरे भुवन!

रेखा द्वारा भुवन को :

भुवन,

तो, इस तरह अन्त होता है सब-कुछ, धड़ाके के साथ नहीं, रिरियाहट के साथ! क्या हो गया है, भुवन? कार्य-व्यस्त तुम हो सकते हो, पर क्या मुझे एक पंक्ति लिखने की फ़ुरसत भी तुम नहीं निकाल सकते? मैं नहीं

मानती...या कि क्या तुम अस्वस्थ हो? सोचती हूँ, तुम्हारे प्रिंसिपल को तार दे कर तुम्हारा पता पूछूँ, पर उसमें भी संकोच होता है। क्या करूँ?

कभी सोचती हूँ, हर वक़्त इस तरह तुम्हारा ध्यान नहीं करती रहूँगी...इसी लिए इधर कुछ काम भी शुरू किया है!...पर अगर सारा दिन भी अपने को उलझाए रखूँ, तो रात को जब सोने जाती हूँ–और फिर नींद में–मैं बिलकुल बेबस हो जाती हूँ, और तुम्हारी सुधि न जाने कहाँ-कहाँ खींच ले जाती है...कभी सवेरे सपना देख कर उठती हूँ, तो फिर वह दिन-भर छाया रहता है, मुझ से कोई काम नहीं होता, नशे-से मैं बाहर आ कर बैठ जाती हूँ, और नदी को देखती रहती हूँ पर नदी भी नहीं रहती, उसका प्रवाह मेरा तुम्हारी ओर प्रवाह बन जाता है...

भुवन, क्या मेरी सुध नहीं लोगे?

रेखा

रेखा द्वारा भुवन को :

मेरे भुवन,

आज मैं अकेली लम्बी सैर के लिए गई थी नदी के साथ-साथ! बादल घने हो कर झुक आए थे। लग रहा था कि बारिश अब हुई, अब हुई : पर उनके नीचे छोटे-छोटे टुकड़े अलग भटक रहे थे और उन को सूर्य का प्रकाश एक नारंगी सुनहला रंग दे रहा था। भटकते हुए मुझ पर वही गहरी उदासी छा गई और मैं तुम्हारे लिए छटपटा उठी; यों तो तुम्हारी इस उपेक्षा में सदैव उदास रहती हूँ और छटपटाती रहती हूँ...फिर मन में विचार उठा, तुम्हारे मौन से मुझे जो इतना कष्ट होता है, मैं जो तुम्हारे इस व्यवहार से मर्माहत हो रही हूँ उसका कारण यही है कि जो मुझे मिल चुका है उसी को और पाना चाहती हूँ। और यह लालच कितना अनुचित है...मैं क्यों उदास होऊँ? मान ही लो कि तुम उदासीन हो रहे हो, कि तुम मुझ से दूर चले जाओगे, तो भी विषाद क्यों-अवसाद क्यों? जो कुछ भी मैं चाह सकती, वह मैंने तुम्हारे साथ में पाया है–प्यार भी; वासना भी, दोनों का चरम सुन्दर रूप–तब और लालच क्यों? तुम्हारा मौन मुझे खलता है क्योंकि मैं अधिकाधिक माँगती हूँ और वह सम्भव नहीं, वह उचित भी नहीं है, अतीत को कोई भविष्य नहीं बना सकता...

इसलिए भुवन मैं पिछले पत्रों में कुछ उल्टा-सीधा लिख गई होऊँ तो मुझे माफ़ कर देना। तुम्हारे मौन पर क्लेश मुझे हुआ है, होता है; मेरा स्नायु-तंत्र ऐसा जर्जर हो गया है कि ज़रा-सी बात से झनझना उठता है और मैं झल्ला उठती हूँ–पर इस समय मैं शान्त हूँ, और मैं अपनी आकुलता के लिए क्षमा माँगती हूँ। तुम मुक्त हो भुवन, बिलकुल मुक्त, मैं चाहती हूँ कि सर्वदा सगर्व

कहती रह सकूँ कि तुम मुक्त हो मेरे भुवन, मुझे भूल जाने के लिए उतने ही मुक्त जितने मुझे प्यार करने के लिए थे और हो...तो भुवन, मेरे प्रिय, मेरे क्लेश की परवाह न करो, अगर चिट्ठी लिखने का मन नहीं है तो मत लिखना; या जब वैसा जानोगे तो मुझे एक पंक्ति लिख कर सूचित कर देना कि तुम्हारी भावनाएँ बदल गई हैं। मैं सह लूँगी...

इधर तीन–चार दिन से मैं सोचती रही हूँ कि क्या हमारा भविष्य एक हो सकता है–क्या उसकी कोई भी सम्भावना है? क्या हम फिर कभी मिलेंगे?...मैंने बहुत ठंडे दिल से सोचा है, भुवन; और अब कभी यह भी सोचती हूँ कि क्या मुझे जैसे–तैसे वापस हेमेन्द्र के पास ही नहीं चला जाना चाहिए अगर वह राजी हो? मैं भीतर मर गई हूँ, भुवन; तुमसे कट कर फिर मैं कहीं भी बह जा सकती हूँ–किसी भी बुरे से बुरे नर–पशु के साथ भी रह सकती हूँ...एक तुम्हीं ने मेरी जड़ित आत्मा को जगाया था–और उसके बाद उसके फिर जड़ हो जाने पर मैं पहले से बदतर मृत्यु में सहज ही जा सकती हूँ। इसी लिए सोचती हूँ, क्या वही न ठीक होगा : टूटी हुई रीढ़ वाली इस देह के लिए एक सहारा–एक छत–आत्मा की बात तो अब कौन करे!

यह बात मैं कैसे लिख गई–मैं–यह नहीं जानती। पर यह आत्मा की जड़ता की ही एक निशानी है, भुवन! आशा करती हूँ कि यह अधिक नहीं रहेगी–यह आहत पक्षी फिर वैसे ही उड़ सके यह तो असम्भव है, पर–वह अभी नहीं, वह कभी नहीं...

मेरी सब शुभाशंसाएँ तुम्हारे साथ हैं, भुवन!

तुम्हारी
रेखा

रेखा द्वारा भुवन को :

एक ज़माना था जब मैं स्त्रियों को ऐसे समय का हिसाब रखते देख कर हँसती कि अमुक घटना 'अमुक बेटे या बेटी के जन्म से तीन मास पहले' हुई थी, या कि 'जब अमुक एक वर्ष का था' या 'जिस साल अमुक की लड़की की शादी हुई'...और आज मैं स्वयं हिसाब लगा रही हूँ, तुमसे पहली भेंट से दस महीने बाद, तुलियन से आठ महीने बाद, और तुम्हें अन्तिम बार देखा तब से चार महीने...कैसे मानव अपने सारे जगत् को अपने छोटे–से जीवन की छोटी–छोटी घटनाओं के आस–पास जमा लेता है, और विराट् का समूचा सत्य उस निजी छोटे–से सत्य का सापेक्ष हो जाता है! लेकिन वह निजी छोटा सत्य छोटा क्यों है? विराट् असीम को दिखाने वाली मेरी खिड़की–वह लाख छोटी हो, एक तो मेरी है, दूसरे मेरे लिए विराट् को बाँधे हुए है, विराट् का चौखटा है...सोचते–सोचते यह ध्यान आता है, यह झरोखे

से देखना ग़लत है, यह अपने को विराट् से अलग रख कर देखना है, उसे बाहर मान लेना; मुझे चाहिए कि उसमें लय हो जाऊँ...घर से बाहर निकलूँ, अपनी अनुभूति के पिंजरे से बाहर निकलूँ और विराट् के प्रति अपने को सौंप दूँ, उसी की हो जाऊँ–उसको झरोखे से न देख कर स्वयं उसका झरोखा हो जाऊँ...पर क्या यह भी निरा शब्द–जाल नहीं है, घूम–फिर कर अपने तक लौट आना नहीं है?

तुम्हें देखे हुए चार महीने–तुमसे बिछुड़े हुए चार महीने–तुम्हारी ओर से कोई पत्र, सूचना, संकेत पाए हुए चार महीने...विश्वास नहीं होता। लेकिन फिर सोचती हूँ, शायद अवचेतन मन से मैंने इसे स्वीकार ही कर लिया है, तभी तो मैं काल–गणना इस ढंग से करने लगी हूँ। क्योंकि हम केवल निजी के सहारे नहीं देखते, उस निजी की अपेक्षा में देखते हैं जो हमारे जीवन में महत्त्व का था लेकिन जो था, यानी अब नहीं है, यानी जिस का बीत जाना, बीत गया होना हम ने स्वीकार कर लिया है...'जिस साल मेरा ब्याह हुआ', इस गणना का कारण एक तो वह सुख है जिसे प्रकारान्तर से याद किया जा रहा है; दूसरा यह है कि वह सुख आज दूर चला गया है क्योंकि अगर आज भी निकट और सजीव होता तो उसकी बात हम न कर सकते...

भुवन, तुम्हें एक ख़बर देनी है, तीन सुनाइयों के बाद अदालत ने फ़ैसला दे दिया है हमारा विवाह रद्‌द हो गया है; हेमेन्द्र तो अफ्रीका चला ही गया है और अब मैं भी मुक्त हूँ। मुक्त–किस से मुक्त–किस लिए मुक्त? मुक्त स्मृतियों को सेने के लिए, मरने के लिए–मुक्त अतीत के बन्धन में जकड़ी रहने के लिए...तलाक का विधान अच्छा नहीं है यह कौन कह सकता है, पर कितने अपर्याप्त हैं मानवीय विधान प्रकृति की समस्याओं के सामने–बल्कि मानव की ही समस्याओं के सामने...यों तो शायद यह विच्छेद अभी वैकल्पिक है; पक्का होने के लिए छः मास का अन्तराल होता है न? पर वह तो कम–से–कम इस मामले में कोरी फ़ार्मेलिटी है। आज न सही, पाँच–एक महीने बाद सही...रद्‌द तो वह हो ही गया। लेकिन क्या रद्‌द हो गया? वह दर्द? वह ग्लानि, वह आत्मावसाद, वे मर्माघात–क्या वे रद्‌द हो सकते हैं? कानून मान ले कि उसने मुक्ति दे दी है, कि एक अन्याय का निराकरण कर दिया है...

अब आगे, भुवन? मेरा यहाँ जी नहीं लगता, और अब कलकत्ते नहीं रहूँगी। सोचा है कि मौसी को साथ लेकर तीर्थ–यात्रा को निकल जाऊँ। तुम शायद हँसो, क्योंकि तीर्थ–यात्रा के लिए जो श्रद्धा चाहिए वह तुमने मुझ में न देखी होगी; मौसी भी तितीर्षु हों, तीर्थों के भरोसे नहीं हैं। फिर भी, एक तो घूमने में, निरन्तर दृश्य–परिवर्तन में कुछ शान्ति मिलेगी; दूसरे अपनी श्रद्धा

न हो तो श्रद्धावानों की श्रद्धा देख कर ही कुछ सान्त्वना मिलती है या मिल सकती है...दो-तीन दिन में ही हम लोग चल देंगे : पुरी से आरम्भ कर के क्रमश: दक्षिण जहाँ तक जाना हो सके। यह फ़रवरी है, सोचती हूँ कि गर्मियाँ उधर ही कट जाएँगी और बरसात लगते इधर लौट आवेंगे।

तुम पत्र तो लिखोगे नहीं, फिर भी कह दूँ कि पता यही काम देगा, यहाँ से चिट्ठियाँ जहाँ भी हम होंगे चली जाया करेंगी।

अच्छा, भुवन, विदा हो। चाहती हूँ, झुक कर एक बार तुम्हारे चरणों की धूल ले लूँ।

सदैव तुम्हारी
रेखा

चन्द्रमाधव द्वारा भुवन को :

माई डियर भुवन,

तुम्हें चिट्ठी लिखे, तुमसे चिट्ठी पाए या तुम्हारे बारे में भी कोई चिट्ठी पाए बहुत दिन हो गए। लेकिन जानता हूँ, तुम उन लोगों में से नहीं हो जो सम्पर्क छूट जाने पर खो जाते हैं, या जिनका कुछ अनिष्ट हो जाता है...जिस बोतल में कार्क का बड़ा-सा डाट लगा हो, वह पानी के भीतर छिपी रह कर भी डाट के सहारे डूबती-उतराती है, डूब नहीं जाती। उसी तरह तुम्हारी जाति के लोग होते हैं-स्पिरिट के एक लचकीलेपन का डाट बाहर के बोझ को सँभाले और भीतर के खोखल को छिपाए रहता है और तुम लोग तिर जाते हो, जब कि मुझ जैसे डूब जाते हैं...मैं मानता था कि मैं हलका सफ़र करने वालों में हूँ; बाहर का बोझ मुझ पर नहीं है, पर मैं पुरानी लकड़ी की तरह उतराता हूँ और पानी धीरे-धीरे मुझ में बस जाता है; लकड़ी सड़ जाती है और भारी होकर डूब जाती है।

तुम कहोगे, यह चन्द्र को क्या हुआ कि ऐसा दर्शन बघारने लगा-और वह भी पराजय का दर्शन! न, पराजय का दर्शन वह नहीं है, थोड़ा आत्मावसाद है, ठीक है; पर चन्द्र हारने वाला नहीं; मैं अब समझ रहा हूँ कि यह दृष्टान्तों के सहारे जीवन को समझना चाहना ही ग़लत है, ऊपरी साम्य भीतर के वैषम्य को ओझल कर देता है। लकड़ी गीली हो कर डूबती है, ठीक है, पर वह क्या मैं हूँ? न, मेरी समझ में आ गया कि वह भी एक साँचा है, केवल क्लास-भावनाओं का एक पुंज; मैं नहीं सड़ता, केवल एक भद्रवर्गीय खोल सड़ गया है-सड़ जाने दो, सड़ कर वह झर जाएगा और मुक्त मैं बाहर निकल आऊँगा! फिर मैं ही उस गली लकड़ी को पैरों से ठुकराऊँगा, उसे स्वयं अपनी ठोकर से अतल गर्त में डुबा दूँगा! मुझे उसका मोह नहीं है-मुझे किसी चीज़ का मोह नहीं है!

अवसाद का कारण रहा। लखनऊ मैं अकेला नहीं रहता रहा। बीवी-बच्चे आए थे, साथ रहते थे। वह अपने जीवन के साथ समझौता करने की मेरी आख़िरी कोशिश थी। कामयाबी नहीं हुई और अब जानता हूँ कि कोशिश ही ग़लत थी क्योंकि वह जीवन ही मेरा जीवन नहीं है। मैं क्यों इस बुर्जुआ ढाँचे के साथ समझौता करना चाहूँ, क्यों उन मान्यताओं से अपना जीवन बाँधने को राज़ी होऊँ जिन मान्यताओं को पैदा करने वाले समाज को ही मैं नहीं मानता? उन सबको मैंने घर भेज दिया है। मैं भी लखनऊ छोड़ कर बम्बई जा रहा हूँ। दो-तीन विदेशी एजेंसियों का प्रतिनिधि बन कर। यहाँ से सम्बन्ध तो रहेगा पर ऐसा नियमित नहीं; सम्वाद भेजा करूँगा। बम्बई में ज़िन्दगी है-तेज़ बहती हुई आज़ाद ज़िन्दगी; वहाँ काम भी कर सकूँगा, और इस मनहूस ढाँचे को तोड़ गिराने में भी योग दे सकूँगा-उस नई दुनिया को बनाने में, जिस में मुझ जैसे मेहनतक़शों का ही राज होगा, दूसरों के राज के निरीह साधन हम न बनेंगे...क्या इस बात को तुम समझोगे? तुम अपने विज्ञान को ले कर ही डूबे हो-लेकिन मैं कहता हूँ, यह विज्ञान ही तुम्हें ले कर डूबेगा। क्योंकि विज्ञान भी वर्ग-स्वार्थों का गुलाम है-तुम सत्य की शोध नहीं कर रहे, सत्य कुछ है ही नहीं, वह केवल एक वर्ग के उपयोगी ज्ञान का नाम है, दूसरे वर्ग का विज्ञान भी दूसरा होगा क्योंकि उसकी उपयोगिताएँ दूसरी होंगी। यह तुमने कभी सोचा है कि तुम्हारा सारा विज्ञान किस काम का है, किस के काम का है, किस के काम आएगा?

जाने दो। ये सब बातें केवल तुम्हें थोड़ा प्रोवोक करने को लिखी गईं कि तुम जवाब जल्दी दो। असल में पत्र तुम्हें खुशखबरी देने को लिख रहा हूँ। अभी मालूम हुआ कि रेखा देवी का डाइवोर्स हो गया है-जज ने फ़ैसला दे दिया है। हेमेन्द्र यहाँ आया हुआ था, वह तो अफ्रीका गया-वह तो अपनी मलय मेम से शादी करेगा ही; पर रेखा जी भी अब आज़ाद हैं। औरत के लिए आज़ादी सिर्फ़ एक ख़तरा है; इसलिए-रेखा जी में तुम्हारी दिलचस्पी को ध्यान में रखते हुए-तुम्हें दोस्ताना सलाह दे रहा हूँ कि अभी उपयुक्त समय है उनकी सेवा का। डिग्री पक्की तो छः महीने बाद होगी, पूरी आज़ादी तो तभी होगी, पर तब तक बैठे रहना तो हिमाकत है। जो मौसम में फूल चाहता है, वह वक़्त पर क्यारी तैयार करता है न! तुम मेरे पुराने दोस्त हो, इसलिए दुस्साहस कर के यह परामर्श तुम्हें दे रहा हूँ और अपने स्वार्थ-त्याग की दुहाई नहीं दूँगा। नहीं तो मैं ही एक बार-पर जाने दो; आइ नो ह्वेन आइ'म लिक्ड! बेस्ट ऑफ़ लक टु यू!

तुम्हारा
चन्द्रमाधव

पुनश्च :

बम्बई का पता वहाँ पहुँचते ही लिखूँगा; तब तक दादर के पोस्ट मास्टर की मारफ़त लिख सकते हो।

चन्द्रमाधव द्वारा रेखा को :

प्रिय रेखा जी,

उस बार आप दिल्ली से अचानक गायब हो गईं, तब से बहुत दिनों तक कोई पता ही नहीं मिला; फिर मालूम हुआ कि आप कश्मीर में हैं और बहुत बीमार रही हैं, कुछ आपरेशन की भी बात सुनी पर ठीक पता न लगा कि क्या हुआ, कैसी हैं। पता लगा तो यही कि कलकत्ते चली गई हैं जिस से मैंने मान लिया कि स्वस्थ ही होंगी। यह भी पता लगा था कि भुवन भी शुश्रूषा के लिए गए थे; सोचा था कि उन से ही पूरे हालात पूछूँ पर फिर उन्हें कष्ट देने का साहस नहीं हुआ। सुना है कि वह आजकल अपनी खोज में ऐसे डूबे हैं कि किसी को पत्र-वत्र नहीं लिखते; बल्कि शायद आई हुई डाक भी नहीं पढ़ते-किसी से कोई मतलब उन्हें नहीं है, बस, वह हैं और कास्मिक रश्मियाँ हैं। वैज्ञानिक में अनासक्ति की यही तो ख़ूबी होती है : न जाने कहाँ से वे कास्मिक रश्मियाँ आती हैं, पृथ्वी के वायुमंडल की परिसीमा से या सूर्य से, या तारा-लोक से या सर्वत्र फैले शून्य में पदार्थ मात्र के बनने-मिटने से-पर वैज्ञानिक का सारा लगाव उन से है, और अपने आसपास की किसी चीज़ का होश नहीं, उन का भी नहीं जिन्हें वह प्रिय बताना चाहता है...ठीक कहते हैं लोग, कि वैज्ञानिक प्रेम कर ही नहीं सकता; क्योंकि उसके लिए स्थूल यथार्थ है ही नहीं, सब-कुछ एक एब्सट्रैक्शन है, एक उद्‌भावना...और जहाँ एब्स्ट्रैक्शन है, वहाँ प्यार कहाँ? हम लाल को चाह सकते हैं, हरे को चाह सकते हैं, पर लालपन या हरेपन क़ी भावना को कैसे? प्रकाश को चाह सकते हैं, प्रकाशित होने के गुण को कैसे?

अभी-अभी दिल्ली की एक चिट्‌ठी से पता लगा कि आप आज़ाद हो गई हैं। कुछ दिन पहले हेमेन्द्र से भेंट हुई थी-वह लखनऊ आए थे-तब ज्ञात हुआ था कि तलाक की कार्रवाई हो रही है; अभी पता चला कि इसी हफ्ते डिग्री हो गई है और आप मुक्त हैं। रेखा जी, इस काम के इस प्रकार शान्तिपूर्वक सम्पन्न हो जाने पर मैं आपको सच्चे दिल से बधाई देना चाहता हूँ; बधाई ही नहीं, आप अनुमति दें तो अपनी पूरी सहानुभूति प्रकट करना चाहता हूँ। और कोई होता तो आपको यह याद दिला कर गर्व या सन्तोष महसूस करता कि मैंने पहले से अनुमान कर लिया था कि ठीक यही होगा और इसी प्रकार होगा; पर वैसे आत्म-सन्तोष के भाव मेरे मन में नहीं हैं, मैं केवल आपकी उस शान्ति का अनुभव कर रहा हूँ जो इस समाचार से

आपको मिलेगी–उस शान्ति का, और साथ ही मुक्ति की बात सुन कर उभर आने वाली अनेक स्मृतियों के दु:ख का भी...आपने बहुत दु:ख पाया है, रेखा जी; पर उसकी ग्लानि को अब मन में न आने दें–पुराने दु:खों की भी नहीं, उस नए दु:ख और निराशा की भी नहीं जिस से इधर निस्सन्देह आप गुज़री हैं...अधिक कुछ कहना नहीं चाहूँगा–कह कर आपके रिजर्व को कुरेदना या आपकी संवेदना को चोट पहुँचाना बिलकुल नहीं चाहता...

आप स्वस्थ तो हैं? आशा है कि इस लम्बे विश्राम से आपका स्वास्थ्य सुधर गया होगा। कहता कि और दो–एक महीने विश्राम कर लीजिए, पर जानता हूँ कि अनिश्चित अवधि तक निठल्ले बैठे रहना आपके स्वभाव के विरुद्ध है, और आप कहीं बाहर जाना चाहेंगी ही। आप लखनऊ आएँ यह सुझाने की धृष्टता तो नहीं कर सकता : मेरी अपात्रता के अलावा लखनऊ की घटनाओं का भी स्मरण कराया जाना आप नापसन्द करेंगी। पर क्या बम्बई का निमंत्रण दे सकता हूँ? मेरी अपात्रता तो वहाँ भी उतनी ही रहेगी, पर बम्बई बड़ा शहर है, और वहाँ जीवन है, जागृति है, वह प्राणोद्रेक है जो संघर्षों में पड़ने पर होता है–बम्बई निस्सन्देह आपको अच्छा लगेगा और–मुक्त करेगा अवसादों से, अतीत के बन्धनों से, जर्जर मान्यताओं से, और–आप यह कहने की धृष्टता मुझे करने दें तो कहूँ–स्वयं अपने–आपसे, क्योंकि जिसे हम अपना आप कहते हैं वह वास्तव में है क्या? अपने भीतर की घुटन, जिसे हम अपनी पीड़ा के मोह में एक मूल्यवान् तत्त्व समझ लेते हैं! अपना–आप कुछ नहीं है, वह घुटना अयथार्थ है, उसके प्रति हमारा मोह एक धोखा है; सच तो सामाजिक शक्तियों का खेल और खींचातानी और संघर्ष है, जिसमें हम या तो सहायक हो सकते हैं, या बाधक...आइए, हम सहायक हों; अतीत के बन्धन न मानें बल्कि वर्तमान का, नए भविष्य का निर्माण करें...

लेकिन यह तो मैंने बताया नहीं कि बम्बई मैं कैसे बुला रहा हूँ। लखनऊ मैं छोड़ रहा हूँ। और लखनऊ कहता हूँ, तो मेरा मतलब है वह सारा ढाँचा जिसे मैं मानता रहा। कौशल्या घर चली गई है, दोनों बच्चों को ले कर–बल्कि कहूँ कि दोनों को और तीसरे की प्रतीक्षा को ले कर; मैं जब उसे वापस घर लाया था तो किसी शर्त या बन्धन के साथ नहीं, वापस लाने और गिरस्ती चलाने के सब दायित्वों को स्वीकार कर के ही...पर वह चली नहीं, मेरी पूरी कोशिश के बावजूद भी नहीं। और अब मैं खुश ही हूँ कि वह चली नहीं, क्योंकि वह झूठ थी। गिरस्ती का आइडिया ही असल में झूठ है; एक काल–विपर्यय; उस वर्ग–जीवन का प्रतीक है जो वर्ग ही आज मर रहा है। क्यों हम उसके द्वारा स्वीकृत एक परिपाटी को मानते चलें, जबकि स्वयं उसमें ही हमारी आस्था नहीं है?

तो मैं बम्बई जा रहा हूँ। अतीत से नाता तोड़ रहा हूँ और उसके कोई बन्धन, कोई दायित्व आगे मानने का मेरा इरादा नहीं है। अपने वर्ग को मैं छोड़ता हूँ; उससे कुछ और माँगूँगा नहीं और इसलिए आगे उसे कुछ देने को, उससे निबाहने को भी बाध्य नहीं हूँ।

आशा है यह पत्र आपको समय पर मिल जाएगा, और आप उत्तर देने का कष्ट गवारा करेंगी। मैं बराबर प्रतीक्षा करूँगा। आपको सर्वदा एक मुक्त व्यक्ति के रूप में ही मैंने देखा है, आपके पत्र मेरे लिए बड़ा सहारा होंगे।

आपका कृपाकांक्षी
चन्द्रमाधव

चन्द्र द्वारा गौरा को :

प्रिय गौरा जी,

इन दिनों में यह पहली बार नहीं है कि आपको पत्र लिखने बैठा हूँ; और कोई निश्चय कर के ढुलमुल करते रहने वाला स्वभाव भी मेरा नहीं है; फिर भी पत्र नहीं लिखा गया इसका कारण यही है कि मैं पाता हूँ, मुझ में और मेरे परिचितों में एक अजीब व्यवधान आ गया है–एक दूरी जिस का कारण समझ में नहीं आता...लखनऊ से बनारस कुछ भी दूर नहीं है, लेकिन मैं जब यूरोप में था और आप मद्रास में, तब अपने को इतना दूर नहीं महसूस करता था जितना अब, और कभी जब सोचता हूँ कि स्वयं जा कर मिल आया जा सकता है तब सहसा लगता है कि मैं मानो मंगल तारे तक हो आने के मनसूबे बाँध रहा होऊँ!

ऐसा क्यों–सोचता हूँ तो कोई कारण नहीं पाता। बाह्य कारण तो हो ही क्या सकता है–आख़िर लखनऊ से बनारस जितना है सो तो है ही, न अधिक न कम; सब्जेक्टिव ही कारण हो सकता है–पर क्या? आप तो सदा से ही दूर रहती हैं, मुझे अधिक से अधिक एक अवहेलना-भरी अनुकम्पा ही मिलती है; उसमें कोई परिवर्तन आने का कारण तो हुआ नहीं। तब क्या मुझी में कोई बड़ा परिवर्तन आया है? शायद यही हो। आप मुसकराएँगी कि चन्द्रमाधव भी इंट्रोस्पेक्शन करने चला–हाँ, यह भीतर देखने की बात मुझे हमेशा नकारेपन की दलील लगती रही है–पर यह देखता हूँ कि मेरे ही अनुभव मुझे अलग ले जा रहे हैं। एक तो इधर का जैसा जीवन रहा–आप कल्पना नहीं कर सकतीं, गौरा जी, कि साधारण जीवन की साधारण मर्यादाओं को निबाहने के लिए मैंने कितना बड़ा तप किया है, कितना क्लेश भोगा है, और अब मैं भी रेखा देवी की कही हुई यह बात मानने लगा हूँ कि गहरा क्लेश एक व्यक्ति को और सब से पृथक् कर देता है...दूसरे इस क्लेश ने मुझे यह सिखा दिया है कि हमारी अधिकतर मान्यताएँ केवल एक ढकोसला हैं–हमारे

जीवन को, हमारे वर्ग-स्वार्थों को, वर्ग से मिलने वाली सुविधाओं को बनाए रखने के लिए रचा गया भारी प्रपंच; और यह देख लेने के बाद उसी प्रपंच में फँसे रहना कैसे सम्भव है? यह दूसरा कारण है जिस ने मुझे औरों से अलग कर दिया है-अपने वर्ग से मैं उच्छिन्न हो गया हूँ। और देख रहा हूँ कि वह कितना सड़ा है; अब उसे भस्म कर देने में ही अपनी शक्ति लगाऊँगा...इसी लिए कहूँ कि मैं वास्तव में इंट्रोस्पेक्शन नहीं कर रहा हूँ-इंट्रोस्पेक्शन तो आदमी को निकम्मा बनाता है, कर्म-विमुख करता है, कर्म की प्रेरणा नहीं देता।

लेकिन क्या सचमुच उतनी दूर चला गया हूँ? उस दिन दिल्ली में आपसे तबला सुना था; वह मानो कल की बात लगती है और उसके बोल अभी तक कानों में गूँज जाते हैं-संगीत में मेरी पहुँच नहीं है लेकिन उस दिन का अनुभव मानो एक लैंडमार्क बन गया है और उसके सहारे मैं कई चीज़ों से सम्बन्ध जोड़ लेता हूँ जिन तक पहुँचने का और कोई सूत्र नहीं रहता...सेंटिमेंटल बातें मुझे कहनी ही नहीं आतीं, गौरा जी; सच कहता हूँ कि उस दिन की वह भेंट मेरे लिए एक अकथनीय अनुभव था, और कदाचित् वहीं से मेरे जीवन में वह परिवर्तन शुरू हुआ जो आज देख रहा हूँ। मैंने कभी कल्पना नहीं की थी कि आप इस प्रकार मेरी डेस्टिनी बन जाएँगी-आप! और आपने तो की ही क्या होगी, आपने तो कभी मुझे इस लायक ही न समझा होगा कि मेरी डेस्टिनी भी कुछ हो!

डॉ. भुवन से भी बहुत दिन से पत्र-व्यवहार नहीं हुआ। आपसे परिचय उनके द्वारा हुआ था, पर अजीब बात है कि उन तक पहुँच आप ही के द्वारा हो। आशा है आप उनके पूरे समाचार देंगी। यों मैंने उन्हें पत्र लिखा है, पर आपसे जो जान सकूँगा, वह उन से थोड़े ही : वह तो पहले भी एक सीपी में रहते थे, और पिछले कुछ महीनों के अपने अनुभवों के बाद तो बिलकुल ही पहुँच से परे चले गए हैं। मैं समझता हूँ, कोई भी गहरी अनुभूति जब गोपन रहती है, तब धीरे-धीरे गोप्ता को भी ऐसे बाँध लेती है कि फिर वही अज्ञेय हो जाता है, फिर वह चाह कर भी अपने को अभिव्यक्त नहीं कर पाता; उसका रहस्य एक ऐसी दीवार बन जाता है जो कि स्वयं उसी को छिपा लेता है। कभी सोचता हूँ, क्या डॉ. भुवन फिर कभी हम से, हमारे आपके साधारण जगत से साधारण सम्पर्क जोड़ सकेंगे? इधर आपकी उन से भेंट हुई क्या?

रेखा जी की ख़बर जब-तब मिल जाती है। डाइवोर्स उन का हो गया है। यह जानकर आपको भी निश्चय ही सन्तोष होगा। विवाहित जीवन उन का अत्यन्त यातनामय रहा, फिर जब उन्हें जीवन में कुछ ऐसा मिला जो मूल्यवान् हो, जो जीवन को अर्थ दे, तो फिर विवाह का बन्धन ही बाधा बना...अब कदाचित् वह जीवन के बिखरे सूत्र फिर समेट सकें, उसके अर्थ

को फिर पा सकें...मैं जब भी सोचता हूँ तो इसी परिणाम पर पहुँचता हूँ कि स्त्री-पुरुष का मिलन सब से बड़ा सुख नहीं हो सकता क्योंकि उसमें प्रत्येक को साझीदार की, दूसरे की ज़रूरत है, वह परापेक्षी सुख है; सच्चा सुख निरपेक्ष और स्वत:सम्पूर्ण होना चाहिए। पर युक्ति एक बात है, और व्यवहार दूसरी; और वासना दोनों से ऊपर : हम सभी उस अनुत्तम सुख को ही चाहते हैं, और पुरुष से अधिक नारी वह चाहती है...रेखा जी को मैं असाधारण स्त्री मानता था, पर अब देखता हूँ, उन का असाधारणत्व इसी में है कि वह साधारणत्व का चरमोत्कर्ष है, साधारण स्त्री की साधारण वासना अपने चरम रूप में उन में विद्यमान है। और इसी लिए आज उनकी मुक्ति की सूचना से सन्तोष है : प्रार्थना करना चाहता हूँ कि उन्हें उन का वांछित मिले, तृप्ति मिले, शान्ति मिले...

आपकी संगीत-साधना कैसी चल रही है? संसार की जो गति है, उसमें नहीं दीखता है कि संगीत का भविष्य क्या है, विशेष कर भारतीय संगीत का जो इतनी साधना माँगता है, इतनी सूक्ष्मता, जिस का उदय भी रहस्य से होता है और जिस की निष्पत्ति भी रहस्य में है-भविष्य में संगीत होगा तो जन का, यह प्रकृत, पुरुष, सहज तेजस्वी स्वर सब बारीक़ियों को अपने विवाद में डुबा लेगा...फिर भी, आपकी साधना का कायल हूँ, और, और नहीं तो आपकी आनन्द-कामना से ही प्रार्थना करता हूँ कि आपको उसकी सुविधा और साधन मिले...

मैं लखनऊ छोड़ कर बम्बई जा रहा हूँ। वहीं रहूँगा। पत्र वहीं दें-देंगी न? पता रहेगा : केयर पोस्टमास्टर, दादर, बम्बई।

आप का ही
चन्द्रमाधव

भुवन द्वारा चन्द्रमाधव को :

चन्द्र,

तुम्हारा पत्र मिला। दूसरे दिन तुम्हारा रेखा देवी के नाम लिखा हुआ पत्र भी उनके द्वारा भेजा हुआ मिला, इस उलाहने के साथ कि मैं तुम्हें पत्र क्यों नहीं लिखता?

उन्होंने कहा है, इसलिए यह पत्र लिखे दे रहा हूँ। पर चन्द्र, कैसा रहे अगर आज से हम मान लें कि हम दोनों अजनबी हैं? क्योंकि हम मानें न मानें, बात यही है; हम दो विभिन्न दुनियाओं में रहते हैं जिन में सम्पर्क के कोई साधन नहीं हैं। विज्ञान को तुम मानते नहीं, नहीं तो उसकी भाषा में कहता कि हमारे जीवनों के डाइमेंशन अलग-अलग हैं, और इसलिए वे एक-दूसरे को काट कर भी छू नहीं सकते।

और जब हम अजनबी ही हैं, चन्द्र तो मेरे प्रति किसी मिथ्या लायल्टी का बन्धन तुम न मानो; जिस भी चीज़ पर तुम्हारा लोभ है, उसके लिए निर्बाध हो कर जुगत करो। और मैं तुमसे ज़्यादा ईमानदारी से कहता हूँ, बेस्ट आफ़ लक टु यू।

भुवन

भुवन द्वारा गौरा को :

प्रिय गौरा,

एक बार फिर तुम्हारी ओर से कोंच के बिना पत्र लिख रहा हूँ बल्कि अब कभी सोचता हूँ तो ख़याल आता है क्या यह तुम्हारा न कोंचना ही कोंच का एक नया प्रकार नहीं है? पर इस लिखने में न जाने क्यों, पहले-सा पुण्य-सुख नहीं है। लिखने की बात मैंने कई बार सोची है, पर न जाने क्यों लिखे बिना रह गया हूँ; आज लिखने बैठा हूँ तो अपने को कारण यह बता रहा हूँ कि बार-बार वचन-भ्रष्ट होने के लिए कम-से-कम माफ़ी तो माँग लेना आवश्यक है-यद्यपि तुम्हें पत्र लिखने के लिए क्यों कारण ढूँढ़ निकालना ज़रूरी है, यह नहीं जानता, न पहले कभी ऐसा प्रश्न मन में उठा था।

मैंने कहा था, दशहरे में बनारस आऊँगा। कहा था कि शायद, पर तुम्हें शायद कहता हूँ तो उसमें अपने लिए छूट नहीं रखता, शायद इसी लिए होता है कि अगर किसी कारण न हो पाए तो तुम्हें निराशा न हो। पर वह नहीं हो सका-रेखा जी की बीमारी के कारण मुझे श्रीनगर जाना पड़ा और छुट्टियाँ उसी में बीत गईं; फिर सोचा था कि अगली छुट्टियों में चला जाऊँगा, पर अगली छुट्टियाँ भी आ गईं बड़े दिनों की, और मैं यहीं बैठा हूँ। अबकी बार कोई बहाना नहीं है, पर जैसे वही सब से बड़ा कारण है; मैं यहाँ बैठा हूँ, यहीं पड़ा रहूँगा; न जाने का कोई बहाना नहीं है; इसलिए नहीं जाऊँगा; बिना कोई बहाना बनाए मान लूँगा कि मैं नहीं जाता, नहीं जाता; और इस अपराध को ओढ़ कर बैठा रहूँगा। अपराध करने की कोई चाहना मन में नहीं है, पर यों अपराध ओढ़ कर बैठ जाने में न जाने क्यों सान्त्वना का बोध होता है।

देखता हूँ कि यह माफ़ी माँगने का तो ढंग नहीं है। पर गौरा, तुम मुझे क्षमा कर ही देना, और मेरे बारे में कोई चिन्ता न करना। मैं बिलकुल ठीक हूँ, चिन्ता की कोई बात नहीं है, केवल चित्त अव्यवस्थित है, और ऐसी दशा में कहीं किसी के पास नहीं जाना चाहिए, अपने अस्तित्व का ही पता न देना चाहिए। मैं बिलकुल वैसा करता, पर माफ़ी माँगना तो आवश्यक था, इसलिए सम्पूर्ण लोप तो नहीं हुआ, फिर भी वहाँ आ कर तुम्हें क्लेश न दूँगा। कभी आऊँगा, पर कब, इसका अब वायदा नहीं करता।

आशा है तुम स्वस्थ और प्रसन्न हो; आशा ही नहीं, विश्वास भी है कि तुम उन्नति कर रही होगी। कभी लगातार बैठ कर तुमसे संगीत सुन सकता, तो शायद चित्त को सान्त्वना मिलती–या कौन जाने तब भी न मिलती, अभी यह सोच लेता हूँ और जैसे उसकी दूर सम्भावना भी एक सहारा हो जाता है।

पिता जी को मेरा प्रणाम लिखना। आशा है माता-पिता स्वस्थ हैं। कहाँ हैं आजकल?

तुम्हारा
भुवन

भुवन द्वारा रेखा को :

प्रिय रेखा,

जो पत्र लिखने की मैं निरन्तर कोशिश करता रहा हूँ, वह मुझ से लिखा नहीं जा रहा है। न जाने कितनी बार मैं लिखने बैठा हूँ, कभी एक-आध पन्ना लिख भी सका हूँ, लेकिन लिख कर फिर उसे फाड़ दिया है, फिर दुबारा नहीं लिख सका हूँ...रेखा, क्या कहूँ और कैसे कहूँ? मैं मानता हूँ कि जो कहना नहीं आता वह इसी लिए नहीं आता कि वह मन के सामने ही स्पष्ट नहीं है–हो सकता है कि मैं स्वयं ठीक नहीं जानता कि क्या कहना चाहता हूँ–फिर भी भीतर जो घुमड़न है, उसके सामने जैसे कुछ स्पष्ट है, यद्यपि मैं उसे नहीं जान पाया, और वही मानो मेरे और विचारों और कामों को निर्दिष्ट करती है, भले ही वे निर्देश मैं नहीं समझता...

रेखा, तुम अब भी वही दिव्य स्वप्न हो, जो दीखने की तीव्रता से ही मूर्त्त हो आया था और यथार्थ हो गया था, लेकिन जब कभी मैं अपने साझे जीवन के अंशों को सामने मूर्त्त करता हूँ, तो वे जैसे मिल कर एक रूपाकार नहीं बनते, मर्ति के टुकड़े-टुकड़े अलग रहते हैं और फिर मेरे हाथों में ही मिट्टी हो जाते हैं। जीवन का एक चित्र, एक मर्ति नहीं बनती, यद्यपि प्रत्येक खंड यथार्थ है–और अत्यन्त यथार्थ है वह व्यथा की टीस जो किसी-किसी खंड की कल्पना-मात्र से देह-मन को झनझना जाती है...

मैंने कहा कि 'जब कभी' यह नहीं कि वैसा कभी-कभी होता है; मैं बराबर ही वैसे खंडित स्वप्न देखता रहता हूँ, जागते हुए, काम के बीच में, क्लास में पढ़ाते हुए, लेबोरेटरी में काम करते हुए, राह चलते सड़क के बीच में, बराबर ही ये स्वप्न-चित्र कौंध कर सामने आते रहते हैं। मानो आँखों के आगे हर वक़्त एक काल्पनिक चौखटा बना रहता है, जिस के भीतर का चित्र बराबर बदलता रहता है। बल्कि अधिक बदलता भी नहीं, क्योंकि बार-बार एक ही दारुण दृश्य सामने आता है, और मैं सुनता हूँ तुम्हारी दर्द-भरी

आवाज़ मुझे पुकारती हुई, 'प्राण, जान, जान', अन्तहीन आवृत्ति करती हुई एक कराह, जिसे वर्षा की वह अनवरत टपटपाहट भी नहीं डुबा पाती जो कि उस स्मृति का एक अभिन्न अंग है। मैंने तब तुम्हें कहा था 'हाँ, अब भी, अब और भी अधिक' वह ग़लत नहीं कहा था और आज भी अनुभव करता हूँ कि वे क्षण आत्म-दान के-अपने से मुक्त हो कर अर्पित हो जाने के तीव्रतम क्षण थे; पर आज यह भी देखता हूँ कि ठीक उन्हीं क्षणों में मेरे भीतर कुछ टूट गया। टूट गया, मर गया। क्या, यह नहीं जानता। प्यार तो नहीं, प्यार कदापि नहीं; उससे सम्बद्ध कोई जादू, कोई आवेश, जिससे आविष्ट हो कर मैं प्यार की मर्यादा भूल गया था, जो प्रेय है उसे स्वायत्त करना चाहने लगा था ऐसे जैसे वह स्वायत्त नहीं हो सकता...और मानसिक यंत्रणा के उस चरम क्षण में यद्यपि प्यार-प्यार, रेखा, करुणा नहीं-अपने उत्कर्ष पर था, पर उसी क्षण में जैसे मैंने तुम्हें दोषी भी मान लिया था एक मूल्यवान वस्तु को नष्ट हो जाने देने का। तुमने लिखा था कि यदि वैसा न हुआ होता और प्रेम ही मर गया होता या मैंने तुम्हें छोड़ दिया होता तब क्या होता, और इस प्रश्न का मेरे पास कोई जवाब नहीं है-ऐसा हुआ होता तो निस्सन्देह वह भी घोर दुर्घटना हुई होती-और जो बार-बार मेरे आस-पास होता रहा है, होता है, उसे मैं किस दर्प से असम्भव करार दे दूँ? वह ख़तरा तो था ही...भविष्य के बारे में कोई दावा करना बेमानी है, फिर उस भविष्य के जिस की अब कोई सम्भावना नहीं रही। लेकिन आज भी मैं कितना भी कठोर हो कर सोचूँ तो मानता हूँ कि उस अजात के कारण जो भी जिम्मेदारी मुझ पर आती उससे मैं भाग नहीं रहा था, भागने का विचार भी मुझ में नहीं था, और उसे स्वीकार करने में मुझे ख़ुशी ही होती...मैंने तुमसे कहा था कि मैं सुखी होता, आज भी मानता हूँ कि सुखी होता। प्यार मर तो सकता ही है-एक अर्थ में चिरन्तन हो कर भी वह मर सकता है, पर अगर भविष्य में कभी ऐसा होता ही, तो वह कम-से-कम उस शिशु के कारण न होता-उसके कारण हमीं में होते।

इस सब से ध्वनि होती है कि मैं तुम्हें उलाहना दे रहा हूँ-वैसा नहीं है। वैसी भावना मन में कभी आई भी होती, तो मानना होता कि तुमने अगर भूल की भी तो उसका भरपूर शोध भी किया-नहीं रेखा, मैंने जो पहले कहा कि तुम्हें दोषी माना था वह ठीक नहीं है, दोषी तुम मुझ से अलग या अधिक कैसे हो?-अपने एक अंश को नष्ट होने देने के लिए स्वयं अपने को मर जाने दिया, रेखा; उस अंश को, जो स्वयं भी मूल्यवान् था, और उससे बढ़ कर जो एक और मूल्यवान् अनुभूति का फल था-इस सबका अनुभव करते हुए मैं तुम्हारे आगे झुक ही सकता हूँ, संवेदना से भर कर तुम्हारे पास खड़ा

हो सकता हूँ, दोष नहीं दे सकता। और जब यह सोचता हूँ कि यह बहुत बड़ा आत्म-बलिदान भी मुझ पर तुम्हारे स्नेह की अभिव्यक्ति थी-तब तो गड़ जाने को जी चाहता है।

रेखा, एक बात को तुम समझोगी-तुम नहीं समझोगी तो कोई नहीं समझ सकेगा-प्यार मिलाता है, व्यथा भी मिलाती है; साथ भोगा हुआ क्लेश भी मिलाता है; लेकिन क्या ऐसा नहीं है कि एक सीमा पार कर लेने पर ये अनुभूतियाँ मिलाती नहीं, अलग कर देती हैं, सदा के लिए और अन्तिम रूप से? अनुभूतियाँ गतिशील हैं, अतीत हो कर भी निरन्तर बदलती रहती हैं और व्यक्तित्व को विकसाती हुई उसमें घुलती रहती हैं, लेकिन यह सीमा लाँघ जाने पर जैसे वे गतिशील नहीं रहतीं; स्थिर, जड़ हो जाती हैं; एक न घुल सकने वाला लौंदा, एक वज्र धातु-पिंड। फिर व्यक्ति मानो इन अनुभूतियों को चौखटे में जड़ कर रख लेता है; जीवन एक चलचित्र न रह कर स्थिर चित्रों का संग्रह हो जाता है, और हर नई सम्भाव्य अनुभूति के आगे व्यक्ति किसी एक चित्र को प्रतिरोधक दीवार की तरह खड़ा कर लेता है। मेरे पास अधिक चित्र नहीं हैं, कह लो कि एक ही है, पर वही-हमारे साझे अनुभवों का सम्पुंजन ही, रेखा।-हमारे बीच में दीवार-सा खड़ा हो जाता है। हम मिलेंगे, लेकिन मानो इस दीवार के आर-पार, हाथ मिलाएँगे, लेकिन मानो इस चौखटे के भीतर से, एक-दूसरे को देखेंगे, लेकिन मानो इस चौखटे में जड़े हुए-तुम उधर से, मैं इधर से...रेखा, मैं अब भी तुम्हें प्यार करता हूँ, उतना ही, पर...

भुवन द्वारा रेखा को :

रेखा,

तुम्हें पत्र लिखने की कई कोशिशें कीं, पर अभी तक पत्र न लिखा गया, और अब मैंने मान लिया है कि जो पत्र लिखना चाहता हूँ, वह कभी नहीं लिखा जाएगा। इसलिए लिखने की पिछली अधूरी कोशिश ही अन्तिम कोशिश मान कर वह अधूरा पत्र ही तुम्हें भेज रहा हूँ। और उसे भी फिर पढ़ूँगा नहीं, नहीं तो शायद भेजूँगा नहीं। तुम्हारे सब पत्र मुझे मिलते रहे हैं, प्रत्येक पर अपने को और अधिक कोसता रहा हूँ कि तुम्हें क्यों इतना क्लेश पहुँचा रहा हूँ, फिर भी इससे पहले नहीं लिख पाया हूँ, नहीं पाया हूँ। अब भी पाया ही हूँ, यह तो नहीं है, और कदाचित् यह पत्र भेजना भी उतनी ही क्रूरता है जितना पत्र न लिखना-मैं नहीं जानता, रेखा। तुम मुझे क्षमा कर देना यह सोच कर कि मैं इस समय भ्रान्त हूँ।

तुम्हारा
भुवन

भुवन द्वारा रेखा को :

रेखा,

तुम्हारा पत्र पा कर थोड़ी देर विमूढ़-सा सोचता रह गया–क्या सचमुच चार महीने हो गए दिल्ली स्टेशन पर तुम्हें ट्रेन में बिठाए हुए और उसके बाद तुम्हें पत्र लिखे हुए? पर तुम्हारी गणना ठीक है...यों अभी दो-एक दिन पहले मैंने तुम्हें चिट्ठी डाली है–अब तक तुम्हें मिल गई होगी।

तो विवाह रद्द हो गया या हो जाएगा। यह बात अपने को कहता हूँ, तो सहसा कुछ स्पष्ट नहीं होता है कि क्या हो गया। क्यों कि किसी चीज़ के होने में, और उस होने के हमारे बोध में, हमेशा ही एक अन्तराल रहता है; यह इतनी बार लक्ष्य करता हूँ कि किसे वास्तव में होना माना जाए, यहीं सन्देह हो आता है। फिर तलाक तो एक कानूनी कार्रवाई है और क़ानून हमारे जीवन की जीवित यथार्थता कभी होता है तो तभी, जब हम उसे तोड़ते हैं या तोड़ने की सज़ा पाते हैं, नहीं तो उससे हमें कोई सरोकार ही नहीं होता। फिर यह भी ध्यान आता है कि यही अगर पहले हुआ होता–समय पर हुआ होता–तो तुम्हारा जीवन कितना भिन्न होता। सहसा हार्डी की बात याद आती है, कि 'जब पुकार होती है तब आगन्तुक नहीं आता', और एक तीखा आक्रोश मन में उमड़ आता है...

फिर भी, यह मान लेना होगा कि इस प्रकार एक अन्यायपूर्ण, असत्य, अयथार्थ परिस्थिति का अन्त हो गया है–जो तुम हो (या नहीं हो) और जो तुम क़ानूनन हो, उसका विपर्यय अब मिट गया है। और इस पर सन्तोष होना ही चाहिए।

तुम यात्रा पर निकल रही हो, दक्षिण जा रही हो। अच्छा ही है। शान्ति की बातें कहने वाला मैं कौन होता हूँ, पर इससे तुम्हें सान्त्वना तो मिलेगी ही। क्षण-भर के लिए मन में उठा था, सागर-तट पर तुम्हारे साथ मैं भी खड़ा हो सकता–पर नहीं, उससे व्यथा ही जागेगी शायद; रेखा, उस विशाल एकाकी को, जो न प्रेम करता है न प्रेम पाता है, तुम अकेली ही देखो–तुम्हें अकेले में ही वह सान्त्वना मिले जो मेरा साथ तुम्हें न दे सका–मैंने चाहा था देना, पर दे सका केवल नई व्यथा...'सी' यू शैडो आफ़ थिंग्स, माडमॉक अस टु डेथ विद योर शैडोइंग...

कभी सोचता हूँ, इसी तरह मैं भी अकेला सागर पर चला जाऊँ–दर्द तभी तक क्लेशकर होता है जब तक हम उससे लड़ते हैं, जब तक हम अपने अपनेपन को बनाए रखना चाहते हैं : विशाल के आगे अपने को समर्पित कर देने के बाद सब क्लेश मानो झर जाते हैं या डँसते भी

हैं तो उन का डंक निर्विष होता है...शायद मैं भी जाऊँगा कहीं–और सागर के पास ही जाऊँगा।

गॉड ब्लेस यू, रेखा।

तुम्हारा
भुवन

गौरा द्वारा भुवन को :

मेरे भुवन दा,

आप चिट्ठी–चाहे यही चिट्ठी–दो–चार दिन पहले लिख देते, तो मैं ही वहाँ न आ जाती? पर अब छुट्टियाँ ख़त्म हो चुकीं, अब छुट्टी ले कर आ तो सकती हूँ पर उसमें कुछ दिन तो लगेंगे और फिर आपके काम के दिनों में मैं आ धमकूँगी तो आप नाराज़ होंगे–न भी होंगे तो भी मुझे अनुमति तो लेनी चाहिए।

भुवन दा, मैंने आपको न आने पर या चिट्ठी न लिखने पर कोई उलाहना दिया है कि आप मुझे ऐसी चिट्ठी लिखें? आप बड़े हैं, यही नहीं, मैं यह भी नहीं भूलती कि स्नेह करते हैं; माफ़ी माँगने का कोई प्रश्न नहीं उठता। मैं अबोध हूँ सही, पर मूर्ख नहीं हूँ; यह भी समझती हूँ कि आप कोई बड़ा क्लेश मन–ही–मन सह रहे हैं; मेरा कोई दावा होता तो आग्रह कर के पूछती, और जान कर कुछ मदद न कर पाती तो कम–से–कम कुछ बहला तो सकती ही; पर आप बताएँगे तो स्वयं बताएँगे, मेरे पूछने से कुछ न होगा यह मुझे मालूम है। इसलिए अगर मैं कहूँ कि मैं आपके किसी भी काम आ सकूँ तो आप इंगित–भर कर दीजिए, तो मेरी बात रामजी की गिलहरी की बात से अधिक कुछ नहीं हो सकती।

भुवन दा, आपके पत्र से मुझे बेहद क्लेश पहुँचता; पर नहीं पहुँचा तो केवल एक बात के कारण–आपने लिखा है कि 'अपराध ओढ़ कर बैठे रहेंगे, और उसमें आपको सान्त्वना मिलती है।' मुझे शायद इस की ओर इशारा नहीं करना चाहिए, चुपचाप वरदान मान कर इसे ले लेना चाहिए–पर इस में जो वात्सल्य बोल रहा है, उसके सहारे शायद मैं आप तक पहुँच सकूँगी, और–गर्व नहीं करती–आपकी कुछ सहायता भी कर सकूँगी। भुवन दा, मुझे अनुमति दे दीजिए न–मैं थोड़े दिन वहाँ आऊँगी–जल्दी ही, जितनी जल्दी छुट्टी मिल सकी क्योंकि इस महीने के अन्त में परीक्षाएँ भी हैं–तब तक आप चाहे तो ओढ़े रहिए, पर मेरे आने के बाद आप कम–से–कम अपराध ओढ़े तो नहीं बैठे रह सकेंगे। मैं क्या ओढ़ाना चाहूँगी वह तो नहीं बताती; आप अपने ही मन से ओढ़ेंगे तो बुज़ुर्गी चाहे ओढ़े बैठे रहिएगा, मैं घर–भर में किलकती रहूँगी।

पर नहीं भुवन दा, आपकी शान्ति भंग नहीं करूँगी; सच कहती हूँ। आप मुझे कुछ दिन के लिए आ जाने दीजिए। कहती कि आप बुलाइए, पर उतना मान मेरा नहीं है।

आप ही की
गौरा

गौरा द्वारा रेखा को :

प्रिय रेखा दीदी,

मेरा पत्र पा कर आपको विस्मय हो भी सकता है, नहीं भी हो सकता है; पर मैं शायद न लिखती, लिख रही हूँ तो इसलिए कि और एक चिट्ठी लिखने से बच जाऊँ।

चन्द्रमाधव जी का एक पत्र मिला है। उसमें उन्होंने अपने बम्बई जाने की बात लिखी है, और साथ ही आपके बारे में कुछ सूचना दी है। यों किसी की निजी बातों में हस्तक्षेप करते बड़ी झिझक होती है और विशेषकर आपकी, क्योंकि आपके जीवन के बारे में कुछ न जान कर भी मैं इतना जानती हूँ कि आपने बहुत सहा है और आपकी कोई भी निजी बात निजी कष्ट की ही बात होगी–फिर भी यह कहने की अनुमति चाहती हूँ कि चन्द्रमाधव जी की सूचना से शान्ति मिली, और मैं आशा करती हूँ कि आपको भी मिलेगी–अभी भी और भविष्य में भी। छोटे आशीर्वाद नहीं देते, इसे मेरी प्रार्थना समझ लीजिए कि आपका जीवन शान्तिमय हो, कल्याणमय हो।

आपको यह पत्र लिख कर मैं मान लूँगी कि चन्द्रमाधव जी के पत्र का डिस्पोज़ल हो गया, उन्हें अब उत्तर न दूँगी।

दो महीने हुए, भुवन दा के एक पत्र से ज्ञात हुआ था कि आप पहले बहुत अस्वस्थ रहीं; आशा है अब आप पूर्ण स्वस्थ हैं। उसके बाद भुवन दा का और पत्र नहीं आया; पर मुझे वह पत्र शायद ही कभी लिखते हैं। यों यह ठीक ही हैं, यद्यपि उद्विग्न रहते हैं।

रेखा दीदी, मेरे पत्र से नाराज़ तो नहीं होंगी न?

स्नेहाकांक्षिणी
गौरा

भुवन द्वारा गौरा को :

नहीं गौरा, नहीं, अभी नहीं–आइ फ़ारबिड यू? लेट मी स्ट्यू इन माइ ओन जूस। थोड़े दिन बाद–शायद; तब मैं आऊँगा या मैं न आया तो तुम्हें बुलाऊँगा। मैं कहता हूँ बुलाऊँगा–आने की अनुमति नहीं दूँगा। बुजुर्गी

मुझ से झड़ गई है, यह मैंने पिछली बार ही कहा था; और जो तुम ओढ़ाओ सिर आँखों पर, मगर पहले यह अपराध की कँबली झाड़ लूँ तब न!

पर मैं तुम्हारा बहुत कृतज्ञ हूँ, गौरा; वह कहने के लिए शब्द नहीं हैं मेरे पास!

तुम्हारा
भुवन

भुवन द्वारा रेखा को :

प्रिय रेखा,

तुम इस समय न मालूम कहाँ हो, क्या कर रही हो–शायद रामेश्वर के मन्दिर में बैठी होगी, या कन्याकुमारी के सागर-तट पर–सहसा मुझे जमुना की रेती की याद आती है और ख़याल होता है, उस समय जब मैं बालू का घर बना रहा था तो विधि निस्सन्देह हँसती रही होगी...कहाँ चले आए वहाँ से इन थोड़े से दिनों में हम–अब मैं सोचना चाहूँ कि वहाँ तुमने मुझे मैन फ्राइडे कहा था और मैंने तुम्हें मिस राबिन्सन तो विश्वास नहीं होता। लेकिन क्या अब भी हम कम खोए हुए हैं किसी अज्ञात द्वीप पर–कम असहाय हैं? इससे क्या कि आसपास जो जल-राशि है वह स्थिर सागर नहीं है, वह एक ओर-छोर-हीन भीम-प्रवाहिनी महानदी है–द्वीप तो फिर भी द्वीप है, और सब से सम्पर्क छूट जाने पर उत्पन्न होने वाला करुण आत्म-विश्वास, फिर भी करुण।

रेखा, मैं देश छोड़ जा रहा हूँ। एक और एक्सपेडीशन डच इंडीज़ में जा रहा है, उसी में जा रहा हूँ। एक वैज्ञानिक अमरीका से जावा पहुँच रहे हैं–वह भी भारतवासी ही हैं वैसे–और मैं यहाँ से जावा जाऊँगा। वह तो अप्रैल में पहुँचेंगे, पर मैं पहले ही जा रहा हूँ कि वहाँ कुछ आरम्भिक प्रबन्ध कर रखूँ। कॉलेज से अभी एक वर्ष की छुट्टी ले ली है और होली की छुट्टी लगते ही चल दूँगा–सात-आठ दिन तैयारी के लिए काफ़ी हैं। परीक्षार्थियों की पढ़ाई तो तब तक लगभग पूरी हो ही जाती है इसलिए कॉलेज के काम में कोई व्यतिक्रम नहीं होगा।

जहाज़ कलकत्ते से पकड़ूँगा। पहले सोचा था कोलम्बो जाऊँ–रामेश्वरम् होते हुए जाने का मोह था–पर क्या होगा उससे रेखा...

तुम्हें क्या कहूँ, रेखा? तुम्हारे जीवन की खोज पूरी हो–उसे सार्थकता मिले...

भुवन

पुनश्च : फागुन की अष्टमी का धूमिल चाँद देख कर न जाने क्यों लारेंस की कविताएँ निकाल लाया; उसमें से एक कविता यह भेज रहा हूँ :

हाइ एंड स्मालर ग्रोज़ द मून : शी इज़ स्माल एंड वेरी .फ़ार फ्राम मी, विस्टफुल एंड कैंडिड, वाचिंग मी विस्टफुली फ्राम हर डिस्टैंस, एंड आइ

सी ट्रेम्बिलंग ब्लू इन हर पेलर ए टीयर दैट शोर्ली आइ हैव सीन बिफ़ोर, ए टीयर ह्विच आइ डैड होप्ड ईवन हेल हेल्ड नाट अगेन इन स्टोर।

गौरा द्वारा भुवन को :

भुवन, दा, यह क्या सुनती हूँ–आप जावा जा रहे हैं–और आपने मुझे ख़बर भी नहीं दी? आज स्टाफ़ रूम में ही सहसा सुना–बात आपकी नहीं थी, यही थी कि एक दल जावा जा रहा है कास्मिक रश्मियों की खोज के सिलसिले में जिस में दो भारतीय वैज्ञानिक होंगे : इससे सहसा कान खड़े हुए तो सुना कि एक आप हैं और एक कोई और...कब जा रहे हैं, भुवन दा? मुझ से मिले बिना आप नहीं जा सकेंगे–मुझे फ़ौरन पता दीजिए। या तो आप बनारस होते हुए जाएँगे या मैं आऊँगी जहाँ आप कहें। चिट्ठी फ़ौरन लिखिएगा, फ़ौरन।

आप की ही

गौरा

गौरा द्वारा भुवन को :

आप को चिट्ठी भेज चुकी तब आपकी यह सूचना मिली है। आप मुझ से मिल कर नहीं जाएँगे, मुझे भी नहीं आने देंगे...आपकी इच्छा, भुवन दा, मैं क्या कहूँ? आप बनारस के पास से गुज़रते हुए चले जाएँगे–बल्कि अब तक तो चले गए होंगे और मैं न मिल सकूँगी...फिर भी, मेरे भुवन दा, इसे मैं आपका अतिरिक्त स्नेह ही मानती हूँ कि आपने मुझे इस विशेष अन्याय के लिए चुना–लेकिन क्यों, भुवन दा, क्यों, क्यों, मेरी कुछ समझ में नहीं आता, क्यों आप मुझ से दूर भागे जा रहे हैं जो आपको अपने पथ का प्रकाश मान कर जी रही है–क्यों?...

गौरा द्वारा भुवन को :

भुवन दा,

अभी एक चिट्ठी आपको डाल आई हूँ। उसे वापस तो नहीं लेती, पर उसमें एक बात कहना आवेश में भूल गई थी। आपकी यात्रा निर्विघ्न और सफल हो; आप शीघ्र ही स्वदेश लौटें...और इससे आगे अपनी प्रार्थना में यह भी जोड़ दूँ, भुवन दा, कि आप स्वदेश ही नहीं, मेरे पास लौटें, तो क्या मेरी प्रार्थना आपकी किसी इच्छा के प्रतिकूल चली जाएगी? वैसा हो, तो कहूँगी, तो आप ही की इच्छा जयी हो, वही पूर्ण हो–मेरी प्रार्थना यही हो कि मेरी प्रार्थना भी आपकी इच्छा के अनुकूल हो, उसकी अनुगता हो।

प्रणत

गौरा

पुनश्च : यह चिट्ठी कलकत्ते भेज रही हूँ कि चलने तक मिल जाए।

रेखा द्वारा भुवन को, कुछ पत्र और कुछ पत्र खंड :

भुवन,

मेरा प्याला भरने में यही शायद कसर थी–तुम भी मुझे दोषी ठहराओगे। यही सही, भुवन, यह भी सही। मैं टूट चुकी हूँ, मुझ में न शक्ति बाक़ी है, न धैर्य, न युयुत्सा; शायद और व्यथा पाने का भी सामर्थ्य अब नहीं है; तुम जो चाहे कह लो, मुझे कुछ नहीं होगा। और क्यों हो, किस लिए हो–कौन-सी वह आशा है जिस के कारण कोई निराशा, कोई चोट, मुझे खले? लेकिन भुवन, तुम क्या नहीं समझते कि मेरे लिए मानवी प्यार की आख़िरी अभिव्यक्ति तुम थे–थे नहीं, हो, रहोगे–और इसी लिए मैं मर गई और अब नहीं जियूँगी? अगर मैं रो सकती, तो रोती–अतीत के लिए नहीं, अपने लिए नहीं, उस सबके लिए नहीं जो अब नहीं रहा, रोती इस तुम्हारे अभियोग के लिए–क्योंकि यदि यह अभियोग है तो फिर मुक्ति न मेरे लिए है, न तुम्हारे लिए–मैं जो सोचती थी कि जो भी हुआ, मैं जो टूट गई, उसकी बड़ी व्यथा हमारे चरित्र में फैलेगी, मेरे से अधिक तुम्हारे में, वह सब झूठ होगा; वह व्यथा एक अर्थहीन ट्रेजेडी हो जाएगी क्योंकि उसमें अभियोग होगा, और उसकी अर्थहीनता हम दोनों को ले डूबेगी। मेरा तो कुछ नहीं, मैं तो डूबी ही हूँ–पर तुम, भुवन, तुम! मेरी सारी आशाओं का केन्द्र तुम हो–मेरे अन्तरतम की सारी व्यथा को इस तरह व्यर्थ न कर दो, भुवन! व्यथा सृजन करती है, मेरी व्यथा बाँझ रह गई, मुझे भी झुलसा गई, पर मैंने मानना चाहा था कि वह तुम्हीं को बनाएगी, और मैं अपनी व्यर्थता तुम्हें अर्पित कर के सार्थक हो जाऊँगी। वह सान्त्वना भी मुझे नहीं मिलेगी...

जाने दो। न मिले। अब और कोई सान्त्वना मुझे नहीं चाहिए, मुझे मर जाने दो, भुवन!

भुवन,

तुम्हारी अधूरी चिट्ठी का जवाब मैं तुरन्त लिख गई थी, वह तुम्हें अब तक न मिला हो तो फिर उसे मत पढ़ना–पढ़ चुके हो तो क्षमा कर देना। तुम्हारी चिट्ठी मैंने फिर पढ़ी है, कई बार फिर, शायद दोष तुमने नहीं दिया–तुम्हारे पत्र में परिताप ही है जिसे मैंने अभियोग माना। पर नहीं मेरे सहभोक्ता, अभियोग वह नहीं है, मैं समझती हूँ और जो आघात मैंने पाया था उसका घाव भर गया है–अपना आक्रोश मैं वापस लेती हूँ और क्षमा माँगती हूँ। तुम्हारी चिट्ठी पा कर जानूँगी कि तुमने माफ़ कर दिया–यद्यपि मेरे आग्रह से तुम लिखोगे नहीं, यह जानती हूँ।

तुम्हारी
रेखा

...आज एक वर्ष होता है जब हम पहले-पहल लखनऊ में मिले थे-चन्द्रमाधव के यहाँ, तुमने मुझे बाद में बताया था, तुमने मुझे क्लान्त और अपनी शक्तियों को समेटती हुई देखा था-वह क्लान्ति आज और बढ़ गई है और समेटने की शक्ति ही अब मुझ में नहीं रही। मैं केवल स्मरण करती हूँ, और बिखर जाती हूँ-मुझे याद आती है कॉफ़ी हाउस की, हमारी पहली ही बहस-और यह भी आज जैसे विधि का संकेत लगता है कि उस बहस में हम सत्य की वेदनामयता की बात करने लगे थे, और तुमने एक सन्दर्भ दिया था 'द पेन आफ़ लविंग यू इज़ आल्मोस्ट मोर दैन आइ कैन बेयर'...उस दिन पहली पंक्ति में से तुम 'डीयरेस्ट' शब्द छोड़ गए थे, चाहूँ तो मान सकती हूँ कि वह छूट जाना भी विधि का संकेत था, पर नहीं, वह नहीं; इतना ज़रूर है कि आज मैं एक शब्द और छोड़ जाऊँ 'आल्मोस्ट'-क्योंकि सचमुच यह दर्द मेरी सहन-शक्ति से परे है, मैं उसे नहीं सँभाल सकती...कोई भी नहीं सँभाल सकता शायद प्यार का दर्द, इसी लिए शायद प्यार रहता नहीं दर्द रह जाता है-केवल ईश्वर सँभाल सकता है अगर वह है-या कहूँ कि जो सँभाल सकता है वही ईश्वर है...'प्रिय: प्रियायार्हसि देव सोऽहम्' कितनी सार्थक वन्दना है यह ईश्वर की, वही सह सकता है, वही एक, और कोई नहीं...

भुवन

तुम्हारी दो चिट्ठियाँ एक साथ मिली हैं-बहुत भटकती हुई, कोई छ: सप्ताह बाद...तो तुम जावा जा रहे हो-जा क्या रहे हो, अब तक तो पहुँच भी गए होगे। ठीक है भुवन, जाओ, तुम्हारा मार्ग प्रशस्त हो।

हाँ, मैं हूँ सागर के ही किनारे-कदाचित् तुम भी सागर के किनारे होगे, पर ये किनारे दूसरे-दूसरे हैं-और क्या सागर भी दूसरे-दूसरे हैं भुवन? मैं दिन-भर बैठी, लहरें देखती हूँ लेकिन उनकी दौड़ मानो गतिहीन, प्रेत-दौड़ है; उन का टकराना सुनती हूँ पर वह भी मानो शब्दहीन, प्रेत टकराहट है-केवल दौड़ की, टकराहट की अन्तहीनता ही सजीव है, प्रेत नहीं है।...

एक और वर्ष-गाँठ-आज हम तुलियन पहुँचे थे, और मैंने गाया था 'लव मेड ए जिप्सी आउट आफ़ मी', और...इस प्रेत कैलेंडर की वर्ष-गाँठ गिनते-गिनते मैं भी प्रेतिनी हो गई शायद-जी चाहता है कि ठठा कर हँसूँ-कैसी जिप्सी बनाया प्रेम ने। पिछले वर्ष आज उत्तर मेरु पर थी, आज दक्षिण मेरु पर हूँ, उस दिन दुनिया की छत पर थी, आज-इससे गहरा और कौन-सा पाताल होगा जिस में मैं आज हूँ! और आगे सागर हहराता है आदिहीन और अन्तहीन; और सहसा स्वयं अपनी अन्तहीनता एक भयावना स्वप्न बन कर मेरे सामने आ जाती है-भुवन, यह अन्तहीन जिप्सी प्रेतिनी जाएगी कहाँ।

तुम ने एक बार मुझे लारेंस की कविता भेजी थी। लो, आज मैं तुम्हें एक का अंश भेजती हूँ। कोई सिर-पैर इसका नहीं है, फिर भी कुछ प्रासंगिकता मानो उस में है :

समथिंग इन मी रिमेम्बर्स एंड विल नाट
फ़ार्गेट;
द स्ट्रीम आफ़ माइ लाइफ़ इन द डार्कनेस
डेथवार्ड सेट।
एंड समथिंग इन मी हैज़ फ़ार्गाटन,
हैज़ सीज़्ड टु केयर,
डिज़ायर कम्स अप एंड कंटेंटमेंट
इज़ डिबानेयर

आइ हू एम वोर्न एंड केयरफुल
हाउ मच डू आइ केयर?
हाउ इज़ इट आइ ग्रिन देन, एंड चक्ल
ओवर डिस्पेयर?

ग्रीफ़ ग्रीफ़, आइ स्पोज़ एंड सफ़ीशेंट
ग्रीफ़ मेक्स अस फ्री
टु बी फ़ेथलेस एंड फ़ैथफुल टुगेदर
एज़ वी आल हैव टु बी।

प्रिय भुवन,

मौसी अब यात्रा से ऊबने लगी हैं; मैं भी ऊब गई होती अगर-पहले अपने से ही न ऊबी हुई होती, और हम लोग लौट रहे हैं। इस बीच में दो-तीन सप्ताह बीमार भी रही, उसने मौसी को और उबा दिया। लौटते हुए हम लोग श्री अरविन्द आश्रम भी और श्री रमण महर्षि के आश्रम भी होते आए। कोई आध्यात्मिक अनुभव मुझे हुआ हो, ऐसा तो नहीं, पर आश्रमों का वातावरण अच्छा लगा-यद्यपि था दोनों में कितना अन्तर! रमण महर्षि के दर्शन भी हुए, मौसी ने उन से कई प्रश्न भी पूछे। उन्होंने क्या-क्या कहा यह न तो याद है न लिखने में कोई तुक है, पर चलते समय मुझ से जो दो-एक बात उन्होंने कहीं उस से उन की मानवी संवेदना का गहरा प्रभाव मुझ पर पड़ा।

अध्यात्म की ओर मेरी रुचि नहीं है, भुवन, उधर सान्त्वना खोजने की कोई प्रेरणा भीतर से नहीं है। पर सोचा है कि लौट कर फिर कुछ काम करूँगी-

और अब आर्थिक आज़ादी की प्रेरणा से नहीं, आत्म-निर्भरता की प्रेरणा से नहीं, एक डिसिप्लिन के रूप में...दर्द है तो है; अपना जीवन मैंने उसे दे दिया, अब कहाँ तक उसे सँजोये फिरूँगी? इस कथन में कुछ विद्रोह का-सा स्वर है; विद्रोह मुझ में नहीं है, सम्पूर्ण नैराश्य ही है; इतना सम्पूर्ण कि अब उसकी दुहाई कभी नहीं दूँगी...

तुम अब पत्र लिखोगे, भुवन? तुम्हें गए चार महीने हो चले, तुमने अभी पहुँच की भी ख़बर नहीं दी! वैसे अख़बार में मैंने पढ़ा था, तुम्हें नौ-सेना और वायु-सेना से भी मदद मिली है-गनबोट में तुम लोग माप लेने गए थे...भुवन, तुम्हारे समाचार अख़बारों से मिला करेंगे, यह नहीं सोचा था। अख़बारों में भी निकलेंगे, यह तो विश्वास था, पर मैं भी उन्हीं पर निर्भर करूँगी, यह नहीं!

गॉड ब्लैस यू

तुम्हारी
रेखा

भुवन,

अभी वकील की चिट्ठी आई है कि तलाक की कार्रवाई सम्पूर्ण हो गई-डिग्री को छः महीने हो गए और अब मैं मुक्त हूँ, सर्वथा मुक्त-और उन्होंने मुझे बधाई दी है। और हेमेन्द्र के वकील की भी इसी आशय की चिट्ठी आई है। उन्होंने यह भी सूचना दी है कि हेमेन्द्र का विवाह अगले महीने हो रहा है, और मुझे सलाह दी है कि मैं उसे अपनी शुभकामनाएँ भेजूँ कडुवाहट बनाए रखने से कोई लाभ नहीं होता। इस सलाह की मुझे आवश्यकता नहीं थी-मुझे हेमेन्द्र से अब कोई शिकायत नहीं है, और उसके विवाह पर मैं बिना मन में कुछ रखे उसकी कल्याण-कामना करूँगी-पर वकील ने अनिवार्य कर्तव्य से आगे जा कर यह सब मुझे लिखा है इसके लिए मैं उनकी कृतज्ञ ही हूँ। उन्होंने मेरे लिए भी आशा प्रकट की है कि मैं पुराने आघातों को ही न सहलाती रह कर भविष्य का निर्माण करूँगी-उन्हें मेरे भविष्य में विश्वास है, और उन का अनुरोध है कि जब भी कुछ महत्त्वपूर्ण मेरे जीवन में घटे तो उन्हें सूचित करूँ। इस का क्या उत्तर दूँ, भुवन? हँस दूँ? लिख दूँ कि आपका आवेदन देर से आया-महत्त्वपूर्ण तो सब घट चुका?

वह सब मैं सोच लूँगी, भुवन! अभी मेरे मन में तुम्हारे भविष्य का विश्वास उमड़ आया है, और मैं तुम्हें आशीर्वाद दे रही हूँ। तुम्हारे पिछले पत्रों में जो गहरी निराशा थी, उसे मैं नहीं स्वीकारती; तुम उस में से निकल आओगे। जिस चौखटे की, जिस दीवार की बात तुमने कही है, उससे भी

तुम ऊँचे उठोगे। मुझे छूने के लिए नहीं–आई डोंट काउंट–अपनी बाँहों में दुनिया को घेरने के लिए! निराश मत होओ, भुवन, अपने जीवन को परास्त-भाव से नहीं, स्रष्टा-भाव से ग्रहण करो; एक विशाल पैटर्न है जो तुम्हें बुनना है; तुम्हारी प्रत्येक अनुभूति उसका एक अंग है, प्रत्येक व्यथा एक-एक तार-लाल, सुनहला, नीला...मैं–मैं भी उसी ताने-बाने के तारों का एक पुंज हूँ–तुम्हारे जीवन-पट का एक छोटा-सा फूल। मेरे बिना वह पैटर्न पूरा न होता, लेकिन मैं उस पैटर्न का अन्त नहीं हूँ–मैं इस में सुखी हूँ कि मैंने भी उसमें थोड़ा-सा रंग दिया है–शायद थोड़े-थोड़े कई रंग...सब उज्ज्वल नहीं हैं, लेकिन कुल मिला कर यह फूल कभी अप्रीतिकर या तुम्हारे पैटर्न में बेमेल नहीं होगा, यही मानती हूँ। मेरा आशीर्वाद लो, भुवन, और आगे बढ़ो, जहाँ भी तुम जाओ, जो भी करो, मेरा प्यार और आशीर्वाद तुम्हारे साथ है। मेरा विश्वास तुम में अडिग है।

और मैं? मेरी चिन्ता मत करो। काल के पास एक अमोघ मरहम है। मैं भी काम कर रही हूँ। दो महीने से स्वयंसेविका नर्स का काम मैंने लिया है, साथ काम सीख भी रही हूँ; पूरा नृसग सीखने में तो अधिक समय लगता पर प्रबन्ध का काम भी मैं करती हूँ; मेरे लिए वह आसान है पर नर्सों में प्रबन्ध-कुशल कम मिलती हैं और इसलिए वह काम मुश्किल समझा जाता है–या उस काम के लिए कार्यकर्ता पाना मुश्किल समझा जाता है–फलत: मेरा काम बराबर बढ़ता जाता है, और सोचने के लिए मुझे कम अवकाश मिलता है...कुछ सोचती हूँ तो कभी जब बीमार होती हूँ–और बीमार बीच-बीच में हो जाती हूँ–मेरी वाइटेलिटी बहुत कम हो गई है। और भुवन, श्रीनगर में मैं मर कर भी नहीं मरी, पर तब से अधूरी मृत्यु कई बार हो चुकी है; अब डॉक्टर ने कहा है कि आपरेशन फिर करना पड़ेगा, नहीं तो इस तरह घुल कर मर जाऊँगी। मरने में और नया कुछ होगा, यह तो नहीं लगता, पर घुल कर सिमट कर मरना नहीं चाहती...लेकिन आवृत्ति भी नहीं चाहती–नहीं, आवृत्ति तो नहीं हो सकती, पर आजकल बड़े ज़ोरों की बारिश होती रहती है, यह ज़रा थम ले तो...वैसे भी बारिश का मौसम अच्छा नहीं होता। डॉक्टर का कहना है, अगले महीने या अक्टूबर में आपरेशन हो जाए–और अगर दार्जिलिंग जा सकूँ तो और अच्छा, या कहीं पहाड़ पर। देखें...

भुवन द्वारा गौरा को :

गौरा,

आज छ: महीने बाद तुम्हें फिर पत्र लिखने बैठा हूँ। इन छ: महीनों में तुम्हारा भी कोई पत्र नहीं आया है। तुम्हारा पत्र क्यों नहीं आया, इसका एक कारण तो यही है कि मैंने पता नहीं दिया। न देने पर भी तुम पता लगा कर

चिट्ठी भेज सकती थी यह मैं जानता हूँ, पर यह भी जानता हूँ कि फिर भी तुम चुप रही तो यह मान कर ही चुप रही होगी कि मैंने वैसा चाहा है–या कि उसमें मेरा हित है। तुम्हारा जो पिछला पत्र मुझे मिला था–कलकत्ते नहीं, सिंगापुर मिला वह–उससे भी यह स्पष्ट होता है। यह सब जान कर भी, मैं अपने को समझा लेना चाहता हूँ कि तुम मुझे भूल गईं। क्योंकि, क्यों कोई मेरे हित को ले कर इतना चिन्तित हो, क्यों कोई मेरे अन्याय, मेरे आघात सहे? यह सब स्नेह, करुणा, वात्सल्य–सब मानो एक बोझ–सा मुझे दबाए डालता है...एक नए बोझ–सा, क्योंकि एक तो बोझ पहले ही मेरे कन्धों पर है–मानो एक सजीव बोझ, एक सजीव शाप का बोझ, सिन्दबाद के कन्धों पर सवार सागर के बूढ़े–सा, जो विवश न मालूम किधर ले जा रहा है! महीनों से जानता हूँ कि मेरा जीवन किसी नई अज्ञात, अकल्पित दिशा में बहा जा रहा है, और शायद एक ट्रेजेडी की ओर। ठीक क्या यह नहीं सोच पाता; और न काम में अपने को सोचने का मौक़ा ही देता हूँ। पर कभी–कभी बहुत वृष्टि में काम बन्द हो जाता है, अपने बाँस और लकड़ी के घर में बन्दी हो कर केवल वर्षा की टपाटप सुनता रहता हूँ जैसे आज तीन दिन से सुन रहा हूँ, सब कपड़े, काग़ज़, खुली हुई कोई भी चीज़ सील जाती है; तब ख़ाली बैठ कर सोचने को बाध्य हो जाता हूँ...तब लगता है, इस समर–यात्रा के साथ जिस जीवन से निकला, उसमें अब लौटना नहीं है, कुछ मेरे भीतर बराबर मरता जा रहा है और कुछ नया उसके स्थान पर भरता जाता है जो स्वयं भी मरा है या जीता है नहीं मालूम...यहाँ काम समाप्त होगा तो शायद लौटना ही होगा, पर मानो लौटने का, लौट कर किसी से भी मिलने का मुझे डर है। जैसे मैं स्वयं अपना प्रेत हो गया हूँ, और डरता हूँ कि लौट कर जब लोगों से मिलूँगा तो पाऊँगा कि मैं तो अब सच नहीं हूँ केवल प्रेत हूँ–और वैसा पाना मैं नहीं चाहता, नहीं चाहता!

लेकिन न जाने क्यों तुमसे मिलने को, तुमसे बात करने को, तुम्हें न जाने क्या कुछ बताने को मन होता है...मुझे लगता है कि मैं खड़े–खड़े बहुमूल्य वस्तुओं को नष्ट होते, मरते देखा किया हूँ। अकेले देखा किया हूँ और इसलिए साथ ही स्वयं भी मरता रहा हूँ; अगर उस अकेलेपन से निकल सकता, जो देखा है वह कर सकता, तो शायद उस मृत्यु से भी उबर सकता...

नहीं, गौरा! ये सब बातें लिखने की नहीं हैं। मैं अच्छी तरह हूँ, काम रुचिकर है और शायद कुछ उपयोगी भी। कास्मिक रश्मियों के साथ–साथ रेडियो का भी काम हम लोग कर रहे हैं। वैसे यहाँ अशान्ति है और बढ़ रही है, पर हमारा काम ऐसा है कि हमें सब कुछ से अलग ले जाता है। तुम क्या कर रही हो? आशा है कि अपने लिए अनुकूल परिस्थितियाँ बना

सकी हो, और अपने काम में तृप्ति पा रही हो–काम से अभिप्राय सिर्फ़ सिखाने का नहीं है, उसकी बात कह रहा हूँ जैसे तुम अपना काम जानती हो, जिस में तुम्हारी अभिव्यक्ति है। लिखना ज़रूर। माता–पिता का भी हाल लिखना।

तुम्हारा
भुवन

गौरा,

नहीं, मेरा मन यहाँ से उचट चला–चला नहीं, एकदम असह्य रूप से उचाट हो गया...जगह बहुत सुन्दर है, लोग बड़े हँस–मुख, स्त्रियाँ रूपवती–उनके खुले कन्धों और बाँहों में ऐसी एक कान्ति है कि कही नहीं जाती, जैसे अखरोट की लकड़ी की पुरानी और पालिशदार मर्ति पर कोई पारदर्शी ओप चढ़ा हो–पर नहीं, लकड़ी कैसे उस जीवित त्वचा की बराबरी कर सकती है? नृत्य भी मैंने देखे हैं, मन्दिरों में चर्मवाद्यों का संगीत भी–पर नहीं, नहीं, नहीं! सहसा भीतर कुछ उभर आया है कि नहीं, यह तुम्हारा स्थान नहीं है, यहाँ के तुम नहीं हो, चलो! और यह निरी 'होम सिकनेस' नहीं है–यहाँ का न होने में देश की भावना बिलकुल नहीं है, सारी परिस्थिति से असन्तोष है। मैं जैसे किसी सुदूर पोत–भंग का एक टूटा, बह कर आया हुआ विपन्न तख़्त हूँ–फ़्लाटसम–लहरों के थपेड़े खाता लुढ़कता–पुढ़कता कहीं लगा हूँ और जानता हूँ कि नहीं, वह ठिकाना नहीं है, और वह पोत तो अब हुई नहीं जिस का मैं अंश हूँ–था! अपने को ऐसे बहते देखा जा सकता है एक प्रकार की तटस्थता से, और निरन्तर देखते रहने से एक मोहावस्था भी हो जाती है, पर सहसा वह टूटती है तो...

तुम सोचोगी कि इस उच्चाटन की सूचना देने का क्या अर्थ हुआ अगर साथ यह नहीं कह रहा हूँ कि मैं वापस आ रहा हूँ। पर नहीं। वापस तो नहीं आ रहा। और 'वापस' शब्द ही समझ में नहीं आता–वापस कोई कभी गया है? फिर भी मन हुआ कि इस मनःस्थिति की सूचना तुम्हें देनी चाहिए, वह दे दी...अगर इसे तुम उद्भ्रान्ति समझो, तो ठीक है उद्भ्रान्त तो मैं हूँ...

तुम्हारा स्नेही
भुवन

मेरी प्रिय गौरा,

इस स्थान के तीन ओर पानी है–समुद्र तो नहीं, पर समुद्र से लगी हुई खारी झील का–मैं चार महाकाय सागौन वृक्षों और छः–सात ताल–वृक्षों की ओट में से उसे देखता हूँ, और यह ओट उसे और भी विस्तार दे देती है। पीछे एक छोटी हरी पहाड़ी है। पेड़ों की आड़ में पानी के दूसरी पार की

नीची पहाड़ियों की शृंखला है, और सागौन के बड़े-बड़े पत्तों के गवाक्ष में से दीख जाती हैं थिरकती हुई पालदार नौकाएँ। और मैं 'होम-सिक' हूँ-मान लेता हूँ कि होम-सिक हूँ-यद्यपि यह मेरे लिए एक शब्द ही है, मैं तो निर्गृह ही हूँ और यह केवल ऊब का दूसरा नाम है! पर नहीं, सच कहूँ तो तुम्हारी स्मृति से भर गया हूँ। मेरा शरीर आज ठीक नहीं है; मैं दोपहर से ही आराम-कुरसी पर बैठा हूँ, अब रात हो गई है; इन छः-सात घंटों में मैंने कुछ नहीं किया है सिवा तुम्हारी बात सोचने के, एकटक तुम्हें देखते रहने के। तुम्हारी पलकों की एक-एक झलक देखता रहा हूँ; और वेणी को किरीटाकार पहने हुए तुम्हारे सिर के-क्योंकि जिसे देखता रहा हूँ, वह आज की संगीत-शिक्षिका नहीं, कई बरस पहले की विद्यार्थिनी है!-एक-एक उड़ते ढीठ बाल को मेरी आशीर्वाद-भरी दृष्टि ने गिन डाला है। तुमने नहीं जाना-मेरा यह अवलोकन बिलकुल नीरव, निराग्रह, निःसम्पर्क है-मैं दूर, बहुत दूर वन की साँस हूँ, स्पर्शातीत...

पश्चिम धीरे-धीरे रंजित हुआ, फिर लाल, फिर और लाल, फिर उस लाली में उदासी आने लगी...मैंने कहा, गौरा, एक दिन तुम्हें मैं अपनी कहानी सुनाऊँगा, लाल और उदास...फिर धीरे-धीरे अँधेरा हो चला, आकार ओझल होने लगे और एक हलकी-सी हवा झील की ओर से बह निकली। मैंने कहा, नहीं गौरा, कुछ नहीं सुनाऊँगा, सुनाने को है ही क्या, चुपचाप सिर झुका लूँगा और प्रतीक्षा करूँगा कि तुम्हारे क्षमा-भरे, करुणा-भरे हाथ मेरे माथे को छू दें...क्या ऐसा नहीं हो सकता कि हवा के झोंके से तरंगायित यह झील एकाएक सूख जाए, लुप्त हो जाए, कि उसे निरन्तर भागते हुए वाष्पयानों के धक्के न सहने पड़ें, समुद्र में मिल कर खारा न होना पड़े, खारेपन में अपने को खो देते हुए भी समुद्र के बेदर्द थपेड़े न खाने पड़ें-इस दुर्गति को आत्म-समर्पण न करना पड़े! फिर ध्यान आया, ये सब रूपक व्यर्थ हैं, यह सब सुनने-समझने की फुरसत किसे है...कोई भविष्य नहीं है, कोई अतीत नहीं है, अतीत से अपने को उच्छिन्न कर लिया है इसलिए और भी कोई भविष्य नहीं है, क्योंकि भविष्य होता क्या है? अतीत का स्फुरण...केवल वर्तमान जीता है और उस वर्तमान को चाहे समझ लो-तीन ओर पानी, सामने सागौन के पेड़, दूर पहाड़ियाँ, तिरती पालदार नावें, सान्ध्य आकाश, अर्थात् सौन्दर्य और शान्ति-बाह्य वर्तमान; चाहे समझ लो एकाकीपन, ऊब, सूना, उच्चाटन, उत्कंठा अर्थात् आन्तरिक वर्तमान; दोनों एक ही हैं, एक ही वर्तमान, आगे अपनी-अपनी पसन्द है...

सवेरे। रात में दो-तीन बजे वर्षा शुरू हो गई बड़े जोरों से; अब कुछ ठंड है। मेरा शरीर भी कुछ ठीक है। कल से शायद काम करने लायक हो

जाऊँ, आज अभी और आलस करने का जी है। पत्र भी लिखता रह सकता हूँ–पर सोचता हूँ, इसे इतना ही छोड़ दूँ। और लिखा तो अलग भेज दूँगा।

तुम्हारा
भुवन

गौरा द्वारा भुवन को :

भुवन दा, मेरे भुवन दा! आज मेरी साधना फली है, और जी होता है, आपकी चिट्‌ठी सामने रख कर गा उठूँ, कोई वाद्य ले क़र–सितार, नहीं वीणा ले कर बजाने बैठूँ मोहन रागिनी, और घंटों बजाती रहूँ, जब तक कि हाथ सन्न न हो जाएँ–साथ ही, मेरा उत्साह नहीं, मेरे प्राणों की वह हँसी नहीं जो किसी तरह आप तक पहुँच कर आपके पैरों से लिपट जाना चाहती है!

लेकिन फिर दुबारा आपकी चिट्‌ठी पढ़ती हूँ, और मेरी मोहन रागिनी सहसा धीमी पड़ कर नीलाम्बरी में बदल जाती है। भुवन दा, यह सब क्या है, आप क्या सोचते हैं, क्या वह कष्ट है जो आप इस तरह छिपाये बैठे हैं? छिपाए भी नहीं, कष्ट है यह तो दीखता ही है, और कष्ट के कारण आप इतना अन्याय भी कर जाते हैं कि अगर कष्ट दीखता न होता तो आपका पत्र पाने वाला मर्माहत हो कर बैठ जाता–क्या है यह कष्ट कि आप उससे ऐसे हो गए? मैं बार-बार पत्र पढ़ती हूँ, और सोचती रह जाती हूँ कि क्या यह भुवन दा का ही पत्र है, मेरे भुवन दा का...आप मुझे लिखिए–बताइए कि क्या बात है–क्या मैं किसी काम नहीं आ सकती? एक बार आपने कहा था, 'गौरा, अब से तुमसे बराबर-बराबर बात करूँगा', बराबर तो मैं कभी नहीं हो सकती पर अगर आप बिलकुल छोटी ही नहीं मानते तो क्या मुझे अपना पूरा विश्वास देंगे?

ऐसी बुरी-बुरी बातें मत सोचिए, भुवन दा! मैं तो कहती हूँ, आप आइए, आ कर आप पाएँगे कि आपका डर बिलकुल निर्मूल है। यह नहीं कि आप सच नहीं हैं, जैसा आपने लिखा है, बल्कि आप ही सच हैं–क्योंकि आप दूसरों को भी जीवन देते हैं। सच भुवन दा, आप कब तक जावा में बैठे रहेंगे? अब आ जाइए न?

पिताजी मसूरी ही हैं, माँ भी! अब वहीं रहेंगे–वहाँ अपना मकान ले लिया है। अबकी बार मैं जाऊँगी तो उसको ठीक-ठाक सजा दूँगी। और आप अब जब आवेंगे तो आपको पहले सीधे वहीं आना होगा–मैं हुई तो भी, और न हुई तो भी क्योंकि तब ख़बर मिलते ही आ जाऊँगी–फिर चाहे जहाँ आप जावें! पिताजी आपको बहुत याद करते हैं। आप जो ऐसे चुपके से चले गए, उसका उन्हें खेद भी है–यद्यपि कभी कहेंगे नहीं।

मैं बहुत परिश्रम कर रही हूँ, सोचती हूँ अगले साल फिर दक्षिण चली जाऊँ; कम-से-कम एक वर्ष के लिए और हो सका तो दो के; पर अभी कुछ स्पष्ट नहीं सोच पाई हूँ। आपका परामर्श चाहती–पर आप आवेंगे तभी पूछूँगी। कब आवेंगे आप? मैं दिन गिनती रहूँगी।

आप की ही
गौरा

भुवन दा,

बस, अब आप आ जाइए वापस–मैं पापा को लिख रही हूँ कि आप आ कर मसूरी रहेंगे, और एक कमरा आपके लिए तैयार कर दिया जाए–वह आपके लिए तैयार ही रहेगा, आप जब भी आवें! वह आप ही का कमरा रहेगा, भूलिएगा नहीं।

गौरा

भुवन दा,

आप फिर चुप लगा जाएँगे? जब से आपको जाना, तब से कभी नहीं सोचा कि ऐसा होगा–यों आप चिट्ठी नहीं लिखते थे पर वह इसलिए नहीं होता था कि आप कुछ नहीं बताना चाहते, वह इसी लिए होता था कि बताने की ज़रूरत नहीं, मुझे मालूम है...पर अब? आहत हो कर मैंने सीख लिया कि नहीं, ऐसा भी हो सकता है कि आप मुझे बहुत-सी बातों से दूर रखना चाहें–और सीख कर फिर मैंने उसे भी स्वीकार कर लिया; आप ही ने दूर हटा दिया तो मैं कौन-सा मुँह ले कर पास आने या बुलाए जाने का आग्रह करूँ? अब फिर–आपने मुझे माफ़ कर दिया है, मूर्च्छा से जगा दिया है–अब फिर आप दूर ठेल कर डूब दे जाएँगे? जैसे कोई दुःस्वप्न देख कर जब जागता है तो आँखें खोलते डरता है–कि न जाने क्या दीख जाए, न जाने कहीं सपने के भयावने आकार सचमुच न सामने आ जाएँ यद्यपि आँख खोलने में ही उन से निस्तार है–स्वप्न की मोहावस्था से छुटकारा है–वैसी ही मैं हो रही हूँ; दुःस्वप्न से डर गई हूँ, पर प्रकाश में आँख खोलते डर रही हूँ; धीरे-धीरे आँख खोल रही हूँ, कि प्रकाश की अभ्यस्त हो जाऊँ, फिर चारों ओर नज़र डालूँ–भुवन दा, मुझे फिर डरा न दीजिएगा, प्रकाश में मैं फिर वे भयावने आकार न देखूँ...मैं तो यह भी कर सकती हूँ कि अब आँखें मीचे ही पड़ी रहूँ, जब तक आप ही आ कर न जगाएँ और कहें कि उठो, कहीं कोई डर नहीं है, देखो मैं हूँ...आप कहेंगे कि यह वयस्क दृष्टि नहीं है, बच्चों की-सी बात है–कह लीजिए; आपके सामने बच्चा बनते भी मुझे डर नहीं है। आपने कन्धों चढ़ाया था, सिर चढ़ाया था; मैं उसी की आदी हो गई हूँ। आप पटक दीजिए, तब बिना रोए चल भी लूँगी, तब तक अपने-आप तो अपनी जगह से हटती नहीं।

आप कहेंगे इतरा रही है–रही हूँ न? नहीं भुवन दा, आप कहेंगे तो तुरन्त हट जाऊँगी, नहीं भी कहेंगे, तो जभी जानूँगी कि आप वैसा चाहते हैं, चाह सकते हैं, या उसमें आपका ही हित या सुख या शान्ति है, तो भी हट जाऊँगी।

आप बिलकुल स्वस्थ हैं न? मुझे शीघ्र पता दीजिए।

आपकी
गौरा

भुवन दा, आप बड़े अच्छे हैं। पिता जी का पत्र आया है कि आपकी चिट्ठी उन्हें मिली है; चलिए आपने मुझे न लिख कर उन्हें तो लिखा, अच्छा ही किया। पर उन्होंने यह भी लिखा है कि आप फिर और कहीं दूर जाने की सोच रहे हैं–यह क्या मामला है? क्या इसी लिए मुझे पत्र नहीं लिखा–कि मैं दु:खी हूँगी? पर भुवन दा, मेरे लिए कितनी भी दु:खद खबर क्यों न हो, आप सीधे मुझे लिखिए। ख़बर कैसी भी हो, उससे मुझे जितना क्लेश होगा उससे ज़्यादा इस बात से कि वह मुझे सीधे आपसे नहीं मिली, औरों के ज़रिए मिली...मैंने तो सोचा था–पर जाने दीजिए जो सोचा था!

आज तक किस का हुआ सच स्वप्न जिस ने स्वप्न देखा?
कल्पना के मृदुल कर से मिटी किस की भाग्य रेखा?

भुवन दा, मुझे आशीर्वाद दीजिए, बल दीजिए कि आप दूर हों चाहे पास, आपके स्नेह से मँज कर शुद्ध हो कर मैं चमकती रहूँ; असफलता और निराशा मुझे कड़ुवा न बना सकें...

आपकी ही
गौरा

रेखा द्वारा भुवन को :

भुवन,

यह पत्र तुम्हें अस्पताल से लिख रही हूँ–नहीं तुम घबराना नहीं, यह नृसग होम है, और मैं अब बिलकुल ठीक हूँ और शुश्रूषा पा रही हूँ। मौसी भी साथ हैं, और कलकत्ते से डॉक्टर भी साथ आए थे, वह भी यहीं हैं। बीच में चले गए थे, अब मुझे लिवाने फिर आए हैं–दीवाली के दिन मैं कलकत्ते पहुँच जाऊँगी और दीवाली घर पर ही होगी। तुम उस समय कहाँ होंगे? दिए जलाओगे? और नहीं तो एक आकाश-दीप जला देना–मैं प्रेतात्मा तो नहीं हूँ–या कि हूँ, भुवन?–पर मेरी शुभाशंसा तुम्हारे चारों ओर मँडराएगी और तुम पथ दिखा दोगे तो तुम्हें छू जाएगी...

हेमरेज फिर हुआ था–बहुत–उसका तात्कालिक उपचार कर के डॉक्टर रमेशचन्द्र यहाँ ले आए थे। कुछ ग्रोथ थी भीतर। यहाँ आपरेशन हो गया; अधिक कष्ट नहीं हुआ और तब से मैं बिलकुल स्वस्थ हूँ। दार्जिलिंग की

जलवायु और यह शरद ऋतु की धूप–एक अलस, तप-स्निग्ध तन्द्रा देह पर छाई रहती है, पर उस अलसानेपन में भी शरीर का पुनर्निर्माण हो रहा है, और बहुत दिनों के बाद उसे स्वस्थता का बोध हो रहा है–जैसे अब जब वह हिले-डुलेगा कर्म-रत होगा, तो कर्तव्य भावना के कारण नहीं, शून्यता के भय के कारण नहीं, कुछ करने की माँग के कारण, स्फूर्ति के कारण, प्रवृति के कारण...कैसी अद्‌भुत लगती है यह भूल गई-सी भावना! और इसका श्रेय बहुत-कुछ डॉक्टर रमेशचन्द्र को है। ऑपरेशन उन्होंने नहीं किया–मैंने ही उन्हें नहीं करने दिया–पर शुश्रूषा-चिकित्सा सब उनकी थी। चिकित्सा से भी बढ़ कर उन्होंने एक गहरी संवेदना मुझे दी जिस में मेरी गाँठ बँधी हुई कचोट मानो द्रव होकर धीरे-धीरे बह गई...वह भी तुम्हारी तरह धुनी और कार्य-व्यस्त जीव हैं, तुम्हारी तरह कम बोलते हैं, पर जिस से भी मिलते हैं, उस पर उन का गहरा असर होता है–थकी, झुकी, अवसन्न चेतना को जैसे उनकी संवेदना तुरन्त सहारा दे कर सीधा कर देती है। 'राइज़ अप एंड वाक', और 'वेरिली ही थ्रू अवे हिज़ क्रचेज़ एंड वाक्ड, एंड द पीपल मार्वेल्ड'...तुम न मालूम स्वदेश कब लौटोगे, नहीं तो तुमसे कहती–उन से मिलना–तुम्हें उन से मिल कर ख़ुशी होती, मुझे पूरा विश्वास है।

तुम कैसे हो भुवन? तुमने पिछले पत्र में मुझे लारेंस की जो कविता भेजी थी, उसी से अनुमान लगाऊँ तुम्हारी मनःस्थिति का, तो वह स्वीकार नहीं होता–नहीं, भुवन, दर्द को, परिताप को जी से चिमटा कर मत बैठो–देखो, यह तुमसे मैं कहती हूँ मैं! एक निग्रो कविता है :

आइ रिटर्न द बिटरनेस
ह्विच यू गेव टू मी;
ह्वेन आइ वांटेड लव्लिनेस
टैंटेलैंट एंड फ्री।
आइ रिटर्न द बिटरनेस
इट इज़ वाश्ड बाइ टीअर्स
नाउ इट इज़ लव्लिनेस
गार्निश्ड थ्रू द यीअर्स
आइ रिटर्न इट विद लव्लिनेस
हैविंग मेड इट शो :
फ़ार आइ वोर द बिटरनेस
फ्राम इट लांग ऐगो।

इसके पहले पद को उलाहना न समझना; सार की बात अन्तिम पद में है; हम अपने भीतर पका कर व्यथा को सौन्दर्य बनाते हैं–यही सृष्टि

का रहस्य है, बल्कि यह तुमने मुझे बताया था! पकाने में समय बीत जाता है, हम बूढ़े भी हो जा सकते हैं, परास्त भी हो सकते हैं, हमारी आकांक्षाएँ अधूरी भी रह जा सकती हैं–पर उस सबका कोई महत्त्व नहीं है, बूढ़े होने का नहीं, हारने का नहीं–महत्त्व है उस आन्तरिक शान्ति का जो पकने में मिलती है, उस तन्मयता का...मैं तो यही अनुभव करती हूँ, तुम मालूम नहीं ऐसा करते हो कि नहीं पर उस गम्भीर शान्ति का बीज मुझ में तुम्हीं ने बोया था, और उसकी जड़ें निरन्तर गहरी होती जा रही हैं। मैं शान्त हूँ; जो भावनाएँ मुझे तोड़ती-मरोड़ती, चिथड़े कर के रख देती थीं, अब मुझे छूती भी नहीं। और यह नहीं कि मैं हृदय-हीन हो गई हूँ, संवेदना-शून्य हो गई हूँ–नहीं, मैं अधिक संवेदनशील भी हूँ, पर अधिक अनासक्त भी...

लेकिन मैं बहुत बक रही हूँ–अपने बारे में बहुत बातें कर रही हूँ! भुवन, एक बार जड़ता की सीमा को छू कर ही जीवन वास्तव में शुरू होता है; मुझे लगता है कि तुम भी उस अवस्था में से गुज़र रहे हो...एक बार अपने को मर जाने दो–अपनी ही राख में से फिर तुम उदित होंगे–परिशुद्ध हो कर, कान्तिवान्...

यह सब तुम्हें दम्भोक्ति या प्रलाप लगे तो ध्यान कर लेना कि मैं नृसग होम की आराम-कुरसी से लिख रही हूँ–ए जैबरिंग ओल्ड सिक हैग!

मेरा हार्दिक स्नेह लो।

तुम्हारी
रेखा

भुवन,

तुम्हारी चिट्ठी मिली है। मैं कृतज्ञ हूँ। शायद सात महीने बाद तुम्हारी यह चिट्ठी है, लेकिन इसे पढ़ कर मुझे लगा कि हम दोनों की मानसिक प्रगति लगभग समान्तर होती रही है। फिर मैंने तुम्हारे पिछले दो-चार पत्र भी निकाल कर पढ़े, और उससे यह भावना और भी पुष्ट हो गई। समान सोचते हैं तो दूर नहीं हैं; इतना ही नहीं, मुझ में जो परिवर्तन–ठीक परिवर्तन वह नहीं है, विकास, प्रस्फुटन, भीतरी और घटना-जघन्य सम्भावनाओं का स्फुरण–हो रहा है, उसे लक्ष्य कर के तुम्हारे बारे में आश्वस्त भी हो सकती हूँ...मैंने एक बार प्रतिज्ञा करनी चाही थी कि अपने कारण तुम्हारा कोई अहित नहीं होने दूँगी; फिर सहसा इस डर से रुक गई थी कि क्या जाने, चाह कर भी इसे निभा पाऊँगी कि नहीं; इसलिए यही शपथ ली थी कि जहाँ तक हो सकेगा नहीं होने दूँगी...अब जानती हूँ कि वह प्रतिज्ञा शायद टूटी नहीं–अहित, बिलकुल नहीं हुआ यह तो नहीं कह सकती, पर

जहाँ तक सकी–नहीं, जितना हुआ, उसे घातक होने से शायद बचा सकी हूँ, और मेरी आशाएँ तुम में जी सकेंगी, सुफल हो सकेंगी...

तुम भटक रहे हो, भटकोगे, और भटकना चाहते हो, यायावर हो जाना चाहते हो। चाहते हो तो क्यों नहीं हो जाते, भुवन? मैं तो स्त्री हूँ, और मेरा स्वास्थ्य भी चौपट ही है, लेकिन मैंने भी कई बार चाहा है यायावर हो कर बन्धन-हीन विचरना। पर जहाँ, जैसे, जैसी हूँ, मैं जान गई हूँ कि वह नहीं है मेरे लिए, कि कभी-न-कभी–और शायद जल्दी ही–मुझे कहीं टिक जाना होगा; स्थिर हो जाना होगा, मान लेना होगा कि पड़ाव आ गया– इसलिए नहीं कि मेरी आकांक्षा की दौड़ वहीं तक थी, इसलिए कि मेरी सकत की दौड़ आगे नहीं है...पर तुम, तुम घूमो, महाराज, मुक्त विचरण करो, प्यार दो और पाओ, सौन्दर्य का सर्जन करो, सुखी होओ, तुम्हारा कल्याण हो...

मैं बिलकुल ठीक हूँ; काम मैंने फिर आरम्भ कर दिया है। डॉ. रमेशचन्द्र के आग्रह और प्रयत्न से मैं अस्पताल से हट कर केवल व्यवस्था के काम में लग गई हूँ : उन का आग्रह था कि मैं रोग और रोगियों के वातावरण में न रहूँ। और मैं अब अनुभव कर रही हूँ कि ठीक ही था–उसका मेरे मन पर निरन्तर बोझ रहता था; और इस व्यवस्था के काम में बढ़ते हुए उत्तरदायित्व से कुछ प्रेरणा भी मिलती है, कुछ सान्त्वना भी।

उधर युद्ध के बादल घिर रहे हैं। तुम कब तक उधर रहोगे, भुवन? अब तो फिर जाड़े आने लगे! कभी पढ़ा था, जाड़े आते हैं तो वसन्त भी दूर नहीं है–पर अब मालूम होता है कि यह बात भी किसी 'इनफ़ीरियर फ़िलासफ़र' की कही हुई है, जिस से बचना चाहिए।

तुम्हारी
रेखा

भुवन द्वारा गौरा को :

गौरा,

ख़बर तुमने सुनी? ज़रूर सुनी होगी! बड़े धड़ल्ले के साथ जापान युद्ध में कूद आया। और एक ही चोट में उसने अमरीका को कितना बड़ा आघात पहुँचाया है। देश में बहुत होंगे जो इस पर ख़ुश हो रहे होंगे–चालीस-एक बरस पहले जब जापान ने रूस को हरा दिया था और यूरोप चकित हो कर देखता रह गया था कि एक छोटे-से एशियाई द्वीप-राज्य ने एक यूरोपीय साम्राज्य-शक्ति को पछाड़ दिया, तब जो एशियाई गर्व जाना था, उसे आज नया प्रोत्साहन मिलेगा। पर उसमें और इस में जो अन्तर है, उसकी उपेक्षा लोग कर जाएँगे : तब गर्व करना उचित था, क्योंकि एक दबी हुई जाति ने

सिर उठाया था और उसमें दूसरी उत्पीड़ित जातियों के लिए आशा का संकेत था; पर अब? जापान भी एक उत्पीड़क शक्ति है, साम्राज्य भी और साम्राज्यवादी भी–और आज उसको बढ़ावा देना एक नई दासता का अभिनन्दन इस आधार पर करना है कि वह दासता यूरोपीय की नहीं, एशियाई प्रभु की होगी। कितना घातक हो सकता है यह तर्क। परदेशी गुलामी से स्वदेशी अत्याचार अच्छा है, यह एक बात है, यह मानी जा सकती है; पर क्या एशियाई नाम जापान को यूरोप की अपेक्षा भारत के अधिक निकट ले आता है, जापानी को यूरोपीय की अपेक्षा अधिक अपना बना देता है? जाति की भावना ग़लत है, श्रेष्ठत्व-भावना हो तो और भी ग़लत–हिटलर का आर्यत्व का दावा दम्भ ही नहीं, मानवता के साथ विश्वासघात है; पर अपनापे या सम्पर्क की बात कहनी हो तो मानना होगा कि यूरोप ही हमारे अधिक निकट है, आर्यत्व के नाते नहीं, सांस्कृतिक परस्परता और विनिमय के कारण, आचार-विचार, आदर्श-साधना और जीवन-परिपाटी की आधारभूत एकता के कारण...यह हमारे भारत के एक स्थानीय प्रश्न (विश्व की भूमिका में हिन्दू-मुस्लिम प्रश्न को स्थानीय ही मानना होगा) से उत्पन्न कटुता के कारण है कि हम नहीं देख सकते कि केवल यूरोप के बल्कि निकटतर मुस्लिम देशों के–'मध्य-पूर्व' के–साथ हमारा कितना घनिष्ठ सांस्कृतिक सम्बन्ध न केवल रहा है बल्कि आज भी है; और हम चीन से, और चीन की मारफ़त जापान से सांस्कृतिकआदान-प्रदान का नाता जोड़ते हैं। फ़ाह्यान और यूवान च्वांग थे, ठीक है; पर अतीत का ऐतिहासिक सम्बन्ध आज का सजीव सम्बन्ध नहीं भी हो सकता है; और केवल मर्ति-कला को ले कर हम कहाँ तक दौड़े जाएँगे–धर्म और दर्शन, गणित और विज्ञान, आचार और विचार के सम्बन्धों की अनदेखी कर के? और हाँ, अत्याचार और उत्पीड़न, दास-दासियों के क्रय-विक्रय, लूट और व्यापार और घर्षण और विवाह के सम्बन्धों की, रक्त के, रीति-रस्म के, कला और साहित्य के, भोजन-वसन के, भाषा के, नामों के मिश्रण की अनदेखी कर के? हम किसी देश का, किसी देश की जनता का, अहित नहीं चाहते, पर एशियाई नाम को लेकर जापानी साम्राज्य सत्ता का अनुमोदन करना या उसके प्रसार को उदासीन भाव से देखना, खंड के नाम पर सम्पूर्ण को डुबा देना है, अंग्रेज़ी कहावत के अनुसार अपने मुँह से लड़ कर अपनी नाक काट लेना है; मानवता के साथ उतना ही बड़ा विश्वासघात करना है जितना उन्होंने किया था जो मुसोलिनी द्वारा अबीसीनिया या हिटलर द्वारा चेकोस्लोवाकिया के ग्रास के प्रति उदासीन थे...

पर यह सब मैं क्या लिख रहा हूँ? कहना यह चाहता हूँ कि इस ख़बर ने मुझे झकझोर दिया है। यहाँ काम भी अब आगे नहीं हो सकता–बड़ी तेज़ी

से फ़ौजी संगठन हो रहा है और सब काम रुक गया है। हम तुरन्त यहाँ से जा रहे हैं–आजकल में शायद वायुयान से सब सामान समेत सिंगापुर ले जाए जाएँगे; वहाँ से आगे जैसा हो। मैं भारत वर्ष लौट रहा हूँ। क्रिसमस से पहले नहीं तो मासान्त तक अवश्य पहुँच जाऊँगा। यह नहीं कह सकता अभी कि कलकत्ते पहुँचूँगा, या कोलम्बो, या कहाँ–जैसा प्रबन्ध हो जाए। पक्का पता लगते ही तार से तुम्हें सूचित करूँगा। मेरे मन में अनेक विचार उठ रहे हैं–अनेक प्रकार के इरादे–पर अभी कुछ स्पष्ट नहीं है, उस बारे में अभी नहीं लिखूँगा; पर सोचता हूँ, तुमसे मिल कर बातचीत करूँ, तो विचार भी कुछ स्पष्ट हों, और आगे का मार्ग भी कुछ दीखे। गौरा, अगर मैं सीधा तुम्हारे पास न आ सका, और तुम्हें मैंने मिलने के लिए बुलाया, तो आ सकोगी न–आओगी न? या कि रूठ जाओगी? तुमने एक पत्र में लिखा था, "आप बुलावें, उतना मान मेरा नहीं है,"–तुम क्या जानो कि कितना है! पर वह जो हो, उसकी बात मिलने पर; अभी इतना ही कि शायद बुलाऊँ ही–तो आना, क्षमामयी गौरा!

जल्दी में–सहसा बहुत-सा काम करने को हो गया है!

तुम्हारा
भुवन

गौरा के नाम भुवन का केबल :

सुरक्षित हूँ। लौट रहा हूँ। सबको सूचित कर दो। निश्चित स्थान, तारीख़ अनन्तर सूचित करूँगा।

भुवन

गौरा के नाम भुवन का केबल :

सिंगापुर सकुशल पहुँचा। आशा है, कल कलकत्ता प्रस्थान। पहुँचने की अनुमानित तिथि 23 दिसम्बर। सको तो मिलो। पता मारफ़त कुक या डच एयरलाइन।

भुवन

गौरा का जबानी तार, एक प्रति टामस कुक, नकल के.एल.एम. डच लाइन कलकत्ता :

सन्देश डॉ. भुवन के लिए अनुमानित पहुँच 23 दिसम्बर। कृपया पहुँचा दीजिए। सन्देश आरम्भ मसूरी प्रतीक्षा करती हूँ। सीधे आइए। असम्भव हो तो तार दें। कहाँ मिलूँ। आऊँगी। मिलना आवश्यकीय। स्नेह पिताजी के आशीर्वाद। गौरा। सन्देश समाप्त। पहुँचने पर या देरी होने पर तार से सूचित कीजिए।

मिस नाथ सुकेत मसूरी

गौरा का पत्र, भुवन के नाम, उपर्युक्त दोनों पतों पर :

तो आप आ रहे हैं, भुवन दा! मैंने तार दिया है कि आप मसूरी आ जाइए। पापा का स्वास्थ्य बहुत अच्छा नहीं है और मैं उनके पास हूँ। फिर भी आती ही–चिन्ता की कोई बात नहीं है–पर आप 23 दिसम्बर को पहुँचते हैं तो कॉलेज तो तुरन्त जाना नहीं होगा, इसलिए यहाँ आ सकेंगे, यह मैंने मान लिया है। यहाँ आपको भी अच्छा लगेगा, पापा को भी; और मैं भी आपकी सेवा कर सकूँगी–कलकत्ता तो कैसी जगह है...न जाने। पर अगर कोई कठिनाई हुई तो मैं तुरन्त आऊँगी–कलकत्ते या और जहाँ आप कहें। मैं तैयार बैठूँगी–आपका तार आते ही चल दूँगी। भुवन दा, आप आ रहे हैं, सोच कर मैं पागल हुई जा रही हूँ–इतनी कि उस दुर्घटना को ही धन्य कह देती जिस के कारण आपको जावा छोड़ना पड़ा–पर नहीं, इतना अविवेक नहीं!

'ओ मेरे सुख धीरे-धीरे गा अपना मधु-राग,
ऊँचे स्वर से सोयी पीड़ा जावे कहीं न जाग...'

आपकी, आप ही की
गौरा

गौरा

गौरा को कमरे में प्रवेश करते हुए भुवन ने न देखा था, न सुना था; उसकी उपस्थिति को उसने सहसा चौंक कर जाना तो बैठा-का-बैठा रह गया, गौरा ने उसके कोट के बटन-होल में नरगिस का एक डाँठा लगा दिया और उँगलियों के हलके स्पर्श से पल्ला सहलाती हट गई तो भुवन ने पूछा, "ये कहाँ से-इस वक़्त?"

रात का भोजन कर के भुवन अपने कमरे में आ कर बैठा था। सहसा लम्बी यात्रा का अवसाद और दिन-भर के अनुभवों की थकान उस पर छा गई थी तो कुरसी खिड़की की ओर खींचकर, बदली से घने हो रहे आकाश की पृष्ठिका पर खिंचे हुए पत्रहीन गुड़हल के आकार पर एक नज़र डाल कर उसने हथेलियों से आँखें ढक ली थीं और स्पष्ट आकार-विहीन किसी विचार में डूब गया था। तनी हुई थकान ढीली पड़ कर मीठी-मीठी फैलने लगी थी।

सुकेत छोटा-सा अच्छा बँगला था; ढाल पर बना हुआ, दुमंज़िला; निचली मंज़िल सामने को खुली थी, ऊपर की मंज़िल से सामने से सीढ़ी उतरती थी, पर पिछवाड़े भी उतरने का रास्ता था-ढाल के कारण पिछवाड़े दो-तीन सीढ़ियाँ ही उतरनी पड़ती थीं, फिर एक रास्ता धीरे-धीरे उतरता हुआ सामने की सड़क में आ मिलता था। ड्राइंग-रूम और एक बड़ा बरामदा ऊपर था, उसके साथ गौरा के पिता का अध्ययन-कक्ष और फिर सोने का कमरा और एक और छोटा कमरा; निचली मंज़िल में भी एक ड्राइंग-डाइनिंग रूम था और तीन सोने के कमरे, पर निचला ड्राइंग-रूम प्रायः काम में नहीं आता था-या किसी बहुत ही औपचारिक ढंग की भेंट के लिए

ही सुरक्षित था; और भोजन भी प्रायः ऊपर के बरामदे में होता था। गौरा के माता-पिता ऊपर की ही मंज़िल में रहते थे और पिछवाड़े के रास्ते ही उतर कर टहलने जाते थे; सामने की सीढ़ी शायद ही कभी काम में आती थी–गौरा ही उससे आती-जाती थी। नीचे वाला एक शयन-कक्ष उसका था, दूसरा, प्रायः खाली रहता था और उसमें गौरा ने पुस्तकालय और वाद्य-यंत्र रखने का स्थान बना रखा था, वहीं वह संगीत का अभ्यास करती थी। तीसरा, कुछ अलग था और उसके बाहर एक बहुत छोटा-सा अलग बाड़ा भी था–यह मेहमान कमरा था और इसी में भुवन को ठहराया गया था।

"मैं अपने कमरे से लाई हूँ।"

भुवन ने लक्ष्य किया कि उसके पल्ले पर लगी हुई चार फूलों वाली एक डाँठी ही नहीं, गौरा एक गहरे ऊदे रंग का फूलदान ले कर आई है जिस में नरगिस भरे हैं। उसने ग्रीवा एक ओर को झुका कर गहरी साँस से कोट में लगे वृन्त की सुवास लेते हुए कहा, "सारे ले आई–वहाँ नहीं रखे?"

गौरा ने उत्तर नहीं दिया। चुपचाप थोड़ी देर उसे देखती रही। एक बहुत हलकी मुसकान–मुसकान भी नहीं, एक खिलापन–उसके चेहरे पर था। फिर बोली, "आपको सर्दी तो नहीं लगेगी? रात को बारिश हुई थी–आज फिर हो सकती है।"

"नहीं गौरा, इतनी ठण्ड तो नहीं है।"

गौरा ने चारों ओर नज़र डाली। "मैंने दो कम्बल और भी रख दिए हैं–और अँगीठी में लकड़ियाँ भी चिनी रखी हैं–कहिए तो आग जला दूँ–"

यह भुवन ने नहीं लक्ष्य किया था–क्योंकि कोर्निस के आगे लकड़ी की एक छोटी तिरस्करणी रखी थी जिस से अँगीठी छिपी हुई थी।

"और डोल में चीड़ की कुकड़ियाँ भी रखी हैं–जलती भी अच्छी हैं और सुगन्ध भी देती हैं–"

भुवन ने कुछ अधिक तत्परता से कहा, "नहीं, गौरा, नहीं–मुझे आग जला कर सोने की आदत नहीं–"

एक सन्नाटा-सा छा गया। गौरा कोर्निस के सहारे खड़ी हो गई। दोनों अनमने से एक-दूसरे की ओर देखते रहे। फिर सहसा गौरा ने कहा, "आप थके हैं–मैं जाती हूँ–किसी चीज़ की ज़रूरत हो तो आवाज़ दे दीजिएगा–"

भुवन ने भी मानो अपने को समेटते से कहा, "नहीं, गौरा, तुमने किसी ज़रूरत की गुंजाइश कहाँ छोड़ी–", फिर गौरा की पीठ को देखते हुए उसे मानो ध्यान आया कि वह उसकी कुछ अवज्ञा कर गया है–गौरा बात करने आई थी–उसने कहा, "बैठो–अभी क्या वक़्त हुआ है?"

गौरा क्षण-भर ठिठकी। फिर मुड़े बिना ही उसने कहा, "नहीं, आप सो जाइए। सुबह–अगर आप बुलाएँगे तो घूमने चल सकती हूँ।"

भुवन ने कहा, "सुबह?" कुछ ऐसे ढंग से जो न प्रश्न था, न उत्तर, न इनकार और न स्वीकृति; गौरा भी बात को वहीं छोड़ कर पीछे आहिस्ता से किवाड़ बन्द करती हुई चली गई।

भुवन ने उठ कर बत्ती बुझा दी, और फिर पूर्ववत् बैठ गया। उसका शिथिल हुआ मन धीरे-धीरे मानो एक-एक कदम बढ़ता हुआ प्रत्यावलोकन करने लगा।

गौरा के पिता ने सरल और खुले आनन्द से उसका स्वागत किया था; वह प्रणाम करने झुका था तो हाथ बढ़ा कर हाथ मिलाया था दूसरे हाथ से भी कलाई पकड़ते हुए, फिर खींच कर गले-सा लगा लिया था। "तुम आ गए भुवन–गौरा तो चिन्ता कर के सूख गई थी!"

भुवन को पहुँच जाना चाहिए था बारह बजे, वह साढ़े चार बजे पहुँचा था; पर किसी ने उससे पूछा नहीं कि इतनी देर कहाँ लगी। बात यह हुई थी कि कलकत्ते से उसने दूसरा तार दिया था अपने पहुँचने के दिन का; देहरादून स्टेशन पर वह उतरा तो गौरा प्लेटफ़ार्म पर खड़ी थी–वह सुबह की सर्विस से चली आई थी। भुवन को देखते ही वह लपकी हुई दोनों हाथ बढ़ा कर उसकी ओर दौड़ी थी, भुवन ने उसके दोनों हाथ अपने हाथों में पकड़ लिये थे और कुछ बोल नहीं सका था। थोड़ी देर बाद गौरा ने धीमे से कहा था, "आप आ गए..." और फिर धीरे-धीरे उसके हाथ छोड़ दिए थे, "अभी अड्डे पर चलना होगा–या मैं मुँह-हाथ धो लूँ वेटिंग-रूम में?" तो गौरा स्वयं अपने को विस्मित करती कह गई थी, "धो लीजिए–इस सर्विस से नहीं जाएँगे मसूरी!"

भुवन ने बिना कुछ कहे मान लिया था। मान ही नहीं लिया था, मानो उस क्षण से बागडोर गौरा को सौंप दी थी कि जैसा वह कहेगी, वैसा ही चलता जाएगा। केवल जब मुँह-हाथ धो कर वह निकला था और गौरा ने पूछा था, "नाश्ता करेंगे?" तो उसने पहले पूछा था, "तुम्हारा क्या हुक्म है?" लेकिन फिर गौरा के कुछ कहने से पहले ही कहा था, "नहीं, चलो स्टेशन से बाहर निकलें।"

ताँगा लेकर वे मैदान तक गए थे, वहाँ से पैदल टहलते हुए डालनवाला की ओर निकल कर रिसपना के किनारे पहुँच गए थे; नीचे सूखी नदी के पाट में उतर कर पत्थरों में वे चलते रहे थे; फिर एक ऊँचे कगारे पर एक पेड़ देख कर उसके नीचे बैठ गए थे। चलते हुए दोनों बहुत थोड़ा बोले थे। गौरा ने छोटे-छोटे प्रश्न पूछे थे–कब चले, कैसे आए, कहाँ कितना ठहरे, यात्रा कैसे हुई, इत्यादि–और भुवन ने वैसे ही छोटे-छोटे जवाब दे दिए थे; पर बैठ कर दोनों बिलकुल ही चुप हो गए। भुवन सामने पड़े हुए कंकड़ों में से एक-एक उठा कर निरुद्देश्य-सा नीचे फेंकने लगा; गौरा देखती रही। थोड़ी देर बाद वह भी यंत्रवत् एक-एक कंकड़ ले लेता और मानो पहले फेंके हुए पत्थर का निशाना बाँधता हुआ-सा फेंक देता। इस प्रकार एक-एक कंकड़ से समय का एक-एक अन्तराल लाँघते हुए वे काल की या अस्तित्व की ही किसी अज्ञात दिशा में बढ़ते रहे।

सहसा गौरा ने कहा, ''चलें अब।''

इतनी देर तक नीरवता अलक्षित थी, अब इन शब्दों से वह मानो दोनों की चेतना में घनी उभर आई। भुवन ने कहा, ''गौरा, तुम्हें कुछ कहना नहीं है?''

''और तुम्हें?'' सहसा गौरा कह गई। फिर कुछ सकपका कर सँभलती हुई, ''आपने तो लिखा था बहुत कुछ बताना है–सलाह करनी है–'' वह खड़ी हो गई।

भुवन ने हाथ बढ़ा कर उसका हाथ सहारे के लिए पकड़ कर उठते हुए कहा, ''और तुम्हें तो और भी अधिक सलाह करनी थी।''

गौरा हँस पड़ी। ''चलिए, मसूरी चल कर सलाह ही सलाह होगी–अभी थोड़ी देर में आप तो बुजुर्ग हो जाएँगे–बुजुर्गी आने से पहले–मैं–थोड़ी देर चुपचाप आपके पास बैठना चाहती थी।''

भुवन ने मुसकरा कर कहा, ''बुजुर्गी तो गई गौरा, सदा के लिए।'' फिर सहसा गम्भीर हो कर, ''लेकिन हम सीधे तुरन्त मसूरी नहीं गए–इसके लिए तुम्हारा कृतज्ञ हूँ। मुझे डर था–''

''क्या डर था?''

''कि कहीं–कहीं हम अजनबी न हों–कहीं मुझे बेयरिंग्स न खोजनी पड़ें–''

गौरा ने उमड़ कर हाथ उसकी ओर बढ़ाया और कुछ घनी आवाज़ में कहा, ''भुवन दा!'' फिर तुरन्त संयत होती हुई बोली, ''तो आप साल–भर से कम में ही इतने साहब हो गए कि देश की बेयरिंग्स भूल गए? और जावा तो ऐसा साहब भी नहीं है–''

भुवन हँस दिया।

धीरे–धीरे वे लौटे थे और अगली सर्विस उन्होंने पकड़ ली थी। रास्ते में फिर बहुत कम बात हुई थी। गौरा सुकेत का नक़्शा उसे समझाती रही थी, बस। बीच–बीच में भुवन उसकी ओर देखता था, वह मुसकरा देती थी और वह भी मुसकरा देता था। किनक्रेग उतर कर वे पैदल चढ़ाई चढ़ने लगे तो बात हो ही नहीं सकती थी; बँगले पर पहुँच कर गेट के भीतर घुस कर गौरा दौड़ती हुई छोटे रास्ते से ऊपर चढ़ गई थी पुकारती हुई कि ''पापा, पापा, भुवन दा आ गए!'' भुवन जब तक गेट से प्रविष्ट हो कर भीतर पहुँचे, तब तक पापा बाहर आ कर सामने की सीढ़ी से उतरने लगे थे, सीढ़ी के नीचे ही दोनों की भेंट हुई थी। गौरा कहीं अदृश्य हो गई थी। और फिर लगभग घंटे–भर बाद तक नज़र नहीं आई थी; आई थी तो सूचना देने कि चाय तैयार है। पिता ने पूछा था, ''बेटी, चाय ही है कि कुछ खाने को भी?'' और मुड़ कर भुवन से, ''खाना खा कर चले थे?''

भुवन ने कहा था, ''जी, मोटर–यात्रा से पहले कम ही खाता हूँ–'' और गौरा ने साथ ही उत्तर दिया था, ''जी, खाने को भी रखा है पर ये तो कुछ खाते ही नहीं, और अब तो जावा से पूरे साहब हो कर आए होंगे–''

भुवन ने आँख बचा कर इशारे से ही उसे घुड़क दिया था।

तीसरे पहर थोड़ी देर उसने आराम किया था, फिर चाय पी थी और फिर गौरा के पिता के साथ घूमने गया था। इस बीच गौरा ने उसका कमरा सजा दिया था। लेकिन शाम को भी गौरा से विशेष बात नहीं हुई थी, खाने पर तो होती ही क्या।

और अब...भुवन ने फिर अपने को हिलाया। इस समय निस्सन्देह गौरा बात करने आई थी–और फूल ले कर...और उसने पूछा ही नहीं...कदाचित् वह आहत हो कर चली गई। क्यों नहीं उसे ध्यान आया? बाद में उसने कहा था, अवश्य; पर बाद में कहने से क्या फ़ायदा।

सवेरे? शायद। गौरा ने तो स्पष्ट घूमने का निमंत्रण दिया था। शायद वही अच्छा है; सवेरे टहलते हुए बात होगी तो और ढंग की होगी, रात को कमरे में बैठे-बैठे शायद बहुत उदास हो जाती...यह नहीं कि वह वैसा चाहता...पर मन जैसा है सो तो है ही, फिर रात का अपना असर होता है...और सवेरे का अपना, टहलने का अपना...

भुवन उठ कर अँधेरे में ही कपड़े बदलने लगा। बदल चुका, तो क्षण-भर जा कर खिड़की पर खड़ा रहा; बदली अभी थी, कहीं-कहीं एक-आध तारा दीखता था; यहाँ की रात, यहाँ की हवा, यहाँ की नीरवता में जावा की रात और हवा और नीरवता से कितनी भिन्नता थी–मात्रा की नहीं, प्रकार की, स्वभाव की...

वह धीरे-धीरे जा कर लेट गया। थोड़ी देर बाद सहसा उठा, कोट टटोल कर उसने उसमें लगा हुआ नरगिस का डाँठा निकाला और सिरहाने रख कर फिर लेट गया। फूलदान के नरगिसों की भारी, सालस, स्तब्ध गन्ध सारे कमरे में फैल गई थी, सिरहाने रखे एक वृन्त की गन्ध अलग नहीं पहचानी जाती–पर वह एक वृन्त उपयोगिता के विचार से थोड़े ही वहाँ रखा गया है...क्या यह वृन्त भी बात करना चाहता है? अच्छा, तो अब की उससे चूक नहीं होगी, वह सुनेगा, और वृन्त को कान के पास रख कर सुनेगा निहोरे कर के–उसके तन्द्रिल मन में एक अधूरा पद तैर आया : 'लपितुं–किमपि श्रुतिमूले'– श्रुतिमूल में कुछ धीरे से कहने को–कौन? क्या वह ऊँघ गया...

गौरा जाग कर उठ बैठी। किसी अनवरत शब्द ने उसे जगाया था। उसने सुना : पैरों की चाप, पाँच-सात पगों के बाद एक अन्तराल, फिर पाँच-सात पद। भुवन के कमरे से आ रही है आवाज़, तो भुवन कमरे में चक्कर काट रहा है–लेकिन चाल भी समान नहीं है; क्या गौरा कल्पना कर रही है, कि सचमुच वह पद-चाप उद्वेग की सूचक है? उसने घड़ी देखी : साढ़े बारह; फिर उसने एक चादर कन्धों पर और अपने खुले बालों पर डाली और दबे पाँव कमरे से बाहर हो गई।

भुवन के द्वार पर वह ठिठकी। पैरों की चाप और भी असम हुई, फिर सहसा रुक गई।

गौरा ने सावधानी से किवाड़ खोला; ज़रा-सा चरमराया और फिर चुपचाप खुल गया। भीतर हो कर किवाड़ फिर धीरे से उढ़का कर गौरा वहीं खड़ी रही, आगे नहीं

बढ़ी, इधर-उधर हटे हुए पर्दों में से एक को हाथ से पकड़े हुए, आधी पर्तों की ओट। कमरे के फीके अन्धकार में खोजती हुई उसकी आँखों ने देखा, भुवन खिड़की के पास फर्श पर बिछे गलीचे पर बैठ गया है, कुछ वैसी मुद्रा में जैसी चित्रों में धनुष पर चिल्ला चढ़ाते हुए कुमार राम की होती है-लेकिन वैसी कसी हुई नहीं, परास्त; एक घुटना भूमि पर, दूसरे पर कोहनी टिकी हुई; उठा हुआ हाथ धीरे-धीरे माथे पर आ टिका और माथे को पकड़े रहा...

कहाँ है भुवन? किस चिन्ता में है-नहीं, चिन्ता तो निरी विचार की अवस्था होती है, किस गहरी अनुभूति में है?

लेकिन-यह भुवन का निजी क्षण है, निजी अनुभूति; ऐसे उसे देखते रहना चोरी है। बड़े कोमल स्वर में गौरा ने कहा, "भुवन दा, क्या बात है, नींद नहीं आती? बत्ती जला दूँ?"

भुवन बड़े ज़ोर से चौंका। खड़ा हो गया। थोड़ी देर हक्का-बक्का-सा उसे देखता रहा। "गौरा, तुम-तुम!"

गौरा ने फिर कहा, "थोड़ी देर आपके पास बैठूँ? आप कुरसी पर बैठिए।" और वह स्वयं अँगीठी के आगे से तिरस्करिणी हटा कर, अँगीठी के लकड़ी के चौखटे पर बैठ गई, कुरसी के सामने।

भुवन कुछ अतत्पर भाव में बैठ गया। फिर जैसे शून्य को भरने के लिए कुछ कहना ही है, ऐसे बोला, "मैं सो गया था, फिर-चौंक गया।"

"क्यों-कोई सपना देखा था?"

"शायद। नहीं-कोई रोया था!"

"रोया था? नहीं भुवन दा-रोने की आवाज़ कहाँ से आ सकती है-"

"हाँ," भुवन ने साग्रह कहा, "चिड़िया का बच्चा रोया था।"

गौरा ने विस्मय को दबा कर क्षण-भर बाद फिर कहा, "बत्ती जला दूँ?"

"न। अच्छा, जला दो।"

गौरा ने टेबल-लैम्प जला दी। लचकीले तार के स्टैंड वाली लैम्प थी, उसे दबा कर उसने नीचा कर दिया, प्रकाश दीवार पर पड़ने लगा और वहाँ से प्रतिबिम्बित हो कर कमरे में फैला।

भुवन ने हाथों से आँखें ढक लीं, जैसे चौंध लगती हो। उसका शरीर एक बार सिहर गया।

गौरा ने कहा, "मैं आग जला देती हूँ, सर्दी बहुत है। और आप कुछ ओढ़ लीजिए।"

भुवन ने तड़प कर कहा, "नहीं गौरा, आग नहीं!"

गौरा बिस्तर पर से कम्बल उठाने मुड़ी थी, ठिठक गई। फिर उसने कम्बल उठा कर धीरे से भुवन के कन्धों पर डालते हुए कहा, "क्या बात है भुवन दा-चीड़ की आग तो बड़ी स्निग्ध होती है-आपको अच्छी लगेगी-"

"नहीं, नहीं, मुझे आग में चेहरे दीखते हैं!"

गौरा ने पीछे खड़े-खड़े ही दोनों हाथ भुवन के कन्धों पर रखते हुए कोमल स्वर से पूछा, "किस के चेहरे, भुवन दा?"

"चेहरे-मृत चेहरे-बच्चों के चेहरे।" गौरा के हाथों के नीचे उसका शरीर एक बार फिर सिहर गया।

गौरा क्षण-भर अनिश्चित खड़ी रही। फिर उसने सहसा भुवन के सामने जा कर कहा, "भुवन दा, अब और नहीं मानूँगी। बताइए क्या बात है।" जैसे साहस बटोर कर उसने दोनों हाथ भुवन के कानों पर रखे, उनके हलके दबाव से भुवन का मुँह ऊपर उठाते हुए कहा, "देखिए, मेरी तरफ़ देखिए-आपको बताना होगा।"

उनकी आँखें मिलीं, दोनों स्थिर एक-दूसरे को देखते रहे। गौरा ने लगभग अश्रव्य स्वर में कहा, "मैं पूछती हूँ, भुवन, नहीं बताओगे तुम?"

भुवन ने उत्तर नहीं दिया; दोनों वैसे ही देखते रहे। फिर गौरा के हाथ धीरे-धीरे शिथिल होने लगे-वह हार गई है-और भुवन नहीं बोलेगा, कि भुवन ने कहा, "अच्छा, गौरा, बताता हूँ। अच्छा, तुम बैठ जाओ।"

गौरा उसके सामने की ओर, अँगीठी के सामने बिछे गलीचे पर बैठने लगी। अध-बैठी ही थी कि भुवन ने जल्दी से और एक अजब रुखाई के साथ कहा, "रेखा को तुम जानती हो-आइ लव्ड हर।"

गौरा बैठती-बैठती रुक गई। धीरे से बोली, "जानती हूँ।" थोड़ा-सा रुक कर, "आइ लव हर टू।"

भुवन ने चकित भाव से कहा, "गौरा!" फिर रुकते-से, "लेकिन तुमने तो उसे देखा ही नहीं-"

"मैं-मिली थी। लेकिन-यह-मिलने से अलग बात भी है।"

भुवन ने बात काटते हुए पूछा, "कब?" पर वह प्रश्न बीच ही में डूब गया, दोनों चुप बैठे रह गए।

कई मिनट बाद भुवन ने कहा, "कहानी लम्बी है, गौरा। पर-बहुत छोटी भी है।" सहसा एक कठोर, निष्करुण भाव से, "आइ लव्ड हर। वी वेयर टु हैव ए चाइल्ड। आइ किल्ड हिम।"

"अँ-" गौरा के मुँह से निकला; दोनों की आँखें मिलीं तो भुवन ने देखा, गौरा की आँखों में व्यथा है, विमूढ़ता है, और-अविश्वास है। गौरा धीरे-धीरे बोली, "झूठ मत बोलिए, भुवन दा; अपने को ऐसे क्यों कोस रहे हैं?"

भुवन ने सहसा उबल कर कहा, "कोसूँ भी नहीं गौरा-तुम नहीं जानतीं कि मैंने क्या किया है!"

"एक रूखी बात कहूँ, भुवन दा? आप कहना चाहते हो तो-बात कहें, जजमेंट आप मुझे न दें-वह करना होगा तो मैं स्वयं करूँगी।" सायास मुसकरा कर गौरा बोली, "उतनी कठोर भी हो सकती हूँ-आपकी शिष्या हूँ आख़िर!"

फिर एक लम्बा सन्नाटा रहा। फिर भुवन ने कहा, ''अच्छा गौरा, आग जला दो। मैं कहता हूँ।''

गौरा ने कहा, ''सच, भुवन दा? आप नहीं चाहते तो कोई ज़रूरत तो नहीं है–''

''नहीं, जला दो। अगर दीखेगा ही तो देखता जाऊँगा और कहता जाऊँगा।''

गौरा ने आग जला दी। क्षण ही भर में चीड़ की कुकड़ियों ने आग पकड़ ली, प्रकाश जहाँ–तहाँ नाचने लगा, चीड़ के सोंधे, उदार, हृद्य गन्ध–धूम ने वातावरण को छा लिया, जैसे खुले वनाकाश की साँस वहाँ आकर बस गई हो।

''गौरा, मैं भाग गया था–तुमसे भागा था–पर तुमसे भागने के लिए ही नहीं–एक बोझ मुझे दबाता लिये जा रहा था–मेरे कन्धों पर सवार सागर का बूढ़ा–'' भुवन कुरसी से उतर कर नीचे गलीचे पर बैठ गया, आग के निकट आ कर आगे झुका हुआ बड़ी–बड़ी अपलक आँखों से आग की लपटों को देखता हुआ। गौरा भी अपलक उसे देखने लगी; भुवन की आँखों में ऐसा आविष्ट, मंत्र–मुग्ध भाव उसने कभी देखा नहीं था–मानो भुवन उसे भूल गया है, देश–काल–परिस्थिति सब भूल गया है, केवल लपटों में ही उसका अस्तित्व केन्द्रित हो गया है, उसी में से वह प्राण खींच रहा है...

एक अद्‌भुत भाव गौरा के भीतर उमड़ आया : कुछ डर, कुछ आशंका, कुछ जुगुप्सा, कुछ श्रद्धा, और सबके ऊपर एक आप्लावनकारी स्नेह...कुछ बहुत निजी उसके सामने है–बहुत निजी, बहुत पवित्र जिसे उघड़ा नहीं देखते, बहुत निकट से नहीं देखते–ऐसे भाव से भर कर वह उठी और भुवन के पीछे जा कर कुरसी पर बैठ गई। भुवन मानो अकेला हो कर, कुछ और भी आगे झुक कर, धीरे–धीरे बोलने लगा।

''तुम उसके बारे में बुरा नहीं सोचोगी, गौरा; वह–वैसे लोग दुर्लभ होते हैं दुनिया में–और–उसने मुझे बहुत प्यार किया था, जितना–'' वह तनिक रुका और फिर कह गया, ''जितना किसी ने नहीं किया। और अब भी करती है। और...''

गौरा सुनती रही। भुवन का स्वर पहले असम था, धीरे–धीरे सम, सधा हुआ होने लगा; और उसी अनुपात में दूर, निर्व्यक्तिक, रागमुक्त, असम्पृक्त; मानो गौरा के आगे एक सजीव व्यक्ति नहीं, शब्द का एक झरना हो, जो अजस्र भाव से बहता जा रहा हो; कौन पास है, कौन उसके झरझर बहते हुए अभिप्रायों को सुनता है या नहीं सुनता, उसकी संवेदना की झिलमिल छायित–द्योतित पन–चादर को देखता है या नहीं देखता, इससे सर्वथा असंलग्न...

और कमरे में चीड़ की आग के आलोक की शिखाएँ नाचती रहीं, लकड़ी की और चीड़ की कुकड़ियों की हलकी चटपट और विस्फूर्जित वाष्पों की फुरफुराहट जैसे स्वर–पृष्ठिका बन कर भुवन की बात को अतिरिक्त बल देती रही...

''...मैं उसे वहीं छोड़ कर चला आया; चलते वक़्त उसने एक कॉपी और अपनी नीली साड़ी पैकेट बना कर मुझे दी थी जो मैंने बाद में देखी। कॉपी में बहुत–सी

बातें थीं और बाइबल के 'सांग आफ़ सांग्स' के बहुत से अंश– *'माई बिलवेड स्पेक एंड सेड अंटु मी, राइज़ अप, माइ लव, माइ फ़ेयर वन, एंड कम अवे; फ़ार लो, द विंटर इज़ पास्ट, द रेन इज़ ओवर एंड गान, द फ़्लावर्स एपीयर,'* वग़ैरह, फिर मैं श्रीनगर चला गया–''

गौरा ने दबे-पाँव उठ कर आग में चीड़ की कुकड़ियाँ और डाल दीं, भुवन की ओर एक बार भी नहीं देखा; फिर पूर्ववत् उसके पीछे आ कर बैठ गई।

''...तुलियन में हम चार दिन रहे; फिर मैं उसे पहुँचाने पहलगाँव आया; रास्ते में नदी के आर-पार पड़े एक तख्ते के बीच में खड़े हो कर उसने कहा–उसने मुझे कहा–मुझ से पूछा कि जीवन में मेरी आकांक्षा क्या थी? मैंने बताया, सर्जन होने की; वह स्वयं वायलिनिस्ट होना चाहती थी–फिर उसने कहा, 'उसे मैं वायलिन भी सिखाऊँगी, और सर्जन भी बनाऊँगी'–फिर वह चली गई और मैं तुलियन लौट गया काम करने–...''

आग लपकती और गिरती; कभी एक अध-जली लकड़ी बीच में से टूट कर गिरती और आग का एक भाग दब कर अँधेरा या नीलाभ हो जाता, फिर फुरफुरा कर एक छोटी-सी शिखा उसमें से उमग आती और बढ़ जाती। उसी प्रकार भुवन का स्वर कभी मद्धिम पड़ जाता, कभी धीरे-धीरे ऊँचा उठ जाता, कभी उसकी वाणी क्षण-भर अटक कर फिर कई-एक द्रुत चिनगारियाँ फेंक देती–यद्यपि साधारण रूप से उसकी बात फुलझड़ी-सी नहीं थी, न उसमें तारा-फूलों की लड़ियाँ थीं, न घटती-बढ़ती कलाओं का आकर्षण, न वह चटचटाहट जो स्फूर्ति देती है, न वह रंग-बिरंगी चमक जो लुभा लेती है...वह थी महताबी की तरह, जिस के भीतर से अंगारे बूँद-बूँद टपकते हैं, पिघली हुई आग के आँसुओं की तरह, जो हवा में भी झरते हैं, पानी के नीचे भी झरते हैं, चुपचाप, बेरोक झरते जाते हैं, जलते जाते हैं...

''...लेकिन दुबारा जब मैं गया तब–वह बदल गई थी–मेरी सात-आठ दिन की अनुपस्थिति में उसे ऐसी चिट्ठियाँ आई थीं कि–मेरी बात उसे आश्वस्त नहीं रख सकी थी और उसने–उसने आपरेशन करा लिया था। यह बात मेरे ध्यान में भी न आई थी–पर मुझे उसे छोड़ कर नहीं जाना चाहिए था क्योंकि तब शायद उसका विश्वास न टूट जाता–मैं...''

भुवन का स्वर धीरे-धीरे बदलने लगा। गला भर्रा आया; क्रमशः वाक्तंत्रों की झंकृति कम, और केवल वायु का स्वर बढ़ता चला, यहाँ तक कि बात केवल एक तीखी फुसफुसाहट हो गई जो कभी-कभी टूट कर स्वरित हो जाती थी, बस...गौरा के रोंगटे खड़े हो गए–वह आवाज़ मानो मानवीय ही नहीं थी, मानो वातावरण में भटकती हुई कोई प्रेत-व्यथा वहाँ पुंजीभूत हो कर स्वरित हो रही हो। वह निश्चल सुनती न रह सकी, पर भुवन को रोक भी न सकी; दबे-पाँव उठ कर उसने टेबल-लैम्प बुझा दी और फिर वहीं आ कर बैठ गई; भुवन आग को देख रहा था, उसे

मालूम ही नहीं हुआ कि पीछे प्रकाश कम हो गया है, वह वैसे ही अमानुषी ढंग से बोलता रहा...

''वह कलकत्ते चली गई। दिल्ली तक मैं साथ आया था, यहाँ रेल में बिठाया था। रेल में एक और सवारी ने उससे पूछा था, ये कौन हैं? तो उसने कह दिया–मेरे हज़बैंड, सात साल हुए शादी हुई थी। पड़ोसिन उसे बधाई देने लगी–''

सहसा स्वर बन्द हो गया।

निस्तब्ध निश्चलता–आग की जीभें भी उठ रही थीं तो मानो इसी लिए कि पहले से उठ गई हैं और अब रुकना ही गति होगा, उठते रहना तो अगति है; वैसी ही साँसें–उठती और गिरती क्योंकि सदा से गिरती आई हैं, वैसी ही क्षणों की धारा बहती क्योंकि अजस्र बहती आई है...

न जाने कितनी देर बाद, भुवन की एक शब्दहीन विरस हँसी–''यह सब मैं क्या कह रहा हूँ।'' फिर एक लम्बा मौन; फिर भुवन का रुकता-सा, सोचता-सा स्वर : ''यही है मेरी कहनी, गौरा–और तब से मैं आग में देखता हूँ चेहरे–मृत बच्चों के चेहरे–स्वयं अपना चेहरा क्योंकि मैं भी तो मर गया हूँ उसके साथ।''

फिर मौन। फिर भुवन सहसा सिहरता है, एक काला बादल-सा उसके सिर-माथे पर छा गया है और चारों ओर से बहता हुआ-सा उसे डुबाए जा रहा है–वह लड़खड़ा जाएगा और धँस जाएगा–आँखों के आगे अँधेरा हो रहा है–टटोलते-से हाथ वह अपने सिर की ओर, सिर के ऊपर उठाता है–

ऊपर गौरा का झुका हुआ सिर है; उसके खुले बाल आगे ढरक आए हैं और भुवन के चेहरे पर छा गए हैं–भुवन का हाथ स्तब्ध रुका रह जाता है, वह बादल भी स्थिर रुका रह जाता है–फिर टप से एक बूँद उसके माथे पर बरस जाती है–

भुवन के दोनों हाथों की उँगलियों ने ढरके हुए बालों की एक-एक लट पकड़ ली। फिर एक हाथ उसने छोड़ दिया, हाथ बढ़ा कर गौरा के माथे को धीरे-धीरे थपकने लगा।...

''राह चलते जिस दिन बैठे-बैठे जानूँगा कि मेरे पीछे कोई है और मुड़ कर नहीं देखूँगा, और वह झुक कर अपने खुले बाल मेरी आँखों के आगे डाल देगी, उस दिन मैं जान लूँगा कि मेरी खोज–मेरे लिए खोज समाप्त हो गई और पड़ाव आ गया।''

यह किस ने कहा था? मानो किसी पुस्तक में पढ़ी हुई भविष्यवाणी है यह।

सहसा भुवन ने कहा, ''गौरा, अब तुम इस सारी बात को भूल जाओ–शायद मुझे तुम्हें कहनी ही न चाहिए थी, व्यर्थ...''

गौरा ने दोनों हाथ भुवन के कन्धों पर रख दिए, और धीरे-धीरे सीधी खड़ी हो गई। पीछे खड़ी-खड़ी ही बहुत धीमे, खोये-से स्वर में बोली, ''तुम–तुम कभी पछताओगे तो नहीं मुझे यह बता देने पर? मैं–''

भुवन ने कहा, ''नहीं गौरा, यह तो नहीं लगता। मुझे तो लगता है, वह जो बोझ मुझ पर था–वह सागर का बूढ़ा जो मेरे कन्धों पर सवार था, वह उतर गया। सोचता हूँ, पहले ही तुमसे कहा होता...पर–शायद कहने का समय नहीं आया था–''

''अब–तुम भागोगे तो नहीं? बोझ उतर गया तो–बताओ, फिर चले तो नहीं जाओगे?''

भुवन थोड़ी देर नहीं बोला। फिर उसने एकाएक कहा, ''गौरा, बत्ती कैसे बुझ गई?''

गौरा ने हटते हुए सिर ज़ोर से झटक कर बाल पीछे कर लिए; मेज़ की ओर बढ़ कर टेबल लैम्प उसने जला दी, कुछ बोली नहीं। भुवन भी नीचे से उठ कर अँगीठी के जँगले पर बैठ गया, ढेर–सी कुकड़ियाँ उसने आग में डाल दीं। आग भड़क उठी तो उसने पूछा, ''गौरा, कुछ कहोगी नहीं?''

गौरा चुपचाप उसके पास नीचे बैठ गई। भुवन का एक हाथ नीचे लटक रहा था, उसे अपने हाथों में ले कर धीरे–धीरे सहलाने लगी।

भुवन ने फिर कहा, ''गौरा, तुम्हें कुछ कहना नहीं है?''

गौरा फिर भी चुप रही।

भुवन ने अपना हाथ खींचते हुए धीमे, कुछ हताश स्वर से कहा, ''समझ गया, गौरा। लेकिन एक बार मुँह उठा कर वैसा ही कह दो–''

गौरा ने मुँह उठा कर थरथराते मर्माहत स्वर में कहा, ''आप इतने–तुम इतने अबूझ कैसे हो सकते हो?'' फिर तत्काल संयत, ''आप–रेखा दीदी से नहीं मिलेंगे?''

भुवन ने कुछ विस्मित स्वर से कहा, ''मैं कलकत्ते में मिलता आया हूँ।''

तीन बजे के लगभग गौरा अपने कमरे में चली गई।

रेखा से भेंट की बात बताते हुए भुवन खड़ा हो गया था, फिर धीरे–धीरे न जाने कैसे दोनों खिड़की के पास जा खड़े हुए थे। भुवन रेखा की बात कह कर चुप हो गया; फिर थोड़ी देर बाद उसने हठात् पूछा, ''गौरा, तुम रेखा से कब मिली थी, यह तो तुमने बताया नहीं?''

''वह मिलने आई थीं–पिछली गर्मियों में।'' कुछ रुक कर, ''तुलियन से लौटने के बाद। चन्द्रमाधव जी मिलाने लाए थे।''

''ओह!'' कह कर भुवन चुप हो गया। आगे कुछ पूछने का उसका मन नहीं हुआ।

''आप चन्द्रमाधव जी से नाराज़ हैं, भुवन दा?''

भुवन सहसा कुछ नहीं बोला, बाहर रात की ओर देखता रहा।

''क्यों नाराज़ हैं, भुवन दा? वह आपके मित्र रहे–''

''मित्र!'' भुवन ने कड़वे स्वर से कहा। फिर, जैसे इस प्रसंग को यहीं छोड़ देना चाहिए, वह चुप लगा गया।

गौरा ने उसके बात काटने की उपेक्षा करते हुए अपना वाक्य पूरा किया, ''और-इतने बड़े भी नहीं हैं कि आप उनके ऊपर ग़ुस्से का भार ढोते चलें-छोड़िए ग़ुस्सा।''

भुवन थोड़ा-सा मुसकरा दिया। फिर धीरे-धीरे बोला, ''तुम ठीक कहती हो-उस पर ग़ुस्सा व्यर्थ है। और अब है भी नहीं। पर मैंने चिट्ठी-पत्री बन्द कर दी थी-'' फिर सहसा नए विचार से, ''तुम्हें उसकी चिट्ठी-विट्ठी आती है? कहाँ है?''

''नियमित आती हो, ऐसा तो नहीं है, हाँ, बन्द नहीं हुई। पिछले महीने आई थी एक बम्बई से। आप क्यों नहीं उन्हें एक चिट्ठी लिख देते-यहीं से?'' तनिक रुक कर वह फिर बोली, ''सुना है, वह फिर शादी कर रहे हैं-''

''अच्छा?''

फिर थोड़ी देर मौन रहा, दोनों सूनी रात को देखते रहे। लोग एक ही आकाश को, एक ही बादल को, एक ही टिमकते तारे को देखते हैं, और उनके विचार बिलकुल अगल-अलग लीकों पर चलते जाते हैं, पर ऐसा भी होता है कि वे लीकें समानान्तर हों, और कभी ऐसा भी होता है कि थोड़ी देर के लिए वे मिल कर एक हो जाएँ; एक विचार, एक स्पन्दन जिस में साझेपन की अनुभूति भी मिली हो। असम्भव यह नहीं है, और यह भी आवश्यक नहीं है कि जब ऐसा हो तो उसे अचरज मान कर स्पष्ट किया ही जाए, प्रचारित किया ही जाए-यह भी हो सकता है कि वह स्पन्दन फिर द्विभाजित हो जाए, विचार फिर समानान्तर लीकें पकड़ लें...

गौरा ने कहा, ''यह बड़ा दिन है, भुवन दा। 'आल पीस आन अर्थ, गुडविल टु मेन।' सोचती हूँ, तो ख़याल आता है कि कितनी सुन्दर भावना है यह-और लगता है कि सचमुच इसे कोई सम्पूर्णतया अनुभव कर सके तो-शिशु ईसा के साथ उसका भी नया जन्म हो जाता होगा।''

भुवन ने सोचते हुए-से कहा, ''बिना पीड़ा के जन्म नहीं होता, गौरा-देव-शिशु का भी नहीं। शान्ति की भावना से शान्ति नहीं मिलती-''

''मैं कब कहती हूँ? बल्कि बिना पीड़ा के यह व्यापक कल्याण-भावना भी तो नहीं जागती-'आल पीस आन अर्थ' कह ही वह सकता है जो पीड़ा से गुज़रा है, नहीं तो इस भावना के ही कोई अर्थ नहीं होते।''

फिर एक मौन हो गया। भुवन ने पूछा, ''क्या सोच रही हो, गौरा?''

''बहुत कुछ।''

''क्या?''

''पर कह नहीं सकती।''

''नहीं सकतीं, या नहीं चाहतीं?''

''ठीक चाहती ही नहीं, ऐसा तो नहीं कह सकती–पर–सकती नहीं।''

''मेरे गुरु कहा करते थे, 'जो विचार स्पष्ट कहना नहीं आता, वह असल में मन ही में स्पष्ट नहीं है। स्पष्ट चिन्तन हो तो स्पष्ट कथन अनिवार्य है।' '' भुवन ने कुछ गम्भीरता से, कुछ चिढ़ाते हुए कहा।

''चिढ़ा लीजिए। पर मैं जो सोच रही हूँ, वह मेरे आगे बिलकुल स्पष्ट है। कह नहीं सकती तो–इसलिए कि सोचना चित्रों से, प्रतीकों से होता है, कहना शब्दों से; और–शब्द–अधूरे हैं।''

''ऊँहुक्! विचार शब्दों के साथ हैं–शब्द अधूरे हैं तो विचार ही अधूरा है!'' भुवन ने ज़िद की।

गौरा ने सहसा घूम कर, दोनों कोहनियाँ खिड़की पर टेक कर उसकी ओर मुँह कर के कहा, ''आप–मुझे चैलेंज कर रहे हैं?''

''वैसा समझो तो–'' गौरा एकदम गम्भीर हो गई है, यह उसने लक्ष्य किया, पर वह खिलवाड़ कर रहा है ऐसा उसे नहीं लगा, उसका ढंग चिढ़ाने का था पर नीचे गम्भीरता थी। ''तो–अच्छा, वही सही।''

''तो सुनिए। शब्द अधूरे हैं–क्योंकि उच्चारण माँगते हैं। मैं कह नहीं सकती थी, पर लिख सकती थी चाहती तो। लेकिन आप कहलाना चाहते हैं–लीजिए : मैं सोच रही थी–किसी तरह, कुछ भी कर के, अपने को उत्सर्ग कर के आपके ये घाव भर सकती–तो अपना जीवन सफल मानती–''

भुवन ने स्तब्ध भाव से कहा, ''यह मत कहो गौरा–मैं और नहीं सुन सकता, और अब आगे–हलका ही चलना चाहता हूँ–''

''मैं–तुम्हें कुछ दे नहीं रही; वह मेरी ही साधना होती, मैंने इससे बढ़ कर कभी कुछ नहीं माँगा कि–तुम्हारे काम आ सकूँ और आज भी नहीं माँगती।''

भुवन उसके और पास आ गया। क्षण–भर उसकी उठी हुई ठोड़ी के नीचे कंठ की नाड़ी का स्पन्दन देखता रहा, फिर उसकी ओर सिर झुकाता हुआ बोला, ''तुम मेरी कृतज्ञता लो, गौरा; तुम जो कह रही हो–जो मैंने कहला लिया वही बहुत है–और–आइ एम आल्रेडी हील्ड, नहीं तो तुमसे कह पाता?''

गौरा ने एक हाथ से उसके बाल उलझाते हुए कहा, ''न–भुवन–मुझे कृतज्ञता से डर लगता है–उसकी ओट में तुम–फिर दूर चले जाओगे न?''

भुवन सीधा हो गया। ''क्या करूँगा, गौरा, यह तो नहीं जानता; यह जानता हूँ कि विधि ने मुझे मेरी पात्रता से अधिक दिया है। और यह अच्छा नहीं लगता। लोगों से–अपने स्नेहियों से–अधिक ले सकता हूँ, उन का कृतज्ञ हो सकता हूँ; विधि से नहीं, क्योंकि उसके प्रति कृतज्ञता का कोई मतलब नहीं होता।''

गौरा के सामने से हट कर वह कमरे में टहलने लगा। गौरा वहीं खड़ी उसे देखती रही।

"गौरा, रात बहुत हो गई–बल्कि यह तो भोर है–जाओ, सोओ अब। सवेरे उठोगी?"

"हाँ–घूमने चलेंगे? पर अभी जाने को जी नहीं है। आग बड़ी सुन्दर जल रही है।"

"तुम तो इतनी दूर खड़ी हो आग से–" भुवन ने सहसा कोर्निस की ओर देख कर कहा, "और ये तुम्हारे नरगिस तो इस गर्मी में मुरझा गए–मैंने पहले ध्यान नहीं दिया–" उसने बढ़ कर कोर्निस से फूलदान उठाया और कमरे के पार मेज़ की ओर ले चला। गौरा ने रास्ते में आगे बढ़ कर उससे फूलदान ले लिया, बोली, "सूँघिए, इन को।" भुवन ने फूलों में मुँह छिपा कर लम्बी साँस खींची।

"बस, अब मुरझा जाएँ!" कहती हुई गौरा ने फूलदान मेज़ पर रख दिया। "और बहुत हैं–रोज लाऊँगी।"

भुवन ने स्नेहपूर्ण आग्रह से कहा, "अच्छा, अब सोने जाओ।"

"मैं तो सोई ही थी। तुम्हीं तो नहीं सो पाए–अकेले डर लगता है!" गौरा ने चिढ़ाया।

भुवन ने मुसकरा कर स्वीकार किया कि वह दोषी है।

"अच्छा, अब तो नहीं डरोगे?" कुछ रुक कर, कोमलतर स्वर से, "आग से तो नहीं डरोगे अब–"

"नहीं। अब नहीं। यह आग तो तुम्हारी आग है।"

गौरा ने एक क्षण चारों ओर देखा। फिर आगे जा कर बहुत-सी कुकड़ियाँ आग में डाल दीं। बोली, "हाँ, यह मामूली आग थोड़े ही है–आपकी नींद के लिए खास सुगन्धित आग जलाई गई है–हाँ।"

भुवन खड़ा मुसकराता रहा। गौरा ने पास आ कर आँख भर कर उसे देखा, फिर बोली, "अच्छा, मैं जाती हूँ–तुम सो जाना अभी, हाँ?"

भुवन ने धीरे से सिर हिलाया, "हाँ।"

गौरा ने सहसा खिल कर कहा, "बच्चे हो तुम भी–बिलकुल शिशु! अच्छा, अब से तुम्हें यही कहूँगी–बड़े-बड़े वैज्ञानिक नामों से डर लगता है।"

वह चल पड़ी। किवाड़ खोल कर आधी बाहर जाते-जाते मुड़ कर शरारत से बोली, "शिशु?" और चली गई, पीछे उसने भुवन का स्वर सुना, "जुगनू।"

भुवन सो कर देर से उठा। नींद खुलने के साथ ही एक वाक्य उसके मन में गूँज गया : "शब्द अधूरे हैं–क्योंकि उच्चारण माँगते हैं, मैं कह नहीं सकती थी, पर लिख सकती थी चाहती तो।" और सहसा उसकी सब इन्द्रियों की चेतना सजग हो आई, सब से दीर्घसूत्री घ्राणेन्द्रिय की भी, उसके नासा-पुटों में चीड़ के धुएँ और नरगिस के फूलों की मिश्रित गन्ध भर गई और उसने जैसे उसमें दोनों गन्धों को अलग-अलग पहचान लिया।

"यह आग तो तुम्हारी आग है।" और यह गन्ध? यह गन्ध? भुवन अकुलाया-सा उठा, जल्दी से उसने मुँह-हाथ धोया और ड्रेसिंग गाउन लपेट कर फिर पलंग के सिरे पर बैठ गया।

क्यों उसने गौरा को बाध्य किया था बोलने को? अपनी बात वह कहना चाहता था, उसे कहनी चाहिए थी, उससे वह भार-मुक्त भी हुआ, वह ठीक था-पर गौरा से क्यों उसने कहलवाया जो कहलवा कर छोड़ नहीं दिया जा सकता-कुछ कर्म माँगता है।

यह नहीं कि गौरा ने कहा नहीं था। जब वह अपनी कहानी कह रहा था, तब गौरा जिस प्रकार से अदृश्यप्राय हो गई थी-फिर सहसा उसने अपने केशों से उसे छा लिया था-उसे जिस ने गौरा को कहा था कि जब वैसा होगा तब वह जान लेगा कि खोज पूरी हो गई-फिर उसका अधिकारपूर्वक चन्द्रमाधव की ओर से पैरवी करना; ये सब क्या है अगर नहीं है एक आत्म-विश्वास के सूचक, ऐसे आत्म-विश्वास के, जो किसी गहरे भावैक्य से, सम्पर्क से पैदा होता है? शब्द अधूरे हैं-उच्चारण माँगते हैं; गौरा अनुच्चारित सम्पूर्ण बात कह गई है।

भुवन खड़ा हो कर इधर-उधर टहलने लगा। नहीं, यह असम्भव स्थिति है ऐसा नहीं चल सकता! वह भी अधूरा है, बल्कि पंगु है, क्या हुआ वह पंगुता घाव नहीं है तो-सम्पूर्ण को वह कैसे स्वीकार कर सकता है? कुछ भी कैसे स्वीकार कर सकता है जो केवल स्वीकार है, दान नहीं है? 'दो, दो, दो, जब तक कि तुम्हारे हाथ और तुम्हारा हृदय मुक्त न हो जाए!'-देने में ही मुक्ति है, स्वास्थ्य है-यह तो किसी ने नहीं कहा कि ले लो, सब स्वीकार करते चलो-दुर्भाग्य हो, व्यथा हो, हाँ, तब स्वीकार है : 'आमार भार लाघव करि नाइ वा दिले सान्त्वना, वहन जेन करिते पारि',-पर यह...यहाँ स्वीकार से पहले बहुत सोचने की ज़रूरत है...उसे याद आई रेखा की बात, "और भी बातें सोचने की हैं न, इसी लिए यह बात सोचने की नहीं रही-यह तभी सोची जा सकती है जब एक और अद्वितीय हो, दूसरी किसी बात से असम्बद्ध हो।..." वह प्रसंग दूसरा था, और तब वह झल्लाया था, पर रेखा की बात ठीक थी-रेखा की सब बातें ठीक थीं, क्या हुआ वह फिर भी हारी तो-बल्कि इसी लिए तो हारी वह; मानव का विवेक सम्पूर्ण नहीं है, पर या तो वह बिलकुल अमान्य है, या वह अनिवार्यत: सर्वदा मान्य है...नहीं, वह गौरा से कह देगा, आज ही कह देगा।

वह उद्विग्न-सा बाहर जाने लगा। किवाड़ उसने खोले, फिर क्षण-भर वहीं ठिठका रहा : दिन तो बहुत चढ़ गया है, क्या इसी रूप में बाहर घूमना उचित होगा, या वह कपड़े पहन ले?

दूसरी ओर किवाड़ खुला। उनींदी आँखों को झपकती हुई गौरा निकली। उसे किवाड़ में खड़ा देख कर बोली, "अरे, तो आप अभी उठे हैं-मैं समझी अकेले घूमने चले गए होंगे-मैं तो घबरा गई थी-मैं अभी मुँह-हाथ धो कर आई, आज तो बड़ा दिन है-मेरा बड़ा दिन-" सहसा रुक कर उसने आँखें बड़ी कर के देखा, क्योंकि भुवन

तब तक कुछ बोला ही नहीं था; भुवन के चेहरे का गूढ़ भाव देख कर फिर बोली, "क्या सोच रहे हो सवेरे-सवेरे, शिशु?" उसकी मुसकराहट के उत्तर में भुवन भी सायास मुसकराया; वह लौट कर फिर कमरे में लौट गई।

भुवन भी किवाड़ खुला छोड़ कर कमरे में लौट गया, और मेज़ के पास लगी कुरसी पर बैठ गया। एकाएक असहाय। वह कहेगा–कह देगा; पर अभी नहीं–आज नहीं, आज के बड़े दिन नहीं...

सामने मेज़ पर पड़े नरगिस अपनी अनझिप आँखों से उसकी ओर देखते हुए फीके-से मुसकरा दिए।

हाँ, यह गन्ध भी तुम्हारी गन्ध है–आग की भी, फूल की भी...

गौरा अपने कमरे में जा कर तुरन्त सोई नहीं।

उसके कमरे की दो खिड़कियों में से छोटी खुली थी, बड़ी नहीं, क्योंकि उस ओर हवा का रुख था; अब उसने बड़ी खिड़की भी खोल दी। हवा के झोंके ने एक हलकी सिहरन उसकी देह में दौड़ा दी; वह उसे अच्छा लगा। वह खिड़की में जाकर खड़ी हो गई। इस खिड़की के नीचे गेंदे के चार-पाँच बड़े-बड़े पौधे थे; बिजली की रोशनी में उनके बड़े-बड़े पीले और कत्थई फूल चमक गए। क्या बेतुका फूल है गेंदे का भी; यूरोपियन मेमों को जब भारत आते ही एकाएक साड़ी पहनने का शौक सवार होता है तब वे जो, जैसी, जिन चटक रंगों की साड़ियाँ–और जैसे–पहनती हैं, उन पर मानो नीरव अन्योक्ति है गेंदे का फूल! इस तुलना पर गौरा तनिक-सी मुसकरा दी, फिर वह बत्ती बुझाने को मुड़ी कि इन फूहड़ मेमसाहबों की उपस्थिति से छुट्टी पा जाए, पर इरादा बदल कर वहीं लौट आई। गेंदों की ओर उसने फिर देखा, स्थिर दृष्टि से; कल्पना की जा सकती है कि ये झाड़ियों के भीतर छिपाई गई आग फूट कर बाहर निकल रही है...भुवन के कमरे में बड़ी स्निग्ध गरमाई थी–भुवन शीघ्र सो जाएगा शायद, उसे अभी नींद नहीं आ रही है और इस कमरे में आ कर तो और भी नहीं, यह ठंड शरीर को नई स्फूर्ति दे रही है।

उसने कल्पना की भुवन की उस मुद्रा की, जिस में वह उसे छोड़ आई थी कमरे के बीच में खड़ा हुआ; और भुवन की आवाज़ उसके कानों में गूँज गई, "जुगनू!" न जाने क्यों, बचपन में वह इस नाम से इतना क्यों चिढ़ती थी; अब भी भुवन ने उसे चिढ़ाने या पुरानी चिढ़ की याद दिलाने के लिए ही इस नाम से पुकारा था, पर वह उसे अच्छा लगा था और लग रहा था : वह नाम मानो एक सेतु था इतने दिनों के व्यवधान और दुराव के पार उसके बचपन के सुखमय दिनों तक, जब वे एक-दूसरे की बात नहीं सोचते थे पर एक-दूसरे को जानते थे सहज भाव से...वह सहज भाव अब नहीं है, अब वे सोचते हैं, कहते हैं, दूर हटते हैं और फिर दूरी को उलाँघते हैं : बचपन के

साथी पास होते हैं, यौवन के साथी पास आते हैं–लेकिन आने की अवस्था ही क्या होने की श्रेष्ठ अनुभूति नहीं है?

वह भुवन से क्या कह आई है–कितना कह आई है? कुछ भी कह आई हो, वह कुछ भी कह नहीं पाई है यह वह जानती है, और भुवन सुन कर भी क्या सुनता है वह नहीं जानती।

"आप मुझे चैलेंज कर रहे हैं? तो सुनिए–" किस दुस्साहस से वह कह गई थी...लेकिन उसे अच्छा लगा था कि वहाँ वह साहस कर आई–सचमुच वह भुवन का दर्द धो देने के लिए कुछ भी कर सके तो सहर्ष तैयार है। भुवन के लिए नहीं, अपने लिए, क्योंकि सुखी भुवन उसके जीवन के लिए आवश्यक है–उस के आधार पर उसने अपने जीवन का दर्शन खड़ा किया है..."मैं कह नहीं सकती थी, लिख सकती थी अगर चाहती तो,"–अगर भुवन उसे फिर चुनौती देता कि अच्छा देखूँ, लिखो–तो...क्या वह लिखती? शब्द अधूरे हैं, उच्चारण माँगते हैं; लेकिन शब्दों के अन्तराल, पदों–वाक्यांशों की यति में, उस यति के मौन में एक शक्ति है जो उच्चारण के अधूरेपन को ढक देती है, सम्पूर्णता देती है; और लिखने में वह नहीं है, लिखना बहुत पड़ता है...जैसे स्पर्श में–हलके–से–हलके भी स्पर्श में–कहने की जो शक्ति है वह किसी दूसरी इन्द्रिय में नहीं है–स्पर्श–संवेदना सब से पुरानी संवेदना जो है, और बाक़ी सब उसके विस्तार...

गौरा धीरे–धीरे खिड़की से हट कर बिछौने पर बैठ गई, पास की छोटी मेज़ के निचले ताक से उसने पैड और क़लम उठाया और गोद में रख लिया। नहीं, वह कुछ लिखना नहीं चाहती है, लिख कर कहना तो और भी नहीं; पर केवल एक आत्मानुशासन के रूप में–केवल अपने को स्थिरचित्त करने के लिए वह दो–चार वाक्य लिखेगी–और नहीं तो इस प्रकार अपना प्रतिबिम्ब देखने के लिए–उसके भीतर जो है, वह कितना खरा है? कितना अच्छा है? कितना गहरा, सच्चा, अर्थविष्ट है? या नहीं है...

वह रुक–रुक कर बारीक़ अक्षरों में एक–एक, दो–दो पंक्ति लिखने लगी।

"सचमुच मेरे जीवन का सब से बड़ा इष्ट यही है कि तुम्हें सुखी देख सकूँ–तुम्हारे प्रण ठीक कर सकूँ। मेरे स्नेह–शिशु, मैं तुम्हारे ही लिए जीती हूँ, क्योंकि तुम में जीती हूँ...

"मेरा सहज बोध मुझे बताता था–पर तुम दूर थे, तुम और दूर भागते रहे; और मैं विश्वास नहीं जुटा पाती थी। मैं अन्तर्यामी तो नहीं हूँ। मैंने मान लिया, भक्त कवि ही ठीक कहते हैं, प्रिय को पाना ही निष्पत्ति नहीं है, विरह का भी रस है, और वह रस भी एक मार्ग है...

"मेरे शिशु, स्नेह–शिशु। भक्तों ने जो कृष्ण के बाल–रूप की कल्पना की है, वह बहुत बड़ी कल्पना है...जिसे मैं गोद खिलाती हूँ, वह अवतार भी है, भगवान भी है–यशोदा जिसे पालने डुलाती है, वात्सल्य देती है, उसी को अपार श्रद्धा भी देती है,

राधा जिस दही–चोर को धमकाती है, उसी के पैर भी पूजती है–कोई भी प्यार नहीं है जो वत्सल नहीं है; कोई भी दान नहीं है जो विनीत नहीं है...

"तुम मेरा भविष्य हो, इसलिए मैं तुम्हें बनाती हूँ।

"तुमने मुझे विश्वास दिया है; मैं तुम्हारी बहुत कृतज्ञ हूँ। मुझे लगता है, मैंने बहुत बड़ी निधि पाई है, ऐश्वर्य पाया है। और तुमसे मेरे जीवन के सारे तन्तु तुम्हारे चारों ओर लिपट गए हैं। वे बहुत सूक्ष्म हैं, तुम्हें बाँधेंगे नहीं, पर तुम उन्हें छुड़ा नहीं सकोगे, तोड़ ही सकोगे–और सब नष्ट कर के ही। उन का कोई बोझ तुम पर नहीं होगा...

"आग से तुम नहीं डरोगे अब–किसी चीज़ से नहीं डरोगे! आग को मैं सुगन्धित कर दूँगी, शिशु; ज़रूरत होगी तो स्वयं उसमें होम हो जाऊँगी पर तुम नहीं डरोगे, मुझे वचन दो; अपने को नहीं सताओगे–डर से नहीं, परिताप से नहीं...और हाँ, प्यार से भी नहीं–वह तुम्हें क्लेश दे तो उसे भी हटा देना! तुम देवत्व की साँस हो, देवत्व की शिखा हो जिसे मैं अन्तःकरण में पालूँगी..."

पन्ना उलट कर गौरा रुक गई। पिछले तीन घंटों का दृश्य उसके मन में फिर उभर आया। उसे ध्यान आया, उसने जब–जब पूछा था कि तुम भाग तो नहीं जाओगे, तब–तब भुवन ने बात पलट दी थी, उत्तर नहीं दिया था। तो क्या वह उसे छोड़ कर चला जाएगा–क्या वैसा इरादा उसने कर रखा है?

गौरा इसे अभी नहीं सोचेगी। वैसा ही है, तो वैसा ही हो। वह साँस, वह शिखा, छोड़ कर चली जाए तो चली जाए। उस साँस से वंशी वंशी है, जिसमें समूचे वन–प्रान्तर की आकांक्षा बोलती है, नहीं तो केवल बाँस की एक पोर; फिर भी...

फिर उसने लिखना आरम्भ किया।

"वचन दो कि तुम अपने को अनावश्यक संकट में नहीं डालोगे...जो आवश्यक है, उससे मेरी होड़ नहीं, वह तुम्हें पुकारे, उसे तुम वरो; पर जो अनावश्यक है, उसे तुम नहीं पुकारोगे!"

पैड को थोड़ा परे सरका कर, उसने निःस्वर ओठों से पुकारा, "भुवन..." फिर वैसे ही दुबारा, "भुवन..."

"मैं तुम्हें पुकारती हूँ। बार–बार पुकारती हूँ, यहाँ तक कि मेरी पुकार ही सम्मोहिनी बन कर मुझे शान्त कर देती है, मेरी माँग को सुला देती है।"

उठ कर उसने कमरे के दो–तीन चक्कर लगाए। फिर धीरे से बाहर निकल कर वह भुवन के कमरे तक गई; किवाड़ से कान लगा कर उसने सुना, कोई शब्द नहीं था। किवाड़ों के बीच की दरार से झाँका, भीतर अँधेरा था; आग की बहुत हलकी–सी लोहित आभा थी, बस। लौटती हुई क्षण–भर वह बीच के कमरे के आगे ठिठकी, उसका मन हुआ कि भीतर से सितार निकाल कर बजाने बैठे; पर फिर वह आगे बढ़ कर अपने कमरे में चली गई। किवाड़ बन्द कर के बत्ती बुझा कर लेट गई।

दूर बहुत हलके चार खड़के, पर गौरा ने नहीं सुना।

बड़ा दिन...ग़ौरा भुवन को नाश्ते के लिए ऊपर ले गई; नाश्ते के बाद सब लोग टहलने निकले। अधिक नहीं घूमे, शाम को दुबारा घूमने जाने की ठहरी; लौट कर गौरा के पिता बरामदे में आराम-कुरसी पर लेट गए और भुवन उनके पास बैठा बातें करता रहा। दोपहर का भोजन हुआ, उसके बाद पिता फिर उसी कुरसी पर बैठ कर तिपाई पर पैर फैला कर ऊँघते रहे; गौरा से यह संकेत पा कर कि 'लंच के बाद पापा आराम करेंगे', भुवन अपने कमरे में चला गया। बड़े दिन को कभी विशेष महत्त्व उसने नहीं दिया था, पर गौरा की बात का असर उस पर था, बैठ कर उसने चन्द्रमाधव को एक छोटी-सी चिट्ठी लिख डाली; फिर रेखा को भी एक, और अपने कॉलेज को भी दो-एक; फिर रात के जागरण के कारण उसे भी ऊँघ आने लगी और वह सो गया। दो-ढाई घंटे की नींद के बाद कोई पाँच बजे जब वह उठा, तो गौरा के कमरे से सितार के बहुत हलके स्वर आ रहे थे। उसका मन हुआ, अगर गा सकता...पर नहीं, गाता तो शायद कुछ उदास गान ही गाता, और गान को उदास होना हो तो मौन ही क्या बुरा है? वह अलसाया-सा लेटा सुनता रहा; सितार के तार झनझना भी देते हैं, पर विचलित भी नहीं करते, जैसे किसी सोए को कोई थपकी दे-दे कर उद्‌बोधन करे...

सितार बन्द हो गया, उसके दो-चार मिनट बाद गौरा चाय की ट्रे लिये उसके कमरे में प्रविष्ट हुई। ट्रे रखते हुए बोली, "सोए?"

"हाँ, खूब। तुम?"

"थोड़ा। दिन में सो नहीं पाती-जाड़ों में।"

"रात तो सोई थीं-जा कर क्या करती रहीं?"

"और रतजगा थोड़े ही करती?" गौरा ने टाला।

भुवन ने ताड़ते हुए कहा, "क्या करती रहीं?"

"आवृत्ति।"

"क्या-काहे की?"

गौरा ने एक बार नकली झल्लाहट की अर्थ-भरी दृष्टि से उसकी ओर देखा, और सहसा मुसकरा कर बोली, "शिशु, शिशु, शिशु!"

भुवन ने भी मुसकरा कर उसकी नकल करते हुए कहा, "जुगनू, जुगनू," और क्षण-भर की अवधि दे कर, खिल कर, "हिडिम्बा!"

चाय पीते-पीते भुवन ने पूछा, "घूमने की पक्की है न-मैं तैयार हो जाऊँ?"

"आपको शर्म नहीं आएगी माल पर एक हिडिम्बा के साथ घूमते?"

भुवन ने अप्रस्तुत भाव से कहा, "धत्!" फिर सँभल कर, "पर मैं तो पिता जी के साथ जाऊँगा न"-

"वह तो चले गए पहले-आप सो रहे थे तब। ज़्यादा ठंड में वह नहीं रहना चाहते न!"

गौरा जब तैयार हो कर आई तो भुवन ने कहा, ''ओ, यह हिडिम्बा का माया-रूप है न, इतना सुन्दर!''

गौरा तनिक-सी झेंप गई, पर उसके चेहरे की कान्ति ढलती धूप में और भी दमक उठी। भुवन अचम्भे में भरा उसे देखता रहा जैसे पहले-पहल उसे देखा हो।

सप्ताह बहुत छोटा होता है-बहुत जल्दी बीत गया। उसमें कुछ लम्बा था तो उनकी बहसें, लेकिन वे भी किसी परिणाम पर नहीं पहुँचीं; प्रायः ही बातचीत के बाद परिणाम निकलता कि घूम आया जाए-या कभी-कभी गौरा सितार बजाने बैठ जाती, कभी भुवन अकेला सुनता, कभी गौरा के माता-पिता भी रहते।

नए साल के दिन भुवन भी सवेरे जा कर बहुत से फूल खरीद कर लाया, गौरा भी। गौरा पहले लौटी थी और फूल सजा रही थी जब भुवन पहुँचा; भुवन की 'अरे!' सुन कर वह उठी, भुवन के हाथों में वही-वही फूल देख कर उस 'अरे' का अर्थ समझती हुई उसने भुवन के हाथ से सारे फूल ले लिये और बोली, ''ये सब मैं अपने कमरे में रखूँगी। आप चल कर सजा दीजिए न-''

भुवन ने कहा, ''गौरा, नया वर्ष शुभ हो तुम्हारे लिए-''

''और आपके-''

गौरा के कमरे में पहुँच कर भुवन ने एक नज़र चारों तरफ़ डाली; गौरा ने फूल उसे पकड़ाते हुए कहा, ''ज़रा इन्हें लीजिए, मैं फूलदान ले आऊँ।'' पानी-भरे फूलदान ला कर उसने खिड़की में रख दिए और बोली, ''लीजिए, अब अपने मन से इन्हें सजा दीजिए।''

भुवन सजाने लगा। गौरा ने कहा, ''मैं अभी आई,'' और बाहर चली गई; भुवन के कमरे में फूल रख कर वह लौटी तो वह एकाग्रचित्त से फूल सजा रहा था। एक फूलदान उसने पलंग के सिरहाने रख दिया था, दो और सजा रहा था। गौरा का आना उसने लक्ष्य नहीं किया। वह क्षण-भर उसे निहारती रही, फिर एकाएक आगे बढ़ कर उसने भुवन के पैरों में झुकते हुए धीरे से कहा, ''मेरा प्रणाम लो, शिशु-''

भुवन ने बिलकुल अचकचा कर कहा, ''यह क्या गौरा-शिशुओं को प्रणाम करते हैं?'' उसके हाथ का फूल छूट कर गौरा की पीठ पर गिर गया।

''हाँ-देव-शिशु को प्रणाम ही करते हैं।'' गौरा धीरे-धीरे उठी, उठते-उठते उसने एक हाथ पीछे मोड़ कर पीठ पर गिरा फूल पकड़ लिया कि नीचे न गिरे, फिर उसे बालों में खोंस लिया।

तीसरे पहर की सर्विस से, पूर्व-निश्चय के अनुसार, भुवन नीचे चला गया, दूसरी तारीख को उसे कॉलेज पहुँचना था।

संगीत-शिक्षिका गौरा अपने कॉलेज में सर्वप्रिय थी; पर मसूरी से लौट कर कॉलेज जाने पर मानो लोगों ने उसे नई दृष्टि से देखा। ''मसूरी आपको बहुत माफ़िक आई है।'' ''मिस नाथ, आप कोई कम्प्लेक्शन क्रीम लगाती हैं-हमें भी बता दीजिए!'' ''मसूरी की हवा में कुछ जादू मालूम होता है।'' इस प्रकार के बीसियों वाक्य उसे रोज सुनने पड़ते-अन्य अध्यापिकाओं से भी, छात्राओं से भी; कभी वह मन-ही-मन झल्ला उठती, पर चेहरे पर एक सूक्ष्म अन्तर्मुखी मुसकराहट लिये वह अपने काम में लीन घूमती रहती, कुछ कहती नहीं; कभी इन बातों से वह थोड़ा-सा झेंप जाती और धीरे-धीरे कुछ गुनगुनाने लगती; कभी एकान्त में बैठ कर देर तक सितार या तबला भी बजाती रहती, उसकी यों ही ढीली रहने वाली कबरी खुल जाती और बाल कन्धे पर झूल जाते, एक-आध उड़ कर माथे पर आ जाता या आँखों के नीचे कुण्डल बना देता और उसकी छवि और भी मनोहारिणी हो आती...अध्यापिकाओं में गौरा का कबरी-बन्धन पहले ही एक मज़ाक था : अध्यापिका, फिर युक्त प्रान्त की-बालों को कस कर, चिपका कर बाँधने का उनके निकट बहुत महत्त्व था और गौरा की इस महत्त्वपूर्ण विषय में इतनी उपेक्षा को वे सहज भाव से न ले पाती थीं। दो-एक मलाबारिनें भी ढीले बाल बाँधती थीं, पर वह दूर द्राविड देश है, और रामायण पढ़ने वाली महिलाओं के मन में अवचेतन रूप से यह बात तो रहती ही है कि विन्ध्य के पार सब जंगल है-और दूर दक्षिण में तो बनौकस रहते हैं, जानी बात है। लेकिन गौरा दक्षिणी नहीं है...पर छात्राओं को यह प्रकृत रूप अच्छा लगता, वे कभी मज़ाक भी करतीं तो प्रीति-भाव से।

महीने के अन्त में-जनवरी 1942-गौरा और भुवन के एक-दूसरे को लिखे गए पत्र दोनों को लगभग साथ-साथ मिले। भुवन ने गौरा को वसन्त की शुभ-कामनाएँ भेजी थीं, और यह सूचना दी थी कि वह फिर बाहर जा रहा है-ठीक विदेश नहीं, पर सागर-पार; हिन्द महासागर में कहीं-कदाचित् अंडमान में-रेडियो के नए प्रयोगों के लिए एक छोटा-सा केन्द्र बन रहा है, उसी में। केन्द्र सैनिक नियंत्रण में होगा और इस अन्वेषण का इस समय सामाजिक महत्त्व ही अधिक है यद्यपि आगे वह अत्यन्त उपयोगी होने वाला है। अधिक दिन के लिए नहीं जा रहा है; नए सेशन से पहले ही लौट आएगा शायद। गर्मियों की छुट्टियों में गौरा तो दक्षिण होगी, शायद हो सकता है कि लौट कर वह उधर आवे...अन्त में एक वाक्य और था, ''मैं असुखी नहीं हूँ गौरा-न उन पिछली बातों से तप रहा हूँ; तुम चिन्ता न करना, और अपनी देख-भाल करना।''

गौरा की चिट्ठी भी मुख्यतया सूचना के लिए थी। गर्मियों का अवकाश वह दक्षिण में ही बिताएगी-मद्रास या बंगलौर में किसी संगीताचार्य के पास-और तभी वहीं निश्चय कर लेगी कि और एक वर्ष भी उधर ही रह जाए या वापस बनारस आवे। पत्र के साथ

उसने बम्बई के अखबार की एक कतरन भेजी थी : ''इस कटिंग में अवश्य तुम्हें दिलचस्पी होगी : मैं तो अवाक् हो कर सोचती हूँ कि चन्द्रमाधव कैसे कम्युनिस्ट हो सकते हैं–मनसा भी, और उनके इधर के काम तो बिलकुल इसके विरुद्ध जाते हैं, और यह विवाह...फिर भी आशा है तुम उन्हें शुभ-कामनाओं का एक पत्र लिख दोगे। मैं भी लिख रही हूँ। बधाई का भाव तो मन में नहीं उठता–झूठ क्यों बोलूँगी–पर सत्कामनाएँ भेजूँगी।'' अन्त में उसने भी अधिक निजीपन से लिखा था, ''मैं 'तुम' लिख गई हूँ–बिना इजाज़त लिये ही–बुरा तो न मानोगे? बोलने में, लगता है अब भी मिलूँगी तो 'आप' ही कहूँगी, पर चिट्ठी में 'तुम' लिखना ही आसान भी और ठीक भी जान पड़ रहा है, बल्कि सोचती हूँ, 'आप' अब कैसे लिखूँ? आप नाराज़ तो न हो जाइएगा, देव-शिशु?''

इसके साथ जो कतरन थी, उसमें चन्द्रमाधव के विवाह का समाचार और विवरण था। उसका सारांश यह था कि बम्बई में 27 जनवरी, सन् 1942 को सुप्रसिद्ध जर्नलिस्ट कामरेड चन्द्रमाधव का विवाह आर्यसमाजी पद्धति से मिस चन्द्रलेखा से हुआ। मिस चन्द्रलेखा प्रसिद्ध अभिनेत्री हैं। विवाह के पूर्व शुद्धि-संस्कार का उल्लेख था जिस से विदित होता था कि मिस चन्द्रलेखा अहिन्दू रहीं। विवाह के बाद पार्टी हुई जिस में सिनेमा जगत् के अनेक सितारे उपस्थित थे, और बम्बई के भद्र-समाज के कई अग्रणी व्यक्ति–इन की सूची भी थी। कामरेड चन्द्रमाधव स्थानीय 'प्रोग्रेसिव जर्नलिस्ट बिरादरी' के उप-प्रधान और प्रमुख प्रोग्रेसिव बौद्धिक और लेखक थे; अनेक जर्नलिस्ट और प्रोग्रेसिव लेखकों तथा कम्युनिस्ट केन्द्रीय समिति के कुछ सदस्यों ने भी उत्सव में भाग लिया था, और कामरेड चन्द्रमाधव को बधाई दी थी।

भुवन का उत्तर गौरा को एक महीने बाद मिला। किसी सैनिक डाक-घर की उस पर मुहर थी; गौरा ने अनुमान से जान लिया कि अंडमान से आया होगा। चन्द्रमाधव को भुवन ने शुभ-कामनाएँ भेज दी थीं; गौरा के दक्षिण जाने का निश्चय पक्का हो गया यह जान कर उसे प्रसन्नता हुई थी और उसे आशा थी कि वह उसे शीघ्र मिलेगा–जहाँ वह था वहाँ काम तो बहुत था पर इस की सम्भावना कम थी कि अधिक दिन रहना पड़े। (इससे गौरा ने अनुमान लगाया कि कदाचित् वहाँ संकट आने की सम्भावना है।) और चन्द्रमाधव के विषय में गौरा ने पूछा था, उसका उत्तर देते हुए लिखा था : ''राजनीति के बारे में मेरा कुछ कहना अनधिकार है–मेरा वह क्षेत्र बिलकुल नहीं है। पर जैसा मैं देखता हूँ, हमारे देश में कम्युनिस्ट दो प्रकार के हैं–एक तो जो वास्तव में मजदूर हैं, दूसरे मध्य या उच्च वर्ग के कुछ लोग जो अपनी परिस्थितियों के उत्तरदायित्व से भागते हैं–या भाग गए हैं। यह तुम्हारा प्रश्न ठीक है कि ऐसे आदमी कैसे कम्युनिस्ट हो सकते हैं; मेरा ख़याल है कि ऐसे सम्पन्न साम्यवादी, साम्यवादी क्षेत्र में भी उतने ही अविश्वसनीय होते हैं जितने उस क्षेत्र में जिस से वे भागते हैं–यानी जिस के उत्तरदायित्व से भागते हैं पर जिस की सहूलियतें और विशेषाधिकार

नहीं छोड़ना चाहते। और मैं समझता हूँ कि वे तब तक अविश्वसनीय रहते हैं, जब तक कि कोई बड़ी कुंठा उन्हें सदा के लिए पंगु नहीं बना देती–कुंठित व्यक्ति ही विश्वास्य वर्गवादी बन सकता है...मज़दूर वर्ग के जो हैं, उन्हें तो सामाजिक वर्गीकरण का और वर्ग–स्वार्थों का उत्पीड़न कुंठित किए ही रहता है; जो वर्ग–समाज में ऊँचे पर होते हैं वे किसी दूसरे प्रकार से कुंठित हो कर पक्के हो जाते हैं। चन्द्रमाधव भी अत्यन्त कुंठित व्यक्ति है–जब तक नहीं था, तब तक उसमें असन्तोष बहुत था पर यह रूप उसने नहीं लिया था : अब–अब कुंठित हो चुका है और उसका असन्तोष युक्ति से परे हो गया है–कुंठित होना अब उसके जीवन की एक आवश्यकता बन गया है, उसकी कुंठा और उसका वाद परस्पर–पोषी हैं, और एक–दूसरे को और गहरा पहुँचाते हैं। किसी पर दया करना पाप है, नहीं तो मैं चन्द्र को दया का पात्र मान लेता। अब इतना ही कहूँ कि वह भी *वन मोर ट्रायम्फ़ फार डेविल्स एंड सारो फार एंजेल्स है...*

पत्र में अन्तरंग बात कुछ नहीं थी। गौरा को कुछ निराशा तो हुई, पर अधिक नहीं; उसे इसी में स्वाभाविकता दीखी, कुछ यह भी लगा कि यही उसकी वर्तमान स्थिति को सहनीय बनाता है, नहीं तो वह व्याकुल हो उठती। पत्र में कुछ औपचारिक आत्मीयता की बात होती तो अधिक क्लेशकर होती, आत्मीयता की कोई बात ही न होना उदासीनता का नहीं, अनुशासन का द्योतक था; और आत्मानुशासन अगर भुवन के लिए सहल है तो उसके लिए और भी सहल होना चाहिए–सहल और हाँ, उपयोगी भी, क्योंकि वह जीवन को माँजेगा और एक नई कान्ति, नई गहराई भी देगा...

गौरा के जीवन की एक लीक बनने लगी–न बहुत गहरी कि उससे उबरा न जा सके, न बहुत कड़ी कि उसे मिटा कर नई लीक न डाली जा सके, फिर भी एक लीक। प्राणी जब शरीर को बाँध कर रखता है, तब उसका विद्रोह मिट्टी को खूँदने के रूप में प्रकट होता है, जब मन को बाँधता है, तब वह विद्रोह एक पटरी पर निरन्तर आती–जाती गति के रूप में प्रकट होता है–जब तक कि वह विद्रोह है; यह दूसरी बात है कि धीरे–धीरे भीतर वह विद्रोह मर जाए, पटरी क्रमशः फौलादी लीक बन जाए जिस से इधर–उधर हटना मुक्ति नहीं, पटरी से गिर जाना हो, उलट जाना हो...

रेखा को भी उसने एक–आध पत्र लिखा; रेखा का उत्तर भी आया। उत्तर में अपनापा भी था, पर एक तटस्थता भी; कुछ यह भाव कि मेरी तरफ़ से कोई यंत्र या सीमा नहीं बनाई गई है, पर मैं स्वयं अपने भीतर के अन्वेषण में खोई हुई हूँ और बाहर से मेरा सम्बन्ध उदार दृष्टि का ही है, बाहर की ओर बहने का नहीं...इतना उसे ज्ञात हुआ कि रेखा फिर अस्वस्थ है, अस्वस्थ ही रहती है, और यत्न कर रही है कि उसका काम उसे विदेश ले जाए–कदाचित् पश्चिम की ओर वह चली भी जाएगी।

होली पर उसने भुवन को एक लिफ़ाफ़े में भर कर थोड़ा अबीर और अभ्रक का चूर भेजा; साथ यह आग्रह कर के कि इसे वह गौरा की ओर से अपने मुँह पर मल ले; कुछ दिन बाद उत्तर आ गया, और अगली डाक से एक पैकेट में कुछ सूखे फूल।

पत्र में भुवन ने लिखा था कि होली उसने खेल ली, दो-एक फ़ोटो भी रँगे मुँह के लिये गए थे जो वह शायद बाद में भेज सके; अलग डाक से वह कुछ फूल भेज रहा है जो स्थानीय श्रेष्ठ उपहार है-एक केवड़े का, और कुछ नागकेशर के : केवड़ा तो ख़ैर परिचित है, पर नागकेशर उसने पहले नहीं देखा और गौरा ने भी कदाचित् न देखा होगा-इसका भव्य वृक्ष और इकहरे सफ़ेद जंगली गुलाब-सा फूल दोनों ही दर्शनीय हैं। और गन्ध-गन्धमादन पर्वत जहाँ भी रहा हो, उसका नाम ज़रूर नागकेशर की गन्ध के कारण ही पड़ा होगा...

फिर उसने लिखना आरम्भ किया था कि ''ये फूल तुम पहन लेना''-लेकिन इस वाक्य को काट कर लिखा था, ''तुम तक पहुँचते फूल तो सूख जाएँगे-पर गन्ध शायद बनी रहे; उसे सूँघो तो स्मरण कर लेना कि मेरे स्नेह की साँसें भी तुम्हारी स्मृति को घेरे हैं।''

लेकिन जो सूखे फूल गौरा तक पहुँचे उन में गन्ध भी नहीं थी। यह सूचना उसने भुवन को दे दी-''तुम्हारे भेजे हुए फूल मिले-पर उनकी गन्ध तो उड़ गई। काश! मैं भी ऐसे ही उड़ जा सकती-उड़ कर शून्य में विलीन होने को नहीं, उन पेड़ों तक पहुँचने को, जिनके नीचे बैठ कर तुम उनकी सुगन्ध नासा-पुटों में भरते होगे, जिनके नीचे तुम्हें मेरी याद आई। तुम्हारी साँसें मेरी स्मृति को घेरती हैं-(?)-पर मुझे, भुवन, मुझे? मुझ से तुम दूर-ही-दूर जाते हो और जाते रहे हो। अच्छा, जाओ, जहाँ भी जाओ, मुक्त रहो; जो दूर रहना चाहता है, उसके पास जाने की कोशिश क्यों-और तुम्हारी वैसी साधना है तो उसे मैं क्यों विफल करने लगी! मैंने सोचना चाहा था कि तुम जा नहीं सकोगे, पर नहीं सकी, और अब यत्न भी नहीं करती। तुम पहले भी चले गए थे; 'धागा-मनका तोड़ कर' चले गए थे, फिर तुम वापस आए-पर कहाँ आए, मैंने समझ लिया क्योंकि वैसा ही मैं मानना चाहती थी! पर उन बातों को छोड़ो; प्रतीक्षा करना भी अच्छा है-आशापूर्वक भी, निराशापूर्वक भी, क्योंकि आशा और निराशा दोनों प्रतीक्षा में ही सार्थक हैं।''

जिन अध्यापिकाओं और मुँह-लगी छात्राओं ने मिस नाथ के कम्प्लेक्शन और मसूरी के जलवायु के प्रताप की चर्चा की थी, वे अब जब-तब कहने लगीं, ''मिस नाथ, आपको यहाँ अच्छा नहीं लगता? आप फिर मसूरी हो आइए न-आपका चेहरा न जाने कैसा हो रहा है? नहीं, अस्वस्थ नहीं, पर न जाने कैसा एक कठोर भाव उस पर आता जाता है।'' ऐसी बात सुन कर गौरा को सहसा स्वयं बोध हो आता, हाँ, उसके चेहरे पर एक तनाव है जो नहीं होना चाहिए, क्षण-भर आयासपूर्वक वह चेहरे के स्नायु-तन्तुओं को ढीला कर के हँस कर कहती, ''कुछ नहीं, शायद मास्टरनियों वाला चेहरा हुआ जा रहा होगा-मास्टरनी का चेहरा एक अलग क़िस्म का होता है-जिस तरह आदमी और सिख दो अलग-अलग जातियाँ होती हैं, उस तरह औरत और मास्टरनी भी दो अलग जातियाँ होती हैं।'' बात हँसी में उड़ जाती; पर पीछे गौरा सोचने लगती, क्या

सचमुच ऐसे उसका चेहरा कठोर हो जाएगा–क्यों? अनुशासन की रेखाएँ होती हैं अवश्य, पर अप्रीतिकर रेखाएँ तो उसकी होनी चाहिए, जो अनुशासन बाहर से आरोपित किया गया हो; जो भीतरी है; जो साधना है, और जो आनन्ददायिनी भी है, वह क्यों कठोर रेखाएँ लाए–उसकी रेखाएँ तो मृदु होनी चाहिए–पुस्तकों में तो यही लिखा है कि साधना से चेहरे पर एक कान्ति आती है, शरीर भले ही कृश हो जाए। उसे 'कुमार-सम्भव' की तपस्या-रत हिमालय-सुता की याद आ जाती, कालिदास की पंक्तियाँ वह धीरे-धीरे दुहरा जाती :

मुखेन सा पद्मसुगन्धिना निशि
प्रवेयमानाधरपत्रशोभिता।
तुषारवृष्टिक्षतपद्म सम्पदां
सरोजसन्धानमिवकरोदपाम्।।

फिर सहसा इस में निहित तुलना की अहम्मन्यता पर वह लज्जित हो जाती और कोई वाद्य ले कर बजाने बैठ जाती कि उसमें लज्जा और उस समूची विचार-परम्परा को डुबा दे...और वास्तव में वह बजाते-बजाते विभोर हो उठती, तब वे सब रेखाएँ मिट जातीं और सचमुच एक अद्भुत कान्ति उसके चेहरे पर छा जाती–मसूरी के जलवायु से पाई कान्ति से भी अधिक आभायुत–लेकिन वह स्वयं उसे न जान पाती; वादन समाप्त कर के वह उठती, तो उसके चेहरे पर एक मृदुल स्थिरता का भाव होता जैसा सद्यः सो कर उठे स्वस्थ शिशु के चेहरे पर होता है।

इसी प्रकार सेशन पूरा हो गया, छुट्टियाँ लगीं; गौरा तीन-चार दिन के लिए मसूरी हो कर, भुवन को अपने दक्षिण जाने की सूचना दे कर मद्रास चली गई।

छह अप्रैल, सन् 1942 को भारत में पहला जापानी बम गिरा। गौरा उस दिन मसूरी में थी; समाचार मिलते ही उसने रेखा को पत्र लिखा; उसका कुशल-समाचार पूछा, और यह सम्भावना प्रकट की कि रेखा का काम अब बहुत बढ़ जाएगा–क्या वह इतना परिश्रम कर सकेगी, और क्या उसका विदेश जाने का विचार अभी है कि बदल जाएगा? भुवन के बारे में भी उसने चिन्ता प्रकट की–भुवन न जाने कहाँ है, कैसी स्थिति में और कब लौटेगा या आगे क्या करेगा...पत्र उसने डाल दिया; फिर भुवन के बारे में चिन्ता ने सहसा उसे जकड़ लिया, उसने कुशल पूछने का तार लिखा और भेजने चली, पर न जाने क्या सोच कर उसने तार नहीं दिया, एक-दो लाइन का पत्र ही लिख कर डाल दिया।

मद्रास पहुँच कर उसे मसूरी से लौटा हुआ भुवन का पत्र मिला। पत्र बहुत छोटा था, पर अभिप्राय-भरा; उसे पढ़ कर गौरा बहुत देर तक सन्न बैठी रही, फिर उसने पत्र से ही आँखें ढक कर दोनों हथेलियों से उसे आँखों और माथे पर दबा लिया।

भुवन ने सूचित किया था कि भारतीय भूमि पर जापानी बम पड़ने के बाद वह अपना कर्तव्य स्पष्ट देख रहा है; उसी दिन वह सेना में भरती हो रहा है। युद्ध घृण्य है, और कोरी देश-भक्ति भी उसके निकट कोई माने नहीं रखती बल्कि घृणा और युद्ध की जननी है, पर इस संकट से भारत की रक्षा करना देश-भक्ति से बड़े कर्तव्य की माँग है-वह मानव की बर्बरता से मानव के विवेक की रक्षा की माँग है; बर्बरता के सब साधन विज्ञान ने ही जुटाए हैं; अत: विज्ञान को यह सब बड़ी ललकार है : या तो वह अपनी शिवता, कल्याणमयता को प्रमाणित करे-या सदा के लिए नष्ट हो जाए। विज्ञान एक ओर ज्ञान-दर्शन है, दूसरी ओर यंत्र-कौशल; बर्बरता ने दूसरे पक्ष को लिया है पहले का खंडन करते हुए; सभ्यता अगर कुछ है तो वह पहले का उद्धार करने को बाध्य है-उद्धार कर के उसी के द्वारा दूसरे को अनुशासित रखने को। ''मैं नहीं सोच सकता कि मैं कैसे किसी भी प्रकार की हिंसा कर सकता हूँ, या उसमें योग दे सकता हूँ-पर अगर कोई काम मैं आवश्यक मानता हूँ, तो कैसे उसे इसलिए दूसरों पर छोड़ दूँ कि मेरे लिए वह घृण्य है? मुझे मानना चाहिए कि वह सभी के लिए-सभी सभ्य लोगों के लिए-एक-सा घृण्य है, और इसलिए सभी का समान कर्तव्य है...''

पत्र के अन्त में 'पुनश्च' कर के दूसरे दिन जोड़ी हुई सूचना थी कि वह बर्मा भेजा जा रहा है।

इसके बाद तीन महीने तक गौरा को भुवन का कोई समाचार नहीं मिला। कॉलेज से उसने अवेतन छुट्टी ले ली और संगीत के अभ्यास में भी अपने को डुबा दिया। उसके चेहरे की रेखाएँ फिर कभी कठोर, कभी मृदु होने लगीं, और कभी संगीत के आप्लवन में बिलकुल लुप्त; कभी उसके चेहरे की आत्म-विस्मृत मुग्ध स्थिरता को कँपाते हुए से दो आँसू उसकी आँखों में चमक आते-आँसू वैसे ही अकारण बेमेल, अपदस्थ, जैसे कमल के पत्ते पर पानी की बूँदें...फिर जब समाचार उसे मिला, तो भुवन के पत्र से नहीं, रेखा द्वारा भेजे गए एक तार से।

और अनन्तर भुवन की एक कॉपी से।

रेखा को भुवन के सेना में भरती हो जाने की सूचना समाचारपत्र से ही मिली थी। फिर यह पता उसने स्वयं पूछताछ कर के लगाया था कि वह बर्मा में कहीं भेजा गया है। इस समाचार के बाद कुछ दिन तक तो उसने कुछ नहीं किया, फिर भुवन को एक पत्र लिखा :

भुवन,

मुझे पता लगा कि तुम सेना में भरती हो कर बर्मा गए हो; यह भी पता लगा कि वहाँ भेजा जाना तुमने स्वयं चाहा था-नहीं तो तुम से वैज्ञानिक को शायद पश्चिम भेजा जाता-या लंका में। कई दिन तक मैं इस समाचार को

ग्रहण न कर सकी, पर अब मैंने उसे स्वीकार कर लिया है, तुम्हारे भीतर की अनिवार्य प्रेरणा को कुछ-कुछ समझ भी लिया है; और जैसे पाती हूँ कि इस में मेरे लिए मार्ग का भी संकेत है। बीच में एक दिन तुम्हारी निकट उपस्थिति की एक तीव्र व्यथा मन में उठी थी; सम्भव है तुम उस दिन कलकत्ते रहे होगे या कलकत्ते से गुज़रे होओ-यद्यपि आए होते तो मुझे सूचना दी होती, ऐसा मैं अब भी मानती रहना चाहती हूँ...फिर एक दिन स्वप्न में तुम्हें देखा था-देखा कि तुम हमारे घर आए हो-हमारे घर, मेरे माता-पिता और छोटे भाई सब की उपस्थिति में, और सब से मिले हो, पिता तुम्हें बाहर नदी के किनारे की रौंस पर मेरे पास बिठा गए हैं; फिर हम लोग काग़ज़ की नावें बना कर नदी में डालते हैं और उन का बह जाना देखते हैं। नावें कभी दूर-दूर तक चली जाती हैं, कभी पास आ जाती हैं, कभी टकरा भी जाती हैं; कभी नदी में बहते हुए शैवाल से उलझ जाती हैं। सहसा देखती हूँ कि उन्हीं हमारी काग़ज़ की नावों में हम भी बैठे हैं-रौंस पर बैठे देख भी रहे हैं, पर नावों में भी हैं; फिर नावें एक बालू के द्वीप में जा लगती हैं जहाँ हम उतर कर नावों को खींचने लगते हैं-पर नावों में बैठे भी रहते हैं। अब हम रौंस पर से देखते भी हैं, नावों में बैठे भी हैं, नावों को खींच भी रहे हैं! फिर देखती हूँ, बहुत से द्वीप हैं, हर एक पर हम नाव में भी बैठे, नाव को खींच भी रहे हैं-और रौंस पर बैठे देख तो रहे ही हैं। सहसा नदी का पानी बहती हुई सूखी बालू हो जाती है, और तुम्हारा चेहरा तुम्हारा नहीं, कोई और चेहरा है; मैं कहती हूँ, यह सपना है, जागेंगे तो तुम्हारा चेहरा दूसरा हो जाएगा, तुम कहते हो, सपना थोड़ी देर और देखो न, फिर चेहरा बदल नहीं सकेगा। फिर मैं तुम्हारी मुसकान देखती रही; थोड़ी देर में जाग गई। सपनों के सिर-पैर नहीं होते-होते हों जैसा मनोविश्लेषक जताते हैं तो उन का अर्थ जानने की ज़रूरत नहीं होती-पर मैं जागी एक मधुर भाव ले कर, फिर ध्यान आया कि तुम तो बर्मा में कहीं होगे...

भुवन, तुम्हें एक समाचार देना चाहती हूँ। नहीं जानती कि तुम्हें कैसा लगेगा, पर-जानती हूँ तुम प्रसन्न ही होगे, मुझे आशीर्वाद दो, भुवन। डॉक्टर रमेशचन्द्र ने मुझ से विवाह का प्रस्ताव किया था; मैंने उन्हें स्वीकृति दे दी है। इसी महीने के अन्तिम सप्ताह में विवाह हो जाएगा। सम्भव है कि विवाह के दो-एक महीने बाद वह 'मिडल ईस्ट' की तरफ़ कहीं जावें-मैं भी साथ ही जाऊँगी शायद। काम मैंने अभी नहीं छोड़ा है, पर आठ-दस दिन बाद छोड़ दूँगी।

विवाह के लिए हम दार्जिलिंग जाएँगे-रमेश का आग्रह है। कोई समारोह नहीं होगा-लेकिन क्योंकि 'कानूनी आधार' आवश्यक है-यह लीगैलिटी, भुवन!-इसलिए रेजिस्ट्रेशन तो होगा ही।

यह क्या है, भुवन? बरसों मैं श्रीमती हेमेन्द्र कहलाई, उसके क्या अर्थ थे? अब अगले महीने से श्रीमती रमेशचन्द्र कहलाऊँगी–उसके भी क्या अर्थ हैं? कुछ अर्थ तो होंगे, अपने से कहती हूँ; पर क्या, यह नहीं सोच पाती...मैं इतना ही सोच पाती हूँ कि मेरे लिए यह समूचा श्रीमतीत्व मिथ्या है, कि मैं तुम्हारी हूँ, केवल तुम्हारी; तुम्हारी ही हुई हूँ, और किसी की कभी नहीं, न कभी हो सकूँगी...ये पार्थिवता के बन्धन, ये आकार, ये सूने कंकाल...महाराज, मेरे त्रिभुवन के महाराज, किस साज में तुम आए मेरे हृदय-पुर में–और कैसे तुम चले गए, मेरा गर्व तोड़ कर, भूमि में लुटा कर–पर नहीं भुवन, तोड़ कर नहीं, तुम्हीं मेरे गर्व हो, तुम्हारे ही स्पर्श से 'सकल मम देह-मन वीणा सम बाजे'...

रमेश को मैं धोखा नहीं दे रही। मैंने उन्हें बताया है। पर क्या बताया है, क्या मैं बता सकती हूँ, भुवन? उन में बड़ी उदारता है, गहरी संवेदना है, वह समझते हैं। तुम उन्हें जानते, तो बहुत अच्छा होता–तुम्हें निश्चय ही वह अच्छे लगते। मैं कल्पना करती हूँ, मैं तुम दोनों को समीप ला सकती–मिला सकती–दोनों को जिन से मैंने बहुत कुछ पाया है, जिन्हें मैंने बहुत कुछ दिया है...शायद भविष्य में वह कभी हो सके, मैं नहीं मानना चाहती कि यह सम्भव नहीं है क्योंकि वैसा मानना, मुझे लगता है, दोनों के प्रति विश्वासघात होगा...

भुवन, अपनी बात तो मैं कह चुकी। तुम्हारी बात जानना चाहती हूँ। तुम भटक रहे हो, भटक ही नहीं रहे, मुझे लगता है कि भाग रहे हो। पहले अपने को कोसती थी कि मुझ से–यद्यपि मेरे कारण तुम्हारे मन पर बोझ न आए इस की पूरी कोशिश करती रही हूँ, देवता साक्षी है; सफल कहाँ तक हुई वह दूसरी बात है...पर अब नहीं कोसती; वह कोसना भी अहंकार ही था क्योंकि अब लगता है, नहीं मुझ से नहीं, कुछ और है जिस से तुम भागते हो, क्योंकि उससे तुम बँधे हो; जिस से तुम्हारी नियति गुँथी है, और यह मानना केवल अन्तःशक्तियों का वह कर्ष-विकर्ष है जो अन्ततोगत्वा अनुकूल स्थिति लावेगा...मैंने एक बार तुमसे कहा था, हम जीवन की नदी के अलग-अलग द्वीप हैं–ऐसे द्वीप स्थिर नहीं होते, नदी निरन्तर उन का भाग्य गढ़ती चलती है; द्वीप अलग-अलग हो कर भी निरन्तर घुलते और पुनः बनते रहते हैं–नया घोल, नए अणुओं का मिश्रण, नई तलछट, एक स्थान से मिट कर दूसरे स्थान पर जमते हुए नए द्वीप...

मेरी इन बातों को अनधिकार प्रवेश न समझना, भुवन; मुझ से पृथक् जो भी तुम्हारा निजी है, निज के लिए अर्थवान् है, उससे मुझे ईर्ष्या नहीं,

न कोई अनुचित कौतूहल उसके विषय में है : वह अर्थवान् है तो और अधिक अर्थवान् हो, यही मेरी प्रार्थना है।

भुवन, तुम्हारे पत्र की, तुम्हारे आशीर्वाद की, तुम्हारे समाचार की उत्कट प्रतीक्षा करूँगी। तुम्हारी शुभ-कामनाएँ पा कर रमेश भी प्रसन्न होंगे।

तुम्हारी ही

रेखा

भुवन का उत्तर तार से आया; हार्दिक शुभकामनाएँ और आशीर्वाद, और पत्र वह लिख रहा है। एक सप्ताह बाद पत्र भी आया–एक पार्सल में बन्द; पार्सल में किसी प्राचीन बर्मी ग्रन्थ का चित्र-लिखित वेष्टन, और ताल-पत्र पर खिंचे हुए चित्र थे; ग्रन्थ पूरा नहीं था। ''यह ग्रन्थ क्या है मैं नहीं जानता, लिपि भी मैं नहीं पढ़ सकता न तुम पढ़ सकोगी; पर चित्र सुन्दर हैं और वेष्टन भी मुझे सुन्दर लगा–मैंने सोचा कि ऐसे अवसर पर जो उपहार भेजूँ उसका सुन्दर होना ही आवश्यक है, बोधगम्य होना उतना नहीं–वैसे आज मेरी प्रार्थना है कि विधि का विधान सुन्दर हो, आज हम उसे जानें भले ही न, उसका क्रमिक प्रस्फुटन सुन्दर से सुन्दरतर दीखता चले...''

दार्जिलिंग से एक पत्र रेखा ने भुवन को और लिखा :

भुवन,

आज अभी थोड़ी देर पहले मैं रजिस्टर में पहले-पहल 'रेखा रमेशचन्द्र' नाम से हस्ताक्षर कर के आई हूँ। उसके बाद न जाने क्यों भीतर कुछ कहता है कि मेरा पहला काम होना चाहिए तुम्हें सूचना देना, तुम्हें पत्र लिखना। भुवन, कभी सौ वर्षों में भी मेरी कल्पना में यह बात न आती कि अन्त में मेरा ठिकाना यह होगा–इस घाट आकर मैं किनारे लगूँगी...जीवन की अजस्र तीव्र धारा कैसे सबको खींचती, ठेलती, बहाती लिये जाती है; कैसे भौचक कर देने वाला है उसका प्रवाह–जिस में तसल्ली के लिए यही है कि हमीं नहीं, दूसरे भी उतने ही भौंचक बहे जा रहे हैं। यह उद्यम की अवहेलना नहीं, उद्यम तो अपने स्थान पर है ही, पर कैसा दुर्निवार, बेरोक, विवशकारी है यह प्रवाह...

तुम्हारा पत्र मिला था, भुवन, तुम्हारा यह दर्द-भरा, पर मधुर, सुन्दर आशीर्वाद; और तुम्हारा उपहार भी। उस आशीर्वाद के लिए मैं कितनी कृतज्ञ हूँ, भुवन, क्या मैं कह सकती हूँ कभी? और तुम्हारा उपहार भी सुन्दर है–हाँ, दुर्बोध तो है ही विधि, और शायद उसे जान लेना चाहना भी मानव की दुःस्पर्धा है, वह स्वतः स्फुट होती चले...लेकिन तुम्हें मैं जानती हूँ, भुवन, तुम्हें मैंने जाना है और तुम में जो जाना है वह जीवन-मरण से परे है–पाने और खोने से परे है।

इसके बाद दो महीने तक रेखा को भी भुवन की ओर से कोई समाचार नहीं मिला; जब मिला तो भुवन का पत्र नहीं, फ़ौजी अस्पताल में एक नर्स का टेलीफ़ोन मिला कि वह अस्पताल आ कर मेज़र भुवन को देख जावे।

क्षण-भर के लिए रेखा को लगा कि सारी स्थिति में कहीं कुछ विपर्यय है, कोई विरोधाभास-कि अस्पताल के लोहे के पलँग पर उस बरसाती दिन में लाल कम्बल ओढ़े भुवन नहीं, वही पड़ी है, और भुवन उसे देख रहा है, और वह असहाय भाव से धीरे-धीरे कह रही है, 'जान, प्राण, जान' एक ज्वार-सा उसके भीतर उमड़ आया; इतनी व्यथा, इतने गहरे में पर इतनी सहज आह्वेय, उसमें संचित है, इसके तात्कालिक अनुभव से वह लड़खड़ा-सी गई। फिर तुरन्त सँभल कर उसने धीरे से पुकारा, "भुवन।" लेकिन भुवन ने पहले ही उसे पहचान लिया था, उसके चेहरे पर एक मुसकान थी और वह कोशिश कर रहा था कम्बल के भीतर से एक हाथ निकाल कर रेखा की ओर बढ़ाए।

रेखा ने दोनों हाथ उसके गालों पर रख कर आग्रह से पूछा, "यह क्या कर आए भुवन? तुम्हें मैं ऐसे देखूँगी, ऐसी सम्भावना ही कभी मन में न आई थी।"

"कुछ नहीं, रेखा!" और भुवन के दुर्बल स्वर में एक नई गहराई थी जो रेखा को दहला गई-मानो कोई व्यक्ति नहीं, कोई दूर पहाड़ी जगह बोल रही हो-कोई कन्दरा, या किसी बड़ी-सी चट्टान के नीचे की छाया, "मलेरिया है। अंडमान से शुरू हुआ था शायद-बर्मा के जंगलों ने बढ़ा दिया, और पेचिश साथ जोड़ दी। वैसे मैं ठीक हूँ-बिलकुल ठीक।"

"जी हाँ, ठीक हैं, सो तो शक्ल ही बता रही है। दुष्ट मलेरिया और पेचिश, वैसे ठीक हैं-और क्या ले आते वहाँ से?"

"क्यों-"

"रहने दीजिए, लगेंगे सम्भाव्य बीमारियों के नाम गिनाने, यही न! बताया भी नहीं।"

"जब बताने से कुछ फ़ायदा होता, तब बता तो दिया-"

रेखा बात करते-करते पलंग की बाही पर बैठ गई थी। अब उठ कर एक स्टूल पर बैठती हुई बोली, "लो, अब बाक़ायदा विज़िट करूँगी। पहले तुम्हारा हाल पूछूँ।"

"फिर शुरू से बीमारी का इतिहास, फिर पथ्य, फिर-" भुवन मुसकराया, फिर सहसा बात बदल कर बोला, "तुम-अकेली आई हो रेखा?"

प्रश्न समझ कर रेखा ने कहा, "हाँ, भुवन। रमेश यहाँ नहीं हैं। बम्बई गए हैं। हफ़्ते-भर में लौट आएँगे, तब लाऊँगी। हम लोग जा रहे हैं विदेश-"

“अच्छा–कब? मैं हफ़्ता–भर नहीं रहूँगा शायद–हम सब दक्षिण भेजे जा रहे हैं–बंगलोर–स्वास्थ्य–लाभ के लिए। यहाँ तो प्रबन्ध के लिए रुके हैं–जहाज़ से आए थे, अब रेल से जाना होगा–”

रेखा ने कुछ उदास हो कर कहा, “ओ!” फिर कुछ देर बाद, “बंगलोर–गौरा तो मद्रास में है, उसे ख़बर दे दूँ, वह बंगलोर ज़रूर जा सकेगी–”

भुवन ने संक्षिप्त भाव से कहा, “हाँ।” फिर काफ़ी देर बाद, “तुमसे उसका पत्र-व्यवहार रहा है?”

“हाँ–तुम जो नहीं लिखते; तो मैं गौरा से ही पत्र–व्यवहार कर लेती हूँ।”

भुवन ने फिर संक्षिप्त ढंग से कहा, “हूँ।” थोड़ी देर बाद बात को निश्चित रूप से नई दिशा देने के लिए उसने कहा, “रेखा, विवाह कर के–कैसा लगता है–हाउ डू यू फ़ील? या कि–न पूछूँ?”

“नहीं, पूछो! आइ डोंट फ़ील एट आल। वन इज़ंट फ़ील, वन जस्ट इज़। मैं भी हूँ, होना ही काफ़ी है, अनुभूति क्यों ज़रूरी है?” रेखा थोड़ा रुकी। “लेकिन–भुवन, रमेश में यथेष्ट अंडरस्टैंडिंग है, नहीं तो...”

भुवन ने कहा, “आइ एम सो ग्लैड, रेखा।” उसने हाथ रेखा की ओर बढ़ाया। रेखा ने उसका हाथ अपने दोनों हाथों में ले लिया और धीरे-धीरे सहलाने लगी।

“भुवन, मेरा तो हुआ, पर तुम? तुम भविष्य की ओर नहीं देखते? ज़रूर देखते होगे–बल्कि मैं चाहे न देखूँ, तुम तो रह नहीं सकते, तुम्हारे मन का संगठन ही ऐसा है–”

भुवन हँसा। अब की बार रेखा ने लक्ष्य किया, उसके स्वर में जो गहराई है, वह एक हद तक शायद इसलिए भी है कि कहीं कुछ खोखला है, शून्य है–ऐसी सूनी थी वह हँसी, जैसे उसके नीचे अनुभूति या आनन्द की कोई पेंदी न हो, अधर में ही वह फूट पड़ी हो। “मैं! शायद सोचता भी–पर अभी तो ज़रूरत ही नहीं मालूम होती। वहाँ–भविष्य का भरोसा ले कर कौन बैठता है, जहाँ जीवन का ही भरोसा नहीं–”

“वह तो कहीं भी नहीं है–यहीं क्या भरोसा है? रोज़ सुबह होती है, सूरज निकलता है; हम आदी हो जाते हैं और मान लेते हैं कि न केवल सूरज कल निकलेगा बल्कि हम भी उसे कल देखेंगे। प्रकृति का स्थायित्व देख कर ही मानव अपने लिए स्थायित्व माँगता है, प्रकृति के रूपान्तर देख कर ही वह अपने रूपान्तरों की कल्पना करता है या उनके द्वारा अमरत्व की आशा–”

“हाँ, लेकिन वह सब यहाँ होता है। वहाँ–चीज़ें उलट जाती हैं, आदमी अपने को देख कर ही प्रकृति के बारे में निर्णय करता है। और–मेरा क्या भरोसा, कल रहूँ या न रहूँ : यह सोच कर वह सब विचार स्थगित कर देता है। बल्कि इस विचार का सहारा आवश्यक भी हो जाता है।”

रेखा ने विरोध करते हुए कहा, “लेकिन यह तो पलायन है, भुवन!”

“पलायन!” भुवन वही खोखली हँसी हँसा, “तो फिर?”

रेखा अचकचाई-सी उसे देखती रही। भुवन कहता है कि 'तो फिर?' पलायन है, तो फिर?...

भुवन ही फिर बोला, "सुनो रेखा; बात यह है कि युद्ध बुरी चीज़ है, घृण्य है, व्यक्तित्व के लिए घातक है-सब-कुछ है। पर जब लड़ें ही, तब जो कुछ रक्षणीय है उसे बचाने के लिए आवश्यक है कि युद्ध की मशीन ठीक से चले, सब कल-पुर्ज़े ठीक काम करते रहें, हर व्यक्ति-हर पुर्ज़ा या जुज़ एक काम लेता है और आवश्यक है कि उसे वह ठीक से करे। और ठीक से काम करने के लिए आवश्यक होता है कि विचारों को स्थगित कर दिया जाए-चाहे जैसे भी। कोई शराब पी कर करते हैं, कोई और भी भयानक तरीक़ों से-कोई इतना ही मान कर कि जीवन कभी भी समाप्त हो सकता है और उसके बारे में सोचना व्यर्थ है-कम-से-कम अभी व्यर्थ है, अभी जो अनुभव-संचय हो जाए, उसके आधार पर बाद में भी सोचा जा सकता है।"

"तुम भुवन, तुम-तुम? तुम्हारा तो सारा काम ही सोचने का है, तुम्हें तो मार-काट नहीं करनी-तुम कैसे सोच स्थगित कर सकते हो?"

"वह तो है, सोच तो नहीं स्थगित करता, पर सोचने की शक्ति की लीकें बाँधता हूँ-सिर्फ़ काम के बारे में सोचता हूँ-मशीन को चलाने के बारे में सोचता हूँ, मशीन के बाहर जो जीवन है, वह-वह तो जीवन है, इसलिए उसका भरोसा क्या? मेरी बात समझीं-?"

रेखा चुपचाप देखती रही। भुवन की युक्ति ठीक थी, पर कुछ था जो उसे स्वीकार्य नहीं हो रहा था, वह कुछ क्या है इसे वह पकड़ नहीं पा रही थी...

रात-भर यह असमंजस उसे कोंचता रहा। रात को उसने गौरा को एक छोटा-सा पत्र लिख कर भुवन के वहाँ होने की सूचना दी और यह भी लिखा कि उसके मन की दशा अजब है, रेखा की समझ में नहीं आ रही। वह और भी कुछ लिखने जा रही थी पर रुक गई; फिर उसने लिखा कि भुवन कदाचित् बंगलोर जाएगा, गौरा उसे मिले और हो सके तो उसके पास रहे-उसका मन : स्वास्थ्य यह माँगता है कि गौरा उसकी देख-भाल करे। दूसरे दिन वह रजनीगन्धा के बीस-एक डाँठों का गुच्छा ले कर फिर अस्पताल पहुँची। फूल सजा कर वह थोड़ी देर भुवन की ओर देखती रही। फिर जैसे एक बड़ा दुस्साहस कर ही डालने का निश्चय कर के बोली, "भुवन, मैंने एक डिस्कवरी की है। यू आर इन लव। और मैं जानती हूँ किस से।"

भुवन अपने चेहरे पर हँसी फैलाता हुआ बोला, "सच? हाउ इंटरेस्टिंग, लेकिन तुम्हें बड़ी निराशा होगी, रेखा मेरी कोई भी नर्स ऐसी रूपवती नहीं है।"

और भी दुस्साहस भर कर, लेकिन मुसकराते हुए ही रेखा ने कहा, "टालो मत भुवन, मैं नर्सों की बात नहीं कर रही हालाँकि नर्सें सब रूपवती हैं या होंगी।" सहसा उसे बोध हुआ कि उसका दिल धक्-धक् कर रहा है, पर वह रुकी नहीं, "मेरा मतलब है गौरा।"

भुवन चमक गया। उसका चेहरा तमतमा आया, ओठों का धनु एक तीखी रेखा बन गया, वह बोला नहीं।

रेखा ने भी थोड़ी देर बाद कुछ सँभल कर कहा, ''मैं माफ़ी चाहती हूँ, भुवन–है यह मेरा दुस्साहस, पर अगर उससे मेरा अपराध कुछ कम होता हो तो कहूँ, मैंने मज़ाक नहीं किया, बहुत सीरियसली कह रही हूँ, क्योंकि मुझे लगा कि तुम इसी बात से पलायन कर रहे हो, और वह पलायन ग़लत है।''

भुवन ने सतर्क स्वर से, किसी तरफ़ से भी रेखा की बात को न मानते हुए, न काटते हुए पूछा, ''तुम क्या कहना चाहती हो?''

''गौरा से मैं मिली थी, भुवन; उससे मैंने एक वायदा भी किया था–जो पूरा न निभा सकी। गौरा के मन को मैं जानती हूँ।''

भुवन ने न कुछ कहा न कुछ पूछा, चुपचाप उसकी ओर देखता रहा मानो कहता हो, तुम कहती चलो, मैं सुन रहा हूँ।

रेखा ने फिर कहा, ''और मैं कहती हूँ, वह पलायन ग़लत है, भुवन!'' सहसा नए निश्चय के साथ, ''ग़लत है, अकरुण है और व्यर्थ है।''

भुवन ने वैसे ही दूर से, पकड़ाई न देते हुए कहा, ''तुम मुझे क्या करने को कह रही हो?''

''मैं? करने को?'' रेखा क्षण-भर सोचती रही। ''कुछ नहीं। केवल यही : तुम में जो सत्य है, उसके प्रति अपने को बन्द मत करो–उसके प्रति खुलो। तुमने मुझे सुनाया था–भुवन, तुमने! 'द पेन आफ़ लविंग यू'–उस व्यथा के प्रति अपने को खोल दो–और मुझ में कुछ कहता है कि वह तुम्हारे लिए कल्याणप्रद होगा, भुवन! गौरा के मन को मैं जानती हूँ क्योंकि स्त्री हूँ; और तुम्हारे मन को बिलकुल न जानती होऊँ, ऐसा तो तुम नहीं मानोगे; आख़िर स्त्री हूँ।''

रेखा जैसे हाँप गई थी। चुप हो गई, लम्बे-लम्बे साँस लेने लगी। थोड़ी देर बाद, जैसे पहले के किसी अधूरे वाक्य को पूरा करते हुए, उसने फिर कहा, ''वह वरदान है, भुवन; उसे स्वीकार करो, चाहे कल–चाहे कल जीवन न रहे, तुम न रहो, भुवन, फिर भी!''

भुवन भी चुप पड़ा रहा। काफ़ी देर बाद बोला, ''रेखा, मैं तो समझता था तुम्हारा औचित्य का ज्ञान बहुत बड़ा है, पर देखता हूँ, तुम्हें इतना भी नहीं आता है कि बीमार से कैसी बातें करनी चाहिए। तुम स्वयं हाँप गईं–और एक्साइटमेंट से रोगी का क्या होगा? और तुम तो नृसग– ।''

''हाँ, एक श्लथ रोग होता है–रोगी का दिमाग़ नहीं चलता। उसका यही इलाज है, मैं जानती हूँ।''

फिर एक मौन रहा, उसमें न जाने क्यों अपने दुस्साहस पर रेखा स्वयं आतंकित हो आई, क्या कह गई वह, कैसे कह गई वह, ऐसा हस्तक्षेप कैसे कर सकी वह...उसका

मन हुआ, भुवन के पास से उठ कर भाग जाए, और फिर कभी उसे मुँह न दिखाए– कैसे अब वह मुँह दिखा सकेगी...लेकिन वह उठ भी नहीं सकी; उठना मानो फिर अपनी ओर ध्यान आकृष्ट करना है और वह वहीं धँस जाना चाहती है, लुप्त हो जाना चाहती है...एक झेंपी-सी हँसी हँस कर उसने कहा, ''देखो, भुवन!–दिस इज़ ह्वाट मैरेज डज टु ए वुमन–आज अपनी शादी हो, कल से सारी दुनिया के नर-नारियों की जीवन-व्यवस्था करने में लग जावें, यह स्त्री-स्वभाव ही है कि पुरुष के जीवन के लिए वह निरन्तर साँचे बनाती चले।''

भुवन का मन भटक रहा था। उसने खोये-से भाव से कहा, ''हूँ।''

रेखा ने क्षण-भर उसकी ओर देखा। फिर वह उठी, ''अच्छा, मैं जाती हूँ भुवन, कल फिर आऊँगी। कुछ लाऊँ–कुछ मँगाना तो नहीं?''

''न,'' भुवन ने रेखा का एक हाथ अपने हाथ में ले लिया और बोला, ''नहीं रेखा, तुमने कह दिया, अच्छा ही किया। और यह भी समझता हूँ कि इसीलिए कह सकी कि–मैं तुम्हारा कृतज्ञ हूँ, रेखा; तुम्हारी बात ठीक है या ग़लत है, वह प्रश्न दूसरा है।''

रेखा ने कहा, ''स्त्री की बात हमेशा ग़लत होती है भुवन, सिवा एक मामले के, और वहाँ वह हमेशा ठीक होती है।'' वह हँस दी। सहसा उसने झुक कर ओठों से भुवन का माथा छुआ। ''जल्दी अच्छे हो जाओ–दक्खिन जाना है।'' और मुसकराती हुई ही वह बाहर चली गई। ओट होने तक भुवन उसे देखता रहा, फिर उसने करवट ली और आँखें बन्द कर लीं।

पर अगले दिन जब रेखा उसे देखने गई, तब वह दक्खिन जा चुका था। मालूम हुआ कि वह अच्छा हो रहा था, और उसे कन्वेलेसेंट छुट्टी पर कर के आगे भेज दिया गया था : दो दिन में अस्पताली गाड़ी बंगलोर पहुँच जाएगी।

लौट कर रेखा ने गौरा को तार दे दिया।

कतार में लगी कैनवस की आराम-कुरसियों पर अस्पताली पाज़ामे और जाकेट पहने कई एक व्यक्ति लान में बैठे थे, पर गौरा को ढूँढ़ना नहीं पड़ा, बिना इधर-उधर देखे वह सीधे एक कुरसी की ओर बढ़ी चली गई। पास पहुँच कर उसने धीमे, बहुत शान्त स्वर में कहा, ''भुवन।''

भुवन पढ़ रहा था। सहसा चौंका और सिर उठाता हुआ पीछे मुड़ा।

''गौरा!''

गौरा ने धीरे-धीरे फिर कहा, ''भुवन!'' उसका स्वर भर्राया था। वह डेढ़ कदम आगे बढ़ कर भुवन के पैरों के पास घास में बैठ गई।

देर तक दोनों चुप रहे। फिर गौरा ने वैसे ही भर्राए, काँपते हुए स्वर में पूछा, ''क्या पढ़ रहे हो?''

"कविता–लारेंस," कह कर भुवन ने सहसा गोद में पड़ी खुली पुस्तक बन्द कर दी।

"क्यों–पढ़ो–"

भुवन के दोनों हाथ खोजते से बढ़े, गौरा ने यंत्रवत् अपने दोनों हाथ उठा कर उन में रख दिए। भुवन की मुट्ठियाँ उन पर कस गईं; उनकी जकड़ मज़बूत थी पर एक कम्पन लिये हुए; गौरा थोड़ी देर वैसे ही बैठी रही, फिर उसने आगे झुक कर अपनी आँखें मुट्ठियों पर रख दीं। भुवन ने एक हाथ छोड़ कर उसका सिर धीरे-धीरे थपक दिया; उसमें कुछ निर्देश था मानो–गौरा सीधी हो कर बैठ गई। भुवन ने पूछा, "तुम्हें कब पता लगा? तुम–"

और गौरा ने कहा, "तुम कब पहुँचे?"

भुवन भी यही कहने जा रहा था कि 'तुम कब पहुँची?' गौरा बात काट कर बीच में बोल उठी थी पर दोनों के वाक्य समाप्त एक साथ ही हुए। भुवन मुसकरा दिया, उसकी ओर देख कर गौरा मुसकरा दी, फिर सहसा हँस पड़ी, मानो कोई अवरोध हट गया, उमड़ती हुई बोली, "भुवन, मेरे भुवन दा–आप...भुवन, तुम आ गए, कहाँ खो गए थे तुम, मेरे शिशु..."

और भुवन के मन में भी एक साथ कई प्रश्न, कई वाक्य घूम गए जो उक्ति माँगते थे, पर जो कहा उसने वह गौरा का ही वाक्य था, "शब्द अधूरे हैं क्योंकि उच्चारण माँगते हैं...लेकिन अब–माँगूँगा नहीं, इतना कह दूँ..."

थोड़ी देर बाद गौरा ने सहसा उलाहने से कहा, "तुमने मुझे ख़बर भी नहीं दी–यहाँ आते और चले जाते?"

"नहीं गौरा, इतना बुरा तो नहीं हूँ। मैंने आज तुम्हें पत्र लिखा है–अभी चाहे गया न हो–मैंने सोचा था, खाट पर पड़े देखने न बुलाऊँगा, जिस दिन उठूँगा उसी दिन–"

"इतने बुरे हो तुम!" कह कर गौरा रुक गई। "हो तुम–हैं आप निरे मास्टर साहब ही–जो सिखाते हैं, स्वयं नहीं सीखते–दूसरों की बात आप कभी नहीं सोचते?"

भुवन ने सोचते-से कहा, "दूसरों की!" और धीरे-धीरे आवृत्ति की, "दूसरों की..." थोड़ी देर बाद बोला, "गौरा, अब तक दूसरा मैं अपने को ही मानता आया, तुम्हारी शिकायत असल में यही है कि तुम्हें पहला और अपने को दूसरा क्यों माना मैंने; और मेरी मुश्किल यह है कि मैं वैसा मानने को ग़लत नहीं समझ पाता–अब भी नहीं!"

गौरा ने कहा, "ऐसा नहीं हो सकता कि कोई बात–ग़लत न हो, लेकिन–" तनिक रुक कर, "बुरा न मानना–लेकिन अहंकार हो? मैं जजमेंट नहीं दे रही, पर बात कहने का साहस कर रही हूँ क्योंकि तुमने सिखाया है; यह भी तो एक पक्ष हो सकता है?"

भुवन सोचता-सा काफ़ी देर तक चुप रहा, फिर खोया-सा बोला, ''शायद तुम ठीक कहती हो, गौरा : ग़लत नहीं है, पर अहंकार हो सकता है। मैंने तुम्हें बहुत कष्ट दिया है न, गौरा?''

गौरा बोली नहीं, भुवन के स्वर में सहसा जो कोमलता आ गई थी उससे उसकी आँखों में कुछ चमका; उसने चेहरा भुवन की ओर उठाया और उसकी दृष्टि भुवन के चेहरे को दुलरा गई।

दिन छिप गया था, पर गौरा ज्यों-की-त्यों बैठी थी, बत्ती जलाने का उसे ध्यान नहीं आया था। वह भी वैसी ही कैनवस की आरामकुरसी पर बैठी थी जैसी पर भुवन को उसने देखा था, उसकी भी गोद में पुस्तक नहीं तो कॉपी पड़ी थी—भुवन की कॉपी। कैसा अद्‌भुत था यों बैठ कर दोहरा जीवन जीना : वह गौरा भी थी, जो अपने को भुवन के प्रतिबिम्ब के रूप में देख रही थी, भुवन की बातों को समझ रही थी, उन पर होने वाली अपनी मानसिक प्रतिक्रियाओं की सूक्ष्मतम छाप ले रही थी और ले कर मानो एक निधि में जमा करती जा रही थी, जो मसूरी में लिखे गए अपने उन विचारों को याद कर रही थी जो भुवन के प्रति निवेदित हो कर भी भुवन को दिए नहीं गए, और वह भुवन भी थी—आरामकुरसी पर बैठा हुआ भुवन, गोद में पुस्तक या कॉपी लिये बैठा और सोचता भुवन, उसके लिए कॉपी में एक-एक दो-दो वाक्य लिखता और लिख कर उन पर और उनके हेतु गौरा पर विचार करता हुआ भुवन...

''स्नेह-शिशु तुम्हें छोड़ कर नहीं भागा। भागा ज़रूर, पर सच कहूँ कि जब भागा तो कुछ अगर साथ लिया तो तुम्हारी प्रतिच्छवि—और मेरे विक्षत मन के कसैले विराग को एकदम कटु हो जाने से बचाया तो उसी ने...अब पीछे देखता हूँ तो लगता है, मुझे यह पहले देखना चाहिए था—जिस उथल-पुथल ने मुझे पकड़ लिया, (जिस की बात तुमसे कर चुका) उससे पहले देखना चाहिए था...वह मुझे छोड़ कर चली गई 'ए वाइज़र बट ए सैडर मैन'—उस दुःखमय विवेक ने मुझे बताया कि क्या चीज़ है जो अब भी जीवन में आस्था नहीं मिटने देती...फिर भी तुमसे दूर क्यों गया—क्यों जाना चाहा? इसलिए कि सीखा, स्नेह में जब मोह भी होता है तब आघात मिलता है—मिलता ही नहीं, तब व्यक्ति स्वयं उसी को आहत करता है जिस के प्रति स्नेह है। इसी लिए सोचा, तुम जानो, उससे पहले ही दूर चला जाऊँ। स्नेह से दूर नहीं, स्नेह के लिए दूर...''

''तुमने मेरी बात नहीं समझी थी। तुम आहत हुईं। शायद अब भी न समझो। और शायद न समझना ही अच्छा है, समझना सब मानो मेघाच्छन्न होना है, और वह मुझ-जैसों के लिए ही अच्छा है जो बीत गए हैं, जिनका जीवन आन्तरिक हो गया है, जो अपनी समझ की मेघ-छाया में रहने के आदी हो गए हैं। तुम्हारे लिए नहीं, जिस का भविष्य आगे है, भविष्य जो सुनहला हो, जिस में हँसी हो, बालारुण की आभा हो,

आलोक हो...मैं जैसे तमिस्रा का पोष्य पुत्र हूँ–इसी लिए आलोक को पूजता आया हूँ, कभी दूर से, जैसा कि ठीक है, कभी निकट से, जैसा कि विपज्जनक है; कभी छूने को ललचाया हूँ, जो महान् मूर्खता है क्योंकि छूने से आलोक बुझ जाता है!''

''रवि ठाकुर ने कहीं लिखा है : 'मैं उस विशाल मरु की तरह हूँ जो घास की एक हरी पत्ती को पकड़ लेने के लिए हाथ बढ़ाता है'–मैं कहूँ कि मैंने इस की विडम्बना जान ली है, घास की पत्ती को निकट लाने के लिए मरु फैलता नहीं, सिमटता है; सिमट कर, अकिंचन हो कर ही वह पत्ती को पकड़ तो नहीं, लगभग छू सकता है।''

''स्नेह-शिशु तुमने मुझे कहा था : मैं किसी तरह नहीं सोच पाता कि यह नाम मैंने नहीं ढूँढ़ा था, कि मैंने नहीं तुम्हें दिया था। तुम्हारी ही चीज़ तुम्हें लौटाता हूँ, लेकिन शतगुण स्नेह से, गौरा!''

''तुमने मुझ से वचन माँगा था, अपने को अनावश्यक संकट में न डालूँगा। क्या यह अनावश्यक संकट है? संकट भी है? या कि यहाँ न आना ही संकट होता–वहाँ रहना ही संकट होता?''

''जंगल, घने बादल, तीन बजे दिन में अँधेरा-सा; हाथियों के झुंड-से बादल–गड्ड-मड्ड होते हुए हज़ारों हाथियों के महायूथ-से...एक आकृति दूसरी में घुल जाती है, लेकिन कलौंस ज़रा भी कम नहीं होती; भीतर न जाने क्या-क्या माँगें उठती हैं और उतनी ही नीरवता में, उतनी ही निष्पत्तिहीन विलीन हो जाती हैं...मैं सोच नहीं सकता, ध्यान केन्द्रित नहीं कर सकता; एक ही स्पन्दन जैसे हर बात में गूँज जाता है और उसको सुनने के सिवा चारा नहीं है...पर साथ ही उसे सुन कर भी काम नहीं चलता। उधर ध्यान दूँ तो वह ऐसा अभिभूत कर लेगा कि बस...''

''आज से छः महीने पहले तुम्हारे साथ आग के पास बैठा था–आग के डर से मुक्त हो कर...और आज– ! वह बड़ा दिन था। यों आज वास्तव में बड़ा दिन है–उत्तरायण के एक-आध दिन ही इधर-उधर–और यह दिन के हिसाब से तो छोटा ही दिन था! मैं देखता हूँ वह आग : हम दोनों से एक-दूसरे की ओर झरती हुई सान्त्वना और आश्वासन की धारा–यह मेरा अहंकार तो नहीं है कि 'एक-दूसरे की ओर' कह रहा हूँ?''

''मैंने कहा था, यह तुम्हारी आग है। तुमने कहा था, आग से डरना मत। तब से मैं मानो उसे लिये-लिये कहाँ-कहाँ फिर रहा हूँ...''

''मैं लेटा था, किसी ने आ कर पूछा, रेडियो सुनोगे? और लगाया : सहसा शून्य में से क्या आवाज़ आई जानती हो? *'मोर वीणा उठे कौन सुरे बाजि–कौन नव चंचल छन्दे! ए अम्बर प्रांगण माझे निःस्वर मंजीर गुंजे'*–आकाश ही मेरा घर है, जिस में वह छन्द गूँजता है...''

''मैंने तुम्हें ख़बर नहीं दी। अब कभी-कभी विचार उठता है–क्या भूल की? क्योंकि अब यह ज़रा-ज़रा-सा लिखना भी कठिन होता जाता है–मेजर भुवन मास्टर साहब का एक काला, धुँधला खोल भर है, शक्तिहीन, लगभग निर्जीव...लेकिन यही

ठीक है गौरा–यही ठीक है...जब तक मुझे होश रहेगा, तुम्हें आशीर्वाद देता रहूँगा–अगर न रहेगा–तो भी वह आशीर्वाद रह जाएगा! इस जीवन से आगे कुछ नहीं है गौरा, यही सम्पूर्ण है, यही अन्त है। लोग ऐसा मानने से डरते हैं, मुझे लगता है, यही तो जीवन को अर्थ देता है। इस जीवन का दर्द इसलिए मूल्यवान् है कि इस जीवन के आगे और कुछ नहीं है क्योंकि मूल्य किसी पड़तालिये के लिए नहीं होता जो रोकड़ मिला कर तय करे कि क्या हाथ आया, मूल्य है तो उस व्यक्तित्व के लिए जो उस दर्द में से गुज़र रहा है और मूल्य उसी अवस्था में है...''

''भुवन केजुएल्टी हो गया। उसे देश वापस भेजा जा रहा है ठीक होने के लिए। क्यों जी, ठीक होगे तुम?''

''अपने से ही मध्यम पुरुष में बात करने लगे कोई...सुना है, जेलों में फाँसी के क़ैदी ऐसा करने लगते हैं। लेकिन अपने से उबरने के दूसरे भी तरीक़े हो सकने चाहिए।''

''अपने से उबरने के। अपना क्या? क्या कोई अपनी भावनाओं से, अपने रागों से उबरना चहता है? या कि केवल एकातिरिक्त सब रागों से ही? क्यों जी, तुम्हारी क्या राय है?''

''न, गौरा, लगता है यह तुमसे विश्वासघात होगा–यद्यपि वचन मैंने नहीं दिया था। मैं ठीक हो जाऊँगा। ज़रूर हो जाऊँगा–और तुमसे मिलूँगा भी...''

''देश का आकाश...तुम कहाँ हो, गौरा? मैं लिखना चाहता हूँ–''

''नहीं। मैं वापस ही जाऊँगा! आगे नहीं देखूँगा। भविष्य नहीं सोचूँगा, क्योंकि वह नहीं है, वह वर्तमान का ही स्फुरण है। सोचता हूँ, बीच में विचार क्यों बदल गए थे, तो रैबेल की बात याद आती है : शैतान बीमार हुआ तो उसने साधू होना चाहा :

द डेविल वाज़ सिक, द डेविल ए मंक वुड बी :
द डेविल ग्रू वेल, द डेविल ए मंक वाज़ ही!''

पर यहाँ शायद साधू ही बीमार हो कर शैतान होना चाह रहा है!

''बहुत सुन्दर है लताओं-पत्तियों की झाँझरी यह
पर मुझे आकाश प्यारा है...''

कॉपी गौरा पढ़ चुकी थी। उसके वाक्य आगे-पीछे उसके अन्त:क्षितिज से उठते और विलीन होते जाते थे। क्या भुवन का यह कहना ठीक है कि जो कुछ है, यही जीवन है, आगे कुछ नहीं है, परलोक नहीं है, पुनर्जन्म नहीं है? वह मान सकती है कि पुनर्जन्म नहीं है, परलोक भी नहीं है–इस जीवन का कर्म-फल भोगने के लिए पुन: जन्म लेने की कोई आवश्यकता उसे नहीं दीखती क्योंकि भोग सब इसी जीवन में भुगता दिए जाते हैं, देना-पाना सब राई-रत्ती यहीं चुक जाता है ऐसा वह मान ले सकती है। पर क्या यह जीवन ही सब कुछ है–यह हमारा हमारी चेतना की मर्यादाओं से मर्यादित देश-काल से बँधा जीवन? क्या हम एक के बाद एक नहीं, एक साथ ही एकाधिक जीवन नहीं जीते, एकाधिक लोकों में नहीं रहते–और हाँ, एकाधिक चेतना द्वारा उसके

या उनके प्रभावों को ग्रहण नहीं करते? सदा न करते रहते सही, जीवन-शक्ति की उत्तेजना के क्षणों में ही सही; पर कभी अगर हम दूसरे स्तर पर, दूसरे लोक में, दूसरे जीवन में प्रविष्ट हो सकते हैं, तो वह है...वही अभी गौरा भी है, भुवन भी है, आज की गौरा भी है, पुरानी भी; आज का भुवन भी है, पुराना भी, कॉपी पढ़ने वाली भी है, लिखने वाला भी; लिखने वाले की अनुभूति के कई स्तर भी, कई काल भी-और सब परात्पर नहीं, सब एक साथ, एक क्षण में...

और नहीं, वह कहीं-वह कहीं-पृष्ठभूमि में रेखा भी है, रेखा की व्यथा भी और विशालता भी, अकिंचनता भी और दानशीलता भी-वह व्यक्ति का जीवन नहीं निरपेक्ष जीवन है, सर्वस्पर्शी, सर्वत्र स्पन्दित...

वह उत्तेजित हो कर खड़ी हो गई। कॉपी उसकी गोद से फिसल कर गिरी, उसके शब्द ने उसे चौंका दिया। गौरा ने आगे बढ़ कर बत्ती जलाई, और रेखा को तार लिखने लगी कि भुवन वहाँ है, ठीक है, कि उसे बाहर निकलने की इजाज़त भी मिल रही है कल से।

"गौरा, आज फिर मैं तुम्हारा अतिथि हो कर तुम्हारे कमरे में बैठा हूँ।"

"ऐसा क्यों कहते हो, भुवन?" गौरा ने उसकी बात का अभिप्राय न समझते हुए कुछ आहत स्वर में कहा।

"मुझे याद आता है मसूरी का वह पहला दिन-वह रात जो चलते-चलते बड़ा दिन हो गई थी-तब भी तो तुम्हारा मेहमान हो कर बैठा था।"

"वह तो तुम्हारा कमरा था-मेहमान कमरा ही था वह। मेरे कमरे में तो-मेरे कमरे में तुम कब आए थे, तुम्हें याद है?"

भुवन ने उठ कर एक कोने की ओर बढ़ते हुए कहा, "ख़ूब याद है-नए वर्ष के दिन मैं तुम्हारा कमरा सजाने लगा था-" उसने तिपाई पर रखे फूलदान से एक फूल निकाल लिया था, उसे लिये हुए गौरा की ओर मुड़ते हुए बोला, "और मेरे हाथ से एक फूल तुम्हारे ऊपर गिर गया था।" कहते-कहते उसने वह फूल गौरा के कबरी-बन्ध में अटका दिया।

"ऐसे नहीं गिरा था, ऐसे गिरा था-" कहते-कहते गौरा उसके पैरों की ओर झुक गई। "मेरा प्रणाम लो, शिशु!"

भुवन ने जल्दी से झुक कर उसके दोनों हाथ पकड़े और उसे खींच कर उठा लिया, हाथ छोड़े नहीं और एकटक उसे देखता रहा।

कुछ देर बाद उसने धीरे-धीरे कहा, "गौरा, अब मैं फिर जल्दी ही चला जाऊँगा-पर अब भागूँगा नहीं। और-" कहते-कहते वह एक घुटने पर झुका, "प्रणाम मुझे करना चाहिए, क्योंकि तुम-"

हड़बड़ा कर गौरा ने कहा, "नहीं, नहीं भुवन, नहीं!" और उसके हाथ खींचने लगी, भुवन रुक गया पर उठा नहीं। उसे खींचने के लिए गौरा तनिक निकट बढ़ आई थी, भुवन ने धीरे-धीरे अपना सिर उसके पार्श्व में टेक दिया, गौरा ने एक-एक हाथ छुड़ा कर उसके सिर पर रखा और धीरे-धीरे बाल सहलाने लगी।

दो-चार दिन भुवन अस्पताल के अहाते में टहला था, फिर उसे बाहर जाने की अनुमति मिली तो गौरा उसे टैक्सी में घुमा लाई थी। दूसरे-तीसरे दिन एक संगीत-गोष्ठी में भी ले गई थी। पर अपने यहाँ ले जाने की बात उसने तब तक नहीं की जब तक भुवन को अनुमति नहीं मिल गई कि वह चाहे जहाँ जा सकता है, केवल अपने को थकाएगा नहीं, सावधानी से खाएगा, और रात के भोजन के समय वापस लौट जाएगा। तब गौरा फिर उसे लिवाने आई, अस्पताल से वे टहलते हुए निकले; कुछ देर बाद गौरा ने पूछा, "भुवन, मेरे यहाँ चलोगे?"

भुवन ने एक बार उसकी ओर देखा और बिना उत्तर दिए ही उसके साथ मुड़ गया।

"मुड़ तो गए, यह भी जानते हो कि किधर जाना है?"

भुवन ने भोलेपन से कहा, "न, तुम ले जा रही हो, मैं जा रहा हूँ। दैट इज़ आल आइ नो एंड आल आइ नीड टु नो!"

"मेरा यहाँ तो क्या है, होटल का कमरा है एक। पहले भी वहाँ रह चुकी हूँ। पर थक तो नहीं जाओगे-टैक्सी लें?"

"बहुत दूर है? नहीं तो पैदल ही चलें-लौटते समय चाहे टैक्सी ले लूँगा। चलना अच्छा लगता है-नए सिरे से सीख रहा हूँ।"

कमरा साफ़-सुथरा था; होटल के कमरों से उसमें अन्तर इतना था कि फ़र्नीचर कम था, एक तरफ़ एक तख़्त पड़ा था जिसे गौरा ने अपने ढंग से सजा रखा था। इसी पर गौरा ने भुवन को बिठाया था।

गौरा की उँगलियाँ भुवन के बालों में से तिरती हुई पार निकल जातीं और फिर लौट आतीं; फिर उसने सहसा बाल हिला कर उलझा दिए और मधुर स्वर में पूछा, "भुवन, अब वचन दोगे?"

"हाँ, गौरा। अब वचन देता हूँ।"

गौरा फिर धीरे-धीरे बाल सहलाने लगी।

"अब नहीं भागूँगा। पहले बहुत भागा। पहले जानने से भागा; पिछली बार-मसूरी में जब वह सम्भव न रहा तो स्वीकृति से भागा। मसूरी में-मैंने सहसा देखा कि मेरे आगे एक मेघ है और वह तुम्हारे बालों का है-तो मैंने जान लिया-जान क्या लिया, तुमने कह दिया और मुझे लगा कि जान कर ही तुमने कहा है, नहीं तो तुम भी कैसे कह पाती? मैंने तुम्हें कहा था-कुछ हँसी में ही सही, कहा तो था-जिस दिन ऐसा होगा जान लूँगा कि मेरी खोज-मेरे लिए खोज-समाप्त हो गई और पड़ाव

आ गया। पर–" वह चुप हो गया। फिर सहसा उठ कर उसने पूछा, "गौरा, तुम सोचा करोगी न कि मैं कितना बुद्धू हूँ?"

गौरा खोई-सी मुसकरा दी। "सोचा करूँगी! क्यों, भविष्य की क्यों–शिशु तो तुम हो ही, अब भी हो, हमेशा ही थे–"

"और तू बड़ी सयानी आई है कहीं से चल के!" भुवन ने हलका-सा चपत उसके गाल पर लगा दिया। फिर तख़्त पर बैठते हुए, बदले स्वर में बोला, "गौरा, तुम्हारा संगीत तो मैंने सुना ही नहीं कभी–मसूरी में चोरी से ही सुना था सितार–"

"सुनाऊँगी–"

"कब? अभी नहीं?"

"न! अभी गा सकती, पर तुम्हारे सामने गाऊँगी नहीं, और यहाँ पर तो नहीं ही। फिर एक दिन–"

"फिर एक दिन!" भुवन का स्वर थोड़ा उदास हो आया। "थोड़े-से तो दिन और हैं, फिर मैं वापस जो चला जाऊँगा–"

"थोड़े से? ऐसा मत कहो, शिशु, देखो, मैं भी नहीं कहती–बहुत दिन आएँगे आगे। नहीं तो मैं तो यहीं बैठी रहूँगी फ्रंट पर तुम जाओगे; दिनों की लघुता मैं जानती कि तुम।"

भुवन अचम्भे में उसे देखने लगा। देखता रहा। गौरा ने पूछा, "क्या ताक रहे हो!"

"मसूरी में तुम्हारे चेहरे पर एक कान्ति देखी थी, जो पहले नहीं देखी थी। वही देख रहा था। चाहता हूँ, हमेशा उसे देख सकूँ–"

गौरा ने रुकते-रुकते कहा, "मेरी कान्ति तो तुम हो, पगले।"

बंगलोर से भुवन मद्रास गया; छुट्टी से लौट कर वहीं रिपोर्ट करने का आदेश उसे मिला था, वहीं से जहाज में वह फिर फ्रंट पर जाएगा। तीसरे पहर उसे बन्दरगाह पर हाजिर होना था; दोपहर को वह गौरा के साथ समुद्र की ओर गया–वहीं विदा ले कर वह चला जाएगा, गौरा बन्दरगाह पर नहीं जाएगी...ऐसा ही उसने चाहा था, और गौरा ने उसकी बात समझ कर मान ली थी।

भुवन ने कहा, "गौरा, कुछ आदिम जातियों का विश्वास है कि आत्मा शरीर से अलग रखी जा सकती है–उनके वीर जब युद्ध करने जाते हैं तो आत्मा किसी चीज़ में घर रख जाते हैं–पोटली बाँध कर खूँटी पर भी टाँग जाते हैं।"

गौरा ने अविश्वास से कहा, "नहीं!"

"हाँ, सच! और अब की–मैं अपनी आत्मा तुम्हारे पास रखे जा रहा हूँ–उसे सँभाल रखोगी न?"

गौरा ने उसकी ओर देख-भर दिया। उसकी साँस जल्दी चलने लगी, वह बोल नहीं सकी।

''और पोटली बाँध कर नहीं रखूँगा-तुम्हीं में है वह-''

''मैं जानती हूँ भुवन, मेरी साँस है वह-''

''मैं लौटूँगा, गौरा। काम वहाँ बहुत है, बहुत कड़ा है; तुम्हारा भी काम है-पर-काम अपने-आपसे टूट कर नहीं है-'' वाक्य उसने अधूरा छोड़ दिया, मानो भूल गया है कि वह क्या कह रहा है।

वर्दी की जेब से एक पुस्तक उसने निकाल कर गौरा को दी।

''यह लो गौरा, कुछ कविताएँ हैं, लारेंस की। अस्पताल में तुम आई थीं तब यही पढ़ रहा था। एक कविता है-'' कहते-कहते उसने पुस्तक खोली, '' 'ए मैनिफ़ेस्टो'। वही तब पढ़ रहा था। आज बता देता हूँ। तुम पढ़ना-तुम्हें अचम्भा होगा। पढ़ इसलिए रहा था कि उसके अंश मैं अपनी कॉपी में लिखना चाहता था, पर मेरे शब्द अधूरे थे, लारेंस कह गया था...'' वह रुक गया। फिर बोला, ''वह तो तुम अपने-आप पढ़ना; एक दूसरी है जिस की तीन-चार पंक्तियाँ तुम्हें सुना देता हूँ-मुझे याद हैं।''

क्षण-भर वह सोचने को रुका, गौरा प्रतीक्षा में नीचे बालू की ओर देखने लगी।

''*आइ एम नाट एट आल, एक्सेप्ट ए फ्लेम-* ''भुवन ने सहसा रुक कर कहा, ''नहीं गौरा, मेरी ओर देखो-'' और आँखों से उसकी आँखें पकड़े हुए वह बोलने लगा :

''आइ एम नाट एट आल, एक्सेप्ट ए फ़्लेम देट माउंट्स आफ़ यू-
ह्वेयर आइ टच यू, आइ फ़्लेम इंटु बीइंग; बट इज़ इट मी, आर यू?
हाउ फुल एंड बिग लाइक ए रोबस्ट फ़्लेम
ह्वेन आइ एनफ़ोल्ड यू, एंड यू क्रीप इंटु मी,
एंड माइ लाइफ़ इज़ फ़ीयर्स एट इट्स क्विक
ह्वेयर इट कम्स आफ़ यू!''

सहसा आगे झुक कर उसने गौरा का माथा सूँघा और बोला, ''अच्छा, गौरा-''

तीन-चार पग की दूरी से उसने मुड़ कर देखा और कहा, ''वह कान्ति, गौरा-मेरी जुगनू-''

और गौरा कोहनी से दोनों हाथ उठाए नि:स्वर शब्दों में इतना कह पाई, ''हाँ, मेरे शिशु, हाँ, शिशु-''

गौरा को एक पार्सल मिला।

उसमें रेखा का एक पत्र था, और एक छोटी-सी डिबिया; डिबिया उसने खोली, उसमें एक अँगूठी थी। गौरा ने अँगूठी पहचान ली, कुछ चकित-सी वह पत्र पढ़ने लगी :

गौरा,

यह मैं उसी दिन तुम्हें दे ही देती, पर तुमने कहा था कि मैं इसे तुम्हारी ओर से रख छोड़ूँ, तुम फिर कभी माँग लोगी। मैं अधिक आग्रह नहीं कर सकी थी–तुमने पूछा था कि माँ ने यह मुझे कब दी थी, और उससे मुझे बहुत-सी बातें याद आ गई थीं जिन्हें मैं याद नहीं करती और जिन की प्रतिध्वनियों से भरा हुआ मन ले कर यह नहीं देना चाहती थी...

गौरा, तुम तो कभी माँगोगी नहीं, पर अब मैं स्वयं भेज रही हूँ; मुझे बार-बार तुम्हारी याद आती है और भीतर कुछ कहता है कि यह जो तुमने मेरे पास रखी कि फिर कभी भेज दूँ, वह इसी समय के लिए था। मेरा आशीर्वाद लो, गौरा, और मेरा स्नेह; माँ ने आशीर्वादों के साथ यह अँगूठी मुझे दी थी, मुझे आशीर्वाद नहीं फला अपनी अपात्रता के कारण (पर जीवन के प्रति अकृतज्ञ मैं नहीं हूँ, न कभी हूँगी, गौरा; और इसके लिए ऋणी हूँ तुम्हारे 'मास्टर साहब' की); पर तुम पात्र हो, और मैं गर्व कर के यह भी कह जाऊँ कि मेरा आशीर्वाद भी अधिक सार्थक है, क्योंकि उसके पीछे वह है जो माँ ने नहीं जाना था...

गौरा, जीवन में आनन्द सब-कुछ नहीं है, पर बहुत बड़ी चीज़ है; और है वह सुखों में नहीं; है वह मन की एक प्रवृत्ति। मैं बहुत लालची थी, मैंने एक साथ ही सारे तारों-भरे आकाश को बाँहों में घेर लेना चाहा था। तुम में अधिक धैर्य है : तुम आकाश की छत को छू सकोगी। और एक-एक तारा तुम्हारी एक-एक सीढ़ी होगा...जीवन की चरम एक्स्टैसी तुम जानो गौरा; उसे जाने बिना व्यक्ति अधूरा है; पर यह फिर भी कहूँ : आनन्द अनुभूति में नहीं है, किसी भी अनुभूति में नहीं, आनन्द मन की एक प्रवृत्ति है, जो सभी अनुभूतियों के बीच में भी बनी रह सकती है।

तुम्हें सीख नहीं दे रही, गौरा; हर व्यक्ति एक अद्वितीय इकाई है, और हर कोई जीवन का अन्तिम दर्शन अपने जीवन में पाता है, किसी की सीख में नहीं। पर दूसरों के अनुभव वह खाद हो सकते हैं जिस से अपने अनुभव की भूमि उर्वरा हो...

उस समान आनन्द की कामना तुम्हारे लिए करती हूँ, गौरा–तुम्हारे लिए, और भुवन के लिए।

तुम्हारी
रेखा दीदी

गौरा ने अँगूठी हाथ में ले कर पत्र और डिबिया सँभाल कर रख दी, फिर अँगूठी को देखती हुई टहलने लगी। कटहला उसने कभी पहना नहीं था–और यही मानती आई थी कि वह कुछ साँवले रंग पर सुहाता है। रेखा के हाथ पर वह अच्छा लगता था...एकाएक वह देख सकी : रेखा के दोनों हाथ वैसे बढ़े हुए जैसे उसे अँगूठी पहनाने

के लिए दिल्ली में बढ़े थे–विशेष सुन्दर नहीं थे वे हाथ पर, अत्यन्त संवेदना–प्रवण, और अँगूठी बढ़ाए हुए उनकी वह मुद्रा स्वयं एक इतिहास थी...गौरा ने अँगूठी पहन ली, और एक विचित्र भाव उसके मन में उमड़ आया। आलमारी तक जा कर उसने एक पुस्तक निकाली–वही पुस्तक जो भुवन उसे जाते वक़्त दे गया था–और वह कविता पढ़ने लगी जो भुवन अस्पताल की पहली भेंट के समय पढ़ रहा था–'ए मैनिफ़ेस्टो'।

'ए वुमन हैज गिवन मी स्ट्रेंग्थ एंड ऐफ़्लुएंस–ऐडमिटेड!'

दो–चार पंक्तियाँ उसने और पढ़ीं, लेकिन फिर पहली पंक्ति की ओर लौट आई–*'ए वुमन हैज गिवन मी स्ट्रेंग्थ एंड ऐफ़्लुएंस–ऐडमिटेड!'*–एक नारी ने मुझे शक्ति और ऋद्धि दी है...मैं स्वीकार करता हूँ!

गौरा ठिठक गई। भुवन चाहे जैसे वह पुस्तक पढ़ता रहा हो, अस्पताल में बैठे–बैठे उसका चाहे जो अर्थ लगाता रहा हो, लेकिन वह पंक्ति ठीक कहती है : एक नारी ने–नारी ने ही...सहसा वह काग़ज़ लेने के लिए बढ़ी : वह रेखा को पत्र लिखेगी और यह पुस्तक रेखा को भेज देगी। पत्र में क्या लिखेगी, उसके वाक्य लौटाऊँगी नहीं, रेखा दीदी; लौटाई तब भी नहीं थी। अँगूठी मैंने पहन ली है, तुम्हारे आशीर्वाद के आगे नतमस्तक हूँ–पात्रता की बात मैं नहीं जानती, पर आशीर्वाद के लिए पात्रता क्या, वह तो पात्रता के प्रश्न के परे जो स्नेह दिया जाता है वह है।...रेखा दीदी, भेंट के बदले में नहीं, अपने ट्रिब्यूट के रूप में एक चीज़ भेज रही हूँ। यह भुवन की पुस्तक है जो वह जाते समय मुझे दे गए हैं। मैंने उनसे पूछा नहीं, न पूछूँगी; वह अवश्य समझ सकेंगे।...इस पुस्तक में एक कविता है, 'ए मैनिफ़ेस्टो'–इसी कविता के लिए यह पुस्तक उन्होंने मुझे दी थी–उसकी पहली पंक्ति है :*'ए वुमन हैज़ गिवन मी स्ट्रेंग्थ एंड एफ़्लुएंस–एडमिटेड!'* मेरा विश्वास है कि इस पंक्ति को वह आपसे छिपाना न चाहेंगे, न मैं ही चाहूँगी; वह आप ही की है और इसी लिए यह पुस्तक भी।...रेखा दीदी, मेरे पास दर्शन अभी कुछ नहीं है, एक आस्था है, और कुछ श्रद्धा, और सीखने की, सहने की, और यत्किंचित् दे सकने की लगन है; इन के और आपके स्नेह के सहारे मुझे लगता है कि मैं चारों ओर बहते अजस्र प्रवाह में खड़ी रह सकूँगी; एक नगण्य व्यक्तिपुंज, अस्तित्व का एक छोटा–सा द्वीप, लेकिन जो फूलना चाहता है, फूल झरा कर नदी के बहते जल को सुवासित कर देना चाहता है–फिर नदी चाहे जो करे, उन फूलों की गन्ध ही पहुँच जाए दूर, दूर, दूर..."

उपसंहार

'वहाँ', 'बर्मा फ्रंट में कहीं पर', भौगोलिक अनिश्चितता की धुन्ध में खो कर भुवन जब-तब गौरा को छोटे-छोटे पत्र लिखता रहा था। लेकिन क्रमशः भौगोलिक अनिश्चितता के कृत्रिम वातावरण ने उसे छा लिया था, यह जानते हुए भी कि वह कहाँ है, वह मानो कहीं नहीं रहा था। फिर दो महीने तक उसने कोई पत्र नहीं लिखा।

लेकिन अक्टूबर, 1942 में सहसा उसने पाया कि अपने बाँस के घर में वह बिलकुल अकेला है। बाँस के उन घरों का वह आदी था–कीचड़ में खड़ी बाँस की चटाई की दीवारें कीचड़ पर बिछी बाँस की चटाई का फर्श, बाँस की चटाई की चट्टियों से ढकी खिड़कियाँ, बाँस की खाट पर बाँस की चटाइयों के पलंग, बाँस की चटाई से ढके चौखटे की मेज़ें...और जंगल में अकेलापन भी कोई नया अनुभव नहीं था–यों तो उस भीड़ में रह कर सभी अपने भीतर के अकेलेपन में खिंच जाने के आदी थे, पर उसके अलावा शारीरिक अकेलापन भी बहुधा हो जाता था। पर इस अकेलेपन में कुछ विशेष था। उसका घर जो उसका दफ़्तर भी था, वास्तव में तीन अफ़सरों का संयुक्त घर-दफ़्तर था, जंगल में औरों से अलग और कँटीले तारों से घिरा हुआ : वहाँ पर नाना प्रकार के रेडियो और विद्युत यंत्रों से घिरे हुए वे तीनों निरन्तर प्रयोग करते थे, अनुलेखों का संग्रह करते थे, और केन्द्रित रेडियो-रश्मियों द्वारा अदृश्य चीज़ों को पहचानने के नए आविष्कार को सम्पूर्ण सफल और व्यावहारिक बनाने के काम में योग देते थे। पर उस दिन सवेरे उसके दोनों साथी शिविर में गए और अब तक लौटे नहीं थे; उधर लड़ाई

की आवाज़ भी उसने सुनी थी; निकट ही कहीं जापानी हैं यह ज्ञात था और आक्रमण की सम्भावना भी की जा रही थी। क्या हुआ? यह नहीं जानता था। क्या होगा, यह भी नहीं। सम्भव है, रात में उठ कर उसे और कुछ दूर पर बने दूसरे वासे में रहने वाले आर्डरली-अफ़सर को एकाएक सब यंत्र वग़ैरह विस्फोटक से उड़ा कर जंगल में निकल जाना पड़े, अकेले-अकेले; असम्भव है वह भी अवसर न मिले, पकड़े ही जाएँ; और-यह भी सम्भव है कि शाम को उसके साथी कुछ अच्छा समाचार ले कर लौट आवें, अख़बार और डाक ले आवें-अजब होता है युद्ध-मुख का भाई-चारा, जिसमें अजनबी भी एक-दूसरे को अपने अन्तरंग पत्र सुनाते हैं...

भुवन की इच्छा हुई कि पत्र लिखे। पर वह बैठा नहीं, उसे टालने के लिए इधर-उधर यंत्रों को देखता हुआ घूमने लगा। पर नहीं, कहीं कुछ करने को नहीं था। सहसा उसने एक यंत्र के सामने पड़ी हुई कॉपी निकाली, क्षण-भर उसके चार-खाने पन्नों को देखता रहा, फिर पेंसिल से द्रुत गति से उन्हें रँगने लगा :

गौरा,

फिर दो महीने से मैंने तुम्हें पत्र नहीं लिखा। जहाँ हूँ, वहाँ पत्र भी अवास्तव लगते हैं-केवल मन के भीतर जो है वही वास्तव लगता है। तुमने एक बार शब्द को अधूरा बताया था उच्चारण की मर्यादा के कारण; पर सभी कुछ अधूरा है जिस के साथ गोचर होने की शर्त है-सम्पूर्ण वही है जो बिना इन्द्रियों के माध्यम के ज्ञात है...

आज भी पत्र लिखने लगा हूँ तो यथार्थता कुछ अधिक नहीं है, कदाचित् और भी कम है, क्योंकि आज बिलकुल भरोसा नहीं है कि यह चिट्ठी डाक में पड़ेगी या नहीं, कभी जाएगी या नहीं। फिर भी लिख रहा हूँ, यह एक तो मानव की सहज प्रतिकूलता है; दूसरे इसका एक तात्कालिक कारण है। मुझे तुमसे कुछ कहना है-कुछ पूछना है। और जब पूछ लूँगा तब तुम यह भी जान लोगी कि दो महीने मैं चुप क्यों रहा।

गौरा, मैं लौट कर आऊँगा या नहीं, क्या पता; कब आऊँगा यह भी कौन जाने। पर अगर आया-आने के साथ यह 'अगर' न होता तो शायद अब भी मैं यह पत्र न लिख पाता!-अगर आया तो क्या तुम मुझ से विवाह करोगी? तुम्हें जानते हुए मैं जानता हूँ कि तुम स्वतंत्र निर्णय करने के योग्य होते हुए भी चाहोगी कि मैं तुम्हारे पिता से पूछूँ। वह मैं पूछूँगा जब पूछने का समय होगा, अभी तुम्हीं से जानना चाहता हूँ कि उन से पूछूँगा भी या नहीं..."

लिखते-लिखते भुवन रुक गया। गौरा के पिता का चित्र उसके सामने आ गया, फिर मसूरी के घर का, फिर गौरा के साथ बिताए हुए उस एक सप्ताह का, अपनी आत्म-स्वीकृति का; क्षण-भर के लिए वह केशों का मेघ उसकी आँखों के आगे छा गया, फिर उसमें झलकती हुई चीड़ की सुगन्धित आग : 'गौरा, यह आग तो

तुम्हारी है'...वह फिर लिखने लग गया और भी द्रुत गति से; चार-पाँच पृष्ठ लिख कर वह फिर रुका। पेंसिल घिस कर उसकी नोक निकाली, और उसे हाथ में साधे हुए फिर चित्र देखने लगा।

व्यक्ति के सभी कर्मों का बीज सभी दूसरे कर्मों में निहित है; कार्य-कारण सम्बन्धों की खोज और उन का निरूपण एक वैज्ञानिक समय है, नहीं तो सभी कार्य कारण हैं और उनकी यह परस्परता व्यक्ति के जीवनवृत्त में ही बँधी नहीं है, बाहर तक फैली है। सब कुछ है, क्योंकि और सब कुछ है...फिर भी, हम लोग काल के बिन्दु चुनते हैं जहाँ से घटनाओं का आरम्भ मानते हैं–वह भी एक ऐतिहासिक समय है...गौरा के प्रति उसके जो भाव हैं जो भाव थे–क्या वे अलग हैं?

''समर्पण है तो वह न बाँधता है, न अपने को बद्ध अनुभव करता है; केवल एक व्यापक कृतज्ञता मन में भर जाती है कि तुम हो, कि मैं हूँ। एक-दूसरे को पहचानने के बाद आश्चर्य यह नहीं है कि प्रेम है, कि हम प्यार करते हैं; आश्चर्य यही है कि हम हैं, होना ही एक नए प्रकार का संयुक्त होना है। मैं पहले भी था अब भी हूँ; पर क्या दोनों 'होने' एक हैं? हाँ, पर नहीं...सोचता हूँ, यह परिवर्तन कब से हुआ, तो नहीं जानता; लगता है कि जो हुआ, वह पहले भी था, नहीं तो हुआ कैसे? पर वह परिवर्तन चेतना में कब आया, यह जानता हूँ...तुम कह सकती हो कब? तुम्हें अचम्भा होगा। एक वर्ष पहले, जब लम्बी चुप्पी के बाद मैंने जावा से तुम्हें दो-तीन पत्र लिखे थे, तब जब मैं अस्वस्थ था और तुम्हें 'होम-सिक' होने की बात लिखी थी...तभी मैंने जाना था कि मैं तुमसे भाग कर वहाँ गया था, तुम्हीं से; और यह जान कर आसपास फैली विशालता में खो गया था और फिर मैंने जाना था कि वह विशालता भी तुम हो। तुमने मुझे घेर लिया था, छिपा लिया था; और उसमें एक सान्त्वना थी, एक मरहम था...सहसा मुझे लगा कि उसी विशालता के आगे हथियार डाल कर–अपने सब कवच-बन्धन-रक्षण छोड़ कर मैं स्वस्थ हो जाऊँगा, मेरे क्षत भर जाएँगे...मैं कहता हूँ तभी, पर 'तभी' का कोई मतलब नहीं है, क्योंकि अगर मैं पहले नहीं जानता था, तो भागा क्यों था? 'शब्द, शब्द, शब्द'–शब्द अधूरे हैं, सभी कुछ अधूरा है...और इतिहास तो बिलकुल ही अधूरा है...''

भुवन उठ कर टहलने लगा। सब कुछ अधूरा है, और ज्यों-ज्यों वह आगे पूरेपन की ओर बढ़ता है, नई अपूर्णताएँ भी उसके आगे स्पष्ट हो जाती हैं...कितना बड़ा है जीवन, कितना विस्तृत, कितना गहरा, कितना प्रवहमान; और उसमें व्यक्ति की ये छोटी-छोटी इकाइयाँ–प्रवाह से अलग जो कोई अस्तित्व नहीं रखती हैं, कोई अर्थ नहीं रखतीं, फिर भी सम्पूर्ण हैं, स्वायत्त हैं, अद्वितीय हैं, और स्वत: प्रमाण हैं, क्योंकि अन्ततोगत्वा आत्मानुशासित हैं, अपने आगे उत्तरदायी हैं; स्वर्ग और नरक, पुण्य और पाप, दण्ड और पुरस्कार, शान्ति और तुष्टि, ये सब बाहर हैं तो केवल समय हैं, सत्य तभी हैं जब भीतर से उद्‌भुत हों...

वह फिर लिखने बैठ गया :

"वह रूपक मेरा नहीं है, पर बार-बार मुझे याद आता है और मैं पाता हूँ कि उसमें नया अभिप्राय है : हम सब नदी के द्वीप हैं, द्वीप से द्वीप तक सेतु है। सेतु दोनों ओर से पैरों के नीचे रौंदा जाता है, फिर भी वह दोनों को मिलाता है, एक करता है...गौरा, मैं तुम्हारी ओर हाथ बढ़ाता हूँ–अनुरोध के हाथ; क्या तुम भी अपने हाथ मेरी ओर बढ़ाओगी–वरद हाथ; कि इस प्रकार हम एक सेतु बन सकें जिस पर ईश्वर अगर है तो उसका आसन है?"

वह फिर उठ कर टहलने लगा। उस बँगला गीत के बोल उसके मन में गूँज गए जो उसने कुछ दिन पहले वहीं सुना था–*'तोमार-आमार एइ विरहेर अन्तराल कत आर सेतु बाँधि सुरे-सुरे ताल-ताल?'* पहले वह पत्र की ओर बढ़ा, यह भी गौरा को लिख दे, लेकिन पत्र पर झुक कर उसे लगा कि नहीं, पत्र इसके बिना ही सम्पूर्ण है; और वह फिर चक्कर काटने लगा। फिर एक चक्कर उसने यंत्रों की ओर लगाया। सहसा उसका ध्यान केन्द्रित हो आया; थोड़ी देर बाद उसने दूर विमानों की घरघराहट सुनी–एक साथ कई विमानों की–और विमान-भंजकों की पटापट...यह क्या है? आक्रमण कि प्रत्याक्रमण? अभी थोड़ी देर में वह क्या कर रहा होगा–यंत्रों की सँभाल या कि विस्फोटकों की–? अभी उसे ख़बर मिलेगी–फ़ोन से या रेडियो से–

खिड़की के आगे खड़े हो कर बाँस की टट्टी को उसने पूरा हटा दिया। ढलती रोशनी में उसने देखा, उसके सहयोगी आ रहे हैं। उनकी चाल देख कर अपने प्रश्न का उत्तर उसने जान लिया : कोई चिन्ता की बात नहीं है।

फिर वह पूर्ववत् टहलने लगा।

थोड़ी देर में उसके साथी वहाँ पहुँच जाएँगे; यह जो अप्रत्याशित एकान्त उसे मिला, उसका अन्त हो जाएगा। उसने चिट्ठी समेटी, अन्तिम पंक्तियाँ पढ़ीं, फिर 'पुनश्च' कर के जोड़ दिया "नहीं, गौरा, भरोसा है कि यह पत्र तुम्हें मिलेगा–निश्चय है कि डाक में छोड़ा जाएगा! चिन्ता न करना, और पत्र का उत्तर जब जी में आवे देना–जल्दी नहीं है। यों तुम्हारे पत्र की प्रतीक्षा सदा करता हूँ। और अब कुछ नहीं है जिस की प्रतीक्षा करता हूँ। सेंसर के एक अफ़सर से एक बार चुटकुला सुना था : किसी सिपाही ने प्रिया को पत्र लिखते अतिवाची सारे विशेषण समाप्त कर दिए तो लिखा : "मैं तुम्हें कल से भी चौबीस घंटे अधिक प्यार करता हूँ।" हम हँस लेते हैं इस बात पर, किन्तु गहरी अनुभूतियाँ तो संचयधर्मी होती हैं, उनके आन्तरिक दबाव का संचय इतिहासों को बदल देता है। मेरी वैसी कोई आकांक्षा नहीं है, पर मेरे भीतर भी जो संचय होता जाता है, उसे मैं जानता हूँ; काश कि तुम्हें भी बता सकता!"

चिट्ठी बन्द कर के उसने जेब में डाल ली; कल वह उसे भेज देगा।

एक बार फिर वह खिड़की पर जा कर खड़ा हो गया। अब शायद दो–तीन मिनट ही उसके पास हैं : और फिर साँझ भी हो जाएगी, मच्छरों से रक्षा की कार्यवाही शुरू हो जाएगी–यंत्र फिर उसे पकड़ लेगा। मानो चक्की के पाट में दाने को क्षण–भर स्वतंत्रता मिल गई हो–कितने मूल्यवान् हो सकते हैं क्षण–सम्पर्क के क्षण–

सम्पर्क के क्षण? हाँ, विरह के क्षण, किन्तु सम्पृक्त क्षण; पत्र अभी गया नहीं है, उत्तर की प्रतीक्षा न जाने कितनी लम्बी होगी, लेकिन उत्तर आएगा, क्या उत्तर आएगा यह भी वह जानता है–वह प्रतीक्षा करेगा, जैसे कि गौरा भी प्रतीक्षा करेगी...क्योंकि प्रतीक्षाएँ भी अजस्र अनाद्यन्त काल की नदी में स्थिर, शिलित समय के द्वीप हैं।